高建群 著

大平原

THE GRAND PLAIN

目錄

Contents

目錄 Contents

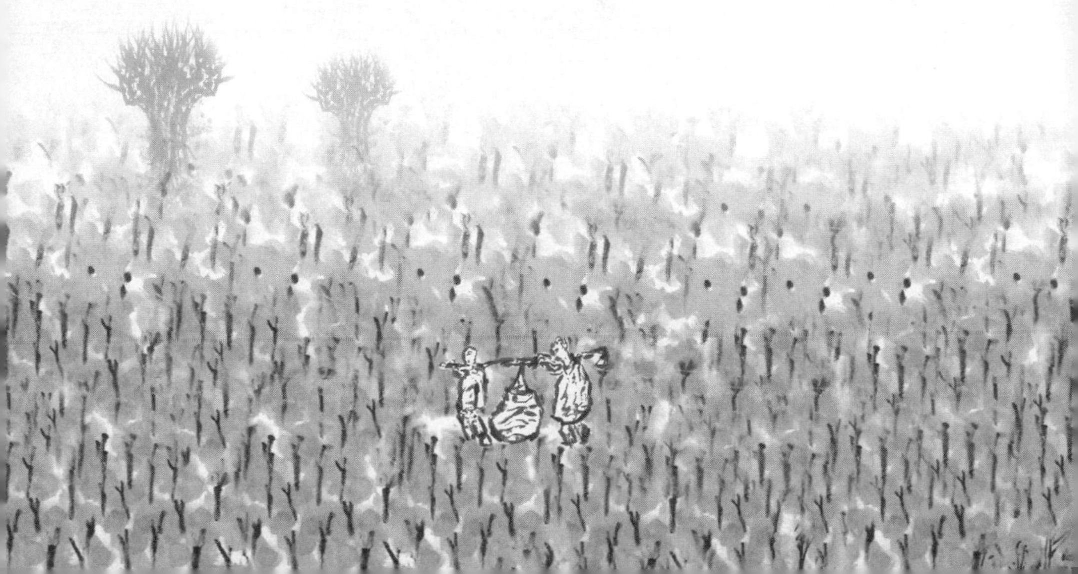

謹以此獻給我那從黃河花園口決口中逃難出來的母親；

獻給我所有故世的和健在的親人們；

獻給渭河平原；

獻給在世界工業化和都市化進程的今天，

所有那些已經消失和正在消失的中國村莊。

——作者題記

前言

每一條道路都引領流浪者回家

高建群

在北京研討會上，一位著名批評家說，《大平原》是老高行將步入晚年的時候，用文學的形式，爲自己尋找一條歸鄉之路。

我同意批評家的這句話。

《大平原》是我的重要作品之一。

家族中的許多傳奇性的人物，他們活著的時候，都曾經將他們的故事講給我聽。如今他們已經紛紛謝世了，在三尺地表之下永緘其口。每年清明節我爲他們上墳的時候，都覺得因爲沒有能將故事寫出來，而難以面對。

我的伯父，小說中的那個著名的關中刀客形象，在行將就木之時，對我說，你難道也會像我們一樣，將那些家族秘密，重新帶入墳墓嗎？

這就是我寫《大平原》的原因。

我這大半生，有三個精神的棲息地，一個是我從軍的阿勒泰草原，一個是我成長的陝北高

原，一個是我的出生地、我的桑梓之地渭河平原。

我爲阿勒泰草原寫出了震動中國文壇的中篇小說《遙遠的白房子》，該作現在還被公認爲新時期文學以來最好的中篇小說。我爲陝北高原寫出了高原史詩《最後一個匈奴》。如今，很好，我兌現承諾了，我完成了《大平原》。

我有一個羅曼蒂克的想法，在一篇《請將我一分爲三》的文章中，我說，如果我死後，請將我的骨灰一分爲三，一份灑入渭河，一份灑入延河，一份灑入額爾齊斯河。

我的妻子在看了這篇文章後，不同意我的話，她說那時候我這樣做了，她怎麼辦？她魂歸何處？

好在，我距離大行還有一段時日，那麼，到時候再說吧！

《大平原》在二〇一一年的茅盾文學獎評選中，止步於第五輪。幾乎所有的評委，都認爲《大平原》是參選作品中最好的小說，我本人也是這樣認爲。但是，最好的並不一定就是獲獎者，而我本人，也平心靜氣地接受了這一事實。

在第二年，也就是二〇一二年的全國五個一工程獎評獎中，《大平原》加冕，榮獲長篇小說第一名。小說的深厚的歷史感和現代感，它的宏大敘事風格，受到了評委們的認可。

普希金說，現在這個世界上，已經沒有什麼事情，能震盪我的心靈了。於我老高來說，亦是如此。

我寫過一篇文章，叫做《我把讀者的認可當作對我的最高褒獎》。此一刻，我將這話再說一遍。

《大平原》這部小說，小而言之，它是一部渭河平原的百年滄桑史，中國式的《百年孤獨》。它通過一個家族三代人的不平常的際遇，反映了一個時代的變遷史，刻畫了一群栩栩如生的人物。

而大而言之，《大平原》則是唱給中華農耕文明的一支讚歌和輓歌。

夕陽淒涼地照耀著這塊沖積平原，照耀著這塊后稷當年掘第一鍬土的地方。村口那棵百年老槐，被人們在樹身上扎了些液體的針頭，然後用起重機吊起來，放在平板車上。平板車緩緩地駛出人們的視野，消失在平原的盡頭。

在世界工業化、都市化的進程中，村莊將不可避免地被夷平，成爲城市的一部分。而那棵曾經被國民黨用來吊著打過我的大媽、被共產黨用來在樹蔭下燒過大鍋飯的老槐樹，它將被連根拔起，移栽到城裏的街心花園，成爲一棵風景樹。

在《大平原》中，我以宗教般的虔誠，爲你介紹了我的家族人物，我的爺爺奶奶，我的大伯，我的父親，我的母親顧蘭子。

在寫作的途中，我的案頭上始終燃著香，然後在香煙纏繞中，他們冉冉走出。

我的祖母是一位鄉間美人。當她躺進棺木裏的時候，在最後一眼的告別中，兒孫們才發現了這一點。他們遺憾自己太粗心了，在她生前，竟然沒有能認真地看一眼她，並將自己的所看告訴她。

我的祖父是一位鄉間哲學家，當他躺進棺木裏的時候，突然又睜開眼，對這個世界說，我的名字爲什麼叫「高發生」，我現在是明白了——世界上所有的事情都沒有道理，它的發生就是它的道理。說完，他重新閉上眼，抬手示意將棺木蓋兒爲他蓋上，送他走。

貫穿整部小說的一個人物，是我的母親顧蘭子。記得在北京研討會上，小說研究者們說，她雖然出場晚了點，但是是小說中的一號人物。

花園口決口，豫東大地成爲一片澤國，六歲的小女孩顧蘭子，被擔在擔子裏，開始她的逃難生涯。蝗蟲一般的逃難隊伍，在那年冬天，黃河結冰以後，從黃河風陵渡地面，逃到陝西，然後逃到國民黨行政院爲他們設制的逃難目的地——黃龍山設制局。然後有一半人死於霍亂，另一半人僥倖逃離黃龍山。

國民黨幹過許多引起爭議的事情，抗戰時爲了阻滯日本的機械化部隊，炸開花園口，讓豫東幾十個縣成爲澤國，就是其中之一。

《大平原》一書在大陸出版以後，黃龍縣政府請我到那裏去，他們要將高家當年逃荒居住的那三孔窯洞，爲我建一個文學紀念館。

這個名曰「白土窯」的村子，已經在新農村改造中，整體搬遷，搬到大的一個村子裏去了。被遺棄的這個村子，將要被夷爲平地，重新成爲農耕地。而顧蘭子居住的那個「安家塔」，已經變成玉米田了。

我對鎮長說，給我建文學館，這事就算了吧，只將那三孔窯洞留下，門口豎一個簡單介紹的牌子就行了。有一個窗口，放我的電影、電視劇，向遊客贈送《大平原》這本書。

我還說，希望能將「白土窯」這個村子保留下來，變成一個「黃河花園口決口河南省扶溝縣難民逃荒紀念館」，然後，在公路旁豎一個雕塑群，再現當年挑擔子、推小車的河南花園口難民，來到這裏的情景。

那三孔窯洞，在畔底下。畔的二道崾上，有三棵老梨樹。據說這三棵樹，就是爺爺當年栽的。我專門從那樹上，摘了些梨，拿回西安給我的母親，年已八十的顧蘭子吃。這梨難吃極了，當地人說，這叫「牛腿梨」，現在品種改良，它早就已經被淘汰了。

畔上還有一個碾盤。畔頂上不遠處，澇池旁，還有一棵高大的柳樹。顧蘭子說，這碾盤她記得，那大柳樹她也記得，她生下的兒子，也就是我，爲什麼這麼聰明，就是因爲她懷我時，到這棵神樹下討神水喝的緣故。

黃龍人說，我是在黃龍出生的，這裏是我的家鄉。我說，我好像是在關中平原、在高村出生的，生在天傍黑，人們喝湯的時候。回到西安後，我問母親。顧蘭子說，兩種說法都對。懷你，是在黃龍山，懷孕三月頭上，回到高村。

我一直有一個想法，想陪母親回黃龍山一趟。可是三次都要出發了，顧蘭子卻突然心臟病發作，住進醫院。後來她說，你們就饒了我吧，對於你們來說，那些僅僅只是故事，只是傳說，可是對於我來說，那裏是我的傷心之地。我都這一把年紀了，求求你們，就不要勾起我的傷心事了。

我聽了，只好作罷。

親愛的臺灣的讀者們，這本名曰《大平原》的書，要在臺灣出版了，我有一種神聖的感覺。在陳曉林先生的主持下，風雲時代已先期出版了我的《最後一個匈奴》、《統萬城》，現在，不勝榮幸之至，他們又要出版我的《大平原》了，作爲一個作者，這是他最重要的一件事

情啊！

前面那兩本書，都出得棒極了。捧著沉甸甸的書，我流下了眼淚。我在那一刻感受到了文學殿堂的輝煌和莊嚴。到了我這個年齡，世界上已經沒有能叫我激動的事情了。但是捧著他們印刷的這散著墨香、包含著編輯家心血的書，我仍然激動不已，難以自持。

哎，文學，一個叫我們敬畏、叫我們恐懼、叫我們迷惑不解的東西。西班牙小說家烏納穆諾說，聖殿之所以輝煌莊嚴，因爲那裏是人類共同哭泣的地方。捧著這臺北寄來的書，我就是這種感覺。

我還將有一些書要在臺灣出版。我真幸運，遇到了這麼好的編輯家，遇到了這麼好的讀者。

前年，也就是二〇一〇年的中秋期間，作爲大陸的一個社會名流訪問團，我曾來過臺灣。我的感覺是，臺灣所有的人，所有的建築，所有的氣氛環境，都讓我覺得親切極了，稔熟極了。在南投縣的那個陝西村，烏面將軍廟前，那一群張大嘴巴看戲的婦女，她們褐色的圓臉龐，大屁股，碌碡腰，多像我家鄉高村的村姑。

而那些男人們，更像我的隔山兄弟。隔山兄弟是一種民間的叫法，意思是指同父異母或同母異父的兄弟。我看著這些臺灣的男人們，那種從骨子裏生出的親切感，與那種禮儀上的陌生感，都讓我突然想起「隔山兄弟」這句話。

話到這裏，附帶說一句，老死於臺灣的于右任老先生，是我的親戚。我內人的三姑，嫁給了于右任的侄兒。一九六四年社教期間，于右任曾給家鄉陝西三原縣寫信，說他一生走了許多路，腳下最愛穿的是家鄉的布鞋。這樣，于家的媳婦兒，我的三姑便做了兩雙布鞋，寄往臺灣。布鞋是圓口的，黑織貢呢鞋面，千回百納的鞋底（農家把那叫「倒鉤針」）。吟唱著「葬我於高山之上兮，望我故鄉，故鄉不得見兮，永誌難忘」的客死異鄉的于右任先生，這大約是他在過世前，與家鄉的最後一次聯繫了。

我希望兩岸永遠不要有戰爭。戰爭絕對不是一個好東西，不論傷到誰，都叫我心疼。那是中華民族整體利益的損失。我相信人類越來越智慧了。

教堂裏的鐘聲響了。不要問喪鐘爲誰而鳴。喪鐘在爲亡者而鳴的同時，也就是在爲你、爲我而鳴。我們中的每一個人死了，這是人類總體利益的損失。

作爲一個文化人，我希望兩岸的政治家們都要有這個思維，這個高度，這種大悲憫情懷。

這篇《大平原》臺灣版序言，寫得有些長了，那麼就此擱筆吧。後天，我將爲長篇小說《統萬城》的事，啓程去北京。

三件事，一是一月九日，去搜狐網做客；一是一月十日，參加《統萬城》一書的首發儀式新聞發佈會；一是一月十一日，舉行簽名售書活動。

那麼就此擱筆吧。

謝謝生活！謝謝生活慷慨地給予了我這麼多！

二〇一三年一月一六日於西安

第一章　渭河及渭河平原

渭河是中國北方一條平庸的河流。它的開始和結束都一樣平庸。它開始於甘南草原的盡頭和隴西高原的開頭，它結束於《詩經》中「關關雎鳩，在河之洲」的那個風陵渡——渭河在那裡注入黃河。

最初，是一面黃蠟蠟的山崖上往外滲水。那地方是在半山腰。那水也不能叫水，只能叫黃泥巴。黃泥巴從山腰向下緩緩地移動著，一直往下走，像千萬條蚯蚓向山下爬。後來，到山下時，黃泥巴不移了，凝固了，而水滴一滴一滴一滴地滲了出來，匯成一條小河。

小河在黃土高原的深溝大壑中拐彎抹角地流著。一路走一路收集著從溝溝岔岔裡湧出來的泉水，有時還接納天上掉下來的雨水。雨水在這裡是極少的，年降雨量通常在二百毫米左右，這雨水通常在夏天降臨，瘠薄陡峭的地面存不住水，白雨一打，地表變實了，於是水嘩啦嘩啦地流了下來。這叫「攻山水」，洶洶湧湧，異常暴戾。那遙遠的高村地面渭河的每一次漲水，其實都是這上游的攻山水在作祟呀！只是那裡的人們不知道。據說黃土高原在早年的時候，它是平整的，正是由於這天雨割裂，昔日平整的高原被切豆腐似地勒成各種奇形怪狀的圖案，形成深溝高壑，橫梁豎峁。

第一章  渭河及渭河平原

這裡是世界上黃土層囤積得最爲深厚的高原，黃土層最厚的地方有五百米。人們說，這些鋪天蓋地的黃土，來源於一億五千萬年前的一場大風。那個年代叫侏羅紀年代。從崑崙山上吹來的大風，嗚嗚地刮著，將滿天塵埃吹到東方，然後塵埃在這裡坐定。

河流就這樣向前奔流著，一邊奔流一邊接納和收集著水流。它所有的目的只有一個，那就是讓這條叫渭河的河流向前走。

它本來可以不向前走，而向後走的。也就是說，不是奔向平原，而是就近奔向草原，然後裹挾著藏人的牧歌和草原的花香，從一個叫瑪曲的地方就近流入黃河。

但是它選擇了前者。

也許是一面山崖擋住了它的去路。也許不是，而是它的宿命決定了它。它注定將是一條苦難的河流。它注定將要裹挾著它一路收集來的泥沙，在下游營造出一片沖積平原，然後在平原上佈滿村莊，然後在村莊中造出一個大的村莊。那個村莊，人們叫它千古帝王之都。一部中國的歷史，有一半是這個村莊的歷史。這個村莊叫長安城。如果說不算太長的人類歷史中，世界西方的首都叫「羅馬」的話，那麼，這個村莊就是人類的東方首都。

河流現在變成一條中等水量的河流了。人們叫它渭河。它在大山中左盤右突，尋找著出山的道路。一山放過一山攔。雨季的龐大水量，給它提供了咆哮和撒野的機會，而從高原向平原過渡中的巨大落差，也令它的奔流充滿了力量，令它的每一朵浪花都亢奮起來。

渭河是哀慟的，沉重的，滯澀的，滄桑的。可是話又說回來了，中國北方的哪一條河流不是哀慟的，不是沉重的，不是滯澀的，不是滄桑的呢？

它們從來沒有歡快過和輕鬆過。對於它們來說，歡快和輕鬆的同義詞是暴怒和暴戾，是雷霆之怒，是一河亢奮的、足以破壞和毀滅一切的，以十華里寬的扇面，從平原上儀態萬方地流過的渾濁水流。

對於它們來說，也從來沒有平靜過和平和過。發過一番大脾氣後，河流總算是平靜了。它重歸於河床，重新開始它平庸的命運。但那不是平靜，是冷清，是冷寂，是冷落，是落寂，夜來渭河那咣噹咣噹拍打堤岸的聲音，宛如我的老祖母那徹夜徹夜的呻吟聲。

北方的河流哪！

在一個叫鐵馬金戈大散關的地方，渭河從兩座大山的夾角處，猛地一躍，便沖出山的包圍，進入大平原了。公允地講來，這平原正是河流的產物，是它在億萬年來，裹挾的泥沙在步入黃河之前，在這裡形成的囤積。人們把這種平原叫沖積平原。

這平原有八百里長。寬的地方有三百里寬，窄的地方有一百多里寬。南邊的高山叫秦嶺，北邊的高原叫陝北高原，它們將這塊平原夾定。人們將這座平原以這條河流來命名，叫渭河平原。而在歷史上，好事者又叫它關中平原。

爲什麼叫它「關中」，原來它的東西南北，被四座雄關圍定。東邊的那座關，叫函谷關，就是一個叫老子的寫《道德經》的人，騎青牛飄然而過的那個關。西邊的就是我們的大散關。「大散關」是它的名字，「鐵馬金戈」是過去年代的文化人，給這個氣象森森的關隘，加上的一句張揚的詞兒。南邊的那個關叫武關，北邊的這個關則叫蕭關。蕭關在平涼境內。據說，匈奴大單于冒頓至蕭關，屬下問：「匈奴人的疆界在哪裡？」冒頓馬鞭一指：「匈奴人的牛羊在哪裡吃草，那裡就是匈奴人的疆界！」

如是四座雄關，將這塊棗核狀的平原圍定，將這平原上一代一代的人物圍定，將平原上的那座千古帝王之都圍定。

據說在最初的日子裡，這裡沒有平原，這裡沒有千古帝王之都，這裡也沒有那些走馬燈一樣，來來往往的我的家族人物。那時的平原，是一片汪洋，汪洋的四周則是沼澤地，是參天的古木，是建在白鹿原半坡的半地穴式房屋，是呆呆地望著家門前這一汪大水倚門而立的老翁，是從沼澤地和灌木叢中走出來的呆頭呆腦的黃河象。

是一個叫大禹的人趕到了這條河的盡頭。在那裡，在那個叫風陵渡的地方，他高叫一聲「蒹葭蒼蒼，白露爲霜，所謂伊人，在水一方」，說罷，揮動一把老钁頭使勁地挖呀挖。只聽「嘩啦」一聲，渭河瀉了。這激情的水流一瀉千里，歡快地進入了黃河。兩條河流匯在了一起，兩隻胳膊挽在了一起，它們像交媾一樣，每一滴水滴都因此而痙攣起來。

這樣，平原顯露了出來，黑油油的泥土顯露了出來。而河流，它縮成一股時而散漫、時而咆哮的水流，在渭河平原的中間地帶，一個相對固定的河床中開始流淌。而在河流兩岸、人聲嘈雜中，建立起一個又一個的村莊，人們紛紛地從山腰間下來，撵著這水臨水而居。

第二章　高安氏偉大的罵街

一位「伊人」，站在渭河畔高高的老崖上，正在唾星四濺地罵街。這是我那偉大的祖母。在我們這地方，我叫她「婆」。她罵街的時間是上世紀三十年代的最後一年，或者準確地說，是一九三九年農曆的二月二這一天。

她那時候還不是我的祖母，是高村一個過門不久的媳婦。她是一位鄉間美人。正在罵街的她，細眉大眼，尖下巴，下巴上一顆褐色的美人痣。那美人痣隨著她嘴唇的抖動在飛快地跳躍著。頭髮像烏雲一樣，挽成一個髻，繫在腦後，然後用一個銀質的卡子卡起。她的上身，穿一件用老布裁剪而成的大襟襖，那大襟襖的顏色是白的，襯著她那白皙細膩的俏臉兒。一條手絹兒繫在她的胸前。在罵街的途中，這方手絹不時地被用來擦唾沫或者擦鼻涕。下身是一件黑粗布褲子，那褲腳的地方，被用綁帶纏住，然後顯露出兩個秤錘一樣的小腳。

高安氏的罵街其實早在半年前就開始了。這一天只是她結束的時間。這結束的原因我們後來將要談到。話說半年前的某一天，她早晨起來，對著鏡子將頭梳好，梳頭的時候不時地給篦梳上吐兩口唾沫，以便讓頭髮濕潤，然後將這右開口的大襟子的每一個扣子扣好，一雙小腳，她纏呀纏，一邊纏一邊想著事情，想好了，將鞋穿起，然後用手抓著我父親的手說：「二小子，你陪你媽到村子裡轉一趟。我要排侃（編注：敘家常、寒暄）去！高村這一片天空，今天得看我出頭！」

這樣她就上路了。她牽著我的父親，一個半大小子，從東堡子走到西堡子，從西堡子走到東堡子，開始罵街。她的小腳停到某一戶人家的門前，罵一陣，然後再走，她的唾沫星子瀰漫了高村的整個街道。

罵完以後，她的最後一道功課是來到河邊，站在老崖上，依著慣性繼續罵一陣。直到自己都罵得疲憊了，口乾舌燥了，然後便對著河水發一陣呆。那雙小腳，載著她在這平原的早晨，完成了這樣一項偉大的工作，現在腳踵大約也有一些乏了，於是俏媳婦走下老崖，下到二崖上，脫了鞋子，在河裡把腳泡一泡。

老祖母的小腳，我在小時候見過的。十個腳趾頭，全部骨折了。骨折以後，全部窩回來，彎到腳心位置。她生平大約從來沒有穿過襪子，而是用一塊老布包著。那老布上不時有膿水的痕跡。而那雙小腳，並不是在少女的年代被包成這樣後，以後，就一成不變了。那小腳還時時膿腫，尤其是走路走多了以後，十個奇形怪狀的腳趾頭，像還沒有長毛的小老鼠一樣，紅紅的，脹脹的。隔三差五，她還要剪腳趾甲，要不，趾甲長了會鑽到腳心的肉裡。

祖母在河邊找了一灘清亮的積水，泡了泡腳，又擺了擺裹腳布。然後將這裹腳布稍微地晾了晾，不等它乾，就仍舊用它將腳包上，然後站起。

這一天的罵街工作就算結束了，下來開始忙生活了。給牛鍘草，給豬餷食，給人做飯，然後是紡線和織布。這時候，她就又變成高村一個平常而又平常的女人了。

第三章　村莊與家族

我祖母那偉大的罵街，基於一件重要的事情。這件事情關係到我們這個家族，能不能在渭河岸邊這個叫高村的地方住下去，關係到祖母膝下那一群嗷嗷待哺的孩子，他們將來的命運，關係到高家那時還算殷實的田產和房子，能不能守住。

高村所有的人都姓高。包括高大的柏樹下，那一簇簇墳墓裡的先人們，或者將要出世的新生一代們，他們的頭上都頂著一個高字。最初，他們大約是一個人或一族人，在大禹王高歌「蒹葭蒼蒼，白露爲霜，所謂伊人，在水一方」後不久，就從山上下到了河邊，然後在這裡以幾千年的耐心，建立起了這個同姓同族的王國。在高村人看來，這世界分爲兩部分，一部分是高村的世界，一部分是高村以外的世界。

不獨是高村，渭河平原上幾乎所有的村莊，都是這種組成形式。它們是從哪裡來的？不知道。是大禹王的年代嗎？不知道！是歷朝歷代的戰亂形成的嗎？不知道！或者如中國北方那個家喻戶曉的傳說，是從山西老槐樹下走過來的嗎？亦不知道！

山西老槐樹底下這個話題，中國民間眾口一詞的說法，是說這事發生在宋。北宋年代，連年戰亂，使得中國北方人口驟減，域內空虛，於是朝廷從山西老槐樹底下遷出大量的人丁，以補北方的空虛。

但是，這個傳說也許不致於只是北宋年間，那大槐樹移民，北宋年間有，但是，早在北宋之前，這樣的移民活動就發生過。須知，就連山西境內的居民，他們大部分也是移居來的。他們的祖先是匈奴人。

早在東漢年間，當時的朝廷採取「內附」政策，在山西境內設河東六郡，然後將長城線外游牧的匈奴安置在這裡。著名的五胡十六國之亂，它的初始，就是一個被安置在山西離石的、名叫劉淵的匈奴人發動的。

那麼，讓我們大膽地猜想，是不是將那些匈奴人收了馬匹，縛了手臂，然後牽著他們，從這山西老槐樹下走了一遭，從此他們成爲漢人，繼而散播到中國北方的廣大區域裡去了呢？如果是這樣的話，那山西大槐樹的移民傳說，當在更早。

不過，自從五胡十六國之亂以後，中國北方的人種，他們的身上都或多或少地有了一些「胡羯之血」。這是爲大家所公認的事情。在中國北方，純粹漢民族血統的人已經不多。白鹿原底下有個半坡遺址，那裡出土的七千年前的北方人，他們的體形、相貌，類似於今天的南人。

高村這個同姓同氏族的村落，是如何形成的，起於哪一年？不知道！渭河兩岸那像一根藤上結出無數的瓜的同姓同氏族村落，又是如何形成，起源於哪一年？亦不知道！而廣袤的渭河平原上，那些星羅棋布的同姓同氏族村落，又是如何形成的，起源於哪一年？回答說還是不知道！

是和五胡十六國之亂有關嗎？或者更早，是沼澤退去，平原裸露出它黑色的泥土，河床相對固定的那一刻就來到的？或者更晚些，正是民間那口口相傳的，從山西洪洞大槐樹下來的？

這些同姓同氏族村落散佈在渭河兩岸，散佈在廣袤的平原上，組成了中國北方農村的一道風景，成了北方農民支撐他們生存的一個堡壘，成了種族香火不滅、千年延續的一個保證。

從高村順渭河上溯二十華里，我們看到，所有的村子都是同姓同氏族的自然村。它們是上白村，下白村，彎裡馬村，母豬李村，樊村，胡村，劉村，趙村，南楊村，北楊村，季村，季堡，東安村，西安村，然後是高村。往渭河的下游追溯，橫臥在渭河老崖上的有幾個大村子，這幾個大村子分割成小村，這些小村亦都是以同姓同氏族的單位居住。而再往下，又是一個一個同姓同氏族的村落了。

在我們說話的這個年代裡，這些村子都是一姓。千百年來，村子的人們以百倍的警覺，提防著外姓介入。他們覺得，渭河岸邊這塊或者豐饒或者貧瘠的地面是他們的，他們防止著有人在他們睡覺的時刻，將口中的吃食奪去。更兼之，這也是一種崇拜，對遙遠祖先的崇拜，對《百家姓》中自己額頭上頂著的這個姓氏的崇拜。

在平原上，所有的村子除叫它們「村子」之外，都可以另外叫成「堡子」。「堡子」這兩個字，就充滿了一種防衛心理。

眼下，高村的這一戶高姓人家，遇到了一個難題。這個難題就是「斷後」。我的老爺膝下無子，只有一個女兒，且這女兒顯得有些笨拙。平原上的習俗，遇到這種情形，延續香火的方法一般有兩個。

一個方法，就是給女兒招上門女婿。哪個村莊的哪戶人家，男孩多，問不起媳婦，願意把自己的男孩招出去，給人做上門女婿。這女婿過門以後，得改姓，他的娃娃們，也得從女方的姓氏。也就是說，這個村子將這個人淹沒了，他來這裡的任務，只是像一匹種馬般地來延續香火，而這個同姓村落依然純粹，依然是鐵板一塊。

另一個辦法是將外甥接來，讓他頂門立戶，延續香火。三親六故中，這最親的人，大約就是外甥了，所以沒有辦法的辦法，請他來，當做子嗣看待。爲他問一房媳婦，這媳婦再生上一堆娃娃，於是這家的香火就又有年沒月地延續下去了。

如果說，那前一種情形，上門女婿還偶然地在此生中，用一下他原來的姓氏的話，村上人有時候也就睜一眼閉一眼地由他去吧！因爲他即使蹦得再高，也已經沒有根了，現在他的孩子是跟著媳婦姓的，他將很快老去，沒了蹤影，好像村莊裡從來沒有出現過這個人似的。

但是對於後一種情形，全村的人會以百倍的警覺來對待。從外甥頂門的第一天開始，他就改爲與全村人一樣的姓了，往事不准再提。

我那老之將至的老爺權衡再三，採取了第二種方法。即從渭河上游的一個叫鴻門鎮的地方，接來了他的外甥，來給自家頂門。接著，又從鄰村爲這個頂門過來的小伙子問了房媳婦。那小伙子就是後來我的爺爺，而那新媳婦，就是我那三寸金蓮的鄉間美人小腳祖母。

鄉間美人迅速地爲這戶人家生下來一窩兒女。高大出生了，高二出生了，高三出生了，齊刷刷的三個男丁。那第四個是女兒，苦命的桃兒也在那個年代來到了人間。

這一切多麼地符合鄉間規矩呀，這一幕鄉間喜劇演得多麼的圓滿呀！從此以後，這戶人家

將成爲這個大族中的一個支系，從此頭頂著同一個「高」字，開始自己少鹽寡湯刨食吃的歲月。

但是不然。

其實，早在高老爺子張羅著用他的外甥來頂門的時候，這種不祥的根就埋了下來。這原因就是，除了上面那兩種延續香火的形式之外，在平原上，通常還有第三種形式。

這情形就是，從自己就近的族人中，挑一個侄兒過來頂門。因爲侄兒和外甥一樣親，他甚至連姓氏都不需要動，就走入這個家庭，登堂入室了。

前面說過，高村通村都是一族，因此從理論上講，這個班輩上所有的人，他都有理由來頂門，或者再直白一些說，有理由來繼承高老爺子的這一份家業。

高老爺子那時候老崖上有三十畝良田，河灘裡還有二十畝灘地，家裡一掛鐵軲轆的牛車。此外，他還有五間寬的莊子。那莊子有三間蓋滿了房，剩下的，空在那裡，準備有力量了以後再蓋。

族人們，尤其是就近的族人們，也許曾向高老爺子提出過那第三個方案。但是被高老爺子嚴詞拒絕了，他明白所謂的頂門只是一個話頭，人們眼紅的是他辛辛苦苦攢來的那份家產。他堅決不能讓這些家產，落到他的那些族裡弟兄們手裡去。他決心要保衛它。

這樣做的結果，就是渭河上游村子裡的那個年輕人走入了高村，並開始了他後來的故事。

這個既不像農民，又不像商人，亦不像讀書人的年輕人，當他擔著個貨郎擔子，搖著個撥浪鼓，吆喝著穿村而過的時候，一定會招來許多人忌恨的目光，因爲這個村子的一戶富戶的家業，被這個不知從哪裡冒出來的外姓人得了。

但是在高老爺子在世的時候，人們還不敢造次。高老爺子拄著根南山藤木做成的疙瘩拐杖，一步一點，從東頭走到西頭，西頭又走到東頭，人們見了，紛紛打招呼。招呼罷了，人們指著他的脊背說：「有一天你死了，這好戲在後頭哩！」

第四章 摔紙盆兒

好戲果然在後頭。終於有一天，老爺子一口氣上不來，腳一蹬，頭一歪，走人了。家族紛爭於是從「摔紙盆兒」的那一刻開始。

平原上的習俗，老人死了，在抬埋他的時候，一頂棺木，請八條大漢用槓子抬著，棺木的後面，有無數條纖繩，女孝子們蒙著臉，穿著孝衣，手牽著這繩子，一邊拽著不讓這棺木走，一邊移動著步子往前攆。棺木前邊，則是兩行男孝子領路。那男孝子中，挑出一人，或是長子，或是長孫，或是至親的外甥，頭頂上頂著一個紙盆子。別人慟哭，他可以不哭。他只把這個盆子頂好，就行了。

這叫「頂盆子」，也叫「頂門」。所謂的頂門，其實正是頂這個盆子。這紙盆子應當摔碎。

出殯的隊伍在行走中，前面的孝子在行走中，來到一個十字路口或三岔路口，覺得這裡距家宅和墓穴的距離剛好適中，於是停下。

停下以後，所有的孝子們都知道要摔盆子了，出殯中最莊嚴的那一幕要開始了，於是停住腳步，按班輩、分長幼站定，就在當路上跪成兩行。而那後邊的棺木也停下來，後邊哀慟的女孝子們也停下腳步。

這樣，在樂人們嘹亮的嗩吶聲中，在男孝子們壓抑的、低沉的、嘶啞的哭聲當中，在女孝子們一板一眼、抑揚頓挫、彷彿唱歌一樣的哭聲當中，頂盆子的這個孝子，將紙盆子高高地舉起，叫一聲「從此後我就成了沒大的娃了！」叫罷，然後重重地摔下。盆子是陶土的，青色，摔到地下，「嘩啦」一聲，成為一堆碎片。

啥叫「紙盆子」？其實，它不過是一個普通的瓦盆而已。這個瓦盆在此之前，是放在家宅裡的靈牌前的，燒紙用。如今起靈了，牌位拔了，於是這盛滿紙灰的瓦盆兒，便被端起，隨靈柩一起走。

高老爺子的出殯儀式也是這樣進行著的，那頂盆子走在孝子前面的，正是那個外鄉人，我的爺爺。如果沒有人從中作梗，盆子一摔，這場喪事就算走到頭了。老爺子將順順當當地入土為安，去見他的列祖列宗們。平原上的老墳堆裡將會出現一座新墳。

但是正當這個外鄉人高高地舉起盆子，就要往下摔的時候，孝子隊伍裡一片嘈雜，有的人喊著「讓我摔」，有的人喊著「我來摔」，有的人喊著「該我摔」。人頭鑽動，那頭頂上頂著一塊白色孝布的是兒子輩，那頭頂上頂著一塊黃色孝布的是孫子輩，那頭頂上頂著一塊紅色孝布的是重孫子輩。眾人站出，紛紛來搶，出殯的隊伍亂成一團。

此刻這個名叫高發生的年輕人從來沒經過這陣勢，紙盆子舉在頭頂，傻了。他呆呆地站在那裡，眼睛紅勾勾的，不知道該怎麼辦才好。

「瓜松，你摔！你摔！你快摔！」

說這話的是我那鄉間美人，小腳祖母。此一刻，她正在那棺木的後邊，穿著孝衣，手牽引魂索，席地而哭，見了眼前這一場變故，吃了一驚。

只見她身子向後仰一仰，腰身閃一閃，一個鯉魚打挺，站了起來。站起來，扶著棺木走了兩步，然後踮著小腳，快步穿過孝子的行列，逕自走到我爺爺跟前。

「你摔呀！瓜松！快摔！」她說。

爺爺還在愣著。眼見得無數隻大手小手，去搶那只高舉著的紙盆子，老祖母踮著小腳，左拐右拐，從人群中躥到爺爺跟前，然後兩腳一跳，掰住爺爺的胳膊，叫一聲：「你倒是摔呀！」然後將胳膊一拉，於是只聽「嘩啦」一聲，紙盆子摔下來了。盆子落在塘土地上，一個盆碎成八瓣成爲碎片。

安葬儀式結束不久，「頭七」未過，這戶人家便開始遭戶族欺侮了。老太爺既死，於是大家也就沒有了忌憚。老崖上田裡的包穀還沒有成熟，就被人整行子整畦子地先掰了。灘地裡的果木樹上結了桃子，也被人卸了。菜井裡種的辣子被人摘了，韭菜被人割了。家裡拉車的老黃牛，偷吃了幾口嘴，也被人用鐮刀砍了。家裡的大花狗，被人打著吃了，將一張狗皮，隔牆撂了過來。還有家裡那幾個半大孩子，出門與人打架，一個個被打得鼻青眼腫流鼻血，問他們爲什麼跟人打架，回答說村上孩子叫他們「蠻生野種」。

這些都是小事，更大的事正在醞釀，這就是族裡面的幾戶近家，瞅上了這戶人家的田產和房屋。這一日，我那鄉間美人的小腳祖母，正搖著紡車，在上房屋紡線，門外人聲嘈雜，揭開門簾一看，只見幾個大漢，抬了一口棺木，進了院子。祖母問：「這是誰家的棺木？走錯地方了吧！」大漢們說，棺木是族裡一戶人家的，人暫時來不了，先用這棺木來占地方，號房子！說罷，不容分說，一把攉開這小腳女人，抬著棺木進了上房屋，然後找一個角落，將棺木擺好，底下再支上幾塊磚頭。臨走時，大漢們說：「小媳婦，妳小心地給看著，這口狠話說過了，棺木要是少一個角角，就拿妳是問。老鼠咬了，蟲嗽了，妳也逃不了干係！」說完，牙齒下了，一夥人揚長而去。

我的小腳祖母愣在那裡，好久才明白這是先用棺木占地方了。她坐在院子裡的棗樹下，號啕大哭。哭了一陣子，哭得沒意思了，於是想起找我爺爺。我爺爺此刻在哪裡，她知道！爺爺早就知道這家業守不住，於是說，讓外人得了，不如讓我抽大菸把它抽光吧！沒了家業，就沒人偷沒人搶沒人眼紅，這高村的天下就太平了！這樣他染上了大菸癮，和村上一些懶漢二流子躲在一戶閒人家裡抽菸。這事我祖母知道，她只是睜一隻眼閉一隻眼，不把這事說破。

此一刻，家裡出了這麼大的一個事情，祖母只得硬著頭皮，來拍這戶人家的門環。好門開處，一群大菸鬼正橫七豎八，躺在那裡吞雲吐霧，見高家媳婦來了，都吃了一驚。我的小腳祖母，只見她並沒有發怒，只是把那個尖尖的小鼻子聳了一聳，臉上做出笑容說：「好香！好香！」說罷，逕自走到我爺爺跟前，奪過菸捲說，讓我也嚐一口！嚐罷，對爺爺說，走，咱們回家，回到咱們家炕頭上，熱被窩一坐，你一口，我一口，過咱們的神仙日子去。

爺爺懵懵懂懂，趿鞋下炕，被小媳婦牽了手，出了大門。門後，一群大菸鬼說，你看人家

媳婦，這才叫厲害！祖母回頭，呸呸兩聲，算是作答。

回到家中，看到上房地的棺木，再聽祖母一番訴說，爺爺眼皮翻了翻，一言不語地蹲在地上。祖母見了，踢兩腳，「你倒是說話呀！掌櫃的！」祖母說。踢歸踢，膽小怕事的爺爺仍是一聲不吭。祖母見了，絕望地說：「我三腳踢不出你個響屁來！」

就從這一刻，我的小腳祖母開始罵街。既然這家男人不敢出頭，那麼女人只好出頭了。

第五章　罵街

至此以後，大約有半年時間，高村村頭，出現了一個罵街的女人。那原先用髮卡別在腦後的髻兒，弄亂了，如今一頭亂髮蓬鬆在頭上。兩個原來白裡透紅的臉蛋兒，如今憑空地抹了兩團灶膛裡的柴火灰，又黑又青。一件大襟青布衫子，那布紐扣從胳膊窩以下，全部解開，露出的兩片衣服下擺，挽成一個疙瘩，纏在腰際。下身的變化不大，還是那身黑青布纏著綁帶的褲子。腳下三寸金蓮的那鞋子，現在換了，換成了結婚坐轎時那雙紅緞鞋。這紅緞鞋穿在腳上，一顛一擺地走來，確實比那黑布鞋更為張揚。

她的手裡，還提著一根盤成一團的火繩子。這火繩子是牛拽繩。如今她提到手裡，在村口滋事，那意圖也很明顯。話頭不對了，或者她惱怒了，這繩子往誰家的門樓子上一拴，就上吊到誰家了。

我的鄉間美人小腳祖母，順著高村的官道從東到西，從西到東，踏踏而來，一路排侃。她說道：

「高村的老少爺兒們聽著，族裡的阿伯阿叔們聽著，如今這當兒說話的是高村的媳婦，安村的姑娘，叫『高安氏』的便是她。高老爺子是有一份家產，但這家產是他人老幾輩打牛屁股打出來的，碗裡一口、鍋裡一口省出來的，東山日頭揹到西山下苦掙的。你們要眼紅，你們去掙，讓兒子做土匪，讓女兒做婊子，只要能掙回來，也算數，別眼紅人家。

「你們說這老太爺要下個蠻兒，野毛光棍飛了四十里，跑到咱們高家堡子來了。這話也對。只是這野毛光棍是老太爺的外甥，外甥頂門，天經地義，過去有，以後還有，誰也不敢保險自己家的包穀地，就不長荒稈兒。如今他已經改了姓，他就是高村的人了，你們誰敢說不是？

「縱然這蠻兒是『蠻』的，是野種，你們眼黑他。那一窩孩子，該是在高家的土炕上生的吧！該是這渭河的水、大平原上的五穀，把他們養活出來的吧！他們頭上都頂著一個『高』字，你們難道就忍心欺侮他們？你們可以對我家男人無禮，這我認了，你們欺侮我的一窩孩子，這叫造孽！

「我安家大姑娘也不是沒名沒姓。安村就在高村的旁邊臥著，那一村的人都是我的娘家弟兄，他們在看著你們高村的人做事！我肏你個三輩先人的！」

我的小腳祖母罵到酣暢處，揮舞著手裡的繩索，等人上來搭腔，但是家家門戶緊閉，沒人敢吱聲。

祖母見了，越發逞能，往地下一坐，來個連身躺，大哭起來，一邊哭，一邊咒男人：「你們中，有那膽子正的站出來，一個槍子，把我那窩裡罩的男人滅了，從此我跟你過！」

這叫鄉間喜劇。大男人見了，人人躲避。婦道人家怕惹上口舌，也盡量躲著。倒是高興了那些鄉間孩子，這古老而閉塞的北方農村，渭河形成的這個死角裡，打人們記事的時候起，就沒有來過劇團，因此，這些圍觀的孩子，把這當一幕喜劇看。

氣出了，潑撒了，祖母心情好了一些，正如前敘述的一樣，她最後來到渭河邊，用河水抹一把臉，用唾沫星子把頭髮理順，然後將大襟襖挽在胸前的那個疙瘩解開，揚起一隻胳膊，用另一隻手將胳膊窩裡那一連串布紐扣依次扣好。

最後她回到家中。這個偉大的早晨結束。她現在又變成一個平庸的女人了。而到第二天早晨，踩著太陽冒紅這個鐘點，她的又一次罵街行動再重新開始。

祖母的罵街取得了巨大的成功。在她罵街的這半年中，高村逐漸安靜下來，渭河畔上的這戶人家，日子也逐漸好過了點。

只是那口白色的棺木還在上房裡臥著，夜來白森森地怕人。祖母說：「這也是咱們族裡一位老者的棺木，既然他願意放，就放在這裡吧！咱們權當保管者。這東西蓋子一揭，還是上好的糧倉，麥子下來後，咱們用它裝糧！」

這一日，一九三九年的農曆二月二，是我的鄉間美人小腳奶奶的最後一次罵街。不是她不願意罵下去，而是這罵街的行動，被一件事情打攪。而這件事情，將導致渭河畔上的這戶人家暫時離開，亡命他鄉。

第六章　高家渡

祖母看見，在坡坎下面的渭河二道崖上，人聲嘈雜。順著那崖畔，自南向北，一溜兒擺開八口大鍋。是八口，祖母伸出戴著套袖的手，挨個數了數。那每一口鍋前，都圍著幾個人，有從河裡擔水往這鍋裡倒的，有蹲在灶火口，往鍋底塡包穀稈的，還有掌勺的，手拿一個大銅瓢，將那鍋裡的水不時地漾起。旁邊，好像還有幾個公家人模樣的人，穿著制服，胳膊肘上戴著個白箍兒，口裡吹著哨子，在指指點點。另外，還有幾個穿黑衣服的軍警，挎著槍，在人群周圍轉悠著。

高村這一塊地面，是渭河「几」字形地流過平原時，在這裡形成的一個死旮旯，平日裡，官道上難得見幾個行人，這二道崖下面，更是冷冷清清的。雖說這裡好歹算一個渡口，但是從這裡過河的人並不多。這個名曰「高家渡」的渡口，那艘大船，主要是載高村以及高村附近的人渡河的。

祖母有些納悶，她不知道要發生什麼事情了。於是從老崖上，徘徊兩步，找了個斜坡，「哧溜」一下，溜到了二道崖。那八口大鍋，其實都是高村人的鍋，是爲牲口飲水用的。那每個鍋前圍的人，也都是高村的人，他們以一家一戶爲一個單位，在那裡操持著。

有一棵歪脖子老樹，樹已經死了，還端立在那裡。樹皮的一面被人扒光，露白的地方，墨筆寫下「高家渡」字樣。這大約就算渭河上這個荒涼渡口的唯一標誌了。那歪脖子老樹，想當初，它該是長在高村一戶人家的門前的，或者院落中的，渭河改道，三十年河東，三十年河西，這戶人家的宅院在某一個晚上，突然崩到河裡去了。主人於是搬到了靠裡的地方，而這棵樹留在這裡。河流突然改變主意，不再往東崩了，這樹便倖存了下來，艄公便央過路客在這沒人管了的樹上，書寫上「高家渡」這幾個字。

那第一口大鍋，就支在這歪脖子老樹底下。圍繞著這鍋忙碌的這一家人，正是我們家的人。

那手執一把大銅瓢，舀起湯，然後再高高漾下去的，是我爺爺。旁邊挑著一擔木桶，忽悠忽悠地從渭河向上擔水的是我大伯，也就是高大，那一年他十三歲。坐在灶火口裡，朝著炕底那熊熊燃燒的火焰，往裡塞包穀稈的，是我的父親，也就是高二，那一年他十歲。

「死老漢，你在幹什麼呢？有什麼大事要發生了，動鍋動灶的？莫非，是咱這高家渡，要過隊伍了？」祖母躍上坡坎，來到大鍋前，拿個樹棍，將那火心捅一捅，掏空，這樣火便燃燒得旺一點。平原上的早春，還是很冷的，況且河道裡有風。這樣她便一邊搓著手，一邊問。

爺爺回答說：「鄉裡人不知道城裡的事，地上人不知道天上的事。只是來了幾個公家人，用腳踢了踢咱這一口給牛飲水的大鍋，說是要徵用它，咱就把這大鍋給弄到河沿上來了。聽說這高家渡確要過人，但不是過隊伍，是過災民。這鍋裡熬的包穀粥，公家人說這不准叫包穀粥，要叫捨飯。」

「喲，是起大鍋，發捨飯。那麼捨給誰呢？這八口大鍋，能吃多少人哩！記事中，民國十八年大年饉，這二崖上就支過鐵鍋，發過捨飯。那次，來的是山東人。山東人一溜一串地，過了河，沿著這渭河兩岸住了下來，成了一個一個的山東莊子。那麼這次，是哪裡人呢？該不是河南擔吧！」

「不知道！公家人沒有說！」爺爺回答。

祖母停頓了一會兒，又有些事情想不明白了。她問：「渭河這八百里河道裡，少說也有幾十個渡口，那些災民，爲什麼要單挑高家渡來渡身子呢？高家渡這麼條破船，官道這麼個塘土路！」

爺爺回答：「聽說，不獨獨是高村，高家渡往下，直到黃河邊，這幾十個渡口，都支起了大鐵鍋！」

「那得過多少人呀！他們是些什麼人呢？」祖母感慨道。

大鍋裡的包穀粥，已經咕嘟咕嘟地滾好了。爺爺還不停地拿著大馬瓢，將包穀粥舀起又揚下。那包穀粥從馬瓢沿上灑下的那一刻，陽光一照，像一道金瀑布。這是老包穀，它是黃的，金黃金黃的。包穀那香味兒，又像泥腥味，又像草腥味，又像空氣中那薄荷的味兒，它現在瀰漫了渭河的這一段川道。

見吃捨飯的隊伍遲遲不來，祖母坐不住了，她要回家織布去，幾個孩子都等著這一架子布下來，做衣服。「況且，四女子還在炕上睡懶覺！我不給她穿衣服，她自己不會穿！」祖母說完，閃一閃身子，站起來，踮著小腳上了老崖，回村子裡去了。

天晌午端，太陽直直地照在頭頂上的時候，人們焦急等待著的那一支饑餓大軍，終於在平原的另一頭出現了。

首先傳來的是聲音，彷彿地皮在輕輕顫抖的聲音，彷彿是成百上千的人在壓抑著嗓子，輕輕抽泣的聲音，彷彿是饑餓平原上的母狼，在暗夜裡哀鳴的聲音，彷彿是那低沉的雷聲，在天邊滾動的聲音。那聲音是緩慢的，凝重的，愈來愈清晰，也就是說越來越走近高家渡。

接著在那平原的盡頭，出現一片鋪天蓋地的烏雲。這烏雲是流動著的，翻滾著的。它一會兒俯衝下來，與地平線融為一體，一會兒又飛上高高的天空，那一團黑色將天上的太陽也遮住了。

接著，從官道上，走來一支隊伍。

他們有人穿著衣服，有人沒有穿衣服。那沒有穿衣服的，用一張蓆片，或者一塊破布，象徵性地掛在腰間，遮住自己的羞處。這些人群，明顯地是以家庭為單位，結伴行走的。因為有老人，有孩子，那些青壯一點的男人，則承擔著照顧老人和孩子的任務。所謂青壯，這裡只是相對他們的年齡而言，他們同樣是疲憊的，孱弱的，身上的那肋條子鼓出來，像排骨一樣。他們穿鞋子的很少，有些人是打赤腳，有些人則穿著草鞋，或用麻葛和布條擰成的鞋。他們大約有半年沒有理髮了吧，亂糟糟的頭髮落滿了灰塵。

有些家庭是推著一輛獨輪車的。獨輪車「咯哇咯哇」地叫著。高村的人聽到的平原盡頭，所傳出的哀慟聲音中，大約就有這獨輪車的叫聲。這獨輪車上，通常裝著這個家庭的全部家當。

這輛獨輪車由這個家庭的男人推著。如果這個家庭有一個半大小子，那麼他會在這獨輪車的前面，用一根繩拽著車，給這位推車的男人助一把力。如果這戶人家有個上了年紀的老人，通常，行走的期間，他會在家人的要求下，在獨輪車的支架上坐一會兒，歇一歇腳。

大部分的家庭則連這樣的一輛獨輪車都沒有，他們的全部家當是用一條扁擔挑著。這扁擔通常是桑木的，木質很軟很柔韌，挑時兩頭一閃，扁擔彎成一個半月形。扁擔的一頭，挑著一個花格包袱，包袱紮緊，扁擔頭從包袱中穿過。扁擔的另一頭，會是一個筐籮，或是一個竹筐，或是一個木籠，它是用繩子繫在扁擔上的。那或筐籮，或竹筐，或木籠裡，通常裝著一個孩子。這根扁擔通常是由這家的當家男人擔著的，行走中的這戶人家，簇擁著這男人。

另外還有些人家，他們連這樣的一根扁擔也沒有。當家男人的身上，只揹著一件花格包袱。那包袱的質地是老布的，白色的線、紅色的線、青色的線合在一起，織成這一個一個火柴匣大小的方格子圖案。需要說明的，這包袱皮已經舊得不能再舊了，顏色已經失槽，上面還布滿補丁，所以我們說它的顏色，只是說它原來的。唉，包袱的主人，大約已經在這個世界上，流浪了有些時日了。

偶爾的，孩子會哭，或者是揹在背上的，或者是抱在懷裡的，或者是拽著手拖著走的，或者是躺在那筐籮之類的東西裡的。這些孩子是因爲饑餓而哭，他們伸出小手，向世界搖晃著，向大人搖晃著。於是，母親把她的大襟襖解開兩個扣子，取出乳頭，塞到孩子嘴裡。但這哪裡是乳頭呀，既沒有肌肉，更沒有奶水，就像瘦骨稜稜的排骨上停了兩個乾棗一樣。孩子大約咂出血了，母親痛苦得頭上冒汗，但是她強忍著不動。孩子最後睡著了。那男人說：「將他扔了吧！等到了好地方，光景好了，妳再生！」女人默默地點點頭，她說：「小東西，你為什麼要來到這世界！你不要受罪了！你走吧。」餵了最後一口奶以後，女人別過了臉。男人抱著孩子，把他輕輕放在路旁的麥苗田裡。立即，有成群的烏鴉和喜鵲俯衝上來，路旁傳出一陣驚天動地的聒噪。

烏鴉和喜鵲，僅僅吃掉了孩子的兩隻眼睛，便被後面的饑餓大軍趕走了。饑餓大軍不是來救這個孩子的，而是來搶這一具小屍體的。如果這具小屍體被一戶人家搶到了，那麼，他的肉熬下的湯，足夠這戶人家再支撐住一個禮拜的行走。

這一切都是真的，在這個莊嚴的話題面前，敘述者不敢有絲毫的杜撰。在那場由豫入陝的災民大遷徙中，這樣的事情不在少數。

這還不是最殘酷的。那最殘酷的事情是「易子而食」。饑民途經的各縣縣誌上，修誌的老先生曾經以怎樣悲涼而又絕望的筆調，談起那一幕幕「易子而食」的場面呀！

人們不忍心吃自己的孩子，於是兩家交換，這樣鍋裡煮的就是人家的孩子了。

當然在饑民大軍行進的時候，一部分的孩子被路經的村莊收留。像我母親的姐姐那樣。但是那樣的事情好像並不多。在那個兵荒馬亂的年代裡，在那個吃了上頓沒下頓的春二、三月青黃不接的季節，當地的住家戶連自己孩子的那幾張嘴也填不飽呀！

隊伍行進著，從大平原的另一頭黑壓壓地壓過來，像遭蝗蟲一樣。隊伍太臃腫和龐大了，因此這窄窄的官道根本容納不了他們。那條平日走牛車的細長道路，只是像一個箭頭一樣，為他們指出高家渡，指出渭河對岸那迢遙的地方。所以隊伍中的大部分人，是踩著路邊的莊稼地

走的。

春二、三月正是大平原上青黃不接的季節，去年那一點可憐的存糧已經被掃清囤底，地裡的青苗要再過整整三個月才能成熟。所以，要靠這塊大平原爲饑餓大軍提供吃食，那是勉爲其難。

於是，行進的隊伍，像蝗蟲一樣，吃盡了路邊田野上所有能吃的東西。榆樹皮是可以吃的，於是所有的榆樹皮都被扒光，榆樹白花花地栽在地上，十分怕人。榆樹葉也是可以吃的，採光它。桑樹皮是可以吃的，扒它。桑樹葉也是可以吃的，採它。田裡的那些地地菜，壙堆上的雪蒿，這些東西也都被採光了。

饑餓大軍越走越近了，頭前走的幾撥人已經越過高村的街道，快走到老崖跟前了。在這八口大鐵鍋旁站的人，這時才明白，這捨飯是爲這些饑民準備的呀！

而天空那一團上下翻飛的烏雲，也同時到達了高村。聒噪聲更大了，震耳欲聾。原來這不是烏雲，是成千上萬隻黑烏鴉和花喜鵲。牠們所以緊緊不捨地追趕著這饑餓大軍，是爲了收拾大軍行走中，那倒斃在路途上的屍體。牠們已經嚐到了甜頭，同時牠們覺得，隨著隊伍繼續向前走，牠們去吃死屍的機會會更多。

在大鍋前焦急地等待著的爺爺，支稜起耳朵，細細地聽了聽烏鴉的叫聲，突然說：「這捨飯是給誰預備的，那些過路客是誰？我現在是知道了，他們來自豫東一個叫花園口的地方，那地方去年五黃六月間，黃河決了堤！」

「何以見得呢？」隔壁那口大鍋旁的男人問。

「你聽聽那烏鴉的叫聲，那是河南的烏鴉，不是咱陝西的。陝西的烏鴉，叫起來像唱秦腔一樣，直通通地，可著嗓子吼。河南的烏鴉，叫起來像豫劇的花腔，一聲高來一聲低，一聲粗來一聲細，一聲長來一聲短。」爺爺回答說。

爺爺又補充說：「看來這些烏鴉，是跟著逃荒的人，跨過黃河來的！」

第七章　大捨鍋

逃難的人在老崖上一露頭，便看見了這白茫茫十里渭河灘，看見了那像一頭巨蟒一樣，彎彎曲曲、波光粼粼的渭河，看到了二道崖上那八口正在咕嘟咕嘟滾著的大鐵鍋。

「吃捨飯！」人群騷動起來。饑餓的人們喊著，連滾帶爬，從老崖上衝下來，將這八口大鍋圍定。

那幾個穿中山裝的人，據說是國民黨行政院的賑災專員。只見他們用手揮一揮，用南方口音喊一喊，喝令人們排隊。但是，人群像一群沒王的蜂一樣擁上來，哪聽他們的。沒奈何，專員指著旁邊荷槍的士兵說：「你們倒清閒，站在一旁看笑話，你手裡那東西是槍，還是燒火棍？」

士兵們得令，把槍舉向天空，叫個「一二三，放」，於是，一排齊射。只見天空那黑壓壓的鴉群，有幾隻被射中了，掉下來，落進了河裡，又迅速地被河水沖走了。

老百姓什麼都不怕，就怕槍。一聽槍聲，所有的人都安定了下來，馴服了下來。人們現在開始排隊，專員指揮著，讓每個大鐵鍋跟前排一隊人，一人只給舀一瓢玉米粥，吃完玉米粥，上船過河。

爺爺興致很高。那天大約是他過繼到高村以來，最開心的一天。人一開心，話也多起來。原來，他竟是一個鄉村哲學家。

爺爺將一瓢金黃色的包穀粥，高高揚起，金瀑布一般地潑下，盛滿伸向他的每一個大碗。他說，這東西在我們這一處地面，叫包穀，包穀糝子熬成的粥叫包穀粥。這包穀是從西域來的，大宋年間西域回族人帶過來的。它是咱老百姓的口糧，既高產又耐旱。大宋初年，中國的人口只有五千萬，到了結束時，二、三百年光景，人口已經一億五千萬了，啥原因，就是這包穀粥養的呀！

說了上面這些古話，下來，爺爺動口問，問這一撥人是從哪裡來、到哪裡去的。他說：「客官，過路客，行路人，鄉黨，你們這是從哪裡來的呀？你們又到哪裡去呀？高家渡這個荒涼偏僻的渡口，大約自有了碼頭以來，那渡過的人群加起來，也沒有今天渡河的人多呀！」

爺爺又說：「莫不是蔣介石爲阻擋小日本，派飛機朝花園口那地方扔了些大炸彈，炸開了河堤四十里，你們這是從那河堤下面，逃命出來的吧？」

逃荒的人群一哇聲連連稱「是」。他們說蔣介石這狗日的，啥法子不能想，想出個炸黃河河堤的瞎點子。日本鬼子沒淹了，倒把豫東地面成百萬的老百姓給淹了。那一塊大平原村子稠，人口多，慘哪！那地方的黃河，是懸在半空中的，比陸地要高出幾丈，幾十里寬的河堤口子一開，黃河水嘩啦一聲就泄下來了。那水頭大啊，黑壓壓地就像許昌城的城牆一樣高，齊刷刷地推著往前走，見誰滅誰！平原上三停的人，有一停被這水淹死了，永生地做了淹死鬼了，有一停的人，死在疫病和逃難的路上了，剩下一停人，這不，正趕路著的。

爺爺問死了多少人。

人們七嘴八舌，說死人無數，但是到底死了多少，政府沒有統計，咱們也不好推斷，總該有幾十萬吧！一個村莊一個村莊地叫水端了，一個縣一個縣地叫水吞了，那豫東地面有好幾十個縣哩！

爺爺又問：「那你們要往什麼地方趕呢，可憐的人！你們這樣急匆匆地走著，閻王催命似的，好像前面真有一個什麼好地方，在等著你們。」

人群七嘴八舌，回答說，確實有個天堂般美好的地方，在他們的前面等著，他們所以掙著命地往前走，就因爲前面有那地方。那地方叫黃龍山。

一提到「黃龍山」這三個字，這一群饑餓的人們，人人的眼睛都亮了起來。他們說，政府給那裡設了個中央墾區，安置這些花園口難民。政府說，那是個天堂一樣美麗的地方，有現成的房子，等著他們去住，有一囤子一囤子的糧食，等著他們去吃。耕牛預備下了，犁杖預備下了，那地是黑油油的，犁杖往地上一戳，五穀一撒，就是一料好莊稼。

「世界上真有這樣的好地方嗎？」爺爺狐疑地說。問這話時，他的眼睛也閃出一絲火星。

「真的！真的！政府的賑災大員都這麼說。要不，我們也不會跨黃河，跨渭河，過函谷關，過風陵渡，過潼關，去往那裡奔了！」人群肯定地說。

聽到這話，爺爺長歎一聲，直起腰來。

「哪裡的黃土不埋人！」爺爺說，「說不定，我高發生下個狠心，也會跟著你們奔往那個地方的！」

船一撥人一撥人地渡著，這八口大捨鍋，一馬勺一馬勺地為大家盛粥。我們家這口鍋前，奶奶燒火，爺爺掌大馬瓢，高大一擔一擔地從渭河裡擔水，往這鐵鍋裡續水，高二和高三，這兩個半大小子也沒閒著，他倆從家門口揹來包穀稈和麥秸草，充當柴火。桃兒剛會走路，於是像一隻貓一樣地蜷在高安氏的懷裡，屁股蛋子坐在高安氏盤起的腿上。

我那苦命的母親那一年六歲。她也在這一支從黃氾區來的龐大逃難隊伍中，來和我的父親高二赴這千年之約。此刻她正在路上走著，她將在三天三夜之後，即這一支饑餓大軍的行走接近尾聲時到達。她姍姍來遲的原因是在逃難的路上，有一個姐姐賣給路經的一戶人家了。這事耽擱了這戶人家一點行路的時間。

渭河岸邊高家渡這一場捨飯，發放了三天三夜。渭河的水擔了多少擔，無法去量，能夠丈量的是我家門口順牆而立的那一大簇包穀稈，全都燒光了，一個麥秸垛，也燒光了。下鍋用的那玉米子，是一條船上運來的。那時渭河上還可以行船。一條塗著紅色和藍色線條的船，在渭河這一段河岸來來回回地走著，不時地卸下糧口袋來。那船上，一個穿一身白西服的城裡女人，甲板上放一個凳子，她坐著，抽著菸捲，面無表情地看著岸邊。

高家渡的渡船，使的是篙。一根丈二桿上，前面是一個鐵尖，後面是一個把手。船工以篙點地，叫一聲「船開不等岸邊人」，身子往起一躍，將篙的這頭往懷裡一壓，篙身壓住船身，船一傾斜，這船就離岸了。

人太多，船渡不過來，因此這三天三夜裡，老崖底下的人群擠成了疙瘩。等船的人中，有蹲在地上抽悶菸的，有全家人倚著老崖曬太陽的，還有些婦女，到河邊去洗臉和梳頭的。而到

了夜來，火光燃起，高家渡上更是熱鬧。

「窮歡樂，富憂愁，討吃的不唱怕乾球！」說這話的是一個耍猴的河南人。在中國地面流浪的河南人，耍猴是他們的一項重要謀生手段。這個離鄉背井的耍猴人，真可憐了個他，什麼家當都沒有了，只肩膀上臥著一隻猴子。

夜來火光下，那河南來的耍猴人，把鑼兒「噹噹噹」地一敲，將猴子從肩膀上一甩，甩到空裡，又用手接住，他開始耍猴了。耍過一通後，場子圓了，接著一個紮著大辮子，濃眉大眼厚嘴唇的姑娘，開始唱河南梆子。她唱得真好，博得四周一片喝彩聲。這一群河南人因了這歌聲，在一瞬間有了一絲溫暖，差點忘了這是在異鄉，在陝西境內渭河岸邊，一個叫高家渡的荒涼堤岸上。

我的爺爺後來曾無數次地說過，那個在西安城裡唱紅、在鄭州城裡達到功德圓滿的豫劇名角常香玉，就是在高家渡那個夜晚唱河南梆子的大辮子姑娘。他賭咒發誓說：「就是她」！

第八章　顧蘭子的第一次亮相

正當高家的一家老小，在渭河畔的二崖上，守著一口大鍋，從事那場積德行善的善舉時，高家的另一個傳奇人物，六歲的顧蘭子，正拄著一根棗木拐杖，在這支饑餓大軍的尾部行走著。她現在還不是高家的人，她將在隨後的黃龍山歲月中加入，而就在這次，她還將在這高家渡的官道上，上演一幕戲劇。

那一年顧蘭子六歲。母親把她的開襠褲用線縫住，縫成死襠，然後，把她蓬鬆的頭髮用梳子梳整齊，再用兩個指甲蓋，把頭髮裡那些蝨子下的卵（那叫蟣子）咯嘣嘣地擠死，然後將頭髮梳成兩個小辮，小辮的根部用紅頭繩紮緊。「妳六歲了！」母親說。

六歲的顧蘭子從來沒有出過遠門，她只去過一次許昌城。因此，她在描述那花園口決口時所用的比喻，總是說那水頭黑壓壓的，像許昌城的城牆一樣高，一樣寬。水頭翻滾著，就將她的那個小小的顧村吞沒了。

她的那個村子叫顧村，這個村子又分前顧村和後顧村。顧蘭子是住前顧村或後顧村的，她已經記不起了。她只記得這個豫東地面的縣名叫扶溝縣，而顧村距扶溝縣城三十里地。

洪水湧進顧村的那一刻，全家人順著梯子，爬到了屋頂。水頭順著村子西頭那條小河渠走

了一部分，這就是顧村沒有頃刻陷入滅頂之災的原因。但是這土坯房，不經泡。水頭過去以後，水還在一波一波地湧過來，三天頭上，房子倒了，於是全家人又一個拉一個，攀上了院子裡那棵皂角樹。已經七天了，這水還沒有減弱的意思。這樣下去總不是辦法。好在這時候漂來了一塊門板，於是全家人跳進水裡，抓起這塊門板，任水漂著他們走。黃河裡的水是黃泥湯，人在水裡，想沉也沉不下去，所以他們沒有淹死。而那門板的作用，只是像把這一家人聚攏在一起的一個物什。

不知道漂了多少時間，也不知漂了多少里路程，最後這水成了死水了，於是他們棄了門板，踩著齊腰深的水，走到乾地上。

顧蘭子是在鄭州城第一次吃的捨飯。那是白米飯，白花花的大米盡飽吃。這是她生平第一次吃大米飯，或許還是她生平第一次吃飽飯，所以，她記得很深。

這個河南黃汜區人家，也是受了那「天堂般美好的黃龍山」的宣傳蠱惑，才踏上這條道路的。

最初，從黃汜區出來以後，他們在陝西和河南交界的地方住過一些時日，男人給當地一家打短工，女人給另一家奶孩子。這時候國民黨來抓丁，三丁抽一，東家不想讓自己的三個孩子從軍，於是商量著，商量著天黑以後把這個短工綑起來，拉到鄉公所去頂。這話讓男人聽到了，於是逃了出來。這樣，這戶河南人只好再走，最後走到了這支逃難大軍中。

前面談過，在路過一個村莊的時候，他們還將最大的那個孩子賣給了當地一戶人家。這個女孩的身價是二斗黑豆。這二斗黑豆現在在擔子的一頭，而擔子的另一頭，一個笸籮裡裝著三個孩子，那是顧蘭子的兩個妹妹和一個弟弟。這一斗黑豆將是這戶人家在去那黃龍山的迢遙道路上的全部吃食。

顧蘭子已經六歲了，她能走，因此她是獨自一個人走著的。路旁所有的野菜和能吃的樹皮都被採光了。但是行走間，眼尖的顧蘭子竟然在不知哪個角落摘到了一枝蒲公英。母親難得地笑了笑，她把蒲公英葉子放在口裡嚼了嚼，將那汁子吐給笸籮裡熟睡著的孩子們。然後將那一朵黃色的蒲公英花，給顧蘭子戴上。

「等到了黃龍山，安頓下來以後，我用老婆針燒紅，給妳耳朵上穿兩個耳朵眼。一人一個命，豬娃頭上還頂三升粗糠哩，說不定，妳這耳朵上，將來要戴金掛銀呢！」母親充滿憧憬地說。

「我不穿，我怕疼！」顧蘭子說。

顧蘭子行走著。早春平原上的陽光，照著那黃花，一炫一炫的。但是很快，顧蘭子就想吃它了，瞅母親不注意，她把那花從頭上摘下來，滿把手握住，塞進了嘴。

前面又要經過一個村子了。這個村子和顧蘭子所經過的那些陝西村子沒有什麼兩樣，都是被一簇樹罩著，四合院子，揭背廈子，那揭背廈子褐色的廈背，從樹蔭中隱約露出。一條塵土飛揚的鄉間牛車道，從村子的中間穿過。「高家渡，高家渡！要在這裡渡渭河！」女孩聽人群嚷嚷道。

這時候只見一個半大的孩子，腦後巴子剃得精光，前面留一個蓋蓋，手裡拿一樣什麼東西，正兩步一顛，三步一頓，跳跳蹦蹦地從老崖上上來，走上了高村的官道。

那半大小子邊走邊哼唧著一首平原地面流行的口歌：

牆上一枝蒿，長得漸漸高。
騎白馬，挎腰刀。
腰刀長，殺個羊。
羊有血，殺個鱉。
鱉有蛋，殺個雁。
雁高走，殺個狗。
狗有油，炸個麻糖滋漉漉。
東頭來了個麥秸猴，
頭髮梳得光溜溜。
……

顧蘭子並沒有注意那孩子的歌聲，她的目光，她的全部注意力，現在被孩子手中的那個東西吸引住了。那是一個熱騰騰的蒸饃，一邊冒著熱氣，一邊還在散發著一股誘人的麥香。大約這只蒸饃是在大捨鍋底下的麥秸灰裡剛剛煨過，表皮還有一層薄薄的焦黃。

女孩以爲自己是餓昏了，是眼睛看花了，她停住腳定睛細看，見那向她迎面走來的半大小子，手裡確實是拿著一個蒸饃。

在這青黃不接的二、三月裡，在這兵荒馬亂的年代裡，即便是平原上最殷實的人家，也沒有這樣的好吃食呀！

那迎面過來的半大小子叫高二，也就是後來的我的父親。那一年他十歲。

那一天早上，高二的小腳特別地勤，抱包穀稈抱了一趟又一趟。祖母說：「我娃跑得真歡！」祖母越說，這高二跑得越歡了。最後，祖母是徹底的高興了，她對高二說：「高二，這光景不過了！你過來，我那板櫃裡有個白蒸饃，是過年敬灶火爺的時候，我偷偷藏下的，而今給你吃！算是獎賞你！」說罷，祖母從褲帶上，解下個小鑰匙給高二。

高二從板櫃裡取了饃。抱包穀稈的時候，他順便把這個饃拿來，讓祖母煨在還冒著火星的麥秸灰裡。待又一次抱包穀稈回來的時候，這饃已經煨虛了，又虛又軟又黃，熱得燙手。

手拿著這個饃，高二覺得自己如今是這個世界上最富有、最偉大的人物了。他一蹦蹦上了老崖，嘴裡唱著歌謠，腳下踩著鼓點，搖頭晃腦地一路走來。

「你不要顯能！躲在人背後吃！當心叫『攬乾手』給叼去了！」看著高二逞能的樣子，祖母擔心地說。「攬乾手」是平原上的人對討吃的的一種叫法。

這個饃他捨不得吃，一吃完他就又變成一個無足輕重的人了。可是不吃又抵擋不住這饃的誘惑。於是在踏歌而行中，他只把那饃放在嘴邊，嗅了嗅它的香味，然後用指甲從饃上掐下黑豆粒大小的一點，放在嘴裡嚼著。

顧蘭子那紅勾勾的眼睛也盯在那饃上，當兩人擦身而過時，顧蘭子也嗅到了饃那淡淡的麥香。不由自主地，或者說，下意識地，或者說，沒有法子的事情，或者說，「我沒有法子不這

樣做」，這六歲的孩子顧蘭子，折回頭，跟在那半大小子的後邊。

所有的行路人都在麻木地走著，他們沒有看到孩子反常的舉動。包括女孩的父母也沒有發現。

女孩尾隨著那男孩子，踮著腳屏住呼吸地接近他，然後，斜馬叉地躥上去，一躍，從那男孩的手裡搶過饃，立即轉身，跑了起來。

那半大小子剛才把饃搭在嘴邊時，他是決心把它吃掉了。但是還沒容他吃，斜馬叉地伸出一隻手，搶走了這饃。半大小子有些發愣，他看了看自己的手，手是空的，饃確實沒有了。半大小子腦子「嗡」的一下，轉過身去看，只見一個女孩子，紅頭繩紮著兩個羊角辮，正向老崖那個方向跑。那女娃的手裡，分明拿著他的饃。

半大小子回過頭來去追。一邊追一邊口裡仍不忘唸口歌，不過這次的口歌內容變了，是這一帶人給流浪的河南人編的：

河南擔，打不爛，

打爛還是個河南擔！

半大小子這樣唱著。

顧蘭子在前面跑著。她在奔跑的途中，將那個對她的口來說有些過於大的饃往嘴裡塞，但是跑得太急了，嘴裡呼哧呼哧地又來不及咬，因此在奔跑中，這個饃還囫圇地在她的嘴邊，三停中一停在嘴裡邊，兩停在嘴外邊。

這支饑餓大軍現在都看到這人攆人的一幕了，大家都放緩了腳步，饒有興趣地看著這一幕如何結局。

女孩畢竟小那男孩四歲。她跑不過那男孩。眼看，那男孩就要追上了。

這時候，女孩突然停了下來，她看見了官道旁邊的一樣東西。那是一灘濕牛糞，是剛剛過去的那輛牛車，駕轅的那頭犍牛拉下的。這一灘牛糞足有老碗口那麼大，正在不停地冒著熱氣。

顧蘭子笑起來。她端詳著牛糞，然後，把那個饃從嘴裡取下來，一貓腰，將饃塞進了牛糞裡。塞進去以後，又用雙腳踩著牛糞，跳了兩跳。這一切完成後，女孩一躍，雙腳離開了牛糞，然後站在牛糞旁邊，笑吟吟地看著這攆上來的半大小子。

高二現在追是追上了，可是那饃現在是在牛糞裡，而且，經這女孩一踩，那饃現在已經和牛糞混在一起，分不清誰是誰了。「我的饃呀！我的饃呀！」高二蹲在這灘牛糞前，眼淚汪汪地瞅著這灘牛糞，他不知道該怎麼辦才好。

顧蘭子也蹲下來，瞅著這灘牛糞。兩個人四目相對，都是惡狠狠的眼光，互相看著，誰也不說話。兩顆圍著這灘牛糞的頭，原先就勾著，離得很近，現在，像雞鴿架一樣，兩顆頭猛然一碰，火星直冒，兩顆頭大約都碰疼了，於是各自用手摩挲著。

行走的人群現在也在外面圍成了圈子，看這西洋景兒。那女孩的母親，現在俯下身子來，拉這女孩走，但是女孩歪著脖子，死活不走。

高二終於沒訣了。他承認自己倒楣。他站起來，朝那灘牛糞吐了兩口唾沫，然後從圍觀的人群中鑽出來，向河沿走去，一邊走一邊用手背抹眼淚。他要將這事告訴我的祖母去。

牛糞前的顧蘭子，見高二走了，面無表情地看了大家一眼，然後挽袖子，袖子挽起以後，便伸出小手，從牛糞裡將那個蒸饃撈出來，然後直起身，邊走邊在膝蓋上擦那牛糞。

牛糞是不會擦乾淨的。所以這只是象徵性地擦一擦。擦了一陣後，女孩將這個還算囫圇的饃，托在手心，瞇起眼睛看了看，然後，往嘴裡一塡，大口大口地吃起來。

第九章　吃捨飯

這就是我的苦命母親顧蘭子，在高村舞台上的第一次演出。它成爲那一次花園口逃難路上，一個口口相傳的淒涼故事，成爲我們家族人物聚在一起時，一個須得避過外人才說的話題。但是顧蘭子否認有這件事的存在。她說，逃難路上，確實發生過這樣的事情，但這是發生在別的女娃身上的，是高村的人移花接木，將這事硬栽在了她的身上。

高二回到了二崖上那口大捨鍋旁邊。「誰欺侮你了？」正在往鍋底續柴火的祖母說。高二於是一邊用手背抹著眼淚，一邊把剛才的那一幕講給祖母聽。祖母聽了說：「我不叫你顯嘩，你要顯嘩！這年頭，人吃人哩，誰吃到肚子裡，那就是誰的！」

祖母說著，突然一拍大腿，兩眼放光，她說：「我咋是明白了，這饃不是你的！灶火爺要我留下那個『供果』，原來正是給這河南閨女留下的呀！」

那一戶人家現在也下了老崖，來到這口大捨鍋前。

那家男人一貓腰，將擔子放在了地面上。擔子那一頭的笸籮裡，擔著三個毛孩子，因此放得仔細一點，先讓那頭著地。著地以後，那三個毛孩子都醒了，掰著笸籮沿兒，嚷著「餓」！

那家女人走過去，將三個孩子從笸籮裡一個個地提出來。坐的時間長了，孩子們腳麻了，站不穩。女人於是將孩子提著，像堆一件物什一樣，將他們堆在老崖根底下的陽坡裡。孩子的脊背靠著老崖，臉對著陽光。那最小的孩子是女孩，還不會走，女人將孩子抱在懷裡。

男人這時從花格包袱裡，掏出一摞碗。這都是些青花大瓷碗。看來，這戶人家已經有吃捨飯的經驗了，知道碗大些，總是占一些便宜的。

男人在大捨鍋前，對著爺爺的大馬勺，盛了一碗，端到崖根，過來再盛一碗。這已經是饑餓大軍的尾聲，不用排隊了，可以從從容容地吃飯，從從容容地歇腳，從從容容地搭船。

女人在哄著她的孩子們吃飯。飯太燙，所以她得涼著，用嘴在包穀粥那金黃色的表皮吹著，吹涼表皮，然後用筷子從表皮刮一口，挑起，塞進嘴裡。「不要叫燙著心了！」女人告誡自己的孩子說，「燙著心的話，就不長個了，一輩子都這麼高！」

男人盛了幾碗飯，最後手裡剩了兩個空碗。這碗一個是他的，一個是六歲的顧蘭子的。「蘭，妳自己來盛，妳都六歲了，還要我燒欠（侍候）。」男人喊著，用眼睛去尋找顧蘭子。他發覺顧蘭子正拽著母親的衣襟，躲在母親身上，兩隻驚恐的大眼睛瞅著鐵鍋，瞅著坐在炕口那燒火女人盤著的膝蓋上的高二。

這時我的爺爺，接著了那只碗，隨著馬勺一揚，金黃色的瀑布一閃，一碗包穀粥盛滿了。爺爺說：「小姑娘，妳來吃。天下最厲害的是三張嘴，一張是乞丐的嘴，吃遍四方，一張是媒婆的嘴，傳遍四方，一張是文人的嘴，罵遍四方。所以說妳才算是吃了高村一個饃，妳即就把高村這整個村子都吞進肚子裡去了，誰也沒話，吃得應當。誰叫我們人人來到這世上，鼻子底下都帶著這一張嘴巴！」

顧蘭子雖然聽不懂這些話，但是她明白，剛才那個風波過去了，於是她走過來，怯生生地端起碗。「慢點吃，別把心燙了。心燙了以後，就長不高了，長不高就嫁不出去了！」我爺爺說。

現在已經是饑餓大軍的尾聲了。那天空遮天蓋地的烏鴉群，牠們也曾在這渭河岸邊的老崖上，河洲裡，淺水邊，歇息了三天，在喝足了渭河的水以後，現在也紛紛飛起，去攆人了。這渭河灘現在空蕩蕩的，正一點一點恢復它最初的寂寞和冷清。

這一戶人家一人抱一個大碗，頭埋進碗「吸溜吸溜」一陣後，將包穀粥喝完了。喝完以後，又伸出粉紅色的舌頭，像狗巴啦著舌頭一樣，「啪唧啪唧」地，將碗舔乾淨。碗裡邊舔了，碗沿舔了，最後，還要舔一下那碗外邊剛才舀飯時落下來的幾星粥粒。那碗不用洗，現在是徹底的乾淨了。於是男人重新把碗摞起，放進花格包袱裡，準備登程上路。

爺爺這時候說，這位河南大哥，耽擱你一袋菸的工夫，我問你兩句話，不知道可不可以。爺爺說著，把手中的旱菸袋從嘴裡取下來，將玉石菸嘴在腔子前的衣服上擦了擦，菸嘴朝外，遞給那男人。

那男人接了菸袋，用大拇指按了按菸鍋上的火星，端起菸袋抽起來，「啥事，陝西老哥，你說！」

爺爺說：「你們往前奔的那地方，那河對岸，那平原的盡頭，真的有一座黃龍山，那山真的像人們說的，是個天堂一樣的地方嗎？」

河南男人遲疑了一會兒，他說，大家都那樣說，不容你不信。草根百姓這樣說的，還不可

當真。可是政府的賑災大員，也紅嘴白牙，賭咒發誓地這樣說，看來，這是真的了。

爺爺又問：「那地方是只容你們這些花園口出來的河南人哩，還是天下百姓都收留？」

河南男人說，那個地方叫墾區，又叫移民區，它當是爲這花園口難民設的。可是，誰的臉上也沒有刻字，所以天南海北的人，想來，那裡都是接收的！

河南男人說，那黃龍山山窩裡，有個地名叫石堡鎮，所有的難民，都先到那裡登個記，然後按人頭給每人發兩塊響洋，再給每戶發一口袋籽種，就讓人鑽四面的山溝去了。

河南男人說到這裡時，突然意識到了什麼，他說：「陝西老哥，莫非你也想逃一趟黃龍山？」

爺爺哼唧了兩句，沒有回答。

那高家渡船上的艄公，正在喊人上船，他用篙身把個船幫敲得山響，嘴裡說：「過路客，你倒是走耶不走？船開不等岸邊人，我這是最後一船了！」

那河南男人此刻真的要走了，他將菸袋嘴兒在自己衣襟上擦了擦，將菸袋還給爺爺。路上不太平，匪患不斷，得跟上大隊伍一起走，因此，爺爺也不宜多耽擱他們的行路。

臨登上船板時，那河南男人說，他姓顧，扶溝縣顧村的，如果這位老哥真的去了黃龍山，就來找他，他們做個好鄰居。

船開了，只幾篙的工夫，船就到了河心。

突然那個六歲的顧蘭子，將兩隻手做個喇叭狀，朝河沿上喊道：「留蓋蓋頭的那半大小子，你叫什麼名字？」

這是在這兒給高二說話。於是高二回答說：「我叫高二！」
「那你們這個村子叫什麼名？」
「叫高村！」

第十章　麥子黃了

這一年的秋天，高村這戶人家也學著逃難大軍的樣子，拖家帶口，離了渭河畔的高村，去了黃龍山。

那天，瞅著那最後的一船過了河，瞅著那大隊伍的尾巴穿過十里渭河灘，上了對面的老崖，然後消失，瞅著天空中那翩飛的烏鴉群，飛得乾乾淨淨，空中一隻也不剩了，爺爺還坐在那老崖上，呆呆地望著。從那一刻祖母就知道，爺爺的心跟上那一群河南人跑了。

男人的心一旦跑了，要想攔回來是一件困難的事。她拽了拽我爺爺的衣角，說：「從長計議吧！樹挪死，人挪活，天底下的五穀，哪裡的都養人！天底下的黃土，哪裡的都埋人！但是真的要走，咱還得準備準備。這麥子再有三個月，就該黃了，咱得收。這是第一件事。高村這個爛攤子，咱得收拾，起碼來說得留個人守著這家業，給咱們留一步退路。這是第二件事。所以這事急不得，得慢慢踏摸。踏摸好了，想周全了，咱再動身不遲！」

爺爺十分同意這些話，他說：「高村這地方，我是不想再待了。這裡廟太小，揮不開我的青龍偃月刀！」

所謂的「廟太小，揮不開刀」這句話，大約是一句戲文。爺爺是個戲迷，這一帶的戲叫秦腔，所以爺爺的那許多話，其實都是戲文裡的套話。如今，在這渭河沿上，說了這句話後，爺爺覺得很是氣壯，於是精神上有了一種滿足感。他歎一聲，回到現實，跟著我的祖母離開了老崖。

田裡的麥苗在一天一天地長著。當初河南人的饑餓大軍從高村地面經過的時候，那麥苗剛剛返青，還在地上趴著，沒有動身。幾場雨，幾場風，再加上大平原頭頂那火辣辣的大太陽一照，一夜間麥苗就起身了，醒過來，開始往上長。

清明節到了，這麥苗已經長得一拃高了，或者用高村人的話說，地裡的苗子能遮住老鴰了。麥苗現在開始拔節，夜來的時候，爺爺蹲在地頭，他能聽到那麥苗「喀叭喀叭」拔節的聲音。大平原是肥沃的，高村這一塊地區，據說是渭河平原上最爲平坦的一個地方。那麥根紮得深，它會伸到一米多深的地底下去，拚命地吸吮著，完成自己的這一屆草木一秋。

拔了幾個節以後，麥子長得就快到人的腰眼上了。它這時候開始秀穗。半個月以後，秀穗的這個過程結束了，一個個青色的麥穗露了出來，齊刷刷地舉頭向天，像一片綠海洋。那裸露出來的穗子開始揚花、受精。這時候不敢吹風，尤其是不敢吹那大平原上的乾風，那樣，麥穗受不上精，它將來的麥粒就是癟的了。

受精結束，麥粒在一天一天地鼓起來，麥穗暴起來，整個麥穗沉甸甸的，麥稈有些彎曲了，好像承受不起這沉甸甸的重量似的。這時候需要暴日頭來曬，需要南風來吹。暴日頭一曬，南風一吹，這麥穗就黃梢了。然後這黃色，一天加重一點，直到最後變成一片金碧輝煌的海洋。

這時候季風從遙遠的東方，緩慢地，不可遏制地吹過來了，像一隻大手輕撫著這平原。風過處，大平原上掀起一撥又一撥金黃色的麥浪。白天的時候，那麥浪是閃閃發光的，像無數的金箔在閃爍。那是由於太陽的原因，陽光灑在麥穗上，麥穗閃著光，而隨著風搖麥穗，這金光一晃一晃的，炫人眼目。

夜來，太陽退了，代替太陽的，是停在平原上空的一輪大月亮。月亮將它的光華灑在平原上。這時候沒風了，麥穗不再動，而是齊刷刷地舉頭向著天空。白天大地所收攏的暑氣，現在開始釋放了。平原一呼一吸，在盡情地吐納著。這時候白天被逼得無法散發出的麥香，也隨著這平原的一呼一吸，盡情地散發了出來。於是乎大平原沉浸在那舖天蓋地的麥香中。

第一鐮該開了。那第一鐮通常不是小麥，而是大麥和油菜。這也許是大自然的刻意，讓它們先熟，讓它們騰出地塊，好做麥場，然後迎接那小麥的收割和碾打。讓這些大麥和油菜，先填一填人們那饑腸轆轆的肚子，先給這肚子裡增加一點油水，然後人們就有力氣收麥了。當然，這些早半個月成熟的大麥和油菜，也是給那些耕牛和高腳牲口加料用的，在某種程度上，牠們現在的身子骨比人更重要，麥收拉車，耕地，種下料莊稼，都得靠牠們。

當甘省過來的麥客子，肩上搭著褡褳，手裡橫握著一把大刈鐮，從官道上三五成群地經過時，高村的人就知道了，該動鐮割小麥了。於是夜來，就著月光，村子裡家家戶戶都在磨鐮，四處是一片磨鐮聲。

豐饒的平原哪，貧困的平原哪！

麥子收割。麥子入場。麥子碾打。麥子晾曬。麥子入倉。對於平原來說，這是一個收成中等偏上的年頭。對於渭河畔上的這戶高姓人家來說，也是如此。

但是這戶人家僅僅只放開肚皮吃完「忙罷」❶，就不得不儉省著度日了。因爲收完麥子以後，下面還有一件大事在等待著這個家庭。這就是在黃龍山之行前，要給高家大小子問上一房媳婦，然後由他倆來守高村這個爛攤子。

注❶：「忙罷」，一個類似清明、中秋一樣的農家節日。麥收過罷，夏種開始，這短暫的空閒時間、喘息時間叫「忙罷」。媳婦會熬一次娘家，把蒸好的新麥饃饃給娘家人送去。

第十一章　高大的婚事

高家大小子要問媳婦的消息傳出，周圍村子的媒婆們立即蜂擁而來。人氣旺盛，這是一件好事。高家有田產，有莊子房屋，槽頭上有牛，囤裡的糧食也有一些陳底子，這些浮財之外，地底下弄不好還埋了幾個硬貨。所以，這高家的媳婦好問。只要你肯出聘禮，好姑娘有的是。

那些媒婆們蜂擁而上，大部分只是來打打彷徨，混個油嘴。我的祖母是個懂禮數的人，所謂的「有手不打上門客」，所以只要有人來，立即笑臉相迎，揀好聽的說。

當然也有真心來提親的，尤其是那些從高村嫁出去的女兒們，她們分散在這一塊小平原上，給娘家侄兒說上一門親，也算是她們對生養之地的回報，所以她們最熱心。

親事很快就說定了，是距高村三里地的一個小村的姑娘。那個小村叫戲河橋。那姑娘大高家大小子三歲。而這正是我的祖母所希望的。她希望新媳婦過門，能管住性子暴烈的高大，還希望這媳婦在他們不在高村的日子裡，能領住這個家。

從見面，到坐，到看房子，到拜丈母娘，到訂婚，到扯衣服，到結婚，這裡面有一套複雜的程序。僅就「坐」來說吧，那也要請七姑八姨，親戚路人到場，彷彿一次小型的鄉間聚會一樣。這一切都要花銷，而這花銷主要得由男方承擔。

那個年月通常的聘禮是三十塊大洋。這三十塊大洋是官價，一個子兒都不能少的，少了，是對女方不尊重，那會惹得四鄉八鄰嗤笑。

聘禮是由人說的。兩個「牙子」將手在袖筒裡摸上一陣，你握三個指頭，我握兩個指頭，你往下減一減，我向上靠一靠，這事就談定了。

當然也有那些不講規矩的，或者說是認歪理的，找一杆大秤來，將自己女兒一稱，九十斤，那麼，這聘禮就要九十塊大洋。在這裡，道理是這樣講的：這九十斤骨頭、九十斤肉，是吃娘家的五穀養下的，逮一個豬娃子養這麼些年，也能賣個這價錢的。

更有那蠻不講理的，聘禮收過，就是不嫁女兒，攥住個拳頭讓你猜。把你折磨到最後，你終於明白這病是在哪裡害的了：他還想再榨點錢。而他這要增加聘禮的理由是這樣的：姑娘長著兩個大花眼，一隻眼睛再加五塊。

上面說的都是些社會上的事情。這些事情都沒有在這樁婚事上發生過。聘禮僅僅三十塊大洋，如此而已。雙方都是有頭有臉、有名有姓的人物，臉皮看得比什麼都重。秦地古稱禮儀之邦嘛，那孔夫子一生奔命，克己復禮，他復的就是這地方的「周禮」啊！

不過雖然沒有花額外錢，這一場從「見面」開始，到完婚結束的婚事，還是花了高家不少的錢財。麥收時節打下的那些麥子，變賣了，賣了一些錢，家底再刨一刨，對落對落，才讓這樁事情走到了頭。

婚禮同時是全村人的婚禮，是這個同姓同氏族村莊所有人的事。大家都來祝賀，有的用手帕包來幾個雞蛋，有的從手心裡摳出幾文銅錢。人們在這個時候都變得很善良、很真誠，都把最好的祝福送給這一對新人。

對於高家來說，這也是疏通感情、聯繫感情的一種方法，所有的高家人都陪著笑臉兒，大人、小孩的嘴在這時候都特別的甜。

在這樣的場合中，最忙活的就算我的祖母了。她不停地接待著客人，揀那些最好聽的話給來賓說。那些比她班輩大的，她張口就叫，像叫自己「大人」一樣親切，那些班輩比自己低的，她用自家孩子的口吻稱呼他們，只是在那稱呼前面加一個「他」字。

整個婚禮上只有一個外人，那就是我的爺爺。他仍然和往日一樣鬱鬱寡歡。

「見了人你笑一笑！你笑一笑怕啥，怕人看見你的牙了！」我祖母說。

祖母說：「你那笑比哭還難看！你不要笑了！你到灶火口拉風匣去！」

見說，於是爺爺見大門口進來個人，就齜著牙，咧著嘴，沖人家笑一笑。

這樣，在婚禮的整個過程中，爺爺的手裡抱著一個風箱的把兒，一邊往灶火裡塡柴，一邊呼哧呼哧地拉著風箱。

祖母明白，爺爺的心裡，還裝著那出走黃龍山的事。

瞅空子，她對爺爺說：「快了，高大一結婚，高家有了個頂門立戶的，咱們就該動身了！」

自從二月裡渭河老崖上的那個早晨，目送了那些遠行的河南人離開，爺爺的心思就刻在那件事情上了。這半年來，他一直在叨空做一輛獨輪車，準備路上推。也許，河南人推獨輪車的那左顛右擺的樣子，給他留下了太深的印象。他決心在遠行的路上，也推一輛獨輪車，然後吱吱呀呀地走州過縣，穿村越寨。

婚禮舉行的這個時節，那獨輪車就已經做成了。它現在就立起來，靠在院子後邊的茅廁裡，怕人瞅見，獨輪車用一簇包穀稈圍著。

那車轅是用一棵兩把粗細的榆樹做的。榆樹中間一劈，剛好做兩根車轅，而且彎對彎，直對直，十分妥貼。那車廂上幾個橫擔，那個車前面包著軲轆的支架是用槐木做的。在平原上，槐木應當說就是上等的木材了。不過那將來要過千座橋、行萬里路的車軸，則需要更堅硬的木頭。這種堅硬甚至連槐木也不夠，那車軸只能用棗木的。

車那個獨輪，也是用幾塊槐木板拼在一起的。拼成一個圓狀，用碼釘（鉚釘）碼緊。那圓弧上，再釘上一圈鐵釘。

爺爺不是木匠。在平原上，木匠是一個令人尊敬的職業。平原上的人們叫木匠「手藝人」。爺爺只是稍微地會使一點斧刨鋸銼而已。他曾希望自己的三子一女中，會出一個手藝人，但是這事後來還是落了空。直到我們這一代手裡，我的堂弟，也就是高三的大兒子，才成爲一個真正的木匠。

婚禮結束之後，爺爺抽空完成了那輛獨輪車的最後一道工序。這工序就是給手把的那個把手下面，掏一個暗洞，然後把家裡剩存的那幾塊銀圓，裝進那暗洞裡去，暗洞外面，再用木楔塞好。

「錢是人的膽！」爺爺說。

祖母也贊成把高家這點積蓄帶上，她說：「窮家富路。別叫人在路上擱住手了！」

是大平原一個平常而又平常的早晨，大紅公雞叫頭遍的時候，這一戶人家都起身了。新媳婦給大家煎好了荷包蛋，調上辣子，倒上醬油、柿子醋，然後一人一碗，連水帶湯地吞進肚裡，吃完飯一抹嘴，大家上路。

爺爺把那丈二長的粗布腰帶，綻開來，又紮上，紮上，又綻，這樣了三次，以掩飾他心中的激動。最後，他決心下定了，一貓腰，紮個虎步，兩隻手垂下來，把手推車的兩個把兒捉起，往上一提。

爺爺推著獨輪車。獨輪車上坐著我的鄉間美人小腳祖母，祖母懷裡抱著桃兒。高二則在前面拉縴。車吱吱呀呀地上了官道，下了老崖。

他們是坐高家渡的第一撥船走的。走時大霧已經起來，霧順著河邊飄過來，濕漉漉的像要滴水。船就要開時，高大領著新媳婦，雙膝跪倒在河邊，他動聲問道：「二位高堂還有什麼叮嚀？」

祖母說：「老子不死兒不大！我們這一走，就沒人護你幫你了，得你自己頂門立戶了。記住娘的話，凡事都裝個鱉，誰在你頭上拉屎撒尿，你都認了！只要能守住那幾畝薄田，那一院莊子，就算我們沒有白疼你一回了！」

爺爺說：「四時八節，沒忘了代我們去老墳祭祀祖先，清明節時記得把墳全一全，寒食節時記得多燒兩件寒衣，大年三十時記得把老人的魂影接回來過年！」

高大叩頭，連連稱「是」。

說話間，霧更大了，白茫茫的一片，像一個大網。船動了，迅速地淹沒在霧中。一會兒，那大霧裡傳來獨輪車吱吱呀呀的聲音，那是他們已經上岸了。

突然一聲蒼涼的秦腔大叫板起了，那是爺爺在唱。那獨輪車吱吱呀呀的聲音好像是它的配樂似的：

出了南門上北坡，
新墳倒比老墳多。
新墳裡埋的是光武帝，
老墳裡埋的是漢蕭何。
魚背嶺上埋韓信，
五丈原上葬諸葛。
人生一世匆匆過，
縱然一死我怕什麼？

第十二章　黃龍山

高發生老漢在那個大霧茫茫的早晨，離了高村，踏上去黃龍山逃難的路。俗話說「鼻子底下就是路」，只要你張口，天底下的路任你行。這一行人過蒲城，過白水，過韓城，過禹門口，過白馬灘，而後，一座威赫赫的大山橫在他們眼前，這就是黃龍山了。

這座威赫赫的大山，在渭河平原的盡頭，在陝北高原的開頭。它有三百華里寬，一百五十華里長。在我們敘事的那個年代裡，整座山脈高大，險峻，爲原始森林所覆蓋。

在國民黨政府沒有設黃河花園口移民局之前，這座山基本上是一個無人區，只居住著少量的人家，和一窩一窩的土匪，整個高山峻嶺，是個狼蟲虎豹出沒的世界。

它距離高原和平原都並不遙遠，距離人口密集區也不算遙遠，那麼它是如何成爲無人區的呢?這得追溯到清朝同治年間那一場騷亂。

在那個亂世年代，回民起義者順著陝北高原的一條著名河流——洛河，一路掩殺過來。整個陝北高原，由兩條河流統領，一是無定河流域，一是洛河流域。這兩條河流的分水嶺是橔條梁。起義者便從橔條梁而下，順著這兩道河川，一路衝殺而下。相對而言，無定河流域受到的侵害稍輕一點，洛河流域則在騷亂過後，基本上成爲無人區。

亂世過後，人丁本來就已經不多了，這時候天上下起了一場紅雨。紅雨飄飄灑灑地落下來，淋了雨的人，不出三天就蹬腿死了。這樣，這一塊數百華里方圓的地面，就徹底的荒蕪了起來。它與八縣交界，八個縣又都管不著它，因此成爲一個天不收地不管的地方。

後世的人們推斷說，那一場紅雨叫「酸雨」，是一種礦物質被吹到了空中，然後隨著雨又一塊兒落到了地面。那麼那紅顏色的「礦物質」是什麼呢？因爲年代久遠，人們已經無法知道了。

於是這一塊地面，爲收容後來的花園口決口的難民提供了落腳之地。當高發生老漢的獨輪車踏入黃龍山區的時候，那塊地面已經收容了許多的黃河花園口的逃難者。這些逃難者包括我們前面提到的那戶顧姓人家。

這些逃難者在一個叫石堡鎮的地方登記，然後便被分散到四周的山溝裡去。到處都是無人耕種的土地，是茂密的原始森林和次生林，誰開出的荒地就是誰的。土地十分肥沃，一把種子撒下去，玉米苗便油汪汪地生長起來了。

高老漢比那些黃河花園口的逃難者遲去了半年。他同樣先來到石堡鎮，在這裡登記。移民局現在已經改名叫「設治局」。設治局是什麼意思呢？大家都不太明白。不過，設治局的人也沒有太刁難高老漢一家，給他們登記造冊，然後，指著牆上的一張大地圖，說：這個地方叫「三岔」，三岔往上走，叫白土窯，你們就到白土窯安家吧！

高老漢提出，有一位河南扶溝的顧姓人家，是春上到的，他想和他們做鄰居。設治局的人拿了個花名冊看了看，不耐煩地說，你自己找吧，大約就在這三岔一帶的。

高老漢又說，聽說這政府還給逃難的，一人發兩塊大洋安家費，不知道這事是不是真的。設治局的人說，那是去年的老黃曆了，移民局改成設治局以後，這項經費就沒有了。

這樣，高老漢歎息一聲，只好作罷。他率了全家，獨輪車吱吱呀呀地，一邊走一邊問，開始往那個叫「三岔」的地方趕。

莽莽蒼蒼的黃龍山籠罩在一層絢爛的紅色之中，給這些離鄉背井的人們以一種虛幻的感覺。那季節正是秋天，幾場寒霜，將地表上的所有綠色都染成了紅色。紅得邪惡而又美豔，紅得令人頭暈目眩。高原透亮的陽光下，顯示出粉紅、桃紅、紫紅、絳紅、玫瑰紅、硃砂紅諸色層次。高大的橡樹、背搭楊、山杜梨、榆樹、槐樹、臭椿樹，在山頂御風而立。山腰間，白樺鮮白的枝幹挑起一樹紅葉，彷彿新嫁娘頂了一頂紅蓋頭。當然，更多的是那些匍匐在地表上的木荊棘，它們密密匝匝，千姿百態，順著山形水勢，掀起一個又一個紅浪頭。灌木家族中，有一種叫酸刺柳的，枝頭上繁嘟嘟一束一束、一串一串的果實，像紅櫻桃一樣。而那些山地裡移民們種下的莊稼，地畔上的毛毛草、蒿草，也都在這個季節裡像被人塗上紅顏料一樣，成了鮮紅色。

紅葉下覆蓋著一層一層的屍體。這是當那些河南人，那些黃河花園口的逃難者，在黃龍山突然一個一個地死亡，一家一家地死亡，一村一村地死亡的時候，他們才知道這一點，才明白爲什麼這樣一塊好地方，竟然空著，專爲他們而留。

大自然天造地設，令天底下有這麼一個好地方空著，其良苦用心，似乎正是爲設一塊人類的墳場，而當局像驅趕羊群一樣，選擇這樣一塊地方做爲這些逃難者的最後歸宿，做爲這一股左碰右撞如蝗蟲一樣的花園口逃難大軍的終結地，卻也不可謂不恰當。

也許，正是汲取了那取之不竭的養料，這些紅葉才會這般美豔。是的，險惡的黃龍山，宛如一隻巨獸的血盆大口，正靜靜地、滿懷惡意地等待著這些闖入者。但是那時人們還不知道，這一片絢爛的美景令他們迷惑。

確實如政府所允諾的那樣，有現成的房屋，有現成的農具、籽種，但這些都不是政府預備的，而是那些先他們而死的人們留下的。黃龍山的這些新住戶們，在住過一段時間以後，便開始說一句民謠。這句話前半句叫「黃龍山養人！」，後半句叫「黃龍山又殺人！」

「黃龍山養人！」當犁杖戳開地面，種子入土，茁壯的五穀青苗生長出來時，人們會這樣說。而當一種叫「虎列拉」的疾病開始肆虐，一戶一戶、一村一村的人在頃刻間斃命的時候，人們在臨死前，又會說出「黃龍山又殺人！」這句話。

「虎列拉」的學名就是霍亂。這種病一來，人們上吐下瀉，早上生病，下午就沒人了。據說這種病很怪，你要離開黃龍山，你就趕快抬腳走，要麼，還捱上吃一頓飯，或者耕一來回地，突然，你的肚子就疼起來，頭頂虛汗直冒，接著就是上吐下瀉，一時三刻，這小命就沒有了。

渭河岸上漂泊而來的這一戶高姓人家，居住在黃龍山一個叫白土窯的地方。而那戶河南來的顧姓人家，住在一個叫安家塔的地方。

這戶高姓人家滿打滿算，在黃龍山住了十年。他們很幸運，那個叫「虎列拉」如鬼祟一樣的東西，始終沒有落到他們頭上。這戶人家去黃龍山的時候是幾口人，回來時還是幾口人。不

同的是，回來的時候，人群中少了個男丁高二，多了個童養媳顧蘭子。那高二是從黃龍山參加革命走了。這顧蘭子則是在全家都死於「虎列拉」之後，來高家做了童養媳。

而顧姓人家就沒有那麼幸運了，他們一個一個地都染上了「虎列拉」，然後死在了黃龍山。

第十三章 顧姓一家的死亡

這個家族關於黃龍山的故事，大約應當由我母親顧蘭子來敘述。顧蘭子的眼睛裡，看見過許多事。這許多事積蓄在她的眼睛裡，讓她的眼睛變得羞怯，變得不敢用正眼看人。當然這目光主要還是因爲她早早地做了童養媳的緣故。記得杜鵬程在他的一部小說中，曾經提到「這個婦女主任有著童養媳的目光」這句話。我在閱讀時，這句話在那一刻刺傷了我，讓我想起我母親那怯生生、不敢正眼看人的目光。

白土窯在一個半山上，它的左邊是一條大溝，這就是三岔，那裡是一個小小的集鎮。它的右邊是一條小河，那河叫黃連河。當地民謠說，「過了黃連河，兩眼淚不乾」，說的就是這條河。

一條簡易的山路，從白土窯住戶的窯背頂上穿過去。這條路的這一頭，過三岔，過石堡鎮，然後通向山外。另一頭，穿過黃連河，翻過幾個大峽峴，從一個叫洛川的地方上了大路。

我爺爺他們一行，這樣便在白土窯安頓了下來。這窯洞是現成的，順著一面白土山崖，擺了一長溜的黑窟窿，只要從山上砍來樹木，做成門窗，再用白灰將牆壁一粉，就可以住人了。

當他們要生火做飯的時候，發現這窯洞裡竟然有鍋。鍋已經生銹了，揹到河邊去用石頭擦一擦，還可以用。當他們想用碾子來碾包穀糝的時候，發現在窯洞的側面，一棵大樹下面，竟然有一盤大碾子在那裡放著，好像是專門為他們預備著似的。而當他們走向山野，看見一片較為平整的土地，掄起钁頭開荒時，一钁頭下去，竟然刨出一個完整的犁片來。

這犁片很小，裝上犁杖，叫耩子，專門在這山地裡使用。想來，這犁片原先連同犁杖，是一起插在地裡的。後來，犁杖的木質部分朽了，於是只剩下鏵片。

「日怪！這些東西好像專門為咱們安家過日子預備下似的！」爺爺有些詫異地說。

詫異歸詫異，這戶人家終於在這裡落腳下來了。

爺爺是在去三岔趕集的時候，與那位顧姓男人偶然碰面的。他和那顧姓男人一見面，分外親熱，有點他鄉遇故知的感覺。在一個小酒館，他們喝了幾口酒以後，便談到了兩家結親的事情。

高家的弟兄三個，老大已經婚娶，老三還小，因此，這顧蘭子就以兩石五斗包穀的身價，說給了高二。兩位說好，等到顧蘭子十三歲完燈❶。以後，高家便來娶她。而在這之前，兩家先結為互相走動的親戚。

如果不是那個「虎列拉」，顧蘭子將在那個叫安家塔的地方，長到十三歲，然後會在一個淒涼的早晨，披一匹紅綢，響幾聲嗩吶，騎著毛驢來到白土窯，成為白土窯這戶人家的媳婦。

但是由不得你不信命不由你。安家塔這個村子裡，接二連三地有人死了。最後，瘟病也傳到了這戶顧姓人家。先是家裡的幾個男孩死了。裹成一個捲捲，穀草一包，被送到了山上。接著，顧蘭子的母親也染上了這病。

接到消息，我爺爺和我奶奶趕到了安家塔，「親家母、親家母」地叫著，陪著流淚，眼睜睜地看著這個大活人離去。

顧蘭子的母親在彌留之際，突然清醒。

她顫巍巍地坐起來，捻起一根平日上鞋底用的老婆針，然後在清油燈那豆瓣狀的火苗下，將針尖燒紅。

「蘭，妳過來，我記得在逃難的路上，我說過，等落腳下了，我要給妳扎兩個耳朵眼。妳娃要命大，不死在這裡，將來也會有個穿金戴銀的機會的！」顧蘭子的母親說。

顧蘭子哭著，將頭湊過去，讓母親扎。

只見「噗」的一道白煙，老婆針穿過了顧蘭子的耳垂。

顧蘭子疼得叫了一聲。

顧蘭子接著又叫了一聲。

前一聲是因爲疼，這後一聲是因爲看見，母親已經雙眼一閉，頭一偏，死了。

一個草芥一樣、螻蟻一樣的生命，就這樣結束了。

所有的人甚至都懶得去哭。不是吝嗇這哭聲，是因爲麻木了。知道染上這瘟病，就不能活了，所以大家都有個思想準備。況且，這山裡成天都在死人。

只有那顧姓男人，蹲在地上，用手抓著頭髮，長長地歎息了一聲：「我帶來的是渾全的一家人，想不到，他們一個一個是失殞在這黃龍山了！」

我奶奶接過話頭說：「她走得好！她是填飽肚子以後走的！再托生，就不是個餓死鬼了！」

顧蘭子兩個耳朵，只有一個扎了耳朵眼，另一個還沒有扎。我奶奶撿起老婆針，歎息一聲說：「讓我接著親家母手裡這活兒，給蘭把這個耳朵也扎了吧！」

說完，抱起顧蘭子的頭，仍舊用剛才的那個老婆針，就著清油燈把針燒紅，然後用手在顧蘭子的另一個耳垂上摸索半天以後，揚起針，一把扎進去，只見「撲哧」一股白煙。

顧蘭子這兩個耳朵眼兒，直到她六十歲的時候，才戴上耳環。那耳環是我的妻子，也就是她的兒媳婦給她買的。

我是聽顧蘭子講的。那個早已爲前塵往事所遮掩的黃龍山故事，是那樣強烈地震動了我，尤其是那兩個老女人就著清油燈，爲顧蘭子扎耳朵眼的那一幕，叫我的頭「嗡」的一聲。我在那一刻想起「草芥」、「螻蟻」、「卑微」、「貧賤」這些字眼。

母親不願意戴。她說像她這樣的人，還能戴金耳環嗎？人家會笑話她。

我堅持給她戴上。我說，這也是爲了了卻那兩位老人的心願呀！

母親小姑娘一樣笑了。她說，看來那兩位老人的話沒有說錯，她這一生終於戴過一次金耳環了。

這一段話是插言，是以後的事情。那麼以後的事情放在以後再說吧！

顧家的那個男人，在他的妻子死去不久，也就去世了。

走的時候，他已經不能說話。他只是抓住顧蘭子的手，將小手交到我奶奶的手裡，然後就頭一歪，死了。

「你走好，親家公。孩子你不用擔心，就到高家做童養媳。有高家人吃的，就有她吃的。做飯時鍋裡多添一瓢水，就把她養活了。你放心！」

然後，草草地葬埋了這位顧姓男人，我的爺爺、奶奶，領著我未來的母親顧蘭子，回到了白土窯。

注❶完燈：舅舅每年正月十五，給外甥送燈籠。一直送到十三歲。十三歲的那一次，叫「完燈」，表示舅舅的監護結束，這孩子已經成人。「完燈」這種習俗大約來源於中華民族初民時期的那種「成丁禮」。

第十四章　敗月

「妳端飯的時候，要兩隻手端。筷子要橫放在碗上，放齊。等到給全家人都把飯端上來了，妳才准吃飯。妳吃飯不准到桌子跟前來，要圪蹴（編按：陝西方言，蹲下之意）在地上。妳一邊吃飯，一邊眼裡要有水，看見誰的碗空了，就趕快站起盛飯。大家吃完，妳也要吃完，然後收拾鍋台！

「白天除了做飯，其餘的時間是打豬草，煮豬食，餵豬。晚上呢，等人都睡了，妳不能睡！妳要紡線，一兩棉花紡一個線穗子，妳每天晚上要紡一個，紡好再睡覺！」

我爺爺站在白土窯的院子裡，手叉著腰，這樣來教育童養媳。

顧蘭子跪在院子中間。她聽一句點一下頭。說的是什麼，她似懂非懂。她只知道從此這一生，她的命運和這戶高姓人家是分不開了，死死活活糾纏在一起了。在聽我的爺爺說話的時候，她偷眼看了一下大門口。大門口有些響動，那是揹著一捆柴的高二回來了。「這人以後會是我的男人！」她在心裡說。

「不要東顧西盼！」爺爺見顧蘭子亂瞅，於是噤斷了一聲。他平日最討厭自己說話的時候，別人不注意聽。他覺得自己是如此重要，他的唾沫星子是如此珍貴，這唾沫星子可是不能白費的。

顧蘭子在偷眼看人。這個偷眼看人的毛病貫穿了她的一生。當我長大以後，當我在接受禮儀方面的教育，告訴我和人說話，和人握手，眼睛要堅定地盯著對方的眼睛，四目相對時，我都做不到這要求。後來我明白了，這是我母親的目光，童養媳的目光，它遺傳給了我。我悲涼地意識到，這叫做「偷眼看人」的毛病是無法改變的，就像你是「童養媳的兒子」這個身分無法改變一樣。

顧蘭子那一年十歲，她要結婚，還得等三年。到十三歲時開臉，梳頭，圓房。爺爺說在這件事上，親家把她哄了。親家說黃毛小丫頭是十一歲了。其實這十一歲的說法，也說得通。農村人把那叫「荒歲」，年對年，長餘一歲。但是爺爺說，顧蘭子得多吃一年糧，多穿一年衣服，在這件事上，他吃虧了。

爺爺是如何掐算出顧蘭子的年齡的？小孩嘴裡吐真言。他問，妳先不要說妳的年齡，妳只說妳是屬啥。顧蘭子回答說屬雞。爺爺掐著指頭，搖晃著腦袋，「子鼠丑牛寅虎卯兔辰龍巳蛇午馬未羊申猴酉雞戌狗亥豬」地算了一陣，說，「親家公遭下謊了！妳才十歲！」

接著，爺爺又問：「妳是幾月生的？」問這話時，他很莊重，顯得這句問話很重要！

「十一月！」不知深淺的顧蘭子，如實回答。

「哎呀！」一聽說是「十一月」，從渭河畔走到黃龍山的這個怪老頭像被蜂螫了一下，被蛇咬了一下，一下子跳了起來。他往地上吐了兩口唾沫說：「妳生在敗月呀，蘭！我們高家前世做下什麼孽呀，打發妳從河南跑到陝西來敗我們！」

隨著爺爺的這一聲喊，窯洞裡的人都跑了出來。見爺爺大吶二喊，大家都不知道發生了什麼事。待問清了事由，大家都面面相覷。白土窯那個蒼茫的地面，灰濛濛的天空，這一刻變得十分寂靜。

「怎麼辦呀！」婆也被嚇壞了，她臉色煞白地拐著小腳衝出窯洞，走到跪在地上的顧蘭子跟前，像瞅一個怪物似地瞅著她，「怪不得，顧家全家都被妳剋死了！」

原來，在中國民間，有一種奇怪的說法，認爲生在十一月的雞是敗月生的。當然，十二屬相，每一種屬相都有一個敗月，那屬雞人的敗月是十一月。

有一首口歌，那口歌這樣唸道：

「正蛇二鼠三牛頭，四月虎，滿山吼，五月兔，順地溜，六月狗，牆根走，七豬八馬九羊頭，十月猴，滿街遊，十一月雞兒架上愁，十二月老龍不抬頭！」

這話大約是說，正月的時候，天寒地凍，蛇只好冬眠。二月的時候，連人都沒有吃的了，老鼠更是難熬了。三月，「九九耕牛遍地走」，老牛這一陣子正是挨鞭子的時候。四月，人憑土地虎憑山，沒有吃食、缺少山林遮掩的老虎，只好空著肚子滿山吼叫了。五月莊稼收了，兔子少了青紗帳，只好順著地邊田埂溜了。古曆六月，天已大熱，狗吐著舌頭，順著牆根行走。七月天則更熱，大肥豬這時候正是最難熬的月份。到了八月，秋莊稼登場了，拉車的馬開始忙碌了。九月秋高草肥，該殺羊了。十月農閒時節到了，耍猴的該出遊了。十一月天寒地凍，無處覓食，雞兒只有貓在架上發愁。十二月渭河封凍了，龍王爺被壓得抬不起頭了。

第十五章　顧蘭子上吊

「可憐的妳爲什麼這麼命苦呀！」婆踮著小腳，走過來，從冰冷的地上拉起顧蘭子。婆的個子本來就小，十歲的顧蘭子那時只搭到她腰間。

婆把顧蘭子攬在懷裡，兩個人都哭了。哭的途中，婆撩起她的大襟，爲這個苦命的女孩擦著滿臉的淚。

「老頭子！」婆揚起頭來說，「你平日愛逞能，日能得一個指頭剝蔥哩！你看，能不能給蘭娃把命改一改，回一回。我聽人說，廟裡的和尚，可以給人改運哩，回向哩！昨天還是個討吃的，今天一改一回，就能當上皇娘娘了！」

「有這麼一說，讓我算一算吧！」

爺爺說完，掐上指頭又算了一算，然後問顧蘭子，十一月出生，這他知道了，那麼，是十一月的哪一天出生的，子時丑時寅時卯時出生的？

這一點顧蘭子卻不知道。死去的爹娘也沒有告訴過她。或者說告訴她了，她沒有記住。所以她支支吾吾，說了半天，也沒有說出個子丑寅卯來。或者她知道，她記得，只是不敢說出來。前面說出個屬相，說出個生日，她做夢也想不到，就惹下了這麼大一攤子事兒。

見顧蘭子不知道，爺爺也就不再強求。

他又伸出雞爪子一樣的五個指頭，一會兒這個指頭蜷回來，一會兒又那個指頭伸出去，掐算了一陣，最後說：「定了整數，顧蘭子，我把妳的生日定在十一月二十吧！這天是個好日子，有個這個日子做生日，雖然是生在敗月，但是敗月不敗時，這樣，妳的命會好一點，也不會妨到高家了！」

婆聽到這話，長歎了一聲：「敗月不敗時！這最好！」

黃龍山的山高。山高天就黑得早。說完話，全家吃晚飯。農村人都把吃晚飯叫「喝湯」。大包穀粥，一人一碗。桌上擺著的，是顧蘭子從山上掏來的苦菜，和從塹畔上挖來的野小蒜。那小蒜洗了，切成節兒，生調著。苦菜則用開水焯過了，雖說少鹽沒辣子的，但對這戶遠路而來的人家來說，也算好吃食了。

家裡的忙活主要靠婆，顧蘭子則打下手。吃完飯，婆開始在炕頭上紡線，洗碟子抹碗這些事，當然是顧蘭子來做。

「我那時不知爲什麼一抹心思，想死。找個繩往脖子上一吊，雙腿一蹬，眼一閉，就什麼也不知道了，一了百了了。我想訴苦，找爹娘去，讓他們聽冤枉！」——許多年後，當顧蘭子已經老態龍鍾，就像一盞快要熬乾油的燈一樣時，她對我說。

顧蘭子洗了碗筷，用洗鍋水給豬餵好第二天的食。然後又到拐窯裡，餵了牛。牛無夜草不肥，這一晚上，得加三回草。第一回草，通常是顧蘭子來加的。加完後她這一天就算忙完了，然後回大窯裡，脫褲子上炕。第二遍草，是爺爺半夜起來加的，他披著個衣服，一手提著褲子，一手給牛添料，遇到哪個貪嘴的牛，他會騰出那隻提褲子的手，打一下牛頭，趁褲子還沒有掉下來之前，又回手將它提住。而這第三道草，也就是黎明那一道草，通常是由婆來添的。她是全家起得最早的人，起身後第一件事是倒尿盆，第二件是到廚房去燃一把火，以便告訴世界說，這戶人家已經起身了，第三件事就是給牛添料。

顧蘭子決定要死，而且就在那天晚上死。這個決定一做出，她於是變得很平靜。目光也不像平時那麼怯生生了。給牛添了夜草，她回到大窯。婆還在紡線，她每天晚上要紡到二更天。全家老少的粗布衣服，冬穿棉，夏穿單，都是她這紡線車紡出來的。婆正全神貫注地紡線，沒有注意她。她又看爺爺，爺爺已經睡熟了，唾沫、涎水、鼻涕順著山羊鬍子流下來，白花花的。他犁了一天的地，全身像散了架一樣癱在炕上，大約是全身的每個關節都在痛，因此熟睡中的他還在不斷地呻吟。老百姓把那呻吟聲叫呻喚。再後邊，是高三，還有她的小姑子。挨著灶火眼兒睡的那位，就是半大小子高二了。高二往後山裡揹了幾趟柴，有些累，熟睡中不停地翻身，大約是石板炕有些硌。

這是一面大炕，全家人都睡在一個炕上。顧蘭子的位置在婆的腳底下，也就是如今正嗡嗡作響的紡車的旁邊。那是她的位置，她將像一隻貓一樣蜷到那裡過夜。

顧蘭子站在炕邊，將目光在半大小子高二的臉上停了片刻。高二的眼睫毛上，沾了些柴草屑，她伸出手，將它輕輕摘去。這一刻她注意到了，高二的眼角上有一個痦子。老百姓說，明痣暗痦子，這痦子長在眼角，平日很難看見它。顧蘭子現在是看到了。

關於這個痦子，許多年以後，當高二已經成為一名公家人，一名領導幹部，他在「文革」

的武鬥中，跟著保自己的這一派往山上逃的時候，離開家前，他對妻子說，將來我被打死了，妳去認屍，記得掰開眼皮來看，「明痣暗痦子」，我的眼角上長著一個痦子。

顧蘭子折回頭來，她沒有像往日一樣，往大炕的那個角落裡去臥，而是躡手躡腳地推開了門，來到窯院。然後滿院子打量，尋找一個死法。

最後她選擇了院子大門上橫擔著的那個門框。

門框很高。對於十歲的顧蘭子來說，足可以把她吊起來，雙腳離了地面。現在的問題是要一根繩子。

繩子其實並不難找。靠近窗台的地方，放著牛拽繩，這是一種細繩子，苧麻擰成的，很結實，老百姓叫它火繩子。還放著一攤揹柴繩，烏黑烏黑的，粗一些，這是用黑山羊毛擰成的繩子，高二揹柴時用的。

這兩種繩子顧蘭子都試過了。火繩子太長，黑暗中，她也不知道頭在哪裡，越挽越挽成一團糟。顧蘭子又嘗試著用揹柴繩。這揹柴繩倒是很整頓，只是太粗，勒到脖子上，勒不死人。

顧蘭子歎息了一聲，她知道該用什麼繩子了。

她解下了自己腰間的紅褲帶。

這褲帶還是過世的母親，從河南的扶溝城裡給她買的。五黃六月間，就要搭鐮割麥了。母親上城裡去，爲這夏收做些準備。臨出城前，專門去那雜貨舖裡爲她買了個紅褲帶。關於紅褲帶，她記得有一次她將它繫成了個死疙瘩，用手掰，掰不開，彎下頭來用牙咬，咬了半天，才咬開。正當她彎下身子，放下褲子，嘩哩嘩啦地撒尿的時候，一股更大的水來了。黃河水黑壓壓地從遠處壓來，碾著滾著，水頭齊刷刷的，就像許昌城的城牆一樣。

顧蘭子解下了紅褲帶，將一頭搭在門框上，繫死，這頭，再挽成活扣，好套脖子。繩子繫好以後，身子矮搆不著，於是到灶火房子，端了個木墩兒，用來墊腳。

墊著木墩，顧蘭子往上一站，伸長腰，將那活扣往脖子上一套，嘴裡叫一聲：「爹呀！娘呀！苦命的顧蘭子來找你們了！」說完，雙腳把那木墩兒一蹬，人就懸在了半空。兩眼瞪圓，舌頭伸了出來。

那是陝北高原上一個平常而又平常的夜晚。蒼白的月亮升起來了，山高月小。月亮停駐在那遙遠的天際。黃龍山高大的輪廓，投下陰影，一半遮著這幾孔煙薰火燎的、不知年月的窯洞，一半在明處，照著這一戶人家這一間柴門，和柴門上吊著的這個褲子溜在了腳面上的小姑娘。

顧蘭子說她那一刻腦子裡一片空白。她感到幸福極了。這種幸福的感覺她以前從來沒有遇到過，以後也從未遇到過。如果真的那一夜就那樣地走了，她肯定不後悔。

爲顧蘭子墊腳的是一個木墩。木墩是個圓的，它大約是樹身的一截，人們伐了樹，從樹根裁下一節圓木來，就成了個墊兒了。

顧蘭子雙腳一蹬，將這圓墩兒蹬開了。這圓墩兒開始滾動，滾過窯院，最後撞到了窯門上，從而驚動了婆。

婆說她那一天晚上紡線的時候，心慌不定，眼皮老跳。還有一隻蒼蠅，嗡嗡嗡嗡地，老在眼前晃，打也打不走。這時候聽到窯外的響動，她心裡機靈了一下。又一想，想把紡車上這個

線穗子紡完，再看。這樣又紡了幾下，眼睛一瞅，見紡車旁邊的那個位置空著，她心想出事了，於是停了紡車，披上衣服，吱呀一聲開了門。

門開處，只見月光明朗朗的。窯院那個簡陋的榆木門上，白花花地吊了一個人。這人眼睛瞪得磁登登的，舌頭伸得很長，大襠褲吊在了腳面上，正是民間傳說中的那種吊死鬼形象。

山野地面，這地方的野物，主要是狼和豺狗子，牠們大約也嗅到了什麼味道，有好幾頭，蹲在柴門外邊，用爪子撓門，還有幾頭，居高臨下，站在窯畔上，紅著眼睛往窯院裡看。

婆驚叫了一聲。

婆的叫聲驚動了窯裡的人。首先是高二，他披著件衣服，手裡摸了把钁頭，衝出窯門。接著爺也出來了：「有什麼事情發生，看把人驚炸的！」他拖著腔問。

婆這時候已經看出這大門上吊的是誰了。

「蘭！蘭！」她大聲地說。

狼和豺狗子聽到響動，跑了。全家人手忙腳亂，把大門上吊著的那個人，從繩子上解下來。

「腳下有千條路，孩子，妳為什要走這一條呢？妳要知道，這是一條不歸路。一旦走過去，就回不來了！」婆歎息一聲說。

高二貓著腰，一個猛勁，把顧蘭子抱在懷裡，一腳踢開窯門，然後把人平放在燒火炕上。

婆在顧蘭子的鼻孔上試了試，見沒氣了，於是伸手去掐人中。掐了一陣，見這孩子鼻孔裡嗞兒嗞兒地有了一些細氣，臉色也慢慢變得活泛起來，不像原來那麼蒼白了，於是長長地歎息了一聲。

婆要高二去熬些薑湯來。

撫摸著顧蘭子那張小臉，婆注意到了她的耳朵眼。她說：「蘭！苦命的花，苦命的草！妳還沒有活人哩，怎能就這樣走？這兩個耳朵眼可不能白扎，還要用它們佩金戴銀哩！」

顧蘭子回轉了過來。她聽見了這話，懂事地點點頭，不過仍不敢用正眼看人。這天晚上，她平白無故地製造了這麼一件事端，從此那目光就越發怯生了

第十六章　土匪入室

黃龍山死過許多的人。這黃河中游莽莽的百里方圓大山，可以說地面上躺著一層的死人。黃河花園口決口以後，逃難的人到陝西，幾乎都先要到這地方來，先混住身子，吃上幾頓飽飯，等年饉過了，再走。

當然走的人只是一部分，另外很大一部分，便留在這塊土地上了。同時留下了窯洞，留下了狗，留下了犁杖，留下了耕牛。這樣就會又有人群到這裡來，同樣重複他們的故事。

渭河畔上高村的這戶人家，出於一種羅曼蒂克的想法，跟著河南人逃到了這裡，並且在這裡一直待到一九四九年關中平原解放。他們大約是這群人中難得的幾戶幸運人家，因爲他們家沒有死人。非但沒有死人，還增加了一口，這一口人大家知道，就是童養媳顧蘭子。對這戶人家來說，黃龍山留給他們的唯一損失是，幾個半大孩子都得了柳拐子病和大骨節病。高二、高三，還有小妹妹。顧蘭子也是大骨節病，她手指的關節現在還是畸形。

當在白土窯安頓下來後，他們遇到了一次風險。那一年，也就是顧蘭子已經到了高家的那一年，莊稼取得了豐收。爺爺用驢和馱牛，馱了糧食到三岔街上去賣，結果被土匪盯上了。回來的路上，土匪一直跟到了家門口。

黃龍山的土匪多。昨天還是個老實巴交的農民，歪心眼一動，三個一夥，五個一股，背山圪找個山洞一蹲，就成了打家劫舍的土匪了。小土匪搶人，大土匪不搶人。大土匪往往給村子捎話，讓送些盤纏到山上去。這樣就把受苦人一年的辛苦拿走了。那時黃龍山最大的土匪有三股，其中一股是郭寶珊。據說他只搶富戶。大家知道，郭寶珊後來成了著名的共產黨將軍。

三岔街上，幾個土匪瞄上了高發生老漢的腰包。高老漢卻渾然不知。所謂得勝的貓兒歡如虎，腰裡有了幾個臭錢，腳底生風，路也走得快了。土匪在後邊攆，攆不上。本來想在路上下手的。一是沒有攆上，二是高老漢一行有好幾個人，於是土匪把時辰定在了晚上。

土匪土匪，其實也就相當於村子裡的半個人一樣。誰家的鍋台朝哪邊安，誰家的窯裡有幾個壯勞力，他們都知道。因此對這高發生家，他們也不陌生。

夜半時分，土匪們待這白土窯的住戶都睡熟了，這戶高姓人家的窯裡，也傳出鼾聲和呻喚聲，於是一個給一個搭手，翻過這石砌的院牆。

高家自從那次顧蘭子出事以後，養了一隻小狗。狗還沒有長大，唬不住人，不過那叫聲也是怪叫人討厭的。土匪知道這戶人家有狗，於是事先準備了一個糯米做的糕。

跳過牆後，狗一吱聲，於是一個土匪將糯米糕扔過去。狗見了糯米糕，張口就吃。這一吃，上下嘴唇，上下牙齒，就讓糯米糕給黏住了，現在，連嘴都張不開，不要說叫喚了。一個年輕土匪一撲走過去，腰間掏出個火繩子，往那狗脖子用事先做好的活扣一套，再將另一頭，往大門的門框上一扔，繼而接過繩頭，往門關子上一拴。這樣狗便被吊在了空中，四隻爪子亂蹬上一陣，口吐白沫，死了。

處置了狗，一撥土匪現在來到大窯的門前，開始撬門。

這時候，窯裡的人才被驚動了。婆睡覺靈醒。靈醒歸靈醒，奈何勞累了一天，紡線又紡到了二更天，所以這晚上的覺也睡得很死。如今，她聽到了撬門的聲音，咯噔咯噔的，心裡一緊，她明白今晚上是要出事了。

好個高安氏，她先將熟睡中的爺爺搖醒。搖醒以後，又在嘴上比畫了一下，叫他不要做聲，坐觀其變再說。又示意爺爺，將炕上睡著的幾個半大小子喚醒。顧蘭子在她的腳底下，她伸出小腳一蹬，把這個顧蘭子也就蹬醒了。

咯噔咯噔的撬門聲仍在響著。

窯裡，大家屏住呼吸，趴在炕上。別看爺爺平日人五人六的，像個大人物，這一陣子，全身像篩糠一樣，將被子裹在身上，蜷做一團。倒是高二、高三，這兩個半大小子，沒經過大詐，還有一些膽量。兩人躡手躡腳，找些農具，拿去頂門，還搬來了箱子，擋在門上。

「不濟事。X上的毛，擋不住個傢伙！」爺爺見孩子們這樣做，歎息著說了一句粗話。

土匪們拿著一個大刀片子，從門縫裡塞進來，撬這窯門的關子。中國北方農村的門，通常兩扇，口歌中「雙手推開門兩扇」，說的就是這種門。兩扇門一合，然後攔腰有一個關子，穿過來，將門關死。細心的人家，還在關子的那一頭，插上一個插銷，這樣更保險些。更有些大戶人家，門關子會有三個。也就是說，攔腰一個，頭頂一個，腳底下面一個。

這幾個土匪，大約是些笨松，拿大刀片子捅門關子，捅了都有一炷香的時辰了，門還沒有被捅開。「那門關子上有插銷！」他們說。「這門狗日的也夠結實的！大約是青岡木做的！」

他們又說。

窯裡的人暗自慶幸。

誰知慶幸了沒有多長時間，土匪們明白捅門關子看來今晚上是捅不開了，於是改用「抬門」的招數。

木匠們安門的時候，門框上，上邊有一個孔，底下有一個安窩。通常，將門扇抬起來，上門軸子從上面那個孔裡穿過，然後下門軸子再落到安窩裡，這門就安上了，一開一合，開合自如。

土匪裡大約有當過木匠的，知道這門是怎樣安上去的。雖然它堅不可破，但是薄弱處卻在這裡。土匪們在門口嘀嘀咕咕了一陣，於是從門縫裡抽回大刀片子，現在幾個小伙子半蹲下來，開始抬門。

只見幾聲低沉的號子聲響起，門開始動起來。門楣上放著的幾個老南瓜，咕嚕嚕地滾在了地上，窗頂牆壁上的土，簌簌地往下掉。

伴隨著「吱呀呀」一陣響，兩扇合在一起的木門，終於被抬開，只聽「呼啦」一聲，衝進來了一群土匪。那時辰大約是後半夜了，月光照進來，白森森地怕人。

高發生老漢嚇得尿了一炕，從此落下了個「遺尿」的毛病。幾個半大孩子，剛才都還有一些火氣，如今見了這陣勢，也都怕得用被子蒙了頭，不敢吱聲，只露出兩隻眼睛往外看。顧蘭子是頭枕炕沿睡著的，她用被子蒙住了頭，哇哇大哭，一嗓子剛提起來，就被婆噤斷住了。

好個高安氏，只見她噤斷住了童養媳的聒噪，然後一欠身子，披衣坐起。高安氏撥了撥窗台上的麻油燈，火苗撲閃了兩下，屋裡亮堂了一點。只見這些土匪，臉上抹著煙灰，露出兩個白眼睛仁兒，面容可怕，手裡的大刀片子，指向炕上，一副隨時要砍人的樣子，於是高安氏微微一笑，說道：「這窯門關著時，這窯裡的東西姓高；如今這窯門破了，這東西就是各位的了！說實話，窮家寒舍，這破窯裡也實在沒有什麼好東西孝敬。各位要不嫌棄，這裡有燈——端上燈你們自己挑。看上什麼拿什麼！算是孝敬各位。」

大字不識一個的婆，這一陣子說起話來，字正腔圓，擲地有聲。話說出，剛才的氣氛和緩了許多。

「這婆姨倒有見地！」一個土匪讚歎說。

「只是，」婆這時候提高了嗓門，說道，「東西由你們取，只是不准傷人！」

土匪們倒也同意高安氏這句話。土匪們打家劫舍，其實也只是爲了衣食飯碗而已。和這戶人家無冤無仇的，因此也不想傷人。

這時土匪頭兒說話了：「當家的，我們也就依了妳。這雙空中叼著吃的神仙手，今天只取財物，不敢驚擾主家各位了！」

婆聽了這話，於是將燈遞過來。

土匪們於是掌著燈，在這煙薰火燎的破窯裡亂翻。翻了一陣子後，也沒有找到什麼值錢的東西。箱子蓋打開，翻出幾丈青布，這是婆紡的線織成的，準備過年時給孩子們裁衣服。鍋台上一個銅馬勺，年代久遠了，鋥亮鋥亮的，好像也值兩個錢。婆的髮髻上，卡著一個銀夾子，婆也順手將它摘下，扔給土匪。

見收穫不大，土匪頭兒這時發話了：「蒼蠅不叮無縫的蛋，貓兒是嗅著腥味兒，才一路攆來的。當家的，妳手裡還有一點現貨，拿出來吧！」

婆說：「啥叫現貨？我不懂！」

土匪頭兒說：「今天三岔街上，妳家掌櫃的帶了些光洋回來。這事難道還要我提醒不成？」

婆倒吸了一口涼風。爺爺也在炕上叫喚了一聲。到這時他們才明白，土匪們是在三岔街上就盯上了，一路跟來的。

婆的脖項底下，枕著一個枕頭盒。這是一個木質的盒子，靠頭的這一面做成了圓形的枕頭狀。這是當年出嫁時，安家村給陪的。那個小小的枕頭盒裡，裝著這個農家女兒發家致富的全部夢想。平時全家的所有收入，一應開支，都從這個枕頭盒裡出來。婆睡覺時，這枕頭盒從來沒離開過頭。

婆哼唧了兩聲，兩行眼淚流下來。

爺爺這時候也裹著被子坐起來。「不能給！那是全家東山日頭掮到西山，一年的收益呀！」爺爺說。

見說，土匪頭子暴躁了起來，目露凶光。

婆這時候停止了哼唧，用袖子把眼淚一擦，心一橫，「大兄弟，走了幾十里的路，原來就爲的這幾塊洋錢。你不提醒，我倒忘了。你這一說，我算想起了。這東西，我給你藏著哩！」

婆說完，將屁股挪一挪，那個枕頭匣子露了出來。她擰轉身子將枕頭盒捧起，愛撫地看了

看，又用袖子將上面抹了抹，然後遞給土匪頭兒。

「都在這裡了。昨天集市上糶糧食得的，還有這幾年積攢的。唉，還有我當女孩時娘家陪嫁的！各位大兄弟，這就是家底了！」婆說。

土匪頭子接過盒子。婆的這些話，大約也叫他有些感動。但是一想到自己是土匪，重新又板起了面孔。

枕頭盒上鎖著一把黃銅鎖兒，那是一把老式鎖子。土匪頭兒順過刀，想把這鎖兒撬開。婆說：「成物不可破壞，給你鑰匙吧，以後好好地待它！」說著話，從褲帶上取下個鑰匙，遞給土匪頭兒。

這一樁事兒就這樣算完了。

在這個陝北冬夜裡，土匪們掠去了這戶人家所有值錢的東西，臨走的時候，又順手從槽裡牽走了兩頭耕牛。他們很滿意，覺得這一戶人家很是通情達理。

直到土匪們出了院子，窯洞裡才傳出哭聲。哭聲最尖最利的是顧蘭子，而哭得最淒慘的是高安氏。

第十七章 李先念將軍過渭河

李先念將軍過渭河的那一刻，高大正抱著一桿快槍，在渭河南岸的二道崖上站著。風颼颼地刮著，船漸行漸遠，艄公的篙點著河底，篙把兒打在船板上。這時候世界安靜極了。風不吹，河邊的蘆葦不動，天上的雲彩也不動，連鳥兒都不出聲，甚至那河流也似乎凝固不流了，只一艘渡船行呀行。

高大肩著一桿快槍。快槍是當地老百姓的叫法，城裡人叫它鋼槍。這槍不是平舉著的，也不是挎在身上的，而是像橫擔一根扁擔一樣，「擔」在肩上的。兩隻胳膊也同時擔在槍上，同時，右手的大拇指會停留在槍的扳機上，隨時準備擊發。

高大身材修長，在擔著槍的時候，他的腰身會很優雅地傾斜著，好像很謙恭地要和比他身材矮的人俯身交談一樣。

我曾經兩次看到過他這種肩槍的姿勢。一次是從渭河下游他的那個村子回高村，路過一片河灘地的時候，田野剛剛收割，地邊埂上有一隻兔子在溜。我沒有看見，高大看見了。他腳步慢下來，身子優雅地側起來。兔子們往往跳三步，停一步，這是習慣。當那兔子停下來的時候，槍響了。兔子往空中一蹦，然後落下來，死了。

一次是在家門口，那棵老槐樹下。渭河漲水了，幾里寬的扇面，洋洋灑灑地從家門前流過。高大瞇著眼睛，朝河裡看了看，河心一鼓一鼓的，高大說：「水還要漲。如果這河心是塌的，水就要退了；如果河心是鼓的，它還得漲。」正在自言自語中，高大的眼睛突然亮起來，臉上平日鬆弛了的那些皺紋，也一下子突然伸展，放出光來。他看見一隻羊鹿子，正在河的對岸喝水。

高大將槍斜過來，或者說，將身子擰過來，脖子一偏，瞄了很久，然後放了一槍。「河水有吸引力，因之乎，這槍要稍微抬高一點！」他對我說。我看見，在與我說話的當兒，那隻羊鹿子已經中槍，平展展地躺在對岸的河灘上了。

自從高發生老漢在那個大霧瀰天的早晨，推著一輛獨輪車，率領一家老少去了黃龍山以後，高村平原的這一片天空，便由高大支撐著。

高大有過一次當壯丁的經歷。國民黨徵兵，要到山西中條山去打日本人，三丁抽一，結果抽到了高大的身上。高大的好槍法，大約就是那時候練的。

中條山大戰，將日本人堵在了黃河那邊的山西境內，不過關中平原三萬子弟兵，也損失慘重。後來有一支，被日本人逼到了黃河邊，於是八百關中子弟兵，投河身亡。這就是有名的「八百壯士投江」，拍成過電影的。不過八百人中，僥倖地活下來了幾個，高大就是一個。他自小渭河邊長大，會水。

逃回來的高大在媳婦炕上睡了三天。三天頭上，扛一桿鋼槍走出門。這樣不久，他便成了這一帶有名的刀客。城裡人發一聲喊，說「西北鄉」造反了。這西北鄉說的就是高村以及周圍

這一塊平原。渭河在這裡轉了個「几」字形的大彎子，令這裡成了一個死角。背地方，人來得少，適合起事。

高大肩一桿快槍的刀客形象，大約至今還在那些老年人的記憶中留存著。他在高村這個大家族中，排行老五，所以人稱「五閻王」。高大做過什麼厲害事嗎？好像做過。當壯丁回來後，聽說一個鄰村人對他媳婦動手動腳，於是約這個人在路上走著。走著走著，他說，你先走，我到包穀地裡方便一下。而後從包穀地裡，斜插過去，趕到那人前面，一擰身子，只聽一聲槍響，那人腦袋開了花。

這樁事是一樁懸案。它到底是人們的猜測，還是實有其事，誰也搞不清楚。高大在世的時候，我幾次想問他，都覺得不好啓齒。顧蘭子那時候在黃龍山，她當然也不知道這事。不過她說，有一天夜裡，高大鐵青著臉，闖進了門，結果被高發生罰著在地上跪了一夜。他們都說了些什麼，她不知道。她的耳朵裡只逮住了一句話，高大說：「我不欺侮人，人家就要欺侮我。」這句話和這件事情有關嗎？顧蘭子說她不敢斷定。

那事也許將永遠成爲這個家族的一樁秘密。

不過五閻王的惡名，卻從此是出去了。這一塊地面上，誰家晚上小孩哭，叫一聲「五閻王來了」，小孩立即噤聲。

五閻王高大站在渭河邊二道崖上，肩著一桿快槍，目睹李先念將軍的渡船漸行漸遠。這塊地面叫胡家灘，距高村五六里地，算是河的上游。

有兇神惡煞的高大站在那裡，人們知道有事，但不知道是什麼事。李先念將軍就這樣過了渭河，他要去延安，參加一個重要的會議。他走了，但是給渭河邊的刀客高大留下了後來的故事。

這故事我們在下面說。

第十八章 高大媳婦之死

高大媳婦的死，是這個渭河人家的一個重要事情，一個永遠的傷疤，一個人老幾輩都沒有釋懷的仇恨。高大在壽終正寢，八十高齡後就要離開人世的時候，仍然牽掛著這件事。「韓大麻子，他怎麼是地下黨呢？他怎麼也被評成烈士呢？他是國民黨保安團長！他帶人打死了我老婆！如今這世事咋成這樣了！這一口氣就是嚥不下去！」高大在死之前，還這樣喋喋不休，死了後也不合眼。

李先念將軍過渭河，一件青布長衫，匆匆而來，匆匆而去。大約是走了好些天後，國民黨方面才知道了這件事。一層一層地追究下來，後來追究到了地方。地方上要找李先念，李先念早就到了延安，所以能夠抓住的，便是那個肩一桿快槍，以一種優雅姿勢站在渭河二道崖子上的高大。

「高大這狗日的，不但是刀客，還是共產黨！」國民黨保安團韓團長說。

這樣，正像民間傳說的那樣，在平原上一個天麻糊明的早晨，韓團長帶了縣保安團，包圍了高大的家。鑼噹噹噹地敲起來，狗叫聲響成一片，槍子兒嗚兒嗚兒地在空中飛著。保安團來抓高大，來起高大的那桿快槍。

高家的院子，是一個五間莊子，東邊蓋滿了房，西邊還是空地。在高老太爺發家致富的設想中，西邊這些空地有一天也會被蓋滿的。但是現在，西邊的空地上長著一棵棗樹，地面上長滿了一種叫洋薑的植物。

莊子的前面是大路，莊子的東邊是密密匝匝的莊稼地，青紗帳接天接地，一望無邊。

民間的說法，當韓團長用槍托使勁地磕擊大門的時候，驚醒的高大從炕上爬起，一貓腰溜下炕，見大門已經被堵死，牆頭上也站滿了人，於是沒有出屋門，而是就勢鑽進了炕洞裡。

中國北方農村，那住人的上房，通常會有一面大炕。民間謎語：「一頭老牛沒脖項，有多沒少都馱上。」說的就是這種大炕。北方人冬天的一大部分時間，都會在這炕上度過，連吃飯也圍著炕桌。這炕有一個大得可以鑽進去人的炕洞門。炕洞門所以大，是因爲燒炕時，要往裡塡包穀稈、棉花稈，甚至塡一些樹枝、樹根之類。

炕洞裡面是空的，然後在靠山牆的地方，會有一個用土坯砌成的煙囪，直通到房頂上去。那煙囪也可能大，也可能小，不過一直要通到房頂上去，高出屋頂半人，然後用磚頭疊成花牆，半封住，半透氣。

那時候高大還年輕，身手也好，雖然談不上飛簷走壁這類絕技，但能舒展身子，從煙囪裡鑽出來，上了屋頂。上到屋頂以後，在這一片房屋中，幾個虎跳，到了牆頭。溜下牆頭，就是白茫茫、莽蒼蒼的平原上的青紗帳了。

所以村上的人們，在談論這個傳奇人物的時候，大部分人的推斷是，高大金蟬脫殼，鑽了煙囪。

但是還有一種更趨於浪漫的說法，認爲高大這麼一個要強的角色，他是不屑於鑽煙囪的。他是效仿黃龍山土匪的辦法，先引燃了火藥，火藥騰起一道白光，十步之內誰也看不見誰。只要不穿衣服，皮膚是肉色的，於這白光中就像個隱身人似的。所以這五閻王高大，是先點燃了火藥，然後在一片炫人眼目的白光中，開了上房門，大搖大擺地走了出來，逾牆而逃。反正高大躺在炕上的時候，衣服也沒穿多少，所以在這白光中，索性脫個精光。這樣迎面走來，誰也看不見他。

關於高大的逃走，在這兩種說法之外，還有第三種說法。這第三種說法是，說高大當時壓根兒就不在家，而是地下黨正在距這裡二里地的，一個叫西壕里的地方召開會議。他聽到了槍聲，也聽到了高村地面的嘈雜聲，以高大的心性，他立馬就會回到村子，來承擔事情的，但是，他是地下黨，有組織管束著的，身子不自由，不能行動。

三種說法中，大約以第三種爲正說。因爲這是我聽高大留在這世界上的一條根，我那親愛的堂哥英說的。他是當事人之一，他經歷了高大媳婦之死這個事的全過程。

但是同時也應該允許民間那些浪漫說法的存在，因爲那些說法更適宜於人們理想中的高大。

高大的媳婦，正像村裡人憑記憶所說的那樣，是個粗手大腳的關中女人。盆子一樣的一張大臉，碌碡腰，墩墩屁股。這是典型的關中女人的形象。人們說，關中地面，連畔種地的村子，互相結親，有些還是親戚套親戚，這樣幾千年下來，女人缺了靈性，就長成這粗手大腳的拙笨模樣了。

高大媳婦在炕上躺著，身子不是身子，腿不是腿，癱成了一灘泥。韓團長用槍頂著腦門，問她男人到哪裡去了，她舌頭像硬了一樣，嘴像撬了一樣，說不出話。不是她不說話，是說不出。鄉間女人，平日只知道生男生女，只知道像個啞巴牲口一樣在地裡勞動，哪見過今天這陣勢。

見高大媳婦不說話，韓團長於是揮揮手。兵們開始在屋裡找，在院子裡搜。掘地三尺，細細尋找。旮旯都找遍了，院子都挖成井了，連個人毛都沒有。韓團長覺得上房屋這個炕洞口很可疑，於是令一個新兵鑽進去看個究竟。新兵很害怕，他先用刺刀對著炕洞口捅了好一陣，一驚一炸的。見裡面沒有動靜，才壯著膽子鑽進去。鑽進去後，用手摸了一陣，啥也沒有，於是鑽出來覆命。炕洞裡滿是灰，這新兵的鼻子臉兒，抹得五抹六道的。

「這狗日的長了翅膀了！他能跑到哪裡去呢？」韓團長說。

跑得了和尚跑不了廟。韓團長決定把高大媳婦從被窩裡拉出來，吊到大門口那棵老槐樹上去拷問。第一，要她說出自個兒男人藏到哪裡去了。第二，一件重要的事情是「起」槍，沒有快槍，就不是高大了。他想得到那支槍，況且，高大是個逃兵，這槍本來就是隊伍裡的。第三，即使這兩樣目的都達不到，他想敲山震虎，放一個人樣子在這官道上，殺殺西北鄉的威風。

高大媳婦胡亂地穿上了衣服，被國民黨兵拖著，拉到了大門處的老槐樹底下，先綁了，然後吊起。高大那時候膝下已經有一兒一女了，兩個孩子，一人抱住娘的一條腿不丟。韓團長惱怒，先一腳，把男孩踢進高家門口的漚糞池裡，復一腳，把女孩踢到官道對面，也就是高家對門那戶人家的漚糞池裡。

綁人這件事很簡單。不通這一行，你覺得它很難，通了，倒是個很順溜的事。只見一個兵爺，從高家上房的牆壁上，找來一領火繩子。將這火繩子綻開，拿在手裡，用胳膊肘子當量繩的尺子，等呀等，等到兩頭一般齊了，然後挑了個繩子的最中間部分，兩手一提，將繩子從背後越過頭，搭在高大媳婦的脖子上。

綑人的兵爺是站在高大媳婦身後的。繩子搭上去以後，拽住分成兩股的繩子，順著高大媳婦的兩個胳膊，一圈一圈地纏下來。纏到手腕那個位置的時候，兵爺伸出膝蓋，往高大媳婦的腰眼上一頂。這樣高大媳婦就像一隻螞蚱一樣，頭快要挨住地面，身子則佝僂成了一張弓。

那繩頭兒一直在兵爺的手裡攥著。見高家媳婦彎成一張弓了，兵們的膝蓋繼續用力，然後一邊用火繩子，將高大媳婦的兩隻手，像綑羊蹄子一樣勒在一起，挽上一個死疙瘩。

說書人把這種勒法叫「反剪雙手」。在雙手被反剪以後，還要盡量地把那兩個已經團在一起的胳膊往上抬。兵們現在頭上冒著汗珠，膝蓋用力頂一下，高大媳婦的胳膊就會往上抬一下。旁邊的兵爺們「一二三」地喊著口號加油。直到最後，高大媳婦的胳膊嘎巴嘎巴一陣響，已經抬到快到脖子那個位置了，兵們於是停止了用力，將繩頭再穿過最初勒在脖子上的那個環兒，然後綁成一個死結。

「這叫小綁！」滿頭大汗的兵們說。

韓團長睃視了一眼周圍黑壓壓的圍觀人群，補充了一句：「還有一種綁法，叫『大綁』，或者叫『五花大綁』，下一次西北鄉的人，誰再犯了王法，用它治！」

韓團長的話，說得周圍圍觀的老百姓，人人面面相覷，人群不由得一陣後退。這一陣後退，場子空了點，恰好給這把高大媳婦往樹上吊，騰了場子。

火繩子將人拴牢了，下一步就是往老槐樹上吊。

火繩子拴完人以後，還剩長長的一截。這一截，正是用來吊人的。只見韓團長親自上手，給繩頭上綁了塊半截磚，然後一揚手，將這半截磚頭往樹股上一撂，這繩子就搭在老槐樹的一枝樹股上了。韓團長蹦兩下，抓住這從樹股另一頭垂下來的磚頭，幾個兵們見了，過來幫手。幾個兵們抓住繩頭，士兵們齊聲叫道：「一、二、三——起！」於是高大媳婦，就雙腳離地，躥兩下，身子被吊到半空中了。

高大媳婦殺豬般地號叫起來。

韓團長先抽出武裝帶，朝高大媳婦抽了幾下，算是率先示範。抽完了，把皮帶搭在肩膀上，到官道旁邊一個臨時支起的茶攤上喝茶。區有區公所，鄉有鄉長，村有村長，一保一甲，也都有保長、甲長，因此這茶水侍候，保安團走到哪裡，都是會有的。

士兵們現在開始抽打高大媳婦。有武裝帶的，卸下武裝帶。沒有武裝帶的，從誰家牆上找來個抽牛的鞭子。還有人懶得動，就近在榆樹上掰個樹條子。大家劈劈啪啪，劈頭蓋臉，朝樹上吊的這個人打去，權當是佔便宜。打一陣，問一陣話，然後再到茶攤前喝杯茶，歇歇手，緩過勁兒再打。

高大媳婦嘴裡胡嗚啦著，人在哪裡，槍在哪裡，她確實是說不清，還是知道，只是不說，這些沒有人能說清。妳不說就打。於是又一輪武裝帶、牛鞭子、榆樹條抽了過去。

這是打牛的打法。三個人站成個圈，妳往哪邊躲都躲不過去，哪邊都是正面。高大媳婦在樹上吊著，吊死鬼一樣地擰圈圈，她的臉不管轉向哪一邊，都逃脫不了一個打。只一會兒工夫，那張盆盆大臉，腫得更大了，墩墩屁股也比以前更圓了。

韓團長坐在茶攤上，嘴裡品著老胡葉子，眼睛和耳朵卻沒有閒著。他在聽四周青紗林的颼颼響動。他明白，快槍高大無論剛才在屋子裡沒有，這一陣子，他肯定就在四周的莊稼地裡貓著。韓團長在心裡說，快槍高大，你要是條漢子，看見你老婆這樣遭人打，你該顯顯身子才對！

韓團長這是想引高大出來。撲了個空，沒得到人，也沒得到槍，他有些於心不甘。其實這老槐樹上吊打高大老婆，只是一場戲，這戲是給高大看的！高大如果稍有些惻隱之心，稍有點血性，他該出來理這事的。

但是高大始終沒有出現。韓團長眼睛裡看到的，只有四周一望無際的包穀地，鋪天蓋地，深不可測，耳朵裡聽到的，也只有那颼颼的風聲，賊風順著渭河的河道刮來，從包穀花子上一掠而過，發出一陣颼颼颼颼令人驚悸的聲音。

韓團長一直沒有等到高大的出現。老胡葉子是世界上最濃最釅的茶，如今用一種叫挎子的器皿煮了，喝起來更濃更釅。這是平原上人們喝的茶。韓團長喝了個肚兒圓，肚子裡也呼呼啦啦，這是茶在克食。茶一克食，肚子就餓了，接著，地方上又爲他以及保安團弟兄們準備了簡單的午餐。午餐有酒。成命在身，韓團長只是酒水沾了沾牙，就把杯子放下了。放下杯子的那一刻，他突然明白該走了，這場戲該結束了。

快槍高大拿得穩，棋高一著，始終沒有出現。這陣子，倒是韓團長有點心虛。說不定，快槍高大此刻正在哪根包穀棵子下面站著，槍口瞄著自己，準備打黑槍哩！反正今天這一番鬧騰，也算是給上峰有個交代了。見好就收吧！開拔！

國民黨保安團把高大媳婦在老槐樹上吊了一上午，打了一上午，還是問不出個張道李鬍子來。後來也就洩氣了。丟下幾句嚇人的話，說以後還要來，不抓住個快槍高大，誓不甘休。說完以後，吹哨子列隊，順著官道，一溜煙地往東南方向走了。

高大媳婦還被吊在樹上。她已經昏死過去。兵爺們開始打她的時候，她還呻喚著，打到後來，她就不吱聲了，像個糧食口袋一樣，任你打，只鼻子嘴裡，向外吐白沫。白沫吐完了，又吐黑血。

國民黨兵走了很久，村上圍觀的人才敢過來。大槐樹下解下高大媳婦。這時的她，只有出的氣，沒有進的氣了。一雙兒女，一人抱著她一條腿，號啕大哭。

高大媳婦是在天麻糊黑的時候走的。老百姓把這叫「喝湯時分」。也就是說，是晚飯時分。死時她一手牽一個兒女，戀戀不捨，眼睛努力地向屋外瞅著，但是高大並沒有出現。這個苦命的女人走完了一生。她嫁到渭河畔這戶人家以後，大約沒有過過一天的安生日子，就這樣離開了人世。

高大媳婦死了。一口薄棺，高大將媳婦葬到了官道旁邊，一個三岔路口。然後手拖一雙兒女，前往黃龍山，將這兩個累贅給高發生老漢留下，然後肩扛快槍，重新回到關中地面，去尋韓團長復仇。從此，紅了眼睛的高大，集刀客與地下黨於一身的高大，更是成了個天不收地不

管的角色。

凶死的人是不能進祖墳的，這是規矩。怕那血光之災會驚擾了地下安睡著的老先人們，還怕這血光之災會給活著的人帶來晦氣。所以高大媳婦沒有進祖墳，她埋在了村東頭一條斜斜路上。

那墳很快就沒有了。後來，只有每年清明節的時候，她的一雙兒女會踩著麥田，約莫個大概，在那路旁象徵性地燒兩張紙，有時還會放哭幾聲。

第十九章　圓房

就在高大媳婦噝氣的那一刻，在三百里外那平原的盡頭，高原的開頭，童養媳顧蘭子和高二的圓房儀式，正在進行之中。

顧蘭子那一年十三歲了，高二則十七歲。按照鄉俗，女兒家十三，男兒家十六，就算成人了，就可以進行那男歡女愛的事情了。

本來他倆的圓房儀式並不必那麼急著操辦，延挨上個兩、三年，男人的力氣長全了，女兒家則出脫一些了，那時辦最好。但是高二的心野了，急著想扔下放羊鞭子，去吃一口公家人的飯。所以高發生老漢怕夜長夢多，真的讓那高二一拔腿走了，這樁婚事到時候能不能成，還在兩說，因此就先下手，張羅著把這房圓了，讓這婚事成了定局，讓童養媳顧蘭子登堂入室，變成名正言順的高二媳婦。

當年渭河邊官道上踏著口歌行走的那個半大小子高二，幾年的歷練，已經出脫成一個青皮小伙子了。黃龍山的這些年，他除了放羊、打柴、做務莊稼之外，還回關中去上了兩年官學。

那學是他爭取來的。高發生老漢不讓他去上，他在窯裡的地面上跪了大半宿。高發生老漢半夜起來餵牛，一睜眼，見高二還在地上跪著。老漢說，不是我不讓你上學，是咱家這人手拉不開，你在家幹活，頂半個勞力，能填補家裡，你要上學了，非但不填補家裡，還要家裡給出學費。

發生老漢餵完牛回來，那高二還在地上跪著。「罷罷罷，你真的一抹心思要上學，那你自己想辦法去尋學費。土匪去年冬裡進了窯，你知道，咱家的一點家底，都讓刨走了！」發生老漢說。

得了父親這句話，高二站起來，他決定回關中找高大去，高大已經是頂門立戶的人了，他該有些辦法才對！高二主意拿定，辭了黃龍山一家老小，腰裡揣了兩個冷饅頭，星夜下山，去找高大。

高大媳婦那時還在。拜過嫂子，說明來意，高大媳婦說，我給你到西北鄉地面去找你哥。找回了高大，待高二說明來意，高大沉吟了半晌。他說，兄弟想上學，不做那睜眼瞎子，這叫有抱負，這第一得肯定；第二嘛，錢的事哥腰裡現在沒有，或者說不是沒有，而是現在還在別人腰裡給存著哩；那麼第三，哥現在要去要一場賭博，把那存的錢取回來。不過能不能取回來，還在兩可之間。兄弟，咱們先說好，我這一去，要贏了，那你就有學費了，要輸了，那你就蜷了這個腿，回黃龍山安安寧寧地放你的羊去吧！

高大說完，袖子一甩，牽著高二的手，來到河岸上艄公住的那面大窯洞裡。「你在門口站著，等我出來！」高大對高二說。

高二在這窯門口，站了大半夜，河道裡的風硬，凍得他直打戰，加上肚子也餓了，咕嚕咕嚕直響，幾次到窯裡去看，窯裡烏煙瘴氣，抽水菸的，抽大菸的，抽旱菸的，弄得個窯裡像在熏獾。高二耐不住，只好又出來。想上老崖上面的家，又不敢離開。最後，見窯門口有一堆包穀稈，他就鑽進包穀稈裡，睡著了。

不知道過了多長時間，迷糊中，高二聽到有人叫他的名字。眼睛還沒睜，就一骨碌爬起來，只見高大就在他的面前站著，眼睛仁子紅勾勾的，面色發青，鷹爪子一樣的手指，攥著一摞錢。

「贏了！」高二興奮地喊道。

高大既沒有說贏，也沒有說輸，也沒有說這錢是從哪裡來的。這以後許多年中，高二常想起這事。他估摸著，以高大的心性，如果是贏下的，那他一定會逞能的，他會哈哈大笑，講他的五馬長槍。他沒有說。那沒有說大約就是一種回答。高二想，說不定不但沒有贏，反而連老本也貼進去了，這錢，說不定是去撬誰家的門搶的，或者是燒火炕上，找哪個女人要的。

高大沒有回答高二的話，他只用一種陰沉的聲調說：「走吧，二掌櫃，找一個好學校，上學去。高家這一代人成龍變虎，也許就看你了！」

說完這話，高大一甩袖子，趟了大步，上了老崖那面大坡，不久，聽到「嗵」的一聲關大門的聲音，高大回家睡覺去了。

「我這是欠你的，先記上！」高二衝著高大的背影，說了一句。話沒有說完，後半句就讓河道裡的風戧回去了。

高二用這筆來歷不明的錢做學費，上了渭河對面離高村三十里的一個師範速成班。學業還沒有滿，發生老漢捎話來，要他回黃龍山收秋，於是他輟了學業，再回黃龍山。回到黃龍山收完秋，想再回來上學，可是窯裡事多，拔不出身子，於是就此斷了上學的念頭。

顧蘭子也在這幾年的風風雨雨中，長成一個大姑娘了。臉色紅撲撲的，過去的尖臉現在成了圓臉。那身體，也像麥苗見了春雨一樣，一夜就拔高了一截。頭上那亂糟糟如老鴰窩一樣的一頭黃毛，現在也變黑了，在泉邊洗一洗，再抹上個皂角水，一洗，紮兩根小辮子，小辮子頭上再繫上紅頭繩，像個小美人的感覺。

在娘家安家塔，娘家媽什麼也沒有教她。只教給一件事，就是纏腳。「纏什麼腳呀！荒山野坬地，誰來看顧蘭子的腳呀！」一起逃荒來的河南人這樣勸。可顧蘭子的娘家媽不這樣看。她說她的腳大，一輩子叫人瞧不起，這顧蘭子一定要給她把腳纏小，要不會嫁不出去的，即使嫁出去了，也叫旁人一輩子下眼覷。

童養媳到了高家，這給顧蘭子纏腳的事，得高安氏來做。高安氏先扯上兩尺白粗布，然後脫下這顧蘭子的鞋子。那布條，一頭吃進自己嘴裡，用牙關咬緊，另一頭，捧著個顧蘭子的腳在懷裡，使足力氣一層一層地纏，纏一層，勒一下，顧蘭子的腳骨頭喀巴喀巴直響。腳後來也腫了。硬把腳塞進鞋子裡，走起路來一搖一晃的，像踩高蹺。

這樣纏了幾回，高安氏突然翻心了，決定不給顧蘭子纏了。一是她看顧蘭子那腳，血糊糊的，五個腳趾頭，都彎回到腳心裡來了，叫人看了寒磣。二是她心想，窮人家的女兒，纏這腳幹什麼，上山溜坬，腳大才穩當呢。何況這顧蘭子已經是高家的人了，不存在嫁不出去的問題了。

「妳給妳家男人說，只要他不嫌棄，妳就不要纏了！」高安氏說。

高二是新青年，又喝了一些墨水兒，自然也不贊成這纏腳。這樣顧蘭子算是被解放了，少了女兒家受的這個罪。不過顧蘭子那雙腳，始終沒有好，腳趾頭始終彎曲著，路走多了就發紅發腫，窩在鞋子裡，十個腳趾頭像一群小老鼠。顧蘭子那腳，也比普通的腳要小一些。人們叫那「解放腳」。

跟著高安氏，顧蘭子學會了織布、紡線、做家常衣服，學會了鍋上、案上這些女人家該會的一應手段。她是成長起來了，開始有了笑聲。當自家男人，揹著一捆柴或莊稼，從溝底下搖搖晃晃地上來的時候，她迎上去，一直接到家裡，並且把這柴或莊稼，從男人的背上卸下來。

秋天來到了黃龍山。這是一年最好的季節，山菊花像金黃色的浪頭，一浪一浪蓋滿了塬畔、地畔、路畔。除了這金黃色的菊花，山上其餘的一應物什，青岡樹、榆樹、杜梨樹、楊柳樹，等等等等，甚至包括各種有名無名的小草，包括遲收的莊稼棵子，都被嚴霜染成了紅色。太陽一照，有的是血紅，有的是棗紅，有的是粉紅。置身在這樣的環境中，讓人把眼前的苦難都丟到腦後了。

在這樣一個美好的季節裡，童養媳顧蘭子和高家二掌櫃要圓房了。

顧蘭子沒有娘家人，這大約是這一場婚禮唯一的遺憾。

但是不要緊，黃龍山方圓數百里，旮旮旯旯裡都住著顧蘭子的鄉黨，住著這些花園口決口以後，逃難到這裡的河南人，他們把顧蘭子當做自己的女兒，把這一場婚事當做河南人和陝西人的一次婚配。

為顧蘭子洗頭、開臉、做婚嫁的衣服，這些事都是白土窯的河南鄉黨幫忙的。當這些事情做完以後，高二牽驢，顧蘭子被扶上了驢背。按照發生老漢的設計，高二將牽著毛驢，從高家出發，在白土窯這個小村子繞一圈，然後再回到高家。

但是騎上毛驢上路以後，顧蘭子哭了，她說她想起了安家塔娘家，婚嫁是一件大事，她想告知如今已經長眠在那裡的父母兄弟姐妹們知道。高二覺得顧蘭子的話言之有理。於是他們停了步子，將這想法稟告了發生老漢。發生老漢認為這想法很好，是該讓親家母、親家公知道的，雖說人不在了，但是到那墳頭上告知一聲，也是禮節。

從白土窯到安家塔三十里，一來一回就是六十里。這樣，一對新人在圓房的這一天，就多走了六十里山路，完成了這個心思，了了顧蘭子的心願。

安家塔還是過去那個安家塔，照樣雞叫狗咬，照樣人們扛著犁杖早出晚歸。它並沒有因為這一戶人家的絕根而冷落，因為又有新的流動的河南人補充了進來。當年安家塔托孤的那顧蘭子的家，如今又有人住著。他們很熱情。他們說那以前的故事也聽老戶們說過。他們留一對新人吃飯。

荒草萋萋，秋風颼颼，毛驢的鈴鐺響著，一對新人來到安家塔半坡那一堆亂紮墳頭。誰是誰，哪個墳頭子上頂著哪個，顧蘭子已經分辨不清了。顧蘭子扶著高二的肩膀，從毛驢身上溜下來，新做的繡花鞋沾地，顧蘭子雙膝跪倒，哭了兩聲，為這死在異鄉的父母兄弟姊妹而哭，為天下所有的花園口的難民而哭。哭完，磕了三個響頭。高二一手牽著驢韁繩，另一手扶地，也陪著顧蘭子磕。「這個地方，我以後不會再來了，爹、娘、哥姐弟妹，你們互相照應吧！」說了上面這些話以後，顧蘭子站起來，拍了一下膝蓋上的土，然後翻身上驢。一對新人踏上回

白土窯的路。

回程顯得輕鬆一些了。驢蹄子踏著山路，清晰有聲。驢脖子上那個鈴鐺，嗆啷作響。新郎官高二胸前那朵紅花，秋日的太陽一耀，紅漾漾的。川道地頭上耕作的那些人，不停地發著喊聲，爲這一對新人祝福。這地方多的是河南人。人們把這裡叫「小河南」。從洪水中逃出來的一條命，從黃龍山這種「虎列拉」的瘟病中逃出來的一條命，如今要婚嫁了，要生兒育女了，要像一個體面的人那樣地活下去了，這是一件多麼偉大的事情呀！所以河南老鄉們都爲顧蘭子高興，都把顧蘭子的幸福，當做自己的幸福。

天麻糊黑的時候，一對新人準時地回到了白土窯，走進了那孔牲口窯刷新以後的新窯。一路上他們接受了許多的歡呼，這叫他們十分的感動。尤其是顧蘭子更感動，孤苦伶仃的她感到了來自鄉黨的溫暖。

窯院裡充滿了喜氣。那孔牲口窯，如今整修一新。地面上鏟去了牲口的糞便，又用黃土墊了一層，然後拍實。窯的牆壁上新抹了一層白土。白土窯所以叫白土窯，就是因爲有一面山崖，是白土的，所以三小子到那裡掏了一筐白土回來，負責這刷牆的工作。新窯的門框上，紅紙上寫了喜聯。那喜聯上的墨筆字是高二寫的。高二是新青年，他爲這喜聯所寫的句子，沒有用那種俗套子，而是寫了這麼兩句：

荊樹有花兄弟親，
書田無稅子孫耕。

高二借這兩句話，表達了他將來的志向。

高發生老漢那天決定給自己放一天假，什麼事也不幹，只穿著一身乾淨衣服，手背在後邊，邁著方步，菸袋鍋兒搭在脖子上，在窯院裡轉悠。

高安氏將窯院裡的地面，掃了一遍又一遍，掃完了，灑上水，水乾了，再掃。粗笤帚掃過了，又用細笤帚掃。直掃得這地面光堂堂的，秋天的太陽一照，像蛋黃一樣鋪在地上。她還將大窯裡那個鍋台，重新用鍋底黑染了一遍，鍋台黑明黑明的。白牆一襯，顯得牆更白，鍋台更黑。

圓房儀式舉行得很熱烈。來了很多的人，河南口音的，關中口音的，陝北口音的，山東口音的，安徽口音的，吵吵鬧鬧。白土窯地面大約許多年來，還沒有過這種熱鬧。前來祝福的人，都從自己家裡帶來了最好的東西，或兩個雞蛋，或一捧瓜子、紅棗，或二尺白洋布，大家把這當成了一次鄉間聚會，當成了同時也是對自己離鄉背井生涯的一次祝福。

之所以能來這麼多人，是因爲這一對新人騎著毛驢，響著鈴鐺，從安家塔到白土窯一路招搖。

除了陝西人，除了河南人，在這祝賀的人群中，還有不少的俄羅斯人。黃龍山的旮旮旯旯裡，住著不少的俄羅斯人。這些白皮膚、藍眼睛的人，他們是從哪裡來的，怎麼也淪落到了這黃龍山，那時還沒有人對這件事作出過解釋。直到二十年後，到了一九六〇年，蘇聯專家從中國撤退的時候，這些人混到專家隊伍裡回去了。這時人們才弄清楚他們的來龍去脈。

原來，他們是蘇俄一些達官顯貴的後裔。有個叫史達林的人，在俄羅斯搞大清洗，把他們的父母殺了，把這些孩子集中到離中蘇邊境不遠，一個叫伊爾庫茨克的地方，學習漢語，學習無線電技術，然後，用汽車拉了，送往中國，先從東北走，沒有走通，就又從西北借了一條路，進了境。這些人是共產國際往延安送的，車到黃龍山的時候，延安方面拒絕接收，於是汽車把這些人甩在了黃龍山，成了高老漢他們的鄰居。

那一天夜裡，高發生老漢睡得很香。「圓房」這件事情，又叫「合鋪」，不比結婚，可以辦得大一些，排場一些，也可以辦得小一些，草率一些，高老漢把這事辦得這麼排場，這叫洋火，他覺得自己臉上很有些面子。

那一天晚上，新窯裡的一對新人，輾轉反側，很久沒有入睡。高二說：「我不想一輩子打牛屁股。我還是想出去，吃一碗公家飯，圖個發展。共產黨的勢力大，有一天我在山上放羊，看見川道裡走隊伍，前不見頭，後不見尾。當時我就想扔了這放羊鞭子，跟他們走！」

顧蘭子熱烈地說：「我支持你，絕不拖你的後腿！你去謀大事吧！我做一雙千層底的鞋，送你上路！」

「那麼妳呢？」高二問。問這話時，他長歎一聲說：「妳要知道，我們活得多麼窩囊呀！就像三岔街上的一條狗一樣，誰看你不順眼就踩你一腳！你要生，你要死，沒人管，沒人問，沒人心疼！」

顧蘭子沒有這想法，她覺得這世界已經對她夠好了。她說：「我要守住這個家，我要爲你生一炕的娃娃！」

第二十章　革命鞋

顧蘭子與高二圓房後幾天，高大手拖一雙兒女，來到黃龍山白土窯。一兒一女那時還小，高大給他們的頭頂上，蒙上一層白色的孝布。見孩子披麻戴孝，高發生老漢知道老家出事了。

高大只說他是刀客，說這是國民黨保安團造的孽，爲的是要他那桿快槍。他沒有提自己是地下黨，也沒有說李先念將軍過渭河那事。共產黨有一個規矩，叫：「上不告父母，下不告妻子！」

「是那韓大麻子！這個仇要報！」快槍高大眼裡火星四冒，牙齒咬得嘎巴嘎巴直響，說道。

「人家的勢力大，我看這一口氣就先嚥了，十年等他一個閏臘月，有機會時再說。光棍不吃眼前虧，大小子，這一陣子，你就在這黃龍山裡躲一躲吧！」高發生老漢說。

高大不聽這話，他執意要回去。腿在他身上長著哩，他這麼個大男人，要走，誰也攔不住。況且他性格暴烈，連發生老漢也畏怯他三分。既然要走，重回那是非之地，就讓他走吧。

這樣，高大扔下一雙兒女，當窯裡，就地爲二老高堂磕了個頭，然後獨自重回關中，繼續他的刀客事業。

那一雙兒女哭成了淚人。高安氏踮著小腳，走過來，一手拖起一個，摟在自己懷裡。孩子「婆呀婆呀」地叫著，叫得高安氏也抹起了眼淚。想起賢慧的大兒媳婦，心裡汪得難受。

高安氏把顧蘭子叫過來，讓這一雙兒女跪在顧蘭子跟前。

「這是你二大的媳婦，也就是你們的新媽。以後，她來照料你們吧！」

兩個孩子一個抱住顧蘭子的一條腿，叫一聲「新媽」。

顧蘭子長這麼大，還從來沒有遇到這樣被人重視的場合。她很害羞，害羞中趕忙答應了一聲，然後俯身拖起這兩個孩子。

這以後很長一段日子，白土窯很安靜。雖然新添了兩張嘴，可是並不顯得有多少負擔，米湯鍋裡多添一瓢水，就夠兩個孩子吃了。對這個千瘡百孔、四壁透風的家來說，這也算不上什麼太大的震盪。

倒是有一個新的震盪在等待著高發生老漢。

這就是高二已經和新媳婦商量好，他要偷偷地投奔延安了。

那時候，高二的力氣已經長全，他成了這個家庭的主要勞動力，他要一走，這一方天才真正是塌下來了。

怕高發生老漢阻擋，小倆口對這事守口如瓶，只是悄悄準備著。

高二比以前更勤勉了。地裡的農活，他已經成了一把好手，耕地、耱地、鋤苗、收秋、揚場、吆碌碡，他樣樣在行。到山上幹活的時候，他會捎帶著利用牛歇晌的時候，砍一捆柴，晚上吆著牛，揹著柴回來。這樣窯院裡整整齊齊地碼起了一垛硬柴。稍有閒暇，他還抱著一個大

钁頭，把前坡上的酸棗刺、狼牙刺一钁一钁地往下刨。這些柴是軟柴，燒炕用的。酸棗刺、狼牙刺長著滿身刺，扎手，高二就用钁頭，把那些刨下來的刺棵子，團成一團，然後用钁頭一點一點地砍成細末。這樣新媳婦燒炕時，荆刺就不會扎手了。砍成細末以後，再將它們用钁頭團在一起，砸成一個四方四正的形狀，然後用繩子拴起，就揹回來了。這些柴也在院子裡碼成一個柴垛，四方四正，像一堵牆一樣。

顧蘭子則將高二那些舊衣服，該洗的洗，該拆的拆，該補的補，忙著整修。大窯的櫃子裡有些藍士丹尼染成的粗布，徵得高安氏的同意，顧蘭子用這些布，爲自己男人縫了一身新。她說過她要做一雙鞋的。當上面這些事完成以後，眼看著高二離家的日子快要到了，於是顧蘭子開始精心做鞋。

先收集一些破布，農村人把這叫「補拆」。把這「補拆」洗乾淨，晾乾，然後熬一點漿糊，將那些破布片往一起貼。那一層一層貼起的破布片，叫「袼褙」，而這項工作，叫糊袼褙。

袼褙糊好，一片一片地貼在牆上，等它們風乾。乾透了，從牆上揭下來，就可以用它們做鞋底。

比畫著高二的舊鞋，顧蘭子先用一個白土塊兒，在袼褙上畫出鞋底的樣子，畫完以後，再用剪子鉸。通常，要鉸兩片、三片或五片，然後將這些片兒合在一起，上上沿兒，再用麻繩來納。顧蘭子答應過，她要給高二做一雙千層底的，因此這袼褙用了五片。

上鞋底時，用一把錐子，先把鞋底納透，再用一根針，紉上麻繩，順著錐子，往反方向

納，這樣麻繩就穿過鞋底了。過去的鞋底就是這樣納的。

在納鞋底的時候，顧蘭子以無限的愛意和無限的虔誠，給這鞋底上納上「革命」這兩個字。

她不識字。她一生都不識字。雖然解放後，她進過好幾次掃盲班，但是從掃盲班回來，字還是字，她還是她，誰也不認識誰。所以革命這兩個字，是高二爲她寫下的。

繡這幾個字，用的是倒勾針的方法。啥叫倒勾針？就是往前攆兩針，再往後回一針，這樣納下的鞋底結實，這樣即便繩頭磨平了，繩子也不會綻。

那鞋幫子，用的是織貢布，一種又結實又不扎眼的洋布，這是顧蘭子托了個事由，專門到三岔街上去買的。

當顧蘭子坐在塾畔上，穿戴得整整齊齊的，一會兒用牙齒拔針，一會兒用頂針去頂那錐子，全神貫注地爲自己男人做鞋的時候，高安氏在遠處瞅著，笑成了一朵花。高家老人這時候還不知道，鳥兒翅膀已經硬了，他要出窩了。

在一個高原的早晨，太陽剛剛冒紅，高二穿上媳婦爲他做的新鞋，踏上了去延安的路，他將穿過三岔街，穿過瓦子街，穿過丹州城，奔向他所嚮往的那地方，開始他後來的人生。

男人就要遠行了，顧蘭子突然害羞起來。她對高二說，還有一件事情沒有辦。什麼事兒？大事！高二不明白她的話，顧蘭子說，我答應過你，要爲你們高家生一炕的娃娃呢！

說完這話，顧蘭子仰身躺在了炕上。

被子已經疊了，她是仰身躺在疊好的被子上的。在仰轉身子以後，她伸出兩隻手，蒙住自己的眼睛。

這是他們的第一次。

有了這第一次以後，顧蘭子才徹底地放心了。她感到自己現在真正地成了這家庭的一個成員了，她感到眼前這個男人，現在真正成了她的男人了。

高二起身了，踏上了道路，一直向前走去。道路的塘土上，兩行腳印留下兩行「革命」字樣。

第二十一章　漂泊者回家

就要改朝換代了。高村平原上那一陣接一陣的嘈雜聲，是改朝換代的一種先兆，黃龍山白土窯這種過分的寂靜，亦是一種先兆。欲知朝中事，先問山裡人。新青年高二預感了這即將到來的變革，他搭上了最末的那班車。

在膚施城接受了三個月的培訓。原來，類似高二這種嚮往進步、嚮往光明、志存高遠的青年，有一大批子人。培訓班結業後，發了一桿短槍，高二被重新送回黃龍山，準備在這裡組織群眾，迎接黃龍山解放。

回到黃龍山，組織爲他謀了一個差使，就是在離白土窯不遠處的三岔街上收稅。白天他是國民政府在三岔街上的收稅員，晚上，則一個村子一個村子地走，組織農會，發動群眾。

他還通過關係和這三岔四周山上的幾桿子土匪，也有了接觸。

和高二一起分到黃龍山的，還有一位女青年，她叫虹。虹分到了另外一個鄉，大約也是收稅員。偶然的時候，她會在與三岔鄉接壤的村子收稅時，多跑兩步路，到三岔街來看看高二。

有幾次的時候，高二還把她領回了白土窯老家，晚上，虹就和顧蘭子住在一起，而高二則擠到大窯裡的炕上去。

這時候在黃龍山瓦子街，曾經有過一次有名的戰役。戰役結束後不久，黃龍山就解放了。黃龍縣政府所在地石堡鎮，城門樓子上那個青天白日旗，被取下了，換成了紅旗。

高二這時候武裝帶一紮，短槍一別，三岔街上的人才知道原來他是地下黨。第一屆共產黨縣政權成立，年輕氣盛、英姿勃勃的高二，做了共青團縣委書記，而那位剪著短帽蓋，穿著列寧服，大腳，長腰身的虹姑娘，做了縣婦聯主任。

新生政權那時候為了穩固下來，需要幹許多的事情。比如盡快地建立區、鄉兩級政權，比如剿匪，比如成立農民協會，打土豪，分田地，土地還家等等。後邊還有許多事情要做，但是就黃龍山區而言，這三件事當時是頭三腳。

老百姓說：「頭三腳難踢。」而在這頭三腳中，最難踢的一腳是「剿匪」。黃龍山的土匪，老虎不吃人，惡名在外。那時這一帶的土匪，大的有三桿子，也就是說有三股，中等的，有二十幾條子，也就是說，有二十幾股，而那小股的毛匪，人們叫它溜子，大約有二百多股。

這土匪從四八年黃龍山解放開始，一直剿到五三年，才算剿完。其間發生過許多的故事，不必細表。

對於高二來說，那是一段陽光燦爛的日子。在他坎坷的一生中，這大約是他最為意氣風發的幾年。年輕的他以全部的熱情和真誠，投入到這理想和事業中。

那時候機構簡潔，吃皇糧的人並不多。因此年輕的團委書記同志，以及年輕的婦聯主任同志，成為這座偏遠山區的著名人物，青年楷模。

團委書記腳蹬麻鞋，小腿把子上紮著裹纏，身紮寬皮帶，腰裡別短槍，騎一匹大青騾子，

風風火火地跑遍了黃龍山的旮旮旯旯。「你的騾屁股上也馱上個我吧！」婦聯主任恰好也下鄉，可以相跟著走一段路程。於是一匹騾子，載著兩個人，鈴鐺一路響，從石堡鎮街上走過。

高二喝過幾年墨水，這對他眼下的工作，對他後來的命運，都有很大地影響。眼下，需要宣傳，黃龍山那些大的集鎮，每逢遇集，常常有一個現代青年，在牆上用笤帚蘸著石灰水，刷標語，什麼「人民政權爲人民」，什麼「土地回家，人民做主」等等，一筆大寫沉雄有力，博得趕集那四鄉八村的老百姓一陣喝彩。而那現代青年的後邊，常常會有一個剪著短髮的姑娘跟著，那頭髮一甩一甩，煞是好看。那姑娘是當下手，她的手裡提著一個小木桶，那木桶裡盛的是寫字用的石灰水。

在這樣的日子裡，顧蘭子懷孕了，她的身子開始顯形。

委實說來，城裡那天翻地覆的變化，對於白土窯來說，影響並不是太大。人們就像遲鈍的牛，照樣悶著力氣幹活。早晨穿上衣服下地，這一天開始，晚上脫了褲子上炕，這一天結束。改變是在進行著，不過很慢，還是水過地皮濕而已。

對白土窯來說，引起這地方最大震盪的倒是另一件事情，那就是這些住家戶們開始一戶一戶地撤退，往他們的老家遷移了。黃龍山解放得早，山外那些平原地區解放得晚。哪一塊地方一解放，籍貫是那地方的移民，就開始收拾家當，往回趕，趕回去參加土改，分田分地分浮財。在那郵路遲鈍、交通不便的年代，誰知道這些人家是怎麼知道那山外的消息的。

開始是一戶一戶地搬，後來是一個村子一個村子地搬，那些河南莊子，山東莊子，安徽莊子，昨天還冒著炊煙，雞叫狗咬的，今天這整個村子就空了。人去窯空，整個村子只剩下個空殼。

河南人性子野，愛挪動。黃河花園口決口後，漂泊到陝西的這黑壓壓的一批人，基本上都在這黃龍山待過，但是真正能安安穩穩住下來的並不多。一部分我們知道，是死了，死於這種可怕的瘟病「虎列拉」。還有一部分人，在這黃龍山裡被窩還沒有焐熱，就又跑。西京城裡修火車站，火車站以北那地方叫「道北」，一個拉扯一個，黃龍山的好多河南人後來又跑到了那裡，在那裡搭個柴草棚子，撿垃圾，當乞丐，男人給人做小工，女人給人做奶媽，在那地方從城市貧民做起。剩下這第三撥河南人，現在也可以挪窩了。

高發生老漢性子焦，好動，好趕潮流，看見左鄰右舍一戶一戶騰空了，心裡也就萌發重返高村的想法。他讓三小子回家一趟，去找高大，問問家鄉的情況。三小子回來後稟報說，高村那一片平原，也已經解放，高大現在正風光著，他現在地下黨的身分已經公開，是共產黨縣手槍隊的隊長，還兼共產黨縣委書記的貼身保鏢，長槍短槍身上掛了兩件，走到哪裡，一呼百應，煞是威風。

高老漢聽了，心中歡喜，決心二返長安。誰知話頭剛一說出，高安氏反對，說是顧蘭子就要生了，路途顛簸，出個事怎麼辦，須得等這孩子生了，過了滿月，再動身不遲。

這話說得在理。於是白土窯這一戶人家，暗暗地做些離開前的準備，能賣的家當，給幾個錢，就賣了，兩頭耕牛、一頭拉磨的驢，也慢慢地踏摸著買家，準備出手。如果實在賣不了了，逢三岔街趕集，到那牲口集上，換兩個錢了事。

爲啥說「暗暗地」？這裡面有個講究，雖說黃龍山已經解放了，那「虎列拉」瘟病，依然

存在，所以你說走，你抬腳就得走，稍一遲延，那瘟病就找上門來了，上吐下瀉，一時三刻就沒有人了。所以黃龍山住戶，忌諱說這個「走」字。此其一。

其二，那時黃龍山土匪，依然盛行，你要說「走」，難免隔牆有耳，讓那土匪的眼線聽到了，在你走之前，再來騷擾一次。

主意拿定，高家上下，只做準備，不去張揚，單等顧蘭子十月懷胎，一朝分娩。

那年秋天，秋莊稼快要成熟的季節，顧蘭子生了。白土窯裡傳出一聲嬰兒的啼哭。「是個女嬰。滿打滿算只有一拃長，像個貓兒一樣！」高安氏從炕上撈起這個孩子，說。

那一陣子高二正在西京城裡的西北團校上學習班，趕不回來，他委託婦聯主任虹同志，帶了兩斤紅糖，來看產婦。

孩子滿月以後，白土窯這一戶高姓人家，動身別了黃龍山，開始返回家鄉。高發生老漢這次有了教訓，全部家當變賣的那幾塊光洋，不敢顯擺了，也不敢往身上揣了，他那獨輪手推車的把兒上，原先就掏著個洞，現在，將光洋放進去，再用木楔子將洞塞上，神不知，鬼不覺。行走起來，手推車把兒就在自己手裡攥著，倒也踏實。

那窟窿鑽得大了一些，高安氏從大襟襖裡，掏出一團黑糊糊如膏藥一樣的東西，讓老漢也給她放進去。那是大菸土。在黃龍山這個天不收地不管的地方，那時家家都種大菸土，用它來換些油鹽醬醋。這大菸土當然不是爲高發生老漢準備的，他那時候已經戒菸，這「土」是高安氏的私藏，它是一味藥，治個頭痛腦熱、感冒咳嗽的十分靈驗。莫忘了，這老太太還是半個醫生。

這次回程，沒有走石堡鎮，去取黃河白馬灘近道，而是從白土窯往西南方向走，穿過黃連河，經過洛川原，從金鎖關下關中。這一條路是大路，太平一些。

即便如此，路途上仍有幾股土匪擋道。

每逢這時，高老漢便做出一副可憐相來，鼻涕一把淚一把，淨訴些平生的冤枉。土匪們見這一班人，老的老，小的小，一群屎娃病老漢，穿得連討飯吃的都不如，也就放他們一馬。那時候新生政權已經成立，土匪們對此也有一些忌憚。

所以一路無事。出金鎖關時，一路下坡，那獨輪車子，輪子轉得更歡了，正是此時這一行人的心情。那獨輪車兒又叫地老鼠車兒，只要推車子的後邊把手把揚起，前面的車頭就一個勁兒往前拱，像老鼠拱地一樣，所以叫地老鼠車兒。高發生老漢推車，車上坐著個小腳高安氏，高安氏懷中抱著剛滿月的小孫女，顧蘭子邁著一雙解放腳，蒼白著臉兒跟在後邊，再下來是揹著褡褳的高三。高三往後，是四女，四女後邊，我們知道，是高大的那一雙兒女了。

出了金鎖關，進入關中平原，眼前豁然一亮。高發生老漢，提一提嗓子咳嗽兩聲，算是叫板，而後，蒼涼的大秦之聲起了。他唱的仍是亡命黃龍山時唱的那個老調調：

出了南門上北坡，
新墳倒比老墳多。
新墳裡埋的是光武帝，
老墳裡埋的是漢蕭何。

魚背嶺上埋韓信，
五丈原上葬諸葛。
人生一世匆匆過，
縱然一死我怕什麼？

歌聲豪邁、堅定，充滿自得之色，高發生老漢對即將到來的新生活，充滿了一種焦渴的期待情緒。

第二十二章 一紙休書

說話間，高發生老漢回到高村，已是三年時間。三年間外邊的世界在天翻地覆，高村的世界也在天翻地覆。

首先是土地還家。家裡分了一塊老崖上的好地，又分了一塊渭河邊上的灘地。崖上的地，老漢讓他長滿麥子，長滿包穀，兩年三熟。河灘的地，原先就長著些胳膞粗的榆樹，老漢給這榆樹的空隙裡，再栽一些桃樹，桃樹結果早，三年就可以吃到嘴裡了，地面上，再種些花生。花生喜歡沙地，渭河漫水了，這花生還可以照樣有收成。不是高發生老漢有學問，是這渭河畔上的人家，世世代代都是這麼做務的。

高家的成分被定爲貧農。這成分有許多等級，最好的成分是貧農，依次是下中農、中農、上中農、富農、地主等等。當然，還有個比「貧農」這個成分還要好的，那叫「雇農」，它通常是指給地主扛活的長工，評判它的標準是「上無片瓦，下無立錐之地」。高村把「雇農」這個成分，給了一戶給地主扛活的長工。這長工姓王。從理論上講，長工可以回原籍去分地，也可以在自己扛活的這個村子落戶。王長工選擇了後者。這樣，高村這幾千年來清一色的同姓村，有了第一個雜姓。

全家人都說，家裡的成分被定為貧農，這得感謝高發生老漢的抽大菸。幾十畝、上百畝良田，就是讓他用菸泡吹掉的。幸虧沒有地了，要不，揹上個不好的成分，這得給後來的這一大家子人，帶來多少麻煩哩！大家說，這是高老漢這大半輩子，幹過的一件最贏人的事情！

高大這個時候已經從這個家中出走。

不知道什麼原因，他那縣手槍隊隊長的差使，只幹了一段時間，就辭職回家，脫下二尺五，重新穿上農民的衣服了。他自己的解釋是，不愛江山愛美人，他瞅下了一房媳婦，要摟著她，去過那逍遙日子。渭河下游的一個村子裡，一位富戶死了，分田分地分財產，高大趕到那裡，分了這富戶的漂亮媳婦和一院莊子，就移居到了那裡。

高大是以「入贅」的形式移居那裡的。因為只有這樣，那個同姓村落才能接受他。所謂「入贅」，就是說是做上門女婿，將來有了孩子，這孩子得隨娘姓。這樣，才不致於令這個同姓村子出現雜姓。高大當時是答應了，但是後來又變卦，當孩子一個接一個地出生時，那姓都隨了他。也就是說，高家的一支，就這樣又在渭河下游蔓延開來。高大是個強人，遇事強出頭，他這樣做，旁人不敢吭聲。

高大走時，高村村口上，兩個孩子，一人抱住高大一條腿，嘴裡「大呀」、「大呀」地叫著，不讓高大走。高大硬了硬心腸，先飛起一腳，把男孩踢在路左邊，又飛起一腳，把女孩踢到路右邊，然後撩開兩條長腿，自顧自走了，再也沒有回頭。

我們的顧蘭子回到高村以後，經過這平原柔風細雨的洗禮，已經出脫成一個豐滿和成熟的女人了。她的臉上掛著滿足的笑容。她彷彿一個在漩渦裡搏鬥了很久，現在終於攀上了岸的水手，那眼神中雖然還時有驚恐，但已經鎮定和從容得多了。高村的人們時常看見一個婦女，在田間地頭，在屋裡屋外忙著，一個小女孩拽著她大襟襖的後襟，像尾巴一樣跟著她。這婦女就是顧蘭子。

顧蘭子在努力著，讓自己成爲一個高村的女人，一個平原上的女人。當年那兩個羊角小辮，現在已經改成了剪髮頭。和公家人的短帽蓋不同的是，這剪髮頭的一邊，用一根夾子夾起，這一綹頭髮另成一撮。這是平原上那些已婚婦女那時的頭飾。

這三年中，她害過一場病。這病很奇怪。她的脖子上，平白無故地腫起一個疙瘩。這疙瘩一天一天地長著，最後像一個碗一樣地扣在她的脖項和腔子的連接處。平原上的醫生不知這憑空長出的東西是什麼，他們沒有見過。其實，這是黃龍山歲月留給顧蘭子的紀念，它叫癭瓜瓜，黃龍山那水土的原因。在那裡，每個自然村都有不少這脖子上扛一個大瘤子的人，其間以婦女居多。

平原上的醫生不知道這是什麼病。他們用火針扎，用艾繩灸，用燃著的白酒烤，用針來刺。

針刺以後，有一些膿血流出來，後來加上針灸，這疙瘩慢慢地消了，縮成一團，最後只給這脖子上留下不明顯的一點瘢痕。平原上的醫生自作聰明，說那叫「老鼠瘡」。

顧蘭子的肚子，在圓過一次以後，這次又圓了。這期間，高二回過幾次高村探親。這是高二探親的一項成果。農村女人不比城裡女人那麼金貴，農村孩子也不像城裡孩子那麼金貴，這孩子說生就生，無論是田間，還是地頭，或者鍋台邊上，或者硷道窯裡，女人褲帶一鬆，孩子

就生下了。

顧蘭子沒有忘記新婚之夜，她給高二的承諾。她承諾過要給高家生一炕的娃娃的。可憐的女人這時候還不知道，一場厄運正等待著她。

眼見得高二媳婦的肚子一天天顯形，世界上最高興的人是高安氏。頭一胎生下來個女孩，這叫她不免有些遺憾。這一次，高安氏斷定說，是個男孩。高安氏說：「顧蘭子的肚子，是個尖的，這是叫那男娃的雞牛牛頂的！高家傳宗接代的人來了，讓我先爲他的到來燒一炷香去！」

這樣，雙身子的顧蘭子，在這一段時間裡成了這一家的寵物，地是不能叫她上的，怕彎腰窩了那肚子裡的孩子，家裡的一應家務，也盡量讓她少幹，拉拉風匣，燒燒開水，坐在二門口去擇擇菜，這些輕活她可以稍微幹一些。顧蘭子說一句想吃酸的，高安氏趕快打發孩子到老崖上去，摘一把酸棗；顧蘭子說一句嘴裡沒味，高安氏在打理飯菜時，偷偷用筷子頭蘸一滴香油，調到顧蘭子的麵條碗裡。

這是高村平原一個平常而又平常的日子。顧蘭子坐在家門口那棵著名的老槐樹下，正縫縫補補，給有一天出世的那孩子做衣裳。掐指算來，臨盆的日子會在這年冬天最冷的時間，因此，現在顧蘭子做的是一身小棉襖。

一切都要用舊的，這樣孩子穿上才會舒服，才不會長痱子，所以顧蘭子把自己的一身舊棉衣拆了，洗淨，裁小，現在給孩子做成棉衣。那裝棉衣的棉花，也是用舊的最好，因此顧蘭子也是用的她的舊套子，只是用手，將那套子撕得蓬鬆一些。

這地方眼界高。搭眼望去，東邊是一望無際的青紗帳，西邊是高高的老崖，老崖下一個坡兒，過幾里灘，就是渭河水。當年支大掄鍋時，這渭河水在老崖根上，如今，它已經改道到快到對面的老崖根了。三十年河東，三十年河西，這大約是個規律。村上的老年人說，那河水現在又該開始往這邊崩了。

做著衣服的顧蘭子，唱起口歌：

我媽嫌我清鼻（涕）多，
把我賣給窯窩坡。
窯窩坡，惡狗多，
三嫂擀麵我燒鍋。
我把鍋——燒煎咧，
三嫂把麵——擀端咧！

這歌沒有任何實際的內容，它只是口歌而已。在這塊平原上，男人有男人的歌，女人有女人的歌，孩子有孩子的歌，老人有老人的歌。而顧蘭子唱的這首，是那些世世代代相傳的女人唱的歌。

這時一陣嘈雜聲打斷了平原上的寂靜，也打斷了顧蘭子的歌聲，原來，是城隍廟裡放學了。

三三兩兩的孩子，嘈雜著，從顧蘭子跟前走過去。孩子們也在唱歌，他們唱的是那富有時代氣息的進行曲，「雄赳赳，氣昂昂，跨過鴨綠江」。

該做飯了，顧蘭子將縫成一半的小棉襖疊好，放回針線笸籮裡，又從手指上卸下頂針，然後扶著樹，站起來，準備回家做飯。在這塊平原上，小學生的放學時間，就是女人們開始做飯的時間。上炕剪子下炕鐮，每個女人都是這樣子的。

這時幾個小學生走到顧蘭子跟前，其中一個給顧蘭子敬了個隊禮，然後把一個紙片包著的東西遞給顧蘭子。「妳的信，蘭姨！」小孩說。信在那時候還是個稀罕之物，農村人家，很難得有信的。信件通常是由郵局送到鄉上，鄉上送到學校，再由學生帶回來。

這是來自黃龍山的信。是自家男人寄來的。信過去時常有，幾個月半年就有一封，不過這次的信有些特別，特別在哪裡呢？就是有些厚，有平時兩封的分量。顧蘭子有種不祥的預感。她是個睜眼瞎子，認不得字，把信對著陽光透了透，就小心地放進針線笸籮裡，謝過小學生，回家做飯。

等到吃罷飯，洗完鍋，顧蘭子在圍裙上擦了擦手，瞅高發生老漢在那裡坐穩當了，便去針線笸籮裡，將那封信拿出來。

「大，黃龍山來信了！——平安家信！」顧蘭子將信在圍裙上再擦一擦，防止路途上沾上土了。而後，兩手握信的兩頭，端給發生老漢。

發生老漢每當見有高二來信，便是一臉的得意之色。這次也不例外。「平安家信！這狗日的來信報平安了！他還記得這個家！」高老漢接過信，橫了一眼信皮說。

發生老漢先不急著看信。他燃上一鍋旱菸，用火鐮打著，先有滋有味地吸上一口，再吸一口。勢紮得差不多了，見顧蘭子在旁邊，眼巴巴地看著他，於是騰出手來，戴上老花眼鏡，扯開信皮，讓顧蘭子掌著一盞清油燈照著，他則搖頭晃腦，扯著公鴨嗓子，像私塾裡背課文一樣，一字一頓唸起來：

父親大人台鑒：

見信如面。孩兒這裡叩首了。古來忠孝不能兩全。孩兒公幹在身，不能報哺育之恩，每每念之，不勝唏噓。每月所捎之一點零錢，乃是津貼所省，寄回高村，聊補家用。孩兒今天來信，只為一事，即孩兒與顧蘭子的事實婚姻一事。童養媳制度，乃封建之殘渣餘孽，民間之陳規陋習。目下正是宣傳婚姻法、實施婚姻法之運動高潮，我乃國家幹部，須從自身做起，己不正，焉能正人？故此，特提出與顧氏蘭子解除婚約。蘭子願住高村，願回河南，願守空房，願另嫁他人，悉聽自便。孩兒端了公家人的飯碗，身不由己。乞父母高堂海涵，並告知大哥、小弟知道這事。言不盡意，就此擱筆。不肖高二。

年　月　日

高發生倒核桃、倒棗兒一樣，滔滔如瀉，一路唸出。他光顧著炫耀自己的口才，欣賞兒子的文筆，那信的內容，倒是沒有從他的腦子過。

信已唸完，見顧蘭子在旁邊，面如死灰，像被雷擊了一般，高老漢這才想起分析這信中的

內容。他一目十行，將這信又流覽一遍，末了，大叫一聲：「狗日的老二，心瞎了！」

那高安氏在旁邊，倒吸兩口涼氣，罵道：「我早知道有這麼一天的！這瞎東西！」高安氏這時候想起了那個虹姑娘。

高安氏摟住顧蘭子說：「蘭，妳不要害怕！咱們不認這個兒，認媳婦！從此妳就住在咱家裡，做咱家的人！看誰敢把妳攆出去！」

顧蘭子輕輕推開高安氏的手，她趨前一步，跪下來。顧蘭子跪在高發生老漢膝下，說：「大，還有一封，你繼續唸！」

這一封是休書。毛筆字寫的。信很短。高老漢摸摸索索，真的又從信封裡摸出這休書來。唸不唸呢？他看了看高安氏，又看看顧蘭子，不知道是唸好呢，還是不唸好呢？

「唸！」顧蘭子兩眼熠熠發光。

高安氏在旁邊說：「既然蘭子叫唸，那咱就唸吧！他都敢寫，咱還有不敢唸的！唉，瞌睡總得眼裡過，長痛不如短痛。唸吧！」

「休書！」高發生老漢清了清他那公鴨嗓子，開始唸。這次聲調低多了，也沒有了那剛才的激情與自得。「叫我嘴咋能張開哩！叫我這張老臉往哪兒擱哩！」老漢伸出一隻手，象徵性地一左一右搧了自己兩耳光，歎了口氣，唸道：

休書。

高二與顧蘭子的婚姻，既帶有童養媳性質，又屬於沒有進行過合法登記的事實婚姻。基於

《中華人民共和國婚姻法》之某條某款之規定，高二同意與顧蘭子解除婚姻關係。孩子咪咪的去留，由顧蘭子自己決定。以後雙方婚否自便。另：對顧蘭子這些年的操勞家務，給予高度評價。高二。

年　月　日

「休書」唸完了。

四周是一種死寂般的靜默。平日圍繞在這高家院落那棵棗樹下的歡歌笑語，如今沒有了。人人面面相覷，不知道說什麼才好。

「孩子，妳是個雙身子！看在孩子的分上，妳千萬不要動氣。那樣會傷了孩子的胎氣！」高安氏說。她不敢看顧蘭子的眼睛，臉對著顧蘭子，眼睛看著自己的胸前，說。

顧蘭子突然哭起來。第一聲，像開水瓶的瓶蓋騰起來一樣，胸部「嘭」的一聲。這一聲叫起，接著就驚天動地地哭起來。

哭聲中，她扶著自己的膝蓋站起來，伸手從高發生老漢手裡拿過那份休書，然後車轉身子，捧著肚子，向自家屋裡跑去。

「快去哄哄妳二嫂子！她有身孕！」高安氏指撥四女，去攆顧蘭子。

沒等四女到跟前，顧蘭子已經進了房門。她「砰」的一聲，把門關死了。任憑四女在外邊叫門，始終沒有開。

第二十三章 入社・蓋房・生娃

顧蘭子把自己關在廂房裡，關了三天三夜。這三天她滴水未進，眼睛直瞪瞪地瞅著屋頂，看那椽樢眼。三天中間，任憑外面地陷天塌，她都不管。三天過後，她平靜了下來，那神色，大約是已經接受這個現實了，或者說已經接受這個打擊了。只見屋門「吱呀」一聲，顧蘭子走了出來。

顧蘭子先打了一盆水，洗了把臉。洗臉後，給灶火裡添一把柴，拉動風匣，要給自己做點吃的。高安氏見了，上去幫忙，她只讓顧蘭子拉風匣就行了，案上鍋上的事，由她忙乎。一會兒工夫，一碗熱騰騰的麵條就端上來了。高安氏狠了狠心，從雞窩裡取了個蛋，打進鍋裡。這叫「荷包蛋」。

瞅著顧蘭子吃飯，高安氏賠著小心，在一旁說：「娃呀，妳可千萬不能往壞處想。腳下道路千萬條，哪一條都可以走，但是有一條不能走，這一條走了，就回不了頭了。娃呀，妳還沒有活人哩！別人不愛妳，妳得愛自己，妳得珍惜妳自己！」

顧蘭子停住筷子，認真地說：「媽呀，妳老人家就放七十二條心吧！我不會尋短見的。新社會這麼好，我還沒活夠哩！我睡在炕上，左想右想顛倒想，都想好了，等把肚子這塊累贅生下來，我就走，離開高村。」

「妳去哪裡呀，好娃哩。世界雖然大，可妳兩眼墨黑呀！」

「我都想好了——回河南！扶溝老家那個顧村，一村子人都姓顧，都是我的本家，近門子的也有。我投靠他們去。能趕上分地，就分些地，趕不上的話，兩個肩膀抬一個嘴，走到誰家，吃到誰家！」

「這倒也是個沒有辦法的辦法！」

「不要怨他。大家都不要怨他。我不怨，你們誰也不要怨。他是個好心眼的人，又有文化，他該有大的前程的。金瓜配銀瓜，西葫蘆配南瓜，自從虹姑娘在白土窯一出現，我就明白他的心已經走了。我遲早得給人騰地方。唉，人在事中迷，尤其是這一類事情，由不得他！」

顧蘭子說這些話時，大約有些言不由衷。她的眼圈紅了，用袖子揩一把淚。

顧蘭子的話，讓高安氏寬慰，寬慰之餘，也叫她有些吃驚，她想不到，平日從不在人前高言一句，整天像個啞巴牲口，只知道幹活的顧蘭子，竟有這樣的心智！

「先不急，孩子！事情還有餘地，走一步再說一步吧！等到高二回來，爲娘的當面鑼、對面鼓，再勸一勸他！」

顧蘭子悽慘地笑一笑。

連高安氏也覺得自己的話，實在是沒有分量。她有些害羞。

這時候大門一陣響，風風火火地闖回來個高家三掌櫃，從而讓這婆媳倆，中止了談話。

高大走了，高二也走了，在二十世紀下半葉這幾十年中，渭河畔上這戶人家的天空，甚至

高村平原這一片天空，將由這個叫高三的男人撐著。世事輪流轉，現在該他出頭。

高三成為新生政權在農村的積極分子，群眾基礎的一部分。在就要開始的農村合作化進程中，從初級社，再到高級社，再到人民公社，包括後來的大躍進，四清，社教，他都是積極分子、骨幹。他曾經長期擔任大隊幹部，一直到最後去世。他的真誠、熱情、寬厚，在這塊小小的平原上，熬得了好鄉俗。

那一年，他響應政府「深挖土地」的號召，從自己家老崖上的那塊地翻起。地翻得太深，將底下的生土都翻出來了。高安氏到地裡去送飯，她嘲笑說：「娃呀，你這不是翻地，是打井。咱倆打個賭，今年的秋莊稼，肯定好不了！」

眼下我們說顧蘭子這個事情的時候，時令已經是深秋了。高安氏的話果然說準了，老崖上的那一地包穀稈，長得稀稀拉拉，稈上抱著的包穀娃，也比別人家的小了許多。高發生老漢站在地頭上哭喪著臉，估算了一下，說能收個五成，就不錯了。

眼下，高三這小子風風火火地回來，又為啥事哩？原來，他剛到鄉上參加了個農村積極分子會議。中國農村將要發生一件大事。現在只是動員，隨後將要一步一步地實施，這事情就是「入社」。

在土地還家三年以後，決策部門決定效仿蘇聯「集體農場」的經驗，讓農民以自願入社的形式，將土地、耕牛、農具重新歸攏到一塊兒，成立一個農業生產合作社的組織，開始社會主義大集體的歲月。農民入社時的土地、耕牛、農具將被折合成股份，參加一年一度的分紅。

這場運動將迅速地推展開來，觸角將觸及到農村的每一個角落。當然也包括高村。所謂的

「入社自願，退社自由」這個宣傳口號，僅僅也只是一個故作姿態的口號而已。潮流者浩浩蕩蕩，順者昌，逆者亡，這場被稱作「農村社會主義建設新高潮」的運動，迅速地在各地推開。

高發生老漢其實早就聽說過這件事情了。距高村十五里地有一個集鎮，他趕集時聽人說過。雖然知道這股風潮遲早要來，但是現在小三將這個消息帶給這個家庭，仍然引得他深深地震動。

得到土地的喜悅還沒有平息，現在又要失去它。那一天晚上全家都很沉重，這種沉重絲毫不亞於黃龍山那封信。

第二天，高發生老漢先到老崖上那塊地看了看。這是一塊「裝水地」。啥叫裝水地呢？平原上的地，看起來都很平，其實是大平小不平，澆地的時候，有的地是跑水地，水咣當咣當從這頭走到那頭，雖然當時好澆，但是水過地皮濕而已。有的地是裝水地，水緩慢地流著，每個莊稼苗跟前停一下，水頭緩緩地往前走，地拚命地吮吸著，這一趟澆下來，頂住那跑水地澆三遍。

懷著一種複雜的心情，高老漢在地頭上割了幾把草，然後離開，去看他灘裡的地。

勤快的農民，他只要下地去，手裡永遠是不會空的。他的肩膀上會揹一只籠，手裡拿把鐮刀或小钁，夏天的時候，捎帶割幾把牛草或羊草，多天的時候，用小钁搜騰一點包穀梗、棉花稈，或者路旁的乾牛糞，拿回家裡燒鍋。

他從老崖上下來，順一條斜斜路，向渭河邊走去。他的地很遠，足有兩三里路，就在河邊，都快要抵住對岸的老崖了。這裡是渭河下游，渭河走到這裡的時候，河床又拐了個彎，因

此扯得更遠了。

花生已經刨了。那些小桃樹明年將要掛果。民諺說「桃三杏四梨五年，要吃核桃得十五年」。高老漢走到桃樹跟前，感慨地望著這胳膊粗的小桃樹。前一段時間來看它們時，他嘴裡還直流涎水，想到明年就可以吃桃了，現在他覺得它們很陌生。有一些小桃樹的三角杈上，架著些土塊，這是去年小桃樹越冬時，他給架的。據說，冬天裡怕這小桃樹凍了，架些土塊在樹上，樹感覺到了壓力，負重的它冬天裡就能耐凍一點。高老漢從樹杈上揀起一塊土塊，他現在覺得自己冬天裡的舉動很可笑，它們現在已經不需要他的呵護了。

最後，高發生老漢把目光停留在那些榆樹上。

他決定在入社前，將這些榆樹砍倒，給自己蓋三間門房。這些榆樹已經有兩把粗了，可以做椽了。

蓋房是一個農民一生中最大的一件事。一個農民，其實一生只幹兩件事，一是蓋房，二是給兒子問媳婦。人們除了填飽肚子以外，鍋裡省，碗裡摳，攢下一點積蓄，通常都用到這兩件事情上，有人曾感慨地說，一個人一生倘若不用蓋房，那是一種福氣。

高發生老漢早就有蓋房的想法了，黃龍山歸來，腰裡有幾個積蓄，這兩年，又省下了一點。

他之所以遲遲沒有乍舞這事，是因爲拿不定主意，是先給三小子問媳婦呢，還是先蓋房？這下好了，入社這件事，促使他下了決心。

高老漢將自己的想法說出，博得了全家的贊同。這樣，老崖上的這戶人家，從這時起人人開始激動起來。首先請一些本家來幫忙，伐倒這河邊的樹，拉回來，去皮，讓它先乾著。接著又從老墳裡，刨來幾棵柏樹，將來做檁。梁沒有，老漢繞著村子，轉了幾圈，瞅好幾根做梁的材料，跟主家把價錢談妥了，開始伐樹。蓋房還要有一些木板，將來做門、做窗、做房頂上篷的綻子，老漢繞著門口那棵老槐樹，轉了三匝，不忍下手，最後還是放棄，這板材他想另外的辦法。

秋莊稼收罷，麥子種到地裡以後，一直到年關，這一段時間叫「冬閒」。高村上下，大家一齊幫手，木匠蓋房，泥水匠壘牆上瓦，鐵匠打鉚釘，眼見得不到一個禮拜的工夫，三間大瓦房立在老崖畔上這戶人家的前院了。

上房梁需要舉行一個儀式，還要響炮慶祝。那房梁上，通常還會用紅紙寫上「安房大吉」字樣。這是請「房神」入駐。農民們認爲，世間萬物，那裡面都有個「神」佑護著，房子一旦蓋好，成了成物，就該請一個神來護宅了。

這一天，房梁上了，鞭炮響過。這表示這座房屋就算成了，剩下些細節，慢慢拾掇。高老漢設宴，請大家吃飯。席間，老漢是太累了，迷迷糊糊地正吃著就丟開了盹，用老漢自己的話說，是夢見周公了。這時，從上房裡傳出嬰兒的哭聲，哭聲將高發生老漢驚醒。

「掌櫃的，蘭生了，是個長雞牛牛的！」上房門一響，高安氏站在台沿上，喜道。

「這孩子就叫『建』吧！紀念新蓋的這座房子！」高發生老漢說。

第二十四章　走河南

那一年倒春寒。春天來得很晚。到了六九頭上，渭河的冰才化了。開河時節，冰凌流下來，在渭河高村段搭起一座高高的冰橋。夜來，冰碴子擁在一起，擠擠撞撞，發出震耳欲聾的聲音，平原上幾十里外都能聽到。

顧蘭子是在六九頭上走的。按照她的想法，孩子過完滿月，她就動身回河南。可是天太冷，凍得人不敢出門。高安氏既擔心顧蘭子，也擔心吊在乳頭上的孩子，一勸再勸，所以顧蘭子的行程，也就推遲了一些天。

這三間大瓦房，掏空了老崖上這戶人家的所有積蓄。攢了好些年的這一股邪勁，這一下子也就全發了。高家人將重新捂緊口袋，再慢慢地熬日子，恢復元氣。

面對顧蘭子的離開，高家老爺子曾經有過一個說不出口的想法，這就是讓顧蘭子給高家老三做媳婦，這樣，找不下媳婦的高三，就算有個交代了，而且，還會省下一大筆財禮錢。

當高發生老漢吞吞吐吐，把這個想法說給顧蘭子的時候，顧蘭子慘然一笑說：「這事能做嗎？」說話時一臉凝重。

見顧蘭子這樣說，高老漢也就放棄了，他象徵性地搧了一下自己的嘴巴說：「那麼，就當這話我沒說。」

顧蘭子要走了。全家人商議的結果是，大女兒咪咪留給高家，正在吃奶的那個名叫「建」的孩子，由顧蘭子帶走。顧蘭子回河南，舉目無親，兩眼墨黑，加之大人、孩子路途上也需要照顧，所以委派高發生老漢做爲代表，務必送顧蘭子一程，直到找到扶溝縣，找到顧村，把顧蘭子交給她的顧姓本家，方可彎身回來。

這一天的天氣真好，太陽一早就從平原東頭升起來了，像個紅坨坨。

顧蘭子走前，從她的花格包袱裡，取出整整齊齊的一摞鞋，一雙一雙，用一根麻線繩子連起，合扣著，防止倒混。

這鞋子是她在懷孕的日子裡，不能下地幹活時，坐在燒火炕上做的。高家上上下下，老老少少，人人都有。包括那個已經入贅到外村的高大，包括那個賣了良心的高二。她說這是她給這個家庭留下的一點作念，她感激這塊平原收留了她，感激老崖畔上這戶人家收留了她。

車輪啓動了，「咯哇咯哇」的聲音，響徹了高村上空的這一片平原。這是一輛牛車，槐木車輪，棗木車軸，榆木車轅，平原上的一件老古董。它最初是一戶地主的，後來分給了農民，現在則入了社。這車，是農業社專門派的，年底從高家的勞動工分中扣除租車費用。

不大的車廂裡擠滿了人。車「咯哇咯哇」地叫著，順著渭河往上走，他們要走將近二十里路，到隴海線上，在一個叫彎李馬的村子，搭乘火車。高村的老老少少都來送行，爲這個苦命的顧蘭子，拾起袖子揩一把眼淚。

渭河在車的右邊緩緩地流動著，唱著它千年不改的歌聲。車子那「咯哇咯哇」的聲音，從

這些平原上的村子中間穿過。這些村子有樊村、胡村、劉村、趙村。那個「胡村」，就是李先念將軍過渭河的那胡家灘。他們還穿過一條細細的水流，那條河叫「戲河」，是渭河的一條支流。

彎李馬車站到了。車站建在一座老崖的下面。這大約是當時隴海線上最小的一個車站。現在這個車站已經取消了。在隴海線「裁彎取直」中，裁掉了彎李馬這個灣子，鐵路線從老崖上面通過了。

顧蘭子從小姑子桃兒的懷裡，接過孩子，準備上車。

高發生老漢揹著顧蘭子的花格老布包袱，腳紮裹纏，鼻子上架著二軲轆眼鏡，一副出遠門的樣子。三小子手腳靈便一點，去那個簡陋的候車室買票。一同來的，還有咪咪，那個在黃龍山出生的孩子。那一年她三歲。

咪咪大約預感到了什麼。她掙脫高安氏的手，過去拽著顧蘭子的襖後襟，不讓上車。見狀，高安氏挪動小腳，走過來，拉住咪咪。

「咪咪，我新教給妳的那首口歌，妳學會了沒有？學會了！好！那妳給媽媽唱一遍！」

三歲的咪咪於是鬆開衣襟，站在鐵道旁邊，搖晃著紮著羊角小辮的小腦袋，兩手叉腰，開始唱：

咪咪貓，上高窯，

金蹄蹄，銀爪爪。

逮住老鼠是好貓，

不逮老鼠是孬貓。

聽著咪咪那尖聲尖氣的歌唱，顧蘭子再也噤不住了，她背過臉去，「哇」的一聲哭了。

這時候小三手裡捏著兩張車票，出了候車室，來到鐵路邊。小三子的出現令這場面沒有繼續下去。

顧蘭子在高發生老漢的陪同下，上了火車，在她背後，高安氏朗聲說道：「蘭，好孩子！什麼時候妳想回高村，妳就回來。妳回來，那新蓋的三間大瓦房，就是妳的！」

正在上車的顧蘭子回過頭來給一個淚臉。她點點頭表示感謝。

火車只在這個小小的車站，停了大約三分鐘。停留以後，它現在「吭哧吭哧」，一聲長笛，又要啓動。隔著窗戶，顧蘭子向窗外招了一下手，示意他們回去。然後，火車就過去了。眼前只剩下這個冷清的小車站，和臥在地上的兩條鐵軌。

高村這一行人，直到看到火車走得不見影子了，再重新坐上牛車，彎身回來。高安氏對咪咪說：「路過戲河橋的時候，我到河灘上揀些石子去，等今年新麥子下來了，給妳打石子饃吃！」

列車「咣噹咣噹」地響著，過潼關，過洛陽，過鄭州，駛向豫東大地。顧蘭子將在一個叫許昌的地方下車，然後改乘汽車，到達扶溝，到扶溝城以後，找一架牛車，拉著她去尋那個名叫「顧村」的地方。

那一年顧蘭子二十一歲。她不會認字，但是會算數，她掐指算來，從六歲離開家鄉，到現在（一九五四年）已經十六年了。這十六年中經歷了多少的事情呀！列車上，這位黃氾區的女兒在努力地回憶著往事。

那像許昌城城牆一樣高的黑壓壓的水頭，席捲著向村莊壓來。命運就是在那一刻改變的。一些人上了房頂，後來在洪水的浸泡下，土牆慢慢地塌了，房子跟著倒了，這一家於是被洪水吞掉。有的人家甚至連房頂也沒能爬上去，就被洪水連房子帶人一起推走了。

他們家是怎麼逃出來的呢，顧蘭子努力地想，怎麼也想不起來。直到後來他們千辛萬苦，找到顧村，找到一戶門前有一棵大皂角樹的人家時，顧蘭子才突然想起，他們全家是趴在這棵皂角樹上的，直到後來這水頭過去，水勢慢慢的弱了，變成了死水，他們全家才從皂角樹上一個一個地爬下來，找到水面上漂著的一塊門板，然後，孩子坐在門板上，大人在水裡鳧著，推著門板，走了不知有多少路程，才見到了陸地。

水面上漂滿了死人、死牛、死豬、死羊、死狗、死雞。隨著水慢慢地減少，這些死屍後來漂到低窪的地方，就不動了，留了下來。那一年的太陽真毒，一輪大太陽，在頭頂上懸著，照著這苦難的豫東大地。死屍經太陽一烤，散著刺鼻的臭味。臭味瀰漫在豫東大地上空。

走到陸地上的時候，全家人在地上躺了很久很久，然後爬起來，跟上那些逃難者一起走。逃難的人群議論說，這場大洪水，是國民黨炸開了黃河花園口，來擋日本人的。

彷彿為了驗證這句話似的，這時他們的頭頂出現了國民黨「青天白日滿地紅」標誌的飛機。飛機在他們的頭頂盤旋了一陣，就掉頭飛走了。

顧蘭子一家跟著逃難大軍，先到鄭州城，在那裡沿門乞討。在鄭州城延挨過一些時日之後，又往西走，到了洛陽。在洛陽城又延挨了一些時日，這時黃河已經結冰了，可以走人了。逃難的人群一個傳一個，說國民黨政府在陝西一個叫黃龍山的地方，設了移民設治局，到那裡去或許可以逃一條活命。於是這蝗蟲一樣的逃難大軍，扶老攜幼，又從黃河的浮冰上顫顫巍巍地走過，到了陝境。

如今，當列車「轟隆轟隆」地從黃河大橋上穿過的時候，我們的顧蘭子記起，他們全家曾經在河的這邊，一個叫澄城的地方住過三個月。

那時一家地主要收一個短工，於是顧蘭子的父親便脫離了隊伍，將全家安頓在澄城縣城外的一個破磚瓦窯裡，自己去給那戶地主扛活。

那麼，爲什麼沒有能在那個叫「澄城」的地方落住腳呢？顧蘭子努力回憶著，後來她想起來了。一天晚上的時候，父親擔水，從這戶地主的窗前經過時，聽見裡面正在議論他，他腳步放慢，這樣耳朵裡就逮了幾句。原來，這戶地主並不是真心雇他做短工，而是想讓他頂替自己的兒子去當兵。

國民黨「三丁抽一」，所以這戶人家的三個兒子中，必須有一個人去當壯丁。那鄉公所晚上就要來抓人。父親聽了這話，緊走兩步，上了台階，將水倒進水缸裡，然後放下水桶，一溜煙地跑回了家，叫全家人趕快收拾，離了這鬼地方，繼續跟上官道上的逃難大軍走。

這樣他們又走了一段路程以後，便走到了渭河邊，走到了高家渡，走到了那個支著八口大捨鍋的地方。而對於六歲的顧蘭子來說，她則是走到了那個一顛一顛、順著官道走來，唸著

「牆上一枝蒿，長著漸漸高」的口歌的男孩跟前。

當列車「咣噹咣噹」地從許昌府穿過時，顧蘭子又突然想起，她的一個姐姐，被賣到這裡了。逃難的路上，父親以二斗黑豆的價錢，把姐姐賣給許昌府裡的一戶人家做了童養媳。姐姐叫什麼名字，顧蘭子已經記不起了，那戶人家姓什麼，顧蘭子卻記得：那家姓韓！而那個地名，叫許昌府太康縣北二里王莊。

就這樣列車一路走來，載著顧蘭子一直向東，一直走到許昌城。然後在這裡，正像高發生老漢事前所設計的路線那樣，他們在這裡下了車，然後搭乘長途班車，前往扶溝。

呵呵，每一條道路都引領流浪者回家。

和顧蘭子當年一起逃到陝西，一起逃到黃龍山的那蝗蟲般的逃難大軍，在解放以後，他們大部分的人都返回來了。大約每一個返回者，都像這今天的顧蘭子回鄉一樣，這樣一邊行走，一邊回憶，直到最後找到自己那個村子，找到自己的戶族本家。是的，每一條道路都引領流浪者回家，每一條回家的道路上，都瀰漫著酸楚和深深的積年疼痛。

在扶溝城裡，照顧這母子二人安歇下來，高發生老漢於是走到街上，四處打問，詢問這扶溝境內，有沒有這顧村。高老漢是個走南闖北的人，在這問事方面，最是特長，先尊稱一聲「老漢爺」或者「掌櫃的」或者「同志哥」，出門三輩低，高老漢懂得這個理，尊稱完了，然後把自家的菸袋鍋子，在袖子上揩兩把，把玉石菸袋嘴擦淨了，遞過去，這時才開始說話。

這顧村其實並不難找。它離扶溝城不過十里地。踏摸清楚了，高老漢回到旅社，叫起顧蘭子。顧蘭子抱著孩子，高老漢揹起花格粗布包袱，出了扶溝城，直奔顧村而去。

本來按照高老漢的設計，在這扶溝到顧村這一段路程中，需要雇個牛車才對。現在看來，這段路程不算長，撅上屁股走上半天工夫，就能走到。況且高老漢偷偷地捏了捏自己的口袋，怕自己回程的盤纏不夠。這樣，租牛車這事也就免了吧。

黃河花園口決口已經十六年了，那鋪天蓋地、滾滾而來的一地黃湯，已經流過去十六年了，但是，沿途所見，這個被公家人稱做「黃氾區」的地方，仍然是一片蒼涼破敗。

大水退去之後，在田野上留下了一個又一個的積水窪，農民們耕地的時候，犁頭在這些積水窪旁邊繞一個弧形。而那被水漫過的大地，上面蓋了厚厚的一層沙子和鹽鹼，那鹽鹼是白色的。遠遠望去，白花花的一片，像大地披了一件孝布一樣。村莊，那些古老的豫東平原上的村莊，也是斷壁殘垣，有炊煙從那斷壁殘垣間冒出來，算是給這塊平原帶來一點生氣。

他們找到了顧村。

原來，顧村是個大村子，通村的人都姓顧。村子大了，於是分成兩個自然村，一個叫前顧村，一個叫後顧村，這情形，正如渭河平原上的高村，分為東高村、西高村一樣。

高發生老漢領著顧蘭子，顧蘭子抱著孩子，從這前顧村村口的第一戶人家問起，一戶一戶地問。這辦法雖然笨一些，但是可靠。高老漢知道顧蘭子父親的名號，他相信只要說出來，總會有知道的人的，這樣，就會順蔓摸瓜，一直找到顧蘭子的戶族本家。

更何況這高發生老漢嘴甜，走到每一戶人家，他都會先訴說一番苦難，訴說完畢，最後說：「這麼大個村子，能不能騰出屁股大的一塊地方，讓苦命的顧蘭子落腳？她一個女人家，腔子上又吊著一個吃奶的孩子，能有個圪蹴的地方就行！」

就這樣一直從前顧村問到後顧村，從西頭問到東頭。人們說，大約會是東頭那門口長著一棵大皂角樹的一家吧！這樣，他們就奔著那棵大皂角樹而去。

當走到大皂角樹跟前時，顧蘭子的眼睛亮了。她記得，這就是她的家。小的時候，母親常常到這皂角樹上，摘些皂角來，把那青色的皂角，在捶布石上用棒槌捶碎，然後用那白色的皂角沫，爲她洗頭。母親一邊洗著，一邊用篦梳刮著她頭髮上的蟣子。

「掌櫃的！開門！」高發生老漢輕輕地上前扣一下門。

門開處，一個穿著白褂子的青年農民走出來。這是顧蘭子的戶族中，還沒有出五服的伯叔哥。

「哥！」顧蘭子怯生生地叫了一聲。

青年農民將他們讓進了屋子。

這位伯叔哥接納了顧蘭子。因爲這院莊子原來就是顧蘭子家的。伯叔哥以爲這戶本家已經絕戶，成了黑門，骨頭都留在黃龍山了，所以搬過來住。想不到還留有顧蘭子這條根在世上。

伯叔哥很真誠，他熱烈地歡迎苦命的堂妹回到桑梓之地，他說請高老伯放心，有他吃的，就有顧蘭子吃的，一家寫不出兩個「顧」字。

這樣，高發生老漢就將顧蘭子留在了顧村，自己獨自一人返回，他從自己口袋裡，將那些揉得像牛肉串串一樣的錢，掏出來，攤到桌子上，取出勉強夠自己回程路費的，剩下的留給了顧蘭子。

「妳啥時想回來，妳就回來！長住也行，短住也行！在高村給自己招個人，人老幾輩地住下去，也行！妳媽說過，那三間新瓦房是給妳蓋的！」高發生老漢臨走時，真誠地說。

顧蘭子回應：「嗯！我記著！」

高發生老漢長歎一聲，踏上了回程的路。顧蘭子將他送到村口，也看那消失的背影隱沒在豫東平原的夕陽中，覺得老人家的腰已經有一些佝僂了。

第二十五章　景一虹

就在顧蘭子啓程前往扶溝城的那天，高二也離開了黃龍山，調到一個條件稍微好一點的鄰近縣分，仍然是做團縣委書記。不過，他在這個縣分並沒有待多久，就又調到膚施城去，先在行署大院裡待了一陣，接著調到《膚施日報》做記者。

他年輕，有才華，對新生活充滿熱情和憧憬。在基層工作的那些日子裡，他從不敢讓自己哪怕有一天的虛度。「人最寶貴的是生命。生命每個人只有一次。人的一生應當這樣度過：當回憶往事的時候，他不會因爲虛度年華而悔恨，也不會因爲碌碌無爲而羞愧。在臨死的時候，他能夠說：『我的整個生命和全部精力，都已經獻給了世界上最壯麗的事業——爲人類的解放而鬥爭！』」這是一本叫做《鋼鐵是怎樣煉成的》書中的一段話，是書中的主人公保爾．柯察金的內心獨白。

在繁忙的工作之餘，高二每天晚上都要撥亮麻油燈，堅持爲城裡的《膚施日報》寫一篇稿件。在寫了半年之後，終於有一個「豆腐塊」見報。經過編輯的潤色，那篇名曰〈老鼠吃掉一頭牛〉的小文章見報了。文章中的事情是高二的親眼所見。他到偏遠的子午嶺山區的一戶農家走訪，這戶人家費了好幾年的力氣攢了一點錢，但是不捨得把這錢往銀行存，於是在自家窯洞裡挖個窯窩，有點錢就放進去。等到估摸著攢夠買一頭牛的錢了，將那窯窩打開，發現窯窩裡滿是老鼠。他攢的錢成了一堆粉末，一群沒長毛的小老鼠，正在這堆紙屑上臥著。當時正好報社宣傳「有錢存銀行，既支援了國家建設，自己又可以得到些利息」的活動，這篇小文章可以說正當其時。

那是一段多麼美好的日子呀！共和國進入它的快速成長期，我們的高二也進入他的快速成長期。高二在短短的一年時間中，完成了一個「三級跳」，從偏遠山區進入膚施城這座高原名城。

有一個女人始終在激勵著他。這個女人就是景一虹。保爾．柯察金那些火辣辣的句子，就是虹姑娘背給他的。那時這本書大約還沒有在中國出版，虹姑娘看的是俄文版。

景一虹出生在西京城裡一戶大戶人家。正上女子師範的時候，因為逃婚，隻身奔赴陝北，投身革命。她和高二在速成幹部培訓班成為同學，然後又一起來到黃龍山。她熱情、單純，對生活充滿了熱愛和憧憬。在五四青年節的聯歡晚會上，當她穿著一身白色的連衣裙，頭上的辮子挽在一起，紮一個蝴蝶結，站在台子上嘴唇一張一合，進行獨唱表演時，台下的高二簡直看呆了。那白色連衣裙有兩個紅色的寬襻帶，繫在肩上，胸前是豎行兩道，背後是「X」交加。在唱歌的時候，當她一甩頭，背轉身的時候，高二才敢正眼看一下那「X」形的紅襻帶。

他們出雙入對，一起下鄉，一起參加石堡鎮的各種群眾聚會，在那些日子，高二總是像大哥哥一樣地照顧著她。高二沒有一絲別的想法，因為他明白自己已經是有家室的人了。但是，有一件事情，令他們終於再也不能分開。

他們去膚施城開會，仍然騎著那匹大青騾子。會議結束的時候，往回走。這時遇到了匪情。土匪鑽在山林裡，打黑槍。有一槍打中了騾子，騾子倒下了。他們明白，不敢再往前走了，前面的山口子上肯定還會有土匪堵著，於是決定在路邊找一個地方，躲起來，第二天天亮後，路上行人多了，再走。

找了半天，他們在路畔上，找到一個牧羊人平日避雨用的小土窯。那一夜，景一虹就在窯裡邊睡了。高二從地裡摟了些乾草，爲她墊在身子底下，讓這有些嬌貴的城裡姑娘，盡量睡得舒服一點，而他自己，端著短槍，在窯門口守了一夜。

睡夢中的姑娘說，外邊冷，你到窯裡來。「窯太小了！」高二苦笑著。姑娘很感動。第二天，眼見得路上有了行人，當他們登程上路的時候，姑娘說：「高二，你有一顆金子般的心！你是一個可以終生相守的人！我真羨慕顧蘭子！」

這件事過去不久，就是新婚姻法宣傳。這一天，婦聯主任同志找上門來，幫助高二學習新婚姻法。她對高二說，其實他和顧蘭子的婚姻，並沒有約束力，他們是事實婚姻，而這種事實婚姻，政府是不承認的。因此，高二現在還是自由的。他可以有兩個選擇，一是解除這種關係，長痛不如短痛，勇敢地去追求自己的幸福，二是繼續維持這個婚姻，但是，必須到當地政府去割結婚證，註冊登記。

說完這些以後，婦聯主任同志明確地表達了對高二的愛慕之情。她說，如果高二願意進行第一種選擇，那麼她等著。說完這些話，滿臉通紅的婦聯主任同志，在高二臉上親了一口，就一揭門簾，匆匆地跑了。

我們的高二陷入了深深的痛苦中。委實說來，這件事在他的一生中，帶給他的痛苦成分多於那可憐的一點甜蜜。記得他們曾有過一次耳鬢廝磨，那是當顧蘭子重新出現以後，景一虹不得不離開她親愛的人的時候。景一虹寬衣解帶，把高二擁到自己床上。「親愛的人，我把我的第一次給你！從此咱們就成了陌路人了。我唯一能做的是，每年過年的時候，給你寄一張賀年卡。如果有一年你沒有收到卡，那就說明我不在人世了！」景一虹喃喃地說。

在高二的記憶中，那一次床笫之歡似乎並不快樂。他們之間好像僅僅是在完成一次義務，一次感情在淤積了許多許多時日以後，讓它得到一次釋放，讓彼此對自己的感情和身體有一個交代。

那天，婦聯主任同志造訪以後，高二捧著新婚姻法那個小本本，看了很久，終於決定給遙遠的高村平原寫一封信，給他那可憐的童養媳顧蘭子寫封「休書」。這事得硬著心腸來做。高二的文筆應當說是很好的，寫起講話稿來，寫起通訊報導來，文思泉湧，一揮而就。但是那天，這短短的兩封信，他寫了一個通宵。寫了又撕，撕了又寫，他的辦公室兼臥室裡扔滿了紙團。直到天明時，他才寫好。寫好後已經封了口了，又覺得應該讓婦聯主任同志過目一下，於是他又把口打開，拿去讓景一虹看。

景一虹說她不看。這是私信，她不能看。高二說，權當是讓婦聯主任同志把一把關，看信中的說法，有沒有不符合婚姻法的。這樣，虹姑娘才接過信，看了，她說信寫得很好，句句在理。她還說，信既很清楚地表達了意思，又沒有過多地刺激對方，因此，顯得很有水準。

在說話中，他們都小心翼翼地避開了「顧蘭子」這個名字，而用「對方」這個字眼代替。

他們都明白，所謂的「沒有過多刺激對方」這句話是假的，它肯定會深深地傷害對方，會在那遙遠的高村平原，掀起一場風暴。

高二在讓景一虹看過信以後，就把信交給通訊員，讓寄出去了。他在那一刻掉下兩滴淚來。

這以後的日子正像我們所知道的那樣，高二很快就離開黃龍山了。年輕的他正張開翅膀，開始他的飛翔。好男人是好女人培養出來的。他的所有努力其實是做給一個人看的。他要叫虹姑娘知道，他多麼的優秀。高二很明白，他是配不上虹姑娘的，他只有更努力地工作，來讓虹姑娘高興。他們的感情在迅速地發展著。如果沒有受到什麼事情打攪的話，有一天水到渠成，他們將走到一起。他們都明白這一點，並等待著那個並不遙遠的日子。

高二已經在《膚施日報》上班三個月了。這一日，他以記者的身分，正在給報社舉辦的各縣通訊幹事通訊員學習班講課。《膚施日報》建在城東一座山的山腰間，底下是一條河流。

這山是一座佛家的山。報社將自己的印刷廠放在半山腰那個最大的佛洞裡，排字工廠放在毗鄰的一個小些的佛洞裡。山腰間平緩的地方，修了一溜平房。那平房是會議室，此刻，高二正在講課。

正當高二講到「我的案頭勞動，和我父親在田野上的勞動，並沒有本質區別，也許，後者更令人尊敬」，這時，門外傳來一片喧囂之聲。高二皺了皺眉頭，他剛想叫人出去吆喝兩聲，這時，山門底下看門房的傳達，風風火火地闖了進來。

傳達說：「門外來了個裝束有些古怪的關中老漢，褲角上紮著裹纏，腰裡衿個丈二長的白粗布腰帶，鼻梁上架個二軲轆眼鏡，頭上蒙著個白羊肚手巾，他口口聲聲地說，要見他的兒子高二！」

「就他一個人？」高二問。

「不！」傳達答道，「他還領了個小個子年輕女人，那女人一手拖著一個孩子。她不說話，只是跟在老漢後邊！」

高二聽了，身子一下子從頭涼到腳，剛才講課時的那種崇高感，一下子跌落到地上。他下意識地離開教室，來到門口，只見一個老漢，前面走著，那分明是高發生老漢，後邊拖著一兒一女的那位，分明是顧蘭子。

高二登時臉色煞白。

第二十六章　高老漢的「五腳踢」

我們的顧蘭子在那陌生的顧村，並沒有能待多長時間。用她自己的話說：「我來時，建還吊在乳頭上，我走時，建已經能扶著炕圍子，一步一步地挪腳了！」

顧村的人對顧蘭子很好。所有的人都是逃荒出去，僥倖活下來的難民，九死一生的他們，把顧蘭子當成了自己的女兒。誰家做下什麼好吃的，總惦著顧蘭子，通常端一碗飯，跑半個街，請她嚐。那位伯叔哥也對顧蘭子很好。顧家成了黑門，成了絕戶，他應該就是顧蘭子最親的親人了。他有責任安撫這顆破碎的心。雖然笨嘴拙舌，他不會說，但是顧蘭子能看得出來。

當顧蘭子在顧村居住的日子裡，還有幾個人來向她提親，說孤兒寡母的這樣過，總不是個辦法，得有個長遠打算才對。

顧蘭子謝絕了鄉親們的好意。她說她想一個人過一陣子，把有些事情想清楚了再說。她說她的膝下有一個孩子，現在什麼事情都不考慮，當務之急是把這個叫「建」的孩子一天天拉扯大，一天天「磨」大。

在顧村的日子裡，隨著安定下來，顧蘭子開始強烈地懷念那塊高村平原，懷念平原上那戶人家，懷念高二。當拉開距離，當冷靜地思考了一段時間後，她終於明白，她的命運已經和那戶人家，和那個叫高二的，叫人愛不能恨不能的人物，命運深深地糾葛在一起了。她此生都離不開他們。她的生活在那邊。

這樣，顧蘭子抱著孩子，來到顧村旁邊的那所小學校，她央請教書先生為她寫一封信到高村去。在信中，她表達了自己上面的那些想法。她說：高二是她的！她這一輩子就要像一張皮一樣貼到高二身上，他走到哪裡她就跟到哪裡。他永遠是她的！當然，在信中，顧蘭子也沒有忘記報告膝下這個孩子的情況，她說，這裡老百姓有一句話，叫做「三翻六坐七爬八站九能能」，建這孩子正應了這話，三個月就能翻身，六個月就能坐起來了，七個月滿炕爬，八個月，人扶住已經能打站站了，九個月頭上，人丟開手，他能站在地上打「能能」了。

這封信適時地寄到了高村，到了高發生老漢的手裡。信中的每一句話都打動了高老漢。自從送走顧蘭子以後，他一直覺得這事做得不對頭，在人面前臉上無光，抬不起頭。現在，顧蘭子捎信給了他，他明白自己不能再無動於衷了。他畢竟是一家之長，該他出頭的時候他要出頭。

信中報告的那名叫「建」的孩子的情況，也是促使高老先生下決心的一個原因。於是，在徵得高安氏同意以後，老人家親自捉筆，給顧蘭子寫了一封信，要她帶著孩子回來。高老漢在信中說，待顧蘭子回來以後，他將要親自帶著他們母子，去趟膚施城，教訓教訓高二這個不肖子孫，並且把顧蘭子母子，強塞進高二的宿舍裡去。

這樣，在接到高發生老漢的信函以後，顧蘭子便帶著孩子，重新扒汽車，扒火車，一路風塵回到高村。這次返程是顧蘭子母子二人。記得，當火車行進到洛陽城的時候，車站旁邊有賣

燒餅的，孩子看見燒餅，嚷著要吃。顧蘭子於是把孩子託付給鄰座，自己下車去買。剛買下燒餅，火車開動了，顧蘭子叫喊著，從後邊的門上來。上來後一個一個車廂找，很久沒有找到。她以為遇見人販子，把孩子拐跑了，於是便哭起來。突然，她的哭聲引來了小孩的哭聲。那是建。原來，她是把車廂號記差了。顧蘭子撲過去，一把抱住建。「孩子，媽再也不離開你了！」——這是顧蘭子後來已經到了風燭殘年的時候，她給已經成為大人的建，說過的一件事。

在高村，稍稍地做了一些準備以後，高發生老漢便鼓起餘勇，要做他平生最偉大的一件事情。

行頭是少不了的，因為要出遠門，並且還是要去見兒子，要去見兒子單位的許多公家人。因此這高發生老漢，要高安氏為他拾掇行頭。圓口布鞋。家做的布襪。那褲腳，一定要用裹纏子紮起，這樣自己俐索，別人看起來也俐索。大襟黑棉襖。腰間纏一個丈二長的粗布腰帶，那腰帶最初大約是白色的，現在已經槽成灰色的了。鼻梁凹上架著的那個二軲轆眼鏡，是不可或缺的，一半的風度得靠它。頭上頂一個白羊肚子手巾。不過關中農民紮羊肚子手巾的紮法，和陝北農民不同，陝北人是往前紮，繫成一個英雄結，關中人是往後紮，像個「偷地雷」的。所以難怪《膚施日報》的傳達，一見高發生，就一口咬定來了個關中老漢。

這一身行頭收拾停當。好個高發生老漢，手背在屁股後邊，邁著個八字步，在這個長著棗樹的高家院落轉了兩圈，覺得感覺良好，憑這一身行頭，足可以把膚施城給震了，足可以叫這些公家人不敢小瞧自己，足可以叫那個膽大妄為、想吃洋葷的高家二掌櫃，在他面前魂飛魄

散，於是乎吆喝顧蘭子，領上孩子登程上路。

一路上免不得鞍馬勞頓，這裡不說。

到了膚施城，打問清楚了，那《膚施日報》在一個名叫清涼山的地方，而這高二卻也算個小城的名人，知道他的人爲數不少。這樣高發生老漢便領了顧蘭子，先找到這清涼山，越過那個「大肚能容容天下難容之事；開口便笑笑世上可笑之人」楹聯的山門，一步一挨，上得山來。

高發生老漢前面氣昂昂地走著，像個就要鬥架的公雞。那顧蘭子一手拖著一個孩子，跟在後面，有些畏怯。高老漢見了，訓斥道：「那高二又不是個老虎，妳怕他幹什麼。有我高老漢給妳壯膽，妳就把膽放正吧！」顧蘭子聽了這話，覺得自己也實在是沒出息，人怕人其實是怕自個兒哩，刀都架到妳脖子上來了，妳還不起性！

想到這裡，顧蘭子也就覺得膽壯一些了。於是趨前兩步，緊緊趕在高老漢身後，也算是給他壯威。

前面說了，我們的高二那一刻正雲裡霧裡，進行著他的演說，正當他講到「我的案頭勞動，和我父親在田野上的勞動，並沒有本質區別，也許，後者更令人尊敬」時，外頭一陣騷動，高老漢打上山門來了。

高老漢看會議室門口站著的這個公家人，腳上穿著翻毛皮鞋，身上穿著件半新不舊的列寧裝，一支鋼筆別在上衣口袋裡，頭上留著一邊倒的偏分頭，那臉也比他記憶中的兒子的臉要白一些。所以最初他沒敢認。直到那人煞白著臉，怯生生地叫了一聲「大」時，高老漢這才確

定，眼前這個公家人，正是他家二小子。

「高二，好你個龜子驢球的，我本來想見面後，先給你一摑（耳光），好叫你知道啥叫三個多兩個少，好叫你知道啥叫黃河不是一條線，好叫你知道啥叫『糟糠之妻不下堂』，現在這地方人多眼雜，這一耳光就先免了。你的號子在哪裡？等到了你的號子，咱再說話不遲！」

高發生老漢思考了一路的開場白，到這裡面對高二時，像唸秦腔道白一樣，慨然說出。

這劈頭蓋臉一頓罵，說得高二愣在那裡，不知如何應對。這也難怪，事出突然，縱然他再是靈便，一時半刻也反應不過來。

見高二愣在那裡，高老漢覺得這頭一腳算是踢出去了，而且踢得如此的漂亮，於是心中不免有些得意。他抬頭看時，見那顧蘭子一手拖著一個孩子，傻傻地站在那裡，像個看戲的觀眾一樣，於是有些氣惱，便叫道：

「顧蘭子，妳是來唱戲的，不是來看戲的。妳站在那裡，像個兩姓旁人似的，這是妳的事，高老漢這只是爲妳出頭而已。孟姜女千里尋夫，秦香蓮韓琦殺廟，《血淚仇》中『手拖兒女兩淚汪』，妳就權當這說的是妳的事。趕快過來，孩子認爹，妳認丈夫！」

高老漢一番話，提醒了顧蘭子，於是顧蘭子趨上前來，怯生生地叫了一聲「高二」。叫罷以後，高二和顧蘭子都覺得臉上面光光的，有些尷尬。急切中，顧蘭子把兩個孩子拖過來，叫他們叫「爸」。

女人在這一刻，她天性中那一種聰明，簡直是叫人歎爲觀止。那顧蘭子，在將兩個孩子遞到高二手裡的同時，兩隻手同時騰出，然後，在兩個孩子的屁股蛋子上狠狠地擰了一把。

這一把大約擰得太狠，兩個孩子都哇哇大哭起來。他們的手被高二攥著，眼睛看著顧蘭子，不知道今天這到底是怎麼了。

旁邊樂壞了一個高發生老漢。他覺得有孩子這一聲哭，這個場面算是圓了。

學員們聽見教室外面亂糟糟的，小孩哭，大人叫，不知道是怎麼回事，紛紛跑出來看熱鬧。高發生老漢覺得，這頭一腳是踢出去了，得見好就收，兒子還得在這報社上班，他還有很大的前途，因此這事不能讓外人知道，影響兒子的前程。

於是他擺擺手，對圍上來的人說：「親人久別，相見時難免哭泣幾聲。沒有你們的事，你們該忙什麼就忙什麼去吧！」

幾句話支走了眾人。確實正如這關中老漢所說，妻子來尋找丈夫，兒女來尋找父親，農村人進城，這是再正常不過的事情了。於是大家也就不再深究。只有幾個女學員，平日見了高二的英氣勃勃，每有愛慕之心，今天見他已經有了妻子，且這妻子拖兒帶女，於是對這名記者，生出幾分不滿。

高老漢第一腳踢開了，下來踢第二腳。這第一腳是動嘴，第二腳卻是動手。來到膚施城的這天夜裡，高發生老漢要對他的二小子動家法，用私刑。

高老漢說的「號子」，其實就是宿舍。高二的宿舍在這半山腰幾間平房下面那個崖畔上，或者說，是在這上山的道路旁邊。那裡還有個小佛洞，高二和另一位記者，住在一個佛洞裡。這天見高二來家人了，於是那記者下鄉採訪去了，這樣這一孔佛洞，今夜就成了高老漢施展權威的地方。

吃罷飯，山裡的天黑得早，眼見得天黑了，窯裡的電燈亮起，高老漢示意兒子，去伙房裡打一盆水來。水打來了，放在腳底。這時他把那花格包袱打開，在裡面摸索了一陣，摸索出一根鞭子。

這是農家那種打牛的鞭子，它大約跟著高老漢有些年月了。那鞭子，是由牛身上最具韌性的那一部分，即牛板筋做成的。當年做它時，趁這牛板筋還軟，將它撕成條兒，然後編織，在編織的途中，順便挽上了一串的麻花疙瘩。那牛鞭的柄兒，是一根磨得發紅發黑的栒子木，這大約是黃龍山的產物。

高老漢將這鞭子，在手裡捋了捋，然後將柄兒朝外，將它浸在了那盆水裡。「跪下來！」與此同時，他低沉地但是不容人抗拒地說。

高二跪下來了。老漢這時裝了一袋子旱菸，用火鐮打著，倚著門檻，眼望著山腳下的河水，一明一暗地抽菸。

高老漢過足了菸癮，而那浸泡在水裡的牛鞭，也已經發軟發脹。高老漢這時磕了菸灰，將菸袋鍋掛在脖子上，過來從水盆裡拾起鞭子。

「撩起衣服！」他說。

高二撩起衣服。

「褪下褲子，把尻蛋子露出來！」他繼續說。

高二鬆鬆褲帶，把褲子往下抹一抹，露出屁股。

「手拄住地，把尻蛋子抬起來！」他接著說。

高二兩隻手像作揖一樣，雙手拄地，頭深深地埋下去，屁股挺起來。

高老漢見擺佈停當了，於是趨前兩步，揮動鞭子，咳嗽一聲，開始打。

鞭子一聲一聲落在高二裸露的脊背和挺起的屁股上。鞭子最初打下去，是一道白印，接下來不久，便成了一道紅印，紅印過去不久，就成了絳紫色。這樣只一陣的工夫，高二的脊背和屁股，便血跡斑斑了。

原來這牛鞭子打人，卻也有一些講究。那鞭子需經水浸，浸透了，牛鞭落在身上，貼肉，且不發出響聲。那鞭子上的一串麻花疙瘩，打起人來，疙瘩會往肉裡鑽，叫你生痛，但卻又不致於傷及筋骨。

高發生老漢打了一陣，然後說：「你回不回頭！你要回頭了，現在給顧蘭子回話！」

高二不吭聲，只把脖子擰起。

「老漢我吃的鹹鹽比你吃的麵粉都多，老漢我過的橋比你走的路都多。人活一世，草木一秋，難呀！披一張人皮，難呀！顧蘭子這麼好的媳婦，你說蹬了，就蹬了不成！活生生的一個當代陳世美！」

見高老漢這樣說，高二分辯道：「陳世美是陳世美，我是我，你不要往一塊拉。這沒有可比性。如今是新社會了，我的事情得我自己做主！」

「你還嘴硬！」

高老漢於是又是一陣鞭子打下去。

原來這高二，也是個剛烈脾氣，吃軟不吃硬的角色，白天見了顧蘭子母女，他一陣心酸，

有了回心轉意的意思，這晚上高老漢的一番皮鞭，反而惹惱他了。他任憑皮鞭抽下去，硬是擰著脖子不說軟話。

這樣，高老漢的鞭子也就無法停下。

高老漢揮鞭，卻也是一種傳統。想當年，他父親就是這樣一頓一頓把他打大的。到他熬到這個年歲以後，一直想找個機會使使威勢，這次算是找到機會了。而那高二，在許多年以後，也這樣揮舞著鞭子來打「建」，他大約覺得這也是對自己的一種補償。

顧蘭子領著孩子，開始的時候，蜷縮在高二的舖上，捂著眼睛不敢看。後來看高二皮開肉綻的，而高老漢仍沒有歇手的意思，她心疼起自個兒男人了，於是溜下舖來，先是跪在高老漢跟前，央他歇手，見高老漢罵罵咧咧，並不理她，於是轉身，又向高二跪下，要他說句軟話，算是給老人家一個台階。誰知高二也不理她。可憐的女人，於是一個人哭起來。

這樣，這孔窯洞裡，就一直折騰到了半夜。那高二咬緊牙關，就是不鬆口。而高老漢的手腳酥軟，口中大口大口地喘著粗氣，那鞭子實在是沒有力氣再舉起了，於是扔了鞭子，抹起袖子，伸出手指指著高二的額顱，罵道：

「好你個狗日的老二，你就這樣給老子跪著，跪他個有明沒黑，跪他個地老天荒。啥時候，你回心轉意了，給顧蘭子回了話，再給她寫封保證書，保證這一輩不再有二心，那時你再起來！」

這樣說完以後，高老漢說要燙腳睡覺。顧蘭子趕緊把那盆涼水倒掉，重新打一盆熱水給他。高老漢脫下布襪子，用腳試了試水，最後泡了一陣腳。顧蘭子將毛巾遞過去。高老漢將腳擦乾。而後，這老漢待氣息平息一陣後，便坐起來，穩步到後窯，身子一蜷，和衣躺在同志的那張鋪上了。一會兒工夫，後窯裡傳出鼾聲。

高老漢一覺醒來，天已大明，睜眼看時，見自家二小子仍直挺挺地跪在地上，沒有敢捩老人家的令。老人家看了，不免得意。再看那顧蘭子，仍舊是端著那個臉盆，用熱毛巾在輕輕敷著高二的脊背，一邊敷一邊掉眼淚。

老漢躺在床上，一邊起身，一邊發話道：「起身吧，老二！大知道你心裡已經悔過了，只是嘴裡梆硬。顧蘭子是個金子般的好女人，打著燈籠都難找的好女人，能跟她過一輩子，是你前世修來的福氣。活人難哪！」

老漢絮絮叨叨，開始講起他的那些五馬長槍，講起亡命黃龍山的那些事情，講著講著，無限感慨，竟有兩滴渾濁的老淚掉下來，滴到腔子上。

高老漢的第二腳已經踢完，現在是第三腳。那第一腳是動口，第二腳是動手，這第三腳則是懷柔之策，訴冤枉，哭恓惶，以此來感動高二。

委實說來，眼見得高二血跡斑斑，全不見了白日第一面見到的那個白面書生模樣，這高老漢也是心痛不已。他平日一直以這個兒子爲驕傲，老崖畔上這戶人家，這一輩手裡能成龍變虎的，就看眼前這個人了。

得了高老漢的令，高二這才以手扶地，款款站起。顧蘭子過來，拉他一把，高二擰著脖子，隔開顧蘭子的手。

下來便是顧蘭子做飯。原來這窯洞的後窯裡，有個鍋台，剛好可以做飯。顧蘭子一生，別

的什麼不會，就是會做飯，會拆洗衣服，會做鞋。

吃罷飯，高老漢說，本來還有第四腳，如今這第四腳，就不踢了。這第四腳是什麼呢？那就是讓顧蘭子拖著孩子，去找這《膚施日報》的領導，公家人得公家人來管，不是？

高老漢繼續說，這第四腳完了，按他原來的「策」，還有第五腳。這第五腳很簡單，農村婦女常用，叫「一哭二鬧三上吊」。請那顧蘭子，取下紅褲帶來，在你這窯洞前面的門楣上，上一回吊。顧蘭子黃龍山時上過一次的，有經驗。那時管叫你小子，良心一輩子不得安寧，你還要在人前混哩，混你個鬼吧！

高老漢這一番話，直說得個高二滿頭的米湯。高二正處在「快速成長期」的階段，平日最重聲譽，最顧臉面，他明白這第四腳、第五腳踢出去，他就算完了。

於是高二說：「大呀，這事就依了你了，以你的意見為意見。你厲害，我惹不起。」

高老漢說：「那就把顧蘭子和孩子，交代給你了。你不要推辭。我跋山涉水走北路，就是眼看著，這一家人能團圓在一起！」

高二長歎一口氣說：「留下吧，依你！」

高老漢聽罷這話，肩上千斤的擔子一下子卸了，人一鬆弛，那昨天氣昂昂的一股勁頭，這下全沒了。「委屈你了，高二！」他在心裡這樣說。話到嘴邊，卻變成這樣的話：

「顧蘭子，我這就把妳交給高二了。自家男人，妳要把他看緊！保證書我看就不必寫了，有了這個口頭保證，也行。顧蘭子好閨女，陝北民歌有一句詞兒，叫『蕎麵圪飩羊腥湯，死死活活相跟上』！這歌妳每天唸它三遍才好。如今，你們成了一家人，我倒有了點兩姓旁人的感覺了！好好過日子吧，孩子！我要回去了！」

高老漢說完這些話以後，就收拾起鞭子，獨身一人登程回平原上去了。

第二十七章　死死活活相跟上

那一年高二三十五歲，顧蘭子二十一歲。他們將在半山上這孔石窯裡，居住上五年，然後到一九五八年大躍進時，高二響應政府幹部家屬，回鄉參加大躍進的號召，將顧蘭子母子重新送回高村平原。

高老爺子那一番鬧騰，叫高二終於明白了，自己雖然穿上了公家人的四個兜，但是，他永遠無法割斷與高村的聯繫，他永遠只是一個誤入城市的鄉下人。或者吧，用景一虹臨分手時那句充滿抑鬱口吻的話來說：「高二，你骨子裡永遠是一個農民，即便你將來成爲著名記者了，充其量也只是一個著名農民！」

景一虹也調到了膚施城，在市婦聯做幹事。高二身上發生的那一場變故，她並不知道。年輕的姑娘，那一天上身穿了一件列寧服，下身穿了一件西裝裙，短髮梳成當時流行的那種革命頭，一路走來，過了河裡的列石，到報社來找高二。今天是禮拜天，她估計高二會在家裡。

高二宿舍的門前，門檻上拴著一個小女孩。虹姑娘覺得有些奇怪，她走到小孩跟前，問這小朋友是誰，這窯裡住的高二，他在家嗎？小女孩有些怯生，她不說話，白眼睛仁盯著眼前的來人，看了半天，然後鼻孔搧動兩下，唸了一句口歌：「向陽街，十八號，你的名字我知道，腳穿皮鞋手戴錶，屁蛋子上塗的雪花膏！」

這口歌唸得有些無禮。景一虹笑一笑，不去跟她計較。正在這時，窯裡有人搭話了。景一虹一挑門簾進去，只見高二的舖上，盤腿坐著一個婦女，那婦女，臂腕上摟著一個孩子，面前放著一個針線笸籮，正在縫補什麼。景一虹叫了一聲，愣住了。

「妳是顧蘭子！」景一虹拍著腦袋想了一想，明白這舖上坐著的是誰了。

對景一虹來說，這一切有些突然，她是一點思想準備也沒有。原來她今天來，是約高二一起去爬山，看山桃花，想不到在這裡遇見顧蘭子。老實說，她有些尷尬。

做為顧蘭子來說，卻是有思想準備的。她知道既然來到膚施城，遲早會跟虹姑娘見面，那見面後該怎麼應對，她在心裡都想了一千遍了。

「哦，原來是他虹阿姨！幾年不見，虹姑娘，妳出脫得更是一表人才了！」顧蘭子真誠地說。

農村婦女說話，爲了表示對別人的尊重，往往借自家孩子的稱呼來稱呼對方。所以顧蘭子在這裡稱呼景一虹爲「他虹阿姨」。

說話間，顧蘭子停下了手中的針線活兒，挪動屁股過來，拉著景一虹坐在炕邊，然後用兩手摩挲著景一虹的手，遲遲不丟。

「孩子他爸下鄉採訪去了，得幾天才能回來。我正愁這膚施城裡人生地不熟的，連個拉家常話的人都沒有，他虹阿姨，妳莫不是聽說我來了，來看我？」

聽著顧蘭子的話，景一虹不知說什麼才好。她點點頭，算是同意顧蘭子的這話。在點頭的同時，她也就把自己的手，從顧蘭子的手中費力抽開。

「門檻上拴著的那位，叫咪咪，四歲了！她是黃龍山白土窯出生的。他虹阿姨，妳還記著吧，當年生她時，妳還騎著匹高腳騾子，來送過兩斤紅糖哩。真是有苗不愁長，沒苗淚汪汪，妳看，她如今都這麼大了，會淘人了！」

顧蘭子說話間，下了炕，到門檻上去解了那繫在咪咪腰間的帶子。咪咪解放了，湊過來。「窯洞底下就是崖，怕她摔下去！哎，咪咪，快叫虹阿姨！」

「虹阿姨！」咪咪叫了一聲。

景一虹應承了一句。看見眼前這瘦骨稜稜的黃毛丫頭，她有些感慨。當年，這小丫頭離開黃龍山時，就有病，後來高村來信說：咪咪好了。農村人說「好了」，有時候有「死了」的意思，那意思是說，這下好了，永遠不再受苦了，永遠地脫離這苦難了，她是到好地方去了。記得接到高村來信，高二曾經有幾天心情不好，並且把這事告訴了她。後來高二回家探親，回來後告訴她說，是信中沒有寫清楚，這孩子還活著。那還是黃龍山時期的事。

想到這裡，景一虹把咪咪攬在懷裡，看她鼻涕涎水的，於是從列寧裝的口袋裡，掏出個手絹，爲她擦拭。

顧蘭子又叫那名叫「建」的孩子，叫一聲「虹阿姨」。那孩子也叫了一聲，說的卻是河南口音。原來這孩子當初學話，是在河南學的，在那地方，大家都這樣說，所以不顯得怪，在這膚施城，這樣說話，就顯得有些怪了！

顧蘭子也覺得有些不好意思。她對景一虹說：「我帶著建，回了一趟河南。原來想，就此走了算了吧！誰知道，我離不開高村這一戶好人家，我離不開高二。虹姑娘，妳說這做女人難吧！」

做女人是很難，虹姑娘點點頭。

景一虹是何等聰明的女人，那顧蘭子的隻言片字中，她已經知道是那封休書，引得顧蘭子回了河南，然後又翻心了，然後又攆男人攆到了這裡。

景一虹沒有細問這些事情，她明白自己該走了。在走之前，她又禮節性地問了高發生老漢和高安氏的情況，這是一位下鄉女幹部問她房東的情況，如此而已。對於虹姑娘的問話，顧蘭子也做了如實回答。她說二老身體還都好，高安氏照樣一天可以紡一斤線，發生老漢照樣一頓可以吃兩個槓子頭蒸饃。她來膚施城，就是發生老漢送來的，奔波一天，也不顯得太累。

只有在這個沒有危險性的話題上，她們才能談得輕鬆一些，活泛一些。而在後來的年月裡，在她們一生那爲數不多的幾次接觸中，這個話題甚至成爲她們唯一的話題。

景一虹告辭。她說她得走了，工作上還有點事情，她想回辦公室加個班。這時顧蘭子才記起，還沒有給虹姑娘倒水，於是張羅著，要到後窯裡去滾開水。景一虹說算了吧，又說，等高二回來，告訴他，我來過了。

景一虹往出走的時候，顧蘭子說，高二是個單幫子人，沒個幫襯，個性又飆，他虹阿姨，遇事妳得多說明他。他有不對的地方，妳就莫要把他當外人。顧蘭子這裡算是求妳了。景一虹匆匆點頭，連聲稱是，然後就逃跑一樣地匆匆離去。景一虹下得山來，走到河邊，過列石的時候，扭頭看去，見顧蘭子站在自家窯門口，一手拖著一個孩子，還在朝她張望。

這就是女人之間的談話，不打雷不下雨，不顯山不露水，該說的話就都說了。外人聽起來，根本聽不出來她們在說什麼，還以爲這是在拉家常，還以爲她們是最親的姊妹。

顧蘭子把這些話說了，心裡始覺安定。她其實一直渴望見到虹姑娘，由她把這消息告訴她，免得高二去說，免得高二爲難。

她明白自己已經把這個男人牢牢地繫在自己的褲帶上了。她有這個把握。她很明白，高二和景一虹，才是般配的一對，尤其是剛才見到景一虹，這種感覺就更強烈了一點。想到這裡，她覺得高二有點屈，但是，這是沒有辦法的事情。來到膚施城以後，第一個擔心過去了以後，當高二已經接納了她以後，她便有了第二個擔心，擔心景一虹不會善罷甘休。於她，她不怕，她一個大字不識的家庭婦女，怕誰？她是擔心那心高氣傲的女子，會給自家男人難堪。

所以顧蘭子最後說出的「我這裡算是求妳了」一句，真真算是發自肺腑。她乞求婦聯主任同志，放過高二，放過她，天下男人這麼多，以景一虹的才學、相貌，她該是不愁找不下男人的。

送走景一虹後，顧蘭子繼續把咪咪拴在門檻上，防止她掉下門口的懸崖，然後開始拆洗。來到膚施城以後，顧蘭子將高二的被褥，統統拆洗了一遍，他的一應衣服，也都給過了一遍水。那被褥上，有些蝨子、蟣子，這是高二下鄉採訪借宿老鄉家時，混下的。顧蘭子將這些虱子，一個一個捉了，放在指甲蓋上，兩個大拇指指甲蓋一擠，將蝨子擠碎。紅紅的血染了兩指甲蓋。那些暫時閒置著的被褥中，也有蝨子，不過這些蝨子餓得只剩下一點乾皮了。對於牠們，顧蘭子也不能放過，這些乾皮，經人的身子一暖，就會甦醒過來，較那些活蝨子，這些乾皮蝨子吸起人的血來，更貪。

抓完蝨子，顧蘭子燒了一鍋開水，將這被罩、床單，放到水裡煮了一回。煮過後晾乾，再裝進棉花，縫好。這樣，顧蘭子才放心了。

那些高二的衣服，顧蘭子也統統洗了一遍。洗淨晾乾後，還能穿的，縫一縫，補一補，讓高二繼續穿，不能穿的了，將它改小給孩子做成衣服，那些實在已經襤褸不堪的，顧蘭子也沒有捨得撂，她將它們鉸成碎片，糊袼褙，將來用這袼褙做鞋底。

對於高二正在穿的那幾件衣服，洗淨以後，顧蘭子又用麵水子，將它們漿了一遍，然後趁將乾未乾之際，將衣服疊了，放在捶布石上，用棰捶過一遍。男人是人面前的人，他得穿得齊整一點，才好。這種漿的辦法，還是在高村時，高安氏教給顧蘭子的，家織的老布，都有「漿」這一道程序。

這樣，高二、顧蘭子一家，便在這孔窯洞裡居住了下來。生活在進行著，有故事的時候畢竟少，沒故事的時候畢竟多一點。這五年中，大家相安無事，平淡地打發著自己的日月。

前面說了，這孔窯洞裡還住著一位姓張的記者。這張記者是河北人，他後來也從家裡接來了妻小，這樣兩家人五年中，就合住在這孔窯洞裡。這真是一件不可思議的事情，但這是真的。那個年月，大家都湊合著生活。好在這間佛洞雖然窄，但是長一些，所以在窯洞的中間，掛一個布幔，用這布幔象徵性地把兩戶人家隔開。高家住前窯，張家住後窯，最難辦的事情是，張家人如果起身得早的話，他們得躡手躡腳，從高家人的炕頭走過，然後才能出門。

咪咪到了上學的年齡了。她開始上學。

一天放學回來的時候，報社編輯部正會餐，吃的好像是羊肉包子。大人們在萬佛洞前面的陽坡上，圍了一圈吃飯，孩子們發一聲喊，去找自家大人。咪咪看見高二也在那裡蹲著，於是受了影響，也畏畏怯怯，向高二跟前湊。「這是誰家孩子？」大家問。高二低下頭去，說句「不知道」。後來這孩子磨蹭到高二跟前，眼裡瞅著那羊肉包子，低聲叫了聲「爸」。高二有些發窘，也有些惱怒，他揚起手來，給了這小女孩一耳光子。小女孩哭起來，這時顧蘭子聽到哭聲，跑上塹畔，拉走了咪咪。

咪咪上學以後，門檻上這根繩子，現在用來拴建。顧蘭子上班以後，怕建四處跑，跌下懸崖，於是就用這根繩子，把他拴住。

顧蘭子是到報社的印刷廠去上班。這是高二爲她找下的差事。那時沒有正式工、臨時工這一說，顧蘭子這一去，就算是工人。顧蘭子的工作是數紙。別看她不識字，但是心竅很巧，拿起一刀紙來，十個指頭一撥拉，一五一十，十五二十，三下五除二，這一刀就數完了。這紙上機器，印報紙。

建腰間繫著這根繩子，兩手爬在崖畔上，眼睛瞅著崖畔下的河流，度過了他的童年，直到離開膚施城，繩子才被解下。

建目睹了河上那座著名革命橋的建設全過程。河灘上堆滿了石頭，滿川道裡響徹著叮叮噹噹的鑿石聲，和石匠們淒涼的歌聲。這些石匠，一部分是從膚施城附近，一個叫蓮花寺勞改農場調來的犯人，一部分是從陝北各地招募來的農民。在陝北，每一個男人都是石匠，只是專

業的是細石匠，業餘的是粗石匠。這叮叮噹噹的鑿石聲和石匠們的號子聲，是建的人生的第一課，那一幕淒涼的人生圖景，一直伴隨著他後來的人生。他稱那是狄更斯式的情節。

除了看河灘上的建橋之外，建大部分的時間，是仰頭看石窯洞門口那尊佛家的雕刻。這是一位女菩薩，安詳地橫臥在那裡，俊美，雍容。後來的研究專家們說，這是北魏時期的作品，這座佛山，這個佛洞，是敦煌石窟向雲岡石窟、龍門石窟過度時的一個跳板。而對那女菩薩，專家們也給了她很高的評價，說她比趙飛燕胖一點，比楊貴妃瘦一點，正所謂「增之一分則顯肥，減之一分則顯瘦」。

建每天爬在那裡，看著這女菩薩，心裡想著上班的母親。這樣，在他的童年時期，顧蘭子與崖壁上的這個女菩薩，誰是誰，他甚至都有些分不清了。在他長大以後，有一天他驚訝地發覺，他喜歡過的女人，其容貌，其氣質，都酷似這崖壁上的女菩薩。他因此請教一位心理學家，心理學家說這叫「感情假借」，是一種「戀母情結」。

說話間到了一九五八年，這一年大躍進，國家發出號召，要幹部家屬下鄉，參加大躍進，大煉鋼鐵。這文件到了《膚施日報》後，第一個報名的是高二。高二倒沒有外心，他只是積極而已。他這一生，每逢有這種事情，他總是第一個響應。這樣，那一溜平房的門口，很快就貼出了一個光榮榜。光榮榜上，第一名就是顧蘭子。

這樣顧蘭子就領著她的孩子們，辭了膚施城，辭了高二，重回高村平原。在那窯洞裡居住的時候，顧蘭子又生了一個男娃，這正應了當年她給高二的承諾，她要為高二生一炕的孩子。要不是因為後來有病，她大約還會生的。所以這次，顧蘭子回家，領的是三個孩子。

顧蘭子在高村，並沒有能待多長時間。那時高村這一塊平原上，處處生火，處處冒煙，土煉鐵爐堆滿了平原。高家三掌櫃自然是積極分子，他將家裡一應鐵器，都捐獻了出來，來做煉鐵的「引子」。而那煉鐵的鐵礦石，據說是含在沙子裡的。這樣，顧蘭子便隨村上的一群女社員女勞力，去戲河裡淘沙子。

回到家鄉支援大躍進，這叫顧蘭子喜歡。能和那些農家姊妹們在一起，也叫顧蘭子心情愉快。她們大都不識字，和她們在一起，顧蘭子反而感到自己成了個人物。

那淘沙子的地方是在戲河和渭河的交匯處。這一天，顧蘭子端起個塘瓷臉盆，正在淘著，那臉盆被水沖走了。臉盆打著漩兒，在河面漂，顧蘭子在後面撵。其實這戲河的水並不深，最深的地方也就是齊人腰身，但是要命的是，顧蘭子撵了幾撵，沒撵上，那臉盆漂到渭河裡去了。

河水與河水交匯處，往往會有一些漩渦。那臉盆漂到漩渦上面以後，便晃晃悠悠地原地打轉，不漂了。不知深淺的顧蘭子，這時伸手去抓臉盆，結果一失足掉進了渭河。

顧蘭子被救上來以後，大病一場。那時正是冬天，水刺骨的寒，加上她剛生過孩子不久，身子骨太虛。沒奈何，高二只得回來，把顧蘭子重新接到膚施城去看病。老大要上學，她得跟上走；老三還在乳頭上吊著，也得帶上他。至於老二建，他就留在了高村，高二把他託付給了高發生老漢和高安氏。

這樣，這個叫「建」的男孩，便在高村留了下來。由他講述那高村後來的故事。

第二十八章 茶攤上的平原

二十世紀六十年代的第一年。高家門口那棵老槐樹，在經歷過許多的世事滄桑以後，依然枝葉婆娑，像一位老人一樣，蜷縮著腰，佇立在官道的旁邊，佇立在高家渡的老崖上。它在早春的時候，開了一樹的白花，這白花香了半個平原，崖下那流淌著的河流，又將這香氣飄向下游的村莊。在努力地開過這一季花以後，它大約有些疲憊，樹上現在有葉子長出，形成一個花蓋，而那些白花在敗過之後，開始結槐莢。

春閒時節，地裡沒有農活。一個留著山羊鬍子的老漢，在大槐樹下支了個茶攤。他從家裡，找了把舊了的、沒有著過漆的小木桌，擺在老槐樹底下，又用手拿腳踢，趕過來一群小木凳、交椅等等，圍著這木桌擺了一圈。然後在茶攤邊，支了個小火爐，用一個叫「挎子」的東西，在咕嘟咕嘟地熬茶。

這茶叫「老胡葉子」，是平原上的人們經常喝的一種茶。那大約是茶葉裡面最粗糙的、最廉價的一種，粗枝大葉，發黑發紅。這老胡葉子，是四女的婆家過年節時送來的。四女還小，正在上中學，但是按照這裡的鄉俗，已經給她找好了婆家，等到年滿十八歲，到了法定結婚年齡，再結婚。

燒水用的柴，是柏木樹根。當年蓋房時，從老墳裡伐了九棵樹，做檁，那柏樹伐了以後，樹根還留在老墳裡，老漢要三小子使些蠻力，把那九個樹根依次刨來。樹根堆到大門口以後，再用老钁頭將這些樹根破成碎片，碎片攤在陽陽坡上晾曬，風一吹，水氣下去了，就可以燒了。

那熬茶用的水，也是老漢支使三小子在渭河裡擔的。渭河在這個年代，它已經重新地又回到了老崖底下。而那條渡船，也就在這老崖底下停著。

高發生老漢，這一生一直有個偉大的夢想，這夢想就是有一棵老槐樹，老槐樹下有一個茶攤，一個白鬍子老漢，鼻梁凹上架一架二軲轆眼鏡，臉上哈哈大笑，在這槐樹下迎接那官道上過往的客官。老漢和這客官談古今，論世事，喝釅茶。老漢什麼也不爲，僅僅只是一個自我陶醉而已。

平原上很靜。靜得有一根針落下來，都能聽見。最靜的時候其實是有聲音的，那聲音「汪兒汪兒」「嗚兒嗚兒」地在空氣中響著，在你耳邊響著，在你腦子裡響著。聲音罩滿了平原。爲什麼有這種聲音哩？不知道。不過這「汪兒汪兒」「嗚兒嗚兒」的聲音，更增加了這鋪天蓋地的寂寞。

老漢很孤獨，老漢眼巴巴地注視著官道，希望有人來，成爲他這茶攤上的第一個客人，但是很遺憾，官道上是那樣寂靜，根本沒有什麼物什來揚起黃塵。老漢只得捧起個茶杯自己喝，直喝得自己那肚子像鼓、像蜘蛛的肚子一樣圓起，腸腸肚肚都在「呼嚕呼嚕」作響，才終於聽到一陣自行車的響聲。

來的是個走鄉串村閹豬閹羊的。那時候這個叫「自行車」的東西還是個稀罕之物，高村平原上，大約就只有這麼一輛。所以只要聽見自行車響，大家就知道是那個紅鼻子騸匠來了。

那響聲也不是鈴響，而是自行車響。這大約是世界上最破舊的一輛自行車了，沒有護泥板，沒有腳踏，沒有閘，說是輛自行車，還不如說是一個三腳架，前面安著個車頭，底下架兩個軲轆。老鄉們形容那車是「除了鈴不響以外，全身都在響」。

那車頭上有一根鐵絲，挑起一綹紅布。這是騸匠的標誌。這自行車逕自衝到了茶攤跟前，差點撞翻了茶攤，那車頭上鐵絲挑起的，除了一綹紅布條，還有血糊糊的兩顆羊蛋，這是騸匠今天的實績。當那兩顆羊蛋，逕自衝到高老漢眼前時，高老漢有些惱怒，也有些洩氣。剛才那種崇高感一下子減弱了許多。高老漢又伸出巴掌，在鼻孔上搧了兩搧，趕一趕那羊膻氣。

高老漢請這騸匠飲茶。平原上，親戚套親戚，這騸匠論起來，還是高村的外甥，因此高老漢不高興歸不高興，還得耐著性子服侍。看著那茶水「呼嚕呼嚕」進了騸匠的肚子，高老漢有些心疼。

好不容易耐走了騸匠，接著來的是一個貨郎擔兒。貨郎擔兒細皮嫩肉的，兩個褲腿挽到膝蓋上，露出白花花的精腿把子。他擔著擔子，一閃一閃地來到了這個村子。貨郎擔子卻是大姑娘、小媳婦喜歡的人，因此，當他在高老漢這茶攤上喝水時，不時有大姑娘、小媳婦在自家門口探一探腦袋，然後捏著兩個毛毛錢出來，買雙洋襪子，買瓶雪花膏，扯上二尺鞋面等等。寂寞的高老漢，希望這貨郎擔子多在他的茶攤旁停一陣，但是，貨郎擔子匆匆地飲了兩杯茶以後，挑起貨郎擔兒，又去走村串戶了。他不是不貪戀這個茶攤，而是做生意要緊。

貨郎擔子走了以後，接下來，官道上走來的，是一個剃頭擔子。這是一個河南人，年歲和高老漢差不多。他穿著一件黑棉襖，棉襖很舊很舊了，上面沾滿了油漬，腳下也是布鞋、布襪子，那褲腳也用裹纏纏起。他的肩上，扛著一個長條矮凳，矮凳的一頭，拴著一塊磨刀石。

剃頭擔子來到茶攤上喝茶。他口裡不停地唸叨著這茶有勁，是會喝茶人泡的茶。這話叫高老漢聽了高興。剃頭擔子的口音也叫他高興。他說河南那地方，廣著哩，這河南人比起陝西人，也能吃苦得多，擔子一擔，鼻子底下是大路，就滿世界地闖了。高老漢這樣說，有點賣派自己去過河南的意思。後來細問，這剃頭匠竟是河南扶溝人，於是高老漢越發高興了。「那地方我去過！有個前顧村，有個後顧村，你知道嗎？」高老漢賣派道。

剃頭擔子喝足了茶，抽足了高老漢的旱菸，做爲回報，他提出來要免費爲高老漢剃一次頭。

「頭可以剃，但是錢是不能免的！這是你的生活！」高老漢說。

高老漢這頭，平日是三兒子給剃的。三兒子將割麥用的鐮刀，在磨石上磨呀磨，磨得鋒利無比了，再用指頭蛋兒輕輕篦一篦，或用指甲蓋輕輕彈一彈，覺得可以用了，於是讓老漢將頭髮渣子悶濕，他在上面刮，上面被刮得青一道紅一道的，刮得一道白口子、一道紅口子的，三兒子手軟了，高老漢說，莊稼人哪有這麼金貴，權當是給你試手哩。

今日個，茶攤前面，老漢要開一次洋葷，請專業的剃頭匠來理。

高老漢要老婆子趕快打一盆熱水來，他要剃頭。高安氏正在織布，聽了這話，不敢怠慢，於是停了手中的機子，用手將織布機上那關子鬆一鬆，算是給線綻一下勁，一會兒上機子時，再把線上緊。停了機子，拿一條毛巾，又從樹上摘了兩個皂角，砸碎，算是肥皂，然後出了大門，端給高老漢。高老漢打上皂角沫，將那花白頭顱洗了一遍，盆裡留下一汪黑水。高老漢見了，叫高安氏再滾一盆熱水來。這樣洗了三盆水，那水才不發黑了。

高老漢又翹翹山羊鬍子，示意老婆子將她腰間圍的那圍裙卸下來，他要當剃頭時的罩布用。高安氏起初不明白他的意思。

高老漢歎息說：靈人一點就透！這件小事還要我費口舌嘛。說罷自己去扯了高安氏的圍裙，披在自己肩上。等到坐定以後，高老漢又說，拿一張報紙來，他要看，剃頭這一段光陰，莫讓虛度了。莫奈何，高安氏只得又回到屋裡，拿出三小子從大隊部拿回來的報紙，遞給高發生老漢。

「還有啥事？」高安氏問。「沒有了！去織妳的布吧！」一直到把個高安氏擺弄夠了，高發生老漢剃頭的前奏曲，才算結束。

高發生老漢正襟危坐，剃頭匠開始剃頭。這剃頭匠果然是行家，一刀子從腦門上反削過去，削到頭頂，又一順溜滑下來，這剃刀就到腦後把子上了，而高老漢那頭頂，出現一條官道一樣的平坦大道。剃頭匠這時，順著那條白印子，用剃刀順渣往四面刮。三下五除二，只一刻的工夫，高老漢變成了一個光葫蘆。

這才是粗剃。剃完第一遍，剃頭匠說，我再給您老刮一遍，於是吐兩口唾沫在那磨刀石上，將剃頭刀子象徵性地蹭兩下，然後反身過來，用五個手指抓住高老漢的光腦袋，再細刮一次。直刮得個高老漢滿身舒泰，嘴裡不由得嘀叨道：「剃頭、洗腳，頂住吃藥！」

剃頭匠來了興致，又開始刮第三遍。這一次是倒刮，即逆著頭髮渣兒刮。剃頭匠說，這樣刮一遍，瀉火！

在剃頭的途中，我們的高老漢，沒有忘記用兩手端著報紙，裝模作樣地看報。這看報是想告訴官道上的行路人，這老漢是個識文斷句的人。

那報叫《老百姓報》，是西京城裡幾個文化人辦的一份面向農村的四開小報。那張報上登了些新口歌，是渭河對岸一個叫王老九的農民老漢寫的。

高老漢唸道：解放門，大大開，翻身農民走進來。

高老漢又唸：張玉嬋，張玉嬋，上炕剪子下炕鐮。

高老漢再唸：秦丞相，大惡霸，相橋爲王坐天下！唸罷，高老漢覺得不以爲然，覺得自己如果要動起這個心思來，肯定比這王老九寫得要好。口歌裡提到的那張玉嬋，那秦頌丞，高老漢都認識，那秦頌丞在土改時候，被鎭壓了，那張玉嬋則是個農村婦女，在渭河下游河對面的一個村子裡住。

報紙的角落裡還有一首詩。這詩高老漢佩服。詩說：「天上沒有玉皇，地上沒有龍王。我就是玉皇，我就是龍王。喝令三山五嶽開道，我來了！」高老漢覺得，這詩的氣魄很大，有點像他的脾氣。

當我們的建後來成長爲一個大人，並且有了成年人的思考以後，他常常想起他的爺爺，這個高村平原上的傳奇人物之一。他試圖爲高發生老漢身上那種奇怪氣質找一個緣由。最後他想，老漢是過繼來的，他來自離這裡二十里地、一個叫鴻門鎭的地方。因此，他大約是從楚漢相爭的鴻門宴上走失的一個士兵。

高老漢的頭終於剃完了。而他對報紙的閱讀也告一個段落。剃頭匠現在要走。高老漢從他的腰帶裡，摸索了一陣，摸索出兩毛錢來。剃頭匠不要。高老漢說：「錢是一定要給的，我家二小子在城裡當記者。他那手稍微一撩，錢就來了。老二把那錢不叫錢，叫稿費！」見高老漢真的要給，那剃頭匠於是不再推辭，剛才是背過手去，用手背隔，現在則手反過來，用手掌接了。

那剃頭匠走了。平原上又恢復了寧靜。高老漢將那圍裙扯了，將二軲轆眼鏡重新架到鼻梁上，背著手，頗爲滿足地圍著這茶攤，搖擺身子，踱了一陣方步。

高老漢這時候記起，剛才他剃頭的時候，好像孫子黑建在眼前晃悠了一下。這是高二在帶走了顧蘭子母子後，留給高村的一個累贅。寂寞的老頭，叫了一聲「黑建」，然後用手托起茶壺：「有一個謎語，你能猜得出嗎，黑建？『一個樹，五股，上面臥了個白虎』！」老漢揚聲說話，說了半天，不見有人反應，只好遺憾地把茶壺放下。

這時頭上有雨水掉下來，星星點點的，灑在老漢的光頭上。高老漢接了一滴在手中，用舌頭舔了舔，有些鹹，不像是雨水。於是老漢手搭涼棚，再向樹冠望去，只見一個半大小子，站在樹杈上，開襠褲叉開著，手裡端著個雞牛牛，正朝他笑。

高老漢有些惱怒。他抱起樹身，拱了兩拱，想爬到樹上去。可是很遺憾，他已經過了上樹的年齡了。於是他在樹下轉了兩圈，想尋個東西，扔上去打這孩子。轉了兩轉，沒有可手的，於是回到屋子去，找來找去找了一把揚場用的木鍁。可是，當高老漢倒提木鍁，回到樹下，揚

起頭來滿樹尋找時，樹上早空了，哪有那孩子的身影。

這時老崖上傳來孩子愉快的歌聲。那是一片菜子地。那個叫「黑建」的孩子，正在菜子地裡一顆一顆地撲蛾兒。

「我中午罰你餓一頓飯！」高老漢衝著孩子的背影，虛張聲勢

第二十九章　鄰家女孩之死

建在我們說話的這一年，六歲多。他在高村出生。三個月頭上，隨母親走河南。在河南扶溝待了大半年以後，又輾轉去了膚施城。膚施城裡，在窯洞門口那個門檻上，拴了五年以後，重回高村。

高村的人叫他「黑建」。這原因是他生得黑。在膚施城的時候不明顯，到了這平原上，河道裡的風一吹，平原上的日頭一曬，一張臉黑得發亮，只那兩個眼睛仁和一口牙齒，是白的。

大家說，建這皮膚不經曬，一曬就黑。大家還說，高村平原上的人，也黑，但是黑褐色的，不像建這麼黑得發亮。大家找原因，說原因也許在顧蘭子身上，這是遺傳。這一塊平原，都是鄰村跟鄰村結親，難得有遠路的女人嫁給這裡。不過話雖然這樣說，那顧蘭子其實也並不黑。

這是一個苦難的時期。公家人把這叫「三年困難時期」。黑建將要在這一塊平原上，和苦難一起成長。許多年後，當已經成爲公家人的黑建，重返高村時，望著眼前這騰煙的河流，望著門前那棵老槐樹，望著那已經變得陳舊的三間瓦房，他熱淚漣漣地說：「我曾經長久地爬在大地上，我經歷過苦難，我看見過苦難。從此以後，我只能用農民的腔調說話，用農民的哲學

來思考問題。無論從此命運把我拋到哪裡，居家何方，我將永遠是這村子裡一個叫『黑建』的孩子。那地方的天陰天雨，水旱水澇，豐年歉年，將永遠牽動我的心。」

六歲多的小男孩黑建，趁高發生回屋拿木鍁的空兒，「哧溜」一聲，溜下老槐樹，然後跑到老崖沿上的油菜地裡，去撲蛾兒。

天不收地不管的一群農家孩子，正在這油菜地裡撲蛾兒。男孩子們撲著，兩個女孩，穿紅著綠，站在地邊上等。蛾兒撲下了，女孩子用細細的線繩，把蛾子拴起來，然後捉住線的另一頭，讓蛾子繞著自己飛。

黑建也來加入到男孩子中間，脫去上衣，露出個被平原上的包穀粥灌大了的大肚子，去一顛一顛地用衣服撲蛾兒。孩子們唱著口歌：「蛾兒蛾兒落一落，我給你娶個花老婆。」黑建也跟著唱。

那地邊上候著的兩個女孩兒，長得花花草草的那位，叫瑤瑤，長得較為笨拙的那位，叫匣匣。瑤瑤兩個狐狸眼，尖下巴，尖鼻子，兩個顴骨上停兩朵紅暈，她是鄰居的女兒，獨獨女。那匣匣的官名叫「省匣」，她是對門的女兒，父親好像在省城當工人，抗美援朝時，高村出了個兵丁，後來抗美援朝歸來，政府給在省城安排了個差事。

黑建挺著個大肚子，滿菜子地跑，兩手把衣服舉起來，趕上蛾兒了，身子往前一趔，衣服往下一撲。他先撲了第一個蛾子，於是很得意，跑過來，給了匣匣。黑建決心再撲一個更大更花的，給瑤瑤。他又一顛一顛地向菜子地跑去，踩得油汪汪的菜子苗東倒西歪的。他的大肚子，繫不住褲帶，跑顛中，褲子一不小心，就溜到了胯骨上。所以黑建在跑顛的同時，不時地騰出手來，提一把褲子。

這時候，高家三掌櫃高三，趕著那輛牛車，晃晃悠悠地從官道上從東往西走，給生產隊的地裡送糞。老崖底下有個二道崖子，二道崖子沿著河往下，還有一塊地，沒有被水崩到河裡。

高三是給那塊地裡送糞。高三看見一群孩子在踩油菜苗，於是停了牛車，從車上卸下那根長長的鞭子，搖晃著，起來追趕這些孩子們。高三那鞭梢，在空中劃過一個一個的響鞭，嘴裡唸叨著：「三天不打，上房揭瓦！」

油菜地裡的孩子們，四散而逃。大家站在遠處，鞭梢夠不著的地方，齊聲唱道：「遠看一地蘿蔔花，近看豬毛攪豆渣！」這口歌說的是高家老三那痳疤頭。高三聽了，雖然氣惱，但也無可奈何，重新屁股一抬，上了牛車的車轅，鞭梢一揮，吆著車走了。

孩子們散了，百無聊賴的黑建，現在沿著老崖走。家裡的那隻黑花狗，剛才是跟在高三後邊的，現在則跟在他後邊。走著走著，那狗不走了，原來牠嗅見了臭味，黑建看見，瑤瑤和匣匣正蹲在老崖上拉屎。那隻黑花狗離開建，跑過去，蹲在兩位小姑娘跟前，巴嗒著嘴，流著涎水。

黑建嫌自家的狗有點賤，他「吆兒吆兒」地把狗叫到自己跟前。「我也會拉屎，吃我的屎吧！」他對大花說。說完脫了褲子，努著勁拉。黑建拉出了兩個乾屎橛兒。狗嗅了嗅，一點也不臭。這不是糧食屎，而是紅苕屎，野菜屎，榆樹皮屎。狗不喜歡吃它們。大花狗嗅了嗅，鄙夷地望了黑建一眼，又去蹲在那兩個小姑娘身邊了。在等待了一陣以後，大花終於吃到了兩位小姑娘拉的糧食屎。大花狗巴嗒著嘴巴，回味無窮，很滿意。屙完屎，兩位小姑娘又噘起屁

股，讓大花把她們屁股壕裡的屎也負責地舔乾淨了，這才結束。

隨後，大家離了老崖，重新回到官道上，在那裡玩「過家家」遊戲。官道上的硬土，在牛車車輪一遍又一遍地碾過之後，會碾出一些很細很細的土面，人們叫它「塘土面面」，三個小孩子，如今就蹲在這車轍上，用塘土面面在堆房子玩。

這時候高三跟著那輛牛車，晃晃悠悠地從那老崖的坡上探出了頭。高三那一天很有興致，他坐在牛車的車轅上，抑揚頓挫，正在唱著《下河東》裡面的句子。這大約是一折有名的秦腔戲，唱得最好的人是河對面一個叫任哲中的秦腔名角，我們的高三最喜歡任哲中在開唱前那一段大叫板。

「來將何人，報上名來。我趙玄郎降龍棍下，不打那無名之人哪！」高三學著，搖頭晃腦，拿腔捏調，自己頗爲得意。

平原上空蕩蕩的，官道上空蕩蕩的，這牛車又是輕車熟路，所以這趕車人高三，也就放鬆了警覺，只顧自己高興暢快。當車行到半路裡高老漢那個茶攤時，高三突然聽到，牛蹄子底下有孩子的哭喊聲，他吃了一驚，趕緊一攬牛的韁繩。牛車正走著哩，這一攬，牛車的車軲轆，離了車轍，在路上打了個彎，停下來。

那喊聲正是黑建發出的，此刻他正趴在那車轍上，堆一個城堡。他和這兩個女孩子，也是玩得太專注了，沒有看見那牛車過來，也沒有聽到高三的那歌唱。當牛的蹄子踩著黑建的臉面時，他揚頭一看，才看見那正向自己軋來的車輪。

牛車的車輪，像刀子一樣殘。它是由槐木一片一片地拼成的，那槐木本身就十分沉重。槐

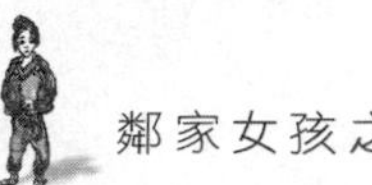

木拼好以後，又用卡釘、鉚釘將車輪釘過一遍。這還不算，那輪子兩個圓圈的輪廓，鄉村鐵匠用生鐵片將它們齊齊砸過一遍。所以那輪子十分尖利，從地面上碾過去，像刀子削過一樣。更何況這輪子上承載的，是整個牛車那笨重的車身。

那輪子本來是從黑建身上碾過去的。如果碾過去了，這世界就少了個黑建。但是，由於高家三小子這往懷裡一拽牛韁繩，那車打了個彎，車輪碾上了路中間蹲在地上的瑤瑤。

瑤瑤正在路中央，盤腿坐著。兩條腿壓在屁股底下，兩隻腳露出來，腳心向上翻著。她張開雙手，各握住一隻腳，然後伸長脖子，看黑建砌城堡。

牛車輪子拐了一個彎，繞過黑建，碾過來，從瑤瑤的身上攔腰軋過去。瑤瑤驚叫了一聲，驚叫聲還沒有完，就斷氣了。瑤瑤旁邊的匣匣，大哭起來。

高三從他的英雄夢想中早就嚇醒。如今他面色煞白，他明白出事了。牛車在轉了一個半圓後停下來，高三跳下牛車，見鄰家女娃瑤瑤倒在血泊中，他鑽到牛車底下，拖出瑤瑤。「妳站住！妳站住！」高三把瑤瑤立起來，瑤瑤又倒下去了。又立起來，又倒下去了。接著，瑤瑤口裡吐出一股黑血，人死在了官道上。

那一陣子高發生老漢正在他的茶攤上自個兒喝茶。「屙下了，出大事了！」高老漢一改往日的方步，趄向官道。隨後，村子的人都來了。隨後，瑤瑤的父母也聞聲趕來了，官道上於是哭聲一片。

這是生產隊的牛車出的事，所以這事生產隊要管。同時，這車把式是高三，所以，老崖上這戶人家也要管。事情在經過半個月的折騰以後，最後終於得到了死者父母的諒解。生產隊出了一些錢，高家出了一些錢，算是做為彌補。

農村有許多能言善辯的女人，她們有著一肚子的歪道理，兩片嘴唇能把死人說活。高安氏大約就是這樣的女人。別看她平日不顯山露水的，但是事情來了，要擺平這事兒，還得她出頭。

高安氏在屋子裡收拾得俐索了，然後邁步出門，到瑤瑤家回話。走到門口，鎮定了一下自己，然後老著面皮，叩門環。瑤瑤媽開了門，什麼話也沒有說，算是給了個冷臉。冷臉也得受，誰叫自己兒子做下驚事了。高安氏咳嗽兩聲，見瑤瑤媽不讓座，於是自己邁動小腳，一趔身子，炕沿上坐了。

落座後，高安氏賠著小心說：「瑤瑤娃媽，事情已經出了，這也是她娃的命。咱不說她的。而今，咱不顧死人，咱要顧活人，咱要自個兒愛自個兒。她大嫂子，妳可不能往瞎處想，這有鹽沒辣子的光景，咱還得過呀！」

瑤瑤媽聽了，不同意這話：「高家嬸子，妳這是站著說話不嫌腰疼。事情沒擱給妳，要是不是瑤瑤，而是妳家黑建，我看妳這一陣兒，恐怕早就讓事情給壓得趴下了！」

這話說的也是實情。高安氏聽了，不知道說什麼才好。

瑤瑤媽臉色烏青，額頭上一年四季有個紫黑色的火罐印兒。農村人把火罐不叫火罐，叫甌罐，因此把那印跡，叫甌罐印兒。瑤瑤媽兩手操在胸前，身子倚在房門上，手指往外指了指：「妳抬腳走人吧，高家嬸子。妳如果能把這死人說活，我就聽妳的。說不活，妳就是再費唾沫星子，也不濟事。妳抬腳走吧，從此以後咱們兩家，誰也不進誰家的門，妳們家要是有人進來，我讓我家大黃狗咬斷他的腿！」

見瑤瑤媽這麼說，高安氏是越發不能走了。她明白自己這一走，從此兩家就結下死仇了。見高安氏不走，瑤瑤媽於是真的喚狗來咬。只見她「吆兒吆兒」兩聲，一隻黃顏色的小狗，撲上來，要咬高安氏。好個高安氏，這時抖起精神來，扶著炕沿，撩起一隻搗蒜錘兒一樣的小腳，向狗踢去。狗挨了一腳，縮回到瑤瑤媽的身邊去了，齜牙咧嘴，準備第二次進攻。

高安氏這時提了提氣，朗聲說道：「瑤瑤媽，官道上軋死的，那不是妳家瑤瑤，妳知道嗎？」

瑤瑤媽說：「屍首還在院子裡擺著，怎麼不是？」

高安氏說：「那不是瑤瑤，是討債鬼，她是孤魂野鬼，來妳家討債，如今討了六年，覺得債還清了，於是找個理由，離開這家，又去害別人家去了！」

瑤瑤媽說：「妳胡說！」

在那遙遠的鄉間，孩子們時常夭折，通常一戶人家，生個十個、八個孩子，能養活的，也就三個、五個。每一個夭折的孩子離去，當然會給這戶人家帶來悲痛，於是，人們就用上面高安氏這樣的說詞來欺騙自己，來寬釋自己的痛苦。

在高安氏說話的當兒，門檻響處，婦女隊長又領來了一群能說會道的農家婦女。她們見話撵話，撵到這一處了，於是這時紛紛接過高安氏的話頭來說，每個人都紅口白牙，說這瑤瑤是一個討債鬼，是來要賬的，她遲早要離開的，她的離開是這戶人家的幸運。

到了最後，所有的婦女的談話，都變成了對那個不幸的小女孩的聲討。

大家都這麼說，直說得個瑤瑤媽也半信半疑了。這時候，瑤瑤的父親進了屋子，他是個老實得不能再老實的農民，他不知道是對大家的話深信不疑呢，還是知道事情已經發生了，多說也是無益，只見他進了屋子，拍了一把瑤瑤媽的大屁股說：「這尻蛋子敦實著哩，還能生！明年，妳再給咱生一個！」

聽了這話，高安氏知道這疙瘩是鬆動了，於是趁著人多，悄悄地溜了出來。出來以後，發現自己貼身子的那一層衣服，都濕透了。

漂亮女孩瑤瑤，埋在一個三岔路口。記性好的讀者大約還記得，高大的那個媳婦，就是埋在那裡的。如今，這瑤瑤就埋在她旁邊。因爲是橫死的，不能進祖墳，所以只能埋在路邊。

人們給這漂亮女孩的墳頭上，揳進了許多的桃木橛兒。每揳進去一個桃木橛兒，人們還會唸唸有詞，說上一段威脅的話。希望用桃木橛兒，將這個討債鬼死死地釘在地上，讓它不要在平原的夜晚，再出來遊蕩。而在葬埋她的時候，家家門口，都用麥秸草燃起一個火堆，防止這孤魂野鬼順路拐進自家。等到葬埋了以後，送葬隊伍每往回走一截，還要燃起一堆火，阻止這女孩的魂影兒跟回來。而當走到三岔路口時，那火堆會燃上三堆，那是希望這小女孩兒的魂影兒，假若沒有被桃木橛兒釘死，那她再重新回來禍害這個村子時，走到這裡會迷路，從而跑到鄰村去。

當高村的人們夜來燈籠火把，在一種壓抑的氣氛中進行這一場事情時，做爲事主，瑤瑤的父母始終傻呆呆的，沉默不語，不知道他們是真的相信了大家的說法呢，還是也用這種說法來欺騙自己。

第二年的時候，這家院落裡傳出一聲男嬰的哭聲。這一聲啼哭，減弱了漂亮女孩瑤瑤之死帶給父母的悲痛、帶給高老漢一家的內疚，以及帶給全村人的憂傷氣氛。於是那個穿著紅衣服的小女孩，便漸漸被人們忘了。只是瑤瑤媽額顱上那紫黑色的甌罐印兒，一直到死都沒有消退下去。

第三十章 瘌疤頭

瑤瑤的死亡讓高發生老漢有些時日抬不起頭。見了人，臉上面光光的。覺得是自己兒子做下了短頭。「人活低了就按低的來！」這句農村人常說的話，現在輪到高老漢來說了。好在老崖上的這戶人家，在村子，在四周方圓，鄉俗甚好，大家也就沒有多少話頭要說了。更何況，這事又不是車把式高三故意的。

低著頭活了一陣子人以後，隨著這事慢慢變淡，發生老漢的頭也就慢慢抬起來了。這事給他又增加了一分閱歷，知道生死路上沒老少，既然活著，那就把每一天活好。

高老漢的茶攤，還在有滋有味地擺著。原來他這茶攤，我們知道，純粹是一項義舉，一項樂善好施的行動，是高老漢腦子裡不知道哪一根神經不對了，從而引發出的一種羅曼蒂克的舉動。但是，隨著這高家渡的漸漸興隆，隨著這官道上行人的不斷增多，這個茶攤，給高發生帶來了一個巨大的好處。

這好處就是「尿」。

大凡客官，在渡口等船的時辰，從官道上經過的時候，往往都要停下來，在這大槐樹下喝茶。這既是爲了解渴，又權當是歇腳。高老漢性子好，幾句「老漢爺」叫的，就興奮得滿臉摸不著鼻疙瘩了。這些客官們感到很愜意，於是屁股像貼在板凳上一樣，貪戀著遲遲不走。直到喝成個肚兒圓，才戀戀不捨地離開。鄉下人肚子裡的油水不多，不擱尿，所以這肚兒圓了，就要撒尿。少的撒一泡，多的撒三泡。而高老漢，也就為了客官方便，給那三間大瓦房的東頭，放了個尿甕。甕的半邊埋進土裡，半邊露出地面。

從這個意義上來講，高發生老漢把官道上過來的每一個客官，都當成了自己的一個尿素製造廠。

從茶攤到尿甕，也就是十步遠近。因此，當客官撒尿時，那尿水滴進瓦甕的「撒撒拉拉」的聲音，會清晰地傳到高老漢的耳朵裡，而那發酵了的尿騷味兒，也會隨著聲音濺起。每逢這時候，他就支稜起耳朵聽著，抽搐著鼻子嗅著，臉上笑成了一朵花。

渭河裡有的是水，三小子有的是力氣，把水擔上老崖，變成茶水，茶水再變成尿，而尿是最好的肥料。村上人都以羨慕的目光看著這高發生老漢，說他真會算計，他家自留地裡的莊稼，今年會是全村最好的。而高老漢說，這是屈說他的，那一泡尿，僅是他的副產品而已，當初設這茶攤，他並沒有想到這一層去。他說這純粹是因為這個茶攤聚了人氣的結果。

莊稼一枝花，全靠糞當家。每隔三、五天，等這尿甕裡的尿，攢下大半甕了，高老漢會用一把長勺子，把尿舀出來，然後擔上兩桶尿，來到自留地裡，一勺一勺，把尿潑向麥苗。他家自留地裡的麥田，比別人家的高，比別人家的黑。

下來又有幾件事情發生，這幾件事情也都與茶攤有關。

高家老三長了個痢疤頭，這事我們已經知道了。那天，菜子地裡，一群孩子唸口歌，叫著

「遠看一地蘿蔔花，近看豬毛攪豆渣」，就是村上人為高家老三編的口歌。

高三那頭，小時候是一頭的爛瘡。爛瘡好一陣，爛一陣。好的時候，瘡被疤封住了，不流膿了。爛的時候，那疤破了，於是白的膿、黑的膿、紅的膿，便從瘡裡迸出，臭氣難聞。高三那頭髮，有一部分，從爛瘡的縫隙裡掙扎著長出來，這頭髮是黑的，而那頭上更多的地面，則被爛瘡遮著，白花花的一片痂。所以，「遠看一地蘿蔔花，近看豬毛攪豆渣」這句口歌，倒也形象。

那天高家老三正在掄起個大钁頭，破柴。他又從老墳裡刨出個柏木根來，給發生老漢的這茶攤當柴燒。高三鼓起神勇，掄圓钁頭，高家大門口柴屑四飛。這一刻坐在發生老漢那茶攤上的過路客，是一個老乞丐。

老乞丐本來是準備過河的。他走到老崖上以後，渡船剛走。艄公叫一聲「船開不等岸邊人」，將篙頭往岸邊一戳，跳起身子來將篙把往懷裡一壓，船就離了岸。這船過河得一段時間，到了對岸，等人又得一段時間，所以老乞丐只好站在老崖上，邊張望邊等。這時，茶攤上高老漢喊叫兩聲，邀他過來喝茶。老乞丐就過來了。

老乞丐襤褸的衣服，被河川裡的風一吹，像一身的小旗幟在飄。那圓口布鞋上，那紮起的褲腳上，沾滿了塵土，這塵土表明他來自很遠的地方。

乞丐在喝茶的途中，突然說：「你老人家，年輕的時候，有過幾天荒唐吧？」這話問得突兀，也問得奇怪。高村這地方，離西京城不遠，高老漢年輕的時候，也逛過幾次西京城，記憶中，他跟西京城裡的「暖腳婆」，也沒有過什麼瓜葛，因此此刻聽了這話，有些不高興。

「何以見得？」發生老漢說。

老乞丐說，那正在揮汗如雨破柴的那位，是你家小子嗎？在得到肯定的回答後，老乞丐說，是不是這原因，我不敢肯定，不過孩子那頭，是可以治的。見老乞丐這樣說，發生老漢收回了剛才的敵意，「可以治，怎麼個治法？」

老乞丐說，那爛瘡好了又發，發了又好，病在頭上，病根卻不是在頭上。說白了，他是身上有毒，這毒隔三過五，就得找個地方發出來。有人是從身上發，長瘡，有人是從眼睛發，長疔瘡，有人是從鼻子發，流鼻血，有人是從嘴裡發，害牙疼。那些是輕的！劈柴的這後生，一身毒，沖到腦頂，就只好由腦頂發了。

高發生聽了這話，倒也折服。他說：「今天我莫非遇到高人了？過路客，老人家，你說孩子這病，有沒有個治法？孩子都長得人高馬大了，到現在還沒有說上媳婦，這都是讓那一頭爛瘡害的！」

老乞丐說，我這裡是有一個偏方，不過不知道能不能用。

高老漢聽了，一陣歡喜，趕緊把旱菸鍋子咂兩口，然後把玉石菸鍋嘴在自己袖子上揩乾淨，殷勤地遞給老乞丐。

老乞丐說：「那毒氣得讓它自個兒出來，它要不出來，痂今兒個結了，明兒個照樣破。咋樣叫毒出來呢，不知道你家有狗沒有。如果有狗，叫狗來舔。舔上幾回，這毒氣就傳到狗身上去了，狗成了個癩皮狗，而這後生的瘌疤頭，也就好了。瘌疤一好，那頭髮就自然長出來了！」

「狗這東西，靈醒得很！那頭棒臭棒臭的，牠肯伸出舌頭來舔？」發生老漢提出疑問。

「人爲財死，鳥爲食亡！那狗貪吃一灘屎，便什麼也不顧了。要叫狗來舔，我們山裡人，滾上一鍋米湯，將這米湯澆到人頭上，來引狗；你們平原人，米少，有的是包穀粥，反正不管是啥吃食，只要能把狗哄得伸出舌頭去舔，這事就成了！」老乞丐說。

「這好辦！」發生老漢一拍大腿說。

這事也就宜早不宜遲，說辦就辦。當下，高發生老漢吆喝老婆子，趕快去熬包穀粥，吆喝黑建，到老崖畔上、田野上、村子四周去尋大花狗，又讓正在破柴的高家三小子，先停了手中的活兒，去洗個頭，定定神，做好迎接這場事情的精神準備。

高老爺子號令一出，茶攤前忙成一團。一會兒工夫，黑建手提一個兔拐，把那隻黑花狗攆回來了，如今兩手摟住狗的脖子，在茶攤上坐定，等候老爺子的調遣。高安氏聽說要給三小子治痢疤頭，自然是滿心歡喜，那兩隻小腳像鼓點兒一樣敲著地，一會兒，就把一大鍋包穀粥熬好了，先給那老乞丐，接著給一家老少，一人盛了一老碗，剩下的，放在盆裡，端到門外茶攤上，涼著。高三的頭，也已經洗過，那頭洗過以後，少了一些臭味。

高發生老漢喝過包穀粥以後，將碗一擱，說道：「三掌櫃的，今兒個咱給你治病，你要挺住。你能不能娶下媳婦，給咱高家延續香火，你能不能這後半輩子有頭有臉地活出個人樣，就看今天了！」高三聽了這話，摸不著頭腦，不知道今天如何撚弄他，心裡有些怕。發生老漢說，你不用管，我怎麼吩咐，你怎麼做就是了！

發生老漢叫高三坐在那裡，不要動，然後讓高安氏將包穀粥端來，兩手掬起這稀汁，往高三頭上抹，待抹得均勻了，下巴上山羊鬍子翹一翹：「黑建，吆喝叫狗上！」

那隻名叫大花的狗，平日總是欠吃。自從那天在老崖上，吃了漂亮姑娘瑤瑤、匣匣的糧食屎以後，這些天都沒嗅到這糧食的滋味了，如今見家裡人吃飯，香氣四溢，那涎水早就流了滿地了。牠原來以爲自己只是個看客，現在見黑建摟住牠的脖子，躥到這高三前，讓牠去舔那包穀粥，於是由不得喜出望外，趕緊挪動身子，走過去，伸出舌頭來舔。第一口，覺得有些味道不對，第二口，舌根麻了，任你是什麼味道，也就不在乎了，畢竟是這青黃不接的時節，能吃到糧食，牠是極爲滿足了。

狗雙爪拄地，站在那裡，一張黃瓜嘴巴嗒著，粉紅色的舌頭在高三的頭上像犁地一樣，一道一道地犁過。舔到歡暢處，大花的尾巴，在空中歡快地搖動著。

倒是高家三小子，受不了這捂擻。隨著狗那粉紅色的舌頭在他頭上飛快地竄動，高三殺豬一般地嚎叫起來。他感到頭上像有一萬隻螞蟻在捂擻，那種說疼不是疼說癢不是癢的味道，弄得他全身像篩糠一樣，一種過電一樣的感覺從頭頂直竄到腳心。

「我不了！我不了！打死我我也不了！」高三兩手捂著個頭，站起來一腳踢翻了狗，然後轉身向田野跑去。

「你給我回來！」高發生老漢叫道。叫罷，高發生老漢從大門口，卸下了門檻，然後揮舞著，去追高三。按說，以高老漢的步伐，哪能追上那個手腳靈便的高三，不過，追了一竿子遠以後，老漢摔倒了。可憐的老漢仰起頭來，叫高三：「三小子，你聽話！活一世人，難哪！你如果是孝子，就給大一個面子，回去咬著牙，將這事做了！」這話說得叫人傷感。高三聽了這

話，心軟了，只得回頭，過去扶起發生老漢，重新回到這老槐樹下的茶攤前。

高安氏給高三頭上，再塗一次包穀粥。

這次是全家起營。高發生老漢兩腿在地上紮個馬步，將那高三的痢疤頭，死死地夾在交襠裡。高安氏挽起袖子，不停地用馬勺往高三頭上澆湯。那大花負責舔頭，黑建用手抓住大花脖子上的項圈，負責管束狗。

直到那大花的肚子，吃成了個滾圓，直到那一盆包穀粥，見了盆底，直到這高家老老少少，全都汗水濕透了衣服，這高三痢疤頭的第一次治療，才算結束。

高家渡傳來了篙敲船幫的聲音，那位老乞丐得走了。高發生老漢千恩萬謝，說了一簍子的好話，那老乞丐只淡淡地笑著，就貓著腰走了。河邊又傳來艄公「船開不等岸邊人」的喊聲。

就這樣讓大花舔了幾次以後，奇蹟般地，高三頭上的痢疤，慢慢地結痂了，不流膿了。痢疤在好了之後，一頭黑油油的頭髮長了出來。除了偶然有幾處頭髮根漚壞了，不再生長頭髮，而長成幾塊亮斑以外，高三現在的頭，和普通人一樣，甚至比一般人的頭髮還要好一些。

但是大花，從此成了個癩皮狗。可憐的畜牲，一直到死，牠的身上都只有稀稀拉拉的幾根毛。

第三十一章 鄉間喜劇

高三的那顆頭，大花狗一日三舔，就這樣持續了半個月。高三後來再沒有讓發生老漢將頭夾到交襠裡去，而是主動喚狗來舔，他說狗的舌頭所到之處，他有一種極度受活的，彷彿被揭去一層頭皮的感覺。

奇蹟就這樣在高三的那顆頭上出現了，有頭髮渣子的地方，頭髮瘋狂地生長出來，那麼黑，那麼亮，頭髮渣子被膿瘡吞掉的地方，好成幾個亮疤，不過長長的頭髮一遮，便什麼也看不見了。

爲了彌補那過去的損失，高三讓頭髮長得很長，並且將長長的頭髮向後背起，這叫「大背頭」。鄉下人沒文化，不知道這叫「大背頭」，他們看那頭髮一甩一甩地高高背起，酷似西京城裡那需要仰視才能看到頂的洋樓，於是把高三這頭，叫「洋樓」。

高三頂著個「洋樓」，脖子直直地，一走一顛那洋樓一閃，煞是氣派。尤其是剛洗完頭以後，那皂莢水把頭髮洗得黑明黑明的，高三再用高安氏的那篦梳，將頭髮整齊地向後梳起，村上的婆娘女子見了，喝一聲彩，喝罷彩便編出口歌。原先那口歌叫「遠看一地蘿蔔花，近看豬毛攪豆渣」，現在這口歌則叫「跌倒蠅子滑倒虱，蛇蚤見了髮忙迫」。這口歌是形容這頭髮光

滑鮮亮，蒼蠅、蝨子、蛇蚤之類見了，怕跌倒在頭髮上，於是趕快逃走。

高三的「洋樓」一閃，婚事也就動了，東村的，西村的，前村的，後村的，不斷有人前來提親。

原來的時候，高三像個楊木樁子一樣，在那裡栽著，大家其實都看得見，只是下不了這個決心，如今有一家提親，別人見了，覺得這確實是個好對象，於是爭先恐後，把這高家的門檻都快踢破了。

這樣高三的婚事很快也就成了。

不過這新人不是東村的，也不是西村的，不是前村的，也不是後村的，她卻是個「南山猴」。啥叫「南山猴」？關中人自大，覺得自己生活在平原上，出門不用上坡，搭眼一望也眼界開闊，這關中平原也是個風調雨順的富庶之地，所以看不起外鄉人，將那南山上下來的人，叫「南山猴」，將那北山上下來的人，叫「北山狼」，將那河東過來的人，則叫「河南擔兒」。

高三這媳婦，也是從這茶攤上得的。

一男一女兄妹二人，從南山上下來，要經高家渡到河的北岸去。走到渡口時，船剛走，兄妹二人便在那老崖上，剜觀音土吃。發生老漢見了，吆喝他們到茶攤來，又讓高安氏燒一鍋包穀粥讓他倆喝。喝了一大老碗後，兩人似乎還有一些欠，發生老漢讓老伴再盛一碗。高安氏說：「給一碗是恩人，給兩碗就成仇人了！」說罷這話，不肯再盛。發生老漢見了，也就只好作罷。

吃罷飯後喝茶。發生老漢生性好奇，愛打問事情，動口一問，才知道這兩位是兄妹，商洛山中的，那男的說，商洛山遭了年饉，餓死了不少人，而活著的人，連抬埋死人的力氣都沒有了，所以人餓死後，就在那擺著。他這次帶妹妹出來，就是想給找一戶好人家，逃個活命。他聽人說，渭河以北，有灘地，地廣人稀，日子好過一點，所以想到那邊去，鼻子底下一張嘴，給妹妹尋一個好人家。

發生老漢問，你是已經踏摸好了下家了呢，還是像個綠頭蒼蠅一樣，去碰運氣？那男的說，不敢說踏摸好了，但也不至於是瞎碰，河北地面有個商州女先嫁到那裡去了，我們這是去找她，讓她說明。發生老漢見說，沉吟半晌，後來說道：「既然還沒有找到好人家，那麼，我這裡倒有一個。這地方叫高村，如果能給這女子在這裡找一個，也算成全一樁好事。老百姓說，隔山不算遠，隔河不算近，省了過這一條河，濕這一回鞋，於你們也好！」

這一男一女聽了，心中歡喜，於是問，真有這樣的好人家麼，只是不知道人家願意不願意要南山猴。高發生老漢這時一拍巴掌說：「你們瞧，那『人家』來了！大路上吆著牛、扶著耩子的那位，就是！」

這時，只見高三剛剛耕地回來，吆著牛，扶著耩子，從南北方向的那個斜斜路，正雄赳赳、氣昂昂地而來，頭頂上那個「洋樓」，像大紅公雞的雞冠一樣，一走一閃。

原來，進步青年高三，這是給生產隊去種棉花回來。上級推廣棉花種植，在這裡做試點，高三是去播種去了。他手裡扶著的，那叫耩子，是一種比犁鏵輕便一點的農具。耩子頭是三角形的，戳破地皮，後面有人跟上溜種子。如今，地種完了，高三是吆著牛回生產隊的飼養室。

行走中，套在耩子頭上的三角鐵被取下來，防止打破了，它被仰面朝天地套在耩子的那個木架上。

那高三從南北路上過來，逕回飼養室卸牛去了。

「就是他！」這一男一女見了，十分歡喜。那女的說：「我沒意見。找個地方能圪蹴下，把這張嘴混住就行。」那男的見妹妹這樣說，自然高興，也就說：「我妹妹是願意了，只是，這關中人欺生，不知道那小伙願意不願意，不知道他的父母高堂願意不願意！」

這時高發生老漢，一拍大腿說道：「實話給你們說吧，這是我家三小子。家有百口，主事一人。千聲打鑼，一錘定音。這高家的事情，我高發生老漢說了算！」

「真能算數？」

高發生有些惱了，他說：「你們打問打問去。我高發生老漢說起話來，從來是『塘土地裡吐唾沫，一口唾沫一個坑』，做起事情從來是『十字路口摔一跤，端南正北』！」

高三的一樁婚事，就這樣定了。

發生老漢將這事說給高安氏，高安氏心裡有些犯嘀咕。高安氏說，當年高二那媳婦，也是大路上碰的，但是顧蘭子一家，是老實本分人，是知根知底。如今高三這媳婦，是哪裡人，她家的門樓朝哪個方向安著，她家的門風如何，有沒有狐臭，這些我們都不知道。如今咱們家條件好一些了，應該在四近方圓，找一個本地姑娘才對。

高安氏這話，也有一些道理。原來這關中地面，欺生。大凡有點能力的人家，娶妻嫁女，都是四近方圓的，村子跟村子，親戚套親戚。那年月，只有那些地主富農人家，成分不好，問不下媳婦，或者光景實在不好的，問不下媳婦，才到南山北山去「引」媳婦，或者如果家中有女兒，用女兒去換親。

高安氏犯嘀咕的，還有另一層原因。她說，她端飯的時候，細瞅了那姑娘一眼，見她那臉，似乎是「開」過的。啥叫「開臉」？原來北方地面，嫁女時，要請來族裡的大娘大嬸大嫂，用兩根線，在臉上「絞」，絞去臉上的汗毛。汗毛被細緻地絞過以後，臉顯得漂亮、乾淨，女兒家也彷彿一下子長大了。開了臉以後，姑娘才能上轎。所以高安氏覺得這姑娘是開了臉的，懷疑她結過婚。

但是這些理由，對高發生老漢來說，都不是理由。他自恃走南闖北，見過大世面。他說外路人有什麼不好，咱關中人長得粗糙，尤其是女人，尿盆臉，碌碡腰，墩墩屁股，就是因爲千百年來近親結婚、近親繁殖的緣故。至於說這姑娘好像結過婚，發生老漢說，她見這姑娘細皮嫩肉的，瘦骨稜稜的，哪像個結過婚的樣子。即使她結過婚，現在來到了咱家，睡到了咱老三的炕上，她就是咱老三的媳婦，咱們管得了婚後，管不了婚前。

高安氏聽了，嘴裡嘟嘟囔囔，還要爭辯。發生老漢見了，生起氣來，他順手摸起自己屁股下的小凳子，朝高安氏扔過去。高安氏頭一偏，凳子角劃破了高安氏的額顱，鮮血直流。高安氏捂著個頭，不敢再吱聲了。

「公雞司晨，母雞抱窩。老婆子，妳去織妳的布，紡妳的線，做妳的飯去吧！跟妳說這事，是高抬妳，給妳打個招呼，妳當真是找妳商量。兒女大事，這主意得我拿！」高發生老漢虛張聲勢地說。

這就等於給高安氏說了。接著，發生老漢又將這事，說給三兒子。三兒子卸下牛具回來，見了這商州女子，十分喜歡，見她臉上細皮嫩肉的，白是白，紅是紅，一雙大眼睛，雙眼皮不停地撲搧，紅嘴唇兒，尖下巴，那高三的心中，早喜歡上了。雖然她臉上一臉菜色，面黃肌瘦，但更增加了人的憐愛之意。如今見發生老漢這麼一說，自然樂意。加之這老三，三弟兄中，是個最孝順、最沒有主見的人，在家裡的事情上，一向是聽父母高堂的，在後來當大隊幹部以後，又一向是聽上邊的，所以這事，一說就成。

婚事就這樣定了。

接著，婚事也就這樣辦了。擇個良辰吉日，換了生辰八字，舉行婚禮。在這青黃不接的年月，在這高村平原上大年饉即將來臨的時候，高三的這婚事，辦得自然簡陋一些，但是過程還是得走一走的。從城隍廟小學校裡，借來了些桌凳（讓小學生放假半天），在高家院落這棗樹底下一擺，讓農村的大廚做幾樣葷素，再將親戚路陸人一請，這就算結婚了。

如今是新社會，得割結婚證。那男青年說，等到秋後，他從商洛山上搬來妹妹的戶口，那時就到公社去割結婚證不遲。男青年的話，卻也在理。村上有幾戶從南山、北山引來的媳婦，都是這樣做的。爲啥要等到秋後，這裡有一個原因。農業社分麥分秋、年底分紅，是以勞力結算、人口結算，所以到秋後搬戶口，這嫁到山外的女子，可以多在娘家參加一次年終分配，算是在最後爲娘家做一次貢獻。

三小子這樁婚事，辦得漂亮，事事都稱心，事事都順利，唯一叫高發生老漢心疼的只是，高家藏的那二斗麥子，用做了聘禮。

那二斗麥子，原來是放在發生老漢的棺材裡邊的。幾年以前，發生老漢得了一場大病，眼看人不得活了，二兒子高二，便托人從黃龍山，買了一副棺木板回來。這棺木板叫「十六綹」。棺木板有講究，四塊的叫「四頁瓦」，八塊的叫「八大扇」，十二塊的叫「十二方」，十六塊的叫「十六綹」，當然還有那二十四塊的，叫「二十四條」。做棺木，用四個整塊來做一副棺木，當然最好。不過那樣的棺木農村人是睡不起的。這「十六綹」，雖說次一點，但是它的質地是最好的木頭柏木，所以高發生老漢能睡上它，也是一件榮耀的事情。高村平原上，能睡上柏木棺木的人，並不多，或者說幾乎是絕無僅有。這棺木花了高二兩個月的工資，他的力氣也算使盡了。況且高老漢在黃龍山生活過，睡著這棺木，品味著那黃龍山的歲月，一定十分愜意。

於是高家請了村子裡最好的木匠，在院子裡那棵棗樹下支了個攤子，開始打棺。木匠將那些柏木的刨花兒，攏在一起點著了，熬茶，熬膠，於是那柏木的香味兒，瀰漫了半個高村平原。棺材打好了。誰知道棺材打好以後，這高老漢正被往裡面裝的時候，又活了過來。

於是這棺材便在那新修的三間瓦房裡放著，成了閒物。放得久了，人們發現這棺木有個用途，就是貯放糧食。小麥放在裡面，既不怕發黴，又不怕老鼠咬，真是個好地方。所以高家人，就把那棺木做了糧食囤。新麥下來了，把棺材裡的舊麥取出來，人們吃它，新麥再放進去。就這樣年年倒換。

高老漢之所以心疼，是因爲這二斗麥子，平日是不准動的。農村人經年饉經怕了，所以就像老鼠一樣，貯一些餘糧來，遇到年饉，家裡揭不開鍋，再動它。所以這二斗糧食，是救命糧。

撫摸著棺材蓋兒，高老漢想，碌碡都吆到半坡裡了，只能往上拽，心疼歸心疼，這二斗麥子還是給人家吧！何況，二斗麥子做聘禮，在平原上，也並不算過分；又何況，自留地裡的麥苗長得那麼好，不出三個月，新麥子就該下來了；再何況，用二斗麥子換一個大活人，也值得，人家在娘家，吃了幾個二斗麥子，才能長成這一副坯子、這一身骨肉的。

這一番想罷，高發生算是拿定主意了。他喊來高三，兩人各把住棺材的一頭，手抓緊，高叫一聲起，棺材蓋打開了，棺材裡面黃澄澄的麥子露了出來。高老漢捧一把麥子在手裡，又讓麥子從手指縫裡漏下去。他的眼睛裡閃出了淚花。

「拿條小口袋，裝糧！」高老漢說。

那二斗麥子被裝進口袋裡，紮好口兒。那個被稱做「南山猴」的商州客，貓腰，扛起口袋，橫擱在雙肩上，然後告辭高村，搖搖晃晃地往商洛山中去了。他把妹妹留在了這裡。他說妹妹叫劉巧兒。

夜來，高三和劉巧兒的新房裡，傳來了哭聲。這是女人的哭聲。這個商州女子為什麼會哭呢？這個秘密直到一年半以後，大年饉過了，才揭開。而這個秘密的揭開，與那個半大小子黑建有關。

第三十二章 水澇

高三的「痢疤頭」一變成爲雞冠子一樣的「洋樓」時，平原上的人都說，高三像個領導。高三有了媳婦之後，走起路來步子變得扎實，說起話來話語變得平實，做起事來變得有模有樣、有板有眼。平原上的人都說，高三更像個領導了。

老百姓有一句話，叫做「眾人口裡有毒哩」。這話是說，是不是這樣倒在其次，只要大家都這麼說，眾口滔滔，這事就成了。

公社領導見大家都這樣說，猛然覺得高村的高三確實是個人才。那時恰逢大隊幹部改選，於是提議高三做副大隊長的候選人。群眾大會上，大家齊刷刷一齊舉手，高三幾乎成了滿票。人群中，只有一戶人家沒有舉手，這戶人家沒有舉手，有它的原因。它就是瑤瑤家。不管怎麼說，票數過半，這樣高三就成了副大隊長。

從當選那一天一直到三十年後高三去世，他都是高村平原上的一個重要人物，政府在這塊地面上的一個代表。他善良、真誠、寬容、任勞任怨。當他去世的時候，他家的一面牆壁上，貼滿了各種獎狀，這些獎狀記錄了平原上一位農民、一位基層農村幹部的一生。從土地改革到互助組，初級社，高級社，人民公社，再到總路線，大躍進，三面紅旗，到四清運動，社教運

動，「文革」，最後到改革開放，包產到戶，土地承包三十年不變等等，他在這些運動中都是積極分子，都是當時政策最真誠的擁護者和實踐者。而最爲難能可貴的是，在從事這些事情的時候，他是如此的真誠，如此的無私，如此的飽含政治熱情，如此的對美好未來抱有深信不移的憧憬。

他永遠是副大隊長，一直到去世。那些野心勃勃的正職，走馬燈一樣換了一個又一個，只有他從來沒有換過，這塊平原需要他騎著那輛名曰「鳳凰單閃翅」的破舊自行車，一次一次、一年一年地走過。那樣這裡的人們會覺得踏實一些。

我們說話的這時候，高村平原上的麥子正在生長著，截至那時，氣候還沒有出現什麼異常的情況。麥苗從冬眠中起身，然後返青，生長，到清明節時可以蓋住老鴰，接著拔節，秀穗，出穗，揚花，等等等等，一切都很正常，甚至一直到麥黃收割，一切都是正常的。

這時候大躍進運動大約已經到了尾聲。平原上的大煉鋼鐵熱也已經停止。那一刻，平原上的青壯勞力全部被徵集起來，去到離這裡三十多里的戲河上游去修一個水壩。這項工程由高三帶領。平原上的人們有些健忘，大家後來不記得是麥子收到了場裡，堆成麥垛以後，天開始下雨的呢，還是麥子連收割這一道工序也沒有做，就被連綿陰雨全部漚爛在了地裡。

也許是兩者兼而有之吧！在小男孩黑建的記憶中，那些麥子是被收割回來，在場裡堆成一個一個的垛子，後來在連綿陰雨中爛掉的。他之所以記得，是因爲這麥場，就是他逮蝴蝶的那片菜子地。平原上的土地金貴，所以給那來年準備做麥場的地塊，人們會種些油菜、大麥之類，這兩種植物恰好比小麥早熟半個月，所以來年待它們熟後，先行收割了，然後把那地塊，用耩子犁一遍，用耱耱一遍，用牛套上碌碡軋實，就成了打麥場了。

但是在高發生老漢的記憶中，那麥子壓根兒就沒有收回來。他的這記憶，大約與他家自留地裡那麥子沒有收回來有關。我們知道，那一小塊地裡的麥子，是平原上長得最好的，因為它是茶攤上的尿灌大的，可以說每一株麥苗都灌注著發生老漢的心血。它較別的地塊的麥苗，要黑許多，高許多。發生老漢估算，它收割後，收成會較別的同等地塊，高出三成以上。然而，這肥料上得多了，也有害處，那就是麥苗容易倒伏，成熟時遲遲不熟，貪青。

「貪青」這個洋名詞，是發生老漢聽三兒子說的。那高三，領著人來到這個地塊時，望著綠汪汪的麥穗，急忙下不了手。「這麥苗貪青，它還得半個月光景，才能熟哩！」高三說。

高三在三十里外，領著青壯在參加大會戰，村裡捎來話說，麥子熟了，要大家趕快回來割麥。這時，戲河大壩的修築正在關鍵時刻，大壩務必在夏季雨水來臨之前、山洪暴發之前修好，如果大壩不能合龍，那山洪來了，不但這半年的工程會毀於一旦，山下平原上的村莊，也有危險。工程總指揮不放大家走，大家於是哭成一片。這時高三走上去，給工程總指揮跪下，他說龍口奪食，請恩准給三天假，讓社員們先從地裡把麥子收回來再說。總指揮無奈，只得同意了。於是高三領著大家，連黑搭夜趕回高村收麥。

回到高村的青壯勞力，加上在家留守的屎娃病老漢，全村人吶喊著「龍口奪食」這個口號，整整忙了三個白天三個夜上，終於將大部分的麥子收割回來。麥子割倒，紮成麥個子，牛車拉、驢馱、人揹、獨輪車推，大家把麥子運到場裡，堆成一個挨一個的麥垛子。

麥垛子堆好後，青壯勞力只得趕回去參加會戰。高三說，等會戰一結束，就回來扒開麥

朵，晾曬、碾打、入倉。

但是後來這些程序都沒有進行。青壯勞力們剛走，只見從終南山的山腰間，升起一朵雲來，那雲烏黑、猙獰、越升越高，慢慢地瀰漫了整個平原。平原上剛才還是晴天紅日頭，一下子變得幽暗起來。

高村平原上的老百姓有一句民諺，叫做「驪山戴帽，長工睡覺」，意思是說，驪山頂上有烏雲升起，就要下雨了。說話間，「喀嚓」一聲雷，銅錢大的一滴雨落下來，接著，嘩啦嘩啦，就像天河決了口一樣，就像老天這個大穹廬破了底一樣，瓢潑似的大雨落了下來。這雨一下，就是七七四十九天。

整整七七四十九天中，高村平原像被泡在了水中一樣，低的地方成了澇池，高的地方成了泥灘。那些房屋，一座接一座地倒了，沒有倒的房屋，屋上的瓦滲飽了水，不再滲了，於是雨水越過瓦，從屋頂上流下來，外邊下大雨，屋子裡下小雨。

最可怕的是堆在場裡的四十幾個麥垛子，也都全部泡在了水中。壓在底下的，發熱、發黴、漚爛；搭在上面的，雨水泡得長出了芽來。至於那些還沒有收回來的麥子，它們那麥稈端立在地裡時，麥粒泡漲了，穗子裡就開始長芽兒。最後在急風暴雨中，又全部趴在了地上。

整整四十九天，天空一直是烏黑的。用高安氏的話來說，就像有一口大鐵鍋，扣在這平原頭頂上似的。

高安氏迷信，她燃起一炷香，拿起鐮刀、剪子往雨裡扔。她跪在大門口說：「老天要滅這一塊地方的人了！我平時叫你們不要做孽，你們不聽！看看，懲罰來了！」

第三十二章　水澇

這幾年，經過大躍進、大煉鋼鐵的折騰，高村平原上，家家戶戶的家底都空了。人們本來希望，這一批新麥下來，能有個彌補，現在，全完了。

整整七七四十九天頭上，正當高村平原的人們已經絕望了，忘記了白天是個什麼樣子、太陽是個什麼樣子以後，突然之間，風停了，雨住了，打雷閃電沒有了，一輪又大又圓又紅又亮的太陽爺，出現在碧藍碧藍的天空，出現在高村平原的頭頂，出現在高發生家那棵老槐樹的樹梢。

然後是赤橙黃綠青藍紫，一條絳[1]像一張弓一樣地出現在天空。絳的一頭搭在終南山上，一頭搭在高家渡這一帶的渭河裡。

渭河漲水了。

其實在這七七四十九天的暴雨中，渭河一直在漲著，河心像肚子一樣地鼓起，水流慢慢地漫往河灘。但那是小漲，是由於這一帶下雨而引起的。河流突然暴漲了，這說明在上游也落了雨，而且是大雨。

人們腳底下的地皮，在微微顫抖著，彷彿地震一樣。村子裡的水井，本來就不深，現在突然渾濁起來，水位升高了許多。渭河川道裡，像悶雷一樣，有一種轟轟隆隆向前滾動的聲音。最後，水頭出現了。水頭像屋簷一樣高，有十里路那麼寬，像一堵牆一樣，向前碾去。

那水頭上，堆滿了高大的樹木、房梁房檁、完整的棺材、船隻、活牛、活羊等等，因此看起來是黑烏烏的。那大樹上盤了許多的蛇，牠們在哀鳴著，揚著頭向天空吐著蛇信子。那棺材上，趴著一個活人，活人在淒涼地叫著：「救命的爺呀，救命的爺呀！」聽任他叫，高村老崖

上，站了許多的人，可是沒有一個人敢下水救他。後來，只見一個大浪，將棺材打散，當那人再抓住一塊棺材板的時候，棺材板上的鐵釘扎住了他。那人便隨著木板被浪頭高高拋起，又被捲入波濤中，救命聲從此停了。

高村所有的人，河岸往裡五里路程上的人，大家都趕到了河岸上，站在老崖上看著這一幕。水頭過去了，水頭後面是洶湧不退的大水。十里渭河灘白茫茫一片。河水抵在了這邊老崖上，又抵在了那邊老崖上。那水位簡直可以與老崖一樣平了，或者用鄉親們的話說：「可以圪蹴在老崖上，撩起河裡的水洗臉了！」

往年渭河也漲水，但不如這一年的水大。平原上的人們，他們燒飯用的柴，大約有一半就是這條河流提供的。一旦漲水，就有柴火棒漂下來，水把這些柴火打到岸邊來，家家戶戶的男人們，於是站在岸邊，手裡揮動著一個笊籬一樣的「柴杈」，在河裡澄，在河裡撈。人們把這撈下來的柴火叫「河柴」。有經驗的人，甚至能分辨出哪些河柴是「涇河棒棒」，哪些河柴是「灞河葉子」，從而推斷這一次的漲水，是來自渭河的哪一條支流。

但是渭河這一次的漲水，實在是太大了。渭河只要再努一把勁，水就會漫上老崖，從而把整個村莊吞沒。所以這次，人們只呆呆地站著，沒有心情去撈那滿河的河柴。人們盤算著，如果這水流再大一點的話，如何逃命。有許多老人，他們現在在這老崖上，不是站著，而是單腿跪下來，或者整個身子趴下來，瞇起一隻眼睛，向河心裡瞄。

他們說：「如果這河心還是鼓的，像大肚婆一樣地鼓，那這水還要漲；如果這河心是凹的，那就說明水快要退了！」

三天三夜之後，在高村平原上人們驚恐不安的等待中，河心慢慢地凹了。接著，它一點一點的瘦了，直到最後，重新變成一股細流，縮回那舊河床裡了。河岸上站著的黑壓壓人群，這時候才鬆了一口氣。

注❶絳：彩虹，這裡是民間的叫法。

第三十三章　大旱

一澇十八旱。在經過那場七七四十九天的呼嚕白雨之後，高村平原上，接著就是一場曠日持久的大旱。這旱災一直從天空出現彩虹的那天中午算起，到第三年的種麥時節才落雨。如果說那場大雨是一個七七四十九天，那麼，這接下來的大旱就是十個七七四十九天。

大雨過後，太陽像一個大火球，懸掛在高村平原上空。平原的每一塊土地，都被灼熱的太陽光曬得石頭一樣僵硬。種子被勉強地戳進地裡，或者青苗剛長出來，便被灼熱的陽光曬蔫、曬死，或者根本就沒有出土，捂在地裡成爲黑籽。

那條曾經儀態萬千地從村旁流過的河流，現在變得如此孱弱，如此瘦小，它疲憊地流淌著，在半是乾涸的河床裡。水很淺、很弱，彷彿要斷流了似的。高村的那些勤快的男人，中午在生產隊的地裡幹完活，歇晌的時候，頭上頂一個老籠，從水淺的地方蹚過河去。聽到生產隊的上工鐘聲，再扛著一老籠草，蹚過河去上工。

河流變小，地表水也就降了，平原上那些淺些的井，開始變得乾涸，人們只好到生產隊飼養室門口那口深井裡去打水。而地裡的墒情，也在太陽的曝曬下，在地表水的下降中，逐步變成黃墒，變成乾墒。

靠僅有的一點墒情（編按：指北方旱作農業區土壤的含水狀況），那一年的包穀長得稀稀拉拉的，大約只收了三成。平原上的人們，把包穀結棒子叫包穀抱娃，他們說，那一年包穀抱的娃，像小孩子的雞牛牛那麼大。

幸虧有一種吃食叫蘿蔔，幫助高村平原的人們，在那年的冬天以及第二年的春天，不致餓死。這蘿蔔是高三領著社員們種的。渭河大水過後，高三給公社申請，從外地調撥來了一些蘿蔔籽，然後他領著社員們，挽起褲腿，在大水漫過的泥灘裡一揮一揮地撒蘿蔔籽。想不到這年莊稼沒收，但是蘿蔔收了。地凍蘿蔔長。這蘿蔔一直長到三九天，把地皮都掙裂了。高村平原的人們，將蘿蔔拔出來，生調著吃，切成條兒焯熟以後調著吃，熬成大燴菜吃，剪成片子曬成蘿蔔乾吃。

黑建記得，他揹上書包去城隍廟上第一堂課時，高安氏就是從棺材裡，掏出一把蘿蔔乾，塞進他書包裡。

但是不管怎麼說，大年饉還是不可遏制地來了。公家人把這叫「三年困難時期」，或者叫「六一、六二年困難時期」。

首先給這塊平原帶來強烈震盪的是，那官道上絡繹不絕的逃難人群。如果說當初那一兄一妹兩個商州客，是這次大逃難隊伍的先聲的話，那麼現在，大批的逃難隊伍到了。他們將要從這裡渡河，到渭河以北去，或者走得更遠，到黃龍山。我們的半大小子黑建，見這事好玩，便約了幾個同年等歲的孩子，從家裡偷了個老碗，從樹杈上掰了個討飯棍，然後跟著逃難的隊伍，混到了船上。高發生老漢見說，衝到老崖上去，大聲吶喊，吆喝那渡船回頭，然後從那船

上，找到黑建，打了兩個耳光，擰著他的耳朵回到家中。

整個大平原上人心惶惶的。這塊平原上的老年人，經歷過民國十八年那一場大旱。那場大旱，平原上的人，十停中死了七停，「人吃人，狗吃狗」的傳聞不絕於耳。根據高三從上面得來的消息，這一場大旱，要超過民國十八年那一場大旱。高三還悄悄地說，上邊有內部消息說，東邊的河南省，餓死了三百萬人，西邊的甘肅省，餓死了一百五十萬人，而秦嶺那邊的四川省，人數還要多些。

高發生老漢已經沒有心情再守他那個茶攤了。他讓黑建幫忙，將那些桌桌凳凳都收了，然後一個人圪蹴在老槐樹下發呆。

高安氏信迷信，自從那道五顏六色的彩虹在大平原出現以後，她開始吃素、吃淡，農村人把這叫「忌口」。高安氏嘴裡喃喃地，在回憶著她的大半生，懺悔自己。她說：「老天要滅這一塊地方的人了！那麼，從我滅起吧！我罪孽深重！可是，放過孩子們吧，他們還沒有活人哩！」說這話時她流下了眼淚。

面對大年饉，上邊一天一個指示，而這些指示，便由高三忠實地傳達給社員。有時候，指示是夜裡來的，於是高三披衣起身，拿著一個手電筒，去拍每戶人家的門環。

上邊說，榆樹皮可以吃，可以用它碾成麵，熬末糊喝。只是，這榆樹皮末糊燙心，得晾涼了才能喝。於是高三領著社員們，幾天工夫，將平原上的榆樹全部剝成了白晃晃的光桿兒，將那榆樹皮全部吃進了肚子裡。

上邊說，柳樹葉可以吃，只是這柳樹葉苦些，得用開水焯了吃。於是高三領著社員們，開始打柳樹葉。這些柳樹葉吃下去，人們的臉色發青，連腸腸肚肚都是青的了。

上級說，包穀芯兒可以吃，將其碾碎，在鍋裡炒一炒，可以炒成乾炒麵。於是高三便領著社員們，挨家挨戶翻騰。平原上的人們，家裡灶火旁，往往會存一些包穀芯兒，雨天的時候，用它生火。現在，碾子咯哇咯哇地響，這些包穀芯兒也很快地吃完了。

包穀芯兒吃完，上級又說，包穀稈也可以吃，於是高三又領著大家，把包穀稈用鍘刀鍘短，放到碾子上碾碎吃。

人們像蝗蟲一樣，紅著眼睛，將平原上一切可以填飽肚子、可以哄肚子的東西都拿來吃了。

半大小子黑建，在回憶自己的那一段經歷時，熱淚漣漣地說：「我那時候爲什麼那麼能吃呀！我總是餓！我的大肚子怎麼填也填不滿！」

當平原上所有能吃的東西都被吃乾淨以後，上級發來了可憐的一點救濟糧。高三在領著大家分發救濟糧的同時，又帶著幾個年輕人，騎著自行車到遠處鎮上，買了幾坨油渣。一九六一年的二、三月裡，高村平原的人們，就是吃著這油渣度過的。

這是粗油渣，不是細油渣。說它是油渣，不如說它是棉花籽的那一層內皮。棉花籽要榨油，先用粉碎機將那一層外殼粉掉，下來榨一遍，去掉棉花籽的內殼，最後榨一遍，去渣，出油。最後榨一遍的那是細油渣，那油渣在那時是買不到的，就連這粗油渣，也只能買到那麼幾坨。

第三十四章　饑餓的平原

黑建提著個草籠，拿著個小鏟兒，跟著新媳婦去挖野菜。春二、三月，平原上空蕩蕩的，冷清清的，田野上的麥苗，面對又乾又冷的天氣，還趴在地面上，遲遲地不起身。找不到野菜，他們只在自家老墳的墳頭上，挖了幾棵小蒜、幾缽雪蒿，這些都是越冬的植物，它們還沒有被旱死。

田頭上倒有一種越冬植物，長得綠汪汪的。新媳婦說那叫「貓兒雁」，毒性很大，不能吃。將那貓兒雁稈子一折，會流出乳白色的白汁，那白汁滴到人身上，滴到哪兒，哪兒就發紅發腫。

最後，新媳婦領著黑建，來到老崖下那個有著「觀音土」的地方。

「觀音土」是一個在平原上流傳很久很廣的傳說。傳說某一年遇到了大年饉，平原上的人們都快要餓死了，這時候，人們發現，每天早上，有個穿白衣服的女子，從老崖那個坡上上來，穿過官道而去。大家覺得很奇怪：我們一個個都面黃肌瘦的，這個白衣女子咋還是那麼白白淨淨、富富態態的呢？於是，有好事的人半夜雞叫起來，躲在老崖背後看。結果發現這女子是來河邊老崖上吃一種土。後來一傳十、十傳百，說高家渡老崖上，有一種白土可以吃，於是大家瘋了一樣，都來河邊搶這種土吃。靠吃這種土，平原上的人們熬過了年饉。這白衣女子是觀世音菩薩呀，她是來救人命的呀！因此他們把這土叫「觀音土」。

這個古話平原上的老人都會講。而做爲黑建來說，他是聽高安氏講的。高安氏在講完這個故事後，長歎一聲說，五穀雜糧是天下最好的東西，人的肚皮天生就是吃糧食的。那觀音土再好，畢竟是土呀！人吃它，是用它塡飽肚子，哄得肚皮不餓。那東西可不敢多吃，吃多了，肚子會脹成一面鼓，想救都救不活的。

高安氏警告說，不准家裡的人到老崖上剜這種土吃。所以新媳婦說是挑野菜，其實是個托詞，她是想避過高安氏，抽身出來，到這老崖上剜觀音土吃。

渡口上栽了一棵枯樹。枯樹的皮刮了，請人寫上「高家渡」三個字，一條兩三丈長的木船，就在枯樹下面的河道裡，用纜繩拴著。那面有著觀音土的老崖，就在這枯樹的下游不遠處。

那片老崖是黃土崖，這黃土和平原上的黃土沒有什麼兩樣。在黃土層的中間，包著一層紅色的膠泥，這膠泥大約有三尺厚，然後在膠泥的中間，包著一層黑色的土，這土大約一尺厚，這黑土就是觀音土。

觀音土是黑色的，沁成一塊一塊、一粒一粒，有點像瀝青。不過，比瀝青的顏色要淺一些，尤其是露在外面的部分，日曬雨淋，會變成灰白色。它又有點像鍋巴，顏色像，沁成一塊一塊的形狀也像。老崖上的觀音土，大約有許多人挖過，所以這一尺多厚的土層，已經深深地嵌進崖面裡面去了，得鑽進去掏才行。掏下一塊，放在手中，這土很酥，立刻四散開來，成爲

一塊一塊四方四正的顆粒，那顆粒有包穀粒那麼大。觀音土很油，很黏，放在手心，太陽一照，油汪汪的，用指頭蛋一捏，甚至都可以捏出油來。

新媳婦顧不得自己穿著花衣襖，跪下來，半個身子鑽進老崖裡，開始用鏟子掏著吃。她的嘴巴巴嗒著，一邊吃一邊回味，一股黑糊糊、油膩膩的涎水，順著嘴角流下來，她也顧不得去擦。

「這東西能吃？」黑建問。

新媳婦答：「能吃！它就是觀音土！」

於是，黑建效仿著新媳婦的樣子，也鑽進老崖裡，用鏟子挖起來，把挖下的觀音土塡進嘴裡吃起來。一會兒工夫，他覺得自己滿嘴流油，覺得腸腸肚肚在歡快地歌唱。

如果沒有人喊叫，他們大約會一直這樣吃下去，一直會吃到高安氏所說的那樣肚脹而死。然後在死的時候，驕傲地摸著自己那圓滾滾的肚皮說：「老天作證，我是撐死的，不是餓死的！」他們之所以這樣說，是因爲平原上有一個說法，餓死鬼托生以後，來世還是個塡不飽肚子的餓死鬼，而撐死鬼，它多麼榮耀呀！它來世會是衣食無虞的。

正當黑建隨著新媳婦，在老崖底下大嚼大嚥這叫觀音土的東西時，老崖上面，傳來了高發生老漢大呐二喊的叫喚。他在叫「黑建」的名字，叫聲很急迫，好像有什麼大事發生一樣。黑建趕緊應承著。他提著草籠先走了。新媳婦說她還要在地裡轉悠一陣，看能不能再尋一些菜。

高發生老漢自從吃了粗油渣以後，有好些天沒有拉屎了。他有些害怕。這時節是春耕還沒有開始的農閒時節，高村的一群老漢，穿著爛棉襖，袖著手，在高家那三間瓦房的山牆根上，靠著牆曬太陽。

那地方背靠河，面朝東，且有一條南北鄉間小路從莊子旁邊通過。在這裡坐著，太陽照在身上，很暖和，眼界也很寬，可以將平原上的好些村莊，都收入眼底。

一群老漢圪蹴在牆根，一邊曬太陽，一邊齊聲在唸一個口歌。這口歌是上輩子傳下來的，不是他們創作的，不過這口歌的內容，和他們現在的情形卻很相似。

「九九八十一，老漢順牆立，雖然不冷冷，可害肚子饑！」

唸著口歌，大家大約都覺得這肚子裡有些饑腸轆轆，於是不唸口歌了，現在他們談論如何個死法。人越老越怕死，越怕死越把死這個話題，經常掛在嘴邊。

高發生老漢說，貓這動物是個大聰明。牠約莫自己快要死了，就獨自一個跑到沒人處，用爪子刨成坑坑，往進一躺。牠就這樣一點不驚擾世人，悄悄地走了。

發生老漢的話得到了大家的回應。一個老漢說，北山裡有一個縣城，縣城裡有個要飯吃的。好些天，人們不見他出來要飯了，於是到他住的那個窯洞裡去看。只見，那窯已經用磚頭嚴嚴實實、整整齊齊地封上了。人們扒開磚頭一看，只見這老乞丐死了。原來，他死之前，每天要飯回來，都順手從路旁揀一塊半截磚。待這磚頭把窯的洞口封齊了，他就死了。他用這居家的窯洞做了自家的墓窯。

老漢的這些話，引起大家的不勝唏噓。

另一個老漢說，早些年間，那時還是舊社會，咱這平原上，出了一個大地主。這地主巧取豪奪，給自己占地。臨死的時候，他把這一塊平原差不多快要占完了，他家的地，騎上馬兒跑一天，還跑不到頭，下馬兒拉一泡屎，還是在他的地頭。他的墓打好了，他要人抬他去看。見了這墓穴，地主突然在這一刻明白了一個道理，這道理就是：其實一個人的一生，只要有能把自己舒舒服服平躺下去的那麼一小塊地，就足夠了。

關於死這個話題，這群高村平原的老漢說了很多。最後，像往常一樣，他們的談話往往由高發生老漢做一小結。

高發生老漢說：死這件事情，以後變得容易了，你們知道嗎？他說，以後就用不著抹脖子、割手腕、跳河跳井跳崖，或者抽根繩子在歪脖子樹上上吊了。你們且聽我說，咱們這一塊平原，要通電，縣馬車隊正在往這兒拉電杆子哩，聽說電這個東西，人手一摸，就死了。以後咱們要想死，躺在燒火炕上，將那個電線頭一摸，一點罪都不用受，就齜著牙笑著，走了！

高老漢這話，大家都相信，因爲他家三兒子是半個公家人，還因爲縣馬車隊的大車，拉著電線杆子，果然出現在平原的另一頭。

再有趣的話題，也有個說完的時候，先是一家的毛孩子來叫大人吃飯，於是有一個老漢先走了。接著，老漢們就一個一個地扶著牆根站起來，然後貓著腰，袖著手，搖搖晃晃地回家了。現在，東牆根陽陽坡裡，只剩下高發生老漢一個人。

見只剩下自己一個人了，高發生老漢決定要把那件重要的事情做了。躲了初一，躲不了十五。這事情一定要做，而且就得在今天做。

高發生老漢先將腰間那丈二白布腰纏，取下來，折成截，搭在脖子上。腰纏已經很舊很舊了，變成灰色，成了布絡絮絮。搭好腰纏，然後把那個大襠褲，抹下來，抹到腿彎。沒有穿褲頭，或者說這一代的莊稼人從來不穿褲頭。所以當這大襠褲抹下來以後，就露出高老漢尖尖的、像刀削一樣的兩個屁股蛋子了。

抹下褲子，露出屁股，高老漢現在用手扶著牆，蹲下來紮個馬步，開始拉屎。他已經好長時間沒有拉屎了，他感到油渣已經在他的肚子裡結成了疙瘩。他明白如果再不把它們拉下來，他真的就要死了。

高老漢蹲在那裡，使勁往出努。他感到吃奶的勁都使上了，可是底下紋絲不動。高老漢聽人說，拉不出屎的時候，將「人中」那個穴位使勁捏，腸胃就會蠕動，賁門就會張開。現在，我們的發生老漢也這樣做了，可是，底下還是沒有一點響動，倒是肚子開始疼起來，那腸子，大約是攪到一塊兒了，出奇地疼。

高老漢身上虛汗直冒，汗水把棉襖裡子都濕透了。臉色黃蠟蠟地怕人，頭頂上也一直冒虛汗。高老漢明白，他得叫人說明了。於是他張口叫了一聲「老婆子」。叫罷，又覺得他現在這個樣子，叫高安氏看了，丟人，於是改口，開始叫「黑建」。

「黑建！黑建！你死到哪裡去了！你快來救我！」高老漢扯起公雞嗓子，大聲地吆喝起來。他那瘦瘦的脖子，隨著每一句吆喝，都青筋暴起。

黑建搭著籠，循著這叫喚聲，哼著歌兒過來了。來到東牆根，他看見發生老漢像一隻鬥架的公雞一樣，脖子伸得很長，精屁股頂在東牆根上，兩手抱著膝窩，口裡在大口大口地喘著氣，不停地呻吟。

「爺，你這是怎麼了？剛才你還好好的，怎麼一下子成這樣子了！」

「爺要死了，黑建！閻王爺嫌我活在這世上，糟蹋五穀，要收我回去了！那收的時辰就在今天。黑建，你要是再遲來半袋菸的工夫，這世上就沒有你爺了！」

「爺呀，你可不能死呀！你要一死，以後這世上，誰來打罵我、管教我哩！」

「還是黑建懂事。其實爺也不想死。不過爺要不死，你得給爺做一件事情。」

「啥事情？」

「掏屁股！」

「我不會掏！」

「這好掏！你要學豺狗子！這豺狗子和狼和狗都是表親。牠要吃一頭牛，牛那麼大，放不倒，於是乎牠就轉到牛尻子後頭去，趁牛不注意，一爪子塞進牛屁股裡，然後把牛的腸腸肚肚就拉出來了。牛一跑，腸腸肚肚呼啦啦地落了一地，這牛就死了！」

「你說讓我學豺狗子，給你掏屁股？」

「是的！你現在就伸出手來，五個指頭並成一個爪子，嘴裡喊著：我不是人，我是一個豺狗子，然後給爺掏！」

「那，你把屁股從東牆上掉過來，我要掏了！我不是人，我是豺狗子，我現在在掏牛的屁股！」

「好！」

「爺，我掏不動，你的乾屎橛子，比石頭還硬，把我指甲都掰了！」

「沒關係，使勁掏，乖孩子！」

「爺，我掏出來了一塊，黑得像黑膏藥一樣，硬得像料礓石一樣。你看不看？」

「我不看！你再掏！」

「爺，我又掏下來了一塊，像羊屎蛋兒！」

「再掏，往深地掏！」

「爺，我又掏下來了一塊，這一塊不那麼硬了。它比羊屎蛋兒大，像牛屎蛋兒！」

「乖孩子，你的手小，你把袖子挽起來，往深地掏。噢，這裡還有一個硬疙瘩，抓住它，往出拉！對了，就這樣！」

「那你把屁股往高地撅！」

突然，高發生老漢正說著，感到全身一陣輕鬆，身子像打擺子一樣打戰，他的腸腸肚肚，轟轟隆隆一陣響雷。然後，像拉了一聲警報器一樣，「嗚——」，他的一灘稀屎，從賁門中奪路而出。

那高老漢尖尖的屁股，此刻正對著黑建的頭，因此，當稀屎噴出時，黑建來不及躲閃。只見，伴隨著那警報器的叫聲，像一場傾盆大雨一樣，星星點點的稀屎，劈頭蓋臉，向黑建臉上灑下來。

高發生老漢長長地出了一口氣。他提起褲子，連走路的力氣都沒有了，虛弱地蹲下來。

高安氏這時候繫著圍裙，兩手摩挲著，走到東牆根，來喚這爺孫倆吃飯。

眼前的這一幕她看到了，她笑了起來。一邊笑一邊抹眼淚。「妳哭了，婆！」黑建說。高安氏說，婆沒哭！婆這眼不好，叫迎風落淚眼。

高安氏打來一盆水，叫黑建把臉洗了。叫黑建把衣服脫下來，完了讓新媳婦到河邊去擺。然後，又走到高發生老漢的跟前，將他扶起來，把大襠褲提起，綰好，又從高老漢脖子上取下那腰纏，「你自己衿！」她說。

然後，他們就回家吃飯去了。

「你要上學，黑建，你不能再這樣野下去了！明天我就把你送到城隍廟小學堂。唉，一代一代的平原人，都是這樣過來的！黑建，你不能一輩子死守在這裡，一輩子打牛屁股，你要走出去。男人嘴大吃四方！你要學幾個狗爪爪字，你要走出去！」

高發生老漢在喘著氣往家裡走的時候，這樣對黑建說。

第三十五章 大鍋飯

許多年後，黑建已經成為一個成年人，並且具有了成年人的思考以後，他回到故鄉。他站在渭河邊，望著眼前這騰煙的河流，這不知道從什麼地方來、又流向什麼地方去的河流。「故鄉啊，我親愛的故鄉！」他輕輕地叫了一聲，在叫的同時，突然兩行熱淚流了下來。

「我看見過苦難，我經歷過苦難，但是，我永遠不抱怨生活。相反，我應當永遠地懷著感恩戴德的心情，感謝這塊平原在那個困難的日子裡收留了我。這種閱歷是一筆財富，它將夠我終生受用。」

「我感到自己在吸吮著苦難的乳汁，一天天成長。這成長的力量是無堅不摧的！」

「我學會了哭泣，並且明白了哭泣也是一種生存方式，是人類寬釋自己的一種最好的法子。」

「我看見了人們怎麼和命運抗爭。是的，我看見了！我看見了這些社會最底層的人，這些最卑微的人，這些如螻蟻、如草芥般的生命，怎樣在偉大的生存鬥爭中，在那無所不至、瀰漫整個天空的大饑餓面前，表現出的親情，表現出的尊嚴，表現出的鎮定，表現出的那種泰然處之的情緒，表現出的全部的英勇！」

黑建已經記不得了，高村平原上的大鍋飯時代，是從什麼時候開始的，又是如何結束的。但是，在大年饉中，肯定有過一個大鍋飯時代。他記得的。

黑建的戶口在城裡。高村這裡，只是借住。因此，在吃大鍋飯的問題上，關於黑建應當不應當算一個人數的問題，曾經召開過一個社員大會。黑建就坐在高安氏的膝蓋上，高安氏則用雙手摟著他的腰。

記得會議是在飼養室門口的空地上召開的。會議的第一個議題是，上邊發下來的救濟糧。這救濟糧不多，它就放在生產隊的保管室裡，用來做大鍋飯。這事其實是告訴社員們，這個年饉還是有人管的，叫大家不要驚慌。會議的第二個議題是，要不要殺一頭老得已經不能拉犁的牛，從而用牛肉給大家補一補身子。記得在這個議題提出，大家開始議論時，副大隊長高三先後唸了兩段毛主席語錄，第一段是「牛是農民的寶貝」。高三用這段話，表示了對這頭也許將要被宰殺的牛的敬意。接下來，高三又唸了第二段語錄，這一段叫「在世間，人是第一個寶貴的！」唸這一段，是希望大家同意宰殺這頭已經不能再使役的老牛。也許是這第二段語錄起了效果，大家一齊舉手，同意宰牛。

第三個議題是關於黑建的議題。當這個議題提出後，高安氏偷偷地在黑建的大腿上捏了一把。這一把很重，黑建哇哇大哭起來。他的哭聲引起了全場社員的注意。「有咱們一口飯吃，就該有黑建一口的。大小是個命！」一個社員說。「熬起包穀粥來，鍋裡多添一瓢水，就有這黑建吃的了！」另一個社員說。第三個社員，不同意前兩個的說法，他說：「X娃不管娃，娃跑了不撵娃，這高二顧蘭子，也真心硬！」第四個社員則說：「這一場大年饉來得猛，北山那邊也遭災了。農村人是倉老鼠，這屋裡挖抓一把、地裡挖抓一把，就能將就地過了，城裡人沒個挖抓，他們更難！」

最後還是投票表決。高三帶著乞求的目光，環繞一下四周，然後說：「同意咱那大鍋飯，把黑建也算一個人數的，請舉手！」話音剛落，滿場的手都舉了起來。

「孩子，跪下來，磕個頭！謝謝鄉親們！」高安氏把黑建從膝蓋上放下來。

黑建跪下。

三歲記到老。黑建那一年已經七歲了，所以這一幕他記得很清。

至於這大鍋飯是如何開始的，基於什麼原因，他就記不準了。是在那七七四十九天的呼嚕白雨之後就開始的嗎？好像不是。因爲還有個吃榆樹皮、吃包穀芯兒、吃粗油渣的歲月，而這些吃食是各家各戶用自己的鍋熬的。那麼是在大年饉已經行進到中途，家家都囤底朝天的日子開始的嗎？好像也不是。

因爲在吃大鍋飯以前，生產隊曾經組織過一次宣傳，叫「吃公共食堂，提前進入共產主義！」

記得，高三領著人，挨門挨戶收走了各家煮飯的鐵鍋。各家各戶的鐵器，本來就已經不多，大煉鋼鐵的時候，記得高三曾經領人來收過一次，只給每戶留下來一口鐵鍋和一些農具。這次，則把這鐵鍋，也從鍋台上扒走了。

那時上級的口號是「不准一戶的煙囪冒煙」。爲落實這個指示，高三整天在這高村平原上跑著，監督各戶。有時甚至半夜從被窩裡爬起來，到村子裡去巡視一遍。因爲有些狡猾的人

家，會在家裡藏個小鍋，棺材或者什麼物什裡藏一點糧食，然後半夜的時候偷偷爬起來做飯。

大鍋飯就這樣開始了。

那做大鍋飯的地方，就設在曾經召開過社員大會的飼養室前面。飼養室裡有三口大鐵鍋。這三口大鐵鍋是平日用來燒水飲牛的，現在用它做了大鍋飯的飯鍋。炊事員則是大家推選出來的農民。而那大鍋飯裡的飯，永遠只是一種，那就是用救濟糧熬下的包穀粥。

終於能吃到糧食了，在大年饉的年代，這是一件多麼叫人興奮的事情呀！儘管這大鍋飯，一天只有兩頓，而一頓只有一瓢，儘管這包穀粥，用高安氏的話說，稀得能照見人影兒，但畢竟有糧食吃了。糧食落進肚子裡，與野菜、油渣、觀音土落進肚子裡，那感覺是不一樣的。這一點肚子知道！

大鍋飯，已經吃了好些時日了。

老崖上這戶人家的大鍋飯，是高安氏領著黑建去打。高安氏從家裡翻騰出來一個瓦罐，有一抱粗細，一尺來高，她讓高三給這瓦罐的耳子上繫上火繩子，打個結。這樣，每逢生產隊的那個吃飯鐘的鐘聲敲響，高安氏便提著瓦罐，荷著鋤頭，從「半路裡」趕到飼養室門口去排隊。黑建那時候已經上學，他則揹著書包，從城隍廟裡趕回來，在排隊的地方找到高安氏。

飯打下來以後，將那個鋤把，從火繩子上穿過，然後黑建在前，高安氏在後，抬著瓦罐，晃晃悠悠地回到家。

打飯需要排隊。高村的婆娘女子、老婆老漢，用瓦罐排成一個長隊。大師傅拿一個馬瓢，將那金黃色的包穀粥舀起，舉高，然後馬瓢一斜，於是一道金瀑布流下來，直沖瓦罐落下。那包穀的香味叫在場的每一個人都不得不深深吸一口氣。「幾張嘴？」掌瓢的大師傅會這樣問。「五張嘴」，或者「八張嘴」，或者「十三張嘴」。在得到這樣的回答以後，掌瓢師傅便根據幾張嘴，給這瓦罐裡舀幾馬瓢。

舀飯的時候，給誰舀的稠了，給誰舀的稀了，給誰在舀的時候，馬瓢在鍋底斜了幾下，給誰在舀的時候，馬瓢在端起的那一刻，掌瓢的故意抖了一下，從而灑了一點，這些都成爲話題。

因此，發放大鍋飯的那個地方，常常是吵成一片。

這裡也是孩子們的天下。那些放學歸來的孩子，那些還沒有上學的孩子，會把這三口大鍋圍得嚴嚴實實，然後手把鍋沿，在等待著。等待鍋裡的飯舀完以後，去搶著吃那鍋巴。平原上的人們，把那叫「鍋蹴蹴」。記得有一次，生產隊長的孩子沒有搶到這「鍋蹴蹴」，於是抓了一把土，扔到那鍋裡去。

我們的黑建也是孩子，但是他從來不去搶那「鍋蹴蹴」。他明白，自己的戶口不在這裡，大鍋飯能把他算一個人數，每頓給他一馬瓢，已經是高抬他了。因此他不敢再有別的奢望，他覺得在別的孩子面前，他低人一等。然而孩子畢竟是孩子，有時候，在排隊等待的時候，黑建會掙脫高安氏的手，擠到這大鍋前的孩子堆裡，看一看，然後嚥著涎水，默默離開。

瓦罐抬回來以後，家裡再照人頭分。每次都是高安氏掌勺兒，她不偏誰不向誰，將個飯勺在瓦罐裡攪呀攪，攪得稀稠均勻了，勻一側稜，舀下去。

高發生老漢在得到他的一份後，往往是帶著呼嚕，一口氣喝乾。喝乾以後，紅勾勾的眼

斥，每次，訓斥完了，她還是拿起勺子來，很細心地爲老漢再盛上半碗。

老漢這次，是不捨得那麼快地將包穀粥從喉嚨眼裡嚥下去。他將這粥含在嘴裡，巴嗒著嘴慢慢地品味，品味很久，才讓這粥從喉嚨眼裡流下去。然而不管怎麼慢條斯理，這半碗粥總是有喝完的時候的。

喝完以後，高發生老漢還要伸出青勾勾的舌頭，兩手捧碗，頭埋進碗裡，將那碗細細地舔上一遍。「學會舔碗，這不是丟人的事。豐年歉年，都要這樣做。即使是家裡糧食多得大囤滿小囤流，也要舔碗！這叫美德！」高發生老漢在舔完碗以後，這樣教訓黑建。

這樣黑建也學會了舔碗。他捧著個碗，巴嗒著嘴巴，粉紅色的舌頭在碗裡頭轉了一圈後，又會抿住兩片嘴唇，將碗沿舔一遍。舔到最後，他甚至變成了專家，他可以將整個頭都埋進老碗裡，但是鼻尖上不會沾一星飯。

黑建記得，後來三年自然災害過去，回到城裡以後，第一次吃飯，當喝完米湯以後，他捧起個碗，開始舔。高二嫌丟人，開始高二還忍耐著，但是，黑建在舔得高興時，嘴巴嗒了起來。黑建如果能看見父親的臉色，說不定他會停止。但是黑建的整個人頭是埋進那洋瓷碗裡的，他看不見。這樣，終於忍無可忍的高二，掄圓胳膊，狠狠地打了黑建一耳光。這一耳光叫黑建明白了一個道理，世界上的事情，放在這個地方是對的，是美德，放在另外的一個地方，就是錯的，是丟人現眼。

家裡一共是八張嘴。除了上面說到的那三個人以外，還有高三，還有四女，她的名字叫桃兒，還有新媳婦，還有高大入贅到渭河下游以後，留在高村的那一兒一女。兩個孩子現在都在上學。八張嘴圍著一個瓦罐，那情形，就像還沒有生出翅膀的黃嘴圈麻雀，守在窩裡，張開嘴，等母親餵食一樣。

那高三，常常在一碗包穀粥喝到一半的時候，趁高安氏不注意，飛快地將粥倒進新媳婦的碗裡，然後裝模作樣地在碗沿上胡嚕兩下，放下筷子去上工。高安氏氣得翻他兩下白眼。

那高安氏的飯，通常剩下半碗。稀粥本來稀得可以照見人影，可是到了晚上，就沁了，凝固成了一團。這時候，高安氏就盤腿坐在棗樹下用麥秸做的蒲團上。她將碗放在膝蓋上，兩手不捉，竟然可以放下。通常，她給那粥團上，撒上一層紅辣椒粉，然後捉起筷子，將粥劃成一些小塊，這樣一塊一塊地吃。但是，通常高安氏只是象徵性地吃一點，大部分的粥，都被旁邊站著的黑建吃了。

「黑建，說一句河南話，我給你吃一塊！」高安氏說。

高安氏記性好，她還記得第一次見黑建，那黑建說的是河南話，穿的是用老布做的花格子棉襖棉褲。那是顧蘭子領著黑建返回陝西時候的事。

關於這大鍋飯，黑建有著許多的記憶。當他後來成了成年人，並且具有了成年人的思考以後，他在一次又一次的回憶中，淡忘了那其間的悲慘圖景和苦難感覺，而僅僅保留了其間溫馨的成分。人的一生會經歷許多事的，閱歷是一種財富，上蒼讓你經歷這些事，肯定有它的道理的——黑建這樣說。

但是有一件大鍋飯期間發生的事情，黑建終生不能忘記。這件事就像一根鞭子一樣，每回

憶一次，便鞭撻他一次。

黑建在前，高安氏在後。這是平原上一個平常而又平常的黃昏，高安氏和黑建，從公社食堂打了一瓦罐包穀粥回來，用鋤把抬著，從飼養室往「半路裡」走。

黑建在前面，用兩手捉著鋤把兒，因爲高安氏叮嚀過他，不管任何情形下，這鋤把兒不能丟手，所以這個七歲男孩，兩隻手把鋤把兒攥得死死的。

高安氏在後面，她不但要抬瓦罐，還要騰出一隻手來，捉住那繫著瓦罐的火繩子，不致使這瓦罐前後晃蕩。

太陽剛剛落下，一片火燒雲停駐在那西邊的天空下，停駐在渭河對岸的老崖上。火燒雲把這清冷的平原，把平原上這些簡陋的房屋和光禿禿的田野，塗上一層玫瑰色的虛幻感。

「黑建，你不要東眼西邁！你的眼睛往腳底下瞅！」高安氏見黑建呆呆地望著那片火燒雲，於是這樣教訓他。

事情也許就出在高安氏的這句話上。現在，黑建低頭走了。但是，當他低頭走了一陣後，看見在腳的前面，有一個屎巴牛❶，屎巴牛的旁邊，還有一灘牛糞。這隻屎巴牛，大約是從那灘牛糞裡鑽出來的。這是一隻公屎巴牛，通體烏黑，背上揹一個硬蓋，頭上頂著一把推土機那樣的鏟子，肩胛上還有一道硬硬的、鋸齒般的稜角。此刻，屎巴牛正倒轉身子，屁股朝天，推著一個糞球在走。

這時候從那個南北路上，高發生老漢趕著牛，扶著耩子過來了。看見了這抬瓦罐的婆孫兩個，老漢揚起鞭子打了一下疲牛，牛於是加快了步子。

這季節，春耕已經過了，高老漢的耕地，是返耕，即那些越冬過來的麥苗，已經旱得七死八活了，難得有收成了，生產隊於是決定把它們犁了，用耩子戳開這堅硬的土層，給土層裡撒一些春包穀種子。苗子能不能出，是另外的問題，先把種子搭進去吧，給人一個指望。

饑腸轆轆的高發生老漢，貓著腰，頭上頂一個髒毛巾，匆匆地吆著牛。他已經耕完地了，這是順著這南北斜斜路，去飼養室門口卸了耩子，然後回家吃飯。

那隻屎巴牛推著糞球在走，聽見黑建的腳步聲，停下來。

黑建多想停下來，去捉這屎巴牛。這個高大威猛的屎巴牛，真漂亮。他可以把牠裝在書包裡，用一根線牽著，明天拿到學校裡去炫耀。但是黑建不敢彎腰。他遺憾地跨了一步，從屎巴牛身上跨過去。

高安氏在後邊，不知道這路中央臥著一個屎巴牛，屎巴牛旁邊還有一灘牛糞。黑建只聽見他的背後「哎呀」一聲，他趕緊用兩隻手攥緊鋤把。可是已經沒有任何意義了。黑建扭頭看時，只見高安氏一個尻子蹲，坐在了地上。

那瓦罐磕到地上以後，已經四分五裂了。黃蠟蠟的包穀粥流了一地。那高安氏的手裡，還攥著火繩子，只是繩子的頭上，已經沒有瓦罐，而只剩下瓦罐的幾個耳子。

不知道這高安氏，她那顫巍巍如秤錘一樣的小腳，是踩在了屎巴牛身上，還是踩在了牛糞上。

發生了這天塌地陷一般大的事情，經多識廣的高安氏，現在也嚇呆了。她坐在地上，用兩手捂著臉，哭起來。

這一幕被正在斜斜路上走著的發生老漢，結結實實地收到眼裡。

只見發生老漢大吼一聲，丟了手中的耩子，揮動鞭子，從斜斜路上瘋了一樣地趕來。

「是我不對！是我不對！」高安氏忙不迭地回話說。

不容分說，高發生老漢在路邊站定，然後運足力氣，揮動牛鞭，朝高安氏的臉上、頭上、身上沒頭沒腦地打去。

「死老婆子，妳想要全家人的命呀！」高發生老漢一邊打，一邊吼叫。

黑建在一旁看傻了。他先是去摟高發生老漢的腰，想拽住他。可是高老漢在氣頭上，怎麼拽也拽不住。於是他翻轉回來，抱住高安氏的頭，讓這鞭子落在他身上。

「讓你爺打吧！氣出了，他就沒事了！打不疼的，你看這鞭子，是越來越沒勁了！」高安氏說。

黑建說：「婆，等我力氣長圓了，誰打婆，我打誰！」

高安氏說：「好孩子，等你長成大人了，這世上就沒有婆了！」

正像高安氏所預言到的那樣，高發生老漢的鞭子，越來越沒有勁兒了。一個乾老漢，犁了一晌的地，早就折騰得渾身稀軟的了，現在又猛烈地揮了這一陣鞭子，終於，他累得張著大口，喘著粗氣，拄著鞭桿蹲在了地上。他把這叫「緩氣」。

那頭耕地的牛，現在也趕過來湊這個熱鬧。牠拖著耩子，走過來，伸出舌頭去舔那地上灑著的包穀粥。

發生老漢見了，又是一陣氣。他站起來，揮動鞭子趕走了牛，然後蹲下來，顧不得氣喘，開始揀那些大些的瓦罐片，吸溜起上邊的稀汁來。最後，他站起來重新將耩子扶起，看也沒有看高安氏一眼，就搖晃著身子，到飼養室去卸牛了。

那一天晚上月光很白，全家人都沒有吃飯，大家在院子裡棗樹下坐著，仰望天空，看月亮，數星星，從始到終沒有一個人說話。那高發生老漢依然臉色烏青。後來，高安氏從棺材裡，摸出一把蘿蔔乾來，給每人發了兩片。

「去，給你爺送去！」當發到發生老漢跟前時，高安氏不願意去送，她把蘿蔔乾給了黑建。

黑建怯生生地叫了聲「爺」，將蘿蔔乾遞過去，高發生老漢用手背一隔，不接，表示他還在生氣。高安氏示意黑建，將蘿蔔乾給爺塡進嘴裡去。黑建做了。高發生老漢還想搬扯，嘴不聽他的，他那沒牙的嘴開始嚅動起來。

夜裡，餓得睡不著，高安氏牽著黑建，在渭河邊的老崖上，站了很久很久。渭河像一條白色的帶子，一艘白輪船，船艙裡亮著燈，正從河的下游逆水而上。聽人說，這是一條測量船，在渭河與黃河的那個交匯處，也就是禹王爺當年開河口的那地方，正在修一座大水壩。

注❶屎巴牛：又稱糞殼郎，學名大約叫蜣螂。

第三十六章　新媳婦的秘密

在經歷了三料莊稼基本上沒有收成之後，在經歷了十個七七四十九天的大旱之後，老天爺終於扛不住了，它開始下雨。

首先是一串乾雷，在高村平原的上空轟鳴著。人們抬頭看一看天，天和往日一樣，發乾發白發亮，不見有一絲雲彩。雷聲是越來越響了，人們終於發現，在平原的盡頭，在東地平線上，堆著一層不太顯眼的雲層，那雷聲就是來自那裡的。接著，起風了，風從平原上掃蕩過去，枯枝敗葉被風揚起，高家門口那棵老槐樹，樹股和樹股在風中摩擦著，發出「喀喀喀喀」的響聲，老墳裡那些高大的柏樹呼嘯起來。風中，在東地平線上停駐的那一塊不顯眼的雲彩，慢慢地向西、向高村平原上蔓延了過來。那雲越來越黑，像墨汁一樣迅速地攤開。接著，第一滴雨落下了。

第一滴雨打在瓦房上，乾透了的瓦片發出「嗆啷」的聲音。第二滴雨打在官道上，「撲哄」一聲濺起一片塘土。第三滴雨打在渭河的水面上，平靜的水面爆起一朵水花。隨後，大雨滂沱，灑向乾渴的、堅硬的田野。

平原在這一刻歡騰起來。人們走出家門，站在雨中，聽任大雨把自己全身淋個精濕。高安氏站在雨中，張開手，接一滴雨星在手中，「老天爺哪，你終於睜開眼了！」高安氏說。說這話的時候，高安氏深信是她的禱告起了作用，她的「忌口」起了作用。她從大雨落下的那一天起，便又開始吃鹽，吃葷。

高發生的腰也直起來了。站在雨中，他像一個孩子一樣開心地笑著。他一蹦三尺高，揚起臉，翹著山羊鬍子，用手指著天空，罵道：「老天爺，你狗日的有本事，再給老子扛上一年半載不下雨。你知道，這場大旱，讓人們流了多少眼淚呀！」罵完，他好像想起了什麼，伸手去拉同樣在雨中的高安氏的手，想說個套近乎的話。可是高安氏不領情，她用手背開了老漢的手。

高三那輛名叫「鳳凰單閃翅」的自行車，似乎也比往日歡快了許多。高村平原一共有七個自然村，他騎著自行車，從每個村子的街道上過了一遍。他大聲嚷嚷說，公社說，這一場雨，是大面積降雨，降雨過程是兩到三天，各家各戶，務必將自己家的水道捅開，將大門口走水的水路挖好，云云。

城隍廟小學堂也為了慶祝這一場大雨，破例放假半天。這樣，孩子們便赤著腳跑向了平原，在雨中撒野。那些野孩子中有我們的黑建。

讓高村人引以為自豪的是，在這場百年不遇的大年饉中，高村平原上沒有餓死一個人；非但沒有餓死人，整個自然村，還有十幾個孩子出生。由於那時正是吃油渣的歲月，所以這些孩子叫「油渣孩子」。這些油渣孩子中就有新媳婦所生的孩子。那孩子叫「年饉」，這個有紀念意義的名字，是高發生老漢給取的。而年饉在一些年以後，在高村平原這塊地面，成為西京高

新區的一個街區之後，他做了街區的管委會主任。

那是以後的事情。以後的事情放在以後再說。而此刻，在這滂沱大雨中，高村平原處在一種激動和驕傲中。一想到東面的河南省，餓死了三百萬人，西面的甘肅省，餓死了一百五十萬人，秦嶺那邊的四川省，餓死了的人還要多，那麼，高村平原的驕傲，是有理由的。

民諺說：「呼嚕白雨三後晌！」大雨整整下了三天三夜之後，才停止。雨停了，昔日那灰濛濛、淒慘慘的天空，現在變成湛藍色的了，而枯黃的、灰敗的大地，現在出現一簇簇新綠。

高村平原的一切，因爲這場雨都開始有了靈性。甚至連那牛的叫聲、狗的叫聲、雞的叫聲，都少了許多驚恐，而變得祥和起來。

而大鍋飯，也在這個時候停了。救濟糧發到各家各戶，人們開始自己生火做飯。非但大鍋飯停了，就連飼養室裡的牛，也被分到各家各戶。牛還是隊裡的，這叫「代養」。

平原的那一簇簇綠色中，最先綠的是苜蓿。苜蓿是多年生植物，它的老根在地底下盤著，雖然乾旱，但是老根沒死。一場透雨過後，老根甦醒了，開始生芽，幾天的工夫，高村的東崗上的那一片苜蓿地，一片翠綠。

「黑建，有一句話叫『吃死膽大的，餓死膽小的』！你有沒有膽量，今天晚上，咱們到崗子上去偷苜蓿！」桃兒說。在得到肯定的答覆之後，桃兒又說：「那好，晚上你睡覺靈醒一點，我用腳把你一蹬，你就起來！」

桃兒和黑建，隨兩位老人住在那三間瓦房裡。

三間瓦房，將中間用一面大牆隔了，隔成兩半。東邊的一半，頂上架著一個頂棚，底下盤著一面大炕。那頂棚，是用九根柏木檁搭的，這柏木是蓋房時從老墳裡挖下的。大炕則占了太多的位置，所以地面上，只放了個小小的黑灰色的板櫃。這板櫃有些年月了，它是當年高安氏嫁過來時，娘家的陪嫁。

三間瓦房西邊的一半，過去盤著一個鍋台，靠裡的地方停著那副棺木，靠門的地方，放著一架木質的織布機。這是過去的擺置，如今，生產隊將三頭牛交給高老漢「代養」，因此這瓦房的西半邊，便做了牛圈。不過鍋台依舊是支著的，因爲這面大炕是連鍋炕，冬天的時候，做飯時順便把炕也就燒熱了，而夏天，則將火眼頭一堵，讓煙火直接從煙囪出去。這地方既然做了牛圈，那麼織布機、棺材，還有一些雜物，便搬到上房裡去。那上房如今由高大的一兒一女住著。那上房就是「快槍高大」當年鑽煙囪的地方。母親沒有了，父親又走了，這地方該他們住。

大炕上，火眼頭那個地方，是發生老漢的位置。牆上，掏了個窯窩，這窯窩裡通常放一個碗，碗裡是高安氏白天揀來的土疙瘩，晚上發生老漢吐痰，就吐在這碗裡，天明時候，高安氏會去將其倒掉，再揀些土疙瘩放在碗裡。那窯窩裡，除了這痰碗，還放著一個水菸袋，這水菸袋已經好長時間沒有動過了。除了水菸袋，還有一副石頭眼鏡，這眼鏡我們很熟悉，它是發生老漢的行頭之一。晚上睡覺時，發生老漢會將眼鏡放進布鞋裡，用兩隻鞋一扣，他說這是用腳汗來養眼鏡。

靠炕沿這邊，是高安氏的位置。高安氏事情多，這樣上炕下炕方便。加之她每天晚上都要紡線，一紡就到半夜，而那紡線車子要放在炕頭。高安氏的腳底下，就是黑建了，他和婆合夥一個被子，「打對」睡。「打對」是老百姓的土話，意思也就是打顛倒睡。

那四女子桃兒，就睡在兩位老人中間。

到了半夜，有人輕輕地敲窗子，這是桃兒約好的村上姊妹叫她。桃兒伸出腳，將黑建蹬醒。

桃兒穿上衣服下了炕，黑建貪睡，還在迷糊著。「我先走了，記得，崗子上！」桃兒說完，開門走了。

黑建穿上衣服，溜下炕，挎著個草籠出了門。出了門後，那些婆娘女子早就跑得沒有蹤影了。黑建有些害怕，不想去了，可是又怕桃兒笑話，於是壯著膽子，從田野上插斜，直奔東崗而去。

天有些黑，一彎朦朧月，躲在雲的背後。黑建小跑著，像有人在後邊追趕似的，頭髮都豎起來了。前面有一塊墓地，高大的柏木將它黑色的剪影投在平原上，那樹冠上，白天的時候，總有兩隻貓頭鷹，半睡半醒。想到這裡，黑建有些害怕。可是又一想，這是我家的墓地，那墳裡埋著的是自家的先人，他們不會把我怎麼樣的。這樣想著，安心了一點。可是當黑建又一次舉起頭向墓地看時，看見那墳頂上，有一團火光。

那火光一明一暗，又一明一暗，後來不再暗了，而是變小了一些，而且左右搖擺起來。黑建嚇壞了，拔腿想跑，可是想起高安氏說過，這叫「鬼路燈兒」，墳頭上常有這東西，遇見它，千萬不能跑，一跑，它就攆你來了，這時你應該做的是，面對著它，倒著走，一邊倒退一邊向它吐唾沫。

倒退著走的時候，黑建聽見了說話聲。這說話聲是墳頭子上傳來的，絮絮叨叨，是兩個人在說話，一個男人，一個女人。男人的聲音很倔，女人則在不停地嗚咽。

男人說：「趕快走，不早不晚，今夜正是時候！趁三掌櫃不在，妳趕快回家抱上孩子，咱們現在就動身，等天明，就扇出七十幾里地了。高村的人想要攆，也沒有個攆處！」

那女聲說：「我不能就這樣，一聲招呼都不打，就像個賊一樣的偷偷走了！高村的人待我不薄，高家的人待我有恩。至於怎麼走，我還沒想好，但是，絕不是這麼個走法！」

那男人聽了，有些惱怒，他說道：「莫非妳愛上高家三掌櫃的，想甩了我，跟他去過一輩子。哦，是的，那高三是個大隊幹部，人面前的人，他那洋樓一閃一閃的，婆娘女子見了，誰不愛！」

「你胡說！」那女聲聽了男人這話，也有些惱怒，嗓音高了，她說道：「實話告訴你吧！一個炕上睡了都快兩年了，那高三，至今還沒有沾過我的身子。他是正人君子，世上打燈籠也難遇上的一個好人！」

「我不信，妳在編謊！」

「信不信由你。唉，新婚之夜，我把所有的褲子都穿在身上，一共七條，還把紅褲帶挽成了一個死疙瘩。晚上，我不解褲帶，一個人躲在炕角哭。高三有些納悶，他說，妳這是怎麼了？我說，我不敢說，怕你打。高三說，我這手長這麼大，還從來沒有打過人哩，妳有什麼難處，但說無妨。於是我大哭起來，我說，我是有男人的人了。這樣，我說了逃荒的經過。我說，在我們南山一帶，常常有這樣的做法！我不是第一個！高三聽了這話，吭哧了半晌，說，我們這一帶村莊，也常遇到這一種事情，想不到，今天這事讓我攤上了！」

「他沒有打妳？」

「沒有打！他後來也哭了，哭完以後，拉了床被子，自顧自地睡去了！」

「日怪，事後他也沒有給家裡人說，攆妳走？」

「沒有！我也覺得奇怪。他沒有攆我走，也沒有給人說過。兩個人獨處時，他鐵青著臉兒，從來不說話。但是在人面前，他卻裝得我們像恩愛夫妻一樣！」

那男人聽到這裡，沉默了。他大約猛吸了一口紙菸，於是菸火突然一明，又一暗。

黑建聽到了這些說話。在那男人剛開始說話的時候，他就蹲下來，臉貼著地面，往墳頭上看。這是高安氏教給他的黑夜裡往遠處看的辦法。

月亮從雲朵中出來了，照耀著這一塊墳地。平原上變得明晃晃的。黑建看見，那聲音傳出來的地方，他家的老墳裡，有一男一女。墳頭子上有一個柏樹墩，是早些年伐了樹以後，留下來的，那男的，就坐在柏樹墩上，剛才那一明一暗的火，其實是他在點菸，在抽菸。他明顯地是外鄉人，高村的人那時候是不抽紙菸的，他們抽旱菸。

那女的坐在男的膝蓋上。他們擁抱在一起。那女人的頭埋在男人的懷裡，看不見她的臉。但是她是誰，黑建這時已經確切地知道了。黑建在這一刻，突然爲另一個男人感到委屈，因爲他想起了三叔高三將半碗包穀粥倒給她的情形。

黑建憋不住了，他想大喊一聲，但是，當他的喊聲剛到了喉嚨眼的時候，他聽見那女人笑起來，這笑聲制止了他。因爲在黑建的記憶中，新媳婦自從到高村以後，還從來沒有這樣開懷大笑過。笑得那麼甜，那麼徹底，那麼善良。

黑建長歎了一聲，決定退出來，不打攪這一對正在幸福中的人。「太多的事情都讓我遇上了，讓我的童年遇上了！」黑建後來這樣說。

黑建趕到了崗子上。

崗子上是高村最偏遠的一塊地，在村子的東邊，三十畝。這塊地與東邊那個村子的地連畔。地勢有些高，澆不上水，所以種了些耐旱苜蓿。在後來平原上「平祖墳」的運動中，在「讓死人爲活人騰地」的口號下，平原上的老墳都平了，這裡便成爲高村的鄉村公墓。但在這時候，這裡還沒有成爲墳地，而是一地碧綠的苜蓿。

當黑建貓著腰，開始抉苜蓿的時候，他發現，他的身前身後，都是人頭。整個苜蓿地，靠近地畔的地方，都是人。大家誰也不說話，只貓著腰，或者蹲在那裡，兩手抉苜蓿，屁股往前委。黑夜裡，抉苜蓿的沙沙聲響成一片。

黑建一邊抉苜蓿，一邊找姑姑桃兒。他找見了桃兒了，桃兒的籠裡，已經有大半籠了。「這樣抉，黑建！」桃兒悄聲說。桃兒告訴黑建，將籠放在身前，推著走，騰出兩隻手來，兩手並用，一路抉過去。桃兒嘲笑他說，你太文雅了，這是偷苜蓿，不是在自家地裡摘，看你一手挎著籠，一手抉苜蓿的樣子，文文雅雅，哪像個賊！

在那苜蓿地的東頭，有一個木塔。村上人不知道它是公家人修下幹什麼用的，因爲從來沒有見用過。有人說，那是氣象塔，頂上裝著機器，測天氣預報的，有人說，那是導航塔，給天上的飛機指路的。

生產隊看苜蓿的守夜人，給那塔旁邊搭了一個茅庵，茅庵旁邊燃了一堆篝火，他正披著一件大氅，懷裡抱一桿土槍，蹲在篝火旁打瞌睡。

黑建照著桃兒教給他的辦法，一邊推著籠走，一邊雙手並用抉著苜蓿，這樣慢慢地到了苜蓿地中間。他不是慣偷，慣偷永遠只是在地畔上巡摸，一旦有響動，拔腿就跑。

黑建離那堆篝火很近了。他覺得守夜人披的那件棉布大氅很眼熟，好像在哪兒見過。後來想起了，這是爺高發生老漢的棉大氅。這時，那個守夜人往火堆裡加了些棉花稈。放下棉花稈之後，就趴在地上，用嘴吹火。火苗呼啦一聲旺了，照亮了那守夜人的臉。這守夜人是高三。

黑建見是高三，心頭一熱。他忘記了自己是幹什麼來的。他直起身子，衝著篝火，怯生生地叫了一聲「三叔」。

守夜人被驚動了，他荷著槍，直起了身子。這一看，他嚇壞了，只見滿地黑壓壓的都是人頭，於是他舉起了土槍。

高三在放槍之前，嚷道：「牛是農民的寶貝，這一地苜蓿，是留給育牛的。牛吃後不乏了，才好犁地。你們這些狗日的，跟牛來爭食吃！」

高三說完，舉起槍。火光一閃，他開槍了。

這一槍大約是朝空中放的。槍一響，就像驚了滿地的兔子一樣，整個苜蓿地裡大人叫娃娃哭，亂成一片。人們現在是用不著貓腰了，大家紛紛直起身子，往村子方向跑，膽大的，籠還提在手裡，膽小的，連籠也不要了，逃命要緊。

槍聲響起以後，黑建最初被嚇傻了，呆站在那兒，這時聽到地畔那邊，桃兒在厲聲地喊他

「瓜X，快跑」，於是他靈醒過來，扔了草籠，彎轉身子就跑。

黑建就是這樣一口氣穿過苜蓿地，穿過田野，跑回家裡的。鞋什麼時候跑掉的，他也不知道。直到上了炕，鑽進高安氏的被窩裡了，他的心還跳個不停。他身邊，桃兒已經回來，脫衣服睡下了。

高安氏被驚醒了。她見黑建一身的汗水，像從河裡撈出來一樣。「你咋了，是做噩夢了？」高安氏問。黑建含糊地答應了一聲。高安氏於是把黑建順過來，一把摟在懷裡。

第二天中午的吃飯，老崖上這戶人家，吃的是苜蓿菜麥飯。這是桃兒偷來的苜蓿，洗淨，拌上包穀麵，蒸成的。整個屋子裡瀰漫著一種苜蓿的香甜味兒，一種泥土的醇厚味兒。

吃得最高興的人，是高發生老漢，他說在這樣的年饉中，能吃上這樣的好東西，那叫口福。他還說，高村平原上，把這種吃食叫麥飯，但是在黃龍山，它叫菜疙瘩，或者叫「叉叉」，而在陝北更北，與蒙地接壤的地方，這種吃食叫「苦軟」。

高三晚上守夜，他起得遲。端起一碗苜蓿菜麥飯，他有些遲疑。他看了妹妹桃兒一眼。桃兒的臉挺得平平的，不看他。高三想了一下，端起碗，將飯吃淨。

吃罷飯，瞅著屋子裡只剩下高安氏一個人了，黑建說：「婆呀！有一件事情，我憋不住，想給妳說！」

高安氏說：「小孩肚子裡藏不住隔夜屁，這我知道。你要說話，那好吧！等我收拾完鍋灶，咱們到老崖上去透透風。」

這樣，黑建一邊給屋裡的那頭老牛搔癢癢，一邊等高安氏洗涮完畢。他們來到了老崖上。

「有什麼話，你就說吧！你一個小人兒，能說出個什麼重要的話。」高安氏說。

「婆呀，有一件事，憋在我心裡難受，我想說給妳聽。昨晚上，在咱家老墳裡，我見到新媳婦了，她和一個男人在一起，纏纏綿綿的。那男人，妳知道是誰，就是那個商州客！」

「我知道！你不說，我估摸也是這麼回事。孩子，你不知道，他們才是真夫妻，結髮夫妻，而和你三叔，那是假的，樣幹子。唉，當初在你爺的茶攤上，我一見那女的開過臉，一見她走路的那走式，我就知道她是結過婚的了！」

「這是咋回事哩，我不明白！」

「唉，說來說去，都是年饉把人逼的！那南山裡遭年饉，年饉一來，常有這做法，讓媳婦到平原上來，逃一個活命。如果有孩子，這年饉中，就等於逃出來兩條命。女人也把嘴糊住了，那孩子也生下來了，年饉一過，他們再逃回山裡去，又是渾全的一家人！」

「婆呀，妳是說，那新媳婦來到咱家時，肚子裡就懷著孩子！」

「是的，肚子裡抱著犢兒！」

見高安氏那樣肯定，黑建突然覺得，新婚之夜，高安氏一定去聽過門。在高村平原上，好像常有這樣的事，新婚之夜，婆婆不放心，去聽兒子和兒媳的門。這事叫「聽門」。當然，這不是一件體面的事，但是心近不由人，有些老太太擔心兒子，擔心兒媳婦，到時候還是會去聽。

「妳聽過門？」黑建問。

高安氏沒有言語。沒有言語就表示默認了。

這麼說，在這一年多快兩年的時間中，緘默不語的高安氏是最明白的一個人，她什麼都知道了，但是不說。想到這裡，黑建覺得這世事，真有一些叫人害怕。

「妳咋不說出呢？咱們把那新媳婦攆走！」

「我張不開口！你看那姑娘，瘦骨稜稜，一把乾骨頭。我幾次想把這層窗戶紙捅破，都不忍心。」

「那怎麼辦呢？我聽他們在墳堆上說，準備跑哩！」

「我一直在看，看這場戲演下去，到最後如何收場。」說到這裡，高安氏歎息一聲說，「年饉結束了，我想，這場戲也快收場了！走著看吧！」

「說一千，道一萬，誰也不可憐。這世上只可憐了一個人，那就是我三叔！」

「說得對，最可憐的是他。這孩子心眼好，稟性高貴，他寧願把天下的苦都讓自己一個人揹上，只要別人好過。唉，百人百性，高家人老幾輩，修來了這麼一個土聖！」

第三十七章　私設公堂

事情終於有了結局，這層窗戶紙終於捅開。事情就發生在偷苜蓿這事過去後不久。

瑤瑤媽上鎮上趕集回來，沒進自己的門，先來到老崖上這戶人家的門口。瑤瑤媽頭上頂著甌窩印兒，用手拍得門環帕帕響，嘴裡幸災樂禍地嚷道：「不好了，不好了！你家新媳婦，懷裡抱著個孩子，讓一個商州客拐跑了！」

此一刻，高家院落裡，高發生老漢和高安氏正在棗樹下鍘草。高發生張開雙腿，站成馬步，壓鍘子。高安氏把麥秸一綹一綹地理順，然後一條腿跪起，另一條腿，膝蓋上拴了個麻袋片，兩手揪住麥秸草，那膝蓋一入一入，往鍘刀口裡塞草。

都是六十往上快七十的人了，這活本來不是他們幹的。可是高三忙迫，整天不沾家，家裡人口倒是不少，別的人也派不上什麼用場，而那三頭給生產隊「代養」的牛，得把牠們侍候好才行。所以這兩個老者，自已動手。

高發生老漢耳背，聽瑤瑤媽一說，有些不相信。自從有了瑤瑤那事情以後，這兩戶人家，平日言語過往很少。現在，高發生聽了，吃了一驚，叫瑤瑤媽再說一遍。他說，鄰家大妹子，妳嘴裡不要胡曰曰，妳說不清的話，就撕破妳的嘴！

瑤瑤媽急了，賭咒發誓說，那新媳婦，是和我一起趕集去的。但是走到半路上，一個商州客圪蹴在路旁等她。他們好像事先約好了似的，相視一笑。新媳婦支開了我，讓我先走。我豈是凡人，能看不出他們的名堂。走兩步，我回頭看，只見這一對狗男女，沒有去集鎮，而是拐了個彎，上通往商州城楊郭鎮的路上去了。

發生老漢這時才有些相信。

他朝院子裡看了一眼，院子裡空蕩蕩的，一個人影也沒有。

「那新媳婦，真的是趕集走了？」發生老漢問。

高安氏答道：「是趕集走了！鎮上三六九逢集，新媳婦說，她要去鎮上扯幾尺鞋面來，這話說得誰也沒辦法攔她。你忘了，還是給你告的假哩！」

發生老漢想起來了，那新媳婦確實向他告過假，「那年饉呢？她咋把孩子也帶走了！」

「孩子我不讓帶。我說抱著個累贅，多費事。新媳婦說，她要順便上鎮衛生院去，給孩子種牛痘。這事，也是你點頭的，我攔都攔不住！」

高發生老漢，這一下子熱騰騰的身子，從頭涼到腳，他明白這事是真的，家門出醜了。

老漢亮起嗓子，開始喊高三。喊了半天，不見應聲。這時才記起，高三騎著他那輛「鳳凰單閃翅」，到縣上開「三幹會」去了。老漢於是又喊黑建，喊了半天，也不見應聲，這時記起黑建正在城隍廟裡唸書。老漢頓時沒了挖抓，急得在院子裡團團轉。自己想貓身去撵，一想，憑自己這身板，一走三趔趄，哪能追上。這樣想著，突然急中生智，有了法子。

老漢讓高安氏趕快到屋裡，尋一個洋瓷洗臉盆，他自己，則從柴火堆裡，扳了一個樹股。

然後找一身乾淨衣服穿了，腰間那丈二腰纏，緊上一緊，褲角的裹纏，紮上一紮，自然，也忘不了戴上那二軲轆眼鏡。收拾停當了，老漢提著個破臉盆「咣咣咣」地敲著，走上村頭。

「父老鄉親們聽著。我家門不幸，出了醜事。高村上下，族裡戶裡，遠門近門，都是一家。發生老漢在這裡磕頭了。各家各戶，有男丁的，出男丁，沒有男丁的，女裙衩也可以，趕快拾起傢伙，去撵那姦夫淫婦，爲咱高村挽回一點顏面！」

這叫「動戶」。

舊社會的時候，常有這種「動戶」的事情發生，如今新社會了，不興這個，因此這種事情，在高村平原好久沒有發生了。

高老漢拿著這破臉盆，咣噹咣噹地從東村敲到西村，從南頭敲到北頭，只見一會兒工夫，就集合起了一群人。好些社員正在地裡勞動，聽到響動，也趕回來了。發生老漢大包大攬，對社員說，你們儘管去，工分的事，我給我家老三說，給你們記雙倍的。

大家聽了事情原委，也都義憤填膺，覺得這事情，是全村的事情，這恥辱，是全村的恥辱，於是摩拳擦掌，爭先請命。發生老漢見了，心中也覺安慰，他挑了幾個腿腳麻利的，幾個家中有自行車的，讓他們去，剩下的人，則在家裡等消息。

一群人浩浩蕩蕩離了高村堡子，沿著大路，直奔商州城楊郭鎮方向而去。

騎自行車的人腿快，在大山與平原接壤的地方，他們追上了這一對行路的男女。幾個小伙子，趕到男女前面，將自行車往路中間一橫，先攔住去路，然後走上來，一頓拳腳，把那南山客放翻了，接著用繩子反剪雙手，最後拿出一個事先準備好的麻袋，將這人裝了，紮好口以後，放在自行車後座上。

那新媳婦，大家沒有給她太多為難，女流之輩，不禁打，再說，她懷裡還抱著孩子。只是有那好事者，朝她臉上吐了兩口唾沫，算是鄙視。然後，車子後座上將這娘倆馱著，一起往回走。

回程的路上，碰到了那些步走的。大家也就合兵一處，氣昂昂地直奔高村而來。

家裡，發生老漢讓放學回來的黑建跑一趟公社，讓公社的人給高三打電話，就說家裡出了大事，叫他火速回來。想了一想，又吩咐高大的那個留在高村的男孩，順渭河往下走，到下游那個村子，把高大也請回來，這是個大事，而那個高大，大家知道，是個吃鋼咬鐵的主兒，老虎不吃人，威名在外，老漢要借他使勢，向他「請策」。

安排妥貼了，老漢回到家裡，大門開圓，自己將那個已經好久沒有使用了的茶桌，往棗樹底下一支，釅茶泡上，然後抽著菸，喝著茶，靜候村上的一班子弟兵凱旋。

高安氏比他還急。她不是惦記新媳婦，而是怕傷了那個孩子，那是一條命，高村的油渣、高村的包穀粥養出的一條命。孩子沒罪。那些笨手笨腳的男人們，難保不把他傷了。

高安氏坐不住，在村口張望。這一天後半晌的時候，自行車鈴聲歡快地響著，人們嘈雜著，子弟兵們回來了。

高安氏顛著小腳跑過去，從新媳婦懷裡奪過孩子，口裡「年饉，年饉」地叫著，解開大襟，把孩子摟在胸前。

兩個罪人現在跪在了發生老漢跟前。

發生老漢拽了拽自己的衣襟，清了清嗓子，開始問話。他覺得這樣威嚴還不夠，氣氛還沒有渲染起來，就又從脖子上取下菸袋，一下、兩下、三下，在茶桌上狠狠地敲了三下，算是當驚堂木用。發生老漢這個動作，是從老戲上看下的。

這一下用力過猛，把菸袋桿也閃斷了。事後，高老漢心疼了很久，他說這菸袋桿是枸子木做的，黃龍山歲月留下的一個作念，他當年在黃龍山時，一個樵夫送給他的。

那個男人被從麻袋裡放出來後，目光狼狽，頭髮零亂。他跪在茶桌前，那雙手依然被反綁著。他的腰有些佝僂，其貌不揚。他就是當年茶攤前稱自己是新媳婦哥哥的那位，也就是黑建在墳地裡看到的那位。

平原上的人都說，南山的水土，養女不養男。那地方的女人，高高挑挑、白白淨淨、伶伶俐俐的，一個賽一個。那地方的男人，個子矮，羅圈腿，佝僂腰。那腰為什麼佝僂呢？大家說，那地方山多，出門就要爬山，這樣腰得向前貓著，一閃一閃地走，天長日久，就成佝僂腰了。

佝僂腰望了新媳婦一眼，就開始說話了。原來他外表上看起來不起眼，說起話來卻口齒伶俐，頭頭是道。他說先讓他抽一支菸吧，定定神再說。

他的菸在上衣口袋裡。高老漢示意了一下，於是圍觀的村民中，有人走過去，為他掏出一根菸，點著。只見那佝僂腰，猛吸了兩口，然後把煙吐掉。

男人開始說話了。他說出了一個令所有在場的人都大吃一驚的真相。他說，這個女人叫什麼名字？你們不知道吧！告訴你們，這女人叫史桂花，是我的老婆，我明媒正娶的老婆，我們割的有結婚證。我們的婚姻受法律保護。年饉過去，山裡的秋糧下來了，我這次就是接她回家。

那男人的話，嚇了所有在場的人一大跳。圍觀的人群哄的一聲，大家議論開來。而最吃驚的，是茶桌前那正襟危坐、一臉嚴肅的高發生老漢。

高發生老漢坐立不安，有些惶恐起來。「不會有這種事吧，哪能哩！」他自言自語地說。自言自語完了，放在明處的話，卻是這樣說。

「南山客，你狗日的滿嘴拌屁。世上哪有這樣的蹊蹺事兒？你分明是拐賣良家婦女，卻要編出個大謊來，使個障眼法唬弄我們！」

發生老漢有些虛張聲勢地說完，又求助似地望著新媳婦，「新媳婦，年饉他媽，妳是咱高家人，親不親，渭河水把妳養了小兩年。妳倒說說，這是咋回事？」

「是的，大，這是真的！他說的那些話，沒有一句虛擬！」新媳婦這時接過話，說。

新媳婦說，之所以到平原上來，是他們兩個晚上鑽到被窩裡想出來的計策，主要還是爲了那肚子裡的孩子。她還說，最初他們也沒有想在高村落腳，只是在這茶攤前，高老漢話攆話，一步步攆的，才最後成了這個結局。其實，論起前因後果來，他們還是上了高老漢的釣竿，一步踏錯，步步踏錯的。因此，這事要怪，得怪高老漢，他是主要的責任者。

「妳個小女子，平日大氣都不敢出，看來是裝的！妳紅口白牙，一番說詞，這事，倒成了我的不是了！」

「是這樣的，大！」

「好狗日的，你們把我耍了一回！秦腔戲《苟家灘》裡說，『一不小心上了娃娃的當』，看來這上當的不止王彥章，代代都有，誰都有！」

「不是我們耍你，是叫年饉逼著！」那男人壓低嗓子說。

雙方正在僵持著。這時門環「啪啦啪啦」幾下拍動，只見一個高身量男人，單薄身子，長條臉，肩上橫擔著一支快槍，槍筒上挑著兩隻兔子，笑吟吟地進來了。

我們久違了的快槍高大，這時出現了。自從辭了縣手槍隊隊長，入贅到下游那個村子以後，他跟高村的來往，少了許多。只是有一陣子，想起了，順著渭河往上走，來看一回老娘。以他的稟性，很快地在渭河下游那個村子，做了大隊文書。這個文書一直做到社教運動時下台。他肩上的那桿快槍，也一直以那樣的姿勢橫擔在肩，成爲一個固定的形象。這槍爲什麼解放後一直不收，平原上的人們不知道原因，大家推測說，也許他當年護駕李先念將軍有功，上級特批的，或者是他在擔任大隊文書的同時，還兼著民兵連長，所以有槍吧！

高大這麼一個聰明人，兒子撵過去一番訴說，他就知道是怎麼回事了。他不急，扛著槍，順著河沿走，打了兩隻兔子，才走到高村，上了老崖，進了家門。

見高大回來了，發生老漢的氣焰又起，他說：「長兄如父，這事情該怎麼辦，我退堂了，你來審！」

快槍高大聽了，淡淡地說：「事情該怎麼走，還讓它繼續走，我在一旁聽著就是了。大，主事還由你主。我聽說，老娘不忌口了，於是順便從灘裡打了兩隻兔子，容我把這兔子，先剝了吧！」

高大說完，臉色品起，不再和凡人搭話。他將那兩隻兔子，在棗樹上吊起，開始剝皮，剮肉。那支快槍，從肩上取下來，斜倚在樹身上。

看來這事還得由發生老漢繼續出頭。

發生老漢將茶桌一拍，桌上的茶壺跳起來，嗆啷一陣響。老漢咳嗽兩聲，提高嗓門，說道：「說一千道一萬，我不准這賤貨走。妳摸摸自己交襠裡長了幾個X，嫁了東家，又嫁西家。妳跟我兒子拜了大堂，行了大禮，妳就是我高家的媳婦。我要讓我家大花狗把妳看牢，讓妳活著是高家的人，死了是高家的鬼！」

新媳婦聽了這話，嗚嗚地哭起來。

那男人卻不認高老漢這個大詐，他說：「你少拿大球嚇唬瓜女子。那兩條腿在史桂花身上長著哩，你能看住了？實話告訴你，你們沒有割結婚證，沒有搬戶口，你們才是犯了王法了。再說，你私設公堂，限制人身自由，更是犯了王法。待我抽出身來，還要到地方上去告你哩！」

這話說到了厲害處。發生老漢聽了，倒吸了兩口涼氣。他求助地望著旁邊正在忙活的高大，希望他出頭。但是高大依然淡淡的，依舊在那裡搲皮、剮肉，忙著拾掇兔子，好像這事與他無關一樣。

高發生老漢沒了主意。他腦子轉了轉，有了個法子，只見他微微一笑，問道：「你們真的是割了結婚證？空口無憑，拿給我看看。你們該不是詐我們的吧？」

「我們都割了兩年了。這不，你鬆開手，我給你取！」那男人說。

鬆了手腳以後，那男人解開褲帶，原來他褲頭裡，有個暗兜。農村人出門，常給這褲頭裡縫個暗兜，這裡安全。只見那男人，將手塞進褲襠裡，摸索一陣，摸出一張疊得整整齊齊的紙片。「你瞧，這是結婚證！」男人說。

發生老漢抬抬手，要過結婚證，睜大老花眼，細看，見那果然是一張結婚證，上面有楊郭鎮公社的紅砣砣，有年月日，還有這一對男女的官名。

發生老漢看了半晌，伸出手，一綹一綹，將這紙片撕成碎片，然後罵道：「哈哈，你們狗日的想要我，給活人眼裡塞棒槌。這哪裡是什麼結婚證，你身上裝了幾片擦尻子紙，拿到這裡充結婚證，詐我們！」

這叫農民的智慧。誰說過，中國最狡猾的人是農民！

不料那男人見了，並不著急，他笑著說：「老漢爺你失算了！你忘了結婚證是兩張，男的一張，女的一張，你撕了這張，那張，還在我家箱子底下壓著哩！即便你老把那張也撕了，公社劃結婚證的人那裡，還有個底子哩！」

高發生老漢聽了這話，真的是沒訣了。

高發生老漢將一腔怒氣遷向高三，可是高三上縣裡開「三幹會」，還不見回來，於是轉而遷向高大。他站起身子，袖子一挽，指著還在忙活的高大罵道：「你耍得大，混成個人物了。回到家裡，像個死人槌子，一言不發。這是你三弟的事，你得管。叫你回來，就是向你請主意，問『策』，事情到了這一步，這攤場，你來收拾！」

只見高大這時已將那兩隻兔子剮完。他將兔子交給高安氏，讓她去做。又接過高安氏打來的一盆清水，擦上洋鹼，將兩手在水裡洗乾淨了，在空中抖擻兩下，又在襖襟上抹一抹，然後站起來說話。

那高大，確實是個經多識廣的人，說起話來頭頭是道。只見高大說：「大呀，古話說『知人知面不知心，知州知縣不知村。同走同行同問路，各人東西各小心』，東西通衢大道，來來往往許多客，他們誰是誰，安的什麼心，有什麼企圖，咱該防的都得防。你把這一對青年人，引到這茶攤上來了，這是你的不慎，你把那女孩子，不打聽明白，就給老三做了媳婦，更是大錯。不過事情已經是這樣了，這其實也是一件大好事，那位年輕人說得對，千錯萬錯這是年饉的錯。我為啥說是大好事呢，大年饉中，咱渭河水救了兩條命，這不好麼！」

高大繼續說：「大呀，咱家老二是公家人，我和老三，這算半個公家人，你哩，就成了公家人的老爺子了。所以咱們辦事，得按政策條文。他們割的那個結婚證，上面有公章哩，咱們得認。人家那是合法婚姻，受法律保護。咱們遇了這事，是有些吃虧，有些窩囊，可是大丈夫一口氣，能忍咱就忍了。這裡，權當放兩個年輕人一馬，讓他們走路！」

高大的話，落地有聲，頭頭是道，說得大家心服口服，眾人也覺得這高大真是人才，真後悔讓他入贅到了別村。大家也就議論說：那兩個南山客也是可憐人，不是沒吃的，也不會出此下策！

「你叫我這張老臉，往哪裡放哩！以後還見不見人！」高發生老漢哭喪著臉，叫道。

高大說：「咋見不得人哩！你做了一件大好事，大年饉中救了兩條命，榮耀還來不及榮耀哩。好老人家，事情要回頭想，顛倒想，你權當是收留了一個乾女子，幫她度了一段饑荒，這樣想，不就對了？」

說到這裡，高大面對地上跪著的那一男一女，說道：「你們兩個如果有心，記著這高村平原的情分，認個乾大。這一認，就算乾親了，平日記著的話，常常走走，記不得的話，那就算了，高村也不稀罕這個！」

說完這話，高大使個眼色，讓這地上跪著的一男一女，趕快挪動兩步，給發生老漢磕頭。好個高大，不愧是個「支書」，老爺子叫他收拾局面，他嘴裡沒說，其實一直是這樣做著。這一下跪，認個乾親，既是給這一對年輕人一個台階下，也是給發生老漢一個台階下。

兩個年輕人何等的聰明，聽了高大這話，一撲身子爬過去，先額顱撞地，連磕了三個響頭，然後，一人抱住高發生老漢的一個膝蓋，嘴裡「乾大，乾大」地叫起來。

高發生老漢別看嘴上梆硬，其實是軟面情的人，吃軟不吃硬的主兒。生平中，大約還沒人這麼親暱地跟他說話。他的氣有些消了，面色也和緩起來。

那天晚上，月亮升起來的時候，高發生老漢終於鬆了口，放這兩個年輕人上路。

上路前，新媳婦張開雙臂，要高安氏懷裡的孩子。高安氏不給。高安氏說：「在我家炕上生的，就是我家的孩子！」新媳婦見了，哭起來，她說：「這是我生的第一個孩子呀，頭生！」雙方正爭執著，那男人一旁說話了，他說：「史桂花，這孩子咱就送給乾大家吧，只要妳傢俱在，不愁再生不下的！」新媳婦聽了這話，止住了哭聲。

那兩個山裡人就這樣走了，從此再沒了消息。直到後來到了年饉上學的年齡，才重返高村，接走了他。

高三是在晚上半夜時分，才趕回來的。他聽母親高安氏講了事情的整個經過。最後他說，高大的處理辦法是對的，如果他在家，也只能這樣做。

第三十八章　瑣碎日子

新媳婦這件事，給發生老漢以沉重的打擊。他明顯的衰老了，見了人，不輕易地招呼，自己一個人蹲在大門的門墩上，一坐就是一晌。除了經管生產隊那三頭牛以外，他閒事不管。他把那牛不叫牛，叫「頭谷」，這是平原上的老叫法。

高村平原上，這些大字不識的老農，在他們的口中，常常會吐出一些深奧的名詞來，比如說「請策」，其實這是問主意的意思，但「請策」二字說出來，便有一種莊嚴感，一種奇怪的韻味。這樣的字眼，常常會從發生老漢口中蹦出。又比如說「敬視」這個字眼，它類似於重視，但好像又比重視多了點莊重。

受到影響，那高安氏嘴邊，也不時蹦出這些字眼，比如她訓斥黑建，叫了一句「東眼西邁」。黑建後來才明白，這是「東張西望」的意思，可是用前者說出，明顯地韻味十足。不知道老人們的這些字眼，是傳下來的古話哩，還是平日聽戲文，從秦腔戲裡逮下的。

高發生老漢蹲在門墩上，樣子很嚇人。像睡著了吧，又像沒有睡著。他大張著嘴，一會兒出氣，嗞兒嗞兒地，一會兒又昏天黑地地打著呼嚕，那鼻涕唾沫，順著腔子流下來，把前襟都濕了。黑建見爺爺像死了一樣，過去搖，搖了半天，也搖不醒。高安氏說，你爺那是「丟盹」，閻王爺在叫他哩！

直到高三問下新媳婦，發生老漢的情緒才彎轉回來。

那個叫史桂花的女人一走，來高家說親的人，又多了起來。那件事並沒有給高家帶來負面影響，倒是讓四鄰八鄉覺得，老崖上這戶人家實誠、講理，那情形正如高大所說，饑荒年間，養了個乾女兒，如此而已。

不久，媒人說媒，便在渭河上游的一個村莊，給高三找了個媳婦。那姑娘人才、模樣樣樣好，只是有一樣，成分不好，所以還沒有婚嫁。那戶人家沒有條件，只說找個成分好的就行。高家是貧農，這樣高三就成了合適人選。那家的姑娘，以前也常見高三。高三騎著自行車，洋樓一甩一甩地，從她家門前沒少過過，其實這姑娘心中，也早已中意了。

這樣，高三的婚姻就算成了。

就連婚期都定了。這時卻出現一個問題，那就是聘禮怎麼辦。嫁女要收聘禮，這是天經地義的事情。那個年月，聘禮不多，二百四十元，不過這二百四也不算少，那年頭的錢值錢，二百四該是最低價了。如果是雙眼皮，如果臉蛋上再有兩個酒窩，如果娘家對這樁婚事不滿意，故意搬扯，那麼還要加價，往三百六上奔。

沒有法子，高發生老漢老著臉皮，給遠在膚施城的高二打了封信，敘了點兒弟情誼，請他幫助老三。信打出去後，好長時間不見響動。這婚期不能再耽擱了。發生老漢於是從「丟盹」中醒來，把眼光對準正上中學的四女子桃兒。

這樣，他們便匆匆給桃兒找了一戶人家，聘禮不多不少，只要二百四。聘禮拿來，封都沒有打開，就讓媒人給高三媳婦家送去了。這樣，皆大歡喜，高三的婚禮如期舉行。

最苦命的是桃兒，她那時剛上鎮上的初中，又入了團，風華正茂，前程似錦。她在學校住，星期三下午、星期六下午回家揹饃。瞅一個時機，等她回來了，高發生老漢堵住大門，讓桃兒跟一個陌生的男青年見了面。桃兒說，我要上學呀！發生老漢說，學妳儘管上，現在先訂婚，等到中學畢業了，再完婚不遲。

桃兒是個沒有見過世面的女孩子，哪有主意。她的婚姻就這樣定了。可是沒有等到桃兒畢業，駱村那邊，聽說這桃兒學習又好，人又活泛，中學正在推薦保送她上高中，那時候，農村學生一上高中，就開始吃商品糧，到時候，這吃上商品糧的桃兒，肯定會把自己兒子蹬了。這樣一想，就天天到學校裡去鬧，逼著桃兒結婚。

桃兒回到家裡，摟著高安氏哭。高安氏說，農家女兒，遲早都得走這一條路的。我當年，就是爲給娘家的那個駝背弟弟下聘禮，三十塊大洋進了高家門。桃兒，權當爲妳三哥著想，妳就受一回這難場吧！

這樣，牛車吱吱呀呀地響起來，高家的女兒桃兒，坐著牛車走了。她大哭三聲，向這三間大瓦房、向老槐樹告別，向父母高堂告別，嫁到了五里外的駱村。

桃兒到了駱村，沒有住多久，就又回到了高村。她看不上自己的窩囊丈夫，看不上駱村這戶人家。到了駱村的她，當了婦女隊長，開了眼界的她，不再懼怕任何人，她一個人跑到公社裡，敲開公社書記的門，訴說自己這包辦婚姻。公社書記也甚是同情，於是喚駱村那邊過來問話，駱村那邊，平頭百姓一個，哪見過什麼世面，聽說公社傳他，那青年叫一聲「見官三分災」，就拾起身子跑了，半年不見回來。公社書記說，不回來也好，缺席辦案。就這樣下了一紙通知，宣布那樁婚姻無效。這樣，桃兒重新回到了高村。

駱村那邊，見公社書記這麼大的官說了話，也就認了。於是他們傳來話說，人沒有了，他們認，只是事情要想擺平，這二百四十塊聘禮，需得歸還駱村。恰在這時，高二從膚施城捎錢回來了，這塊補丁恰好可以補這個窟窿，於是將這錢還給駱村那邊，從此兩家，再不起話頭。

桃兒學生時代的這樁婚姻，因爲短促，村上人幾乎都忘了，記得最清楚的是黑建。因爲那聘禮，是高安氏拉著他去給駱村送的。大家都嫌丟人，不願意去，桃兒更是見誰提起，跟誰就急。「我去吧！」高安氏說。

高安氏用手帕將錢包了，拖起黑建的手：「跟婆跑一回駱村！」黑建記得，那駱村是個小村子，一條東西街道，街道兩側，兩排南北莊子，桃兒嫁的這家，在北邊這排莊子。高安氏嫌走前門進去，招風，於是牽著黑建的手，繞到屋後。看見有一戶人家，窮得連後院牆也沒有，那後院牆，是用一束束包穀稈圍起，來充當的，包穀稈外面，有個露天的茅坑，高安氏用手一指說：「就是這家了！黑建，你記著，進了這家，你不許說話，不許笑，我使個眼色，叫你走，你就走。走的時候頭要調端，不要往後看！」

高安氏領著黑建進了屋子。雙方都冷淡極了。高安氏從手帕裡掏出錢來，蘸著唾沫點上一遍，點完以後，放在桌子上。「你再點點！」高安氏說。那家大約是戶主吧，於是就又蘸著唾沫點了一遍。「對的！」他說。接下來，高安氏說，到桃兒屋裡再看一遍！進了屋裡，見了屋裡的寒酸勁，高安氏鼻子一酸。她從櫃子裡，挑了幾件桃兒的換洗衣服，趁那人不注意，將兩

張結婚證塞給黑建，讓他藏好，然後，用一個白布包袱，將衣服包了。「再叫你最後一聲『親家』吧！」高安氏強笑著告辭，仍從後門退出。

回到家裡，高安氏將結婚證交給桃兒。桃兒正在拉風匣做飯，她看都沒看，就將那東西扔進灶火裡燒了。高安氏後來說，結婚證上的年齡，是假年齡，桃兒那一年只有十六歲。

自從結束大旱的那一場三天三夜的透雨之後，生產隊組織勞力，先給有了墒情的田地，種了些六十天豌豆、小日月糜子等等能夠快速成長的莊稼，先讓大家把口餬住，接著便開始種正經莊稼。

渭河平原上，正經莊稼一般是兩年三料，或者叫兩年三熟。深秋時節種麥子，麥子要在地裡過冬，來年農曆五月中旬，麥子收割。收麥之前，爲了搶季節，在麥子的空隙中，用一根削尖的木棍，在地上戳個窟窿，放上包穀種子。收麥子時，那包穀苗已經半拃高了。割麥時麥莖削得高一點，這樣不傷包穀苗兒。麥子割過以後，平原上一片開闊，包穀苗也就迅速地長起來了。這時用鋤，將那些白花花的麥梗砍掉。這一是給地鬆土，二是麥梗恰好可以給包穀苗做肥料。隨後，包穀苗拔節，長成一人多高的包穀棵子，形成平原上的青紗帳。收包穀的季節在深秋。包穀娃一掰，包穀稈一砍，就又種麥子了。

大旱之後的第一批正經莊稼是小麥。種麥時節下了一場雨，麥苗分蘖時，又下了一場雨，麥苗越冬後起身時，再下了一場雨，可以說風調雨順。樂得個高安氏，站在地頭，拍著手，孩子一般地說：「麥收八十三場雨，看來，今年的麥子要豐收了！」

啥叫「麥收八十三場雨」？原來，農曆八月，地要墒情讓麥子下種，這時候有一場雨，最好；十月的時候，麥苗已經拱出地面，需要積蓄水分，開始準備越冬，準備在冬眠之前分蘖，這時候能有一場雨，更是再好不過了；第三場雨，是來年三月，那時節，麥苗正起身，得一場雨，將它喚醒，然後再供足養分，讓它生長、拔節、秀穗、揚花、黃梢、成熟。所以農家有「麥收八十三場雨」之說。

有苗不愁長，沒苗淚汪汪。眼見得麥苗坐住，眼見到麥苗一天天生長，眼見到平原上的季節，又進入了千百年來那有規有矩、有程有序的日子，人們的心裡變得瓷實了，有盼頭了，儘管要徹底地翻轉身來，還得等麥收，等大囤小囤裝滿以後，但是畢竟，那是指日可待的事。

就在種子落土到麥熟收割的這一段時間，老崖上這戶人家，還發生過兩件事情。事情都不大，可以說是大年饉的餘波，也可以說是在即將到來的豐收之前的最後兩個絆磕。這事一件發生在高發生老漢身上，一件發生在半大小子黑建身上。

先說高發生老漢這件。

那一天合該有事。早晨起來，高發生老漢左眼跳，他問高安氏，這左眼跳，是啥意思。高安氏說，左眼跳財。停一會兒，高發生老漢的右眼又跳了，他說，這右眼跳，是什麼意思。高安氏回答說，右眼跳災。隔一會兒，老漢的兩隻眼睛都開始跳，他問高安氏，這又是什麼講究。高安氏沒好氣地說：先跳財，後跳災，你老東西明智，今天不要出門，當心閃了腿；不要往那屋簷下站，當心瓦片落下來打了頭；不要往樹底下站，當心鳥雀屙在頭上。

發生老漢是個強松。聽高安氏這麼一說，他擰著脖子說，我偏要往屋簷下站，看哪個瓦片落下來。老漢說著，真的站在屋簷下了，站得端橛橛的，望著天空。半天工夫，瓦片也沒有掉

下來。平白無故地，又沒喜鵲踏它，瓦片怎麼會掉下來呢？接著，發生老漢又說，我今天偏要行一次遠路，看哪處的石子敢閃我這老腿。說罷，他向高安氏要錢。

原來，發生老漢蓄謀已久，他早就想上小鎮去，吃一碗葫蘆頭去。前些天，幾個老漢坐在一起磨閒牙，一個老漢說，西京城的春發生葫蘆頭泡饃館，在小鎮上開了個分號。城裡人吃飯，就是講究，把牲畜那大腸頭兒，煮熟後配上作料，成了一道名吃。發生老漢聽了這話，問了價錢，默記在心。小鎮上三六九逢集，高老漢要去，把時間定在今天。

高安氏見說，把自己身上所有的兜兒翻遍，湊起兩毛錢來。發生老漢將兩毛錢展在手中，燒著臉說：「得五毛，最便宜的普通春發生，就得五毛！」無法，高安氏只好翻箱倒櫃，最後連懷裡的孩子年饉脖子上的那個五分錢硬幣也摘下來，湊夠五毛。拿了錢，高老漢收拾行頭，上路了。較之當年，行頭沒變，只是手上，多了個用做拐杖的棍子。

下來再說黑建這件。

前腳剛送走了死老漢，後腳闖進來個半大小子黑建。

只見黑建臉上抹得白一道黑一道的，是那眼淚沖的。眼淚流在臉上，又用袖子一抹，袖子上有黑，便成了這樣子。他的頭髮亂糟糟的，眼睛哭得紅腫，聲都哭成「沙沙」的了。一隻腳上掛著鞋，一隻腳上沒有，大約是跑掉的。

「黑建，你不在城隍廟裡好好唸書，跑回來幹什麼？」高安氏說。

黑建聽了，又哇的一聲哭了，哭得那麼委屈。

高安氏不再說話，伸出胳膊把黑建摟在懷裡，讓他盡情地哭。哭了大約有一袋菸的工夫，了？」

黑建的哭聲弱了。高安氏這時把黑建的淚臉扳過來，問：「給婆說，出了啥事，誰欺侮你了？」

「婆呀，打死我，我也不去上學了！」

「到底出了啥事？」

原來，一個學期已經完了，黑建還沒有交學費。那學費是一塊錢。農村小學校，這種先賒上到學期完之前再交的事情，多得很。但是一般來說，到了這學期結束，就都交了。他們那個班裡，現在就黑建一個人沒有交。

當初上學時，高發生老漢擰著黑建的耳朵，口裡說著「不要東眼西邁」，拎著高安氏給做下的新書包，把黑建拉到城隍廟。「錢先賒上，那校長是我門裡兄弟，你管他也叫爺！」發生老漢說。所以黑建上學的第一次學費，就這樣賒著。黑建記得，過年的時候，高安氏領著他去走一門乾親。那家他叫「大姑」的人說：黑建，磕一個頭，我給你五分壓歲錢。黑建見這事能做得，於是趴在地頭，吭哧吭哧，一連磕了三個響頭，第四個頭剛磕下，那個叫「大姑」的人慌了，趕快把他拉起來。話既然已經說出了，大姑很心疼地從身上摸摸索索，摸出兩毛錢，塞到他手中。這兩毛壓歲錢，黑建一直捨不得用，上學時，他用這兩毛錢，四分錢買了一張粉連紙，錐成兩個本子，一個算術，一個語文，六分錢，買了三枝普通鉛筆，剩下的一毛錢，狠了狠心買了一支紅藍鉛筆。

話說這天，也就是高發生老漢想吃頓洋葷，拄著拐杖走鎮上這天，黑建早早地來到學校，打掃完衛生，便坐在自己的土台上。老師來了，是西村的人。老師盯著黑建，盯了半天。黑建明白老師爲什麼盯他，他羞愧地低下頭來，不敢看老師。這時候，老師咳嗽了兩聲，清了清嗓子，然後問道：「同學們，一學期快要結束了，咱們班，還有哪位厚臉皮的，沒有交學費，你們知道嗎？」同學們聽了，都齊聲回答：「知道！」老師又問：「那麼，這位厚臉皮的同學是誰呢？」同學們聽了，齊聲回答：「黑建！」

老師停頓了一下，以便再給黑建增加一點壓力，然後他說：「同學們，大家都跟我學，現在，咱們來羞他！」說完，老師伸出二拇指，彎過來，在自己的臉上一刮，嘴裡「噓」的一聲，在「噓」的同時，那二拇指伸直，接著整個胳膊伸展，直挺挺地指向第一排第一位坐著的那個小男孩黑建。

「噓——」全班所有的同學，在這一刻都學老師的樣子，先在自己臉上刮一下，隨後手指伸展，胳膊伸向那個不知所措的男孩。

面對著這一個個快要戳到自己臉上的手指頭，黑建的腦袋「轟」的一聲，他好久才明白了眼前是怎麼回事。他在那一刻受到了一種最深的傷害。他這一生注定將接受許多屈辱，這是第一次屈辱，因此傷害也最深，因此記憶得也最真切。

黑建站起來，強使自己不要讓眼淚流出來，然後揹起了書包，逃到田野上以後，他才放聲大哭，就這樣一直跑回家。

聽了黑建的敘述，高安氏臉色顯得異常的蒼白，她的眼睛裡放出一種異樣的光。高安氏這一生經歷過許多事，那許多事都比這件事嚴重，但是這件事帶給她的震動和打擊是最大的，因爲這傷害的是一個七歲孩子的心。

高安氏想一想，牽起黑建的手，走上高村的街頭，她從東頭到西頭，南頭到北頭，開始挨家挨戶地借錢，最後，一分一厘，湊夠了一塊錢，把它交給黑建。

高安氏是用「變工」的方式，來還這些錢的。這是她在借錢的時候，給人家這樣講好的，所以這更準確的叫法，不叫「借錢」，叫「預支工錢」。那時在高村平原上，這種事情常有。她是將人家的棉花拿過來，紡成線穗子，再把線穗子還給人家。一斤棉花，通常可以紡十個穗子，一兩一個。一斤花可以頂一毛線。這就是說，高安氏要還完這一塊錢，得紡上十斤花，或者換言之，得紡一百個線穗子。

平原上手腳最快的婦女，紡一天，可以紡三個線穗子。高安氏那時候已經老了，整七十的人了，手腳慢，加上還要照顧年饉，所以一天緊趕慢趕，只能紡一個。

這就是說，高安氏要將這一塊錢給還上，得用上一百天。

第二天早晨，黑建起得很早。他來到城隍廟，依舊先把黑板擦乾淨，把教室的地掃了，然後坐到自己的土台上，等著城隍廟那口鐘響，黑建個子最小，所以他坐第一排第一位。

老師走進教室的時候，看見第一排第一個位置，那個叫黑建的男孩，手背在後邊，眼睛不看他。男孩那土台上，放著個書包，書包上整整齊齊地放著一遝毛票。

第三十九章　麥收八十三場雨

高發生老漢去鎮上吃「春發生」的事，前面只是開了個頭，好戲還在後面。記得前面，高安氏說過「兩眼一齊跳，先是跳財，後是跳災」這話，我們得把老人家這句話，給個落實。

發生老漢去鎮上趕集，太陽剛過午，就回來了。他不但自己回來了，還吆回來一隻大母羊。那母羊，全身一燦白，大肚子鼓囊囊的，大約快要生了，兩隻後腿中間夾著兩個大乳頭，一走三撲啦，前面脖子上掛一個銅鈴鐺，嗆嗆啷啷一路響。

牽著這母羊，一路招搖，從高村街道上穿過去，發生老漢好生得意。有人問起價錢，發生老漢故意賣個關子：「你猜。」人們伸出兩個指頭「兩千」，發生老漢說，你往下說。人們又伸出一個指頭，外加一隻手：「一千五。」發生老漢說：再往下說。人們又伸出十個指頭：「一個整數。」發生老漢笑著說：我諒你們也猜不著，實話告訴你們吧，等於白撿的，只三百塊！眾人聽了，都說這老漢有財運。

銅鈴鐺一路音樂，到了自家門口，先喚老婆子，趕快泡一壺釅茶來，消消口渴腿乏，又喚黑建，趕快給這大母羊去割草。嚷了半天，沒人吱聲。那一刻高安氏正領著黑建，滿堡子借錢哩。發生老漢見沒人搭聲，只得自己忙活，先把母羊在大門口老槐樹上拴了，挪動幾步，到地畔上拔幾把草，給羊扔上，然後自己沏了壺老胡葉子，坐在老槐樹下，一邊飲茶，一邊讓氣喘下來。

高安氏牽著黑建，借完錢，還沒有走到家門口，高老漢從鎮上買了一隻大母羊的消息，口口相傳，已經進了她的耳朵。高安氏有些疑惑：「老東西哪來的錢呢？」接著又第二個疑惑：「老東西這一輩子，做過幾件贏人的事呢？該不會是又讓人給捉弄了？」

待走到老槐樹底下時，那裡圍了不少的鄰居，在聽高老漢唾沫四濺地排侃。自從「新媳婦」那件事以後，發生老漢是灰了一段時間，這下，頭是又抬起來了。

「現今的羊價，不知道中了哪門子邪，一隻小羊羔，就得五百，母羊哩，不給十個指頭，不跟你說話，至於這帶肚子的母羊，兩千、三千，有人敢要這個價，有人就敢出這個價。我這隻帶肚的大母羊哩，多少錢？三百！」

見高安氏來了，老漢更是嘴頭子上來了勁。他抿一口茶，繼續說：「這叫什麼呢？這就叫太陽今天照到我老高家的門樓子上來了，叫『好運氣不在打啼起』，叫『鴻運來了，擋也擋不住』！」

那一陣子的羊價，大家也都知道。有一個官道，有一個渡口，河對面也有一個集市，所以這大門口來來往往的牽羊的也很多，所以高老漢說的那些話，都對，都在理，都值得大家相信。

高安氏站定，她有些疑惑：「老東西，又不沾親，又不帶故，人家憑什麼就這麼便宜地賣給你！」

發生老漢說：「大家都說我憨，今兒個我才發現，世上原來還有比我憨的人！是的，既不沾親，又不帶故，但是人家硬是把羊繩子往你手裡塞，你不接都不由你！」

高安氏又問：「老東西，你身上哪有錢，乾球打得胯骨響，乾老漢一個。我記得，你早上上街，還是從我這裡，搜騰出五毛渣渣錢上路的。那三百塊羊錢，你是怎給人家出的？」

高老漢答道：「老婆子，這妳就放一百二十條心吧！羊錢我是賒著的，立了個字據。羊羔下來再還，這麼大的肚子，肯定是雙羔。一隻一賣，還這賒錢就綽綽有餘了，另一隻，八成是個母的，咱留著，讓牠再產羔。母羊產羔，是一年兩次，過不了幾年，咱要給咱的這些四方打圓的親戚陸人，一家送一隻咱的羊。先給妳娘家侄兒送。」

這些話，把個高安氏是逗笑了。笑罷之後，她還是覺得這事蹊蹺，心裡老犯疑惑。

到了下午，村上趕集的人陸陸續續回來了，說起羊價，高安氏的疑惑，果然有理。原來集市上，今天羊價大跌，像變戲法一樣，一隻羊羔，只賣到五毛錢，還沒有一隻蘆花公雞的價高。像高發生老漢買下的那隻母羊，撐死，也就值個二、三十塊。

聽到這消息，高安氏五雷轟頂，好像瘋了一樣，回到家裡一把拽住高發生老漢：「老東西，你的羊到底是從哪裡來的，你給我實說。還有，今兒個那鎮上的集，你到底去了沒有？」

高發生老漢聽了，也傻眼了。他這時老老實實地承認，他沒有去過鎮上。他走到半路上時，遇上了個賣羊的，大約還是個半生不熟的人。「這頭母羊，好下手！」望著羊的肚子，他讚美一聲。那人說：「老漢爺想要，就給個價吧！」發生老漢說：「要是想要，只是，腰裡不寬展！」那人說：「鄉里鄉親的，腰裡不寬展，就先賒上，羊羔下來了，再還！」發生老漢

說：「這多不好意思！」那人說：「這話見外了！」又說：「老漢爺你說話吧，給個價，就賣！」話攆話，攆到這裡了，發生老漢只得伸出一隻手來，手伸出，想了半天，蜷回來兩個指頭，留下三個指頭：「三百，咋樣！」

發生老漢心想，三百塊錢，連個羊羔都買不下。他這「三百」一出口，這樁路旁的說話也就算結束了，然後各人行路，互不相擾。誰知那人一聽，伸出手來，一把抓住發生老漢正在指手畫腳的這隻手，然後用他的手把這手掌一拍，叫一聲「成交」。

事到如今，發生老漢只有就範。當下，二人走到路旁一個叫廟底的村子，找了個共同的熟人，立據成交。高村離小鎮十五里，走到這廟底，還有十里，高老漢手裡牽著個羊，覺得沒有再去趕集的必要了，於是折身回來。

聽完發生老漢的敘述，高安氏一屁股坐在地上，臉色烏青，罵發生老漢道：「老不死的棺材瓤子，你把我們娘們兒害到何年何月呀！這羊債，你怎還人家呀！你老漢是把睡不著覺的事弄下了！」

發生老漢做了鱉事，站在那裡，赤紅個臉，低著頭一言不發。

母羊不久就產了羊羔。果然是兩隻，一公一母。發生老漢把那隻公的，給了配種的，讓配種的再給母羊把羔配上，這個賬他會算；那個母的，他給掛了個銅鈴鐺，鈴鐺一路響著，他牽著小羊去送給了安村。

高發生老漢買羊這個荒唐事兒，只對一個人利，那就是小年饉，他是喝著羊奶長大的。字據既然立了，那羊錢是得還的。母羊產羔不久，那人就揹著個褡褳，手拿字據，前來要賬。發生老漢想躲出去，沒有躲及，讓人堵在院子裡。老漢好面子，他說你那兩個錢，擱給別人是錢，擱給我發生老漢，小事一樁，拿腳踢哩！我家二兒，在城裡掙大錢哩，啥時想用錢了，把那機器一開，嘩啦嘩啦，錢票子就從機器裡吐出來了。當下說好，寬限些日子，等高二錢一匯到，就還給人家。

三百塊錢在那年頭也不算個小數目。支走了討債的以後，發生老漢急得在屋裡團團轉，他覺得不好意思給老二再張口了，可是不張口又不行，這事，只有老二有力量解決，想來想去，把正在炕沿上寫作業的黑建，叫住：「黑建，咧狗爪爪字，你該認了有二、三百個了吧！」

黑建答道：「差不多，包括拼音字母，包括阿拉伯數字！」

「會寫個家信，說個來回過往的話了吧！」

「有些字會寫，有些不會寫！」

「爺考你一下。來，給膚施城寫一封信，報個平安！」

「都說啥哩，我不會說。」

「你不會說我說。你從生字本上撕上一張紙，記就是了。不會寫的字，空下，完了問你姑姑桃兒！」

這樣，發生老漢口授，黑建捉筆，以黑建的口氣，給膚施城寫了一封家書。信中說到家裡買了一隻母羊，三百塊，錢賒著，請高二寄回錢，幫這個忙，解這個急。信中還描繪了這隻母羊將給這個家庭帶來的種種美好前景，這前景正如高老漢回到村子後所排侃的那樣，至於這羊價的大跌，這受了一場捉弄，高老漢說，千里寄書，報喜不報憂，這些就免談了吧！

信寄到膚施城，難為了個高二。據說，從那時起，高二每月從工資裡扣五塊錢，來還這羊債。直到「文革」那一年，賬才還清。

不管怎麼說，生活在進行著，田野裡的麥苗在生長著，日子在倒換著腳步，一天一天往前攆著。

哦，貧瘠而又豐饒的渭河平原啊，遍佈災難而又充滿溫馨的渭河平原啊。南面那高聳入雲的秦嶺，北邊莽莽蒼蒼的陝北高原，將你圍定，形成這號稱「八百里秦川」的葫蘆狀平原，一條古老的河流，詠歎著從其間穿腸而過。那塵土飛揚的官道上，車馬喧囂，千百年來，有多少行路客走過。那星羅棋布、散滿大平原的平庸村莊，人們螞蟻一樣在其間穿插，無名無姓地出生，又無香無臭地死亡。而那廣袤的、一望無垠的田野哪，你經歷過幾度草榮草枯，花開花謝。在你寬闊的胸膛上，在你條條河流的交匯處，千百年來人們設州造府，演繹著一個個故事，而西京城，這雄偉的帝王之都，是誰說過，一部中國的歷史，大約有一半，是這座城池的歷史。

有一個聲音，它轟鳴著，「汪兒汪兒」的，像大地本身一樣，厚重低沉，又像天空本身一樣，高遠遼闊，這聲音瀰漫在這大平原，千百年來，一直轟鳴不已。你感覺到它的存在嗎？每一個平原人大約都會說，它是存在的，大約從一個叫后稷的人，在這塊土地上掏第一鑁土時，它就出現了。

那個戴著二軲轆眼鏡，拄著拐杖，滑稽地在平原的官道上，邁著八字步的高發生老漢，那個將一雙小腳錐在地上，穿著大襟襖，手搭涼棚站在老崖上，向遠處瞭望的鄉間美人高安氏，那個從遙遠的中州平原走來，在這裡落地生根的顧蘭子，那個橫擔一支快槍的一代梟雄高大，那個「男人嘴大吃四方」的公家人高二，那個在這塊平原上像一個家園的最後守望者的高三，還有，我們的被命運之手拋來拋去，而最後，將要回到家鄉的平原，懷著變革的意願，將這裡改變成高新區第四街區的黑建，以及年饉等等人，他們說，他們都聽見過那聲音。

他們說，或者在某一天清早，一覺起來，他們聽到這或從大地深處，或從天空遠方傳來的轟轟隆隆的聲音。或者是在正午，太陽當頂，照得人額顱發燙，昏昏欲睡時，或者是在黃昏，當落日像一個橘黃色的大車輪子，停駐在渭河上游，停駐在西京城那斑駁的城垛時。——一個平原人的一生，總能幾次聽到這聲音，他們說。他們還說，這好像是這條故鄉河流的咆哮之聲，但好像又不是！

麥子黃梢了。

大平原上的麥子黃梢了。

麥收八十三場雨。有這八十三場雨，這一年的麥子，八成就能吃到嘴裡了。那三年的大年饉，地裡基本上沒有收成，從而也給土地積攢了肥力，積攢了地氣。誰說過，地歇三年，那土可以當肥料使哩！

看呀，南風起了，整個平原像一個波濤翻騰的大海，那被風一揚一揚的金黃色的麥浪，就像大海的波浪。那一段日子，太陽是金黃色的，大地是金黃色的，天空是金黃色的，就連遊歷在大平原上的空氣，也是金黃色的。就連人們瞅東西的眼珠，也都變成金黃色的了。大地像喝醉了酒一樣，平原上的人們像喝醉了酒一樣。

在那金黃色的日子裡，高安氏整夜整夜睡不著，她牽著黑建，徹夜徹夜地在這些麥浪中漫遊。「我們有了吃的了！我們沒有被餓死！」高安氏喃喃地說著。她熱淚漣漣，惹得黑建也熱淚漣漣。

接著，大平原上響起一陣陣磨刀的聲音。這是磨鐮刀的聲音。鐮刀刃和鐮刀架子，是分開的。人們將鐮刀刃子卸下來，順過磨石，往上面淋兩把水，就屁股一撅，開始圪蹴在那裡磨鐮了。「沙沙沙沙，沙沙沙沙」，這音樂聲從各家各戶的院落裡傳出，瀰漫開來，佈滿了大平原。

那平原上的第一鐮，通常是從大麥和油菜開始的，這原因是它們早熟，還有個原因，是讓它們趕快騰出個麥場來，讓正料莊稼我們的麥子登場，當然還有第三個原因，那就是讓這被高發生老漢稱為「頭穀」的牛呀、馬呀、騾子呀、驢子呀，有點精飼料，牠們的身體在這時候，甚至比人的身體還要重要，馱麥、碾場、夏播，將來都要靠牠們的。

第一鐮是從一塊變成了琥珀黃的地塊開始的。接著，哪一塊變成琥珀黃了，收哪塊。那高三，騎著輛「鳳凰單閃翅」的自行車，整天在這塊平原轉悠著，他就盯著這事。論起割麥，可以說平原上的每一個男人和每一個女人，都是割麥的好手。尤其是女人，她們如果高興起來，一個人一天可以割一畝三分地的麥子，在這一點上，男人望塵莫及。那農民詩人王老九的詩中說：「張玉嬋張玉嬋，上炕剪子下炕鐮」，這裡說的「下炕鐮」，說的就是割麥子。

一群生產隊的婦女，排成一個梯字形，一路打走鐮割過去，大片大片的麥子就應聲倒地了。

運麥子的男人們，見了一陣陣喝彩。啥叫「打走鐮」？就是這割麥的婦女，揮動鐮刀，一路削過去，麥子紛紛倒地，那倒地的麥子，女人並不用另一隻手去捉，而是讓它順莖倒下，然後女人用她的腳，加上一條腿，帶著這些倒下的麥子往前走。走上三、五步，帶不動了，可以捆成一個麥個子的麥子也就夠了，於是女人抽出兩把麥秸，一挽，紮成個麥個子，立起。

男人們這時吆著牛車，跟在女人後邊，站在地上，用木杈叉起麥個子，往車上裝。裝滿鼓堆山滿的一車，然後運到場上去碾打。

高安氏將一簸箕新麥，簸了簸，拿到碾子上壓成扁糊糊，然後回到家裡，將鍋子添上水，將這新麥拍成幾個長條形的餅子，貼進鍋的四周。拉了一陣風匣後，她將鍋揭開，然後，用襖襟撩起一個焦黃的饃子，送到門口正丟盹的發生老漢手裡。

「老東西，接住！快告訴肚子說：第一鐮新麥下來了！」

第四十章　人生一世草木一秋

這以後不久，顧蘭子隻身一人，回了趟高村。她這次來是專程接黑建到城裡去上學的。親人們相見，自然有說不完的話題。那年頭，大家都受了許多苦，鄉下人苦，城裡人也苦，所以大家都沒有對這剛剛過去的大年饉，說太多的感想。其實，顧蘭子看了一眼這光光蕩蕩、四壁空空，像被大水沖了一樣的房子，她就明白這幾年的艱難了。「謝謝你們照顧了建。我得把他帶走了。我是睜眼瞎子，不認得字，我要叫他接受最良好的教育！」顧蘭子說。

高安氏見她一進門就往院子的四處瞅，知道她牽掛著黑建，就說：「黑建在城隍廟裡上學哩！那城隍廟，如今改成高安小學了。那黑建，已經會寫信了，幾個狗爪爪字，寫得四方四正的！」

這話提醒了顧蘭子。顧蘭子避過人，解開褲帶，從褲衩的那個暗兜裡，掏呀掏，掏出一個信封：「大，媽，這是高二讓我捎給家裡的。黑建寫的那信，高二收到了。這是羊錢。那隻母羊，就是棗樹底下拴著的那隻吧？」

顧蘭子沒有提這錢是高二從單位上支的，單位上每月要從他工資裡扣。她只說，高二要她把這錢親手交到兩位老人家手裡。說完，她把那個信封，雙手捧著，遞給高發生老漢。

老漢有些不好意思，覺得錢有些燙手。他接過信封，沒有打開，也沒有帶走，而是裝著不介意的樣子，把信封信手擱在高安氏的那個板櫃上。直到顧蘭子抽身離開，去城隍廟裡看黑建去了，他才一撲過去，抓住信封，然後打開，呸呸兩口，往指頭蛋兒上蘸些唾沫，然後一張一張地數起來。

顧蘭子說她等不及了，要去城隍廟。說完，她從田野裡斜插過去，向高安小學走去。看看後邊沒人了，於是一路小跑起來。

那一天正上二年級第十八課，課文的標題叫〈抗日英雄小鐵錘〉。坐在第一排第一位的黑建，正在和全班同學一起，齊聲朗讀課文：「小鐵錘，十五歲，個子矮矮的……」這時候，教室的門打開了，陽光斜射進來，一個留著剪發法，穿著件毛藍對襟衫子，淡灰褲子，腳穿襻帶織貢呢布鞋的中年婦女，一手扶門，站在門口。

「建！」她叫一聲。

「黑建！」她又叫了一聲。

黑建有些疑惑地，扶著那個用做書桌的土台子，站起來。他真的不認識眼前這個女人，或者說，這幾年來，他經歷得太多，關於膚施城，關於顧蘭子，他早已丟在腦後了。

「妳是誰？妳找我有啥事？」朗誦聲已經停下來了，因此，黑建這一句問話，顯得聲音很大，很刺耳。

在那些大年饉的日子裡，在那些地獄般的白天和黑夜中，在每一次掙扎著要闖過一次活命關的時候，黑建都會想起顧蘭子，並在嘴裡輕輕地呼喚著她的名字。但顧蘭子真的出現在他面前的時候，他卻一下子很難認出她，在感情上很難接受她。

校長這時候來了。他也是高村的人，發生老漢的一個門裡兄弟。他走上去，在黑建的頭上輕輕拍了一把：「你媽來接你來了。回城裡去吧。城隍廟太小，廟小揮不開刀！」

顧蘭子揹起黑建的書包，千恩萬謝地向校長告別，然後牽著黑建的手，走上了田野。

晚上喝湯的時候，高發生老漢說：「黑建，你叫『媽』！」

黑建說：「我不叫，你想叫，你叫！」

發生老漢說：「你不叫，看我打你！」

黑建說：「打死我也不叫！」

發生老漢聽了，吐出腳下的鞋子，抓起來，真的要過來打。高安氏見了，護住孩子，說：「隔生了！先不急著叫，慢慢熟喚了，他自己會叫的！」發生老漢聽了，這才作罷。一旁的顧蘭子，眼中溢滿了淚花。

顧蘭子在高村，只待了短短的三天，走了幾門老親戚，然後就回膚施城，那裡還有一家子人，得她經管。走的時候，是高三騎著他那輛「鳳凰單閃翅」，將這母子倆送到火車站的。顧蘭子坐在車子的後座上，黑建則手抓車頭，坐在前面的梁上。

行前，黑建躲在高安氏的懷裡，不願意走。他說他要和爺，和婆，在這高村平原上生活一輩子。高安氏笑了，她說：「叫婆叫婆，越叫越薄。黑建呀，高二和顧蘭子才是你最親的親人呀！我和你爺都一把年紀，成了棺材瓤子，沒有幾天活頭了，你走吧，男人嘴大吃四方，外邊的世界大著哩！」

高安氏說完，拉住黑建的手，把他交給顧蘭子。

在黑建離開高村平原以後，高發生老漢和高安氏，又在這塊故鄉的平原上，生活了將近二十年，直到上世紀八十年代前後過世。

他們都死在八十四歲上。老百姓有一句話說：「七十三，八十四，閻王不叫自己去。」意思是說，這七十三歲，八十四歲，是兩個門檻。高村平原上的老人們，每當到了這兩個門檻的年齡，便做好死亡的準備，而且，大部分的老年人，確實都是在這兩個年數上死的。

兩人相隔三歲，因此，雖然都是八十四上走的，但一個比另一個早走了三年。那早走的是高發生老漢。在經歷了四清、社教、「文革」，「文革」後改革開放初期的年月後，老漢去世。死在七十年代末。而高安氏，她跨過一個年代，死在八十年代初期。

約莫著自己快要死了。發生老漢要人把他的棺木騰淨，裡面存放的小麥挖出來，用它磨成細麵，以便在喪事中，招待那些前來祭奠的人。

棺木掏乾淨以後，老人讓他的幾個兒孫，將棺木抬到院子的陽光下曬一曬。在曬的時候，他就搬一個小凳，坐在旁邊，撫摸著棺木光滑的板面，嗅著棺木那柏木的香味和糧食的香味。

在平原上，一個人，如果能睡著一口柏木棺去世，那是一種最高的榮譽。別的雜木不行，只有柏木。因爲在地底下，有一種叫穿山甲的動物，那物什能用鋒利的爪子和吃鋼咬鐵的牙齒，將所有的雜木棺材鑽透，然後吃掉死者的腦子。但是遇見柏木的氣息，牠就退卻、避開了。在以往的平原上，能睡得起柏木棺材的人是很少的。頂多，人們從老墳裡，伐一棵柏樹來，然後用幾塊板子做棺木的前檔和後檔。因爲穿山甲通常是從檔口這個薄弱處侵入的。

這柏木棺材，是高二從黃龍山給他買來的。老百姓說，老子欠兒子一個媳婦，兒子欠老子一副棺材，這種代代相依的父子關係，在他們身上又重新演了一回。

那顧蘭子在大年饉結束，領走黑建以後，後來到了一九六八年麥收過後，還領著幾個孩子，回高村住過幾年，服侍二老，盡盡自己的孝心，直到孩子們後來都飛了，她才最後離開，繼續跟著她的高二。她說她永遠記著這塊平原，記著二老對她的恩情。

那副棺木在陽光下，閃爍著金黃色的光芒。它像老崖上的這戶人家一樣，也經歷過許多事。

而就在黑建他們離開平原以後，它還發生過一件事情。

事情是這樣的。戲河上游的那個水庫後來終於修成，在一年秋天，包穀地需要灌水的時候，水庫開始放水。水順著乾渠、支渠、毛渠，通過各個分閘口，流向了平原。但是，水不管怎麼流，也沒有流到這塊高村平原上來，原來，上游的那些村莊，也同樣乾旱，於是他們在用足了自己的配額之後，仍然用各種方法在偷水。

高村平原上的人們憤怒了，大家紛紛要高三帶著他們到上游去護水。高三有些怯火，他知道這一去，弄不好會鬧出人命的。高三到公社跑了幾回，公社說這事他們也管不了。沒有辦法，高三回來，將這事給發生老漢說了。發生老漢說，孩子，人的一生，該做幾回惡人的話，得做。我的腿腳不聽使喚了，你叫人抬上這口棺材，順著乾渠走一遭吧！

這樣，高村動起戶族，一群精壯勞力，拿著钁頭、鐵鍁，抬著發生老漢這副棺材，吶喊著一路浩蕩，從乾渠流經的那些村莊中穿腸而過。所過之處，家家門戶緊閉，大聲都不敢出。這

樣走過一遭以後，那渠水嘩嘩地流下來了。

在柏木棺材濃烈的柏香和糧食香的味道中，高發生老漢有些頭暈。他讓人給自己穿老衣，因爲他擔心自己一死，硬胳膊硬腿的，這老衣就不好穿了。

這老衣裡三層，外三層，一共穿了七身。高大的媳婦，高二的媳婦，高三的媳婦，一個給做了一件。還有一件，是四女子桃兒做的，她嫁到了三里外的一個村子，有了個幸福的家庭。還有兩件，一件是高大那個留在高村的女兒做的，她也已出嫁；另一件，是高二的女兒咪咪做的，她後來插隊回到故鄉，然後從這裡出去參加工作。

六件衣服都是在裡面穿。那最外面的一件，是從小鎮上買的。那是一件灰色的袍子，穿上它，令人想起秦腔戲中那些過去年代的人物。

穿好衣服，見兒孫們都在跟前，老人喘著氣說：「我這一生，很慚愧，不如一個人！」大家笑著問他，不如誰？發生老漢說：「我不如毛主席！我和毛主席同一年同一月同一天出生。他多了不起呀，影響了這個大世界！而我呢，只影響到這塊平原，這個家庭！」

高發生老漢最後的話是：「高老太爺爲啥給我取這個名字，叫『發生』，我琢磨了一輩子，到這一刻才突然明白了。『發生』這個名字是說：世界上所有的事情都沒有道理，不過既然它發生了，那發生就是它的道理！」說完，他閉上了眼睛。

人們只是幾聲哭聲，接著就噤住了。紅白喜事，紅白喜事，那白事實際上也是喜事。一個人，能活到那個年齡，能安詳地死在自家炕頭上，能在那麼多愛你的人的注視下離去，這不是喜事，又是什麼呢？

在蓋上棺材蓋的那一刻，二兒子高二走上前去，把發生老漢平日最愛的那個二軲轆眼鏡，用手絹擦拭了一下，爲躺著的他端端正正地戴上。那是一副石頭鏡，是當年高二在黃龍山參加工作後，用自己的第一次薪水，在地攤上買的。

那眼鏡是用兩個烏青的圓鏡片做成的。用一個「几」字形的銅鼻架，將兩個鏡片連起來，沒有眼鏡圈，所以看起來很古樸。那眼鏡的銅腿子，是三截的，可以折回來。眼鏡腿子的一頭，用鉚釘鉚在鏡片的外沿，另一頭，是兩個銅板一樣的卡子，它們的作用是夾住頭，不讓眼鏡脫落。那腿子大約不太好用了，因此，發生老漢生前，用一根細繩子，把兩個腿子連在一起。當戴上眼鏡之後，那條細繩從老漢光光的後腦把子上勒過。

在將這給高發生帶來無限風光、無比驕傲、十足風度的二軲轆眼鏡，戴在他眼睛上的時候，高二在那一刻有些慚愧，因爲在當年買下這副石頭鏡不久以後，他就知道這石頭鏡是假的，它只是兩片人造水晶。

高安氏是在發生老漢走了三年以後，才撒手離開人間的。

晚年，她比發生老漢要活得充實一些，活躍一些。發生老漢到了晚年以後，一隻眼睛看不見了，耳朵聾了，因此，他一晌一晌地坐在那裡，一動不動，像個樹木樁子一樣，就是烏鴉落在頭頂，他也懶得去打。問他話，問三聲，才聽到答應。吃飯的時候，飯來了，他一句話也不說，伸手去接，吃完一碗飯，如果要吃第二碗的時候，他也不說話，只用筷子在碗的中間部分一等，表明他還要半碗。當他一個人獨處的時候，他在呆呆地想什麼呢？沒有人能知道，或者是什麼也不想吧。

高安氏卻一直到去世之前，耳不聾，眼不花，手腳靈便。她唯一的不方便是坐在地上的時候起不來。當年黑建還在家裡的時候，她就是這樣了。通常，如果要起來，是這樣的：她先把盤著的兩隻腳從屁股底下抽出來，然後，兩個膝蓋併攏，同時，用兩隻手扳住膝蓋，最後，她抱住膝蓋，身子一前一後，一俯一仰，搖呀搖，黑建則在背後幫著她搖。就這樣閃上一陣後，說聲「起」，黑建在背後猛推一把，高安氏就兩隻小腳一站，人立起來了。而在黑建走後，這件工作是由後來慢慢長大的年饉擔負著。

四女子桃兒後來找了戶好人家，嫁到公社所在地的村子。男人是西京城裡一家大企業的工人。他開機器，把耳朵震聾了。高安氏說，耳朵聾了，好呀，不聽閒話不生閒氣，只知道幹事。這人本分，桃子與他相依為命，生下一堆孩子。平原上的人們，把這種男人在外面工作、女人在地裡勞動的人家，叫「一頭沉」。

高大留在高村的那個女兒，叫月兒。她也嫁了一戶好人家。那男人，是個高身量的、喜歡說笑的小伙子，他本來在田野裡勞動，後來不知道怎麼成了一個做宴席的大廚。這一塊平原上，誰家過紅白喜事，總能看到他的影子，聽到他的笑聲。

她們都對高安氏很好，用心地呵護著，愛著她。夏天的單，冬天的棉，都是她們給做的。桃兒的丈夫在城裡工作，手頭寬裕一些，因此常常給高安氏的口袋裡塞點零用錢。月兒的丈夫在忙完事情之後，事主謝大廚，會給他拿些白饃和燕碗回家。月兒就夾一個菜饃，走二里地，給婆送來。那月兒的丈夫，每遇空閒了，還拉著一輛架子車，把高安氏拉到驪山腳下的那個著名溫泉，去洗一回澡。

最孝順的人數高三。皇帝愛長子，百姓愛小兒。在弟兄三個中，他是最受父母寵愛的，這大約不光因爲他小，還因爲他弱一些的緣故。愛要用愛來回報。在高安氏快要走的那半年中，忙碌的他，每天晚上都睡在高安氏的炕上，陪了整整半年。

高安氏死在一個早春的日子。

她知道自己不行了。讓高三給遙遠的膚施城番一個電報去，就說母親病危，讓膚施城那戶人家趕快回來。電報番出去以後，她讓人把自己抬到靠大門的地方，然後穿上老衣，眼睜睜地瞅著官道，瞅了三天三夜。不見官道上有響動，於是她說：「我等不及了，我得走了。告訴高二，告訴顧蘭子，告訴黑建，我等了他們三天！」說完這話，她溘然長逝。

發生老漢去世時，膚施城一家是趕回來的，他們和老人見了最後一面。高安氏去世時，那一年是倒春寒，大雪封山，所以膚施城一家延挨了幾天，耽誤了日子，當他們趕回來的時候，高安氏已經入殮。

高二撫摸著棺木，請求將棺木打開，讓他最後再看老娘一眼。

棺材板揭開了。高安氏衣冠周正，靜靜地躺在棺木裡，如此安詳，如此美麗。她的頭上挽著一個高髻，髻上插著一根銀簪，青布的大襟襖，大襠褲，褲腳一如生前那樣，用裹纏纏起。那兩個秤錘一樣的小腳上，穿著繡花的布鞋。而她的頭頂，枕著一塊用繡花布包著的青磚。她的嘴裡，則含著一枚五分錢硬幣。那是買路錢，希望她一路走好，能安詳地回去，不要被什麼東西拽住。

她多麼的美呀！她是真正的高村平原上的鄉間美人。瓜子臉，尖下巴，下巴上有一顆美人痣。鼻子尖尖的，小小的，細眉細眼。如今，靜靜地躺在那裡的她，一張小臉像白紙一樣蒼白。

在場的所有的人，這時候才意識到，他們多麼的粗心呀，原來這些年來，他們是和一個鄉間美人生活在一起，一個鍋裡攪稀稠。他們很遺憾，當她活著的時候，高發生老漢大約從來沒有認真地看過她一眼，而這些兒孫們，他們也都忙碌，爲嘴忙碌，爲各種世俗事務忙碌，他們同樣沒有把眼光從尋常事務中哪怕挪開一刻的工夫，來看一下他們的這位長輩、這位親人。

高二哭起來了。

所有在場的人都開始哭。

哭聲起了。哭聲告訴左鄰右舍，告訴這個世界，平原上，一位老人死了。

哭得最兇的、最悲傷的是顧蘭子。

棺材蓋兒被重新合上。鄉村木匠過來，將它四個角兒用四根大鐵釘釘死。這時掌事的高叫一聲：「眾孝子列隊，起靈了！」

第四十一章　公家人高二

高二當年在膚施城的報社裡，並沒有待多長時間。以他的激情和才華，他渴望著進取，渴望著冒險，渴望著「自信人生二百年，會當水擊三千里」。這是那個時代的人的特徵，而對於出身寒門的人來說，尤其如此。

他在報社待了五年，做到報社領導這個級別，當然是副職。後來大躍進年月，報社要辦一個造紙廠，解決紙張的自給自足問題。這樣他便到造紙廠做了廠長。造紙廠建在一個盛產麥秸草的縣分。他在那裡幹了三年。三年後，大躍進發熱期間建起的這些工廠紛紛下馬，造紙廠也就遣散員工，結束使命。

這時候，他有一個前往西藏的機會，當然也是去做記者，援助當地的報社。恰在這時，顧蘭子有病，無奈的高二將顧蘭子從老家高村接到造紙廠，在縣城爲她看病。援藏這個事，報社於是派了另外的記者去。而高二，則到另一個縣分，去做宣傳部長。

那個縣也是一座高原名城，叫尉遲城。只是如今混背了，成爲一個縣級城市。這個城的名字和唐朝的一位大將有關。傳說，尉遲敬德在這個縣境一個叫「黑水寺」的地方，「單騎救主」以後，唐王朝後來在這裡設立州治，讓尉遲將軍做了這裡的州官。尉遲將軍很用心，便在

這洛水之南，西山之北，造起這座輝煌州城。城建得差不多了，只剩西山腳下的那寶塔，還未封頂。尉遲見自己像變魔術一樣，在這陝北高原荒僻之地，營造出這麼一座輝煌州城，心中喜悅，於是從西京城裡，接來老母親觀看。

尉遲將軍陪著老母，順著城牆頂轉了一圈，然後問母親感覺如何，可有還不夠完善的地方。母親見問，於是說，好是好，只是，這城還缺一樣東西。尉遲問還缺什麼。母親說，城的四角，還缺四個鐵環。尉遲不解其意。母親說，有這四個鐵環，待你告老還鄉時，找一根繩子，將這鐵環一串，好把城給咱揹回家去。

尉遲將軍聽了這話，半晌沒吭聲，那萬丈雄心，登時退了。尉遲城也就修到這裡為止。那象徵州治的寶塔，沒有封頂，也就就此作罷了。

高二在這尉遲城裡，其實也沒有能待上幾年，六四年四清，六五年社教，他都被抽出來，參加運動。他年輕，思維敏捷，充滿熱情，又有文化，寫得一手好字，嘴皮子上又能來，所以抽調幹部，他總是最合適的人選。這些所謂的四清、社教，大都是一個縣去整頓另一個縣，這樣，他便又在這些縣分，以膚施城為圓心，輾轉過好幾個地方。

這個時期，他把家安在了尉遲城。在城裡租了兩間民房，安頓下這個家。月租是兩塊錢。顧蘭子領著孩子們在這裡居住，一直住到一九六八年夏天，重回到高村為止。當年顧蘭子來高村接黑建，就是從尉遲城出發的。後來接來黑建，也是接到這裡。所以，黑建在這尉遲城，度過他的少年時代。

他的工資是七十六元八角，十七級，這是五五年由配給制轉工資制時訂的。那時這工資還是不低的。這因了他是建國以前參加革命的緣故。但是到六十年代以後，以他的資歷和年齡，這工資已經不算高了。

關於工資，高二的支配是這樣的：每月工資下來，將五十元交給或寄給顧蘭子，剩下的二十多塊，是他這一個月的開支。遇到特殊情況例外，比如在還羊債的那幾年中，他每月扣除五元，只給顧蘭子寄去四十五元。

截至目前，公家人高二的仕途還是平坦的，但是在不久之後，他受到了一次打擊。接著，又受到一次打擊。如果說第一次打擊他受的只是皮肉傷，並沒有傷到筋骨的話，那麼第二次打擊是致命的，那個長長的陰影遮蓋了他的後半生。

不過，話又說回來了，生活不打擊你，又打擊誰呢？這個外露的人，這個自負的人，這個只知道埋頭進取，而從不知道後退和防備的人。在生活這本教科書面前，他還欠缺很多。「你永遠只是一個著名農民！」景一虹的話說準了，這句咒語一樣的話跟隨了他的一生。

第一次打擊是由那惹是生非的老爺子高發生老漢引起的，老爺子那時候還在世。他專程前往陝北，是爲一件事情，就是要錢。

四清運動在君臨到膚施城的同時，也君臨那塊渭河邊的高村平原，高大是支書，是這次四清運動的重點。工作組查明，高大同志在擔任支部書記期間，挪用或貪污公款四百元。四百元是一個不小的數目，高大同志是怎麼貪污或挪用的呢？按他自己的交代，這是他給兩個兒子置辦婚事花掉的。兩個兒子同一年結婚，一個農村幹部，他掏淨口袋也拿不出這筆錢來，於是只好挪用一下公款。

發生老漢的那一身行頭，一在這個正在進行四清運動的陝北縣城出現，立刻引起了所有人的注意，民兵小分隊當即斷定這是一個逃亡地主，因爲家鄉正搞運動，所以外逃避風。一問話，他那咬文嚼字的滿口戲文，更叫人疑心。

「公家人高二，可在你們這個縣公幹嗎？勞駕稟告他一聲，就說高老太爺來了！古人說『出郭十里相迎』，你們這縣城太小，跑上十里，就到鄰縣縣境了！就且讓這高二，在大門口迎接我就是了！」

見發生老漢這樣說，民兵小分隊嘴上應著，然後把高老漢領到工作組所在地。

前半晌，這個公家人還是專政別人的，到了下午，風雲突變，他自己成了被專政對象。那天，他正在台上，領著大家學習文件，台子底下，口號聲突然響起來了。口號喊：「揪出漏網地主的狗崽子高二！」「外調內查，重新給高二劃定成分！」台上的高二，聽了這口號，愣了。好在他還能壓住陣腳，於是硬著頭皮，將文件唸完，叫一聲解散。

那天晚飯是會餐，席間，活躍了個高發生老漢，苦悶了個公家人高二。老漢夸夸其談，談自己的五馬長槍，豐富閱歷，工作組別的成員只是傾聽，偶爾做一引導，比如「你抽大煙，那大煙是什麼味道」，比如「你的家裡原來有那麼多地，得雇幾個長工才行」，諸如此類。

旁邊高二，數次打斷他的話，老漢不知世事險惡，反而嫌高二多事。

於是高二也就索性不去管他，讓老爺子去滿口曰曰。高二自己，抱起一個酒瓶，只顧喝悶酒。

高二是喝得有點高了。席間，他感到頭重腳輕，於是上了一趟廁所。縣城那個時候的廁所，一間乾茅坑，茅坑上有幾個蹲窩。蹲窩與蹲窩之間搭幾個青石板而已。高二腳下趔趄，冷風一吹，酒上了頭頂，進了茅坑，去踩那青石板時，一腳沒有踩穩，便連人帶青石板，一塊掉進茅坑裡去了。

高二生性好強，他從來不說這些，掉進茅坑這事，是他的兒子黑建聽那次一塊兒參加四清的人說的。卻說那高二掉進茅坑裡以後，旁邊另一個茅坑上蹲著的，就是工作組組長同志。組長見高二掉進茅坑了，別過臉去，看也沒有看一眼。他自顧自地拉完屎，然後揩完屁股，繫上褲帶，撒腿走了。好像據說，組長出去後，又進來過幾次人來撒尿。這幾個人想了想，覺得應該和高二劃清界限，就都自顧自地走了。

高二自己掙扎著，從茅坑裡爬出，然後回到宿舍擦拭了一下，換身乾淨衣服，又來到宴席上。好強的他，坐在那裡，又象徵性地吃了幾筷子菜，然後領著高發生老漢回到他的宿舍。

那夜，老爺子就在高二的單人床上睡了。高二在地上搭了個地鋪。他問老漢，到底是咋回事，你說清楚，說完了，趕快抬腳走人，這地方人鬥人，鬥得都成紅眼了，你老人家行行好，不要再惹亂子了。

發生老漢說，我這次來，光我來的這事本身，就說明這事情的嚴重性。這忙只有你能幫，你不幫，你哥可就被扔到監獄裡去了。

老漢說，那四百塊錢，說的是個活話，叫貪污或挪用，這話是說，如果能退賠了，那就是挪用，一件大事立即成爲一個小事，充其量，你哥那支書不做就是了。如果不能按期退賠，那小事就變成了大事，聽說監獄裡已經騰空了，在等人哩。

高大咋能捅下這大一個窟窿，這叫高二不解。四百塊錢不是一個小數目。老漢說，是問了兩房媳婦踏緊下的。高二說，高大只有一個兒子，那兩房媳婦又是咋說？老漢說，高村這邊留下一條根，這你是知道的，到那邊後，寡婦也留下一個前房的男孩，高大不管，誰管？

看來，這一身水是出定了。

一來這是兄弟情誼，正如發生老漢所說，你不照應誰照應哩；二來高二也是想打發老爺子快走，省得留在這裡丟人現眼，又惹口舌是非；三則呢，明天他會怎麼樣，那工作組組長的態度，實際上已經告訴他，他的處境很不妙了。

高二沒錢。那一刻他正在上手錶發條。這是一個瑞士名錶，是他和景一虹分手時，景一虹送給他的。高二長歎一聲，將這只手錶從腕上取下來，交給老爺子：「這只錶，值四百塊錢的，只往上，不往下。你回去時路經西京城，將它賣了，回去把四百塊錢交給四清工作組！」

發生老漢接過錶，小心地收拾起來。

第二天，完成任務的發生老漢登程上路。正如高二所教給他的那樣，到了西京城的典當行裡，拿錶換了錢，然後家也沒回，逕自奔向渭河下游那個村子，把錢交給工作組了事。

這樣高大便得以無事，只是支書免了，歇了幾年，後來又復出。可憐的是高發生老漢這一次高原之行，卻給這個家，也給高二帶來了一連串事情。

高發生老漢那邊抬腳剛走，這邊高二便被單獨談話，隔離審查，要他交代自己的成分問題，並問還有什麼事情隱瞞未報。原來，昨天晚上，正當高二與老爺子談話時，那邊工作組長，正在向上級請示彙報。因此這高二的隔離審查，是請示過上級的。他想要迴旋都沒有餘地。

高二被隔離審查後，工作組立即派人尾隨高發生老漢，來到高村外調。高三也是當權派，那時也已靠邊站，工作組在村子裡走訪了幾戶，舉行了幾次談話，後來將老崖上這戶人家，定性爲「漏劃富農」。那時節，四清工作組之間好像都是相通的。工作組之間經過不知什麼管道溝通以後，後來在四清、社教結束，重新劃定成分中，這戶人家便被劃爲「漏劃富農」。鄉下人把這叫「撈成分」，意思是說，這條魚漏網了，現在把牠撈回來。

「富農」這個成分就意味著，這戶人家一夜間就變成了被專政對象，高發生老漢成了「地富反壞右份子」，而高大、高二、高三以及等等人，則成爲「黑五類」子弟。這在當時是一件很嚴重的事情。

「成分」這件事，直到「文革」結束後，高大、高二、高三三兄弟攜手努力，才把這個案子翻過來。

這就是高二受到的第一次打擊。

後來雖然沒有對高二再做更深的追究，讓他繼續以工作組組員的身分工作。但是，負面影響是存在的。當他參加工作組時，他的履歷表上「成分」一欄，寫著「貧農」這兩個字，而在四清結束工作組離開這座小城時，他不得不極不情願地在履歷表上填上「富農」這個字眼。

「老爺子，你把人害苦了！」高二說。

四清運動結束，回到尉遲城，與顧蘭子和孩子們團聚後不久，高二又得出行，參加社教運動。那次四清，他去的是膚施城以南的一個縣分，這次社教，他去的是膚施城以北的一個縣分。

行前，縣委副書記找高二談話。副書記說，十分的可惜，本來，高二是做為提拔對象，去四清工作組的，準備運動結束後，回來就做副縣長。現在，由於成分問題，這事被擱置下來了。本來嘛，成分問題，只要說清楚了，也就沒有什麼了，出身不由人，表現在自己。問題是，這成分問題，高二同志應當盡早地向組織交代，須知，隱瞞的性質是更嚴重的。但即便如此，組織對高二同志還是信任的，要麼，為啥這次組織社教工作團，又抽調高二參加，並且還擔任該團一定的領導職務？

副書記的談話，既有原則性，又充滿了人情味，這叫高二感動。他表示到了那個叫「吊兒莊」的地方以後，一定要努力工作，協助工作團主要領導，圓滿完成這次社教任務。

就像一個高明的魔術師在耍魔術，耍遍般數，最後才亮出自己的口袋底一樣。副書記在繞了幾個圈子以後，把最重要的話放在最後來說。

副書記說，工作團要去的那地方，是他的家鄉，據說，他的堂哥在那裡做大隊支書。對於遙遠的家鄉，書記同志說，他是有感情的，政務繁忙，參加革命後，很少回家看一看，這叫他很內疚。工作團在吊兒莊期間，如果有空，他會回去看一看，既看看社教團的同志們，也看看父老鄉親，公私二得。書記最後說，據說他的哥哥在吊兒莊做大隊支書，好像因為給兒子結婚，貪污或挪用了幾百元公款，你們去了，該處理就處理，該退賠就退賠，千萬不能因為我的原因，就徇私情，從而給黨的工作帶來損失，在群眾中造成不良影響。

這叫正話反說。

高二如果是個聰明人，聽了這話，他就明白應該怎麼去做了。可惜他道行太淺，心眼太實。副書記說著，他只聽著，唯唯諾諾，始終沒有說出一句叫副書記放心的話來。這叫副書記有些失望，覺得這次談話，沒有達到預期目的，覺得他看高二這個人，也有幾分走眼。

如果是靈醒人，副書記一張口，他就知道是什麼意思了。那麼他會說，書記同志，你就放心吧，這事我會盯到底，並且處理好的。原則性與靈活性，是我們黨群工作的一件法寶。原則當然是得講的。但是，具體問題具體對待，咱們也得講靈活性。這次運動，咱們要謹防一種傾向掩蓋另一種傾向，這另一種傾向就是，到了一個村子，「有棗沒棗打三竿」，這樣，肯定會誤傷到一些好人。

高二沒有這個道行，所以他充其量只是一個「著名農民」。

社教工作團開著大卡車，打著大紅旗，來到幾百里外的吊兒莊的當晚，該莊大隊支書上吊自殺了。

自殺這件事本身就等於一切都有了結論。這叫畏罪自殺。叫自絕於黨，自絕於人民。大隊支書自殺這件事在《社教簡報》上一登，成爲當時膚施城轄下的一件大事。

既然大隊支書自殺了，那麼接下來，吊兒莊社教工作團的任務就只剩下了一件事，那就是定性、處理。在從事這些事情的時候，高二一個人靜下來的時候，似乎有些惴惴不安。他想起縣委副書記同志的臨別贈言，想起他那有些陰沉的語調。也許只有到了這個時候，他才悟覺出了書記冠冕堂皇的語詞中那潛在的含意。

這是高二受到的第二次打擊。這次打擊在醞釀了二十年的時間後才開始實施，並致高二於死地。

副書記同志，是在《社教簡報》上，看到當大隊支書的哥哥畏罪自殺的。「畏罪自殺」這四個字深深刺痛了他。寫這篇精彩報導的人是高二。他用紅筆重重地一勾，記住了這個名字。

第四十二章　黑建這孩子

半大小子黑建，在高村平原上小學二年級的時候，被顧蘭子接到了尉遲城。那一天正上語文書的第十八課，正當黑建朗誦到「小鐵錘，十五歲，個子矮矮的」的時候，一個留著剪髮頭，穿著毛藍色對襟上衣，腳蹬襻帶女鞋的中年婦女，推開教室的門，向裡探著頭，口裡叫著「黑建」的名字。那一刻，平原上的陽光夢幻般地斜射過來。於是，這陽光，這中年婦女，這第十八課，便定格在黑建的腦子裡了。

黑建在這尉遲城一共待了八年，在這裡度過自己的小學時代和中學時代，並且在這裡參加了「文革」。他的口音，也就成了這裡的口音。當他後來走南闖北時，人們問他的口音是哪裡的，為什麼既不同於陝北，又不同於關中，黑建笑著說，在陝北和關中交界的地方，有個小縣城，你到那裡去聽一聽，那裡的人們就像我這樣說話。

黑建和高二之間一直不融洽，一直處在一種敵對狀態中。這種敵對在尉遲城是這樣的，在膚施城是這樣的。也就是說，一直貫穿了從黑建出生到高二去世的那些漫長年月。

顧蘭子說他們父子是「沒有見過面」的仇人。

驕傲的高二希望黑建能像一個他的辦公室主任那樣地尊敬他和揣摩他的心思。驕傲的黑建

在飽受了世間的屈辱以後，對這個世界充滿了仇恨和反叛，他認爲我的苦難是你們的罪惡，他用一種于連·索黑爾式的高傲維護自己的自尊，反抗一切權威的東西。

他們的第一次衝突正是從我們所知道的舔碗開始。

忙碌的高二爲安置全家，在靠近那個未竣工的寶塔下面，租了兩間民房。那是一座上房，共有五間，主家住三間，騰出兩間出租。這兩間房，用一間的面積，盤了一個大炕。大炕下面，支一個炕台。這就是這個家的全部。顧蘭子當年陪嫁的那兩個箱子，在炕的一側。那地方順著鍋台，用磚頭砌了個背牆，另一頭再砌個磚柱兒，上面橫一塊木板，兩個箱子架在木板上。木板下面恰好有一個旮旯兒，這地方就是黑建睡覺的地方。

吃飯的時候，就坐在炕上，這是陝北人的習慣。炕的中央的地方，放一個炕桌，然後全家人圍著炕桌，呼嚕呼嚕，碟子碗兒一陣響，這一頓飯就算完了。

當來到尉遲城，吃第一頓飯的時候，黑建還沒有學會盤腿。見黑建兩個膝蓋蜷曲著，窩在那裡難受，顧蘭子悄悄地給他盛了一碗飯，叫他端到門口，坐到台沿上去吃。

陝北的吃食，和關中的迥然不同。關中人是用包穀在碾子上去皮，碾成小顆粒，來熬粥的，陝北人則是用小米熬粥的。黑建那一天喝的，就是小米粥。這小米粥，當年在膚施城的時候，他沒少吃，但是，自從有了大年饉這一場經歷以後，重新喝它，他覺得這東西十分香甜，回味無窮，一喝一嘴油。

喝完一碗後，黑建咂巴著舌頭，感到回味無窮。他向左右看了一下，覺得自己現在該做這頓飯的最後一道程序了。他將手箍住碗底，將整個的一個碗完全地扣在自己臉上，開始伸出舌頭舔碗。

較之高村的土瓷碗，這洋瓷碗似乎不太好舔一點。但是黑建不怕。他得過發生老漢和高安氏的真傳，他知道怎樣讓這聽話的舌頭，在碗裡像犁地一樣挨著犁過，而不漏掉一點，知道怎麼讓舌頭在舔動的同時，那握著碗把兒的手並不閒著，而是配合著舌頭，不停地旋轉，知道怎麼在埋頭舔碗的同時，不致有一點的米湯，黏在鼻尖，知道怎麼在舔完碗的內壁之後，再舌頭、嘴唇並用，從碗沿上最後旋轉一圈。

這舔碗大約會有一種口淫的感覺。直到許多年後，黑建才猛然意識到這一點。而在那一刻，我們的黑建處於一種舔碗的享受中。他在這一刻大約覺得自己又回到了高村，回到了那些無拘無束的野孩子們中間。

這時候，高二已經吃完了飯。

高二點起一支菸，站在門台沿上。眼前這個穿著槽了的補丁衣服，瘦得只有一把骨頭的野孩子的動作，叫他臉面發燒。他想制止，但是出於一種驕傲，懶得張口。

這時鄰家出來了，下院裡的鄰家也吃完飯，出來透風。先是一個人驚訝一聲，接著大家就都圍攏上來，像瞧稀罕一樣地瞧著黑建舔碗這一幕。

「這是誰家的孩子？」

「部長家的！」

「剛從老家接來的！」

黑建仍然把頭深深地埋進碗裡，在「吸溜吸溜」盡情地舔碗，他正深深地沉浸在無限幸福之中，高二的一臉慍色，他沒有看到，圍觀的鄰居們的議論紛紛，他也沒有聽到。

「止住！」

高二終於忍耐不住，他大叫一聲，伸開手掌，胳膊掄圓，朝門台沿上蹲著的這個孩子，劈頭蓋臉，一大巴掌搧來。

這一巴掌打得太重了。黑建被打下了台階，滾了幾滾才停住。那只洋瓷碗幸虧是搪瓷的，沒有被摔碎，它也滾下了台階，嗆嗆啷啷響著，落在院子裡一個碎扇的旁邊。

黑建站起來，揉了揉臉。他的臉上火辣辣的，有五個指頭印兒。他不明白這是怎麼回事，那個瘦骨稜稜的身子，支起一顆小小的頭，小小的頭上，有兩個出奇大的、不成比例的大眼睛。現在這兩隻大眼睛，就翻著眼白，不解地望著高二。

顧蘭子正在拾掇洗刷，聽見響動，跑了出來。

顧蘭子跑過去，伸出手護住黑建，然後帶著哭聲說：「好孩子，快給你爸回話，就說你錯了，下回再不敢了。」

黑建推開顧蘭子的手，陰沉地說：「我不回話。打死我也不回話。我不明白，我錯在哪裡了？」說這話的時候，他的眼睛仍然瞪著，並且將脖子擰起，頭不屈服地偏向一邊，脖子上的青筋暴起。

高二這時大約還在氣頭子上。他見顧蘭子來攪和，於是將怒氣又轉向顧蘭子：「妳滾遠！這個家，妳說得起話嗎？」

這是一句分量很重的話，或者說很傷人的話。顧蘭子聽了，並不反駁，她看了右鄰左舍一眼，離開黑建，轉身去撿那洋瓷碗，然後回去又收拾鍋台去了。

高三轉向黑建，他說：「這一頓先給你攢下，下次再犯錯了，兩頓並作一頓打！」說完，他將菸頭扔了，夾起公事包去上班。

這樣的打，黑建挨過許多次。可以說在尉遲城最早的幾年中，黑建似乎是在挨打中度過的。而舔碗的這一次被打，黑建所以記得，僅僅因爲這是第一次。

還有一次挨打，黑建也記著。那是一件打火機的事。打火機在那個年代，還是一件稀罕的東西。高發生老漢用火鐮，用艾蒿捲成的火繩子，或者黃表紙捲成的火紙。那後兩樣東西，不抽菸時，那火是暗火，要抽菸了，發生老漢翹起鬍子一吹，它們立即變成了明火，老人家於是趕緊把菸袋鍋湊上去。而副大隊長高三抽菸，用的是洋火。「洋火」那東西，「文革」時候掃蕩「封資修」，改名叫「火柴」。

高二的抽菸，從黃龍山參加工作時就開始了，這個習慣伴隨了他的一生。無節制地抽菸，再加上濃得發苦的釅茶，間或還有醉酒，這極大地毀壞了他的健康，讓他惹上肺心病，過早地過世。

高二常說，他的抽菸，是在黃龍山收稅時學的。「來，公家人，抽口菸！」擺攤的人這樣說。高二擺擺手。那攤販硬把菸袋塞到他嘴裡。高二沒有辦法，只得吸了一口，結果嗆得大聲咳嗽起來。「咳嗽第一聲，第二聲就不咳嗽了，你就知道這菸的香味了！」那攤販說。

高二就這樣學會了吸菸。從此一生菸不丟手。這抽菸，實際上是一種排遣壓力的辦法。記得在四清運動中那個惴惴不安、等待宰割的夜晚，黎明時，他的宿舍裡就扔了一地的菸把兒。

抽菸對於抽菸的人來說，到最後，實際上是一種心理需要，而不是生理需要。在無所依傍的時刻，至少還可以點燃一支菸，陪你度過這段時光。而當你神經緊張到接近崩潰的時候，你被一支菸打攪，神經得到放鬆，得到寬釋。

這天早上，黑建在光光的炕席上，撿到一件東西。那小東西上面有齒輪，還散發出一種汽車的味道。黑建長這麼大，還從來不知道什麼叫玩具，於是，他把這個小東西當成了一件玩具，然後裝進口袋裡，揹上書包上學去了。

中午放學的時候，走到尉遲城的街上，黑建想起了這小東西，於是拿出來給同學們炫耀。大家都不知道這是什麼，於是輪流地撥弄它。打火機最後又傳到了黑建手裡，他不知道怎麼一撥弄，這東西著火了，手一鬆，又滅了。

於是這打火機，便在同學們中間傳來傳去。大家都覺得很稀罕。還有膽大的同學，將這火苗打著，往自己嘴裡一含，學魔術師的動作。

所有的人在那一刻都對黑建崇拜極了，沒想到這個其貌不揚的同學，竟然有這麼一件神奇的東西。而做爲黑建來說，他還從來沒有這樣被重視過，這使他有些不好意思。

這時候從街的對面，走過來一個幹部。那人留著三七分頭，分頭剪得很短，三分的這邊，貼在鬢上，七分的那邊，有些蓬起。這正是當時共青團幹部通用的頭形。他的身上，上身穿了一件月白色的列寧裝，短領，扣子扣得嚴嚴實實，胸前的口袋上別著一枝鋼筆。他的腳上，穿著一雙土黃色的翻毛皮鞋，腕上有一只錶，腋下夾著一個公事包。

那人在行走中，腳步突然放慢了。他那犀利的目光打量著這群正在嬉戲的孩子，目光最後落在了正一明一暗地撥弄打火機的黑建身上。

那個小縣城，在那個年代人很少。街上只有稀稀拉拉的幾個人，滿城的人，幾乎都認識。這個男人加快步子，逕自向這一群孩子走來，一邊走一邊在把一隻胳膊掄圓。所有的孩子在那一刻都被嚇住了，不知道這個男人遷怒的目標是誰。

黑建也停止了撥弄打火機。他硬著頭皮，向來人笑一笑。這個人是高二，他那親愛的父親。

「我說我的打火機跑到哪裡去了！原來，是被你偷走了！」高二吼道。

不容分說，他從黑建手裡一把奪過了打火機，然後，伸開手掌，結結實實地給了黑建一耳光。

「回到家裡再找你算賬！」高二說道。說完，用打火機點上一支菸，快速離去。

同學們都被這一幕嚇壞了。看到那人拐彎，進了縣人委大院，不見蹤影了，他們才敢問黑建，這個可怕的人是誰，他爲什麼這樣做。

黑建搖搖頭，表示自己也不認識他。然後，他離了人群，一個人回家去了。

從此以後，他一生拒絕一切機械的東西。在尉遲城時，家中有一個鐘錶，他從來不去上發條。當全家人都在嘲笑他連這麼簡單的事情都不會做時，他說，我真的不會，當一接觸到機械的東西時，我的手就發抖，心裡就打顫。

而到後來，當電腦這個東西，做爲最基本的手寫工具，開始風行的時候，黑建試圖學習，但最終還是沒有學會。當有人告訴他：你沒有學會是因爲你拒絕它，你在心裡暗示自己不要學會它。黑建認爲這人說得很對。

不管怎麼說，只要有一日三餐供養，黑建這個古怪的孩子，在不可遏制地成長起來。二年級，三年級，四年級，五年級，六年級，一直到考上縣城的中學。

有時候夜深人靜的時候，顧蘭子會輕輕地撫摸著黑建的頭。這個孩子的身上，有某種像石頭一樣堅硬的東西，這種東西叫她害怕。她對自己說，這是一個人物，如果將來做好人，他會是一個大好人；如果將來做壞人，他會是一個大壞人！想到這裡，顧蘭子覺得自己生出的彷彿是一個怪物。

如果顧蘭子再往深裡想一想，她大約會明白，高二的暴戾與他們的婚姻有關。自從在十多年前膚施城的那個上午，高發生老漢將這娘兒倆塞進那孔兩家合住的窯洞後，高二這些年來，一直試圖在心理上掙脫他們。但是他無法掙脫，而且越掙扎越緊。他其實早就認命了，而不認命又怎麼辦呢？他曾經試圖像一個城裡人那樣地生活，但是永遠不能，那遙遠的高村，總有事情在打攪他，而眼前晃動著的這個性格古怪、永遠在蔑視他的孩子，則像影子一樣叫自己隨時記起自己是個農民，叫他想起那親愛的人兒如今不知道在幹什麼。

如果黑建那時候不那麼驕傲，如果黑建知道，做爲一個公家人那身肅整的列寧裝下面的心，其實十分的虛弱，如果黑建知道，在這尉遲城的歲月，親愛的父親曾承受過兩次打擊，那他大約會軟下來，去主動溝通。

但是沒有。親人們就這樣彼此傷害著對方，直到後來的「文革」開始。

第四十三章　板蕩的年代（一）

四清、社教結束之後，「文革」就開始了。彷彿天空響了幾聲悶雷，接著便是傾盆大雨一樣。那四清運動、社教運動只是前奏曲，只是天空在醞釀著風暴。

這是一場席捲全國每一個角落的，觸及每一個人靈魂的，改變了每一個人生命軌跡的事件。

風暴從北京開始，接著就蔓延全國，陝北高原這個偏僻的角落，自然不能倖免，而我們故事中的這些人物，也自然不能倖免。

對這些普通人來說，對這個偏僻的角落來說，「文革」與其說是從《五·一六通知》開始的，從北京大學第一張大字報開始的，還不如說是從紅衛兵全國大串聯開始的，從毛澤東在天安門城樓接見百萬文化革命大軍開始的。

這是一個十年的板蕩歲月。要迴避這段歷史是很困難的，因爲它構成了共和國歷史的一部分，構成了幾代人記憶的一部分，構成了我們故事中這些人物命運的一部分。

首先是工作組進校，接著是學生串聯罷課，繼而是工人罷工，後來，是全國自上而下，經過串聯和溝通，形成勢不兩立的兩大派組織。接下來便是奪權，全國各級政權在一夜間全部癱瘓，而由臨時性質的「文革」小組代管。後來，武鬥開始，武鬥逐步升級，由一地一域的小規模武裝衝突，逐步演變成跨地區的兵團作戰。最後，軍隊介入，「三結合」革委會成立，全國山河一片紅。「文革」也就進入收官階段。

上面只是簡單客觀地勾勒出它的一個大致的輪廓。在這期間，還發生過許多的事情，如果細細講來，那就是另外一本書的內容了。

如果你問一個農民，什麼是「文革」？他會說，是一群打著小紅旗、戴著紅袖箍的年輕學生，從村子邊的田野上穿過，徒步串聯去北京，接受毛主席檢閱。那些學生善良極了，他們還在他家裡，吃過一頓派飯。如果你問幹部，什麼是「文革」？他會說，是抄家，剃光頭，戴高帽遊街，牛棚，下放。每一個階層都會有自己的解釋。他們的解釋是局部的，不足為憑。

但是，當這些人的解釋綜合在一起，便構成了全部。

我們的高二在社教結束，從吊兒莊撤出的時候，路經膚施城，這樣，他便順便到報社，去看望了一下老領導、老朋友。這種走動是極有必要的。膚施城的人們，這時記起了這位當年的團縣委書記，當年的名記者。這樣，當他的手續在從社教工作團轉向尉遲城的時候，被截留了下來。他將出任膚施城的文教局長。

對於高二來說，那一段等待的日子是快樂的日子。而高二的臉色就是這個家庭的晴雨表，因此對這個家庭來說，那也是一段快樂的日子。

星期天早晨，高二和三個孩子醒來了，頭枕在炕邊，不起床。這叫「睡懶覺」。忙活了一個星期，今天鬆弛一下。顧蘭子在灶火做飯，飯做好以後，然後大家起床。

往常的這樣一個星期天，黑建睡不住，會早早起來，幫助顧蘭子燒火。那柴火叫狼牙刺，是黑建利用寒假，從尉遲城附近的山上砍來的。這個地方的人們，祖祖輩輩就燒這個。狼牙刺是一種灌木，上面長滿了刺，砍柴時，得先把這刺棵子用钁頭砍下來，然後湊成一堆，再用钁頭砸成細末，這樣燒時就不扎手了。顧蘭子說，這狼牙刺燒的，是她用棉襖換下的。因為砍這狼牙刺，揹這狼牙刺，黑建一冬得一件棉襖。

黑建這天早晨沒有起來，是因為尿炕了。底下是光葦片，他得用肚子把葦片暖乾，免得高二發現，又招打。黑建先用肚皮暖了暖，葦片快乾了，這時又翻個身，用屁股暖。頭頂是天花板，天花板是用舊報紙糊的。仰面朝天睡覺的黑建，在看著那些舊報紙上的文字。這時，他看見了舊報紙上《老鼠吃掉一頭牛》的黑字標題。「老鼠怎麼能吃掉一頭牛呢？」黑建自言自語地問。由於從炕到天花板，有一段距離，那小字他看不清。

這大約是黑建來尉遲城以後，說得最有水準的一句話。

這句話濺起了高二的自豪感。他告訴炕上睡著的孩子們說，這文章是他寫的，就是因為這篇文章，他調到了報社。高二心情很好，他問黑建今年多大了，黑建說十二歲了。高二蔑視地說，戰國有個小孩叫甘羅，十二歲就做了宰相了，三國時有個大將叫周瑜，十六歲就被拜為天下兵馬大都督了。這些話說完，高二還哼了一句秦腔：甘羅十二為秦相。

百無聊賴，高二忽然問到，「文革」就要開始了，你們都有什麼想法。問完這話，他自己先說：「我聽毛主席的，『你們要關心國家大事，要把文化大革命進行到底！』」高二說完，按年齡排序，接著是大女兒咪咪說，咪咪那時正上中學，是校花一級，青春煥發，美麗動人，

這咪咪熱烈地說：「天下者，我們的天下，國家者，我們的國家，社會者，我們的社會。我們不說，誰說；我們不幹，誰幹！」咪咪說完，輪到黑建，黑建說了兩句列寧的話：「革命群眾在非常時期一天所受到的鍛鍊，頂住在平常時期的一年！」最後輪到老三了，老三是個男孩，正上小學五年級，他說了兩句毛主席詩詞：四海翻騰雲水怒，五洲震盪風雷激。

炕台上正在做飯的顧蘭子，面對這一炕的文化人，羨慕極了。她不識字，能為識字的人做飯，她覺得很榮幸。

飯做好了，顧蘭子喊叫一聲「起身」，然後揭開鍋，立刻一股暖融融的熱氣，罩滿房間。第一個應聲而起的是黑建，因為他屁股底下的那片尿漬，已經暖乾。

這樣的日子畢竟不多。或者說在黑建的記憶中，僅僅只有這麼一次。隨後，高二就動身去膚施城，赴任去了。

按照高二的想法，他到任以後，工作擺順了，就回來接顧蘭子和孩子們，去膚施城居住。但是，由於「文革」的開始，這個想法並沒有實現。非但沒有實現，到了一九六八年的夏天，顧蘭子娘們反而離開尉遲城，重返高村。

雷聲轟鳴著，「文革」的紅色風暴終於來到了這座小城。在尉遲城，第一次將大字報貼上街頭的是黑建。

顧蘭子給了他五角錢，讓他去打煤油。那年頭點燈用的是煤油。顧蘭子說，煤油兩毛五一斤，你可以買一斤，然後把兩毛五分錢拿回來，你也可以把錢花完，一次買二斤。說完，遞給他一個煤油桶。

黑建來到縣供銷社,買了一斤煤油,然後用這剩下的兩毛五分,買了五張白粉連紙。然後來到學校裡,寫好大字報,並給空白處寫上「保留五天」字樣,將大字報貼上街頭。

然後,小學的毛澤東思想紅衛兵成立。沒有公章,他們去縣民政局開了個介紹信,然後到街上的刻印社刻了一個。沒有辦公室,他們給小學校長的辦公室門口貼了一個勒令,限他二十四小時騰出辦公室,這樣,校長辦公室做了紅衛兵總部。沒有袖章,他們從街頭走過的那些串聯的紅衛兵的袖筒上,描下一個仿毛體「紅衛兵」三字,夜來,把這三個字刻在一個塑膠硬片上,中間鏤空,然後,找來黃廣告色、雞蛋清、汽油,將它們摻和在一起攪勻,用顧蘭子羅面的細鋼絲籮一隔,便把字印在了紅布袖章上。這些事做完,他們打著小紅旗,戴著袖章,排成一隊,喊著「破四舊,立四新」的口號,走上街頭。

黑建那時還小,只有十三歲,所以在他的記憶中,關於「文革」,他記得他主要的事情就是在寫大字報,開始是小字,後來是大字,再後來,用排筆書寫,一張紙上只寫兩個字。

禮拜天,尉遲城逢集,街道上擠滿了人。一群小學生走上街頭。第一個孩子,拿著掃帚,負責給牆上刷漿糊。那孩子先從桶裡蘸滿漿糊,然後給牆上刷一個方框,方框中間,再畫一個「X」。這恰好是一張紙的位置。接下來這個孩子,將一張白紙,往牆上一貼,再拿一個乾掃帚,上下左右一掃,這張紙就算貼實了。紙是橫貼的。第三個孩子,就是黑建。跟在黑建後邊的還有兩個,一個提一桶墨汁,一個提一筒倒豎放著的毛筆。

黑建抓起一把毛筆,七、八枝併在一起,一把手握了,然後蹲下來,一張紙上兩個字,一路寫過。黑建個子小,趕集的老鄉們只見一溜牆寫過去了,不見寫字的人。

公主咪咪參加了串聯的隊伍。

她先是到膚施城去串聯。看到滿街上，都貼滿了「打倒高二」的標語，姑娘有些害怕。她到高二的辦公室去找，看門房的老頭說，高二在體育場。小姑娘於是又趕到了體育場。她看見高二的頭被剃成了光頭，脖子上掛了個牌子，正在接受批鬥。

姑娘看見，在震耳欲聾的口號聲中，一個頭戴軍帽、年輕英俊的男紅衛兵走上台去，先是領著大家呼了一陣口號，接著走上前去，伸出左手，把高二那佝著的頭扶起來，然後伸出另一隻手，胳膊掄圓，只聽「啪」的一聲，一記響亮的耳光打在高二臉上。

高二被這一耳光打得身子一個趔趄。他搖晃了幾下，重新站好。一股血從嘴角流出來，他用袖子擦拭了一下。

高二看了這青年紅衛兵一眼，然後重新把頭低下去。

批鬥繼續進行。

小姑娘咪咪從來沒有見過這陣勢，她哇哇地哭著，衝到台上，要去拉她的父親下來。這時候，文教局的一個幹事見了，攔腰把咪咪抱住。他認識咪咪，接高二到膚施城去赴任，就是他來家裡接的。這個好心的人把咪咪送上長途汽車站，塞進車裡，看著車開走了，才離開。

咪咪那時候已經懂事。回到家裡，見到顧蘭子，她並沒有把看見的這一幕告訴母親。她怕顧蘭子擔心。

接著，咪咪又跟上大門口川流不息的大串聯隊伍，開始徒步去北京串聯，接受毛主席的檢閱。顧蘭子從口袋裡翻出五塊錢，讓她帶上。紅衛兵串聯，坐火車，坐汽車，吃飯，睡覺，都是不要錢的，每個地方都有紅衛兵接待站。

那一陣子，這個家庭的所有人，都被捲進這場風暴中。

高二在膚施城接受著批鬥和遊街，咪咪去串聯，串聯回來後，又參加了中學的紅衛兵宣傳隊，黑建在那裡手提毛筆激揚文字，指點江山。小三則跟在黑建後邊充當跟屁蟲，成立了紅小兵戰鬥隊。

而顧蘭子，這個家庭婦女，也無限真誠地投入進去。她常說，她這一輩子，什麼事情都不會做，只會做飯。那時串聯的紅衛兵趕上飯時了，吃大灶，不是飯時，便到縣城各戶人家去吃派飯。有些徒步的大學生，半夜時間才趕到這個接待點上，這接待站的人領著他們來敲顧蘭子的門時，顧蘭子立即起身，洗手做飯。

「你們是誰家的孩子呀？父母放心你們出來嗎？」顧蘭子一邊唸叨著出去串聯半年了無音信的女兒，一邊這樣問這些大學生。

驕傲的高二，在運動的初期，受到了很大的衝擊。「衝擊」這個詞兒真好，那些遊街批鬥、開聲討大會，剃光頭、戴高帽子、掛牌子等等這些，用「衝擊」這個詞兒，就一句輕鬆地說過去了。

驕傲的高二忍耐住了這一切，並且也沒有感到什麼特別的屈辱。因爲這是群眾，而群眾永遠是正確的，更何況，許多當權派也都像他一樣，在接受著煎熬，相比之下，他還是比較輕的。

但是有一件事，深深地刺痛了高二那顆驕傲的心，這件事就是那一巴掌。咪咪站在膚施城體育場上所看到的那一記響亮的巴掌。

如果這巴掌是世界上任何一個人打來的，高二都能容忍，都能平心靜氣地接受。但是這一巴掌，是一個叫景紅衛的孩子打的，而景紅衛是誰呢？他是景一虹的兒子。

你爲什麼打我？你憑什麼打我？那是上一代人的故事，那是上一代人的傳說，那是上一代人的感情糾葛，與你沒有關係！

在高二的心目中，一直有一塊最溫柔的地方，那地方，顧蘭子從來沒有佔領過，孩子們也從來沒有進入過，就是這日理萬機的繁忙工作，也從來沒有侵入過那塊神聖之地。那是給景一虹留著的，她是他心目中永遠的女神。

如果說小小的心可以作一座墳墓的話，當年，在埋葬他那愛情的時候，他把這個天使般的人物，也一起埋葬了進去。許多年來，當工作稍有閒暇的時候，他就會想起她。他想打一個電話，問一問她現在的情況，而把電話都拿起來了，他又翻心了。「何必自尋煩惱呢？」他對自己說。

而在夜深人靜的夜晚，當他沉入夢鄉之後，他有時候會夢見她。她還是老樣子，穿一身白色的連衣裙，肩上搭著紅色的寬襻帶，她從墳墓中冉冉走出，用她褪色的嘴唇向他微笑，她撩開兩條長腿，邊走邊俯身採摘著路旁的紫色花朵。

委實說來，這些年來，高二努力地、忘我地、拚命地工作，他內心的動力，也有一部分來自這個女人，他想向景一虹證明，他是最優秀的。

是的，這一巴掌如果是來自任何一個人，高二都會把它像抹去屋簷下的蜘蛛網一樣輕輕抹去，最多苦笑兩聲，但是這一記巴掌是來自景一虹的兒子的。

這一巴掌，是代表景一虹打的，從而代表了景一虹對這樣懦弱的男人的全部蔑視嗎？

這一巴掌，是第二代人打的，是第二代人對上一代人的那種羅曼蒂克，那種剪不斷、理還亂的感情糾纏的一種討伐嗎？這討伐既是對男人，也是對沒有在現場的女人！

或者，上述兩種情況都不是，他只是一位紅衛兵小將，出於崇高的目的，在完成批鬥「走資派」大會上，一道程序，一單節目，一處亮點。

在那時候，批鬥會上，紅衛兵小將打走資派一個耳光，或者換句話說，走資派接受紅衛兵小將一個耳光，是一件正常而又正常的事情。所以這件事很快就過去了。運動需要向縱深發展，高二需要接受新的考驗。

群眾組織分化爲兩大派。從一個小小的單位，到系統，到縣市，到省，到全國，群眾組織間互相溝通，到後來，全國範圍內形成了兩大派組織。人們習慣地把以學生爲主要力量的這一派叫「造反派」，以產業工人、農民爲主要力量的這一派叫「保守派」。

在高二局長的這個小小的系統中，兩派都輪著開批判會，批鬥高二，兩邊又都輪著拉攏高二，要求他表態，看哪一派是革命群眾組織，哪一派是反動組織。

如果是一個道行較深的領導，他大約會採取騎牆的態度，哼哼唧唧，不做表態。或者表態說，你們都好，或者表態說，你們都不好。這樣，雖然暫時受一些皮肉之苦，但是紅衛兵小將的視線很快就會轉移的，因爲這世界上有那麼多的熱鬧在等著他們。

高二太傻，或者說是批鬥會上那一巴掌，把高二給打蒙了，從而讓他偏向了另一方。不知道高二說了什麼，還是什麼也沒有說，總之，膚施城的街道上，出現了大幅標題，內容是可以改造好的走資派高二表態，支持他們的組織。這個消息一出，很自然地，他便受到另一派更爲猛烈的批鬥，那批鬥時的語氣也更爲強硬，叫做「打翻在地，再踩上一隻腳」。這一派的領袖人物，正是那個中學生景紅衛。

這一派看到這情況，於是組織人衝進會場，把高局長搶出來。他們的理由是：「走資派是共同資源，你們可以批鬥，我們也可以批鬥。你們已經批鬥了好長時間了，現在該輪到我們了！」這是一個很好的理由，高二就這樣被搶出來了。

這一派搶出人來，立刻召開大會，宣布判處死刑。所謂的「判處死刑」，只是當時的一種語言，象徵性行動。這意思是說，走資派高二已經被我們徹底打倒，成了死老虎，以後別的群眾組織，沒有理由再批鬥了。

批鬥會結束，他們叫高二快跑，以後如果沒有他們的招呼，高二不要再到局裡來，不要再在膚施城露面。

第四十四章　板蕩的年代（二）

咪咪跟著大串聯的隊伍，走了半年的時間，磨破了幾雙鞋，最後終於走到了北京。毛澤東一共在天安門的城樓上，接見了十一次紅衛兵，咪咪很幸運，趕上了最後一次接見。

接見完畢，像所有被接見的紅衛兵都會做的那樣，她站在金水橋邊，以天安門爲背景，照了一張相。照片上的女孩子，齊耳短髮輕輕飄起，脖子上圍著一件紅格子圍巾，圍巾包住半個頭。身上穿著仿製的綠軍裝，那年頭這叫「紅衛服」。腳下穿著她最喜歡的那雙白網球鞋，胳膊上戴著紅衛兵袖箍，手捧一本六十四開的紅皮語錄本，那語錄本緊緊地貼在心臟的地方。她的臉上有一種肅穆的表情，一種無比虔誠的表情，一種隨時準備殉難的聖女表情。那一年她十六歲。

咪咪串聯回來，顧蘭子一片歡喜。接著高二也回來了。尉遲城裡這個小小的窩，一家人出現了暫時的團聚。咪咪回來後，即被學校的紅衛兵宣傳隊吸收，參加演出，在宣傳隊排練的歌劇《白毛女》中擔任女一號白毛女。第一場彙報演出，轟動了小城，全家人也都去看，就連高二也戴著個帽子，用圍脖遮住臉去看了。演出十分的成功，博得陣陣掌聲。唯一不足的是，演到尾聲山洞裡喜兒與大春相會那一場戲時，正當咪咪唱到「我不死，我要活！」時，猛烈地一

甩頭髮，結果頭上那用白馬鬃做成的假髮掉在地上。觀眾還在愣著，咪咪見了，又站在山洞的石階上，前腿一跨，做個造型，然後跑回後台去了。觀眾見了，還以爲這甩掉頭髮的一幕也是劇情需要，先是一愣，接著報以熱烈的掌聲。

從陣營來說，咪咪、黑建、小三子是一派，高二是一派，因此在這短暫的相聚中，家中也常常展開辯論。那時這種情形很多，有時夫妻之間，因爲彼此觀點不同，於是離婚。好在在這個家中，後來高二做出了妥協。這妥協就是，做爲領導幹部，在膚施城的時候，他支持那一派，而回到尉遲城時，他支持這一派。

接著武鬥就開始了，先是棍棒相加，接著在擁有武器以後，便是像模像樣地兩軍對壘，機槍、步槍、大炮作戰。

群眾組織擁有槍枝彈藥的過程也很有意思。軍隊支持哪一派，於是雙方說好，約定個時間搶軍械庫。上級有規定，對於革命群眾的過激行爲，只能勸阻，不能開槍。尉遲城的咪咪這一派學生組織，就是這樣得到槍枝的，而敵對組織，因爲他們有大量的農民介入，每個農村大隊，都擁有民兵連，這樣他們本身就擁有武裝。

兩派在縣城較量過幾次以後，咪咪的這一派被趕出縣城，前往一百多里外的子午嶺山區去打游擊戰。咪咪的宣傳隊全體隊員，也一同前往。

而在高二這邊，膚施城來人找他，要他回去，他也就很快回去了。來找他的這個胖胖的、溫和的人，我們認識，他就是咪咪在膚施城串聯時保護她，並送她回來的那個人。他現在是一派群眾組織的頭頭，是高局長的「保皇派」。

高二為什麼已經脫身出來，又要去蹚這一汪髒水去呢？這裡面有個原因。還是過去年代的冤仇。「文革」也觸及到早已被高二丟到腦後的吊兒莊。據來接高二的人說，那上吊自殺的大隊支書的兒子，如今也是造反派，他揹著一支半自動步槍，在膚施城四處尋找高二，揚言：「在哪裡見到他，就就地打死在那裡！」根據這個人的推斷，那人現在大約正在這前往尉遲城的路上。

「你需要保護！而保護革命領導幹部是我們的責任！」來人說。

這樣，高二便糊裡糊塗地跟著來人走了。

顧蘭子的心被分成了兩半。一半擔心去了膚施城的高二，一半擔心去了子午嶺的咪咪。父女們還是兩派，顧蘭子真不知道該支持誰。她在前半晌為丈夫祈禱，希望他的那一派勝，後半晌又為女兒祈禱，希望她的那一派勝。

這樣的局面並沒有能延續多長時間。

三個月後，一天黃昏，灰頭土臉、衣衫不整的高二突然回來了。原來，剛到膚施城，他的那一派就被趕出了城，於是他隨著武鬥隊一起，圍繞著膚施城周圍打游擊。在揹了三個月槍、經歷了幾次小的戰鬥之後，他突然意識到自己正在犯錯，正在犯渾。「我為什麼要這樣做呢？我是一名領導幹部，怎麼能跟上這一群沒名堂的瞎跑，幹這些沒名堂的事。『文革』總有一天要結束的，到時候『秋後算賬』，那時我怎麼辦呢？」

高二怕了。這樣他脫離了武鬥隊，回到尉遲城。

高二在家中僅僅只住了幾天。這時候不斷有消息說，子午嶺那邊的咪咪他們一派組織，正

不斷地與膚施城的同一派聯繫，約好前後夾擊，共同攻打尉遲城。顧蘭子是咪咪的媽媽，她聽來的這個消息應當說是可靠的。看來，尉遲城是不能待了，高二和顧蘭子商議以後，決定高二回老家高村平原避避。

這一天早晨，高二換上一身農民的裝束，頭戴草帽，離開尉遲城，那時已經沒了班車，他順著咸宋公路，趟開大步，向西京城方向走去。他走了大約有三個小時以後，從他走的方向，槍聲大作。

那個傳來槍聲的小鎮叫紅茶坊。

槍聲從中午時分響起，一直響到天傍黑，才算結束。

到了第二天黎明，槍聲又在尉遲城響起。西山半山腰的機槍，嗒嗒嗒地叫著。一片片土黃色的武鬥隊，赤腳越過洛河，向城裡進攻。

這裡的居民跑過胡宗南，知道應當閉門不出，並且用一塊大杜梨木案板擋在窗戶上，防止子彈打入。顧蘭子見房東這樣做，於是便和黑建也把自家案板揭下來堵住木格窗子。

城裡的這一派開始潰退。其時，運動發展到那個階段，大部分人都已心懷鬼胎，悔其當初。現在唯一支持他們硬著頭皮幹下去的理由只有一個，那就是將來成立的「三結合」革委會，由自己這一派掌權，這樣才能避免秋後算賬，任人宰割。

西山半山腰碉堡裡的那個機槍手，當年是國民黨老兵，現在是城關鎮的民兵連長。他就住在黑建家這個院子裡。事後他說，他的機槍子彈根本沒有往學生身上打，而是全部打到了河裡。而象徵性地射擊一陣後，他就扛起機槍，從後山跑了。

但是在那個叫茶坊小鎮的那一場戰鬥，卻是一場真正的戰鬥。幾十輛大卡車車頭上架著機槍，順著公路而來。汽車來自西京城那個方向，快到小鎮時，恰好是個下坡，於是汽車熄火，順著盤山路，一路滑行直到街上。那一派正在吃飯，結果機槍一路掃過，見人就打。

我們的顧蘭子的一顆心都碎了。

她現在擔心的是高二。因爲高二是沿著公路下關中的，那敵對組織的幾十輛荷槍實彈的汽車，正是迎面過來的。按時間推算，高二和這車隊恰好碰個面對面。

顧蘭子到尉遲街上打聽，街上吵成了一窩蜂。人們紛紛嚷道，昨日一仗，茶坊街上死滿了人，街道上、水井旁、河道裡，都是屍首。那尉遲城的孩子們，也都一個約一個，要去那裡撿死人的手錶、錢物之類發點洋財。

顧蘭子聽了，趕快折回家來，對黑建說：「你隨那些孩子去，去翻屍首，看有沒有你爸高二。你爸身上有個記號，就是他的左眼的眼角有個暗痣子。這暗痣子，平日眼角遮著，看不見，所以你得把眼皮掰開來看！」

顧蘭子真是個好女人，那高二左眼角有個暗痣子的事，還是當年高二在黃龍山，要去投身革命時，行前告訴她的。說自己如果爲革命犧牲了，面孔模糊不清，憑這個記號來找他。想不到這句話，我們的顧蘭子記了這麼多年。

黑建到茶坊街上去了一趟，回來報告說，一共有六十七具屍首，他齊齊地翻了一遍，每個屍首的眼角，也都掰開看了，沒有高二。

顧蘭子聽了，歎息一聲，拿來肥皂，叫黑建去洗手。沒有高二的消息，她仍然眉頭緊鎖，一臉愁雲。

茶坊武鬥的第三天，洛河發了一場大水，那條橫穿茶坊的洛河支流也發了水，這些麥個子一樣的屍首，便被河水沖走了。

大約過了一個禮拜，尉遲城遇集，一個農民裝束的人來到顧蘭子家。他先朝門口透了透，見沒有人聽門，於是壓低聲音說，高部長在他們家裡，他要他捎個話給家裡，讓全家放心。

顧蘭子問安全不安全，來人說，萬無一失，這個小村子，全村都是一姓，生人根本進不了村子。爲了以防萬一，晚上的時候，村子裡還有人守夜。

顧蘭子的心，這時候才算放了下來。

原來那天，高二確實與迎面過來的車隊差點碰上。說來說去，也是他命大，行走中，突然天空飄來一片雲，雲從頭頂上過的時候，飄下了一陣雨。公路旁邊，恰好有一個石崖，高二就停了腳步，去石崖底下避雨。剛坐定，點支菸要抽，突然看見公路上，一輛接一輛，過來了幾十輛汽車，那汽車車頭上架著機槍，機槍用鐵絲固定著，射手趴在機槍上。

高二見了，大吃一驚，趕快把菸摁了，趴在石崖根上，大氣都不敢出。直到這幾十輛汽車過完，高二明白，公路是不敢走了，於是從這老崖旁邊的一個石縫子攀上去，到了山頂。陝北高原的山，山頂上卻是平坦的原。原裡的田地裡生長著麥子。高二不敢走路，於是順著麥田走，只求走得越遠越好。最後走到一個村子。那村幹部卻認得這是縣上的高部長，於是把他領到家裡，保護起來。

嗣後，高二便在那個山旮旯待了幾個月，直到各地的革委會相繼成立，全國山河一片紅，

兩派的武鬥隊被勒令交出槍枝，混亂局面得到控制，這才離開那個村子。

當他重新回到尉遲城時，顧蘭子第一眼竟沒有認出他來。高二穿一件對襟的白布衫子，衫子已經發槽得變成褐色的了。大襠褲、白褲腰的部分，用一根麻繩繫著。頭上剃成了一個又青又灰的光頭，一根旱菸袋子搭在脖子上。

高二說那個樹疙瘩做的菸袋鍋子，是他放羊時，從老崖上掏的椿木根做的。還說在這一段時間，他學會了耕地。

他倒是胖起來了，臉色黑紅黑紅的，平日的尖下巴，現在成了個圓臉。

班車已經開通，高二回膚施城去，從單位上領了補發的工資，回到家裡。家裡一年多沒有得到高二的工資，誰知道顧蘭子和孩子這麼長時間是怎麼熬過來的。

高二將工資分成兩停，一停給顧蘭子，算是家用，另一停，他讓顧蘭子陪著，上街買了幾匹布，然後把布交到裁縫舖。

裁縫舖裡，高二站在那裡，掐著指頭，把他住過的那個小村的大人、小孩，齊齊數了一遍，讓裁縫用這些布匹，給每人做了一身衣服。

了了這個心思，高二辭別家人，又去膚施城，他去後不久，就被送進五七幹校裡去了。

敘述者只是如實道來，講述這個叫「文革」的東西，它在這個偏遠地區的發展經過。他沒有增之一分，也沒有減之一分，純粹的客觀敘述而已。他無法繞開這些，因爲那是一個年代，還因爲那些人物，他們那命運的轉折，他們那人物造型的完成，與這個年代息息相關。

第四十五章　咪咪的故事

隨著那一陣陣槍響，咪咪這一派也就回到了縣城。但是好日子並沒有過多久，軍隊介入，縣革委會成立了。雖然兩派的頭頭，都在革委會中擔任了副職，但是這並沒有能避免「秋後算賬」，他們被滑稽地放在一個學習班裡，接受檢查，說清楚。這些人後來大都有悲慘的命運，他們爲自己的年輕付出了代價。

搖搖晃晃地，走來了騎牆派，當年一問三不知、一腳踢不出個響屁來的人們，尤其是領導幹部，這時候成爲大家都能接受的人物，他們變魔術似的，突然成爲主角。

「當一股潮流來了的時候，不是走在前面的那撥人，代表著真理，也不是走在後邊的那撥人，代表著真理，而是，走在中間的那撥。如是說來雖然很悲哀，但這是屢試不爽的事實。」一個叫吳宓的老學究，在解釋中國人的「中庸之道」時，這樣說。

這時候，知青上山下鄉運動開始了，咪咪也報了名。她被分配到尉遲城最偏遠的山區。顧蘭子開始爲她收拾行裝。咪咪要去的地方，正是當初學生組織被趕出縣城後，他們待過的地方。那地方在子午嶺的深山。

僅僅去了半個月，咪咪就哭著回來了，那裡的偏僻寂寥叫她無法忍耐。她發現自己什麼也不會幹，發現在那個陌生的環境裡，她什麼也不是。驕傲的公主有一種被貶落人間的感覺。咪咪對顧蘭子說：「那裡的人們，不知道爲什麼喜歡吃洋芋皮兒？」顧蘭子問是怎麼回事。咪咪說，她到老鄉家吃飯，那洋芋蛋兒是經常的吃食。她吃洋芋，還勉強可以下嚥，但是那洋芋皮兒，很粗糙，上邊甚至沾著土。老鄉說，妳吃不慣洋芋皮，就把它剝下來吧！盤腿坐在炕上，咪咪將洋芋皮剝下來，放在炕桌上。每次吃完飯，房東大嫂便將這些洋芋皮兒撿起，塡進自己嘴裡。「我喜歡吃這東西，有味兒！」房東大嫂說。

顧蘭子聽了，訓斥咪咪說，妳不知道生活的艱難！房東大嫂哪是喜歡吃洋芋皮，她是捨不得扔掉呀！

顧蘭子建議咪咪回老家去插隊，那裡畢竟是平原，眼界開闊一些，離西京城也近，那塊平原，還有咪咪許多的親人，他們會照顧她的。

咪咪同意了。顧蘭子說，妳給膚施城的父親也打一封信去，看他怎麼說，妳把地址寫成「五七幹校」，他現在在五七幹校裡。這樣，咪咪就寫了封信給高二，並得到了高二的支持。

房東的大女兒，在茶坊街上的食堂裡當服務員，她和那些過往的司機熟喚，於是擋了一輛大卡車，咪咪坐上，離開了尉遲城。

咪咪走的時候，把黑建拉在一邊，從懷裡掏出一個嶄新的筆記本，說：「黑建，我求你一件事，你不要給人說！」

黑建問：「什麼事？」

咪咪說：「你的字寫得好，你給這筆記本上，寫上幾個字。」

咪咪說著，把本子攤開，翻到第一頁，然後又把鋼筆帽擰開，把筆遞到黑建手裡。

「你寫！」咪咪說。

黑建問：「寫什麼字呢？」

「你知道的！你寫！」

「我真不知道寫什麼！」

「你怎麼這麼笨呢？」

咪咪是真的惱了。

瞅著咪咪臉上飛過的那一團一團的紅雲，目光灼灼，那陶醉的表情，黑建突然拍了一下自己的腦袋。他明白咪咪要他寫哪幾個字了，或者換句話說，姐姐在向膚施城告別，向學生時代告別，向紅衛兵時代告別時，她要將這個筆記本作為紀念品，送給誰了。

咪咪要把這個筆記本，送給宣傳隊的隊長，她的「大春」。在那個叫《白毛女》的歌劇中，咪咪扮演喜兒，這位高年級的男同學，扮演大春。她一直崇拜著這位男同學，那些難忘的日子，他們一起度過，而尤其是在流亡子午嶺的那些日子裡，這位宣傳隊隊長就像大哥哥一樣，呵護著這些女宣傳隊員們。他揮舞著那把用做道具的大刀，每天晚上守候在這些女宣傳隊員的窯洞門口。黑建在本子的扉頁，端端正正地寫上：

大春同學留念

革命友誼

地久天長
永遠牽掛著你的喜兒
1968.11.9

看著黑建這樣寫，咪咪滿意極了。她奪過本子，合上，用本子打了一下黑建的頭，算是對他的感謝，然後，像喝醉酒一樣，拿著本子向街上跑去。那位高年級同學，此刻正在縣城附近的「學習班」裡「說清楚」，她要把本子給他送去。

當咪咪瘋一樣地跑出去的時候，在一旁一直默不作聲的顧蘭子，這時流下了熱淚。

這是又一代人的故事，這是又一代人的傳奇。

早在尉遲中學的大禮堂，演出那場《白毛女》時，看見台子上的女兒那英姿颯爽的樣子，顧蘭子就突然間想起在遙遠的年代裡，在黃龍山石堡鎮的老戲台上，好像是一個節日，高二和景一虹演出《小二黑結婚》的情景。在那個戲中，高二扮演小二黑，景一虹扮演小芹。

尉遲中學的那場戲，全家都去看了，高二當時也在家，他也去了。當顧蘭子看戲的途中，突然想起那些往事的時候，她不由自主地看了旁邊的高二一眼。而恰在這時，高二也看了她一眼。他們都明白對方這時在想什麼，但是不願意去揭那老傷疤。後來，晚會結束的時候，高二說了一句：「咪咪長得像我！」

閒言少敘。

咪咪就這樣回到了高村，回到了這塊故鄉的平原上。

回去以後，她不停地寫信，說希望顧蘭子他們也回來。恰在這時，遠處的河南省有幾戶城鎮居民，提出了個「我們也有兩隻手，不在城裡吃閒飯」的口號，口號提出後，很快地便成為上邊的一項政策。在知識青年上山下鄉的同時，也動員城鎮居民下鄉。

這股風自然地吹到小城，居委會做了動員以後，顧蘭子便有了想法，想帶著孩子們，回高村平原去。她捎話讓高二回來，商量這個事，沒想到，高二滿嘴贊成，這樣，顧蘭子就報了名。對於居委會來說，這是求之不得的事情，因為上邊對於城鎮居民下鄉，有完成指標。這樣不久之後，尉遲城街頭，當年黑建貼第一張大字報的地方，有一張紅紙光榮榜貼出。光榮榜上第一名，就是顧蘭子。

後來，當孩子們費盡周折，一個一個又艱難地從農村重返城市時，他們會埋怨顧蘭子當初這個決定的草率。

其實，這個家庭的主宰是高二。如果高二不點頭，那麼他們後來就不會回來，那麼他們的人生會是另一種走法。但是高二點頭了，或者說積極地促成了這件事。

那咪咪的先期回來，那「我們也有兩隻手，不在城裡吃閒飯」的運動，只是表面的原因，而更深一層的原因是，正在「五七幹校」接受批鬥的高二，還沒有「解放」的高二，自信心受到極大打擊的高二，那時候對自己的前景，有一種萬念俱灰的感覺。

「你們先回去吧！也許，過一段時間我也會回來！祖祖輩輩的人，都是在那裡老的，算上一個我，也不為多！」

在借了一輛大卡車，將顧蘭子和兩個男孩子送上車的那一刻，高二揚著手，說出了這樣一

句話。

顧蘭子看見，高二的頭上已經像落了霜一樣，有了一層白髮，臉上，因爲在「五七幹校」勞動的緣故，曬得烏黑，蛻了一層皮。

這樣，顧蘭子便和孩子們，在故鄉的平原上生活了幾年。然後三個孩子，像鳥兒翅膀長全了一樣，一個一個飛走，而最後，剩下她一個人的時候，她又重返膚施城，回到高二身邊。

我們接著說咪咪的故事。是的，這是又一代人的故事，又一代人的傳奇。

當再過一些年，到了六十歲的時候，咪咪有一次照鏡子，她會在那一刻痛徹地意識到，其實她的故事和她的傳奇，已經在學生年代結束，她的激情已經被紅衛兵時代耗乾。

他們是「文革」的產物，或者換一句刺耳的話說，是「犧牲品」。

在熙熙攘攘的城市大街上，你會遇到許多這種年齡段的人的。他們的身上不知道有什麼地方，和常人不一樣。他們像一堆燒透了的灰燼一樣，不再對任何的政治發生興趣，他們對任何事情都心不在焉，他們在行走的時候常常舉頭望天，但是明知道天上什麼也沒有。

但是在有時候，爲一件微不足道的事情，一件事不關己的事情，他們突然會表現出令人難以理解的激情和固執。

比如咪咪，在顧蘭子在西京城住院的時候，醫院鍋爐的水龍頭壞了，開水四濺。打水的提著熱水瓶圍成了一圈，誰也不敢到跟前走。只見咪咪用一條毛巾裹在手上，衝上前去，在水花四濺中去關那水龍頭。黑建在旁邊，罵道：「妳管那幹什麼，把妳燙傷了，看病時，醫院照樣收妳的錢！」

咪咪不聽，她還是去關。那勁頭，好像不是關一個水龍頭，而是去殉難似的。在這一刻，黑建想起那個女紅衛兵的形象。

咪咪出生在黃龍山白土窯。她出生的時候，是她的叫聲像貓的叫聲呢，還是她小小的一點兒，像個侉了皮的小貓，或者說，出生時，一隻貓咪跳起來，一不小心打翻了背牆上的青油燈，隨之發出「咪咪」的叫聲。關於她那名字的由來，老人們有時候這樣說，有時候又那樣說，不知哪種說法更真一點。

咪咪滿月的時候，黃龍山白土窯居住的這戶人家，舉家遷回關中平原，高發生老漢推著獨輪車，高安氏坐在車上，高安氏的懷裡抱著咪咪。顧蘭子他們跟在後邊。

那時咪咪在害一場大病。回到高村，眼看就活不成了的她，卻意外地好了。發生老漢於是給高二發去一封信，一是報旅途平安，二是說「咪咪」好了。

在高村平原人們的口語中，「好了」還有另一層含義，就是說這孩子「死了」。好了，是的，到了好處了，回到好地方去了，從此脫離了苦難了。大約就是這個意思吧。那時，還在黃龍山的高二，在接到這個平安家信後，他以爲這個「好了」就是這個意思。於是他回信說：

「『好了』好！」

這一次，重新回到高村平原上的咪咪，很快就引起了所有人的注意，因爲她是那樣的出眾。

這一塊平原，是一個永遠瀰漫著大秦腔那慷慨悲涼、粗獷豪放之音的土地。那聲音是如此深入地滲透到平原每一寸土地的深處。記得我們在前面，曾經談到那響徹平原，低沉、喑啞，但是又充滿力量的嗡嗡之聲，最初我們曾經懷疑它是渭河那千年不改的吟唱，但是此刻，我們認爲，它更可能是這種大秦之音，幾千年了，這塊土地埋了一批一批唱秦腔的人，如今他們密密麻麻一層，在地底下安睡時大約還大張著口。

雖然由於「文革」，地方劇碼受到了壓制，這塊土地還是在頑強地唱著秦腔。不過這秦腔，是以改頭換面的形式出現的。那叫「改良秦腔」，或者叫「京劇移植的秦腔」，也就是說，秦腔那西鳳酒一樣濃烈的走板中，加上一些京劇那花稍的尾音。

那時候，每一個大隊都有一個宣傳隊，而大家終於發現，原來一個活生生的、《紅燈記》中的李鐵梅，就藏在高村堡子裡。這樣，咪咪開始在大隊宣傳隊裡，當李鐵梅這個角色，接著，縣劇團也發現了她，知青咪咪被縣劇團招工，她去飾演的仍是那個李鐵梅。

咪咪的婚姻，也在這個時候得到解決。

尉遲城裡的那個高年級同學，後來咪咪一直沒有和他聯繫上。或者說吧，咪咪的一生從來都是被動的，她從來沒有想到過和人家主動聯繫。她只聽說，學習班結束以後，這個同學回到了農村，他的家在那個子午嶺最深的山裡，而翻過山去就是甘肅境內，因此他在甘肅那邊的一所小學校裡，做了個民辦教師。再後來，聽說又有變動，至於到哪裡去了，她就不知道了。

倒是有幾個同學給她來了信，向她表示了愛慕之情。這些信，天知道他們是從哪裡打聽到她的地址的。這些信，有的到了咪咪手裡，有的則沒有到咪咪的手裡。

沒有接到的這些信，據說是被顧蘭子壓下了。

顧蘭子那時候已經做好準備，準備在這塊平原上一直生活到老。她有一個自私的想法，這

想法就是在高村附近，給自己結一門親戚，好來回走動。她沒有娘家，想用這門親戚，來彌補自己感情上的這種缺憾。雖然老崖上的這戶人家有許多的老親戚，妳從大年初一走到正月十五，一天走三家也走不完，但是顧蘭子想要有一門自己獨有的親戚。

這樣的對象很快就有了。鄰村的一個青年，在外地當兵。媒人拿來了一張照片，那年頭所謂的彩照，是將照片拍好後，染上顏色的。照片上的青年，一身軍裝，兩個紅臉蛋兒，眉清目秀。咪咪就這樣從縣城趕回來，和這張照片訂了婚。

復員軍人回到了農村。咪咪看不上人，不願意結婚。復員軍人整天到劇院裡纏著她。咪咪打電話給膚施城的高二，問他怎麼辦。高二說：「既然妳答應了人家，那就不要食言。咱們高家人做事，塘土地裡吐唾沫，一口唾沫一個坑！」這樣，咪咪大哭一場，嫁給了復員軍人。

咪咪在秦腔藝術上，並沒有能取得什麼成就。她是一個藝術上的失敗者。因爲秦腔是一門本土藝術，是從大地本身自然而然地生出的一種植物，而咪咪基本上沒有在渭河平原待多長時間，因此，她永遠無法走入那種民間感覺。這樣，隨著一批新學員的招入，咪咪便改行了，在縣城的一個閒單位去上班。

復員軍人的工作問題，這時候仍然沒有得到解決。這時候無助的咪咪，想起了膚施城的高二，於是她領著復員軍人一起，前往膚施城，尋求父親的幫助。

高二那個時期，正是他從政生涯中最輝煌的一個時期。他擔任膚施城的副市長。看到咪咪，他自然高興。而咪咪提出的要求，也並不算過分。僅僅是爲了親愛的女兒的緣故，這個忙他也一定得幫。更何況，當初咪咪結婚，是請示過他的。在這件事情上，他理虧。

恰好在這時候，位於陝北高原與關中平原接壤處的一家煤礦，要招一批挖煤工人。市委書記主持常委會，將招工指標截留了一部分，給每個常委一個指標，指標給你了，你給自己的子女、親戚陸人，或者給自己手下的工作人員、司機，那是你的事。

高二興沖沖地把招工表給了咪咪。

但是復員軍人不塡這個表，拒絕到煤礦。這也難怪他，平原上長大的孩子，自然比山裡長大的孩子要嬌貴一些，更何況，這煤礦工人的名聲也不好聽。復員軍人說：「當兵的叫死了沒埋的人，挖煤的叫埋了沒死的人！你們高家不要我，就直說，不要叫我去送死！」

那個時節，正放一個叫《人生》的電影，電影中農村青年高加林的形象叫人感動。晚上放電影的時候，市委書記坐在中間，他的這邊是高二，那邊是一位客人，也就是這部電影的編劇。

瞅個空兒，高二說：「張書記，這個指標我還給你，女婿不願意去，那麼這事就算了吧！」

市委書記聽了，往電影銀幕上一指說：「那就把招工指標讓給電影上的高加林吧！咱們自己孩子的事，過後再想辦法。」

原來，「文革」時期，這位市委書記同志，當時是一個縣的縣委書記，而這個《人生》的作者，是縣城中學的紅衛兵領袖，他保過他的。

作家這次來膚施城，也是爲弟弟招工的事。那電影中的高加林的故事，正是以弟弟爲原型寫的。而正像電影中所表現的那樣，高加林在故事結束的時候，又回到了農村，高叫一聲：

「我親愛的土地呀！」叫完以後，他來到膚施城，而哥哥也從西京城回來，在這裡相見。

當然，弟弟並不叫高加林，他叫另外的名字。而高加林這個名字，完全是作家自己的人生體驗。

在縣城中學的操場上，在六十年代初一個寒冷而又饑餓的夜晚，陝北高原上，一位中學生熱淚漣漣地仰望星空，因爲他聽政治老師說，當天晚上，一個叫加加林的蘇聯少校，要駕著宇宙飛船從陝北高原的上空飛過，飛向月球。許多年後，這個中學生在成爲一個作家後，將他成名作的主人公，叫做「高加林」。

那是另外的故事，這裡不說。

那個招工指標被讓出去以後，「高加林」很快就塡了表，然後到金鎖關煤礦報到去了。他將在那裡繼續他的人生故事。而在膚施城，書記同志讓勞動局再查一查文件，看能不能找到政策依據，爲高市長把這件事辦了。

政策依據很快就找下了。有一項政策說，插隊女知青在回城三年以後，工作三年以後，與農民丈夫結婚三年之後，可以由本人提出申請，解決其丈夫的城鎭戶口問題、招工問題。

這樣，復員軍人的戶口和工作得到了解決，這是一個皆大歡喜的結局。

這樣，這個當年心高氣傲的女孩子，便在高村平原與西京城接壤處的那座縣城，穩定地居住下來，生兒育女，爲生計奔波，爲柴米油鹽奔波，完成著世世代代平原女人都經歷過的那一生。

那位復員軍人還是不錯的。他們倒也恩愛。唉，大多數人都是這樣活著的，那有著轟轟烈烈人生的人又有幾個呢！

「唉，人是瞎活！」顧蘭子說。

當咪咪接近六十歲的時候，一群在西京城裡的尉遲中學的同學聚會，咪咪也參加了。同學們說他們費了很多努力，才把眼前這個衣著儉樸、沒有什麼特徵的中年婦女，和當年那個神采飛揚、腳下總穿著一雙白跑鞋的咪咪聯繫起來。

「那時候，妳多麼的高傲呀，走起路來頭仰在天上。高傲得我們不敢接近妳！」同學們說。

「那不是高傲，是粗心，是總覺得，前面還有什麼東西在等待著自己！」咪咪說。

第四十六章 黑建從軍

給我一本書吧，讓我熟讀到一直成為英雄！

——饒階巴桑

繼咪咪之後，以這塊平原做爲跳板，接著走出去的是黑建。

黑建回到高村後，在社辦中學上完高中，然後在七十年代初那個寒冷的冬天，穿上軍裝，當兵去了。

那時珍寶島的槍聲、鐵列克提的槍聲剛剛平息，這個國家正處在一種緊張的戰備狀態中，而漫長的四千多公里的中蘇邊界尤其緊張。接兵的，正是來自西北邊陲的一支邊防軍部隊，他們含糊其辭地說，希望每一個申請應徵入伍的青年，都做好迎接艱苦和危險的準備。

大隊革委會副主任高三說：「黑建，你決心去當兵嗎？」

黑建說：「我去！」

於是高三噙著旱菸袋，頂著他那幾十年一貫制的洋樓，騎著自行車，到公社說情去了。他的那自行車，如今花八塊錢，重新換了一個完整的車把，也就是說，不是「鳳凰單閃翅」了。當年那個走遍平原的「鳳凰單閃翅」，是高村平原的人們給車子取的綽號。那車子只有一個把手，另一個把手摔壞了，因此高三騎這車子的時候，一個手抓著把手，另一個手抓著沒有把手的那邊車頭。

當年那輛車子，原本是鄰家的。村子裡大約只有一輛自行車，雖然破舊極了，卻是一件稀罕。人們如果有急事要用，得找這位鄰居去借。鄰居有時高興了，借給你，不高興了，就不借。

那一次，高三有急事出門，要到縣上去開會，只得硬著頭皮去借。鄰居倒是沒說什麼，給自行車打足氣以後，推給他。誰知在縣上開會的時候，那支在地上的自行車，被風吹倒了，吹倒後手把磕在地上，斷了。

高三回來後還自行車，還不下。高三一惱，就把這輛自行車給自己留下了，然後東挪西借，湊了幾十元，在西京街上的舊貨市場上，重新買了一輛，還給人家。

從此，風裡來雨裡去，高村平原那泥濘的鄉間小路上，便時常看見高三騎著一個把手的自行車的身影了。村子裡同年等歲的人，便給他開玩笑，叫那車子「鳳凰單閃翅」。

公社對這位幾十年如一日，忠心耿耿、任勞任怨的農村基層幹部的意見是極爲重視的，他們答應給接兵的去打一聲招呼。

爲黑建當兵這件事，咪咪也從縣城趕了回來。她趕到公社時，體檢已經結束，接下來的那個項目叫「目測」。一群體檢合格的農村青年，正在社辦中學的操場上走圈圈。咪咪見黑建衣著寒酸，於是從身上脫下一件紅毛衣，叫黑建到廁所去換上。這樣，當黑建從廁所裡走出，重新回到這轉圈圈的隊伍中時，由於那件毛衣的襯托，他立即顯得精神了許多。

雖然外邊仍然是那件寒酸的粗布衣服，但是紅毛衣從領口上、從袖口上露出來，在這一群穿著粗布衣服的灰色人群中時，顯得很扎眼。

黑建甚至引起了接兵軍官的注意。他站在這個轉圈隊伍的核心，朝黑建多瞅了幾眼，最後甚至走過來，問了他的名字。

入伍通知書下來了，這是一九七二年十二月十四日的事。

通知說，黑建政治面貌清楚，體檢合格，批准入伍，請於兩天後，到公社武裝部報到。

在入伍通知書發佈的同時，黑建也在公社武裝部，領到一套軍裝。軍裝沒有帽徽領章，那得到部隊駐地後，再配發。

當收到入伍通知書，黑建當兵這件事已經確定下來之後，顧蘭子讓咪咪到公社去給遠在膚施城的高二打了個電話，告知他這件事。高二在接到電話後，丟開手頭的工作，在第三天，也就是黑建已經在公社集中，就要登上大卡車的那一刻，坐著小車直接趕到了這裡。

那一次，這一塊平原，為那個遙遠的邊陲，為劍拔弩張的中蘇對峙，共送去了六十多個子弟兵。

黑建要走了，平原上冬天的風吹著，乾冷乾冷，公社門前是一片哭聲。因為在前一天晚上，為新兵放過一個叫《南征北戰》的電影，那電影裡麥個子一般一個個倒下去的士兵，那瀰漫在電影裡的血腥氣氛，刺激了這些家屬們的神經。

「打仗的時候，你不要衝在最前面，那樣敵人的子彈會打死你；也不要拖在最後面，那樣督戰的自己人會打死你！」高三找了一個機會，把這話說給他的侄兒。

咪咪買了些暈車藥，讓黑建帶上。她已經打聽清楚了，黑建這一次要走遙遠的路程，遙遠到超出所有高村人的想像。

顧蘭子則從大門口的官道上，包了一包土，裝進黑建新發的那個黃挎包裡。她對黑建說，你每一次喝水的時候，要捏一撮黃土面面，放進水裡，讓它沉澱了，你再喝，這樣走到新地方，你就不會換水土了。

當黑建登上大卡車的車廂，大卡車開動的一刻，他看見車下面站著的所有親人們，都在向他招手。他還特別注意到了，高二在向他招手的同時，臉突然別到一邊，然後，一滴渾濁的眼淚流下來。

這是他平生中，唯一一次見到這個驕傲的男人也會掉眼淚。

拉著新兵的大卡車，一輛接一輛，在西京火車站集中。原來，這支部隊這次從關中平原的兩個縣境，接了六百多名新兵。他們將在火車站集中，然後被裝上一列拉貨的鐵悶子車，駛向西北方向。

在這之前，這列鐵悶子車大約是從新疆往口內拉馬匹的。因此那鐵悶子車裡，地上堆著一些馬糞，還有一灘灘半乾的馬尿。新兵們在列車開動之前，先做一件事情，就是清除這破木板上的馬糞、馬尿。清理乾淨了，然後鋪上穀草，再用新發的被子床單，將穀草壓住。那床單是鋪在鋪上的，那被子，則打成一個背包，倚著車廂板兒排成一排，新兵們坐在背包上，兩手放在膝蓋上。

「咣噹，咣噹」，這列火車緩慢地開動了，車沿著隴海線，向西北馳去。

在最初的一、兩天中，它始終是沿著一條河流上行。列車一會兒沿著河床走，一會兒鑽進山洞，而出了山洞以後，又見這條河流了，這次是有一座橋跨在河上，於是列車鳴叫著，「咣噹咣噹」地從橋上駛過。過了橋，大約又得鑽山洞了。這個山洞鑽出來，大約會有一條較爲寬闊的河川、一座城市，而那簇擁的山頭也退到了遠處，於是列車便在這川道裡前進。

這條一直伴著他們行走的河流，就是黑建家門口的那條渭河。

這樣他們便穿越了隴東高原，進入河西走廊。

外面是死氣沉沉的單調風景。祁連山戴著白色的頭盔，忽然遠了，又忽然近了。近處要嘛是狹長的乾河谷，要嘛是佈滿鵝卵石的黑戈壁。點綴在風景中，給這死氣沉沉的景觀帶來一絲變化的，大約只有太陽。太陽在早晨的時候，很紅，很大，它出現在東方那白雪皚皚的峰巔，給人一種新奇的感覺，隨後，它就像一副不勝寒冷的樣子，臉色漸漸變得蒼白，要嘛是很勉強，在天空照耀著，盡一下職責，要嘛是乾脆鑽入霧靄中，不見蹤影。

太陽在黃昏再重新顯露一下身姿。像早晨初出時一樣，這時候又是很紅，很大，然後緩慢地融入西邊天空那空蕩蕩的地平線上去了。這時候在戈壁灘上，在大大小小的擁擁擠擠的鵝卵石之間，偶爾會馳過一輛大軲轆車，或者叫青海高車。木質的車輪極大，車廂極小，拉車的大約是一頭牛，或者是一匹馬，車輪緩慢地轉動著，駕車的人像一個小黑點一樣，隱在車廂裡。車向蒼茫的遠方駛去，那又大又紅的落日做它的背景，一會兒，它就駛遠了，或者說，黑建的火車將它拋在後邊了。

落日最壯美的一刻，大約是它停駐在嘉峪關那斑駁的樓頭時。遠處仍然有雪山，而且更高，更寒冷，血紅的一輪落日，停駐在一座拔地而起的巍峨樓閣上，暮色中，蒼茫的戈壁灘正中，一道斑駁的古長城橫穿而過。長城已經被風雨剝蝕得只剩下薄薄的一層了，高高低低、彎彎曲曲，像一溜靜臥在荒野上的駱駝。

鐵悶子車廂裡只有幾個很小的窗戶，窗戶又很高，這窗戶，大約只有馬伸長脖子，才能勉強看到窗外。新兵中，那些個頭最高的人，需要腳底下墊上背包，才能勉強看到外邊。所以要看風景，得到車門口去。那裡有兩扇鐵門，大約是年久失修了，車門合不嚴，透有一條縫隙，陽光有時候會從縫隙中射進來，照在這些新兵們有些茫然的臉上。爲了防止這鐵門在列車行駛時滑開，它是被一根鐵鍊鎖著的。行進中，「咣噹」一聲，縫隙合住了，又「咣噹」一聲，縫隙張開了。

這鐵門的縫隙不光能朝外欣賞風景，還可以用來向外撒尿。

第一個新兵想撒尿，「報告」了一聲。大鬍子接兵排長犯了難，這鐵悶子車廂哪來的廁所呢？他指了指這個透著一絲陽光的縫隙說，就從這兒尿出去吧。

說完，他自己先站在縫隙口，解開褲帶，撒了一回尿，算是嘗試。尿畢，他轉過身，一邊繫褲帶，一邊說：「感覺不錯，能尿的。把自己的雞牛牛打硬，手捉住，對著這縫隙，就可以尿了。只是——」

他強調說：「一定要用手抓住，千萬不能把雞牛牛塞到縫隙裡去。這狗日的火車，一走三咣噹，那縫隙，一陣合住了，一陣打開了。你們一不小心，叫那鐵門夾住。不要當了一回兵，兵沒當成，那東西沒有了。到時候，我沒法向你們的父母交代！」

那一個喊「報告」的新兵，走到縫隙口，學大鬍子排長的樣子，站在那裡撒尿。新兵們好湊熱鬧，見這個新兵撒尿，背包上坐著的一個排的新兵，紛紛從膝上抬起手，高舉頭頂，「報告」、「報告」，大家爭著喊。排長見了，就叫新兵們到門口來，排成一個隊，一個接一個地撒。

排長說：「反正道路還長著哩！大家不要急，一個接一個，慢慢來。」

有的新兵，走到縫隙口，一陣傾盆大雨，淋漓歡暢。有的新兵，生性內向，不習慣這種尿法，努了幾努，努不出來。後邊又有人催，只好噘著嘴，又回到背包上。

黑建就屬於尿不出來的那種。

尿憋得膀胱難受，可是站在那縫隙口，任你把雞牛牛搖硬，任你屏著氣硬努，就是一滴尿也尿不出來。原來，黑建自小有尿床的毛病，怎麼治也治不好，後來在尉遲城，晚上睡覺的時候，膀胱又憋了，於是開始做夢。夢見自己想撒尿，可是街上老有人，後來找到一個牆角，瞅瞅四下沒人，於是一泡大尿，洋洋灑出。正尿著，屁股上重重地挨了一巴掌，黑建醒來，才發現這是在做夢。再看那炕上，已經流成一條河了。不過高二這一巴掌卻也管用，從此黑建這尿炕的毛病，就算治了。

現在在這火車上，對著縫隙口撒尿，黑建就是這種感覺。

他對自己說，尿吧，這做法是正當行爲，可是手上那東西，就是不聽使喚。他身上不停地打著尿顫，就是一滴尿也尿不出來。於是只好提起褲子，把縫隙口讓給下一位。

這時又有人打報告說，要「拉屎」。

拉屎這件事，算是難壞了大鬍子，他朝這個像個鐵匣子一樣的鐵悶子車廂瞅了瞅，搖搖頭，然後說：「夾緊，車一會兒就停了，停下來以後儘管拉！」

大鬍子還說，已經是當兵的人了，說話要講文明，以後不能叫「撒尿」、「拉屎」了。他說，從現在起，「撒尿」叫「小便」，「拉屎」叫「大便」。

火車在大鬍子說過不久，果然在一個岔道上停下了。

原來，那時的蘭新線是單行線，因此，這輛裝著新兵的火車，見到迎面過來的所有火車，都要避到岔道上去讓路，就是背後來的火車，只要開得快一點，它也得給讓路。

「咣噹」一聲突然停止了，車門「喀嚓」一撞，又一分開，火車停了下來。

大鬍子這天是值日排長，只見他脖子上掛個哨子，跳下車，順著火車跑，邊跑邊喊：「大家下來大便！記住男左女右，男兵在火車的左邊，女兵在火車的右邊，不要搞錯了！」

大鬍子吹著哨子，一路跑過以後，各個鐵悶子的車門也就「咣噹咣噹」地打開，立即，鐵路線上滿是黑壓壓的、沒有佩帽徽領章的新兵。

原來，這列西進的火車上，還有不少的女兵。

一個姓梁的新兵，是個農民，分不清左右，他不知怎麼搞的，鑽到女兵的那一邊去了。他剛蹲下，被女兵們發現了，女兵們驚慌地喊起來，這個新兵一見，趕快提起褲子，從火車底下鑽了過來。

大鬍子見了，很生氣，他說：「這笨腦子，等下到連隊之後，讓他放豬！」

就這樣走走停停，停停走走，在蘭州兵站，發了棉衣、棉褲，在嘉峪關兵站，發了皮大衣、皮帽子、大頭鞋、皮手套，在烏魯木齊兵站，發了氈筒。

大約是四天五夜或五天四夜之後，火車走到烏魯木齊，前面再沒有鐵軌了。新兵們下了火車，改乘汽車，然後一直向北駛去。

一輛大卡車上，坐一排人，也就是說坐三十六個人，再加上接兵的，一共三十七個。三十七個人，把背包放成四排，然後人坐在背包上。這四排，兩排是靠著車廂板的，另兩排，挨著放在中間，人則背靠背坐著。一個小小的車廂，人們又穿著氈筒、皮大衣，因此這四排人，相對而坐時，穿著氈筒的腿腳互相叉開，摻在一起。

卡車頂上，蒙著一塊帆布，這帆布的一個用途，是擋住那正在飄舞的漫天飛雪，另一個用途則是爲了保密。

黑建坐在車上，嘔吐了。咪咪給的暈車藥，他將一些給了別人，一些給自己留下，但是這暈車藥吃了，仍不濟事。他是感冒了。大鬍子排長說，體質太差，體檢時，離一百零八斤的最低標準，還差兩斤，「你怎麼適應那零下三、四十度的嚴寒呢？」他皺著眉頭說。

穿著氈筒的雙腿被牢牢卡住，不能動彈的黑建，眼見得就要將翻騰出來的湯湯水水吐到對面人的臉上時，急中生智，從自己手上取下了皮手套，然後一陣大吐，吐進皮手套裡。

這樣，坐一天車下來，黑建的兩個皮手套，便被吐得滿滿的了。吐進皮手套的東西，結成冰，這樣，一天下來，兩個皮手套成了兩塊冰坨。那大約是在克拉瑪依吧，一走進兵站，黑建做的第一件事情，是將皮手套放在火牆上暖著。第二天早晨，冰坨化了，這時才能把穢物倒出來，而那手套，準備這一天再用。

下一站名叫布林津。走到這裡的時候，車隊變小了，有一部分卡車，拐了個彎，向東駛去，大鬍子說，他們那是到中蒙邊界，而咱們這是到中蘇邊界。

晚上，當黑建又將他那凍成冰坨的皮手套，往火牆上放時，他看見兵站的牆壁上，貼著一張地圖。黑建一邊唸叨著「布林津」這幾個字，一邊在地圖上找。最後，他終於找到了，結果嚇了一跳，那「布林津」三個字，已經都壓到地圖上那粉紅色的國界線上了。

「哈哈，還得往前走一站，到哈巴河。到哈巴河，新兵連訓練三個月，然後還得往前走，把大家分散到各邊防站去！」大鬍子進來查鋪，看見黑建看地圖，這樣說。

在住過四回兵站之後，黑建手裡的兩個冰疙瘩，在倒過四次之後，這支車隊到了哈巴河縣城。黑建他們，在縣城裡接受了三個月新兵連訓練，然後在一個大雪紛飛的日子，奔赴各邊防站。而黑建去的地方，就是有名的白房子。

那一年的雪真大，厚的地方有一人厚，薄的地方也能搭到人腰。前往友誼峰的喀納斯湖那地方幾個邊防站的新兵，是騎著馬，坐著扒犁子，或者踩著滑雪板去的。黑建的白房子，是在戈壁灘上，他們請了幾輛兵團人的推土機，「史達林一百號」在前面推雪，大卡車則跟在後邊。

當他們行進在國境線上的時候，界河那邊，探照燈、信號彈、照明彈、洩光彈、穿甲彈，打得黑漆漆的冬夜如同白晝，而那劈啪劈啪的槍響聲，在雪原上引起久久的回聲。

到邊防站了，班長塞給每人一匹馬。班長說，在這裡，你首先得擁有一匹馬，沒有馬，你

就不能算一個完整的人。你的馬其實是你雙腳的延長部分。

就這樣，這個平原的兒子黑建，走入了白房子，成爲一名士兵。後來他常常說：這是生活在我高中畢業，猝不及防的情形下，突然塞給我的一本大書。

這是中蘇四千多公里漫長邊界線的一截。這支部隊轄內有五個邊防站，它們是阿赫吐拜克邊防站（白色的沙山），克孜烏雍克邊防站（紅柳），額爾齊斯河北灣邊防站（白房子），札木拉斯邊防站（它的哈語譯意不詳），白哈巴邊防站（白色哈巴河），這五個邊防站，管轄著自友誼峰往下，這數百公里的中蘇邊境。而白房子邊防站的轄區，南邊二十公里，是紅柳邊防站，北邊一百公里，是另一支部隊管轄的吉木乃邊防站。

茫茫荒原上的這一隊白房子士兵，在這裡度過了一段充滿凶險的時期，軍區副司令來這裡視察，這位戰略家站在隊列前訓話說：「總參制定的戰略方針是『抵抗一陣，撤退兩廂』，也就是說，放棄新疆，在嘉峪關一帶設防。你們這個孤零零的邊防站，你們的任務，有三條：第一，通風報信，也就是說，在第一時間，把敵人越過邊境，舉行大規模進攻的消息報告給上級；第二，抵抗一陣，以便爲後方提供盡可能多的戰備總動員時間；第三，殺傷敵人的有生力量。」

這位首長說：「退路是沒有的，你們的後邊是荒無人煙的古爾班通古特大沙漠，是語言不通的少數民族地區，所以，你們必須做好犧牲的準備。要叫指戰員們明白，這種犧牲是值得的！」

這位首長大約是個文化人，讀過幾本書，他用《鋼鐵是怎樣煉成的》的作者的一句創作談，爲他的戰備動員作結：

「成爲英雄，這是我們每個人的職責，只有懶漢懦夫才不想成爲英雄，而這樣做的結果是一無所獲。巨石擋道，流水受阻，如不燃燒，必將熄滅！——生命之火萬歲！」

就這樣，黑建在白房子待了五年。

五年中好像沒有發生過什麼事情，但又是幾乎每秒鐘都有可能有事情發生。黑建就這樣在這裡巡邏，站崗，放哨，待了五年。黑建說，那情形，就是西方歷史掌故裡的那個「達摩克利斯之劍」一樣，一根頭髮絲上繫著一柄寶劍，這寶劍就懸在你的頭頂，它隨時有可能掉下來，但又不掉下來，它就這樣折磨著每一個人的神經，直到你麻木。

在黑建沉沉的記憶中，最緊張的事情，大約發生過兩次。

一次是一九七三年三月十四日，蘇聯一架武裝直升機順額爾齊斯河越入中國境內，在境內縱深二百公里、一個叫哈龍溝的地方迫降，繼而被牧民用套馬繩套住螺旋槳，繼而被趕來的分區騎兵連抓獲。

那一天中午正是黑建在瞭望台上值班，能見度很好，也許最合理的解釋是，直升機的駕駛員是在從阿拉木圖起飛之前，喝了些酒，所以在順邊境線巡邏時，誤把額爾齊斯河當成了界河。

本來就緊張的邊境形勢，驟然緊張得像快要爆炸一樣。蘇方在距白房子一公里的界河對岸，集結了大量的坦克和裝甲車。那最緊張的一天，它們連續發了三次國家通牒，最後一次通牒的話語是「由此不可避免地引起的一切嚴重後果，由中方承擔」。蘇方的要求是，遣返三名

機上人員，送還飛機。

黑建是六九四〇火箭筒射手。這是因爲他有點文化，所以來到白房子後擔任這個角色。這種六九四〇火箭筒，是根據六九年珍寶島繳獲的蘇式火箭筒改製的，口徑四〇釐米，所以叫「六九四〇」。它與老式火箭筒的最大區別，是彈頭前面是一個六角形，這樣，當彈頭碰到坦克的裝甲板上的時候，不論碰到哪個地方，它都可以有一個稜面直接面對。

黑建在那一段時間裡，趴在界河內側的一個碉堡裡。

他的頭剃成了光頭，這樣一旦受傷便於包紮。他把自己的幾件舊衣服，裝進包袱皮，用針線包縫好，然後在上面寫上「高村——顧蘭子收」的字樣，然後放在班上的儲藏室裡。

不獨黑建，所有白房子的士兵都是這樣做的。戈壁灘上挖了些戰壕，戰壕每隔一段，有一個碉堡。除了炊事員，所有的士兵都剃著光頭，趴在戰壕裡，而他們也都有一個小包袱，放在儲藏室裡。打這小包袱的意思就是說，一旦他們戰死了，這是他們的遺物。

黑建趴在碉堡裡。碉堡有一個前後是菱形、左右是四方形的射擊孔，他的六九四〇火箭筒就架在那射擊孔上。火箭筒前面，安裝上長長的火箭彈，他本人將火箭筒扛起，按照教科書上的做法，單腿跪著，瞄準鏡對準目標，一隻手托起火箭筒的前半部分，手指放在扳機上。

在這之前的實彈射擊中，黑建曾打過這種火箭彈。火箭彈是從前面安裝的，因爲彈頭的直徑遠遠超過四十公分。射擊有三種姿勢，臥射、跪射和立射。這三種姿勢黑建都試過。射擊時，彈頭打著旋轉，像一陣風一樣從地面上掠過，遇到目標，它先不爆炸，而是彈頭拚命地向目標裡面旋轉，後面的風扇尾翼脫落，彈頭鑽進去了，然後爆炸。

在火箭彈發射時，會產生一種巨大的爆炸聲，如果是臥射，人會從地面上被抬起來，抬上一尺多高。那火箭筒背後的喇叭口，會噴出一道幾十米的火光，燒焦地面，而那巨大的爆炸聲，會把人的神經震壞，耳朵震聾。

在那碉堡裡，在那急切地盼望著投入戰鬥的日子裡，黑建一邊逮蝨子，一邊擦拭炮彈。碉堡裡待得太久，身上的皮大衣都生蝨子了，逮蝨子，這也是消磨時間的辦法。另一種消磨時間的辦法就是擦拭炮彈。

按照那個和六九四〇火箭筒放在一起的《使用手冊》上的說法，一個射手，當他發射到二十二顆火箭彈的時候，他的大腦、他的神經，就會因爲承受不了這二十二次的劇烈震動而爆裂。

但是我們的黑建，還是給自己的碉堡裡，擦拭好二十二顆炮彈。「爆裂就爆裂吧！但求一死，這一切也就結束了！」黑建叼著一支劣質香菸，神色古怪地說。

唉，大約在這個平原上的古老家族的身上，一代一代，都會出一些這種有些誇飾的、崇尚一種英雄情結的人物。在黑建那古怪的微笑中，我們想起唐吉訶德式的鄉間騎士高發生老漢，想起高大，想起高二，想起高三。

在黑建趴在碉堡裡，手指放在六九四〇火箭筒的扳機上，向界河對面的坦克群瞄準的時候，在黑建一遍又一遍用槍油擦拭著那二十一顆火箭彈的時候（另一顆此刻正在火箭筒上），在黑建已經做好死亡的準備，只求一個結束的時候，他在這一刻，完成了一次昇華。

「從此我不再懼怕任何的人和事，因爲我已經是一個死過一次的人了！」黑建後來常常這樣說。

坦克和裝甲車後來終於沒有越過界河。由於雙方的克制，這場自珍寶島事件、鐵列克提事件之後，最嚴重的一次邊界事件，後來以和平的方式得到解決。

三名武裝直升機上的人員，後來被中方釋放。中方的外交辭令是，出於人道方面的原因，允許他們回去與家人團聚。

至於那架武裝直升機，它先由一個老練的中國駕駛員，超低空飛行，將飛機從阿勒泰飛到烏市，然後在烏市裝上火車運到北京。如今，這架武裝直升機在一家軍事博物館陳列，和那輛珍寶島繳獲的坦克陳列在一起。

警報解除了，四千多公里的漫長邊境線，繃緊的神經鬆弛了下來。

在白房子的碉堡中，黑建將火箭彈，從火箭筒上取下來，抹上黃油，裝進一個纖維鋼的圓桶。地上擺著的那二十一顆，也都塗上黃油，裝進圓桶。然後再將圓桶，五個一顆，裝進彈藥箱裡，蓋好，以備下次使用。

黑建走出碉堡時，兵團的那個綠衣郵差，騎著馬過來了。郵差遞給他一封信，這是從那遙遠的高村來的。黑建打開信，信中有一張照片。這是咪咪寫的。她告訴弟弟說，她有孩子了，是個女嬰。黑建於是把照片捧在眼睛前去看。碉堡裡待得太久了，眼睛有些不好使。

黑建將照片捧在手中看。在中亞細亞燦爛炫目的春日陽光下，照片上的嬰兒，兩隻大眼睛在笑。那眼睛像咪咪。

「親愛的孩子，光爲了妳的平安降生，我所做的這一切也是值得的呀！」

黑建抹了一把眼淚，對照片說。

第四十七章　黑建歸來

另一次則是一個大人物的逝世。那時間是一九七六年的秋天。

黑建領著他們班，正在菜地裡幹活。菜地距白房子大約兩公里。邊防站一代一代的人開墾這塊沼澤地，到黑建的年代，這菜地已經有三十畝大小了。菜地四周用刺棵子圍起，然後引來喀拉蘇干溝的水來澆灌。這刺棵子，是這個地方的叫法，這裡又叫它鈴鐺刺，得名的緣由是樹上長了許多的鈴鐺，秋天的時候，風一吹，鈴鐺搖響，整個草原充滿了音樂。這叫刺棵子，或鈴鐺刺的，我們記得，高二砍過，黑建也砍過，在那地方，它叫狼牙刺。

那一年的菜長得很好。種在地埂上的向日葵，那鋪天蓋地的黃花已經開敗，現在一個個沉甸甸的花盤，垂下來。菜地裡還長滿了矮株的番茄，這是一位河南籍的士兵，探家時帶回來的新品種，他叫它「北京梨」。地裡還長著些西瓜，這西瓜也已經成熟，黑建決定，等到八月十五和國慶日這「雙節」的日子裡，把西瓜摘下來，邊防站會餐。當然，地裡長得最多的是大白菜，它們直橛橛地栽了一地，這些大白菜成熟後將被冬貯。在漫長的冬季裡，白房子主要靠這些大白菜和冬宰的羊肉挨過那幾個月。

黑建正在給菜地澆水。正當他拄著砍土鏝，直一下腰時，看見從白房子的方向，一個人騎著馬，旋風一樣地向菜地方向奔來。走近了，黑建認出這是馬倌，是他們那次同乘一輛火車來的一個紅臉膛的士兵。那馬倌的白鼻梁子馬，直衝到黑建跟前，然後馬倌一勒馬鉸子，馬打個趔趄，脖子彎回來，停住。

「出大事了，連長叫你們不要種菜了，馬上回去！」馬倌說。

黑建問：「出啥事了？這菜馬上就收了！」

「毛主席——你知道嗎？毛主席他老人家死了！」

這確實是天大的事情。那時對每一個中國人來說，頭頂上好像都頂著一個天，這個天就是毛澤東。許多人都不會相信他會死的，人們已經習慣了有毛澤東的生活。

黑建叫大家把手中的勞動工具收在一起，放進喀拉蘇干溝旁邊那個窩棚，鎖好，然後士兵們排成一隊，穿過戈壁灘，回白房子去了。

大家突然覺得自己就像孤兒一樣，人人佝著頭，臉色鐵青。在黑建沉沉的記憶中，那一天的天空，十分蒼白，有小風從戈壁灘上微微吹過，整個天空沒有太陽的蹤影，那情形，給人一種世界末日的感覺。

「父親死了！」這是黑建對自己那一刻心情的概括。

回到邊防站，全站人員已經全副武裝，排成隊列蹲在籃球場。隊列前面，孤零零地放了一架手提收音機，那收音機裡，正在播送《告全國人民書》。

黑建他們，迅速地回到班裡，扛上武器，加入到隊列中。

黑建這時候，已經不再擔任火箭筒射手，他成了一種同樣是反坦克炮的八二無後座力炮炮長。黑建全班，抬著這門炮，加入隊列。

聽完廣播，做了簡短的戰備動員之後，全體白房子的士兵，除炊事員以外，都荷槍實彈，鑽入地道。

較之前些年，這個時候，白房子周邊的工事設置，已經有了很大的改變。它更像一個簡易的要塞。

繞著白房子那個黑色鹼土圍牆，士兵們修了一圈水泥工事，並在水泥工事的上面，用推土機推來沙土，這樣，便築成了一座環形的沙山，將白房子圍定。

在沙漠裡是不能打地道的。士兵們先把地面刨開，然後用水泥木板，像箍窯洞一樣箍起地道，並且留下岔口，並給邊角築些碉堡。水泥凝固後，上面再堆上沙土。這樣一旦有戰事，人鑽入地道裡，可攻可守。而這種大張旗鼓、轟轟烈烈的邊境防禦工程的建設，也是向對方表示堅守的決心。

黑建在白房子的那些年，大約有一半的時間，是修這個工事。

那是一段淒風苦雨的日子。總參電令，邊境一線進入非常時期。據說，「非常時期」這個字眼，只有在抗美援朝戰爭時期使用過。

那些日子，先是刮了三天的大風，陰風慘慘，接著，又來了三天的沙塵暴，飛沙走石。沙塵暴過後，天開始下雨，一會兒大雨，一會兒小雨，一會兒又有一個簡短的停歇，就這樣一直下到追悼會召開，下到後來的國慶日才算停歇。

追悼會也是在地道裡召開的。

彎彎曲曲的地道裡，很黑，隔一截點一根蠟燭。白房子的士兵們，順著地道，一個挨一個，站了有一里長。也就是說，順著這彎彎曲曲的地道站著，人人臂戴黑紗，聽著那收音機裡傳來的，北京追悼會的號令聲，走完追悼會的所有程序。

追悼會結束，炊事員來送飯，穿著大雨衣，說外邊正在下雨。

那時候，每一個中國人，大約都在自己居住的那個地方，參加追悼會的。

追悼會結束以後，黑建他們，還在地道裡又待了些日子，直到大約到了國慶日過後的第三天，「非常時期」才宣告解除。白房子的士兵們，才一個個蓬頭垢面從地道裡爬出。

說話間五個年頭到了。

在一個暮春的日子，全體集合，在白房子前面列隊，聽連長宣布「復員命令」。當黑建的名字被唸到的時候，他在那一刻才明白，「義務兵」這三個字所包含著的全部意義，那意思是說，做為一個公民，你有義務去服一次兵役，或者說，服兵役是你的一次義務。

黑建在隊列中，卸下帽徽、領章。到這一刻，他那麻木了五年的神經，才突然清醒，他打量著周圍這些熟悉而又陌生的景物，十分吃驚自己怎麼能不思不想，在這裡整整待上五年，這五年中沒有半步的移動。他在那一刻突然強烈地思念故鄉，思念親人。親人們被他從記憶深處喚出，一個個栩栩如在眼前。

在卸下帽徽、領章的同時，他順便摸了摸脖子。這顆頭還完好地在自己的脖子上長著，這叫他深感幸運。在幸運的同時也產生一陣害怕。從進站的第一天，連長就說了，咱們這是腦袋別在褲帶上度日子，每天早上起來，你們先摸一摸脖子，看腦袋還在不在上邊長著。

命令宣布後，部隊從哈巴河派來了一個獸醫，為大家發放醫療補助費。「你有什麼病，三班長？」許獸醫說。黑建回答：「我全身每一個關節都在疼，還有，在一次騎馬時，我摔下馬來，磕掉了一顆大門牙！」許獸醫說：「關節炎的醫療補助是八十元，一顆牙齒的醫療補助是五十元，咱就高不就低，就按關節炎的補助給你補吧！」臨出門時，許獸醫又說：「這關節炎一到內地，就好了！你不要擔心！」

離開邊防站的日子到了。最後那個晚上，會完餐以後，黑建把他的背包打好，放在營房門口，然後抱著一支槍，一直睜著眼睛，等到天明。不獨黑建，所有將離開的人都是這樣子的，大家在心中默默禱告說：就這一個晚上了，千萬不要出事。

第二天一早，仍然是一輛大卡車，像他們來時一樣，把大家一個一個裝在車上，所有要走的老兵，都全身發軟，哭成一團。大家哭得上不了車，是那些又一批的新兵，提胳膊抱腿抬屁股，把這些復員老兵一個個抬上大卡車的車廂的。

大卡車開動了，白房子漸漸退出了人們的視野，它重新為一片鋪天蓋地的荒涼所淹沒。

這樣，這一群來自渭河平原的青年，便像他們來的時候那樣，先坐汽車，再坐火車，後來在西京城下車以後，像雨水滲入大地一樣，各人又回到各人那偏僻的、貧瘠的村莊。

在火車上，當清點人數的時候，大家發覺，當年乘坐那一輛鐵悶罐車去新疆那幾百號人，基本上都回來了。當然有些人早回來了一、兩年，而有些人晚回來了幾年，但是，基本上都平安回來了。

沒有回來的人只有三個。第一個，就是在鐵悶子車上第一個打「報告」喊叫要撒尿的那個紅鼻子；第二個，則是那個分不清左右，跑到女兵那一面去解大手的老梁；這第三個是誰呢？他有些面目不清，或者說，黑建只見過他一次面。

那第一個撒尿的士兵，是距高村十五里的小鎮人。平原上的人，把那鎮上的人叫「街肋子」。這個人長著一個大紅鼻子，那鼻子一年四季都是紅的，自然，喝了兩口酒後，或者遇上感冒了，揩一下鼻涕，就紅得更厲害。

他是和黑建一起走進白房子的。到了白房子的第三年，那年秋天，他們班坐個小船，到大河對岸的南灣去打馬草。中途休息的時候，紅鼻子說，他可以橫渡這額爾齊斯河，問大家信不信？大家說他吹牛。紅鼻子見大家輕視他，有些不高興，後來，當大家又揮動大刈鐮，開始打馬草時，他一個人溜到河邊，只穿了個紅褲衩，跳進河裡。以紅鼻子的水性，這橫渡大約是不成問題的，但是當他游到這邊岸邊時，恰好是額爾齊斯河與界河的交匯處。那交匯處大約有些漩渦，或者是水太涼，他抽筋了。

總之，打馬草的人站在岸邊，眼睜睜地看著紅鼻子被捲入水中，再也沒有露頭。這條名叫額爾齊斯河的大河，它的盡頭是北冰洋。後來，在額爾齊斯河的下游，在距離北冰洋還有一段路途的地方，大鼻子一絲不掛，全身發脹，攤在河灘上，那個大鼻子變得出奇地白。蘇方做了一口棺材，爲他穿了一身蘇軍的呢子衣服，用直升機把他送到口岸。可愛的紅鼻子死時是二十二歲，白房子向上級報了非戰鬥減員。

那個分不清前後左右的老梁，是高村往下渭河流入黃河那地方的人。到了連隊之後，他果然當了豬官。他的邊防站，在喀納斯湖往上，屬於中蒙邊界。老梁有一次放豬時，看見幾頭邊防站的牛越過了界河，在對面的一片草灘上吃草，老梁就挽起褲腿過了界河，前去趕牛，結果，被蒙軍三個潛伏哨抓住。老梁後來被蒙上眼睛，裝進吉普車裡，送到烏蘭巴托。在那裡關了兩年以後，老梁被放了，於是便在這座城市裡流浪。

後來，老梁找了個蒙古媳婦，這媳婦爲他生了三個孩子。到了九十年代初的時候，中蒙關係解凍，別人給他出主意，讓他給中國駐蒙古大使館寫個信，說說他的事。老梁於是叫人代寫了，寄走。三個月後的一天晚上，全家人正在吃飯，來了幾個人，問清了老梁的身分，把他裝進一輛吉普車裡，蒙上眼睛，拉到吉木乃口岸，取下眼睛上蒙的黑布，屁股上踢了一腳，讓他越過會晤橋，回到中國境內。

當年老梁失蹤後，活不見人，死不見屍，邊防站就給上級報了個「烈士」，烈士名分批下來以後，就通知家裡，發放撫恤金，門楣上掛「革命烈士」的牌子。

老梁回到邊防站，事隔差不多二十年了，大家都不認得他。話說回來，即使認識，又能怎麼樣呢？這樣，老梁被按「復員」處理，送回老家。回到老家以後，先看見大門上，掛個「革命烈士」的牌子，見了哥哥嫂嫂，一問，才知道父母因爲傷心過度，都已經過世了。老梁臨離開家前去當兵的時候，匆忙中，家裡曾經給找了一房媳婦，新婚之夜，老梁不敢動媳婦，只就著月光，偷偷地摸了一把媳婦的頭髮。那媳婦見老梁已經成爲革命烈士，自然也就改嫁走了。

哥哥嫂嫂說，我弟弟已經做了烈士，你不是我弟弟。老梁這二十年，漢話也快丟光了，笨嘴拙舌說不清楚。見說下去也是無益，就又離開家鄉，先到西京城流浪，後來又到烏市流浪，最後，他三轉兩轉，又回到當年越界的那個界河邊，一個人號啕大哭，哭這人生的恓惶。

這時候一位將軍，坐著吉普車從界河邊經過。聽了老梁的訴說，他心裡很難過。老梁這事，他知道，當年渭河平原上的這一批兵，就是他接的，而處理老梁的那些善後事宜，好像也是他處理的。將軍把老梁請上車，拉回他家，讓女兒幫老梁先重溫漢話，學得能說些來回話了，就把他介紹到分區大院去做軍工。

老梁這就算否極泰來，安定下來。大家見老梁還是單身，就說合著，爲他找了個媳婦，一年後，這媳婦生下了個女孩。

這就是「華僑老梁」的故事。

那另一個越界的士兵，大約姓「尤」，或者說姓「游」，又或者說姓「由」。他大約是那一趟火車上的人，又大約不是，因爲又有人說他是河南人。黑建對他的記憶不深，好像只見過一次，那一次是他隨分區司令到白房子視察。

記憶中，他身高大約一米七二，瘦長臉，身材很單，服裝整潔，顯得很利索。他的臉色黝黑，臉上大約塗了些海蚌油，因此油光光的，不像別的人那麼粗糙和憔悴。給黑建印象最深的是，他那軍衣的領子上，襯了個用毛線織成的藍色襯領。

他是自己跑過去的，從與白房子接壤的吉木乃越境。

他跑過去後，眼睛上迅速地被蒙上黑布，送往齋桑，接著又送往阿拉木圖，最後送往莫斯科，在莫斯科城外的一座克格勃（編按：即蘇聯國家安全委員會，簡稱KGB）訓練營裡，被訓練成一名克格勃特務。

在一九九一年的中東兩伊戰爭中，有一個著名的國際特務，綽號叫「沙漠之狐」，這就是他。

這以後不久，在一次偷越中國邊境時，他被中國邊防軍打死在冰冷的戈壁灘上。

這個小尤的故事，是黑建聽一個一塊兒去當兵的老鄉說的，那個老鄉晚回來了些年，他在部隊上的工作，就是掌握一個紅名單、黑名單，紅名單是咱們派往境外的人，黑名單是對方國家派往中國的人。他說，那小尤是黑名單上第一人。

那個掌握紅名單、黑名單的人，後來轉業以後，據他說，有三年的時間，他不能隨便走動，須得將腦子裡的那些人名忘掉以後，才算解脫。

每一個人都有自己的命運。或者說，當年那一鐵悶子車的人，都有自己的命運，而那三個人，那是他們的命運。

他們和我們的敘事沒有任何關係。他們之所以進入我們的視野，完全是因爲和書中的一個人物有過匆匆一面的緣故。我們粗疏的筆墨，也只能勾勒出那些故事的大概，因爲還有許多更重要的事情，等待我們去走近它和記錄它。

黑建在那一年暮春時節歸來。

你好啊，親愛的城市，你好啊，親愛的平原，在沒有我們的日子裡，你好嗎？在那些邊防線上的日日夜夜裡，你曾多少次地出現在遊子的想念中，遊子的夢魘裡。

當我們做爲遊子，在遠方遊歷的時候，我們給心靈的一角，安放下故鄉的牌位，疲憊時躲在裡面歎息，委屈時躲在裡面哭泣。那裡收容下我們疲憊的歎息和委屈的哭泣。

像當年出發時一樣，這些復員軍人們從西京火車站下車，然後從這裡搭乘班車，回到各自的村莊。

西京城的天氣，已經很熱了。街上的行人都穿著單衣，女人們則是裙子和高跟鞋了。一隊學生唱著歌兒從大街上走過，好像是爲慶祝五一勞動節，去進行校際籃球比賽。街上過往的人們，都以異樣的目光，盯著這一群從火車站裡湧出來的，穿著不帶領章、帽徽的軍裝，揹著背包的傢伙。

黑建邁著騎兵的羅圈腿，在街上一瘸一瘸地走著。他穿著一身棉軍裝，十分臃腫，而兩條腿的膝蓋部分，更是臃腫，那裡有著指導員送給他的兩個皮護膝。當他行走的時候，一隻胳膊總是下意識地垂在後邊，並且在行走時，猛然一停，朝後看一下。這是看他的馬在不在。當突然明白，自己現在已經是一個老百姓了，他笑笑自己，接著往前走。

他臉色黝黑，滿面愁容。他的黝黑是由於中亞細亞冬日陽光雙重照射的緣故。那陽光射在臉上，這是一次照射；陽光射在雪地上以後，反射到臉上，這又是一次照射。黑建的臉本來就黑，這雙重陽光的照射，令他的臉色黑得發亮。

當黑建張開嘴微笑時，我們看見，他口中的一顆大門牙沒有了。在當騎兵的日子裡，他一共掉過四次馬，這是某一次掉馬的留念。

黑建終於注意到了，一街兩行的人們，都在看他。我有什麼特別的地方嗎？他想。路過一個櫥窗時，恰好有一塊大玻璃，於是這邁著羅圈腿的人，停下來照一照自己。

他看見一個面色黝黑、缺著一顆門牙的大兵，正在傻乎乎地朝著他笑。他還注意到了那一身臃腫的棉衣，和這個城市的輕鬆氣息、初夏的感覺多麼地不協調。而到最後，他終於明白，他的歸來並沒有鮮花和歡呼聲，他以爲自己很重要，他以爲由於自己站在那裡擋住敵人的槍眼，從而給後方帶來了安寧，其實，這只是他自己的想法，自己的一廂情願，人們根本沒把他當一回事，他其實什麼也不是！

黑建突然從他那長達五年的崇高感覺中，跌落了下來。

找了個廁所，他在廁所裡脫下棉衣、棉褲，抹去那上面的罩衣，罩在身上。「當我離開白房子的時候，那裡還很冷，戈壁灘上的積雪還沒有化完。而我們的大卡車，是從哈巴河冰層上、布林津段額爾齊斯河的冰層上，開過來的！」黑建自言自語地說。

黑建在廁所裡，把背包打開，把那棉衣、棉褲，打進背包裡，然後離開廁所，重新上路。

他找到市郊車站，搭上車，天黑的時候，回到了高村。

「哈哈，黑建，你回來了！當了幾年兵，你耽擱了兩個娃娃！」

當黑建走到高村的村口時，迎面過來他的一個小學同學。那同學，就是當年曾經用手指指過黑建的一位。如今，他手裡拖著一個娃娃，肩膀上架著一個娃娃，看見黑建從軍回來了，這樣說。

第四十八章　在膚施城

復員軍人黑建，在高村待了幾天，就動身去膚施城。在他從軍的這一段時間，高二又將顧蘭子和孩子們的戶口辦回了城裡。因爲這一段時間上邊又有了個政策，老百姓把這政策叫「撈」。政策說，五八年大躍進時回農村的，六一、六二年困難時候回農村的，六九年「我們也有兩隻手，不在城裡吃閒飯」運動中回農村的，只要本人申請，都可以「撈」回來，重新成爲城市戶口。

這麼說來，顧蘭子其實又成爲城裡人了，她可以去膚施城跟隨高二，繼續去做幹部家屬，顧蘭子所以遲遲未走的原因，是因爲她這幾年在高村生活得很愉快，她暫時還不想離開。

當顧蘭子在城裡的時候，她大約是世界上最沒用的人。她不識字，她缺少社交能力，她由於經濟不能獨立，所以在這個家庭中沒有地位，但是在高村，當生活在一群農村婦女中間時，顧蘭子卻顯得是最能行的了。她畢竟走過許多地方，見過許多世面，她的嘴上，也能來。其實，這是一個十分聰慧的人，極有悟性，可惜她的一生被高二壓著，被顛來倒去的各種文化背景攪得六神無主，舉步維艱。

當她真正像一個農民一樣生活時，像一個村姑一樣生活時，她有一種如魚得水的感覺。她每年養四頭豬，上半年出槽兩個，下半年出槽兩個。也就是說，當兩頭大豬快要出槽時，她又去鎮上逮兩個豬娃餵上，大豬出槽，錢拿到手裡了，小豬也就成長起來了。她餵豬有她的一套辦法，除了給豬吃泔水、吃飼料之外，還給豬吃羊奶。爲此，顧蘭子專門餵了一隻奶山羊。顧蘭子所以沒有離開高村，其實也與這豬還沒有出欄有關。可是，當兩頭大豬出槽了，又有小豬續上，所以，她的行程是一推再推。

顧蘭子沒有離去的另一個原因，是由於還種著二畝承包地。這地有她的，還有兩位過世的老人的。農村有一項講究，叫做「死了的不收，生下的不給」，這意思是說，土地承包三十年不變，這三十年中，死了的人的承包地，不去收它，生下的，或者嫁過來的媳婦，不給他們分地。這個講究細究細想起來，也是有道理的，因爲生生死死，嫁嫁娶娶，天天都有，年年都有，如果隨時變動，那就亂套了。

渭河平原兩年三熟，而這幾年也風調雨順，顧蘭子將地裡打下的麥子，自己吃，麥子裝得大囤滿小囤流，敞開肚皮吃也吃不完，那玉米，則做爲豬的飼料，磨碎了，摻了野菜、莊稼稈兒，煮熟了給豬吃。

那時候種地從種到收，也都不需要人去勞作了，出兩個小錢，機器就在地邊轟鳴著，你說犁地，那拖拉機給屁股後邊換上一個犁鏵，你說收割，那拖拉機給屁股後面換一個收割機。而顧蘭子將豬養大了，也不用費事去鎮上賣，那西京城裡的收生豬的，整天開了「蹦蹦車」，在這塊平原上轉悠。

所以顧蘭子在高村，雖然家裡沒有男勞力，生活得並不費事。

顧蘭子希望黑建能留下來，繼承這一院莊子，娶個農村媳婦，做個平原上的農民。黑建不同意，他說，世界大著哩，我得走！顧蘭子給遠在膚施城的高二打電話，高二這次站在了黑建一邊，他對顧蘭子說，妳不要害娃，聽了妳的話，等到有一天他老了，他會恨妳的。

那高三，也十分支持黑建的想法，他說，戶口都已經遷到城裡了，哪有吃回頭草的，不要學我，一輩子守著這塊平原、這條河，看著老天爺的臉色吃飯。

高三這時候，還在做副大隊長。老崖畔上的這戶人家，這時一戶已經分成三戶。那情形，就像越冬以後的麥子苗，要分蘖，一枝分成幾枝一樣。

這樣，黑建就走了幾戶老親戚，向他們報告自己回來的消息，然後，就揹著背包，從高家渡那裡渡過河去，坐火車先到金鎖關，然後再坐汽車，去膚施城。

行前，他脫下腳下的毛皮鞋，送給叔父。這叫高三很高興。高三說，鄉長就有這麼一雙毛皮鞋，他背著手，從平原上走過，咯噔咯噔地，不知道是皮鞋響，還是地皮響。

黑建來到膚施城，拜見父親。

高二不在辦公室，一位胖胖的辦事人員說，南山發生火災，山林著火，副市長同志到那裡指揮滅火去了。這一去是一天一夜，黑建只好在辦公室等著。一天一夜後，一輛風塵僕僕的吉普車停在門外，高二回來了。這時又有電話，東川發生水災，一座水庫裂縫，河道裡發了大水，高二又得動身，去那裡排險。

高二看了看腕上的錶，對黑建說：「給你三分鐘，談談你的情況吧！」

在黑建的眼中，當年那個英氣勃勃的團幹部高二已經沒有了，當年那個夾著公事包，穿著

翻毛皮鞋，衣著講究的高二，也已經沒有了，他現在的裝束，現在的作風，正像他見過的許多老幹部的裝束和作風一樣，簡潔、樸實、隨意。

高二的頭髮已經灰白，頭上的頭髮還是三七分，但是三分這邊，剪短的頭髮稀疏地貼在鬢邊，七分那邊，當年像公雞冠子一樣驕傲地奓起的頭髮，如今已經馴服地緊貼在頭頂。他穿了一身人民裝，這衣服是灰白的，有些發槽，大約是因爲剛剛撲完火，那肩膀上、袖口上，還有幾個火燒的小洞。他穿著一雙布鞋，燈芯絨鞋面，千層底，一看就知道是顧蘭子做的，因爲黑建在白房子的時候，顧蘭子每年都要寄給他這麼一雙。

黑建談了他在邊疆的經歷。因爲只有三分鐘的時間，他不能談那麼多。他只說他在部隊，五次獲得所在部隊的通令嘉獎，他的指導員說，這是他帶兵以來，帶過的最好的一批兵，而黑建是這一批兵中，最優秀的一個，他還彙報說，臨離開部隊時，在全團歡送大會上，他代表復員軍人發言，朗誦了一首詩，那是他自己創作的，叫《向八一軍旗告別》，朗誦時底下哭聲一片，要走的人、新來的人，都哭了。

副市長同志坐在辦公桌前，叼著菸，胳膊支在辦公桌上，一隻手扶著下巴，他矜持地聽著，好像在聽辦公室主任彙報工作。

他顯然對黑建還是滿意的，不過臉上不表現出來。當黑建後來聽好幾個人說過，高市長經常聽廣播，關心中蘇關係變化，高市長還經常對人說，他的大兒子在邊防站時，黑建很感動。每當聽到這話時，他就記起當年從公社坐上大卡車，就要出發時，高二那背過身去流淚的情景。

「你想到哪裡去，報社嗎？不過，報紙在『文革』時候停刊了，它要復刊，還得一段時間。這樣吧，報紙雖然停刊了，但是它的老底子，印刷廠還在，你去那裡，好嗎？」

高二說完，把黑建的事托給那個胖胖的幹事，然後從宿辦合一的房子裡間，換了一身乾淨衣服，那輛風塵僕僕的吉普車，還在門外等著，沒有熄火，高二給幹事叮嚀兩句，大步跨上車，走了。

「你的大門牙，補一補！」吉普車已經開動了，高二又搖下玻璃，從車窗裡探出頭說。

那個胖胖的幹事，黑建卻依稀認得，他就是當年來尉遲城，接高二去膚施城赴任的人，也就是「文革」中武鬥開始時，又來到尉遲城，動員高二去跟上他們武鬥隊跑的那個人。

這個人對黑建說，你父親是個好人，心腸好，跟著他的這些老部下，大都是「一頭沉」幹部，老婆孩子在農村，你父親把這當成自己的事情，給很多人把困難解決了，我就是其中的一個。

由這個人領著，從武裝部到民政局，從民政局又到勞動局，從勞動局又到工業局，用了一天，把手續辦完，第二天，這個人又把黑建送到印刷廠。

印刷廠的廠長姓景，是個高挑身材，穿著一件低領列寧服的女同志。當胖胖的幹事，將大信封裝著的檔案，和一張一張的介紹信，放到她辦公桌上的時候，她有些不高興，她說，勞動局這些人真不像樣，連個招呼都不打，就給企業塞人。能看得出來，她有些不想要。

見景廠長有些不想要的意思，胖幹事有點著急，他湊過去，對著景廠長說：「高市長本來要親自送來的，妳知道，東川發水了，他剛下鄉回來，在辦公室裡待了三分鐘，又連軸轉，去東川了！」

「這是老高的孩子？」景廠長愣了一下，問道。

「是的，大小子黑建！」

景廠長聽說是高二的孩子，僅僅愣了一下，又重新板起面孔，她把介紹信一張一張地看過，又把檔案袋子拆開，也看了，一邊看著，一邊埋怨：「這個老高也真是的，他再忙，也得打個招呼才對，起碼有個電話吧！」

胖幹事不知道他剛才亮出高二，是起到好作用哩，還是不好的作用，他有些緊張。

「這樣吧，檔案先留下來了，我們完了開個支部會，再議一議。我的意思嘛，人先留下，試用期三個月，試用期完了，再說！」

胖幹事聽了，趕快點頭。做爲他來說，他覺得任務就算完成得很好了，起碼，做爲他，可以把這事撂過手了，回去給高二有個交代了。想到這裡，一邊提起公事包，起身，一邊嘴裡說著「謝謝」，丟下黑建，一個人離去。

送走胖幹事，景廠長合上門，然後轉過身，笑吟吟地看著黑建。

「你應當認識我的，黑建！當年，我在你家裡吃過好多次飯。噢，黃龍山那時候，你還沒有出生。不過，你還見過我的，那一年，我到清涼山上去看老高，你記得吧，你用一根繩子被拴在門檻上，你還編了一首兒歌罵我！」

黑建有些惶惑，他覺得景廠長可能認錯人了，他還覺得，眼前的這個女領導，和剛才處理事務時的女領導判若兩人。

景廠長看見黑建的惶惑，她笑了，說：「剛才是場面上的話，現在是私話。不過說實在的，勞動局要給復員軍人，得跟單位協商一下才對，還有，你父親老高，他該說一聲的，他明知道我在這裡！」

「我真的曾經編過兒歌罵過妳嗎？」黑建還是有些惶惑地說。

「是的，我記得很清楚，你說得拿腔捏調地：『向陽街，十八號，妳的名字我知道，腳穿皮鞋手戴錶，臉上搽著雪花膏！』」

聽見唸這句兒歌，黑建也笑起來。只是他努力回憶，實在記不起曾有過這一幕，那時他確實還太小。

也許是記起了當年的自己，也許是回憶起了那些遙遠年代的事情，這位景廠長臉上放出光來。她拉著黑建的手，坐到那條長條椅上來，然後臉對臉，端詳著黑建，弄得他都有些不好意思了。

景廠長又問起顧蘭子的情況，這一問，才叫黑建確信，景廠長並沒有搞錯，她確實認識黑建的，而且她和這個家十分熟悉。

黑建介紹了顧蘭子的情況。他說他回到高村的時候，見到母親，她好像餵了兩頭豬，快出槽了，出了槽，就不再捉小豬了，要來膚施城，為父親做飯。

「顧蘭子命苦，娘家人一個都沒有了，你們做小的，要好好待她！」景廠長歎息說。

景廠長還問起高安氏和高發生老漢的情況，問這話時，一絲笑意又掛在了臉上：「黃龍山時，我下鄉，沒少在你們家吃過飯。」黑建告訴她，兩位老人都活了很大的年紀，然後像平原

上那些老樹一樣，終於有一天，大限到了。他們死得很安詳，現在在家鄉那鋪天蓋地的紫色苜蓿花裡躺著。

景廠長問了很多話，幾乎把黑建家的人都問遍了，甚至包括那個瘦弱的小女孩咪咪，她也問到了。但是，黑建注意到，她始終沒有問高二的情況，大約，她對高二沒有給他打招呼這事，還耿耿於懷。

最後，景廠長叫黑建以後就不要到灶上吃飯了，到她家裡去吃。黑建說，還是到灶上去吃吧！景廠長說，那也行，不過咱們說好，每個禮拜天，你都到家裡來，阿姨做飯給你吃。說完，景廠長還從自己的鑰匙鏈上，卸下一把家裡的鑰匙，交給他。

黑建告別的時候，看了一眼廠長辦公室的門牌，那上面寫著「景一虹」三個紅字。是的，這就是那個景一虹，顧蘭子一生的敵人，高二心目中的一個一生的幻影。

每一個人都有自己的命運。景一虹也有她的命運。她先後嫁過兩個男人，這兩個男人都死了。這就是為什麼她的孩子，都隨她姓「景」的緣故。在黑建見到她的時候，她那時正是單身，一個人拉扯著一群孩子。據說她後來又找了個老伴兒，但那是很久以後的事了。

這樣，黑建便在這家印刷廠落了腳，並且在這裡度過三年的時光，直到三年後，《膚施日報》成立，他才從印刷廠調到報社編輯部。而景一虹，也很快離開了。她那時大約已經找了老伴兒，於是調到老伴兒的單位。

每當回想起這三年的歲月，黑建心中便泛起一種溫情，誇張地說，他對這位景阿姨，懷著一種感恩戴德的心情，甚至可以說是一種兒子之於母親一般的感情。

而委實說來，黑建能明顯地感覺到，景一虹對自己的疼愛，甚至超過對自己的那幾個兒子。

在那三年中，幾乎每一個禮拜天，黑建都是在景阿姨的家中度過的。後來直到顧蘭子從老家來了，他們在膚施城裡有了個家，這樣吃飯的次數才減少了一點。

有一次，景一虹穿了一件新做的藍呢子上衣，很挺，兩個肩膀平整地豎起，再配上她那剪得很短的頭髮，加上兩條長腿，黑建不由得讚歎道：「景阿姨，妳真有風度！」

「是嗎？」景一虹問。

「你父親當年也這樣說我！」景一虹不待黑建回答。

黑建想不到，他的這一句話，竟讓景一虹如此興奮，她的臉上洋溢著一種小姑娘的表情。那一整天，她都穿著這件衣服，在廠區裡轉來轉去。

黑建不想弄明白，在老一代人身上，究竟發生了哪些事情。是的，他不想弄明白，甚至連想也不願意多想，那是上一代人的傳說。

自離開印刷廠之後，黑建和景阿姨便見面很少了。以致有時候在膚施街頭碰見時，景一虹會埋怨他：「黑建，我在什麼地方得罪你了，我不明白！」她的話說得黑建不知道如何回答。

那時候顧蘭子已經來到膚施城。有幾次，當黑建說到景一虹的時候，顧蘭子便沉默了，臉上顯出不悅的表情。這叫黑建隱隱約約猜度出，她們曾有過什麼過節。顧蘭子是一個弱者，顧蘭子是他的生身母親，如果說，真要站一下隊的話，黑建想，我應該站在顧蘭子這一邊的。所以為了怕顧蘭子不高興，他就走動得少了點。

在膚施城的街頭，當有一次偶然地見到景一虹，當認真地看了景一虹一眼時，黑建發現，她也已經老了，無情的歲月和坎坷的經歷，在她的身上也刻下了深深的痕跡。雖然她的身材依然很好，走起路來，步履依舊輕盈，但是你看她那雙眼睛，那雙像深潭一樣的眼睛，只有在無數個長夜中以淚伴枕的女人，只有胸中裝著千般愁苦、無限幽怨的女人，才有這樣的眼睛。

後來黑建再一次見到景一虹，那已經是十幾年以後的事了。

那是在高二的葬禮上。葬禮進行中，一個穿著一身黑衣服，頭上也被黑紗巾包嚴，只露出兩隻眼睛的女人，來到靈堂前，她大哭一聲：「老高，你給我連個招呼都不打，就獨自一人走了！」說完，癱坐在地上。

第四十九章　高二之死

老百姓有一句話，叫做「小石頭也絆人」，正當高二在他的副市長崗位上風風火火的時候，一顆小石頭絆倒了他。這一絆，令他終止了自己的從政生涯，最後則在一種鬱悶的、世態炎涼的境界下死去。

事情很小，小到高二只須給那張調令上簽個名，寫上「高二」這兩個字，這場禍就可以避開了。行政上的事情，只要你上到那個台階上了，不動不搖，那就誰也奈何不得你，頂多有人如果要動心思，費一些努力，把你調到一個不甚重要的崗位上去就是了。

屬下有一個局長，提出申請，要從陝北北部的邊遠山區，將自己做教師的外甥調進膚施城來。城市在那個時節，正在滾雪球一樣地擴大，每天都不斷地有人湧進來。因此這個局長的申請，也不算過分。可是高二，我們知道，他有許多老部下，這些老部下不知道為什麼，對這位局長很反感，他們慫恿高二說，這個字不能簽。

你要知道，局長同志謀這個事情，謀了多長時間，費了多少腦筋，如今就差這一步了，結果讓高二攔住。局長說，我要告你。高二說，我兩袖清風，任你告。局長說，我真告了。高二說，我願意奉陪。局長說，高市長兢兢業業一生，想不到最後為這事要栽跟頭了。高二聽了，

置若罔聞。

那時「文革」已經結束好久了，當時有一項運動叫「回頭望」，意思就是說，清查那些當年清查時漏網了的「三種人」，這項運動在各地展開，並且專門成立機構，抽調人力，煞有介事地進行。

這局長「文革」時，是「五七幹校」的校長。當年這些老幹部住進「牛棚」後，需要經常地寫自我剖析資料，向組織彙報思想，尤其是最後一次，被解放時，這資料要求寫得更加詳盡，剖析得更加深刻。後來「文革」結束，「五七幹校」撤銷，這些資料被認爲是逼供信的產物，文件要求必須銷毀。

高二當年住幹校，自然也不止一次地寫過這樣的資料，況且他是個文化人，文彩也要飛揚一些，尤其是繪聲繪色地描述了自己隨武鬥隊跑那三個月的經過。他獲得解放，重新工作，他也就將這資料的事，丟在了腦後。

俗話說「人心險惡」，想不到這位局長在幹校撤銷時，並沒有按上級要求，將這些老幹部們被解放時寫的自我剖析資料毀掉，而是打成一個卷兒，揹了回來，然後壓在自家箱底。

這些資料都是誰的，他又用它派過多少用場，這裡不清楚。只是這一次派用場，我們知道了，他將高二的「自我剖析資料」取出來，再附上一封檢舉信，然後寄給清查領導小組。

清查領導小組組長，我們卻認識，他正是當年尉遲城的副書記同志。十年等你個閏臘月，現在這個高二算是犯在他手裡了。白紙黑字，那資料，可是你自己寫的。一個領導幹部跑到武鬥隊揹了三個月槍，僅此一條，就可以把你「掛」起來了。

快極了，快到令所有的人都目瞪口呆，副市長被免職，閒置起來，到一個生產隊勞動。而給他做的結論也很奇怪：搆不上三種人，但按三種人處理。這是一九八三年五月的事。

而到了一九八三年九月，清查工作結束，上級部門來組織複查時，發現高二這件事情是一件錯案，要求重新調查，重新處理，到了這一年年底，平反文件下發。

這個平反文件也寫得很奇怪。文件說，按照上級的規定，「牛棚」裡整出來的黑資料，不能做爲「定性」的憑證，鑒於此，原來的「定性」收回，而原來下發的那個文件，也予以收回、撤銷、銷毀，並建議恢復高二的職務，云云。

文字的精妙與彈性，這裡可見一斑。不說整人整錯了，只說收回原來的文件；不說你沒有罪過，只說這個憑證無法採信；不說恢復你的職務，只說建議恢復；不說平反，只說撤銷原來的結論。這每一句話都把製造這個事情的人脫得乾乾淨淨，而這每一句話都給高二的復出留下許多變數。

但就這樣一個文件，它旅行了整整六年，才從這座大樓的一個辦公室旅行到另一個辦公室。

也就是說，其實從五月份的第一個文件下發，到九月份的第二個文件下發，第一個文件收回，高二的被降職，只有這三個月的時間，三個月以後，他便得以平反了，但是，他不知道，全社會也都不知道，這個第二個文件不知在哪個抽屜裡，在誰的手中，壓了六年，而直到六年之後，高二到了退休年齡的這一天，這份文件，才同另一份離休文件一起，通知高二。

你抓不住任何人，你永遠也不知道這一切到底是怎麼回事。世事的險惡，政治的殺人不見

血，高二，你現在該感覺到了吧。

一下子從天上掉到了地下。高二這一次所受到的打擊之大，是可想而知的了。

他的頭髮一夜間白了許多，也稀疏了許多，臉上驟然間也皺紋密佈。他的牙齒也一顆一顆地掉光，直到六年後，牙齒全部掉完，從而在街頭，讓一個庸醫給配了一副假牙。牙齒不合適，平日只能戴著，做做樣子，一遇吃飯，便硌得牙床生疼，沒有法子，吃飯時候只好取下來。他的腰也有些佝僂下來，從而顯得身材比往日矮小了一些，身體也消瘦得十分厲害。平日本來就不太講究衣著，這時，那身樸素且褪了色的人民裝，就一直穿在身上。

下台的第一天，體委便來了個年輕人，來要那支過去送給副市長打獵用的小口徑步槍。年輕人說，上級要檢查，這是他們運動員的訓練用槍得收回去，檢查完了，再給市長送回來。

高二說，不要叫我市長，我已經不是了，那槍，也就不要送回來了。年輕人聽了，連連答應，拿起槍就跑。

下台的第二天，劇團那個畫佈景的畫家，來要他過去送給副市長的那幅棉絮畫。他說，市上要舉辦一次展覽，他們相中了這件作品，所以要把這件作品拿去參展。高二說，畫在牆上掛著，你拿去吧！那人大約有些不好意思，拿走畫後，過了幾天，又還回來一幅小些的棉絮畫，仍然掛在牆上那個地方。

高二下放或者說蹲點的那個村子，在膚施城的郊區。那時土地已經承包在戶，他也不知道自己到底該幹什麼才好，於是將村子的一座荒山承包下來，開始在山上植樹。

高二永遠是高二，即便在這樣的情況下，他的萬丈雄心依然未退。他計畫利用自己的餘年，將這座荒山栽滿樹木。前頭是什麼，他不去管它，老百姓說，前頭的路是黑的，高二截至今日，也總算是明白了這一點。這一時期，一抹心思全放在這荒山上，決心栽一山樹，爲後世留下一點作念。

每天早晨，天沒亮，高二便讓顧蘭子準備好乾糧，然後揹上，乘坐去郊區的第一輛公共車，到山上植樹。晚上天黑了好一陣子了，顧蘭子都將飯在鍋裡熱了幾回了，腳步聲撲撲踏踏一陣響，高二拖著疲憊的雙腿回來了。

這樣的時間持續了六年。

六年後的一天，高二接到通知，要他到市委組織部去一趟。幾年不見，大院裡的人，已經不認得這個農民裝束的沒牙老漢了。高二臉挺得很平，也不跟任何人打招呼，逕自走進一間辦公室裡。一個年輕人，正在辦公桌前坐著等他。

年輕人請老高同志坐下，然後拿出一份文件。

這份文件，正是我們已經知道的，六年前下發的那個類似平反性質的文件。年輕人面無表情地宣讀完了，又隔著桌子遞過來，讓高二看了一眼。接著，又伸出手，將文件要過，鎖進抽屜。「這東西要存檔。老高同志，你知道有這回事，就行了。你看，組織還是公平的，有反必平，有錯必糾！」

年輕人說完，又從另一個抽屜裡，拿出另一份文件，這是高二同志的離休通知。年輕人說，現在，我可以稱您「高老」了，按照文件規定，您老已到離休年齡，組織安排，您老到某局擔任顧問，維持原級別，各種離退手續，他們局會來人辦理的。

年輕人說完，又像前一次一樣，將文件隔著桌子遞過來，請高二過目。見過目完了，又伸手收回，鎖進那另一個抽屜裡去了。然後停止了說話，眼睛也不再看高二，露出公事公辦、事已辦完的樣子。

這樣，高二起身，握手，然後離開這間辦公室。

高二是在這次談話後的第三個年頭，或者說離休後的第三個年頭去世的。

醫生的報告單上說，死於肺氣腫引起的肺心病，到最後，心力完全衰竭，肺功能完全喪失，結果不治而死。

這種病，大約是這個家族的一種遺傳病，當年高發生老漢走時，也是因爲氣上不來，走幾步路，就得停下來，待平息了再走，最後一口氣上不來，人從此就走了。高二後來的情形，也是這樣，從窯洞門口到大門口，只是十步的距離，到後來，他得停上兩、三回，才能挨到門口，用手扶住大門。而我們的黑建，後來有了點年紀以後，醫生診斷說，也是肺氣腫。

不過高二的病，當然與他陰鬱的心情有關，與他無節制地抽菸有關。後來的日子，紙菸已經滿足不了他了，他開始抽黑棒子捲菸。顧蘭子說，你少抽兩口吧，抽了咳嗽。高二見說，於是停下來，結果，咳嗽得更厲害了。於是高二說，我是抽菸不咳嗽，不抽菸咳嗽，和別人不一樣。顧蘭子見這麼說，也就不吱聲了。

關於高二的病，顧蘭子卻認爲，這與高二早年在黃龍山，過早地出力，過早地下苦有關。十三歲的他，揹著一捆硬柴，山一樣高，從半坡上晃晃悠悠地下來了，他這人從來就不知道惜力，幹什麼都是潑出命做，結果早年落下了個「半聲咳嗽」。顧蘭子認爲，醫生所說的肺氣腫，正是老百姓說的那種「半聲咳嗽」。

高二在離休後，曾試圖重新回到過去的那個圈子去，但是被彈了回來。膚施城組織了一次老年門球大賽，也給高顧問發了個請柬。高二於是就去參加了，結果得了個第一名。市上的比賽結束以後，省上也要組織比賽，膚施城也就成立了老年門球隊，要去參賽。高二是第一名，這樣也就成了老年門球隊的隊員。

第二天早上就要去西京城比賽了，高二那天晚上很興奮，吃了兩片安眠藥才睡著。天不明，他就把顧蘭子喊起來，做飯，整理行裝，自己則對著鏡子刮鬍子、安假牙，到八點鐘的時候，高二一身運動服，遮陽帽，肩上揹著門球桿，準時到了市體育場門口。

這時一輛麵包車停在門口，已經陸續有老幹部在上車。高二剛準備上車，這時體委主任走過來了，攔住高二。體委主任是高二的老部下，他望著高二，面有難色地說：「高市長，這次比賽，名額有限，去不了那麼多人了。可是取下誰都不合適。您老念在這個老部下的難處上，這次就不去了，等下次，一定安排您去！」

高二見說，愣了一下，明白過來。

他裝著無事的樣子，揮一揮手，說自己也正不想去哩，想在家裡多陪陪你嫂子。說完，握一下手，轉身向回走去。走了幾步，有些要栽倒的樣子，於是扶著街道上的牆壁，一步一搖，向家的方向挨去。

高二是在農曆的二月初二那天走的。

膚施城的老百姓們都說，二月二，龍抬頭，如果高市長能熬過二月二，那麼他就不會死了，起碼是這一年不會死了。但是，到了那一天早晨，高二的病情已經惡化。頭一天，膚施城驟然下了一場雪，剛剛回暖的氣候，突然又遇上了「倒春寒」，而不巧的是，這家醫院停電了，高二住的病房，放的是電暖氣，沒有了電，電暖氣也就開不了了，於是病房裡冰窖一樣冷。

高二的臉，由於喘不上氣來，拘得烏青。他想走了，不想再受苦了，於是示意顧蘭子和兒女們走到身邊，開始安排後事。

他說，他活了一輩子，正直地活了一輩子，他沒有害過任何人，他也不欠任何人的債，所以，他可以輕鬆地走了。

他說，不要爲我哭泣，我生平最見不得哭泣的人。

他說，我沒有爲子女們留下任何遺產，叫他們自食其力。

他說，如果我死了，請把我運回高村平原，埋在我母親高安氏的膝下。

他說，我的墳頭要做得小一點，比父母的墳頭小一點，也比村上同年等歲的那些鄉親們的小一點。

他說，不要讓我的墳頭上有花。

最後他說，請把他從醫院裡接回家去，他要死在自家的炕頭上。一個人，能最後安安穩穩地死在自家炕頭上，是一種幸福，是修了一生才修來的福分。

高二的話，令所有在場的人唏噓不已。

子女們不同意現在就離開醫院，尤其是黑建，他希望做最後的努力。醫學在有時候是無能的，他現在已經知道了這一點。但是，出於對父親的負責，他希望醫院再盡盡力。

這時候，顧蘭子提著一個痰盂，給高二接尿。在高二這住院的半年中，一直是由她值白班，由孩子們值夜班，做爲她來說，她已經盡到了一個結髮妻子，在這種情況能夠做到的一切。她陪高二走過了這最後的日子，以及這最後的日子之前，那六年的屈辱歲月。

顧蘭子在接尿的時候，眼淚流了出來，她對孩子們說，你父親恐怕不行了，活不過中午了，你看看他的下身。

顧蘭子的一生，手裡埋過無數的死人。在遙遠的黃龍山年代，她抬埋過自己的二老，以及兄弟姐妹，後來，又抬埋過高家的老人，她的經驗，加上老輩子一代一代傳下來的經驗，告訴她，人如果要老，是從那個地方先老的。

而那個地方，它變成了什麼樣子的呢？原來，它完完全全地縮回身子裡去了，彷彿像一個女器。只有那兩個蛋蛋，像兩顆乾了的橄欖核一樣，軟軟地耷拉在那裡。

於是大家聽了，也就不再堅持，病房裡，大家手忙腳亂，黑建將高二揹上，一個小護士，高舉著鹽水瓶子，大家將高二送上車，直奔家中。

回到家中，將高二平放到炕上。其實這時候高二已經死去。因爲剛才他那拘得發青的臉，現在平靜了，不再發青，而是變得像一張白紙一樣蒼白，他剛才那痛苦地扭曲的身子，現在也不再扭曲，而是平穩地、舒服地躺在那裡。

那個鹽水瓶裡的點滴，實際上已經不再滴了。隨同他們一起來的護士，只象徵性地在窗戶的插銷上，將那瓶子掛了一下，然後說，人已經走了，趁著身子還沒有涼，給穿衣服吧！說完，從高二的胳膊上卸下針頭，拿起鹽水瓶子，飛快地走了。

這時候，街坊鄰居中，有許多人來了。而其中有幾位老太太，是顧蘭子的朋友，她們請顧蘭子節哀，然後湊過來，叫著「高市長」，爲這位死者穿老衣。

而顧蘭子，這時候一個人坐在炕頭，大放悲聲：「老高呀，你把我整整扣了一輩子，害了一輩子，今天，終於解脫了！」

黑建記得，一些年前，高發生老漢嚥氣的時候，高安氏也說過同樣的話，而今天，他又聽到這話，他想，這大約是那些農村婦女在告別自己丈夫時，都要說的一句話。

原先，高安氏說這句話的時候，黑建理解，這話的意思，大約正如它字面上所表示的意思一樣，但是現在，黑建突然明白了，這話實際上是有著它更深的意思。

那意思是說，我守住了這個男人，並且把他一直守到了老，從此，他就永遠是我的了，任何人也奪不走他了。

第五十章 我們在這裡出生，我們在這裡埋葬

高二去世，膚施城的報紙，在第二日一版的右下角，寫上寥寥幾十字，加個黑框，算是訃告。訃告登出，膚施城的百姓，高二生前的領導、同事、部下，紛紛前來弔唁。

高二的家，鬧中取靜，住在城裡的一家小院裡。當年顧蘭子還沒有來時，高二住在辦公室裡，算是「宿辦合一」。後來顧蘭子三返膚施城，開始時，就在高二辦公室住，後來，房產局找到一塊地方，蓋了些窯洞，闢出個小院，市上幾個領導便搬到這裡。這裡當年是個重要的地方，人稱「常委院」。如今幾位領導，調走的調走，離休的離休，而新的年輕一代領導，早就住進大樓裡去了。因此這地方，現在冷落寂寥，成為一座普通的院子，院子那大藍門也油漆褪色，露出灰敗的氣象。不過這一條街上的人們，平日叫慣了，仍然叫它「常委院」。

一共是兩孔窯洞，闢出其中的一間，做了停屍房。地上鋪了個涼蓆，高二便在這上面躺著。

頭上枕著塊青磚，全身包括頭部，用一張白門簾子蓋定。那滿口假牙，當時情急之中，忘了給裝上，後來要裝上，已經不好裝了，於是也就將那假牙放棄。如今的高二，已經平靜，平靜得就像家鄉那條發過大水後，一身邪勁出完了，結束了跌宕，結束了咆哮，結束了奔流，從

而重新回到河床的疲軟之水那樣。他已經沒有了痛苦，很安詳，很鬆弛。

院子裡的柴炭房，稍做整休，做了靈堂，從而接受那些前來弔唁的人們的最後致意。街坊中幾位老人提出，要不要叫嗩吶手，黑建想了想說，算了吧，以高二的性格，他肯定不想驚擾四鄰的，如果真的要叫，等靈柩歇到了高村，在那平川曠野上，再事張揚。

老百姓有一句話，叫做「老子不死兒不大！」這話是說，老子活著的時候，彷彿有棵大樹在頭頂上罩著，兒子有個依靠，所以凡事事事省心，不必自己出頭，不必自己硬著頭皮擔承。而我們的黑建，當高二嚥氣的那一刻，立即便有了這種感覺。覺得頭頂上的天，突然塌了，眼前的山，突然崩了，自己突然在這個世界上成了孤兒。

天下人大都如此，而對黑建來說，這種感覺猶深一層。兩個驕傲的人遇到一起，平日又極少溝通，所以在黑建的印象中，這個人是強大的，是堅硬的，只有在守護父親的那些日子裡，他才在一步一步地走近中，覺得他其實十分虛弱，他是在用生命的最後一點力氣，維持著自己的驕傲。

到最後，他多麼的需要幫助呀！或者給他轉院，離開氣候寒冷的膚施城，或者自己以一個記者的身分，去調查一下那一紙公文爲何行走六年的秘密，但是，黑建沒有這樣做。這使他後來每當想起這事時，就感到自己對不起高二。

他只能爲自己尋找使心靈得以安寧的理由。這理由後來黑建找到了，理由是，長期以來，在高二這棵大樹下，他被「歇」住了，性格變得很懦弱，思維變得很被動。還記得尉遲城裡那些一記又一記無故的耳光嗎？這些耳光叫黑建學會了逆來順受，學會了忍氣吞聲。

這樣地想起以後，黑建的腰桿在一瞬間直起來。顧蘭子的聰慧，高二的激情，這河南人的血液和陝西人的血液，合二爲一，開始猛烈地在黑建的身上澎湃起來，瀰漫全身。

過去的那個黑建，到現在結束。一個新的黑建的形象，從現在開始。老百姓說：「老子不死兒不大！」黑建十分同意這句話。不過黑建給這句話的後面，又加上一句話，這句話就是：「呵，呵，這個世界，你們看見了嗎？父親的兒子大了！」

黑建叼著一支菸，眼睛半閉著，像一個陰謀家一樣，嘴角帶著一絲隱約的笑意，開始站起來，處理高二的喪事。

他請人將父母親的合影照，拿到照相館，將高二的那一部分，洗成大相片，然後加框，做成遺像。先將靈堂佈置完畢，接著，又請來木匠，開始在院子的一角，爲高二做棺木，說好三天時間棺木必須完成。繼而，又和高二現在所屬的單位商量，說好由單位出一輛大卡車，三天後的早晨，該車準時從膚施城出發，直奔高村平原。

絡繹不絕的弔唁人們來了。

現在，高二對這個世界，已經是個一點用處都沒有的人了。所以，那些前來弔唁的人，他們是真誠的，他們爲一些老感情而來，他們有理由接受這戶人家最高的敬意。

高二的子女們，站在靈堂前，並排站著，兩手垂下來，接受這些人的弔唁。各個階層的人都有，如果來人上一炷香，鞠一個躬，他們便在這結束後，向來賓還一躬，這叫「還禮」。如果來人是作一個揖，他們也就還一個揖，如果來人是磕頭，他們也就磕頭，磕三個響頭，以示謝意。

這樣的事情持續了三天。

前來弔唁的人，往往手中捧著一卷布，這布在此刻叫「幛子」。因此這弔唁，也叫吊幛。開始幛子是綻開搭的，小院裡呈三角形拉了一道繩子，幛子就搭在繩子上，後來接的幛子越來越多，就只好將它們疊起來搭上。這些幛子令這家院落有了一種喪葬的氣息。

有一位老人，很老很老了，拄著一根拐杖，挪著步子進了院子，黑建趕快走過去，將老人攙住。老人用拐杖敲著地，一步一步，挨到高二的遺像前，對著遺像看了看，然後取下帽子，連鞠了三個躬。鞠完躬後，他還不走，又盯著遺像看了看，輕輕說：

「高二同志，有一句話，在我心中憋了三十年，我一直想說。我對不起你！當年四清時，我也有難處。當時，我也在接受審查，吾身難保吾身。但是，這不是理由。我今天來，就是來說這話的！」

老者說完這句話，把帽子戴好，把拐杖從胳膊腕上取下來。拐杖聲篤篤地響著，老人擺擺手，謝絕了黑建的挽留，又一個人離去了。在說了這句話後，他走得好像輕鬆了一些。

這就是當年那個四清工作組的組長。老人也在這之後不久，於那年的七月去世。

一輛黑色的小轎車，從街道上駛過來，停在大藍門的外邊。車門開了，一個高身材的、穿一身黑衣服的女人從車上走下來。女人用一條黑紗巾，將頭和脖子蒙嚴，只露出兩隻深潭一樣的眼睛。女人行走間一個踉蹌，於是伸手扶住了大藍門，開始大哭。

「老高呀，你怎麼一聲招呼都不打，就獨自一人走了！你好狠心呀！」兩行眼淚，從這女人那深潭一樣的眼睛裡迸出，再加上那哀慟的哭聲，令人聽了，撕肝裂肺。

院子裡有很多來弔唁的人，聽到這瘆人的哭聲，大家都停了說話，互相用眼光探詢著，問這人是誰，後來大家都搖了搖頭，表示誰都不認識她。

顧蘭子聽見了這聲音。她沒有出窯洞，隔著門，她喊：「黑建，扶你阿姨到窯裡坐！」

黑建這時，正在棺木旁指揮著木匠們打棺。其實，他也聽到了哭聲。此刻，他正三步併做兩步，往大門口趕。

他扶住來人，然後幾乎是拖著她，一步一步，拖到靈堂前。到了靈堂前，她停住了，伸出手來，用袖子將那遺像相框上的玻璃擦了擦，以便看得更爲真切一些。

黑建說：「阿姨，妳節哀！他終於獲得解脫了，我們應當爲他高興才對！」

來人掙脫黑建的手，她一屁股坐在靈堂前的麥草上，又開始哭泣，嘴裡仍一迭聲地叫著「老高」。

黑建在她旁邊，也坐著，他不知道自己如何來勸慰。

就這樣哭了半個小時。面對這個哀哀號哭的女人，黑建想，一個男人，在他大行的時候，在他百年的時候，能有女人在他靈前這樣真誠地痛哭，僅僅這一點，他來這世上一遭，也是值得的了。

哭聲停止了。來人說：「鹽裡沒有我，醋裡沒有我，我得走了！」

她好長時間起不來。黑建拽住她的雙手，終於將她拉起。

黑建請她到屋裡坐。她好像沒有聽見似的，逕自向門口走去。在扶著來人向大門口走去時，黑建偶然回過頭來看時，看見顧蘭子隔著門，正在朝這邊看。

「他阿姨，妳走好！」顧蘭子招呼了一句，算是送行。

細心的黑建注意到了，顧蘭子在說這句話時，嘴角上隱約地浮出一絲笑意。這笑意讓黑建打了一個冷顫。

那阿姨始終沒有回頭。

黑建扶著的手，感覺到她全身在顫抖。黑建在那一刻，心裡想：也許他此刻扶著的這個人，才是最大的弱者。

來人鑽進了汽車。

車開走了，立刻消失在城市中。這個人的離去，就像她的出現那樣倉促和突然。

而在許多年以後，黑建已經調回西京城，並且在那裡工作好多年了，有一次他到膚施城來調研。晚飯的時候，他突然想起要見一個人，於是他說，兩瓶茅台，只喝一瓶，另一瓶留著，我要去看一個人。

那夜的月光真好，打了好幾個電話，他才知道這位阿姨的住處，於是踏著月光，他去敲門。

門開處，一位白髮蒼蒼的老人，在沙發上枯坐著。「我是黑建，我來看您！」他說。

那一時刻他強烈地感覺到，高二正在無所不知的高處看著他，微笑著，讚許著他的舉動。

是的，那一夜月光真好，整個膚施城籠罩在白光中，如夢如幻。

接著又有弔唁者來了，黑建趕快迎接。

三天三夜之後，弔唁結束。

高二的屍首，開始往棺木裡裝。這叫「入殮」。陝北的風俗，死者是不能見太陽的。因此等到天明以後，瞅太陽還未升起之際，黑建抬頭，小三子抬腳，左鄰右舍、親戚陸人一起用力，將高二抬起。頭先出門，腳後出門，這也是規程。出去以後，輕輕擱進棺木，四邊再用被子塞緊，以防路途遙遠，顛簸晃蕩。而後，將棺木釘死，一夥人再用力，將棺木放在大藍門外邊的大卡車上，再用繩子紮緊。

高村平原上，已經有電報打回去了，那邊也已知曉，正在打墓。

平原上那個時候，已經提倡火葬，但是也還允許土葬。所以高二的喪事，也就安頓了不做過分張揚，以免惹來不必要的麻煩。高二畢竟是公家人，這樣做似乎有些不合適。

而這一路行來，亦須注意，畢竟要穿越幾個城市，所以無事就好。人們在車上將這棺木用繩子紮緊，棺木外邊，又用一塊帆布蓋了。帆布外邊，再胡亂地從柴炭房裡，撿些乾柴，架在上面，以便遮人耳目。

這樣，太陽剛剛從東山冒紅，大卡車就離開膚施城，出發了。

顧蘭子坐在駕駛室裡，三個孩子，坐在車廂上押車。高二那個遺像取下來，黑建舉著，站在車前面。那遺像回到高村後，還要用。

大卡車離開時，大藍門外面，密密麻麻聚集了許多人，人群塞了半條街道，大家爲高二送行。大家都說這是一個大好人，祝他一路走好。出城時，街道兩側的人們看見車上的遺像，仍有人不斷揮手致意。

出了城，黑建悄悄收起遺像。

現在這大卡車，雞不鳴犬不驚地悄聲向平原駛去，和路途上行駛的車沒有任何兩樣。如果細心的路人稍微注意的話，這車只有一個地方和別的車不一樣，就是兩個前車燈的後邊，各繫著一條細細的紅布。這是司機爲了辟邪，悄悄繫上去的。

大卡車向平原上駛去。遇到三岔路口，撒一把紙錢，算是買路錢；遇到過橋，撒一把紙錢，是給那河神；遇到一個大的山頭，到了山頂，撒一把紙錢，算是祭那山神。就這樣一路走來，走了一整天再加半夜，走到高村村口。

高村平原卻也有一個講究，說的是歸來的人晚上不能摸黑進門，擔心驚了村子。所以這載著高二的靈車，只好在村口過夜。直到第二天天亮，一輪太陽從平原的東地平線上噴薄而出時，大卡車才發動起來，緩緩進入村子。

顧蘭子下車，領著孩子們，走在車的前面。黑建捧著遺像，一步一挨。眼見得到了大門口了，顧蘭子終於大放悲聲：「掌櫃的，你睜開眼睛看看，咱們到家了。」

高村平原上，善良樸素的高三，這時已經去世。老崖上這戶人家，現在出頭的是高大當年留在高村的那條根。他現在也已人屆中年，身上秉承了父親高大的智慧和早逝的母親的善良，成爲這塊地面上一個新的人物。他的名字叫英。

在高二的靈柩到來之後，家中的一切，英已經一律備好。首先打發族裡四個精壯，前往崗子上去打墓箍墓。接著在老屋裡搭起靈堂，繼而請族裡的一群孩子，頭頂孝布，身穿號衣，前往四鄉八鄉，告知那些老親戚們這高二的死訊，這叫奔喪。最後，請來一個執事，由這執事掌管這喪葬期間的內外一應事務。

這一切都安排妥當了，英便捧起一把茶壺，蹲在大門口，眼睛瞅著官道，單等靈車歸來。

等到靈車到了，英微微站起，大哭三聲，這叫禮節。

禮節畢了，英上前去，雙手接過高二遺像，轉身送到了新設的靈堂上，放好，轉身又招呼高村一群子弟，從大卡車上往下搬靈。棺木搬下來以後，在靈堂裡放好，然後，英跪下來，率領族裡子弟，點上三炷香，行三磕六拜九叩首之禮。

高三的妻子，一位農村婦女，這時過來，將顧蘭子接走，叫她到她家去安歇。她說，這事妳就不用管了，交給孩子們。

這邊，英領著一群子弟，禮畢之後，見黑建勞碌得已經不成人形，於是說：「弟，靈柩既已回到高村，你的任務就完成了，這裡一切有我。農村的習俗，你也不懂。千斤的擔子，現在由我來擔承。你到我家裡，先睡上一覺去吧！」說罷，從褲帶上解下鑰匙，交給黑建。

這樣，疲憊不堪的黑建，一顆懸著的心也就放了下來。他感到溫暖，感到這大約就是人們常說的親情。黑建跟著一個毛孩子，來到英的家，那毛孩子給黑建將蜂窩煤爐子捅旺，又坐上一壺水，然後虛掩上門，離去。而黑建一會兒也就進入了夢鄉。

老崖上這戶人家，到這個時期，已經分支成四、五戶人家，各自獨過。現在高二的靈柩歸來，亡人是他們共同的先人，所以這幾戶人家，現在都集中到老屋裡來，聽候英的調遣。

高村前面我們說了，通村是一姓，大約當年都來源於同一個祖先。所以那些沒出五服的，出了五服的，這時候也都統統趕來。在過去的年代裡，高二是這塊平原上出的一個人物，是高村的驕傲，他們覺得自己有責任爲他送行。

而高村之外，在這方圓十平方公里的平原上，一代一代嫁出去的女子，是一種形式的親戚，那些女子嫁到高村的人家，又是一種形式的親戚，現在因爲高二的原因，他們也都紛紛來高村集中，所以這幾天，這塊平原上那些大路小路上，披麻戴孝的絡繹不絕。

這一陣子，住在渭河下游的高大還活著。他也拄了一根拐杖，順著他熟悉的道路，溯渭河而上，上了老崖，來到高村。

他用拐杖敲著高二的棺木，說：「日怪，咱這老弟兄三個，不按順序走，是倒著走的。老三不像話，他倒是輕鬆，屁股一拍，就走了個清閒，現在，你這老二，也走了，留下個我，在這世上受罪！」

四女子桃兒，這時也趕到了，她先哭三聲，算是禮節，哭完以後，對高大說，大哥你不孤單，還有桃兒陪著你！

高大這時候一門心思，要打開棺木，再看看親愛的弟弟一眼。大家阻攔他，擔心這靈柩一路顛簸搖晃，那裡面的情形，看了會令人傷心，尤其是這高大，這麼一大把年紀了，怕他看了後受不了這個刺激。

眾人見勸他不下，正在爲難，這時英過來了。這場白事，他是大拿，一切由他說了算，只見他走過來，噤斷兩聲，高大這才斷了這個念頭，由桃兒陪著，去大槐樹底下喝茶。

於是這場紅白喜事，便有條不紊地進行。

那執事將一張紅紙貼在牆上。紅紙上寫好各司其職的各類人員，井井有條，明明白白。誰是總管，誰是爐頭，誰是紅案，誰是白案，誰是茶水總跑，誰是迎來送往的主拿，誰是採買，誰是幫辦，誰是靈堂守夜總招呼，誰是打墓箍墓主負責，紅紙上都寫著姓名；如果是幾個人一起幹一項事情，還標明哪位是第一責任人。

黑建昏天黑地，不知睡了多長時間，被英捅醒。英說有一件事情，別人無法代替，得你親自去辦。這事情就是到墓地裡，爲打墓的送飯。這是一項規程，以示孝子對於打墓人的尊重和謝忱。

這樣黑建便匆匆地抹了一把臉，由人領著，前去送飯。

這送飯的擔子，也無須黑建去擔，他只須跟著走就是。那擔擔兒的，是一位瘦瘦的青年，他是高三的老大。他會唱秦腔。靈堂上那個秦腔自樂班子，就是他請來的。

來到墳地，卸下擔子，黑建叫起那幾個正在地下打墓的青年，雙手捧上飯菜。而後，他跳進墓坑，看了一看。這時墓實際上已經打好，正在箍磚。

一個深井，深約一丈二，到了這一丈二處，然後一南一北，再掏進去兩個拐窯。男左女右，那北邊的拐窯，是爲亡人高二安息用的，南邊的拐窯，打好後，用磚箍好後，現在先空著，那裡是顧蘭子百年之後的安息之所。

現在這塊崗子地，是高村的鄉間公墓。自從平原上組織平墳，高村各個分支的祖墳平掉以後，村上便統一在這個地方，建立了公墓。雖然是亂紮墳，但是各家各戶還是各自湊成一堆，分開埋著。

老崖上的這戶人家，頂著東頭地畔的，是兩座墳，一座是高發生老漢的，一座是鄉間美人高安氏的。兩位當家人正襟危坐，像他們生前一樣。接下來，先走的高三，墳頭在西南，緊挨著兩人膝下。現在正打著的這座高二的墳，挨著高三，在中。旁邊北邊還有個空地，那是給高大留著的。他將來回來不回來，那是他的事，這莊基地先給他留著。

黑建從墳裡回來的時候，見鎮長也來弔唁，於是上前握手感謝。

鎮長叫年饉，這是一個我們熟悉的名字。他是老崖上這戶人家的一門乾親。他說因公因私，他都應該來這一趟。他還說，高二也許是葬在這高村平原上的最後一個人了，因爲高村平原這個地名已經取消，它現在成爲西京高新區的第四街區。不過他的話，並沒有引起在場的人們注意。

起靈前的那個夜晚，那三間大房的燒火炕上，擠滿了三、四代人。有些人物我們熟悉，還有些人物是這些年成長起來的，這些新人，我們不熟悉。大家聚在一個炕上，談著那些遙遠年代的故事，而對於那些老年人來說，他們談論得最多的話題是，下一個要走的，會是誰！

燒火炕熱得發燙。談論的人們一邊談話，一邊不停地挪動屁股。只有在這時候，這樣的氣氛中，人們才把目光和心思從眼前的俗事上拔出，從而進入一種情感的交流，一種對共同知道的往事的追憶，一種鄉村哲學家一樣的思考。

只有這樣的喪葬，這種紅白喜事，才能給人們提供這種機會。

第二天早晨太陽剛剛冒紅的時候，起靈了。

八個後生抬起棺木，起身。棺木前面，男孝子一人牽著一根繩，像拉摔一樣，拉著這沉重的棺木，向崗子上走去，棺木後邊，女孝子們排成兩行，帶著唱秦腔一樣的拖腔，放開嗓子哭泣。再後邊，高村平原上，五服之內的男孝子、女孝子，跟隨行進。那些頭戴白的，是兒孫輩，那些頭戴黃的，是重孫輩，那些頭戴紅的，是輩分又小一些的。

棺木下葬，入土爲安。一陣鐵鍬飛揚，墓穴填滿了，接著變成一個土包。英領著眾子弟，繞著高二的墳塋，正三圈，反三圈，又正三圈，繞過這九圈後，然後燒香，磕頭，最後戀戀不捨地離去。

黑建叫住高三的孩子，他說，耀，你的秦腔唱得好，你就唱一段，給你二大聽吧。有一段秦腔摺子叫《苟家灘》，是你二大平日常哼哼的，你會唱這一折吧？

於是，在高二的墓前，這孩子清清嗓子，長脖子一伸，脖子上青筋暴起，一聲尖利的叫板，那蒼涼之音就起了：

出了南門上北坡，
新墳倒比老墳多。
新墳裡埋的是光武帝，
老墳裡埋的是漢蕭何。
魚背嶺上埋韓信，
五丈原上葬諸葛。
人生一世匆匆過，
縱然一死我怕什麼！

這蒼涼悲壯、粗獷豪放的大秦之音，在這塊開著紫色苜蓿花的崗子上，久久地迴蕩著，在這廣闊平原的上空，久久地迴蕩著。

它令人們暫時忘掉了這親人離去的痛苦，忘記了這世事的艱難和生存的不易，從而處在一種短暫的快樂中。

當孝子們從崗子上往回走的時候，不少人脫下身上的白色號衫，抹下頭上的孝布，這時，他們的步履變得比來時輕鬆了一些。還有一些勤勞的男人，一邊走一邊順手拔一把草，回去餵牛餵羊。而那些嫁到別村的高村的女兒們，她們則穿過田野，直接從墳地裡，去回她們現在的村莊。

第五十一章　父親的兒子大了（一）

平原上多了一堆新土。這是做了一回公家人的高二的墳墓。土是新的，黃嶄嶄的，由於是從地底下新翻出來的緣故，現在還冒著熱氣。

一切正如高二的遺言所安頓的一樣，他被埋在了他親愛的故鄉的土地上，他埋在了高安氏的膝下。他的墳頭也做得很小，現在是新的，是虛土，所以墳頭大一點，如果有幾場雨的拍打，幾場風的吹拂，墳的浮土坐實了，它就和村裡別的亡人的墳頭沒有什麼區別了。

唯一不能按高二遺言所示的是，「不要讓我的墳頭上有花」這句。這句淒涼的話黑建無法實現它。因爲在葬埋亡人的時候，要在他的墳頭正前方位置，插許多用柳木棍纏成的紙花。那每一根柳木棍都是一個孝子，因此這柳木棍插了許多，像墳頭上開滿了白花。而在這新墳變成舊墳、變成老墳之後，野草會漫上來，野花會開在其間。而尤其是，這正是那塊崗子地，當年黑建偷苜蓿的那地方，現在這裡雖然不種苜蓿了，但是地底下還有些殘留的老根，因此不時地會有苜蓿發出來，並且頭頂一朵朵淡藍色的小花。

當送走了所有的人，墳墓前空蕩蕩的只剩下黑建一個人的時候，他躺了下來，全身鬆弛了下來。「這就走到頭了！」他說。這話有兩個意思，第一個意思是說，三尺地表下的那個人，到頭了。

他的一生走到頭了；第二個意思是說，做爲人子的黑建，他的養老送終、入土爲安的這件事走到頭了。

黑建輕輕地抽泣起來。

這一抽泣，便再也收剎不住，以至最後變成了號啕大哭。眼淚流出來，滴在臉上，又滴在這新墳的土上。一會兒工夫，他的臉上便沾滿了泥土。

也許是因爲已經鬆弛了的緣故，他驚天動地地哭著，哭了很長時間。他在慟哭中想著許多的事情。直到最後，感覺到心情好一些了，才爬起來，拍了拍衣服上沾著的土，又用袖子抹了一把髒兮兮的臉，然後折身向村子的方向，蹣跚著走去。

「頭上的一片天空去掉了，從此得自己獨力支撐、獨力面對這個世界了！」走在從墳地通往村子的道路時，黑建這樣對自己說。

河南人的血液和陝西人的血液，在我們的黑建身上交匯，就像兩條河流交匯在一起一樣。它們奔流著和澎湃著，攪和著黑建不能平靜地度過此生。他注定將會成爲一個人物的。在這渭河平原的百年滄桑中，這個家族的第一代由高發生老漢出頭，第二代是高二出頭，如今，第三代登台了，世界的這一刻，高村平原的這一刻，該黑建出頭。

獲得性具有遺傳性。這話意思是說，你並不僅僅是你，你並不單單做爲一個你存活在這世界上，生活在二十一世紀的陽光下，你的身上有你家族的DNA遺傳，你的父輩、祖輩，以至更爲遙遠的一些祖先的遺傳獲得，現在都用你承載著的。簡言之，你不單單是你，你是你們這個古老家族打發到二十一世紀陽光下的一個代表，你是你們這個古老家族用了幾代、幾十代的力量積蓄和超常耐心，來完成的一次突然爆發。

黑建的故事，從渭河畔上那戶人家蓋那三間大瓦房開始，從在大平原那個寒冷的冬天，天麻糊黑的時候，一個嬰兒呱呱落地開始，從口裡咬著最土的河南話，用手扶著扶溝那個地方的一面土炕的炕沿，蹣跚學步時開始。

在那被稱做「三年困難時期」的日子裡，他在渭河平原上度過。他也許應當被餓死，但是沒有被餓死。他是如此的孤苦無告。他看見過苦難，他看見過死亡，他在那一刻是如此的和大地貼近，和社會最底層的草根百姓接近，這種早期教育讓他的一生中，都懷有一種深深的平民意識，叫他明白了塡飽肚子、不致餓死其實是人生的第一要事。而那無盡的貧窮和卑賤，培養出了他一顆勇敢的心，去應對世界，去應對那從門裡窗裡湧進來的人生遭遇。

他還有一個從軍的年代。那是生活在他猝不及防的情況下，塞給他的一本教科書。邊塞的恐怖氣息，白房子的寂寞孤寥，古爾班通古特大沙漠的蠻荒與遼闊，叫他學會了遲鈍和忍受。

我們記得，當敵方的坦克群呈一個扇面，向白房子爭議地區逼近時，他給他的碉堡裡準備了二十二顆火箭彈，按照教科書上的說法，一個火箭筒射手，當他發射到第二十二顆火箭彈的時候，他的心臟就會因爲這二十二次劇烈震動而破裂。但是，這位叫黑建的年輕士兵，還是毫不猶豫地給自己準備了二十二顆。

由於雙方的克制，推進沒有繼續，因此，我們黑建的二十二顆火箭彈，也就沒有派上用場。事後他蒼白著臉說，進攻幸虧沒有繼續，要麼，新時期文壇也許會少了一位不算太蹩腳的小說家的！爲什麼這樣說呢？

原來，當黑建騎著馬，站在這歐羅巴大陸與亞細亞大陸交匯之處，注視著眼前這漫無邊際的空曠蒼穹時，心不由得動了一下，眼淚突然不知不覺地從眼眶中溢了出來。「你知不知道有一種感覺叫荒涼？」他自言自語地說，這種荒涼不僅僅是因爲此一刻身處地域的荒涼，更是因爲在他的匆匆一瞥中，他看到了幾千年來的人類，一路走來的心路歷程，充滿著荒涼。

這樣，從從軍的年代開始，從白房子歲月開始，一股羅曼蒂克的情緒便突然鑽入黑建的腦子裡了。他開始在一個小本上記下自己的感想，人們把這種行爲叫文學創作，認爲這是處在青春期的每一個男女都曾有過的舉動。而對於黑建來說，除了青春期這個因素之外，另一個因素則是性壓抑。

黑建公開發表的第一首詩作，是寫給他的母親的。他的母親我們知道，那就是苦命的顧蘭子。當黑建寫這首詩的時候，顧蘭子正在那遙遠的高村平原上勞動。

巡邏隊夜駐小小的山岡，
晚霞給他們披一身橘黃。
遠方的媽媽，如果妳想念兒子，
請踮起腳尖向這邊眺望——
那一朵最美最亮的雲霞，
是巡邏兵剛剛燃起的火光。

巡邏隊行進在黎明的草原，
草原像一個偌大的花籃。
遠方的媽媽，如果妳想念兒子，
請抓一把香風捧在胸前——
那花香為什麼沁人肺腑，
是巡邏兵把生命給了春天！

詩作的發表出於一種偶然。一九七五年那個多雪的冬天，因爲突然間大雪封山，一位坐著吉普車的將軍被困在了要塞裡。夜半更深，將軍推開燃著油燈的營房的門，看見一個哨兵剛剛下哨回來，槍還在火牆上烤著，不斷地有水珠從槍的鐵質部分滲出來，那此刻的士兵，正就著油燈，趴在桌子上，在一個手掌大的小本上寫什麼。

「你在寫什麼呢？小戰士，讓我看一看好嗎？」老兵說。

黑建那時候是多麼的猥瑣，多麼的膽怯呀！他害羞地用手捂住小本，甚至不敢抬眼去看這個老兵。老兵死活要看，黑建就是不給。

「我寫得太潦草了，等我明天謄一遍，再給您看！」黑建說。

黑建的緊張引起了老兵的疑心，他說，他這次下基層，就是來調研基層指戰員的思想狀態的，所以，他一定要看這個小本子，他不怕字跡潦草，因爲他和文字打了一輩子交道了，再難認的字也能認出來。這樣，哨兵將小本交了出來。

老兵翻那個小本子的時候，黑建開始坐下來擦槍。這地方零下四十五以下的嚴寒，一班哨下來，鋼槍凍得發脆，結成個冰疙瘩，槍栓都拉不開了。下哨回來，得把槍靠在火牆上，讓槍慢慢地熱，待鐵裡面的水，一滴一滴地從槍上滲出，水出完了，槍乾了，才能用擦槍布來擦，擦乾淨以後，然後上油，這樣槍才不至於生銹。黑建現在就幹這件事。

就著油燈，翻著小本子，老兵的臉色漸漸變得嚴峻起來。他說，他想不到在如此荒涼的古爾班通古特大沙漠北部邊緣，在如此險惡的白房子要塞，竟然有文學衝動，竟然有人在這裡寫作。

老兵要走了這個小本子，他說他要找一個地方去發表。

第二年秋天的一天，秋陽燦燦，牧草搖曳，鈴鐺刺搖動著鈴鐺，草原上佈滿了音樂，雲雀在又高又遠的天空翻飛，鷹隼長唳著從空中斜刺地掠過。兵團的那個綠衣郵差，騎著一匹老馬，站在邊防站的黑色鹼土圍牆外面喊叫。郵差的手裡揚著一個磨損得快要散架的大信封，信封裡裝著幾本雜誌：黑建的處女作發表了。

第五十二章 父親的兒子大了（二）

脫下軍裝，回到內地以後，正如我們所知道的，黑建先在印刷廠幹了兩年多，後來「文革」結束，《膚施日報》恢復，這樣他便子承父業，來到編輯部工作。每一家報紙，不論大小，它都有一個發表文學作品的副刊，黑建便在這家報紙，做起副刊編輯。

在繁忙的編輯生涯中，除了應付日常工作以外，他一直在創作。文學這個魔鬼一樣的東西，一直在纏著他。或者換言之，當初騎一匹黑馬，站在歐亞大陸之交，注視著荒涼空曠原野的那一種情結，一直伴隨著他。他無法使自己停止下來，就像一個陀螺一樣，一旦旋轉開來，被靈感的鞭子抽打著，便只能越轉越快，而無法自行停止。

文學是和青春、激情相伴而生的。它是青春和激情的產物。一個人，如果他身上有股邪勁，那麼他注定要迸發的。如果不迸發，那麼他注定就會被憋死。那情形，正像出天花一樣。據說在那沒有牛痘的年代，每個人的一生都注定要出一次天花的，非出不可。如果生前不出，那麼當他死後，被葬埋以後，當身體變成累累白骨以後，那白瘆瘆的白骨的表層，還會生出一次斑斑點點的天花來。

雖然已經離開白房子有些年月了，但是有一個慘烈的白房子故事，一直揪著黑建不放。他

時時想起那個故事。那故事裡的人物，臉上帶著淒楚的微笑，額顱上頂著命運的印戳，時時出現在他白日的遐想中和夜來的夢境裡。而每一次的想起，實際上就是一次圓滿這個故事、將這個故事藝術昇華的過程。直到後來有一天，真的變成了假的，假的變成了真的，在黑建那沉沉的記憶中，真假已經分辨不清。果子成熟了，要從樹上掉下來的。黑建明白他得把它寫出來，從而把這個重負、這個十字架轉嫁給世界，轉嫁給讀者，這樣自己才能夠繼續活下去。

這個時候黑建已經婚娶，妻子是個工程師。有一段日子，妻子到西京城裡做工程去了，孩子則放在了顧蘭子那裡，當黑建孤身一人的時候，那種白房子感覺，那種北方情緒又來叩擊他了，於是晚上下班以後，他攤開稿紙，點燃上一支菸。

他雙目赤熱，面色緋紅，趴在稿紙上任筆飛馳。他感到不是自己在創作，而是手中的筆聽命於一種窗外的聲音。窗外是什麼呢？繁星滿天，遠山如黛，他覺得一個白鬍子老頭，正站在高處，嘴唇不停地抖動著，那是在向他口授，而他，只是一個被動的記錄者而已。

黑建的《白房子傳奇》一經發表，便產生了巨大的影響。用他自己的話說：一夜間名滿天下。文壇以欣喜的心情，接受一位行吟歌手般的創作者進入他們的行列，稱黑建是一位善於在歷史與現實兩大空間裡，從容起舞的歌者，是一位從陝北高原向我們走來的，略帶憂鬱色彩的行吟詩人。評論家說，《白房子傳奇》給我們以許多關於小說藝術的思考，小說最初是講故事的，在經過幾百年的努力之後，它大約和人類開了一個玩笑，又回到講故事這個始發點上了。

報社顯然已經不適宜待下去了。如果是高發生老漢，他大約會說，廟已經太小，揮不開我的青龍偃月刀。我們的黑建要內斂一些，或者說碰釘子碰得多一些，所以同樣的意思，他是用這樣的話來表達的：「這世界上，除了忙忙碌碌的報社之外，還有沒有一個地方，叫我能混住身子，圪蹴圪蹴呢？」

這樣他便來到膚施城的一個藝術單位。在這裡，時間充裕，他便開始了他的陝北史詩的營造。

陝北高原這塊奇異而又熾熱的土地，這塊產生英雄與美人、史詩與吟唱的土地，給我們的黑建以震撼和刺激。嚴格地講來，對這個平原的兒子來說，遼闊豪邁的陝北高原，才是他真正意義上的故鄉，而尤其是在報社這些年中，他身揹一個黃挎包，踏遍了陝北高原的山山峁峁、角角落落，那情形，正像一首浪漫曲唱到過的那樣：我是你懷抱裡長大的羊羔羔呀，走遍了高原嚐遍了草。

黑建搜集到許多的故事。這些故事日夜撞擊著他的心，叫他不得安寧，不能平靜。終於有一天，他明白了，生活為什麼偏偏垂青於我，將這一幕幕驚世駭俗的歷史大奧秘展現給我，而不是展現給別人呢？噢，它是選中了我，它從芸芸眾生中發現了我，它要我肩負起一個苦澀的使命，即把那些歷史大奧秘展現給世人去看，把那些歷史大斷面剖析給世人看。

黑建開始寫作，開始他的飛翔。他魂不守舍，覺得自己像一架失控的航天器（太空船）一樣在譫想中飛行，航天器可能安全降落，也可能墜毀，也可能一去不回。在寫作的途中，彷彿魂靈附體一般，真實的存在和藝術的虛構，在他已經分辨不清，他唯一能做到的，是每天像個行屍走肉般地吃喝拉撒睡，然後把自己交給那無邊的譫想中。

「我是把自己當做祭品，為繆斯獻上了！」黑建說。

在陝北，逢年關的時候，人們都要抬上豬頭羊頭，或者整隻豬整隻羊，扭著秧歌，去爲山神土地獻供，這種習俗叫「獻牲」。而我們的黑建，此一刻的黑建，他獻上的祭品是他自己。

那種寫作《白房子傳奇》時的感覺又回到了黑建身上。

什麼是最好的藝術創作狀態呢？那狀態就是，那時你已非你，你只是一個被動的抄寫員而已。夜來，中天高掛半輪月，曾照洪荒第一年，那曾經照耀過人類混沌初開、蠻荒時期的月亮啊，現在照耀著二十一世紀的你，這時，一個白鬍子老頭，在你陽台的窗外，懸在半空，他在喋喋不休地向你口授，講述一個個石破天驚的故事。而此刻的你，只是機械地記錄而已。

僅僅只是記錄，因爲你感到，那件東西，其實在你之前就已經存在於這個世界上了，而做爲你來說，只是簡單地把它們複述出來而已。

正當我們的黑建，叼著一根劣質香菸，在那狹窄的斗室裡，像個陰謀家一樣，一磚一石地堆砌著自己的藝術帝國時，就是在這個時候，父親高二病了。

高二病了很長時間。從頭一年的夏天開始，他就不停地咳嗽，臉色烏青，身子瘦得不成人形，走起路來，走幾步就要停下來喘一陣氣。他最初在巷口裡的一座街區醫院裡治療，那醫院的醫生是景一虹的妹妹。已經快要走到生命盡頭的高二，在治療的過程中，大約會感到一種溫馨，並且會回憶起許多關於黃龍山時代的事情。

隨著入冬，病情加重，這樣，高二只好轉院了。他來到當時膚施城最大的一家醫院裡治療。離開家的時候他說，這次出門，恐怕就不會再回來了。那時他已經有所預感。

這樣，黑建只好夾起稿紙，拿上一把圓珠筆，來到醫院裡，一邊照看父親，一邊繼續寫作。

圓珠筆是一百枝，五十枝紅的、五十枝藍的，感情激蕩的場面，用紅筆寫，理智和平靜的敘述場面，用藍筆寫。

而高二的一日三餐，是顧蘭子來送的。這時她已經有些年歲了，她竭盡全力，盡一個女人的本分，爲她的高二做最後的事情。

黑建的高原史詩的三分之一篇幅，就是在高二的病房中完成的。

高二住在一個單間病房裡。病房很大很空，除了一張床，和一些病房所一應具備的陳設之外，還有不少的空間。房間裡有兩個方凳，是爲病人家屬探親時預備的。黑建找了房間的一個角落，將這兩個方凳，一個橫著放倒，自己坐，一個正放著，在上面攤開稿紙。他就這樣在病房裡待了半年。

那時他像做夢一樣。他不知道自己是在作品的人物和故事中，還是在現實的人物和故事中。

在寫作的途中，他會突然地從稿紙上抬起頭來，瞅上高二一眼，看病床上的父親需要不需要照顧。比如說鹽水瓶吊完了沒有，比如說上不上衛生間，比如說是不是病情有所加重，需要叫醫生，等等。

每次他抬起頭來時，都要愣上半天，才會回過神來，明白自己是在病房裡，然後對著病床上的人瞅上半天，才會想起這是他正在受苦受難的父親。

最難挨的事情是不能抽菸，高二得的是肺氣腫、肺心病，病房裡是絕對禁止抽菸的。

而我們知道，黑建的作品，幾乎就是用菸熏出來的。

「抽一支菸吧！沒關係，醫生不在！」病床上的高二，看到黑建痛苦的樣子，有些於心不忍，他摸摸索索地，從枕頭底下摸出個打火機來，無力地揚起手，這樣對黑建說。

黑建站起來，他走到床邊。當接著父親遞來的打火機的時候，他的手有一些哆嗦。這一刻他記起當年在尉遲城，因爲一個打火機，他挨父親一耳光的那件事。因爲從那件事開始，他此生從此拒絕一切機械的東西。

在接過打火機的那一刻，他看了父親一眼。

這個平日如此高傲的人，眼神中有一種乞求的成分，那眼神是乞求黑建忘掉那個打火機的事。已經這麼多年了，難爲高二還記得這件事。

黑建接過打火機，這舉動表明那件事已經過去了。

他點燃了菸，覺得應該到樓道裡去抽。而當抽菸的時候，故事中的那些人物又在呼喚他，於是黑建只好叼著菸，折身回來，重新坐在小凳前。

當高二終於撒手長去，當高二的靈柩回到高村，當高二後來成爲這高村平原上的一堆土的時候，黑建的高原史詩已經完成。他是揹著厚厚的一個大信封，來經管這整個喪事過程的。

大信封就隨身帶著。

那大信封像一團火，像一個炸藥包，黑建用釘書機，將這信封死死地訂緊，防止那裡面的人物和故事走出來。喪事一完，他趴在父親的墳頭上，大哭了一場，然後，揹著信封，到北京交稿去了。

有這一場大哭以後，纏繞了他許多年的夢魘才慢慢醒了。醒了的、重新回到人間的黑建，這時候才發現父親高二是真實地死了。

他在這一刻甚至有一種可怕的想法，是他妨死了父親，是這個家族在完成這一次飛翔的時候，需要付出代價。

從墳頭旁邊站起來的黑建，用手拍了拍衣服上的土，用袖管抹了一把臉上的淚，他覺得自己在這一刻成長起來了，他覺得自己的身上充滿了力量。

他對墳頭說：「安息吧，父親！」

他對這個世界說：「父親的兒子大了！」

第五十三章　在西京城

像當年扔出《白房子傳奇》一樣，這個寫作者將這個大信封扔給編輯，扔給讀者，扔給社會。

高原史詩無疑獲得了成功。人們認爲，這是中國的《百年孤獨》，是一位藝術家對陝北高原的一次莊嚴的巡禮。權威的評論家認爲，歷史像一條河流一樣，它的奔流是有一定之規的，那就是有一個河床，而作者在高原史詩中所做的努力，就是試圖爲這河床尋找「框位」。還有評論家，又重複了他幾年前關於《白房子傳奇》所說的話，即作者是一位從黃土高原向我們走來、略帶憂鬱色彩的行吟詩人，一位周旋於歷史與現實兩大空間且從容自如的舞者，一位善於講莊嚴的謊話的人。

在完成了高原史詩以後，黑建明白，他該往省城，也就是西京城挪動挪動了。他需要一個更大的空間來呼吸。肺氣腫大約是一種家族病，高發生老漢就死於肺氣腫，高二也死於肺氣腫，而做爲黑建來說，這些年由於無節制地抽菸，他走起路來已經變得氣喘咻咻。尤其到了冬天的時候，高原的乾燥和寒冷更令病情加重。

黑建嘗試著給一位老領導打了個電話。這位老領導說，做爲領導，就是爲專家服務的，你

有什麼事情，你儘管說。黑建說到了他的肺氣腫，說到了他想回到這座故鄉的城市的想法。領導沉吟了半天，最後說，安排一個閒職，到省政府參事室做個「參事」吧！

黑建是在一個夏天的日子離開膚施城的。

真要走了，他的心裡很難過。從感情上講，這裡是他真正意義的故鄉。自從許多許多年前，顧蘭子一手拖著咪咪，一手拖著黑建，在額顱上頂著二軲轆眼鏡的高發生老漢的率領下，打上清涼山的山門時算起，黑建已經在這座城市裡生活了四十多年。用他自己的話來說，從街上一路走過，膚施城的狗都認識他的。

那是一個淒清的早晨，一輛大卡車，載著黑建和他的妻子、孩子，就要離開膚施城了。車廂裡只有幾樣簡單的傢俱，然後就是半車書。

街頭上擠滿了人，市民們來為這個文化人送行。有些晨練的人，知道了黑建要走，也停住腳步，站在街頭揮一揮手。黑建落淚了，他說這場面，彷彿是他葬禮的一次提前彩排一樣。

顧蘭子不願走，她要去守常委院大藍門背後的兩孔窯洞，她還有一個小兒子，仍在膚施城，這個小兒子將照顧她。

大卡車開動了。人群中傳來了哭聲。那是顧蘭子在哭。黑建說，等到西京城，安頓好了，我來接妳。

西京城在黑建的面前，喧騰著它的富饒、它的繁華、它的古老、它的沉重。你好呀，故鄉的城市，在沒有我的那些日子裡，你一切都好嗎？當平原上濕漉漉的風吹來，當這座千古帝王之都進入他的視野時，黑建輕輕地喊道。

西京城距離高村的直線距離，不過五十公里。那條流經高村老崖底下的渭河，同樣流經這座都城，宮牆裡的那些脂粉有時候會從渭河裡漂下來，一直漂到高村這一處河面。在高發生老漢那文縐縐的語言中，這條河不叫渭河，而叫禹河，或者叫「御河」。

但是在心理間隔上，西京城與高村的距離，要遠上許多。高村人在太陽落山的時候，如果能見度好，會站在河岸上，以一種惆悵的、有些仰視的目光，望著那鐘樓、鼓樓、城樓、箭樓翹起的樓角，猜度那裡都在發生什麼事情。

而如果村上的某一個人，偶爾進一次西京城，那麼他在這西京城裡的見聞，便會在高村人的口邊掛上半年。而如果有哪一戶人家，他的某一位親人，在那輝煌樓閣下面工作，這戶人家便會成爲全村人羨慕的對象。

渭河是偉大的。它在創造出這座八百里沖積平原的同時，在大平原之上，造出這座千古帝王之都。而一部中國的歷史，幾乎有一半是這座都城的歷史。

西京城是一個適宜於人居住的地方，富人在這裡會生活得很好，窮人在這裡也會生活得很好，各行其道，各得其樂，互不相擾。

在歷史的年代裡，這座城池除了承擔它應當承擔的歷史責任以外，它還承擔著一個特殊的任務。每逢災年、荒年、兵亂，陝甘寧青新大量的饑民會湧入城中，尋一口飯吃，於是這座城市便敞開大門，慷慨地接納了他們。那些西海固地面來的小孩子，來到城裡，找一個回民飯館，白天頭戴一個小白帽做個跑堂的，晚上就囫圇著衣服，蜷成一團，在鍋台前睡。他們後來一天天長大了，便結婚生子，留在西京城裡，成爲這裡的人。這樣的事情不在少數。

我們的黑建來到這西京城裡，成爲這個有著八百萬市民的城市的一分子。他決定從社會最底層做起，從一個普通市民做起，似乎這樣心裡才能踏實一點，才能縮短高村和這座威嚴、且有著堅硬城牆的城市之間的距離。

單位在一座很大的樓上。那裡給了他一個辦公室。而住房得等，或者三年，或者五年，或者更長一點時間。

本來可以在辦公室裡湊合著住，但是黑建選擇了買房。他手頭的錢實在不多，那是高原史詩出版後的一點稿酬。這樣，他坐了一輛計程車，在西京城轉了大半天以後，在一個都市裡的村莊中，找到了一套兩室二廳的房子。

也就是，他手頭的錢，恰好能夠買下這個房子，於是他二話沒說，將錢扔給了村長，拿到了這房子的鑰匙。這樣，這個三口之家在西京城裡有了一個落腳點。

後來他知道了，這幢樓叫姑娘樓。這都市裡的村莊中，姑娘們嫁出去了，不願意離開，於是村上沒有辦法，只好蓋了這麼一座樓，讓姑娘們居住。

這樣的樓房當然是沒有房產證的。

居住下來以後，黑建還知道了這裡竟然是個有名的所在，它位於唐朝大明宮遺址的西沿。也就是說，這地方當年是貴妃研墨、力士脫靴、李太白醉寫嚇蠻書的地方。知道了這些，令以文化人自居的黑建，憑空地生出了一絲豪氣。

不過那大明宮如今只剩下一個遺址，而那當年有著粉黛三千的後宮，如今是西京女子監獄，那監獄裡如今也粉黛三千，不過都是些犯了重刑的女犯。「有本事的人才會進到那裡面

哩！」黑建聽姑娘們吵架時這樣說。

西京城是一個大地方，比高村平原大，比膚施城大。黑建很快地就感覺到了這一點。他像一條奔流了很久，終於抵達大海的河流一樣，現在停止了咆哮，開始鬆弛下來，軟軟地將自己的水流攤開。他在這座人的叢林中，找到了許多他的同類，迅速地進入了西京文化人的圈子，他原先就認識他們，現在則成爲他們中的一員。

一旦鬆弛下來以後，他便有些失重。在西京城最初的幾年中，他迷戀上了麻將，迷戀上了飯局。他的身影出現在許多的場合。在這座溫柔富貴的城市裡，大部分的文化人大約都是這樣活著的，因爲並不需要做太多的努力，人就可以活下去。西京城真是一塊福地。

這個家族人物的身上，大約一直都有一些賭性，高大如此，高二如此。感情熾烈，喜歡鑽牛角尖，希望人生有不平常的際遇，是這種性格形成的原因。

而做爲黑建來說，他本身就是一個極端的人。多年來的創作生涯，令他往往偏執於、沉溺於某一件事情，久久不能自拔。

但是黑建很快就驚醒了。這驚醒的原因是顧蘭子的到來，是顧蘭子的生病。

一天夜裡，他和他的批評家朋友、企業家朋友一起打麻將，到了十二點的時候，攤子散了，他搭一輛計程車，穿越大半個城市，回到他姑娘樓的家。開門進去，只見屋子裡所有的燈都開著，但是一個人也沒有。他大大地吃了一驚。

母親剛剛在這一天來到西京城，晚上剛剛爲大家做了一頓飯，現在她的床空蕩蕩的，人不知道到哪裡去了。

妻子也不在，孩子也不在。

黑建立刻想到母親心臟病犯了，被送往醫院去搶救了。他還馬上判斷出他們去的是一家平民醫院，因為在此之前，他曾聽妻子說過那家醫院不錯。

黑建重新下樓，搭了計程車，向那家醫院奔去。醫院搶救室的門口，燈火通明，黑建看見，他的妻子和孩子互相攙扶著，站在搶救室的門口。

「給你打手機，你關機了！」妻子一句責備的話也沒有說，她只輕聲這樣解釋。

「母親呢？」

「正在搶救！醫生說，幸虧送來得早，再遲來半個小時，就沒人了！」

聽到這句話，黑建在那一刻感到羞愧，感到無地自容。

第五十四章　在平民醫院裡

顧蘭子在那一年的春天，收拾行裝，要回高村，準備清明節的時候，到高二的墳頭上去祭奠。她在膚施城的自由市場上，買了些香火蠟燭，將它們裝進高二當年出差時常提的一個大提包裡。提包裡又裝了一些換洗的衣服，然後讓小兒子將她送上火車，讓女兒咪咪在家鄉的那個車站接她。

她就這樣回了一趟高村平原。從高村回來以後，黑建將她接到了西京城裡。兩居室的房子，風塵僕僕的顧蘭子，只好和孫子在一個床上去擠。她計畫在西京城裡待上幾天，再回膚施城去，或者，將高村那三間瓦房收拾一下，在那裡度過自己的晚年。

「井裡的蛤蟆，滿世界轉了一圈，最後還是覺得，自己那井裡好！」她說。

旅途勞頓，她有一些累。親人們相見，她又有一些激動。而她一生最擅長的事情是做飯，因此來到這西京城黑建的家裡以後，坐不住的她，又手一洗，走進了廚房裡。

這樣她累病了，心臟病發作了。

這個從黃河花園口被一場大水沖出家門口的女兒，這大半生走了許多的路，經過了許多的坎坷，她的命真大，許多的親人都死在她的前邊了，而她居然能奇蹟般地活著。

她是多麼的卑微呀！

她像路邊一棵被人踐踏的小草一樣，無聲無息、無香無臭地活著。她的一生永遠沒有主見，永遠受人擺佈。在高二還活著的那些年代，她是爲高二而活著的。而當高二突然撒手長去以後，她的人生突然失去了目標和目的。

她沒有娘家，她也沒有哥哥弟弟，在這個世界上，她是孤零零的一個人。也許在她那白日的遐想中，和夜來那沉沉的夢中，她許多次地夢見過她的黃河花園口故鄉，那情形就像每一個離鄉背井的河南人曾經的那樣。但是她不說，因爲她總是將自己的心思藏在肚子裡，還因爲在這個世界上，很難找到一個人在認真地聽她說話。

她有著極高的智商，這一點高二在世時，已經覺察到了，而黑建在後來與她相處時，也覺察到了。黑建說，可惜母親沒有文化，是個睜眼瞎子，這樣起碼有一半的世界，在她面前是黑的。因爲是黑的，她對那一半的世界充滿了恐懼。如果她有文化，哪怕只有景一虹那種並不算高的文化，那麼，「顧蘭子」這名字，本該是一個女明星或者女部長的名字。

沒有文化，令她的智慧，或者心智，沒有得到充分的發展和成熟。她永遠是一個窮人，她永遠在浮萍無定中生活，而一旦她有一些可憐的積蓄的時候，她一定想辦法要將這些罎罎罐罐打碎，從而令自己重新回到赤貧的位置，回到卑微的位置。

這大約也是一些河南人的性格。

在來到西京城那個令人激動的夜晚，積勞成疾的顧蘭子被送進了醫院。她在醫院裡待了四十天。這四十天的治療，花光了黑建的所有積蓄，但是終於把她從死亡的邊沿拉了回來。

那一年春天的天氣，像打擺子一樣，忽冷忽熱。西京城裡，許多人都病了。平民醫院的心肺病治療區裡，住滿了人。病房裡住滿以後，還有許多病人住在樓道裡。

有一位老婦人，有著少女式的尖下巴，一張小巧、白裡泛灰的臉，身材很好，穿一件青色的風衣。如果不是她頭上那灰白參半的頭髮，你會把她當成一個少女的。

她是在半夜來的。比顧蘭子晚到了半個小時，而顧蘭子占走了病區的最後一張床位。因此她只能被安排在樓道裡。而樓道上，也一張挨一張地擠滿了加床，因此她被安排在大廳與樓道過渡區的那塊空地上。她的鐵床頭上掛了「加床三十六號」字樣。

她剛被送進醫院時，曾經發出過淒厲的叫聲。但是在早晨時，叫聲已經沒有了，她已經被折磨得筋疲力盡。只見一個呼吸器罩在她的鼻子和嘴巴上，氣流正往進猛烈地灌著。她那袒露的胸前，安了三個起搏器，一個在左奶的下方，一個在右奶的下方，一個在小腹上。有一個護士，兩手按著她的胸脯，像在按一個堅硬的物體一樣，使盡全身力氣，一按，又一按。每一按，能看見那監視器的針頭跳動一下。如果不按，那跳動就又停止了。老婦人的頭頂、腳底，則插滿了針頭，那是在輸液。

黑建是在顧蘭子搶救過來以後，病情稍有穩定以後，早晨去藥房拿藥時，看到這一幕淒涼的圖景的。

不知道老婦人是哪裡人，什麼職業。不過從她那張小巧的臉形看，她大約是南方人，而她臉上那種高貴的受難者的表情，以及雖然灰黑參半，但仍然梳理得一絲不苟的頭髮，表明她是個知識女性，也許是個站了一輩子講壇的女教師。當然，她的身分不會太高，因為這是一家平

民醫院。

正在搶救中的老婦人，全身被扒光了，活像一隻被扒光了皮、送到實驗室解剖台上的兔子。她已經沒有了羞恥之心。或者說，她已經沒有了意識。平日，那些她努力遮擋的部分，現在被無情地扒開，暴露在圍觀人群的目光之下。最初，當護士將她的上衣擢開，露出乳房，將她的褲子抹到小腿以下，以便插那些儀器時，一個大約是這個老婦人妹妹模樣的人，還在這些儀器被插上以後，伸出手，象徵性地拽一拽衣服，試圖遮住那些不雅部分。後來，隨著時間的推移，這病人的家屬也麻木了，在醫生的折騰中，那些不雅部分無遮無擋地露在大庭廣眾之下。

圍觀人群中的黑建，在匆匆一瞥中，看見了那老婦人的陰毛，和那陰毛下面曾經留下快樂記憶的洞穴。這陰毛有一半是灰白的。黑建在那一刻突然明白了，白色其實是死亡的同義詞，過去歲月中所有那些對蒼蒼白髮的讚美詞，其中其實都有一種虛僞和自欺欺人的味道。

黑建用手捂住了自己的眼睛。他轉過身去，大聲地叫道：「讓她去死吧，求你們了！她一動也不動，應當已經死了呀！」

聽到黑建的話，病人家屬們互相望了一眼，沒有說話。只有正在忙活的護士，好像是在對黑建說，又好像自言自語地說：「她的大腦已經死亡了。不過心臟還在跳動。而心臟是否跳動，是判斷死亡的醫學標準。所以，沒有辦法，我們還得搶救！」

黑建的神經再也承受不了了，他逃了出來，而第二天早晨，當他再去送飯的時候，「加床三十六號」那個地方，只剩下空蕩蕩的地面。母親顧蘭子說，昨晚又整整折騰了一夜，直到天

明，這位老婦人才終於走了。

在那個乍暖還寒的春天裡，這個病區死了不少人，包括一個和顧蘭子同住一個病室的室友。

但是讓人震動最大的，還是樓道裡死去的那個「加床三十六號」。

顧蘭子目睹了這個老婦人搶救的全過程。她很害怕，眼睛裡充滿了恐怖，她用乞求的口吻對黑建說，把我送回家吧，讓我涼涼地死在家裡的床上吧！你們真的孝順我，那就不要折騰我，給我最後留一點面子吧！

顧蘭子躺在病床上，臉上沒有一絲血色，蒼白得就像一張紙。當她說著這些話的時候，她是多麼的無助，多麼的可憐呀！

黑建同意顧蘭子的這些話。那就是說，實在不可救藥時，他絕不讓母親受罪，一定讓她安安靜靜地去走。但是黑建說，現在這個病情，還不到說這種話的時候，顧蘭子也許還可以救活。

顧蘭子害的是冠心病，病情已經診斷清楚了，現在醫院能夠做的事情，是爲她吊針。一瓶一瓶的鹽水吊下去，希望她的病情能夠回頭，希望奇蹟在她的身上出現。

顧蘭子終於活過來了。她能夠活過來的原因大約是由於黑建的祈禱。

黑建附在母親的耳邊說：「妳要努力地活下去，活到二十一世紀。哪怕讓二十一世紀的陽光，有一縷照耀在妳的身上，也好！這樣妳就可以驕傲地對人說：我是一個活過兩個世紀的人了！」

病房裡，母子兩人在竊竊私語，像在醞釀一個偉大的陰謀似的。

不過這個陰謀是得逞了。顧蘭子活了過來。顧蘭子邁過了這個坎。

當二十一世紀的陽光透過窗戶，斜斜地照射在病床上的時候，顧蘭子蒼白的臉上出現了紅暈。她坐起來，對黑建說，她這一生害過兩場大病，一場是五八年大煉鋼鐵那一次，一次是這次。上一次是高二救了她的命，這次則是黑建。

戶外的陽光是多麼的燦爛呀！顧蘭子想到戶外去曬一曬太陽。這樣咪咪推著車兒，他們來到了戶外。陽光下，顧蘭子要咪咪拿一個小鏡子來，她要整修整修一下自己，還要咪咪幫她鉸一鉸頭髮。

而黑建這時候做的事情，是半跪下來，抱起顧蘭子的一隻腳，脫去腳上的襪子，爲母親剪腳趾甲。那是一雙解放腳，腳很小，腳趾頭彎了回來，朝向腳心方向。這樣，腳趾甲剪起來很費事，但是黑建還是在吭哧吭哧地剪著。

在女兒爲她剪頭髮、兒子爲她剪腳趾甲的同時，黑建的妻子來了。她從隨手挎包裡拿出一對金耳環，這是專門上街爲顧蘭子買的。她說，那個淒慘的黃龍山故事，她聽黑建講過許多次，那兩個親家母爲顧蘭子各穿一個耳朵眼的故事，也叫她落淚。因此她一直有爲顧蘭子買一對耳環的想法，她說，這兩個耳朵眼此生如果不能戴一次耳環，那會是一件很大的遺憾，也是兒女們的一次失職。

她的話令所有在場的人感動。

兩只金耳環在顧蘭子的兩隻耳朵上晃動著，在這早春的陽光下晃動著，金光燦燦，顧蘭子

的臉上顯出一種幸福的表情。

「送我出院吧，孩子！」顧蘭子說，「從此我跟著你住，給你做飯，補一補心。唉，我這一生什麼事也不會做，就會做飯！」

第五十五章 化大千世界為掌中玩物

說話間，高參事來西京城赴任，已經十年。十年一覺長安夢，贏得白髮初上頭。論起年歲，他該已經五十多歲了。人一上五十，就會明白許多事情。你不到明白的年齡，你不會明白，你只有到了這個明白的年齡，你才能明白的。

五十歲的時候，你會覺得這個世界，不像二十歲時那麼一地陽光，也不像三十歲時那樣悲觀失望，亦不像四十歲時那樣一步一險。那麼五十歲時的世界是個什麼樣子的呢？回答是，它就是事物本來的那個樣子，或者用高發生老漢的話來說，就是「世界上的一切都沒有道理，它的發生就是它的道理！」如此而已。熙熙攘攘，皆爲利來，攘攘熙熙，皆爲利往，幾千年的人類都是這樣走過來的呀，那麼就讓它繼續走好了。你可以成爲參與者，也可以成爲旁觀者，但是你沒有必要成爲評判者。

五十歲的時候，你會突然覺得世界如一場夢幻一樣。一個被包穀粥撐得成了大肚皮的小孩子，在高村的東牆根打了一陣瞌睡，一睜眼，發現自己已經是老頭了。「江湖居士閒處老」，你會有這種感覺。你開始變得健忘，熟悉的人，熟悉的事，到了嘴邊，你卻怎麼想也想不起來，怎麼說也說不出來。你必須先進入那一種景況，然後沉沉的記憶才會被喚醒，於是事情脫

口而出，人名脫口而出。

五十歲的時候，你的頭髮和牙齒已經開始掉了。當掉第一顆牙齒的時候，你在那一刻會有一絲傷感。人老原來是從牙齒先老的呀！托一顆牙齒在手中，你會想，這個物什是誰呀？它剛才還是我的一部分，和我一起去接受榮辱，但是現在說一聲走，它就走了，成爲一個獨立的東西了。捧著這牙齒，你不知道該把它放在哪裡才好。最後你想，它最好的去處是垃圾筒，那麼讓它走吧。

五十歲的時候，你大約還有一點戀舊。那些老櫃子、老桌子、舊衣服、舊鞋，你搬一次家帶一次它們。而在你的腰間，永遠地衿著一根馬鐙革，那是白房子時代的東西，是做爲騎兵，向你的馬告別時，從馬鞍子上卸下來的一件紀念品。你捨不得扔掉它，儘管有許多次換新褲帶的機會，你最後還是衿上了它。也許那些用得久了的物什是有靈性的，只是我們不知道而已。

五十歲的時候，你當年的萬丈雄心會慢慢消退。你明白了這個世界上的許多事情，不是你一廂情願所能達到的。你明白了遠處那虛幻的美景，也許還不如家鄉小河溝那平庸的景色。你吃遍了天下的山珍海味之後，最後發現你的腸胃，它最喜歡的吃食，是母親顧蘭子做的那一碗手擀麵。而你那行屍走肉般的身體，你這北方人的身體，你這中國人的身體，在試過各種或流行或不流行的行頭之後，它最適宜穿的是一件用最普通的面料做成的對襟青布衫子。而你的腳下，最適宜穿的是一雙家做的布鞋。

五十歲的時候，隨著越往藝術殿堂的深處走，你的心會越來越涼，你心目中那種崇高感和神聖感會越來越少，因爲你發覺廟堂裡供奉著的許多活著的和死去的神，都令人生疑。

五十歲的時候，你會有一顆感恩的心。感恩這個世界生了你，讓你能夠享受這春天的花，秋天的果，夏天的涼風，冬天的白雪，早晨的每一次日出和黃昏的每一次日落。感恩你這大半生遇到了許多好人——我這一生注定將會遇到一些重要人物。感恩你經歷了許多事——我這一生注定將會經歷許多不平凡的事情。

五十歲的時候，你會突然在某一個早晨眼前豁然一亮，變得我行我素。這一亮大約是由一個叫伍子胥的古代人物引起的。伍子胥破楚以後，將楚平王的屍骨刨出來，鞭屍三百。這時旁邊有人說，伍將軍，你要注意影響呀，別人會怎麼說你呀，後世會怎麼評價你呀！只見這老伍，把白髮一搔，鬍子一捋，慨然說，別人愛怎麼想就怎麼想，愛怎麼說就怎麼說，我都這一把年紀了，還有幾天活頭哩，我怕毬哩！

五十歲以後的黑建，在這座北方大都市的滋養下，他的心智一天天地成熟起來，他的心靈空間明顯的擴大了。他在不停地寫作，把他對世界的認識和概括告訴別人。而在從事文學創作的同時，他的興趣還涉獵到許多的領域裡。比如繪畫，比如對中亞史的關注，比如對他的高村平原故鄉的考證。

一切都那麼自然，並不是刻意要去做些什麼，而是生活找到了你，要你這樣，你只是順應它們的需要，去做就是了。

黑建在一夜之間突然成了畫家，連他自己都不明白是怎麼回事。那唯一的解釋是，在那漫長而艱苦的文學勞動中，在那漫無邊際的文學想像中，他的胸中積滿了塊壘，那些文學具象地在他的胸中喧囂著，要求尋路而出，於是我們的黑建只好順應它們的願望，用手中的一枝禿筆

將它們援筆引出。

西京城裡，人們爲高參事舉行了一次畫展。畫展取得了成功。黑建有些惶惑，他感到自己像在做夢。畫展開幕式上，當鞭炮響過以後，黑建有一個即席發言。他用濃烈的鄉音說：

「我的母親顧蘭子不識字。我都寫了二十二本書了，母親卻一個字也沒有看過。於是有一天我說，讓我畫一張圖畫給妳看吧！顧蘭子屬雞。今年是她的本命年。所以新年伊始的時候，我畫了一隻大公雞貼在母親床頭。那大紅公雞迎著太陽，高視闊步，引頸長歌。畫的兩邊還擬了一副對聯。上聯說：玉猴一步三叩首，祈福祈祿祈壽；下聯說：金雞一日三啼鳴，早安午安晚安。橫批再加上『甲申乙酉』字樣。母親看著這幅畫，喜不夠，愛不夠，早上爬起來睜開眼看，晚上睡覺前看。

「我的繪畫，是將自己胸中的那些具象，借助水墨向外噴濺。古人說『塊壘在胸，不吐不快』，我的繪畫正應了這話。我這大半生到過許多地方，看見過許多雄偉的風景，我還寫過大量的小說，腦子裡塞滿了諸多大俊大美、驚世駭俗的文學形象。它們呼喊著要從我的胸膛裡奪路而出。而我，只是順應它們的願望，給它們讓出一條路而已。

「比如說吧，我畫過《阿爾泰山的成吉思汗之鷹》。那山，那草原，那西伯利亞冷杉樹，那我的《白房子傳奇》中出現過的鷹隼，當它們與西征歐亞大平原的一個偉大名字聯繫在一起時，便有了某種神奇感和崇高感。如果，你給這畫上再題一句：『這樣的山崗正是爲這樣的雄鷹準備著的；而這樣的雄鷹正適宜在這樣的山崗棲息』，然後將它送給遠行的朋友，於是它便成爲一件最好的禮品。

「又比如，你給一張不大的畫面上，畫上三幅人身蛇尾圖案。第一幅圖下注解說，這是二十年前一位著名陝北民間剪紙藝術家爲筆者畫的，她的墓頭上已長出萋萋荒草。第二幅圖下注解說，這是十年前筆者在新疆高昌古城一座漢屯邊將軍墓中見到的，專家說這叫《伏羲女媧交媾圖》，乃中華民族最早的生殖崇拜圖騰。第三幅圖下注解說，這是兩年前中日美英法德六國科學家組成的人類基因破譯小組，破譯出的人類基因密碼圖，即著名的蝌蚪圖。這些話說完了，最後再聒噪一句：三幅圖案何其相似乃爾，嗚呼，中華古老文明中有多少大神秘，我們真不知道！

「再比如，我到香積寺去拜佛。茶間，我請本昌高僧爲我解惑。本昌師伸出十個指頭，說出『佛觀一缽水，八萬四千蟲』一句偈語。於是我據此，畫出一個一手高托著討飯缽，一手拎著根打狗棍的托缽僧形象。旁邊再加一行註腳，說明這圖畫的來龍去脈，並試圖解釋這『佛觀一缽水，八萬四千蟲』的意思。

「還比如，這四個字，我常寫，但是不知道出處。今年五月我去九華山，才知道這是一個安康籍的和尚叫懷讓的說的。九華山祖師問眾弟子，何時可見我佛。眾弟子皆不能答。唯獨安康籍弟子叫懷讓的脫口而出：花開時可見我佛！祖師遂傳衣缽給懷讓。懷讓後來創淨土宗，成爲一代宗師，世稱七祖懷讓。『花開見佛』亦成爲佛家一句偈語。於是我先畫一個仰頭望天的青年和尚，再畫滿天飄飄落下的蓮花，再畫一束自上而貫下，彷徐悲鴻式的、王子武式的柳絮。那柳絮在和尚的一側，自上貫下，穿越整個畫面。

「以上是五例。類似這樣的題材構思，這幾年堆積起來，我已經有三百多個了。它們都已

經變成了畫，現在就在我的房間裡堆著。夜來翻開它們，我常常覺得很奇妙，有一種化大千世界為掌中玩物的感覺。

「中國畫講究用墨用水用筆。所謂的墨分五色，鋒出八面。一個丹青高手玩到最後，其實就是在用墨用水用筆上去分高下了。開始時的我，只注意自己的傾訴，只注意到畫面上的大和諧，而不去計較筆墨。後來在畫《托缽僧》、在畫《花開見佛》時，我表達思想之外，則更注重到線條的書法用筆，注意到水墨的乾濕濃淡。這一著意而為之，果然大見效果。而我則從豐子愷的追隨者，變成了林風眠的追隨者，又從林風眠的追隨者，變成了石魯的追隨者。

「但是我從骨子裡講還是一個小說家，畫畫在我只是餘事而已。詩不能盡，溢而為書，書不能達，變而為畫，如此而已。這十六個字也許能夠說明我染指畫壇的緣故吧！至於我自己，我懵懂不知，我只能聽命於願望的指引，聽命於手中的一枝禿筆，而已而已！」

高參事的發言，贏得了陣陣掌聲。上面那些話，是他準備好的稿子，照稿子唸的。唸完以後，意猶未盡，於是又揮舞著手臂，即席講道：

「法國有個大作家叫大仲馬。大仲馬臨死的時候，摸著自己口袋裡的兩個銅板說，巴黎這座城市，真是不錯，我從鄉下來的時候，帶了五個銅板，現在花了大半輩子了，你看，還剩兩個。大仲馬大約就是我這個年齡的時候走的。看來，人是不是到了這個年齡時，都會有類似的感慨呢？

「就我來說，我覺得西京城待我真是不薄，給我飯吃，給我衣穿，還給了我這麼多高貴的朋友，況且，還容忍我提著一枝禿筆，四處塗鴉！」

人們用長時間的掌聲，爲這位真實的人、深刻的人、樸素的人喝彩。人們說他不但是一位藝術家，還是一位思想家。爲他帶來喝彩的，還有他那濃重的一口鄉音，人們說這個人走過那麼多的地方，經歷過那麼多的事情，但是一口土得掉渣的鄉音，至今未改。

而做爲黑建來說，這次畫展帶給他最大的收穫是，他又增添了一大撥朋友。尤其叫人高興的是，那些當年白房子時期的戰友，如今在這個畫展上相逢了。

原來，當年那一火車拉去的新兵中，有一些人復員或轉業後，輾轉來到了這座故鄉的城市裡。黑建的畫展，報紙上登了消息，電視上播了預告，於是他們相約，集體來到畫展的現場，來爲黑建捧場。

黑建和他們熱烈地擁抱。

戰友們大部分都退伍了。有一位戰友，當年部隊的炊事員，如今退伍以後，在破產了的工廠門口開了個烤肉攤。於是畫展結束以後，他們到這個叫「老班長烤肉攤」的地方去吃烤羊肉串。

吃著烤肉，喝著燒酒，他們談論著那些當年的事

情。只有從白房子歲月過來的人，才會說起那許多事情的細枝末梢。那是共同的經歷。一個戰友說道，當年幸虧那場中蘇大規模衝突沒有繼續，如果那衝突繼續的話，此刻在一起喝酒的這些人，說不定都在一個烈士陵園裡埋著。

這句傷感的話引起大家久久的沉默。它讓這一群年過半百的人們，在這一刻的心貼得更近了。

一個人說，從電視上知道的，那塊五十五點五平方公里的白房子爭議地區，已經在最近一次的中哈邊界會談中，劃歸中方。

於是這些面目滄桑的老兵們舉杯，爲自己那青春和激情的白房子歲月，爲這塊爭議地區回到自己祖國的懷抱裡而乾杯，乾杯中不由得有人輕聲哭泣起來。

就在這烤肉攤上，在這黑建畫展舉行的那天，這些老兵們約定，抽出身子來，重返一次白房子。

第五十六章　男人嘴大吃四方

我的槍呢，我的槍呢，
不知在哪一座倉庫裡爛成枯枝；
我的馬呢，我的馬呢，
怕早在哪一個合作社裡拉上了犁。

——郭小川

這樣算了一個日子，這些年過半百的白房子老兵辭別家人，踏上重返白房子的旅途。

他們每個人都爲自己的重返，設計過許多浪漫。比如黑建，他就計畫騎馬去，因爲在西京城居住的日子裡，他曾經發現過自己當年騎過的那匹馬。那馬也復員了，牠如今在郊區的一家生產隊裡拉糞車，也就是說，整日穿梭在這座城市的小街背巷。「你如何淪落到今天的境地的，哦，我的高貴的朋友！」黑建撫摸著他的馬，眼睛有些潮濕。

他們最後是開了一輛中型旅行車去的。他們從西京城出發，第一天到了蘭州，第二天到了嘉峪關，第三天到了哈密，第四天到了烏魯木齊，第五天到了克拉瑪依，第六天到了哈巴河，第七天，來到了邊境線上的白房子。

遼闊的中亞細亞草原，一群群的黑色伊犁馬在吃草。「做一匹種馬是多麼的幸福呀！」黑建說。但是，同車的老兵，一位曾當過八一軍馬場場長的戰友說，你要知道，一匹公馬，成爲種馬的機率只有百分之一，而被騸掉的可能性是百分之九十九。

鷹隼在飛翔著，牠好像是專爲草原而生的。一會兒，在視力所及的極高、極遠的天際，御著氣流，平展雙翅在平穩地飛翔，一會兒，突然又俯衝下來，一群一群，在他們的車前車後翻飛。「那蒼鷹又在天邊遨遊，牠莫非生在那戰亂的時候？」望著牠們，黑建想起這不知是誰的兩句詩。

路途中，他們遇到了一座又一座的墳墓，而尤其是進入額爾齊斯河流域後，這樣的古老墳墓群更多一些。

在草原那遼闊無垠的綠色草浪中，有時會兀立著一個高大的石人。面容斑駁，舉目望天。據說，那是突厥人的建物。人們說，這草原石人的用途有三個，一個是做爲通往高山牧場的路標，一個是一個部落與另一個部落之間的界線，第三個用途，則做爲游牧的突厥人，在這裡定期舉行祭祀的一個標誌。

而在那荒涼的黑戈壁、白戈壁或紅戈壁中間，你會發現有一大片零亂的土墳。那墳堆很小，葬埋得很倉促，墳頭上沒有石碑，僅僅只有用白楊木做的小小的木牌。這是兵團人的墳墓。兵團人給這墳墓也有個名字，叫「十三連」。

一個團隊通常只有十二個連隊，所以人們把死去的人不叫死去，叫「調到十三連去了」，並且把這中亞細亞荒涼原野上的兵團人的墳墓群，叫「十三連」。

每天清晨，會有司號員吹起床號，而到了日落黃昏，司號員會吹熄燈號。並且，如果有什麼國內外大事發生，人們會來到這「十三連」，架起高音喇叭，向長眠在地下的人們報告。

黑建一行的中巴車，就是穿過這樣的一座一座的石堆、一座一座的墓地，到達白房子的。

在行走的過程中，當走近每一片墓地的時候，他的心都會猛烈地跳動起來，血壓升高。他在那一刻感到，不論是哪一片石堆，哪一座墳頭，那裡葬埋著的都是自己的祖先，他的身上奔流著他們的血液，他是他們打發到二十一世紀陽光下的一個代表。

是的，他不僅僅屬於高村，屬於那一片鄉間公墓裡的一個後之來者，他也屬於許多支奔流血液的一個綜合。

往日，在西京城居住的這些年月裡，每年清明節的時候，黑建都要回一趟高村，去給父親上墳。如果母親身體那一段時間好些，他還要帶上母親。這成了他爲自己定下的一個原則。

他說，這世界上有許多的熱鬧，這些熱鬧不缺我一個，而如果那一天我不去，父親的墳頭會冷清的。

在父親的墳頭上，在這一群密密匝匝的墳墓中，黑建憑著在墳頭上彎著腰忙活的那些人，判斷著這墳墓是誰的，是他的哪一個先人的，他在那一刻，對這渭河平原上星羅棋布的村莊的形成，對聚集在這鄉間公墓裡的亡人的如何來到這裡，常常想有探個究竟的念頭。

而當聽說，隨著西京高新區的建立、發展，高村平原已經被納入高新區規劃圖中，也許在不久的某一天，高村，以及高村四周的這些古老村莊，就將消失，就將被從大地上抹掉的消息

後，黑建的這想探個究竟的念頭就更爲強烈。

這些古老村莊是從山上下來的，是從西邊來的。一代一代的人都這麼說。

前一個說法，即從山上下來的這個說法，應當說是確鑿的。因爲渭河入黃處還未疏通的年代，關中平原是一片汪洋，正是因爲大禹疏通了河口，水才洩下去了，而八百里秦川顯露了出來，於是先人們從山上一步一步地往下撵，一步一步地逐水而居，最後定居在這渭河的老崖沿上。

至於後一種說法，大約也是有一定根據的。

人們說，他們是西域的一個古族，以游牧爲生。有一天，他們游牧到隴東高原一個被稱做禮縣的地方，在那裡建立了一個小小的王朝，他們把自己的王朝叫「秦」，他們主要做的事情，是爲周王室養馬。後來，他們嚮往東方，於是便順著渭河，一直往下走。最後，來到渭河與涇河交匯的那個地方，重新建起他們的都城。他們將自己的都城叫「櫟陽鎮」。這個櫟陽鎮距離高村十五華里，隔著渭河可以望見它。

櫟陽鎮在八百里秦川的中心，是這塊沖積平原最爲富庶的地方，好比是八百里秦川的「白菜心」。但是這個地方雖然富足，雖然視野開闊，但是無險可倚，很容易受到攻擊。

於是他們棄了櫟陽鎮，順著渭河，向來路上走。走了不到一百華里的地方，見到一座高山，叫嵯峨山，是涇河進入關中平原的埡口，於是決定在這渭河以北、嵯峨山以南，重新建都。

山之南為陽，水之北為陽，這樣他們把自己新建的都城叫「咸陽」，意思說都在陽面。

他們在咸陽城裡居住了許多年。後來，覺得這塊地面有些狹窄，並且這渭河的阻隔也妨礙了他們向東發展，於是越過渭河，將都城建在秦嶺下面一塊更為寬闊的地面上。

他們將這又一次新建的都城叫「長安」，祈求天下長治久安。

這是渭河平原上的一段故事。這就是從櫟陽鎮，到咸陽城，再到西京城的秦王朝的三次遷徙。而如果包括最初的甘肅禮縣、最初的自西域而來，這些秦人的遷徙史當有五次。

那麼我的那小小的村莊，卑微的村莊，古老的村莊，有可能將來消失的村莊，它與這搬遷史有關嗎？

也許無關，這一個同姓同氏族的部落群，是後世麇集到這裡的。也許有關，它們是歷史大潮汐最後留下來的一處處積水窪，它們是歷史那莽撞的腳步，忽略了的幾處淺淺的腳印。

如果是這樣的話，那麼，高村的鄉間公墓裡埋葬著的這些人，高村的現在還鮮活地生活在二十一世紀陽光下的這些人，他們真的是來自那遙遠的西域，那蒼茫的北方之北嗎？

當中巴車在一望無垠的中亞細亞地面飛馳的時候，當一座一座的墳墓群從黑建的眼前一掠而過時，黑建這樣想。

他試圖為自己此刻那種大人類情緒尋找到一點根據，為他那千里萬里之外的遙遠高村的由來尋找到一點出處。當然，這種無憑的猜測僅僅只是無憑的猜測。

說話間白房子到了。

在茫茫的天宇下，在灰濛濛的戈壁灘上，在阿爾泰山西側，在額爾齊斯河右岸，矗立著一座孤零零的白房子要塞。

當年的時候，白房子的頂上，有一根煙囪。那煙囪一日三次，向天空升起直直的、細細的炊煙。那情形正如浪漫曲裡所唱到的那樣：哨所一日三次，用炊煙揚起手臂，向祖國問安——早安、午安、晚安。

有一圈矮矮的、厚厚的黑色鹼土圍牆，將這白房子圍起。圍的圈子稍大一些，圈子裡有個籃球場，有個馬號，有個戰士廁所，有個幹部廁所——那幹部廁所在偶爾有軍區文工團來邊防站慰問時，則臨時改成女廁所。

黑色鹼土圍牆也起著掩體的作用。一米厚的圍牆上面，佈滿了射擊孔。

院子裡栽著一些樹木，籃球場被剪得整整齊齊的冬青圍定。這冬青冬天會被積雪排成一道雪牆。此外還有楊樹、榆樹和沙棗樹。最奇異的要數那棵野蘋果樹了。它與《白房子傳奇》中的那個邊界故事有關。

白房子的一側，有一口井。井口上豎立著一根直的木杆，木杆的頂上再橫擔一根木杆。這個中世紀式的波斯式的吊杆，每天都在那裡吱吱呀呀地吊水。

那時的大門，在正東方向，面對阿爾泰山。記得，大門外邊有幾個突出的沙包子，沙包子上長了些暗紅色的紅柳。兵團那個靦腆的郵差小伙子，每隔一個禮拜，就站在沙包子上，吆喝著叫擋狗。載著黑建的處女作《給媽媽》的雜誌，就是他送來的。

那時的瞭望台，在靠近界河的地方。

瞭望台距離界河大約有五百米遠。它是木質的，高三十米左右，通體發黑，肩一天風霜，孤零零地站在那裡。遇到刮大風的時候，瞭望台會像一個醉漢一樣，在空中搖晃。迎風一面的牽引鋼絲，繃得筆直，背風一面的牽引鋼絲，則軟蔫蔫地彎成一個弧形。

在一個明亮如晝的中亞細亞式的白夜中，這一群白房子老兵回到了白房子，迎接他們的是後來的駐守者們的熱情招待，還有那響徹天空的「親愛的老班長，你後來過得怎麼樣」的高音喇叭聲。

一切都改變了，院子、樹木、汲水井、瞭望台、門的方向、鹼土圍牆、馬號，等等的等等，都改變了原來的樣子。畢竟那一切都是三十多年前的事了。

而最爲顯著的變化，是當年那座陰森、冰冷、充滿死亡氣息的要塞，如今已經爲祥和、安謐和平庸所取代。連長和指導員都是二十世紀九十年代初入伍的兵，他們告訴老兵們說，如今這裡已經是沒有任何爭議的中國領土了，是和平睦鄰邊防。

黑建推算了一下連長和指導員的年齡，他們應該是在他當兵的那一年出生的。也就是說，當黑建抱著火箭筒趴在碉堡裡的時候，在那遙遠的內地的某一個村莊，一個嬰兒誕生了。一些年後，他們長大了，來到白房子，成爲連長，成爲指導員。

黑建希望能找到他當年使用過的火箭筒。連長說，那種六九四〇火箭筒已經過時，不再裝備部隊了。連長說話的時候，記起彈藥庫裡還有這麼一個火箭筒的模擬訓練器，於是讓文書去拿。那模擬器拿來了，是鋼塑的，很輕，少了許多的莊嚴感。黑建把它在肩頭上扛了一下，做個立姿射擊動作，又放下了。

後來，黑建騎著馬來到那個業已廢棄了的木質瞭望台前。他試圖上去，但是當上到第三層

的時候，腳踏板沒有了，於是黑建只好放棄上到頂上的念頭。

曠野上的它顯得多麼的孤寂呀！它已經被廢棄了，但是還沒有倒。它孤零零地立在那裡，蒼老、疲憊、通體烏黑。它沒有了重負，反而更沉重了，這是爲什麼呢？

最後，這個步履蹣跚的白房子老兵，終於在界河邊上，找到他的那個碉堡。

碉堡也已經被棄用了。這碉堡該是一九六二年伊塔事件後修築的，除了朝向三個方向的射擊孔是水泥的以外，整個碉堡用圓木和木板堆成。它在一個沙包子的頂上，一大半爲沙包子所遮掩。有一道交通溝，順著戈壁灘，從白房子一直通到這碉堡裡面。

黑建像一個走了漫長旅程的旅人一樣，倚著身子，坐在這碉堡上。他感到自己是這麼的累，好像身上的骨頭就要散架似的。

中亞細亞的白夜，寧靜而又美麗，給眼前的一切罩上一層虛幻的白光。坐在碉堡上的這個老兵，眼淚嘩嘩地流下來，止也止不住。而在他的前面，芨芨草灘閃爍著白

光，沙棗樹呢喃作響，一顆星，其大如斗，正從阿爾泰山那黑色的峰頂，緩緩向中天移動。

黑建從這座廢棄了的碉堡裡，撿下一個木片，他說要把這木片帶回家裡去，放在博古架上，做為永久的留念。

這群老兵在白房子要塞待了三天，然後離去。當最後一眼瞭望那片蒼茫的天地時，黑建對自己說，我把白房子、把自己的一段過去留在這裡了，我將因此而獲得解脫。當我下一次重返白房子時，我將會是以一個旅行者的輕鬆身分出現的。

在高參事在白房子逗留的那幾天，上級主管部門要組織一批作家、藝術家到基層掛職，深入生活。高參事回到西京城以後，他們徵求他的意見。高參事說，讓我到西京城的高新區去吧，看看那裡的人們是怎麼生活的。

第五十七章　烏托邦夢想

就在一些年前，高二的靈柩從膚施城拉到高村平原，行將下葬的那一刻，從理論上講，這塊名曰高村平原的地方，它那三千年的農耕時代已經結束，按照西京市的規劃，並報國務院行政區劃部門批准，它現在的名字叫「高新第四街區」。

那一年，那一天，北京召開關於在全國一些地方設立高新技術產業開發區的會議，計畫在全國範圍內，四處布點，首先設立一批高新區。榜樣就是美國矽谷、日本筑波、印度班加羅爾、台灣的新竹。西京市見狀，積極回應，踴躍報名，這樣，獲得了批准。他們將建立一座高新區，成爲國家首批七個園區之一。

西京市的高新區，將分四步發展。一期工程緊靠西京城，利用一個已經搬遷了的老機場的跑道，在那裡豎起旗幟。二期工程、三期工程、四期工程，滾動發展，依次展開。高新園區全部完成後，它將成爲一個占地一百平方公里，擁有雄厚資金支持，旗下擁有一萬家左右的大中型企業的龐大經濟體。

高新區之所以選定高村平原做爲它未來的第四街區，原因之一是它距離西京城很近。在人們過去的印象中，高村平原是一個遙遠的、偏僻的地方，其實現在看來，它並不遙遠，也不偏僻，它距離西京城中心的那座鐘樓，直線距離才不過五十公里，高速路一通，半個小時即可到達，而如果城市地鐵修到那裡，時間會更快一點。

原因之二是這塊高村平原，是一個較爲獨立的空間。我們知道，渭河在這裡繞了一個「几」字形的彎兒，從而令這塊空間成爲平原上的一個死角。現在，政府計畫在這「几」字形的兩個九十度角上，各修一座渭河大橋，這樣，封閉的局面就會被打破。

那第三個原因則是，高村平原靠著一條渭河，河流可以給諸多的工廠提供工業用水，並且排泄經過淨化處理的廢水。

現在講究跳躍性發展，這個一期工程、二期工程、三期工程、四期工程之間，地理上並不連貫，東一塊、西一塊、南一塊、北一塊。其實這也是沒有辦法的事情，哪裡的地好徵一些，地塊相對大一些、完整一些，園區就向那裡擴展。好在高新區是一個整體，可以均衡統籌，所以從全世界範圍內招商引資引來的項目，可以建議商家、廠家，分散到各個園區中去。

所謂的高新區是一個什麼概念呢？

各地對它的理解都不盡相同，各地的社情也都不盡相同，各地的發展模式更都不盡相同。而對於西京人來說，他們的高新區是這樣的：

它其實是西京人的一個烏托邦夢想。

鑒於在計劃經濟向市場經濟轉型期存在諸多艱難和阻力、負重與因襲，西京人設想，能不能闢出一塊地面，讓它成爲國中之國，成爲城中之城，成爲一個經濟運行獨立體，然後在它的外圈，即這一百平方公里的外面，像孫悟空用金箍棒畫一個圓一樣，築上一道防火牆，從而讓

體制內各種有利於經濟發展的因素進來，而將體制的各種惰性因素，擋在防火牆之外。

就在我們高二的葬禮，在遙遠的高村平原上，吹吹打打地進行的時候，上面所說的這些事情已在醞釀。幾個月之後，麥熟時節，在西京城的南郊，西京高新區正式掛牌成立。

成立大會不是在高村平原召開的。因爲高村平原上這將近一百個村莊的徵地搬遷，還是一些年以後的事。當時這僅僅只是規劃而已，而規劃要落實到具體實施上，還有待時日。所以，那大會是在一期工程的所在地，老飛機場旁邊的一塊麥田裡進行的。

麥子已經收割了。地裡滿是埋住人腳面的麥梗。現在，人們將這些麥梗推倒，將地邊上那些巨大的垃圾坑填平，推出道路。然後，在麥梗地的一角，用圓木搭起一個高大的台子。台子的前面，五顏六色，用高高的竹竿挑起各色彩旗。高新開發區宣告成立。國家科委主任，一個戴淺色墨鏡的老頭，揮動鐵鍁，爲高新區埋下第一塊基石。

西京市的市長，一個身材魁梧的西北漢子，站在主席台上說，全球工業化進程，好不好，都市化進程，好不好，地球到底是圓的，還是平的，僅憑我們的智慧，現在還無法做出判斷。但是，我能判斷得出的是，我們必須做出改變，我們必須跟上這種工業化、都市化進程，以便適應於時代的發展，以便造福於我們西京城的百姓。

市長說到這裡，長歎一聲說，我們必須改變，不改變不行呀！我這裡舉一個例子，昨天有個南方來的房地產老闆找我，他告訴我說，在我們這座城市裡，要蓋一棟商品住宅樓，從招標取得土地後蓋第一個公章起，到最後樓盤蓋起，蓋房產證那最後一個公章止，這一個一個關卡下來，一共要蓋多少個公章呢？市長說到這裡伸出三個指頭說，信不信由你，要蓋將近三百個！這是什麼意思呢？這就是說，這每一次蓋章都爲掌權人提供了一次用權的機會，同時也提供了一次腐敗的機會。

市長說，那房地產老闆告訴我，你知道要把這三百個公章跑下來，有多難！有兩種人特別難說話，一種是快要退休、想要抓緊時間撈一把的老幹部，一種是那些出身農村、剛剛畢業的大學生，這些大學生不知道自己這個公章的含金量有多大，就是不蓋，捏住個拳頭讓你猜，我們耽擱不起呀，耽擱一天就是多少萬。唉，你痛快一點，說個數吧，錢一扔，我們過這個關口。唉，直到最後，把你折磨夠了，水也擠出來了，才蓋公章放行。

市長說，這位房地產老闆來找我，是爲這麼一件事。地剛徵下，樓盤的圖紙剛在工地上鋪開，八字還沒見一撇哩，衛生防疫站來了，對著圖紙，他們拿個計算器滴滴答答地算了一算，說，每平方米放一包老鼠藥，三天一換，一共放五年，按你們這樓盤的面積計算，一共得放多少多少克老鼠藥，折合人民幣五萬元。說罷，打個發票，要這老闆交款。

市長說，他當時聽了很生氣。他立即給衛生防疫部門打電話，要他們查一查，看這事是誰幹的。市長說，告訴他吧，就說我說來，不要剛逮來個豬娃，就按到案板上去殺，起碼，你們得待這豬出槽了，有點膘了，能剮上幾斤肉了，再殺不遲吧！

市長說，所以說，這就是高新區成立的目的之一，要打一道防火牆，不准這些庸俗作風進來。當然，高新區以發展高新技術產業爲主，但是在創業初期，爲了積累資金，滾動發展，可以適當地先搞一些房地產開發。如果搞房地產開發，我建議，咱們一個公章走到底，也就是說，取得土地使用權以後，蓋個公章，啓動，等到樓盤蓋好了，辦房產證時，再蓋一個公章，

結束，畫上句號。不知道這樣行不行？

市長說，咱們這裡是窮地方，窮到骨頭裡了。所以，我不能給你們更多的資金支持，那麼，先給十萬吧，不要笑話，這算是啓動資金。不過，我們可以給政策。現在我宣布，先給西京高新區兩項政策。

這第一項，就是高新區管委會做爲市政府的派出機構，有行使市政府部分職能的權力。也就是說，工商、稅務、環保、監測、工程驗收、公安、消防、交警等等在進入高新區以後，要接受雙重領導，變條條管理爲塊塊管理，即你們的主管部門和高新區管委會的雙重領導。同時，在任命這些職能部門的第一責任人時，要取得高新區管委會的同意和認可。如果說可能，比如說質檢程序、土地徵收和招標事項、辦房產證的問題等等，高新區自己審批。

這第二項政策，就是給你們土地。中央給省上每年的土地使用指標，省上將百分之七十給了西京市，市政府決定，省上每年給市上的土地使用指標，市上將拿出百分之七十給高新區。這些土地從農民手中徵來以後，將主要用於招商引資，蓋公用廠房，以及房地產開發等。

市長最後說，其實，我們所做的所有努力，還是希望能在西京城建一個西部最大的高新技術產業開發區，令這裡成爲中國的矽谷，中國的班加羅爾，中國的筑波，中國的新加坡工業園。最後的較量是科技的較量，我們要集一個省、一個市的科技力量和人才資源優勢，把這裡建成中國西部產業高地，建成中國西部增長熱點。

太陽也許將從西部升起！

市長的話講完了。

他的講話得到了熱烈的回應。台子底下的掌聲響成一片。大家紛紛議論說，這塊麥田是一個夢開始的地方。這塊剛收割過的麥田裡，群情激奮。風從終南山方向吹來，麥田裡的幾十面彩旗呼啦啦地飄著。高新區的第一批員工，和入駐高新區的第一批企業家，衷心地感謝市長的真誠、膽魄和遠見卓識。

市上派了一位副書記兼任管委會主任。

他叫華琪虎，是一個實幹家，閱歷豐富，富有開拓精神。此刻，接過市長的話頭，他做了就職演說。華琪虎說，這是一個變革的時代，是一個出現奇蹟的時代，在世界上是你中有我、我中有你的時代，是全球經濟一體化的時代。誰不變革，誰不創新，誰就要被時代拋棄。我們不能再耽擱自己了。我們要衝破傳統的管理模式，從這塊麥梗地起步，建一個全新的市場經濟的試驗區。

那麼，台子底下的這第一批員工又是從哪裡來的呢？

高新區的中層，是從市上各大企業選派出來，具有開拓精神的中層。那情形就像來這裡搞一個大會戰似的。而高新區廣大的員工，則是通過電視、報紙上的招聘啓事，應聘而來的。他們很多是大學裡來的教師。

這些員工們原來都有一份不錯的工作，生活安定，工作也體面。但是由於受到了時代大潮的衝擊，他們不願意就此平庸地度過一生，他們覺得自己的才華和能力，還沒有做到資源最大化，他們覺得那原單位不舒服、憋氣，他們希望找一個平台來實現價值，迎接挑戰，於是辭了公職，前來應聘。

這些員工嫁與東風，把自己交給了不確定的前途。他們成爲來高新區報到的，西京城的第一批白領。

第五十八章 三千具屍體、三千種無奈、三千件傳奇

戲台子算是搭好了，主角們該登場了。那麼，入駐高新區的第一批企業家，又都是些什麼人呢？他們又是怎樣一夜間，從西京城的各個旮旮旯旯裡鑽出來，聚集到高新區旗下的呢？

「你問我們嗎？我們是一船打老婆的人！」有一個企業家，這樣調侃自己。

見大家不明白，他說了個西方幽默。

他說，在大洋彼岸的西方，有這麼一個地方，有這麼一個人，這個人有一個愛好，就是打老婆。上帝生氣了，就說，你再敢打老婆，我就要懲罰你。這個人聽了，有些怕，一段時間沒有敢打老婆。可是，不打老婆，又手癢。於是，有一天按捺不住了，又揪住老婆的頭髮，把老婆打了一頓。打罷以後，他終日坐臥不安，等待上帝懲罰。可是好些日子過去了，平安無事，上帝的懲罰並沒有降臨到他頭上。這人放心了，於是就乘船到海上去旅行。誰知船行到海的中央，突然遠處風浪大作，烏雲滾滾，上帝站在雲頭上，要把這艘船掀翻。這個打老婆的人見了，嚇壞了，臉色煞白。他跪在甲板上說，親愛的上帝，尊敬的上帝，你要懲罰，就懲罰我一個人吧，不要連累得滿船的人都遭殃。這時候只聽上帝說，你以為我把你們這一船打老婆的人湊到一起，容易嗎？

「首先入駐高新區的民營企業家，就是這樣的一船人！」這位企業家解釋說。

這位企業家叫弓一凡，我們的故事，可能還會在後面的某一個地方遇到他。

在「文革」結束，改革開放伊始，這些人便應運而生，紛紛下海。到高新區成立，入駐進來前，他們已經在社會上闖蕩了十多年了，從而完成了他們的資本原始積累。這十幾年中，他們人人都有一本創業史和心酸史。最初，他們被稱做投機倒把分子，遭人白眼，接著，地位稍有提高，叫「個體戶」或「個體經營戶」，而到高新區成立的這個歷史階段，這些下海的人們，已經開始有了一些社會地位，他們被稱爲民營企業家。當然在以後的發展階段，他們的地位隨著經濟實力的增長，還會得到進一步的提高，他們將被稱爲「私企老闆」，稱爲「紅頂商人」。而到最後，當民營經濟在全國占到百分之六、七十，而在這個內陸省分占到百分之五十以上時，他們將成爲時代英雄，被稱爲「新階層」，成爲「先進生產力」的一部分。

須知，在這塊被稱爲「八百里秦川」的渭河平原，在這塊東方農耕文明的發祥地，在這塊農耕文明建立起來的大堡子中，長期以來是羞於言商的。輝煌的西京城，它是農耕文明建立起來的、最爲輝煌的都城，世界的東方首都，在這裡，對商人的輕蔑是一種幾千年的傳統。

什麼叫「商人」？一個叫「周」的王朝從這塊平原出發，跨過黃河，在中州平原的一個什麼地方，打敗了歷史上的商朝。他們霸佔了商朝王公貴族們的土地，把他們趕出家門。於是，這些失去土地的商朝遺民們，爲了餬口，便做起了小本生意。挑一個貨郎擔子，擔一擔蘿蔔，從東村賣到西村，從南村賣到北村，掙一點蠅頭小利。田野上正在勞作的農民，直起身子來，手一指，將這些從地頭路畔匆匆而過，擔著擔子、搖著撥浪鼓的人們，叫做「商人」。於是，這個稱謂有了，這個職業有了，這個階層有了。這個職業就從那時候延續下來，延續成現在的「新階層」。

那第一個入駐西京高新區的民營企業家叫劉芝一。他是西京城裡下海較早的那一批人。也就是說，在入駐高新區之前，他已經在社會上闖蕩了十多年了，掘得了第一桶金。那天的掛牌設區儀式，繼市長講完話以後，管委會主任講完話以後，這劉芝一代表民營企業家講話。

他的口音是普通話、陝西話和河南話的混合體。這告訴人們的是，他的祖籍是黃河那邊中州平原的人。他的父輩們是黃河花園口決口的難民嗎？或者，是在另外的兵荒馬亂的年月中，來到西京城的嗎？這些都不重要。重要的是相對於這些西京城的土著，這些人身上具有更多的商業意識。

八百里秦川又稱關中平原，而與它毗鄰的東邊河南、山西的一部分，歷史上稱爲關東，與它毗鄰的西邊甘肅、寧夏的一部分，歷史上稱爲關西。「關西大漢，擊節而起，慷慨悲涼」，那「關西」說的該就是甘肅平涼、天水，寧夏固原一帶。所以，它們從來就是一個文化板塊。

偉大的西京城，在歷史的歲月中，它從來就是一個偌大的收容站。黃河的每一次決口，都會將大量中州平原的人沖到西京城來。所以在西京城的人口中，河南人大約占到四分之一。

自然，流離失所、離鄉背井的他們，絕大部分人都是從西京城的最底層做起。

劉芝一最初是一個普通的工人，下海前，在西京城的一家食品廠開貨車。如果不是這個時代，也許他將每天開著個半舊的小貨車，出東門，進西門，跑南門，走北門，在西京城裡的大街小巷轉悠，直到無香無臭、無名無姓地了此一生了事。社會給了他機會，他開始折騰，做一

些小本生意，有的做成了，有的沒有做成。後來，他用祖傳秘方，生產出了一種叫「熱寶」的風濕膏。

「熱寶」行銷幾年後，有了一些市場份額，爲劉芝一帶來了一定的財力。錢就是膽，這樣，他便可以幹大一點的事情了。這時候，他瞄上了一項高新技術，這技術就是全球衛星定位系統。劉芝一是民營企業家，他的這項研製，主要是用於民用。他想，中國有那麼多汽車，如果給每一個汽車上裝一個衛星定位系統，他這個機器的使用量就是個天文數字。這東西還可以裝在小孩子身上，那麼小孩子就不怕丟了，而中國有多少個小孩子呀！這東西還可以裝在家中那些貴重收藏品上，小偷要是偷了，用衛星定位系統一測，就知道那東西現在在哪裡。

這時西京高新區成立，劉芝一率先報到。他渴望從這裡享受到政策優惠、稅收優惠，從這裡招聘到一批社會精英、專門人才，從這裡尋找到國家火炬計畫的支援資金以及銀行貸款。此刻的他，雄心勃勃以圖霸業。

劉芝一後來從西京高新區出發，漂洋過海，將他的研發中心設立在美國矽谷，待全球衛星定位系統研製成功，取得專利後，又攜帶資金，重回西京高新區，向更爲廣闊的領域發展，成爲一個經濟大佬。這是後話。

這入駐高新區的諸多人物中，還有一位我們認識，他就是在膚施城的批鬥會上，走上台去，打了高二一記耳光的那個學生領袖。他現在的名字叫王一鳴，他學生時代叫什麼，我們還記得，就是叫景紅衛。他大約父親姓「王」，而「一鳴」是取《史記》中「不飛則已，一飛沖天；不鳴則已，一鳴驚人」的意思。

他也有著十分奇特的經歷，說出來有點像天方夜譚。不過話又說回來了，這一船打老婆的人中，每個人都有著他們的經歷，而且一個比一個奇特。

「文革」中，他是造反派頭頭。三結合革委會成立時，做爲學生代表，他進入革委會，做了縣革委會的副主任。「文革」結束，清理整頓，這樣他被清理出來，到一個生產隊去蹲點勞動。這時候東南沿海的深圳特區成立，人們紛紛到那裡去淘金。他明白，他的人生剛剛開始時，政治前程實際上已經結束。既然前面的路已經堵死了，那麼他不能老死隆中，他得開闢另外的人生道路。這樣他隻身離開膚施城，先是坐汽車，接著坐火車，到了深圳。

開始的時候，一切都不順。他試著做過一些小生意，結果都賠了。灰心喪氣、舉目無親的他，決心離開深圳，重返膚施城。買完火車票，身上只剩下兩塊錢了，他計畫上火車後，就用這兩塊錢買一包速食麵，泡著吃。

火車就要開動的那一刻，他想起他叫王一鳴，不能對不起自己這個名字，於是突然改了主意。他記得毛主席好像說過這樣的話：「世界上許多事情的成功，往往在於再堅持一下的努力之中。」於是，他決心繼續留在深圳，即便餓死，也要餓死在這個南方城市。

王一鳴張開手，將車票一撕兩半，從車窗扔出去，然後下了火車。有一句老話叫「否極泰來」。那時候深圳火車站正在維修，從火車站到有計程車的地方，大約有二百米的距離。許多第一次來深圳的人，下了火車兩眼墨黑，找不到計程車，急得團團轉。王一鳴一想，這是個商機。於是走到商店，一塊錢買了個紙箱子，五毛錢買了一枝毛筆，五毛錢買了一瓶墨水，然後將紙箱子撕開，在上面大大地寫上「接站」二字。這樣，又來到火車站，這樣，像模像樣地將

旅客從火車站往計程車停車位上引。這一天下來，他引了四十個客人，一個客人一塊錢，也就是說，這一天他挣了四十塊錢。

王一鳴見這個事能做得，於是又雇了幾個人一起做。一年後，從火車站到街上的道路修通，不需要接站了。這時王一鳴已經攢了好幾萬塊錢。

走到街上，腰包裡揣著幾萬塊錢的王一鳴，看見商店裡在賣草莓。買主倒是不少，但是很挑剔，一再問新鮮不新鮮。王一鳴想，什麼是最新鮮的草莓呢？那就是自己親手從棵子上摘下來的那顆呀。這樣腦子一轉，來到一個園藝場。他將這幾萬塊錢甩給園藝場，做訂金，讓他們栽上幾萬盆草莓。草莓成熟的季節到了，王一鳴到街上去推銷，那廣告詞是：讓你在第一時間吃到自己親手摘取的草莓！深圳市的市民們，見這東西新鮮，於是紛紛搶購，形成一種時尚。將一盆草莓棵子帶回家，成熟一顆，吃一顆，那情形真是既浪漫又別致。這樣，幾萬盆草莓便被搶購一空。一盆草莓是十五元，這樣，王一鳴一筆就攢了三、四十萬。

攢完這筆錢，走到大街上，王一鳴雙手插在褲兜裡，吹著口哨，不免有些自得。這時路邊的報刊亭裡，有人在喊叫「好消息」。王一鳴不聽也不由他，於是只好湊過去，問是什麼好消息。買份報紙，原來報紙上有一條海關的啓事。啓事說，南山港拉來了一船名牌運動鞋，都是單腳，現在做爲廢品，作價處理，每隻五十元。

王一鳴覺得大買賣來了。他想，雖然是單腳，但是只要能找到廠家，就不愁另外的一隻腳配不起來。如果配齊，這一雙名牌運動鞋，就可以賣到幾百塊，甚至上千塊。主意拿定，我們的王一鳴便毫不猶豫地揣著錢，來到南山港，將一貨船的左腳鞋全部吞下。

人說鴻運來了，擋也擋不住。正當王一鳴四處聯繫，尋找原產地廠家的時候，不出一個禮拜，報上又登了一條海關的啓事。啓事說又來了一船單腳鞋，這次卻是右腳。王一鳴聽了，一刻也不敢停，信手招了一輛計程車，趕到南山港，又將這一船右腳鞋買了。有貨在手，他雇了些人，配對，配好以後，又批發，又零售，鬧了個熱火朝天。王一鳴這次是大發了。

王一鳴加盟西京高新區，主要是看上了這裡的土地資源和商品住宅樓市場。他有多少資金呢？這是個商業秘密。他只說，他的自有資金是有限的，但有一大批合作夥伴，並且，他也有香港資金融入的背景。所以，如果要在西京城開闢樓盤市場，他可以調動大量的資金。

有錢人辦事，反而不花錢或少花錢。王一鳴取得土地，就花了很少的錢。他先在深圳的股票市場上，廉價收購了一個空殼上市公司，然後用這個空殼，和高新區進行土地置換，這樣三倒葫蘆兩倒瓢，花一點錢，就把一大片地拿到手了。商界的話，這叫玩「空手道」。

在這一船人中，還有一批來自西京城的各個高校的企業。這些企業在這個時期叫「三產」，也就是說叫「第三產業企業」。學校早在「文革」時，就辦過一些工廠，叫校辦工廠，那時有個五七指示，號召辦這種工廠。到了改革開放開始，上邊又號召社會上各機關、各單位、各學校，大力發展第三產業，於是這些校辦工廠又改制，成爲「三產企業」。這種企業爲數不少。

高新區辦企業，最初的時候有個口號，叫做「一靠老鄉，二靠老外，三靠老九」。這「老鄉」是指鄉鎮企業，這「老外」是指外資企業，港台企業也混在一起說了，這「老九」即是這種校辦工廠轉型而來的「三產企業」。

西京城裡有的是高校，有的是軍工企業，有的是部屬科研院所，人才濟濟、藏龍臥虎。有才能、有技術、帶有科研成果的人，比比皆是。到了高新區，成果就落地、發芽、開花結果。

在這一船人中，還有一批是來自西京城各大企業所派生的子公司或分公司，它們是以試驗性質進來的，先探進來一隻腳，試試這市場經濟的水深水淺，如果辦得好了，成功了，就繼續辦下去，如果不成功，再縮腳回來，重回老體制。

這就是這一船人的情況。

這就是高新區旗幟豎起，旗下最早彙集起來的這些民營企業家的情況。

有人做過統計，從高新區掛牌設區到十五周年紀念時，在區內註冊的企業達到九千多家。而在這九千多家企業中，有三千家悲壯地倒在了市場競爭的大潮中，成爲三千具屍體，那每一具屍體倒下去時的姿勢都各各不一；另有三千家，處於半死不活的狀況，或正束手待斃，或正等待轉機，奮力突圍；最後有三千家，豔陽高照，鶯歌燕舞，成長爲經濟小巨人，甚至長成參天大樹，進入中國企業五百強。它們爲國家帶來了稅收，爲老百姓提供了就業。西京高新區成爲中國西部最大的經濟增長熱點，其經濟總量，占到西京市經濟總量的四分之一。

那三千具悲壯的屍體令人唏噓不已。這些屍體中，有許多是那些國營大企業派往高新區的子公司或分公司。由於產權不明晰，這些企業在發展起來以後，風頭正盛之時，總公司便採取釜底抽薪的辦法，或者抽去流動資金，或者調換領導，將這些企業攔腰斬斷，等到成了一具屍體了，大家都高興。

這些屍體中，還有一部分是那些高校來的「三產企業」。這些本來可以成爲尖端科技領頭人的創新企業，也是由於產權不明晰，一旦發展起來後，立即被院校採取同樣的辦法，將它們搞垮。

這裡有一個呼延教授，是個五七年被錯劃的右派。「文革」結束後，被學校從精神病院接回來。你能幹什麼呀，課肯定是教不成了，現在上級號召辦「三產」，你就領兩個青年教師，到高新區去辦「三產」吧，算是給上級有一個交代。這樣，呼延教授便領了幾個人，到高新區註冊了一個廠，生產電器上用的一種被俗稱爲「電子魔塊」的小盒子，這技術在當時是世界頂尖水準。

第一年幹下來，年終盤點，這個小企業掙了三十多萬。三十多萬在當時是一個大數目。呼延教授很高興，把這個小企業的所有人都叫過來，按人頭平均分，叫他們揣了錢回家去過個滋潤年。

這事惹出了禍。教授剛回到學校，就被學校保衛處抓起來了。當然，三個教師都被抓起來了，關進黑屋裡。校方說這叫私分國有資產。關到大年三十，校方說，放你們幾天假，回家過年，這事還沒完，等過了初五，再把你們抓回來，聽候處理。

那教授回到家中，又害怕又生氣，年也沒有過好。正月初五那天，幾個老同學聚會，教授越說越氣，席間又多喝了些悶酒。飯局散了後，他晚上沒有回家，直接到高新區那幢企業家樓裡，開了自己辦公室的門，一根繩子，吊死在了門框上。

這事一出來，另外一個教師說，打死我也不出來了，外面就是有座金山，我也不去淘了，讓我回到學校，安安穩穩教自己的書吧！

那第三個教師，他叫弓一凡，是個風流倜儻、愛說笑話的人。前面那個「打老婆」的西方幽默，就是他說的。這傢伙晚上坐在家裡抽悶菸，市長來看他，市長坐到半夜，還遲遲不走，於是這青年教師說，你走吧，市長，我明白你為什麼不走！告訴你吧，呼延教授自殺的消息，我已經知道了，你是怕我受不了壓力，也去自殺。你放心吧，我不會自殺的，非但不會，還想再往大了折騰。我現在想的是下一腳該怎麼踢。我想辭了公職，籌集些資金，自己辦個民營公司，把「電子魔塊」這東西，繼續做下去！

市長聽了，這才放心地走了。

第二天，市計委主任從小企業扶持資金中，為這位青年教師撥出二十萬元，高新區創業中心又資助十萬元。於是，高新區又一家民營公司成立。

而教授的女兒呼延臨風，在葬埋了老父親之後，來到高新區，這位剛畢業的大學生，放棄了更優越的機會，來這裡應聘做了白領。

第五十九章 村莊的最後的日子（一）

風暴在天空經過久久的醞釀，終於形成一場傾盆大雨。隨著高新區的跨越式發展，這塊平原將被鯨吞入腹。它那田園牧歌的時代從此結束了。

高村就要消失了。

不獨獨是高村，渭河南岸這幾十個上百個古老村莊都將消失，都將從地圖上抹掉，從民政部門的註冊上抹掉，不留任何痕跡。這裡將被高樓大廈所取代，被工業專用廠房所取代，被縱橫交錯的街道及街心花園所取代。它現在的名字已經不再叫高村平原了，新的城區規劃圖中，它將被叫做「高新第四街區」。

這些村子大都是同姓村。在數千年來的滄桑歲月中，村莊像一種叫做「扒地龍」的野草一樣，扒著這渭河沿兒上，經年經歲，經雨經霜。這裡走馬燈一樣走著一代又一代的人物，演繹著一個又一個的故事。在我們的小說中，老崖畔上的這戶人家的故事，這些人物，只是這平原故事、村莊故事中的一鱗半爪。如今這些村莊、這些故事、這些人物，都將被殘忍地抹掉，像風一樣地刮去，從大地上消失，從人們的記憶中消失。

你看見過這些古老的、笨重的、冒著炊煙的村莊，被從大地上連根拔掉時，那悲壯的情

景，那大地的顫慄和痛苦嗎？

那些所謂的宅院，或者一間半莊子，或者三間莊子，或者五間莊子，它們在推土機轟轟隆隆的聲音中被推成一片曠野。宅院上面那些土坯房、磚瓦房、水泥結構的二層樓房，也在這轟轟隆隆的聲音中被推倒，那些青磚綠瓦隨著房屋的轟然倒地，變成不值一錢的建築垃圾。

搬遷的公家人說，這一處地面將建成一個高新區，成爲距離這裡不遠的那個千古帝王之都的高新區的一個分園區。公家人還說，這叫工業化進程，是一種世界潮流，誰想阻擋它誰就將被遠遠地拋在時代進程之外，一步撵不上，步步撵不上。這叫代價，雖然是痛苦的代價，是感情的代價，但是，非付出不可。這是政府行爲。

負責高村平原搬遷的公家人叫李年饉。這是一個我們熟悉的名字。「年饉」這兩個字，和上世紀六十年代初那一場大年饉有關，和平原上那官道上過來的一男一女有關，和高發生老漢擺在大槐樹下的茶攤有關。那是一段平原的記憶。

年饉原先是這一塊地面的鎮長，這塊地面被納入高新區版圖以後，他成爲搬遷負責人，而一旦第四街區建成，他將是第四街區的管委會主任。

在拆遷動員大會上，公家人年饉用手指著這腳下的平原說：「農耕文明的時代正在結束，這是你不得不面對的嚴峻現實。是工業化進程產生了巨大的財富，是城市化進程產生了巨大的財富。你必須面對這一點，儘管這種面對叫人一時半刻會接受不了。

「譬如說吧，這塊土地如果以三千年的耕作時間來計算，也就是說，從那個叫后稷的周人的農業官，在這塊土地上動第一鍬土起計算，三千年了，這塊土地產生了多大的剩餘價值呢？臨到四九年建國前，這裡的土地一畝地一年的收益，是三十塊錢。那麼再往前，它大約連三十塊也不到，尤其是動第一鍬土那時，則更少些。那麼建國後，這塊土地的產出又是如何呢？建國後我們經過了精耕細作，加上有了渠灌和井灌，加上籽種的改良，加上兩年三熟的耕作方法，截至我們這一陣說話時，它一畝地的年產值是兩千塊錢。

「這樣我們算了一遍後，我們悲哀地發現，三千年中，我們的先人們東山日頭揹到西山，一生流血流汗地勞作，滿打滿算，這塊土地一畝地三千年中只產生了幾十萬塊的剩餘價值。

「那麼，這塊土地通過徵收，納入高新園區以後，通過掛牌招標拍賣，這樣，廠房用地，它一畝可以拍賣到三、四十萬，而商品房用地，它可以拍賣到一百萬、二百萬，有些地塊好的，比如這臨著渭河的高家渡，甚至可以拍賣到八百萬。也就是說，就在那拍賣槌敲響的那一秒鐘，土地一次變現，它在一瞬間變魔術般所產生的價值，將是三千年來全部耕作所產生價值的許多倍。」

年饉還說，僅就這些，這還不是全部。

他說，那些通過招商引資招來的外資、台資、國資企業，將為我們提供源源不斷的稅收，將為我們的子女提供許多就業機會，從而加快這座城市的現代化步伐。

像當年動員打土豪分田地，動員土地入社，動員公社化大食堂，動員聯產承包責任制，動員土地承包六十年不變一樣，這個公家人現在做了類似的動員。

最後他說，希望父老鄉親們顧大局，識大體，幫助政府把這個搬遷工程搞好。

還有什麼可說的呢？所有的村民們聽了，都默默無語。

所有的村民都在協議書上簽字畫押，領取了房屋拆遷款和每畝地或兩萬或三萬或八萬的土地補償金。從領取的那一刻起，從簽字的那一刻起，這房屋、這村莊、這道路、這樹木、這耕地，這村子中間那座綠汪汪的澇池，這村子東頭那座一年四季吱吱呀呀作響的水車，還有村子西頭那條哀慟地流淌著的河流，實際上就已經不是高村人的了。高村的人們將搬到平原的盡頭，南山底下一個安置社區中去。

協議書上說，必須在這一年的春節前搬走。上級也指示說，春節前必須完成這項搬遷工程，因爲這筆搬遷經費必須在年底前花出，還因爲已經招來跨國公司要在這高村平原上奠基。和農民打交道是一件最叫人頭疼的事，剛才還紅口白牙說定的事情，也許一邁身子，就又變卦了，就又死活賴著不走了。所以說好春節前搬，就只能是春節前搬。

高村平原上，一些人家搬走了，還有一些人家沒有搬。

沒有搬的人家，跪下來對公家人說，讓我再在這祖傳的老宅子裡過個大年吧！把老先人的魂影從墳裡接回來，在老宅子裡過個團圓年，春節一過，大年初一，不等太陽冒紅，我們就動身了。

公家人聽了，也動了感情：「誰叫故土難離哩！這樣吧，你給我寫個保證書吧！大年初一早晨，太陽冒紅，推土機準時來，管你屋裡有人沒人，閉著眼睛推！」

村子裡大部分的樹木，也都在這被推倒之列。

在我們親愛的平原上，每一個村子，其實都是被一大堆各種各樣的樹木包圍著的，遠遠看

去，像一個蔥蘢世界。

那一個一個爭著出頭的樹冠，衝向天空，樹冠與樹冠的縫隙中，露出瓦房或廈房的山牆那蠟黃色的三角，露出宅院那一溜子用黃土夯成的土牆。每當夜來，樹影婆娑，平原上的小風吹過，楊樹葉啪啪拍手，槐樹葉喃喃細語，柳樹呢，柳樹婀娜著身子，在風中像美人一樣搖呀搖。這時候如果有月亮，月亮像一個大車輪子一樣，從平原的東頭升起來了，它緩慢地行駛到平原的當空，那月光會像攤煎餅一樣，將它那蛋黃色的銀輝攤滿整個高村平原。

這些樹一般樹齡都不會很大。樹到了一定年紀，三把粗了、四把粗了、一摟粗了，就該派上用場了。槐樹用它來做車轅、車軲轆，大平原上那千百年來吱吱呀呀跑著的牛車，就是用這堅硬的槐木做的呀！棗木用它做棒槌，每天傍晚，女人們亮著光腳片，圍著澇池洗衣服，嬉戲著，棒槌聲響成一片。還有那香椿和臭椿，香椿的嫩芽兒香甜無比，臭椿的嫩芽兒則臭不可聞，不過它們成材後，都是做門窗的上等材料。還有那榆樹，細的可以做檁，粗的可以做梁，那榆樹皮、榆樹葉還是災荒年間人們哄肚子的一種物什。至於桐樹，這從中州平原上傳過來的樹種，它生長期快極了，一年就可以冒高一丈，而一旦成材，它會被很快地鋸倒，用做棺材。村上又有一位老人要走了，粗木匠來鋸板，細木匠來打棺，讓他睡著這四頁瓦，或八大扇，去入土爲安吧！

不過給村子裡的人們留下深刻印象的，或者說，被這隆隆的推土機推倒的最爲可惜的，卻是那些果木樹。「果木樹」，這是一個叫人一聽就流涎水的稱謂。「想吃兩個大銀杏！」這是高發生老漢拿腔捏調地說出的一句口頭禪，後來成爲村上人取笑這戶人家的一個談資。誰家的

後院，靠近糞坑的地方，有幾缽石榴樹，誰家的前院，靠近水道的地方，有一棵銀杏樹，誰家的大門口，又有一棵桑葚樹，村上的每一個孩子在成長爲大人的階段，大約都有幾次晚上翻牆進去偷嘴吃的經歷。

村東頭的引水大渠旁邊，長著一棵柿子樹。這柿子樹的下半截身子上，結的是指頭蛋兒一般大小的小柿子，人們叫它「軟棗」，那樹冠上結的，才是真正的牛心柿子，到了秋天，那拳頭大的柿子紅了，像掛了一樹的紅燈籠。

滿樹的柿子是在秋天成熟的。一場秋風一場秋雨之後，青色的柿子像變戲法一樣，突然變成橘黃色的了。這時候白天太陽一照，晚上嚴霜一殺，則又變成了凝重的赭紅色。主人家在拿柿子，口裡唸叨著「七月核桃八月梨，九月柿子紅了皮」的那代代相傳的歌謠。是的，這叫「拿」柿子，或者叫「卸」柿子，而不叫「摘」柿子。「摘」這個字眼太輕浮了，太俗氣了，太平凡了，而「拿」字或「卸」字，有一種莊嚴的、沉重的、神聖的、虔誠的感恩心理在內。

那些「拿」下或「卸」下的柿子都到哪裡去了呢？是分給四周村子裡那些七大姑八大姨親戚陸人了嗎？或是釀醋用了，或是偷偷地挑到集市上去賣了？在那段柿子收穫的日子裡，全村人都在嘴裡流著涎水，思考這個問題。但是，一年一年過去了，他們從未得出過答案。

那家的男人在卸柿子的時候，通常不卸淨，而是給柿樹那高高的頂梢，留下來那麼幾十個。不是主人家搆不著，而是他故意留下來的。那幾十個柿子又紅又亮，它們會在樹梢上一直待到深秋，甚至初冬。

那男人說，這些留下來的柿子是還給樹的，以示謝恩。如果卸淨的話，樹會生氣的，那樣，來年它就不會好好結了。那情形，就像給雞窩裡要放一個「引蛋」一樣。而村上的人，在流著涎水看著這些柿子在逐個減少時，發現它們其實是被那些在平原上空游弋不定的老鴰吃掉的，「我把柿子留給了柿樹，而柿樹又將柿子獻給了老鴰！」樹的主人這樣解釋說。

如今，這些被叫做「果木樹」的東西，也將要被剷除了。

然而，村子裡最令人敬畏的或者說最著名的樹木，還不是這些果木樹，而是那些已經有了一大把年齡的老槐樹。

這樣的槐樹已經不多，也就是十幾棵吧！它們在村子裡一些老宅子的門口驕傲地站著，妝點著高村的蒼老與沉重。正像村子裡還有一些爲數不多的老人一樣，這些高齡的樹木立在那裡，成爲一道平原上的風景。

它們本該也是會被伐倒，從而用做世俗的用途的，或打牛車，或做房梁，或做犁轅，或做棺木的，可是，擁有這棵樹的主人疏忽了一下，錯過了給它們派上世俗用場的機會，而當有一天一覺醒來，爲這棵樹想事的時候，走到樹跟前，繞樹三匝，連連搖頭，因爲這樹已經不能動了。

或者說是樹心已經空了，只剩下來個單皮，那材料是用不成了。或者說是平原上兩隻不常見的鳥兒，在高高的樹杈間做了一個窩，母鳥正在孵蛋，公鳥正在覓食，「莫要傷了這一對鳥夫妻，莫要傷了牠們的蛋，那樣會造孽的，唉，對牠們來說，等一個季節也不容易！」於是樹的主人搖搖頭，放棄了伐樹的想法。或者這樹在夏天的打雷閃電、呼嚕白雨之後，一枝大樹股被攔腰擊斷了，而那炭黑色的斷裂處，從糠了心的樹身中，鑽出一條吐著紅信子的白蛇來，於

是人們對這棵樹，產生了敬畏和懼怕，不敢再動它了。

有一戶人家，院子裡就長著這樣一棵老槐。這是一院三間莊基的四合院，上房、門房和兩邊的單面廈房，站在四邊，將這棵樹圍在宅院當中。那樹樹影婆娑，龐大的樹冠，將這家宅院護得嚴嚴實實。爲什麼要伐它呢？伐的原因是因爲這家三兄弟要分家。樹伐倒了，從這棵老樹的樹身上流出來的不是白色的樹液，而是紅色的血液。那血液腥臭腥臭的，將整個村子都熏臭了。兄弟三人大驚失色。從此以後，這戶人家敗落了，人丁開始不旺。

高村的搬遷，那些年齡輕的樹木將被砍掉，那些果木樹也將被砍掉，那些大樹、老樹、有靈性的樹，也將被砍掉。這些老樹雖然有一些老資格，但是樹齡畢竟很大了，即使搬遷出去，也很難成活了。

只有一棵樹，它雖然古老，但是長得很旺。南山底下，緊挨著安置社區的地方，一個民營企業家正在籌建一個類似關中民俗村那樣的平原公園，他看上了這棵樹，要將它搬走，栽在那平原公園的大門口去，用它鎮宅。

這就是長在黑建家門口的那棵老槐。

那棵在這裡吊打過高大媳婦的古槐。

那棵高發生老漢在這裡擺過茶攤的古槐。

那棵閱盡了平原一百年世事滄桑的古槐。

第六十章 村莊的最後的日子（二）

長在黑建家門口的這棵古槐，是高村最壯碩、最古老、最招人眼目的一棵樹了。它有多大年歲了，我們不知道。村上最年長的人說，打從他們記事時，這棵古槐就長在那裡了。這麼許多年來，很奇怪，它竟然沒有太大的變化，只是樹的老皮更粗糙了一些，斑斑駁駁，樹冠上，老了一些樹枝，又新發了一些樹枝。再就是，它經歷過幾次雷擊，樹的一根大股，在雷擊時齊根斷了，像人斷了一條手臂一樣。那斷根處，黑糊糊的，像燒焦了的痕跡。

人們說這棵樹之所以旺，是長在一條水脈上。地底下的東西我們看不見，但是據說有一條一條的水脈，從平原的四處向渭河裡滲去。這話大約是有根據的。要不，爲什麼人們打井時，打在水脈上了，這水就旺？還有，那渭河漲水時，爲什麼家裡面的吃水井，水位會升高，水會變得渾濁起來呢？

這樹大約還有一些靈性。

記得當年雷擊這棵樹時，高發生老漢還在世。記得，從那空了的樹身子裡，突然鑽出兩條白蛇來。那樹上有一個鳥窩，這兩條蛇順著樹爬了爬，最後鑽進鳥窩裡，不出來了。嚇得正孵蛋的一對鳥夫妻，不敢進窩，繞著樹唧唧喳喳亂飛。發生老漢那時還年輕，脫了鞋，往手上吐

兩口唾沫，再把腰間的布腰帶緊了緊，然後倒爬著上了樹，用木鍬將那兩條蛇挑了下來。隨後，趁蛇還在地上癱著的時候，掰開嘴，給牠們嘴裡灌了些燒酒。這樣做是爲了將蛇灌醉，叫牠們不記得回家的路。然後，倒提著蛇，把牠們扔進老墳裡去了。

如今，在這個高村的拆遷工程中，最後挖掉的是這棵樹。

這棵大樹將要享受一個極高的禮遇。它將要被帶著一圈大根，和一大坨根上的土，被運到遙遠的南山底下的民俗村去，那裡會像供奉一位老人一樣將它供奉起來。那裡，大門口恰好缺少一棵樹。人們已經在那裡挖好坑，等待著這棵樹的駕臨。

拆遷是一件大事，所以，拆遷辦主任年饉，曾經給黑建哥打過一個電話，希望他能回來看一看。黑建那時候，正在外地考察，正行進在死亡之海羅布泊古湖盆裡。

我們前面說過，黑建在有一段時間裡，突然癡迷於對中亞史的探究。那一段，他沿著農耕線與游牧線的交匯地帶，正在進行考察。以西京城爲圓心，他繞著長城線在走一個圓，如今恰好走到羅布泊。

隨著對中亞史的深入探究，黑建正在明白一個道理，這個道理就是，東方文明和西方文明，從來就是兩個蛋殼裡孕育出來的不同文明，東方永遠學不來西方，西方也永遠學不來東方，唯一可取的只是相互借鑒而已。

它們有兩個大不同。第一個大不同是，一個是游牧文化的產物，一個是農耕文化的產物。世界三大古游牧民族，雅利安游牧民族、古阿勒泰語系游牧民族、歐羅巴游牧民族，其中前兩個都消失在了歷史的進程中，而歐羅巴游牧民族則從馬背上走下來，開始定居，開始以舟做

馬，駛向更為廣闊的海洋。而我們知道，東方文明是農耕的產物，偉大的西京城是東方文明營造的最大的一個堡子。所以，東方與西方，是兩個不同的人種，兩種不同的文化背景。

第二個大不同是，人類第一次躍上馬背，是距現在三千八百年前的事情，是東方的牧羊人匈奴人最先躍上馬背的。有了馬做為腳力，人類才有可能完成跨越洲際的遷徙，文明板塊之間才有可能互相溝通。而我們知道，按照史學家為我們提供的說法，人類的歷史可能有三百萬年。這樣我們知道了，東方和西方，它的隔絕史長達二百九十九萬年之多，而它的溝通史僅僅只有不到五千年。在漫長的黑暗年代裡，它們都是在各自的蛋殼裡孕育和發展，所以，從來就是兩個東西。

而在這兩個「大不同」的背景下，東方文明又不單單是純粹的農耕文明，而是農耕文明和游牧文明相互衝突、相互交融的產物。

黑建在他的記事本上說：「每當這以農耕文化為主體的東方文明，走到十字路口，難以為繼時，這時候，胡笳聲聲、馬蹄達達，游牧民族的馬蹄便越過長城線，呼嘯而來，從而給這個停滯的文明以新的『胡羯之血』。」

正當我們的黑建或站在羅布泊那乾涸了的古湖盆，或站在風蝕雅丹地貌之上，或站在樓蘭古城那廢棄了的佛塔旁，或面對小河公墓千棺之山、那碧眼金髮的兩千年前美女木乃伊，做著上述的想像時，他接到年饉的電話。

好不容易，他才把自己的思路，從眼前的景物，從那無邊的想像中收攏回來，而回到他的故鄉地，那遙遠的高村。

他問這打電話的人是誰。對方說是叫年饉。他問這年饉是誰。對方笑起來，他說從公家人的角度講，這年饉是高村平原這一塊地面原先的鎭長，現在的拆遷辦主任，而從私人關係的角度講，年饉是你的親愛的弟弟。

黑建不記得家族裡面，有個叫「年饉」的人，他有些疑惑。這時對方說，黑建哥，你還記得六一、六二年那場大年饉嗎？你還記得在高三的熱炕上，生下的那個南山楊郭鎭的孩子嗎？

黑建這時候記起他是誰了。他的心裡一熱。他記得在高二的葬禮上，他們曾經見過一面。

黑建吟哦了一下，抱歉說自己不能回去。平日以「天下爲家」而自居的他，以「世界公民」而自詡的他，這時候甚至覺得用這麼一件小事打攪他有些不應該。接著又覺得這樣想不對，你不管走到哪裡，那地方永遠是你的根呀！這樣一想，於是改口說，你們徵求一下顧蘭子的意見吧，如果老人家想回去看一看，身體又還可以支撐，就請咪咪陪她回一趟吧。

這樣，在村莊的搬遷中，在這棵大樹的搬遷中，顧蘭子回來了。在挖掘大樹那圍觀的人群中，我們看到了她那衣冠周正的身影。

她卻把這當做一件大事，當做很大的一件事情來對待。

黑建後來分得了新的房子，三室一廳，這樣爲顧蘭子闢了一個單間。已經十多年了吧，顧蘭子隨黑建一家一起居住。她每年一春一秋，都要害兩場病，打兩場吊針，醫生說她的心臟已經腫得像牛的心臟一樣大，但是她仍然奇蹟般地活著。在這裡她每天爲黑建做三頓飯，她又找到了自己的服務對象。

村莊搬遷的那些日子，她每天晚上都在做夢。「牛是親人馬是信，夢見騾子交鴻運。」夢

中醒來後，她常常會這樣說。她這一生，到過許多地方，經歷過許多事情，但是這一段時間她所做的夢，永遠是在渭河邊的那個村子，永遠是她六歲時在高家渡的第一次亮相。

六歲的黃河花園口的難民顧蘭子，隨著父母，跟著蝗蟲一樣的逃難隊伍，從官道那個方向迤邐而來，穿過村子，向渭河的高家渡走去。一個高村的大男孩，手裡拿著一個蒸饃，踏著口歌而來。那口歌說：

「牆上一枝蒿，長得漸漸高。騎白馬，挎腰刀。腰刀長，殺個羊……」

這個夢她反覆地做過許多次，每次醒來，臉上都會像害羞的小姑娘一樣，一邊一團紅暈。這天晚上，她又做了這個夢。早晨醒來，紅暈還停在臉上，思緒還停留在夢中，這時候接到了年饉的電話。「我去看一看！蛤蟆還是覺得牠的那個井好！」顧蘭子說。

這樣，她先到社區的門口買了一些香表，等著一會兒爲高二、爲父母高堂上墳用。香表買回來了，然後回到家中，梳頭，換新衣服，等著車來接。

閒言不說。

樹開始挖了。黑建家的那棵著名的老槐樹，現在開始挖了。

木匠們爬上樹梢，將那些蓬蓬鬆鬆的樹枝鋸掉。民工們現在順著公家人繞著樹撒下的那個白圈，正在一钁一钁地掏土。戴著白帽的醫生，在樹還沒有動身之前，正把一些針頭給樹身紮著，紮進去以後，再吊上鹽水瓶。幾台起重機，已經開來，現在像圍著一頭猛獸一樣，圍著這棵大樹。塔吊那長臂伸出來，戴著安全帽的工人們，正在把鋼絲繩往樹身上綁，等待著那將大樹連根拔起的時刻。

那些鋸樹股的木匠和刨樹根的民工，其實都是這個村子或鄰村的人。不過自從拿了土地賠償金，簽名畫押的那一刻起，他們實際上已經成了失去土地的農民了。連高村這個地名也將失去，又何況他們。他們現在是公家人用工錢雇來幹活的。

即便是帶上再大的一坨土，仍然會有樹根被斬斷的。老百姓們說過，樹冠有多大，樹的根系就會攤多大的地盤。如今，樹根被一根一根地砍斷了，坑越挖越深了。

平原上的人們，把這斬斷不叫「斬斷」，而叫「斬」，就像秦腔戲中那個《斬單通》、《斬秦英》的「斬」一樣。他們嫌「斬斷」這兩個字太文雅、太女氣，而這個「斬」字，生倔硬掙地說出，短促的語音中有一種血淋淋的感覺。

那被「斬」的根系中並沒有像人們傳說中的那樣流出紅血來，而是流出一種黏黏糊糊的白色乳汁。那乳汁不停地流著，把周圍的黃土都弄濕了。那戴白帽的醫生掏出膠布，將那些斷裂處包紮起來，不讓乳汁再流出。

最後，坑挖得有半丈深了。這個棗核狀的根系已經挖到了底部，民工們的钁頭和鐵鍬都快要碰到一起了。這時，一個民工用鍬朝土裡探了探，說：「這樹沒有主根，看來是栽上去的！」

最後，是起重機開始吊樹。

哨子在吁吁地吹著，四台吊機一齊伸長了手臂，鋼絲繩慢慢地變直，後來則在吃力以後，嘣嘣地響。「起——」、「起——」的號令聲壓倒了四周圍觀者的嘈嘈聲。

大樹慢慢地動了。

它先像一個喝醉酒的北方大男人一樣，突然一個踉蹌，踉蹌之後試圖站直，接著，果然站直了。但是隨後，隨著鋼絲繩那嘣嘣的響聲，它全身像篩糠一樣哆嗦。哆嗦了一陣以後，最後，它脫離了大地。

隨後，四台起重機移動起來，將樹舉著向一個平板車方向挪動。最後，幾經折騰，這棵高村的老槐便被平放在一個有著長長車廂的平板車上了。放在車上以後，人們還用大繩將它死死綁緊，像在綁一具屍體。

平板車發動了，大樹慢慢地退出了人們的視野，大樹慢慢地消失在平原的盡頭。

而在西邊，在渭河的那個方向，在千古帝王之都西京城的那個方向，一輪將沉的夕陽停駐在蒼茫的西地平線上，它將紅光灑向這個已經消失了的村子，這一片光禿禿的原野，這一群無所依傍的人們。

那夕陽的紅光是如此的哀傷。

第六十一章 第四街區

幾年後一個秋高氣爽的日子，黑建領著孩子，回家鄉祭祖。孩子在西京城上完大學以後，到外地去上研究生，他就要離開了。黑建對孩子說，抽出時間，陪我回一趟高村平原吧，對你來說，那裡是一個陌生的所在。你既不在那裡出生，也沒有留下任何記憶，履歷表上的「出生地」一欄，也不是那裡。但是對於我來說，對高村平原有著太多的記憶，那裡甚至可以說就是我的一切，所以我想帶你回去看一看。以後如果沒有我了，你就把它忘掉，從而成爲一個完整的城裡人吧！

汽車從西京城的中心，直接上了一座穿越城市東西的高架快道，然後歡快地一直向東。半個小時的行程之後，下個出口，過收費站。然後，沿著一條一直向北的寬闊路面，進入昔日的高村平原，今日的高新第四街區。

這條路十分的寬闊，應該是十六車道吧。八條車道上行，八條車道下行。馬路中間，還栽下了許多的城市風景樹，從而組成一個十公里長的綠蔭長廊。這條端南正北的公路，直抵渭河「几」字形河灣的那個頂點。然後在「几」字形的那兩個尖角，各修了一條跨河大橋，一條直通西京飛機城，一條通往北山的煤炭基地。而整個這個「几」字形的河灣，人們沿著河的東岸

修了一條河濱路。道路在老崖底下，沿著河蜿蜒而行。

而這昔日的平原上，田園牧歌、青磚綠瓦已成歷史，如今，它被一座接一座鋼筋水泥森林般的建築物所取代。

當然還有一些空地，但這些空地，要嘛是已經招標出讓了，廠家現在將它用藍色的屏障圍起來，等待後續資金；要嘛是街區管委會故意留下來的預留地，因爲有幾個大的招商項目正在商談、跟蹤，一旦簽約以後，商家就要來看地。

行駛在昔日的平原上，黑建現在要奔去的，是高村崗子上那片墳地。這片墳地就是當年生產隊在落實上級「不要讓死人與活人爭地」的政策時，平了各戶人家的祖墳，從而在這裡建立的那個鄉村公墓。

從理論上講，這片墳地也在搬遷之列。甚至管委會已經在報紙上發了搬墳啓事。啓事的口氣很嚴厲，說如果一個時間界限內沒有搬遷，那麼這些墳將做爲無主墳處理。而它最終之所以能保留下來，則完全出於第四街區管委會主任年饉的周旋。

年饉雖然不是本地人，但是，他畢竟是在高村的熱炕上出生的，是高發生老漢三百塊錢買來的那隻母羊的羊奶奶大的，他對這塊土地同樣有感情。那年饉，採取一種變通的辦法，將這崗子上的三十畝苜蓿地，連同苜蓿地頭的墳堆，競拍給了一個民營企業家，然後，又到民政部門，爲這位企業家辦了個在這裡設一個「安靈苑」的手續。這樣，企業家便在這地裡修了些園子，起了一座高樓，用做西京城的人在這裡安放骨灰。做爲回報，企業家同意不驚動地下已經掩埋的那些人們，讓那些墳頭繼續存在。

隨著第四街區的建立，高村平原上昔日的一切，都蕩然無存了，只有這一片墳地存在。年饉早早地就在地頭等他們了。車停在了墳地東頭，離墳地還有一段距離，黑建讓車停下來。「文武官員到此下馬！」他說。

鄉間公墓中，老崖上這一戶人家的那一簇墓堆，黑建是熟悉的，因爲他年年清明節的時候，都要陪著顧蘭子到這裡掃墓。如今，那一簇墓堆中，高大也已經歸位，占了北邊長子的那個位置。這樣，老弟兄三個得以團聚。高發生老漢和高安氏的墳頭，在他們的頭頂，而他們老弟兄三個，正像小時候一樣，偎依在父母的腳下。

高大是在渭河下游那個村莊，活了很久很久以後才去世的。去世時壽終正寢，子孫繞膝。臨終前，高大挑了一張自己的遺像，讓他們設靈堂時用。那是關中子弟兵高大，當年在黃河那邊的中條山與小日本大戰時拍下的照片。照片上的人，一身戎裝，英氣勃勃。高大說，八百關中子弟兵，八百名咱們的鄉黨，被日本人逼到了黃河邊，集體跳河淹死了。他命大，沒有淹死，他後來的這麼多年是多活下來的。

臨去世前，他曾雇了一輛小車，到西京城找過黑建一次，說是想吃一碗老孫家羊肉泡。黑建於是將他領到社區旁邊的老孫家分店裡，吃了一頓。臨走的時候，又拿了一罐綠茶孝敬他。

高大去世之前，打著飽嗝，對自己吃這一碗羊肉泡很滿足，並且將那筒綠茶，不給別人喝，自己也捨不得喝，只是公家人逢年過節來慰問他時，才給泡。他說公家人口細，時興喝這東西，咱平頭百姓，有那老胡葉子漱口，就不錯了。黑建去奔喪的時候，聽了這話，很難過，覺得自己應該給老人家多拿一些茶葉才是，又覺得老人家是奔老字號來吃羊肉泡的，他只是領到了一個分店裡，如是想來，不覺有幾分遺憾。

黑建領著孩子，加上年饉，先給這五座墳頭上壓紙。將兩張黃表紙，放在墳尖，又從地上揀些土疙瘩，將紙壓上。這是告知地下的亡人，說晚輩披麻戴孝，來看你了。壓完紙，然後從大到小，不分親疏，一個墳頭一個墳頭地去祭奠。

每個墳頭前面，都有個紅磚做成的佛龕。黑建跪在那裡，孩子也學黑建的樣兒，跪著。年饉也算高家的一口人，他自然也跪著。先點上三炷香，當香插上以後，開始燒紙錢，紙錢熊熊地燃燒著，煙霧中，他們磕三個頭，然後轉向下一個墳頭。

輪到給高二上墳的時候，除了完成上面那些禮儀外，黑建還從口袋裡掏出兩支菸，一支自己用那燃燒的黃表紙點著，放在嘴邊抽，另一支，丟進火堆，算是給一生嗜菸如命的父親，敬上一支菸。

五座墳都上完了，禮儀結束後，黑建從車上拿下一串鞭炮，將手中的菸給兒子，讓兒子用菸將炮仗點著。於是，這一處冷清的墳地裡，響起一陣劈劈啪啪的聲音。

臨離開墓地時，懂事的孩子，拿起手機，讓黑建以墳墓爲背景，爲自己照了一張相。

一行人上了車。年饉讓自己的車跟在後邊，他現在也擠在了黑建的車上，爲他帶路，介紹情況。坐在車上，年饉說：「輕鬆一點吧，黑建哥，生生滅滅，往往來來，一代一代都是這樣過來的。現在，咱們到管委會的水晶樓去看一看吧！你每年清明回來掃墓，都行色匆匆，還沒有到我的辦公室去看一看呢！」

這樣，車上了路。離墳地漸遠，車好像也變得輕鬆起來。年饉在車上指路，不到十分鐘的

工夫，他們便來到了那著名的水晶樓下面。

水晶樓大約是第四街區最高的一座建築了。第四街區管委會，就在這樓上辦公。它不獨獨是一座樓，而是由幾座裙樓，再加上一個不大的綠蔭廣場組成。它正式的名字叫夢想廣場，表明這裡是一個夢開始的地方，不過第四街區的企業家們，喜歡叫它水晶樓，因爲那樓的外砌，不知是用什麼材料做成的，夜晚在實施城市「點亮工程」中，大樓通體透明，像是灰姑娘蹺起來的那只水晶鞋。

這裡正是那個「半路裡」的地方，而那座拔地而起的水晶樓，正是建在黑建出生時那三間瓦房的上面，當年那被拔走的老槐樹的上面。

正當就要舉腳邁向水晶樓的那一刻，黑建偶一回頭，往老崖畔的方向一看，突然，他被一種景象吸引住了。一個穿著白色西裝裙的年輕女子，正手扶著欄杆，側著身子站在那裡，凝望著眼前的渭河。

她的頭髮向後盤起，綰成一個高髻。這是一種流行在十九世紀法國宮廷中的髮型，高貴、典雅。那頭髮大約是染成一種黃褐色的，或者說並沒有染，而是被陽光照射的緣故。總之，有一層淡淡的、金黃色的光暈罩在這頭髮上，或者說一直罩滿她的全身，只是顏色深淺不一、斑駁駁而已。

她是側著身子的，斜對著渭河，往上游看。只露出半邊小臉和鼻子那尖尖的輪廓。那臉上不知爲什麼，充滿了一種與她的年齡不相稱的哀傷，好像全世界的苦難，此刻都在她一個人的身上似的。

「她爲什麼如此的哀傷呢？哀傷時的她，是多麼的深刻呀！」黑建在心裡想。

這一幕情景叫黑建陡然想起了他的老祖母。高安氏有事沒事的時候，總喜歡一個人站在那個位置，以這樣的表情，以這樣的姿勢凝望著渭河。比如她在唾星四濺地罵街之後，會一個人在這裡靜靜地待上許久，然後再回去進入那世俗的生活。比如在那次打了飯罐、挨了皮鞭之後，她也是站在這裡，牽著黑建的手，長久地、長久地注視著渭河。

年饉告訴他，這姑娘叫呼延臨風，是這座樓、這個廣場的物業總管。她就是這個樣子的，一個人常常站在這裡發呆，一站就是大半天。這大約與她的經歷有關。她父親叫呼延教授，是高新區的第一批創業者。她父親死的時候，是她到辦公室去找的，那是半夜，推開門，只見一個人直挺挺地吊在那裡，身子已經發硬。這一幕大約給姑娘以很深的刺激。

黑建走過去，和呼延臨風打招呼。那姑娘，從沉思和凝望中驚醒，她有些不好意思。她問年饉主任，要不要爲客人準備午飯。年饉說，高參事這次來，不是公務，是個人行爲，一切由他招呼就是了。他想陪高參事到園區轉一轉，看一看那些企業家。姑娘見年饉主任這麼說，就匆匆地點了個頭，回水晶樓坐辦公室去了。

現在，黑建來到了呼延臨風當初站立的地方，從這裡向渭河望去。

他記得，高安氏當年把這不叫「看」，而叫「觀」。高安氏嫌「看」這個字太單薄，沒有味道，她說她不是「看」，而是「觀」，是「我正在城樓觀風景」的「觀」。

渭河的壯觀景象叫黑建吃驚。渭河以十華里寬的扇面，正在平緩地、威嚴地、儀態萬方地從眼前流過。那一河泱泱之水，藍極了，就像電視上所說的那「更深的藍」一樣，晶瑩剔透，

如夢如幻，也許只有在童話中，或者在我們的夢境中，才能見到這樣的藍。在那煙波浩渺、一碧萬頃中，成群的白鷗在飛翔，一會兒掠過水面，一會兒又翔飛在空中。遊人們乘著畫舫一樣的機動船，一隻一隻駛過。

「這是渭河嗎？」黑建有些呆了。

年饉解釋說，管委會在渭河經過第四街區這一段行程中，攔河修了座橡膠水壩，讓水在這裡多停留一會兒，從而造出這一片人工水域。這是西京城「大水大綠」工程的一部分。

「如果渭河發水，會怎麼樣呢？」

「水小的時候，它會從這河面的一側流過，絲毫不影響這一片人工水域，如果水再大些，那麼，它會從橡膠大壩的上面漫過去。所以，一切都很安全。」

「這就是我記憶中的、家門口的那條渭河嗎？」黑建還是有些惶惑。

年饉建議他，到這水晶樓的二十八層的樓頂去看。那裡有一個觀景台，從那裡可以將這十平方公里的第四街區盡收眼底，可以俯瞰渭河在這一段的全部行程，包括看到河上那兩座跨河大橋，從這裡還可以看到平原兩邊的南山、北山，如果天氣晴朗，甚至還可以看到西京城的一部分。

這樣，他們乘著電梯，來到了樓頂，然後在這裡，欣賞音樂，觀賞風景，並用了一頓簡餐。

這灰姑娘的水晶鞋的尖尖的鞋尖，這個被叫做觀景台的地方，是一個旋轉式的空間，像個茶秀。坐在那裡，喝著茶，眼睛瞅著窗外，這樓就自己旋轉起來了。幾分鐘時間旋轉一圈，於

是外邊的風景，歷歷盡收眼底。兩個女孩子正在彈鋼琴，據說她們是音樂學院半工半讀的學生。

正是午飯時間，很多人來這裡用工作餐。

原來，這座水晶樓上，管委會辦公只用了幾層，而大部分的樓層用以出租。能在這裡面辦公，是一種身分，因此，在這座樓上，聚集了西京城的大部分商界名流，經濟巨鱷。公司的機構設在園區裡，總部則設在這座水晶樓上。適逢飯時，他們來這裡吃個簡餐。

一個老闆，很奇怪，他吃飯的時候，不是坐在椅子上，而是雙腳跳到椅子上，然後蹲下吃。他吃的那飯是麵條，碗裡只有三根，但是又寬又長，裝滿了一碗。那麵條叫「褲帶麵」，是老百姓的吃食。這老闆的裝束，也是農民打扮，對襟的衫子，黑布鞋，猛一看，絕對是個農民。不過他可不是個農民。或者說，如果是農民的話，絕對是一個著名農民。黑建認得他的，本市一家參加全國職業聯賽的籃球隊，就是以他的企業冠名的。

還有一個老闆，西裝革履，一身整潔。這老闆，黑建卻也認識。他原來是郊縣一個普通市民，第一次出門到上海，花三十塊錢買了套廉價西裝，覺得這東西挺好，心想時代要發展，將來的人們，恐怕都會以穿西裝爲時尚吧。於是回到小城，先辦了個裁縫舖，給小城人做西裝。後來一步一個腳印，發展到西京城。而在成爲高新區旗下企業以後，蓄久成勢，日漸坐大，先後擠垮國營服裝廠和軍轉民服裝廠，成爲這個行業的西京第一。

還有一個企業家，是個少壯派，坐在那裡，只顧自己吃飯，偶爾會用不耐煩的目光，看著這周圍的人。這小伙子，他的父親是大學教授，來高新區創辦了一家高科技產業。那老教授研

發出來的產品是手機天線。最早，中國人使用的手機天線，幾乎都是進口的。這教授說，我是給海軍潛艇研發天線的，一百多米深水使用，要造這手機天線，小事一樁。於是把自己關在實驗室，一個禮拜之後，樣品出來了。產品批量出來，迅速佔領市場。目下，中國人使用的手機，百分之八十用的他的天線。老教授如今功成身退以後，高新區的第二代企業家登台亮相。

還有一位頭腦光光的企業家，黑建也有似曾相識之感。後來想起來了，這人當年是西京城裡一個江湖郎中，三十年風水輪流轉，現今成為一名醫學專家，藥企老闆，並且從某大學弄來一個教授的頭銜。英雄莫問出處，是不是這樣？

正當黑建看得都有些呆了，這時，一位老闆用搪瓷托盤端著四菜一湯，找位置坐，結果坐到了黑建對面。來人穿著一身半舊不新的運動服，腳下蹬著一雙半舊不新的旅遊鞋，留個寸頭，身材適中。他的裝束、氣質，又與上面的各位有些不同。來人叫劉芝一，我們見過的。

那麼，這個入駐高新區的第一家企業的老闆，他這十五年來的道路又是如何走過來的呢？他後來攜妻偕子去了美國，在美國矽谷，利用當地的科技資源和人力資源，辦了一家工廠，實施他的GPS計畫。三年以後，GPS工程項目研製成功，該公司並在美國納斯達克和中國上海股市同時上市。這時的劉芝一，雄心勃勃，帶著工廠、科研人員和產品的國際認證，準備重回西京高新區，開始大批量生產、投放和佔領廣闊的中國市場，但是這時候遇到了困難，或者說受到了阻力。

這阻力主要來源於政府干預。政府認為，這種GPS全球衛星定位系統，涉及國防安全，由一家民營企業生產，顯然是不合適的，而由一家有著涉外背景的民營企業生產，則更不合適。

政府的這種考慮是有它的道理的。而聰明的劉芝一也就同意了政府的收購方案，旋即退出這個項目。

不過劉芝一並沒有受到多大經濟損失，或者用他的話來說，打了個平手。那政府收購，給了一部分收購金，這筆資金不少。這筆資金以外，公司在上海股市上市，圈了四個多億人民幣，在美國納斯達克上市，又圈了一億四千多萬美元，因此，這項GPS項目，雖然花費了大量的人力財力，折騰了好些年，結局還是划算的。

現在在中國地面上奔馳的汽車，廣泛使用的這個GPS衛星定位系統，正是劉芝一的公司研製的。不過，那是第一代產品，現在用的是國防工辦企業生產的換代產品，與劉芝一已經沒有任何關係了。

羽毛漸豐的劉芝一，這時又將目光從美利堅轉向了歐羅巴。那時歐元區剛剛建立，歐元做為統一貨幣，正開始在歐洲大陸逐漸流通。劉芝一決心拿著這筆錢，去歐元區賭一賭，做一把投機生意。

三年後，隨著歐元的日益堅挺，日漸升值，劉芝一掙了個盆滿缽溢。他決心回國繼續他的企業家事業。他將妻子在美國西海岸安頓好，讓她一邊讀書，一邊陪孩子讀書，自己口袋裡揣了七億歐元，回到西京。

劉芝一回到西京高新區，踢的第一腳是買斷了西京城最大一家商場百分之五十一的股份。這樣，他實際上成了這家商場的老闆。他在水晶樓上租了一間簡陋的辦公室，操控商場，並且

故伎重演，又將這家商場操作上市。

他踢的第二腳，是在高新區境內建立一家貴族醫院。

這一腳卻沒有踢好。劉芝一在國外多年，對國情已經有些生疏，他忽視了西京城的中產階層只是極小的一部分，而大量的醫療消費還是公費醫療和醫療保險。經營幾年後，他覺得勢頭不對，於是急忙改制，准許公費醫療和醫療保險進入，將它申請爲平民醫院。接著，又將這投資七億人民幣的醫院，無償交給民政部門，交給陽光基金會，算是做了一件善事。

黑建在西京城中，與劉芝一有過幾次接觸。一次是當年劉芝一做藥時，他參與過一些宣傳活動；一次是當年建醫院時，他曾去看過那醫院的模型。幾次接觸，都給他留下了很深的印象。記得當時他說，這些人的腦子像電腦一樣，他們對中國的經濟運行體制，熟得像自己家裡一樣，在這計劃經濟與市場經濟雙軌制運行的國情下，如魚得水，運籌帷幄。黑建感慨說，空中到處飄的是錢，但是這錢不往你我的口袋裡飄，而往劉芝一的口袋裡飄，是因爲他有讓錢往口袋裡飄的理由。

劉芝一踢的第三腳，更爲厲害。他說，二十一世紀是能源的世紀，最後的較量是能源的較量，誰佔有了能源資源，誰就取得了主動。

基於這種思路，他悄沒聲息，輕車簡從，神龍見首不見尾，在大西北陝甘寧青新跑了大半年，收購了四家煤礦。每家煤礦按目前的市場價值估算，值二十億，這樣四個煤礦下來，就是八十億。

如今，見劉芝一也上樓來吃飯，年饉主任打個招呼，問劉總最近忙什麼。劉芝一說，他在美國訂購了一架飛機，準備過兩天去接。年饉問，買飛機幹什麼。劉芝一答，來來去去美國，太麻煩了，他想有一架私人飛機，啥時想走就走，這樣方便一些。黑建這時聽了，插話說，聽說現在飛機降價了，陳倉那個地方有個民營企業家就買了一架，聽說三、四百萬就夠了。

劉芝一聽了這話，有些不悅，他說三、四百萬，那叫飛機嗎？叫兒童玩具還差不多！他說他這飛機，一億三、四千萬。黑建見說，就說這麼大的飛機，往哪裡停呢？劉芝一說，停在香港，打個電話，它就飛過來了。黑建說，那駕駛員怎麼辦呢？聽說養個駕駛員，得花好多錢。劉芝一說，用的時候臨時租，香港有那麼個機構，包括駕駛員，包括飛行線路，只要你給個電話，一切都安排得妥妥貼貼。

這樣他們一邊說著，一邊吃飯。

劉芝一吃飯，有個習慣，就是一邊吃飯，一邊翻飯桌上那亂七八糟扔著的雜誌、報紙。見到有興趣的文章，便偷偷撕下來，瞅服務員不注意，往自己的屁股底下塞。這樣一頓飯吃完，飯是什麼味道，他不知道，而屁股底下，已經壓滿了一堆紙片。飯吃完，他抬屁股走了，跟班的秘書迅速地將這些紙片塞進黑皮包裡，然後去撵他。

黑建想，這是當工人時候留下來的習慣。劉芝一處處高人一著，大約與他不斷地充實自己有關。

吃罷飯，離開這觀景台，年饉請黑建去他的辦公室休息休息。他問黑建，下午怎麼安排。黑建說，他的姑姑，一個叫桃兒的女人，嫁到當年鎮政府的所在地了，他想到那裡去看一看。

另外，當年他的爺爺高發生老漢，從一個叫廟底的地方，糊裡糊塗地買了一隻母羊回來，

從而害苦了全家，純粹是出於好奇，他也想到那地方去看一看。

年饉在高村長到七歲時，才回的楊郭鎮，後來工作以後，又在這塊地面領導村莊搬遷和土地徵用，所以黑建說的這兩個地方，他都知道。

年饉說，你恐怕要失望的，那些村子早就搬遷了。你說的那前一個地方，當年是公社所在地，後來又改成鄉政府、鎮政府所在地，現在呢，是一家大公司，叫「亞洲公路」，你說的那後一個地方，當年是一座城隍廟的廟址，現在是一座高尚住宅社區，叫「巴比倫世紀城」。這樣吧，既然黑建哥想看，下午我就帶你去去吧！

第六十二章 鄉裡人桃兒與城裡人杏兒

平原上的女兒家是苦命的，不過大約數我們桃兒的命最苦。她也去過那黃龍山，小時候就受了不少的苦。從黃龍山逃出一條命以後，回到渭河平原。她小時候沒有名字，大家叫她「四女」。亡命黃龍山，要在那石堡設治局登記人口。此時正在逃荒路上，發生老漢信口曰曰，就說給她栽個名字，叫「逃」吧。所以她最初是叫「逃」的。後來上了高小以後，她自己改成個桃杏的「桃」。

在我們的敘述中，她一直是一個被忽略的人物。記得，我們只記錄了她兩件事。一件是她領著黑建，到崗子上去偷苜蓿的情景；一件是在早年那場不幸的婚姻中，高安氏拖著黑建，去那個村子的那戶人家，去還那二百四十塊錢禮錢、去取回桃兒的包袱的情景。

她後來嫁到了公社所在地的這個村子。男人有些耳聾，被機器震壞了，在西京城裡當工人，她則在家裡，參加生產隊勞動。人們把這種家庭，叫「一頭沉」家庭，這種家庭的女人們，既當女人又當男人，憑一己之力支撐起這個家庭。桃兒這一輩子，幹成的第一件事情，是將公公婆婆孝敬到入土爲安爲止，她幹成的第二件事情，是一口氣爲這個工人生了四個女兒。

女兒生下以後，桃兒便一個一個將她們撫育大，考上學校，然後送她們走出這塊平原。四

個女兒中，她給家裡留下了一個，給孩子招個上門女婿，算是頂門立戶，延續香火。農村婦女的勞累，是沒有盡頭的，桃兒接下來的事情，是挨家挨戶行走，爲女兒抱孩子，兩條腿，一年四季城裡鄉裡奔波著。真是勞碌命！

出事的那一天，她抱的是老四的孩子。孩子大約剛過周歲，纏在人身上。桃兒領回家裡來看管，這樣還可以兼顧家裡這一頭。中午的時候，她抱著孩子，走在鎮政府那條簡陋的街道上。街道上靜悄悄的，沒有一個人，只有一輛醜陋的四個輪子的拖拉機停在路邊。

正當桃兒抱著孩子，從拖拉機旁邊經過時，那拖拉機突然在沒有人搬弄的情況下，自己發動起來了。拖拉機突突地響著，來追桃兒。桃兒見了，抱著孩子使勁跑。那拖拉機則在後邊窮追不捨，風馳電掣般壓過來。桃兒見了，趕緊橫跨一步，跳過街道旁的下水溝，跑到人行道上去。誰知，這鋼鐵怪物窮追不捨，繼續追上來，大軲轆蹦過下水溝，撞倒了一棵樹，繼續向桃兒追來。

就在那膠皮大車輪無情地碾向桃兒的那一刻，桃兒大叫一聲，拚盡全力將懷裡的孩子扔出去一丈多遠，然後，自己伸出雙臂，死死地拖住了這拖拉機的膠皮軲轆。

那拖拉機嘣嘣兩聲，終於不再蹦跳，它熄火了。

黑建是在中午午睡時，突然接到英的電話，急忙趕回來的。桃兒睡在她親手蓋下的房子裡，身上穿著女兒們平日褪下來的舊衣服，幾顆不合適的假牙，齜著，臉像一張白紙，勞碌一生的身子，體重大約不到八十市斤。「親愛的姑姑，妳今天終於得閒了！」黑建流著眼淚說。

看著大門口停著的那輛被族人們扣下的拖拉機，那醜陋的東西，黑建想，這些如草芥、如螻蟻的卑賤生命，他們竟是被這醜陋傢伙以這樣的方式結束的，真叫人於心不甘。要死在車輪底下，來輛奧迪，來輛別克，來輛本田雅閣，也好，想不到竟是這醜陋的拖拉機。

這樣，平原上又一個女人死了。老崖上這一戶人家中，這一代人中的三子一女也就全部過世。只留下他們的配偶，高大、高二、高三的遺孀，然後還有桃兒那退休回鄉的丈夫，還活在人間，沒滋沒味地過著他們最後的日子。

高桃兒走後，七七齋還沒有過完，她所在的這個村子即開始搬遷，同樣搬到南山下面去了。鎮政府也隨之撤銷。這個村子大約是這十平方公里地面，最後一個搬遷的村子，鎮政府在協調著將所有的村子都搬遷以後，最後在撤銷前，將自己搬遷。

那條自高速路直通渭河畔的十公里林蔭大道，佔據了這個被拆遷村子的一部分地面，而另一部分地面，建設了一個名叫「亞洲公路」的企業。桃兒曾經千百次地走過的那條簡易街道，現在拓寬、改造、修地下水管道，成爲與十公里綠色長廊成九十度直角的一條支路。

一座高大的典式樓拔地而起，這是「亞洲公路」的辦公大樓。有一條長幅紅布，從大樓上垂下來，上面寫著「歡迎XXX總統蒞臨指導」字樣。典式樓的一側，是一大片平房式廠房，那叫通用廠房，據說是目下世界流行的一種廠房模式。有一股淡淡的瀝青味從那廠房裡飄出來，不很濃，但是有一種焦糊味。

「亞洲公路」的首席執行官，一個風姿綽約的大美人，站在大門口，領著公司中層，迎候高參事、年饉主任一行的到來。年饉主任介紹說，這是孫總，孫杏兒。

她叫孫杏兒，身高一米七五，體重四十八公斤，上身很隨意地穿著一件T恤，下身穿著一

條褲角十分誇張的裙褲。說起話來，喜歡用祈使句，一口普通話十分純正。黑建這大輩子，見過不少那種心高氣傲、頤指氣使的女人，今天見了這孫總，才明白自己平日所見的，只是一些村姑而已。這種女人，天生是爲那些英雄們而生的，宛如華倫夫人之於盧梭、約瑟芬之於拿破崙一樣，一般的泛泛之輩，在她們面前，頭腦會斷電，唯一能做的事情，是唯唯諾諾、唯命是從而已。

孫總剛剛在她的辦公室裡，接待完來華訪問的伊拉克總統，從總統先生的手裡，拿下一筆伊拉克重建的大訂單，此刻，她正處於一種高度興奮中。

「我把中東的一個大市場拿下了！」孫總用這樣的開頭，繼續著她興奮的心情。

伊拉克總統來中國訪問，西京城是他必去的一站，因爲這地方，也就是高村平原的盡頭，有個秦始皇兵馬俑。這天，參觀完了兵馬俑，總統先生說，西京高新區有個「亞洲公路」，他想到那家公司去看一看，於是，陪同他的當地政府官員趕緊聯繫孫總，讓她做好接待。西京市的市長聽了，也覺得這是個莫大的面子，囑咐「亞洲公路」，將這做爲一件大事來辦。

被內戰戰火攪得焦頭爛額的伊拉克總統先生，如何知道這裡有一個「亞洲公路」，有個孫杏兒女士呢？這源於幾年前在北京召開的非洲五十六國國家元首峰會。

原來，非洲地面上所有高速公路上的瀝青，都是「亞洲公路」給鋪設的，孫杏兒曾經率領她的團隊，在非洲原野上幹過三年。卻說，在北京峰會舉行期間，非洲國家的元首們一致提議，要邀請「亞洲公路」、要邀請孫總做爲嘉賓參加。有沒有這麼個公司呢，有沒有這麼個孫總呢，主辦方半信半疑，於是在全國各地尋找，終於打聽到，西京高新區有這麼一家企業，有這麼一個孫總。於是，電話通知西京城，請孫杏兒急赴北京，做為特邀嘉賓參會。

這樣，孫杏兒便趕赴北京，風光了一回。在大會上，接受了由那些非洲國家元首集體簽字頒發的榮譽證書。這樣的女人好像專門是為這樣的大場面而出生的，所以，頒獎儀式上，孫杏兒落落大方，笑容可掬，加上她個頭又高，能壓住台，又招眼，惹得我們的那些非洲兄弟們，人人瞪大了個眼白很多的大眼睛。

伊拉克屬亞洲國家，但與非洲毗鄰，所以伊拉克總統雖然沒有參加那次峰會，但是關於中國的「亞洲公路」、關於孫杏兒的神話，也傳到了他的耳朵裡。

伊拉克總統可不是個尋常人物。他到來的這一天，高新第四街區，三步一崗，五步一哨，圍繞著「亞洲公路」這座典式樓，禁止一切與這次接待無關的車輛通行，甚至這典式樓地下車庫的所有車輛都被拖走，以防有汽車炸彈爆炸事件發生。

好個孫杏兒，除把這座大樓，用五顏六色的旗幟，用從樓頂直垂下來的大幅標語，裝飾一新，營造一片氣氛外，她還在她的大辦公室裡，老闆桌的後面牆壁上，掛上一幅她在非洲工作時的大幅照片。

那照片上，孫杏兒穿著一件帶襻帶的牛仔工作服，腳蹬一雙長統的橡膠雨靴，手提一隻瀝青桶，莽荒的非洲原野，奇形怪狀的大樹，還有闖進鏡頭來的非洲大象，做這張照片的背景。

據說，總統先生在這張照片下看了很久，詢問了很久。

孫杏兒告訴他，這是鋪設非洲某一條重要公路後，鋪設完畢時她的紀念照。她請總統先生注意照片上的女主人公的頭髮，那頭髮被瀝青糊滿了，這瀝青糊在頭髮上以後，得用柴油來洗，半個月洗下來，一日一洗，一桶柴油，一半成了瀝青了。

這位首席執行官爲總統先生蒞臨「亞洲公路」，準備了一份特殊的禮物。這禮物就是這家公司最新研製，剛剛獲得國際認證的最新產品。

這是一種具有四種功能的一次性鋪設公路機械，一次駛過，公路建成。首先，第一種功能，是耕鬆土地，然後碾平；第二種功能，是鋪上防滲隔膜和石子；第三種功能，是車後面的三十二個噴油嘴，將煮得滾燙的瀝青均勻地灑在路面上；第四種功能，叫滾壓機構，將瀝青壓平，將路面壓平。

「亞洲公路」自主研發的公路機械設備，已經有六項獲得國際認證，這是第七項。本來，這產品並不是爲伊拉克重建專門研發的，而是應邀爲新疆羅布泊新建的鉀鹽礦業研發的，但是孫杏兒急中生智，爲了討得總統先生高興，爲了能從他手裡拿到一份大訂單，孫杏兒說，這是本公司爲伊拉克重建專門研發的。

總統先生很感動，他想不到在遙遠的中國的一個內陸省分，還有一家民營企業，如此念念不忘伊拉克人的苦難。

而尤其重要的是，上述這些話是由一位這樣的女士口中說出的，換言之，如果這首席執行官是一位男士的話，相信這些話不會有這樣的震撼力。

隨後，總統先生親自坐上這台機械，開著它在院內轉了兩圈，然後吩咐隨行的原總理、現任重建部長，簽下一份大訂單。

伊拉克總統臨告辭時說，這是他有生以來最高興的一天。

而留著大鬍子的總統侍衛長，在告別時，手拄軍刀，單膝跪下，親吻著首席執行官的鞋子。

他說了一句阿拉伯話，在場的人沒有聽懂。後來，據隨行的中國翻譯事後給人說，侍衛長是說，細細的，長長的，嘖嘖，一個人的腿竟然可以長得這麼美。

年饉主任催促高參事走。他說還有下一家，那個「巴比倫世紀城」的董事長王一鳴，已經在那裡恭候多時了，讓人家久等不好。而做爲黑建來說，他還是興猶未盡，這個女人叫他著迷，這個女人的故事，更叫他著迷。

黑建想，這孫杏兒，肯定不會是土著，西京城的地面，是出不了這種女人的，給人感覺，她好像是從飛機上掉下來的一樣。另外，這個「亞洲公路」，技術含量如此之高，這裡面肯定也有許多的原因在內。

年饉說，「亞洲公路」如同前面談到的那個「電子魔塊」一樣，也是西京一所著名大學當年的「三產企業」，學校派了一對教授夫婦來辦這個廠，其間，也曾發生過幾次產權糾紛，那情形，和「電子魔塊」十分相似。在中國，要幹成一件事情，也真不容易，那些悲壯地倒下的，也是英雄。直到後來教授夫人去世，孫杏兒接手，經過產權公證，「亞洲公路」才成爲名正言順的民營企業。

年饉說，這是「亞洲公路」的情況，至於孫總自己的身世，讓她說吧！

孫杏兒確實是坐飛機，高空降落，從深圳來到這西京高新區的。她說在她來這兒之前，只知道有西京這麼個地名，好像是在遙遠的大西北，至於到底在哪裡，她從來沒有來過。

她出生在石家莊。祖父、祖母是民國時期的公派留學生，留法。她的父親是石家莊一所大學的教授。她的第一次婚姻，是和軍隊的一名高幹子弟結婚。「他漂亮極了，高大英俊，白馬王子一個，像唱歌的費翔！」杏兒說。

婚變出現在第三個年頭。住宅社區裡的一位姑娘，由父母領著，腆著肚子，來找這個「費翔」。那憤怒的父親手裡提著一把斧頭。「費翔」嚇得躲在小屋裡不敢出來。「有什麼大不了的事情呢？咱們坐下，三對面理論。世界上的事情，沒有擺不平的，它總該有個往出走的法子才對！」杏兒說。

三方於是坐下來理論。理論到最後，杏兒對她的「費翔」說：「我把決定權交給你，你說這事該怎麼結局！你要要我，那咱們折財消災，你要要她，那我就抬屁股走人！」那「費翔」見杏兒這樣說，竟像個大孩子一樣哇哇地哭了，他說：「我說，我配不上妳，妳太強了，在妳面前，我永遠有一種自卑感。我不想這樣活一輩子，也許，那種小家碧玉的女人更適合我！」

杏兒想不到事情會是這樣一個結局，她勉強地笑了笑，站起來，爲這個大男孩子擦了一把眼淚，說：「好吧，那我走人！騰開這個位置，你們倆好好地過吧！」說罷，簡單地收拾了一下衣物，揹個旅行包，提了個手提電腦，離開了石家莊。

杏兒來到了改革開放前沿的深圳。她在石家莊的時候，就炒股票掙了些錢，到深圳後，又掙了些，等到覺得這些錢足夠自己舒服地過下輩子時，便在海邊買了一套公寓，住下來，每天做的事情，就是坐在花椅上，打著一把遮陽傘，看海。

深圳蛇口工業區的主任，這一天來打攪她。這主任是西京人。他說，在遙遠的大西北，有一個叫西京城的地方，他的女老師遇了一場車禍，死掉了，現在，老師夫婦辦的那家公司，也快要死了，得趕快去救。救公司之外，還要救人，那男教師精神崩潰，快不行了。

主任這是做媒。杏兒聽了，當時沒把這事當個事情，但是礙於情面，就說她給領導個面子，走一趟吧，權當是一次旅遊。杏兒說，那天我穿了件帶襻帶的拖地長裙，高跟涼皮鞋，大大的一個遮陽帽，寬邊眼鏡，嘴唇、手指甲、腳趾甲都塗得血紅，我想用這身誇張的行頭，把季教授這老東西嚇住，叫他斷了念頭，這樣我也好回去有個交代。

誰知道季教授一見杏兒，死氣沉沉的眼睛突然亮了。接著就死死地黏住杏兒不放，最後終於逼得杏兒就範。

孫杏兒說，別人說我是看上了老季的公司，告訴你吧，公司帳面上一分錢都沒有了，老季不會理財，幾十萬流動資金，妻子去世後，都讓人套走了。他那家裡，更是髒得讓人下不了腳。這教授很怪，從來不洗衣服，衣服穿髒了，就往床底下一扔，再拿腳一踢，衣服又髒了，再從床底下找一件比身上這件乾淨些的。一年四季，就這麼輪換著穿。

「你真的敢要我？」杏兒問。

「敢！非妳不娶！」季教授回答。

「那好吧，咱們去登記吧！」孫杏兒無可奈何地說。

到了辦事處，一查戶口，原來這季教授比孫杏兒，不是像介紹人說的那樣大八歲，而是大了整整十八歲。

孫杏兒拍了拍自己的腦門，一咬牙說：「十八歲就十八歲吧！論起來也是一件好事，至

少，他那一把身體，不適宜出去拈花惹草了！」

就這樣，登記結婚，孫杏兒成爲季教授的續弦，成爲「亞洲公路」的首席執行官。杏兒先從自己的股票上，割肉拿出一部分，給員工發工資，穩定人心，接著，又動用法律手段，將流散的資金悉數收回。接著，自主研發，申請專利，四處出擊，擴展業務，終於將一個瀕臨倒閉的企業，重新納入競爭機制。接著，接了幾個大訂單，一個是將西京城通往蘭州城的柏油路面，翻修一遍（主要是為了防止路面翻漿，在瀝青與石子之間，鋪上三層防滲膜），一個是將廣州至深圳高速公路的路面承包下來，一個是走向國際市場，把業務做到非洲。「亞洲公路」原在高新一期，至這時，業務量增大，公司擴張，於是求得管委會幫助，在第四街區購買了一塊好地皮，將總部搬到這裡。一期的公司舊址，留做房地產開發。

孫杏兒是個絕對聰明的女人，在公司蓬勃發展的同時，家務事也處理得極爲妥貼。她先駕著車，到南山底下選好一塊墓地，然後選一個黃道吉日，將原先存放在家中的女教授的骨灰罈，遷到這裡入土爲安。嗣後，年年清明節，便帶著季教授來這墓前祭奠。到了地方，禮畢之後，她便對季教授說，你有什麼委屈，你就給你妻子訴苦吧！說完，一個人靜靜地走到山坡上，在那裡等上半個小時，然後彎回來，扶起季教授離開。這樣到了第七個清明節，這天，半個小時以後，她來攙季教授，只聽季教授說：「我也老了，明年就不來了。妳一個人好自珍重吧！」聽了這話，孫杏兒明白，季教授的心結終於解開了。

孫總的故事講完了。

最後她說：「當年，我稀裡糊塗地嫁給季教授這老東西，總覺得是一種盲目，後來才明白，不是盲目，是季教授身上有一樣東西吸引了我。季教授是個寶，你們明白嗎？這個亞洲最大的公路大學的名教授，他身上有很多資源，如果能讓他身上的資源最大化，如果科技能夠轉化為生產力，那將會釋放極大的能量，那將是一件叫世界為之震驚的事情。所以說，創造亞洲公路神話的，不是我孫杏兒，而是季先生！」

「能讓我見一見季教授嗎？這是怎樣的一個人物呢？」黑建熱烈地說。

孫總一口答應了下來，她說：「他就在隔壁坐著。每天都是這樣，望著天花板，一言不發，也不知道腦子裡在想什麼。大家也知道他這習慣，不敢輕易去打攪他。他是知道你們來的，我事先給他說了，只是他生性怕見領導，見了領導，腿打哆嗦，手足無措！」

「我們不是領導！」黑建說。

孫杏兒見說，便走到樓道的一個小房間門口，敲敲門。一會兒工夫，只見一個有些虛弱的、舉止有些遲鈍的、未老先衰的書呆子走出房門。他舉步蹣跚，心不在焉，兩隻眼睛，像在黑暗中待得太久了，突然遇到光亮一樣，睜得很大，瞅了半天，終於將焦距對準了來賓。

「我在想一件事情，想了半年了。公路建築學理論不能支撐它，我正在哲學領域裡為它尋找理論支撐。喂，人們，你們是我思考中的那些虛構的人物呢，還是真實生活中的人物？」

這位老教授喃喃地說。

第六十三章 在巴比倫世紀城

這樣他們一行，便辭了季教授、孫杏兒夫婦，重新上路，去看那巴比倫。下了樓後，告辭時，黑建多看了兩眼孫杏兒身上那件T恤衫。

孫杏兒說：「高參事，你不要看，這不是什麼名牌。員工們也這樣看我，我說，這是從劉總劉芝一的商場買的便宜貨，三十塊錢一件，員工們還不相信！」

黑建見說，便打趣地說：「窮人和富人，那區別不是在服飾上，而是在骨子裡。富人，即便不穿衣服，那氣質上，也會透出一絲富貴氣來；我們窮人家的女人，即便把名牌掛滿一身，都總讓人覺得，不知道哪裡會冒出一股窮酸！」

說著話，他們上路。

車上，瞅著站在門口爲他們送行的季教授、孫杏兒夫婦，年饉說，高新區內，這種夫妻公司，爲數不少，這也許是中國國情。夫妻公司、兄弟公司、姐妹公司、朋友公司等等，創業初期，許多民營企業，都是以這樣的形式開始的。這在創業初期有它的優勢，但隨著企業做大，很多問題就會出現，這種家族式企業管理模式，在一定程度上制約了企業的進一步發展！

而做爲黑建來說，他其實更關心的是那些已經消失了的村莊的情況。聽著年饉的話，聽著他介紹那些被疏散和安置的鄉親們的情況，他打趣說，年饉主任這是往前看，而他這是往後看。

年饉見問，於是說，搬遷的村民們，他們都得到了最好的安置。這塊平原上的村莊，基本上都被安置在南山底下的安置社區中去了，那裡建成了一個龐大的居民區，從而成爲西京城的一座衛星城。

年饉說，當這些村莊，當年像攤煎餅一樣攤在平原上的時候，似乎很大。但是，如今進入安置社區後，一幢高層，甚至可以裝得下兩到三個村子。

他說，鄉親們基本上還是以原先的同姓村的形式，聚在一起的，不過，過去的村民小組，現在叫居委會。大家生活得還都好。甚至比那些沒有搬遷，現在還在土地上勞動的人，都要好。拆一還一，這些農民過去的房屋，按平方米算，就很大，現在換成樓房，因此有了很大的住宅面積，往往原先分了家的父子重新住在了一起，從而騰出一個單位，用以出租。這出租給他們帶來一部分收入。拆遷辦還給每個當年的農業人口，留下三分地的口糧田，村上組織，管委會幫助，在這些口糧田上蓋上了通用廠房，一平米每月三十元，出租給廠家，這樣又可以給村民帶來一些收入。

他說，農民的身分變了，從過去靠兩隻手在地裡刨食吃變成了房主，有的還成了企業的股東。這股東之說，就是說將一部分的土地，不是採取徵購的方法，而是讓農民採取入股的方法，售讓出土地。這樣農民便依附在這些企業身上了，年底參與分紅。企業越發展，農民得益越多，企業一旦倒閉了，農民還可以把這些地再收回來。

他說，村莊拆遷時，宅院莊基地，給了些徵購費，土地又給了徵購費，因此，每個農戶，家裡大約少則會有二、三十萬，多則會有四、五十萬，現在再加上上面所說的那些收入，因此，用村民自己的話，小日子還是過得很「倭也」的。

「倭也」是一句土語，大約還是一句古語。黑建覺得「倭也」這句話很熟悉，很親切，就是想不起它的意思來。年饉說，「倭也」就是「諂活」的意思。黑建還是不明白，這「諂活」是什麼意思？年饉說，這「諂活」是「囊哉」的意思。那麼「囊哉」又是什麼意思呢？黑建更是不懂了。年饉見了，笑話說，黑建哥這是離家日久了，發生老人家在世時，肯定沒少在你耳畔噪噪這些土話，不過那也難怪，當你身處這塊土地上的時候，才能想起這些話，離開三天，就有些記不得了。

年饉說，「倭也」、「諂活」、「囊哉」是一個意思，用北京人的話說，大約叫「滋潤」，用現在流行的新名詞說，大約叫「幸福感」或「幸福指數」。不過，較之前者，它們給人造成的感覺還是不一樣的，前面那些關中話，像平原上的老房子、老槐樹、老墳一樣，有一種厚實感、莊嚴感，後面那些經過打磨的外地話和現代語言，則有些輕浮和油滑。

「它們都將不可避免地消失了！語言是環境的產物，是這塊土地自然而然地生長出的一種植物，它是依附著土地而生存的。它甚至簡直就是土地本身。所以，它的消失將是永遠的消失！」黑建這樣說著，似有無限感慨。

問起搬遷區孩子們的教育情況，年饉主任說，一切都安排得很「倭也」，能想到的都做到了，區內新建了十幾所平民小學和一所平民中學，用做村民孩子和進城打工的農民工孩子的義務教育，另外，還建了幾所貴族中學，用於那些外籍工程師、企業老闆和白領階層的孩子們的教育。當然，村民和進城務工人員的孩子，也可以上這貴族學校，不過，學費對於他們來說，是有一些太高了。

他們就這樣說著話，車開向巴比倫世紀城。這林蔭長廊上的車輛不算太多，街區較之它的首期園區，較之西京城老城區，也顯得有些冷清。年饉解釋說，第四街區中，人氣還是有些不夠旺，白領們白天在這裡上班，晚上就開著車，回老城區去住了。管委會出錢，將西京城裡幾路公車的線路，延長到了這裡。大約，隨著城區的發展，隨著高新區內幾個年產值過百億的大企業的崛起，這裡的人氣會慢慢旺些的。

說話間，巴比倫世紀城到了。

一座占地數千畝、氣勢恢宏的龐大建築群出現在他們面前。

迎著他們這一面的，是巴比倫世紀城的大門。四座摩天大樓，以兩座爲一個雙子星結構，手挽手拔地而起。兩座樓與兩座樓之間，用兩條環狀的圈梁連起，圈梁下面，就是世紀城那象徵性的大門。那圈梁，加上四座樓，成半括弧形向外扇出，顯示出一種向世界挑釁的氣派。

四座樓房的後面，是一幢接一幢錯落有致的樓盤。這些樓盤環繞著一個人工湖矗立。那人工湖的旁邊，是一個世紀廣場。

大門口停了許多的車，這些車除了公家人通常使用的奧迪、別克、桑塔納之外，別的車他都叫不上名字。他聽年饉介紹說，那種車叫寶馬，那種車叫豐田霸道，那種車叫卡迪拉克，還有一種車形很奇怪，類似裝甲車那樣又笨又重的傢伙，年饉說那叫路虎，前面帶兩個羝角的叫公路虎，前面光禿不長羝角的叫母路虎。

看著這些車，年饉想起來了，他說今天是週末，高新區有個高新企業家協會，每逢週末的時候，一群私企老闆，常常會輪流做東，而今天，大約是輪到這世紀城王一鳴了。

一個穿著有些奇特、面目清秀的女孩子，站在大門口迎候高參事和年饉主任一行。那女孩子，身穿一身「文革」期間流行的那種紅衛服。那種服裝，其實是當年那些愛美的女孩子們，仿照女軍裝，用黃色的或者草綠色的，自己裁剪出的一種具有時代特徵的衣服。小翻領、寬褲、白球鞋，肩上再挎上一個黃挎包，臂上挽一個紅袖章。記得，當年風華正茂的咪咪，就有一張這樣站在天安門城樓下、金水橋邊，手捧一本紅寶書的照片。

這小女孩子當然沒有挽紅袖章，也沒有揹黃挎包、捧紅寶書，但是看到她那身裝束，黑建還是在那一瞬間，眼睛有些潮濕。

女孩顯然是王總的秘書，只見她嘴唇動了動（無線電話）。於是，一個大腦袋剃得精光，身穿一身中山服，腳蹬一雙圓口布鞋的大老闆，樂呵呵一面大笑，從門廳裡走出來，伸出兩隻大手，握住高參事的手。

「這就是王總，王一鳴，當年北京赴陝北三萬名插隊知青中的一個。如今中央好幾位領導人，都是他插隊時的同學。王總大約是目前中國數一數二的大房產商，上海、北京、海南、深圳，都有他的樓盤！」年饉主任介紹說。

「給人打工！給人打工！」王一鳴打斷年饉主任的話，咬著京腔說。

王一鳴又說：「年饉主任不必多介紹了，我和高參事是多年的老朋友、好兄弟，我的底細

他最清楚。我看，咱們還是先看樓盤，再到『公社食堂』用餐吧！今天恰好高新企業家協會來宰我！」

黑建見到王一鳴，自然也很高興，山不轉水轉，他想不到今天能在這裡，遇到這位當年膚施城裡叱吒風雲的人物。他早就預言過這位老兄絕非池中之物，他會有一番大前景的。英雄莫問出處，他過去不叫王一鳴，他也不是什麼北京知青，而是討了個北京知青做老婆，如此而已。「世界真小！」他想。

黑建只這樣想來，並沒有說，因爲是場面上的事，所以臉上也沒有太多親暱的表情。他也畢竟是個有一些歷練的人了。他只緊緊地握著這位兄長的手，握了很久。在心裡面，他還記得印刷廠那三年，記得景一虹對自己的疼愛。

這樣他們便進入社區參觀。住宅社區內禁止車輛通行，有幾輛類似觀覽車那樣的、不帶篷頂的車駛了過來，於是他們便坐上車，開始參觀。社區的一期工程，樓盤已全部售出。除了一些戶型，被溫州炒房團、杭州炒房團、上海炒房團買了，毛牆毛地閒置在那裡，等著升值之外，大部分的戶型，都被當地人買了，而買房的當地人中間，有五成以上是陝北人。

陝北人這些年隨著煤炭、天然氣、石油的開發，湧現出一批有錢戶，這些人一群朋友相約，開著路虎、路霸，來到這巴比倫，對著一幢樓，從上往下胳膊一伸，手一指說，這一綹子我們兄弟們買了，說罷現場交錢。陝北人嫌那個銀行卡不怎麼可靠，他們的錢，是用麻袋裝著的。這時，從這路霸或路虎上，拖下個大麻袋，麻袋鼓囊囊的，住售樓處一扔，說：你數吧，數夠你的，剩下的是我的！

這是一期的情形。

二期工程，一堆樓盤正在建設中。高高低低的半截子工程中，幾台起重機正高揚著手臂，在不停地轉動。據王總介紹說，房地產雖然在一些南方省分、沿海城市遇到嚴冬，但西京城的房地產業，本來就沒有漲起來，所以經受挫折不大，而此刻正在回暖之中。他的這二期工程，樓花已賣出一部分了，現在如果不是故意捂著不賣的話，恐怕早就告罄了。

在他們參觀的途中，這座巴比倫世紀城中，突然所有的路燈，所有的地燈，所有的建築物上的霓虹燈，一下子亮了，於是這個所在，給人一種虛幻的、不真實的感覺。

「年饉主任佈置的，這叫城市點亮工程！」王總說。

結束了住宅社區的參觀，王一鳴現在邀請他們到「公社食堂」去用餐。「吃個便飯餵餵腦袋吧！」他說，這裡來了些企業家，大家在一起，唱唱歌，跳跳舞，喝喝茶，用個簡餐，除了生意上的事情不准說以外，別的什麼都可以談。

所謂的「公社食堂」，是依著門廳那四座摩天大樓而附設的一個大餐廳。王一鳴當年還叫景紅衛的時候，當過一陣子公社書記，大約，「公社食堂」這個名字，也是出自於他的創意吧！

進了寫有「公社食堂」字樣的餐廳，裡面很大，偌大的空間又分割成許多獨立的餐廳。那些獨立的餐廳，也都有各自的稱謂，小小的紅牌子上面寫著：大隊部、小隊部、支書室、政治隊長室、貧協主席室、婦聯主任室、民兵連長室、飼養室、保管室、養雞專業戶、五保戶等等這些字樣，給人的感覺，像走進了過去的某個年代。

企業家們就餐的那個餐廳，也有一個名字，餐廳門口掛著的牌子上寫的是「知青室」。裡面是一個很大的空間，地面上鋪著栽絨毯，擺著很多的小圓桌。沒有開電燈，只有每個小圓桌上點著一支蠟燭，然後就是地面上有一排一排微微發光的地燈，將圓桌象徵性地隔開。食品很豐富。這是自助餐。一個拱形的桌面上長長一溜，中間一隔，一半的地方，是中式的十幾個飯煲，大部分是熱菜；一半的地方，是西式的各種茶點、沙拉、黑麵包，大部分是涼食。還有靠牆的一角，一個頭戴高帽的蘭州師傅，正在就著鍋滾水，拉牛肉拉麵。那湯鍋的旁邊，放著些小火鍋，如果客人點了羊肉火鍋，服務生會將火鍋送過去，擺在圓桌中間，將火點著。

他們進去的時候，一個老闆正在麥克風前縱論天下。他們便在角落裡找了個圓桌坐下。

企業家中有人站起來，要打招呼，年饉主任擺擺手，表示不要驚擾大家。王總是東道主，要招呼場面，他握著黑建的手說，咱們是世交，以後多走動，說罷，招呼場面去了。

那正在講話的民營企業家，說起話來語驚四座。他說，他的公司，學日本人的品牌意識，德國人的嚴謹態度，美國人的創新精神，學到手後，然後打敗他們。他說，世界上哪國人最聰明，中國人！微軟公司光姓張的中國科學家就有五百多個，你想想，那裡的華裔科學家，該有多少。他說在美國，百分之九十的人腳下穿的鞋子，都是中國製造，而在澳大利亞雪梨的海灘上，十三個姑娘撩起裙子，亮出屁股，其中有十二個姑娘的底褲，亦是中國製造。

這位叫郭總的人還說，再過最多二十年，中國將成爲全世界的敵人。見大家驚愕，他說，

這話是怎麼說呢？是這樣說：不久前，中國的GDP，首次超越德國，位於世界前三，前面還有一個日本，一個美國，以現在這樣的增長速度，二十年後，將極有可能成爲世界第一；不過這成爲世界第一，得有個前提，那就是人民幣與美元的匯率，要達到五比一。

「這個老總的話有些大！應當講和諧，講共生，講大包容！」黑建低聲對年饉主任說。

年饉在他耳畔悄悄說，郭總是個陝北人，陝北人說起話來，往往氣粗！黑建說，這我理解了，陝北人天生就是政治家，說話做事，有一種以天下爲己任的帝王意識。

郭總講完，下一個搶過話筒的，卻是個五大三粗、一臉福相的關中冷娃，這人不談經營，不談政治，卻大談起了佛經。他說，什麼是佛，佛是開悟了的眾生；什麼是眾生，眾生是還沒有開悟的佛。此語一出，同樣地是語驚四座。

年饉主任介紹說，這位你也千萬不能小覷，別看他不識字，只會寫自己的名字，他可是這高村平原上，土著中最大的民營企業家。世事就是這麼日怪，一肚子文化的人，前瞻後顧，啥事都做不成，做成事的人，往往是這些沒文化的人。

在這樣的場合裡，在這樣的氣氛中，也許最適宜做的事情是唱歌。所以，等那位手腕上纏著佛珠的天然氣老闆，話剛一說完，大家便起鬨著，要一位歌唱家唱歌。

這唱歌的不是請來的歌手，而是西京城裡最有名的一位歌唱家。本市央視青歌賽的大獎得主。這歌唱家最近與一位大企業家結婚，這次聚會，大老闆攜她而來。於是，在大家的起鬨下，她站起來唱歌，而在歌聲的旋律中，大家起身翩翩起舞。

這位女歌唱家唱的，大約是蘇聯著名歌曲《莫斯科郊外的晚上》，歌聲深情、真誠，充滿

一種懷舊的情結。她的歌聲勾起大家的許多往事。此一刻，在這個叫「知青窯」裡聚會的人們，大多有過老三屆的經歷、「文革」的經歷、插隊落戶的經歷，在他們的少年時代和青年時代，他們的父輩的口中，哼的正是這樣的曲調。

這次聚會的東道主，巴比倫世紀城的王總，首先按捺不住了，他霍地站起來，單臂一伸，請女歌唱家留步，和他合唱一曲蘇聯歌曲《小路》。

王一鳴拿過另一個話筒說，他當年當公社書記時，有一天，從公社一塊玉米地畔經過，突然聽到從玉米地的深處，傳來一陣憂傷的歌聲，歌聲充滿了幽怨。那是誰在歌唱呢？他聽呆了。他在地頭足足等了有半個小時，只見，一個北京插隊女青年，頭戴一頂草帽，拿著鋤頭，粉紅色的襯衣紮在褲子裡，一邊鋤著一人多高的玉米棵子，一邊到了地頭。

一條小路曲曲彎彎細又長，
一直通向迷濛的遠方。
我要沿著這條細長的小路，
跟著我的愛人上戰場。

王總說完開場白以後，開始唱了。一個成年男人的聲音，沙啞、低沉、無限悲涼。他大約此刻想起了許多事情，所以眼睛有些潮濕。

當唱到疊聲部分時，男女們一起唱，聲音拖得很長，很舒展，充滿了無盡的哀傷，將那俄羅斯女孩含著眼淚的微笑，表現得淋漓盡致。

紛紛雪花掩蓋了他的足印，
沒有腳步也沒有歌聲。
在那一片寬廣銀色的原野上，
只有一條小路孤零零。

這段是那女歌唱家在唱，她的嗓音裡有某種母性的東西，像一隻溫情的手，在撫摸著這些老男人歷經滄桑的心靈，從而令滿場這些平日自命不凡、目空天下的男人們，眼睛變得濕潤起來。

第二段的疊聲部分，也是王總和女歌唱家一起唱的，而當第三段開始時，在場的所有的人，都情不自禁，用手打著節拍，和他們一起唱起來：

在這大雪紛紛飛舞的早晨，
戰鬥還在殘酷地進行。
我要勇敢地為他包紮傷口，
從那炮火中救他出來。

一條小路曲曲彎彎細又長，
我的小路伸向遠方。
請你帶領我吧，我的小路呀，
跟著愛人到遙遠的邊疆！

在這樣的歌聲中，在這樣的旋律中，在搖搖曳曳、如夢如幻的燭光下，許多人的眼睛都濕潤了。我們的黑建也眼睛濕潤了，他注意到了他的旁邊坐著的那個叫弓一凡的「電子魔塊」老闆，那個喜歡用「一船打老婆的人」來比喻這一群體的清華大學的高材生，竟然用手捂著臉，輕輕抽泣起來。

後來，他們還唱了許多的俄羅斯歌曲。《卡秋莎》、《紅莓花兒開》、《共青團員之歌》、《列寧山》、《第聶伯河》等等。

有一首歌，黑建當年在膚施城時，曾經聽一位北京知青哼哼過。那男知青穿著一件褪了顏色的大藍棉襖，兩手把棉襖的兩個大襟一抻，放在胸前，然後佝僂著腰，聳著肩膀，一邊走一邊搖頭晃腦地哼唧著：

在烏克蘭——遼闊的——原野上，
有兩棵——孤獨的——白楊。
…………

白楊樹葉飄落地上。

那知青只會唱這兩句半，因此黑建也就只逮了這兩句半。

那歌子裡有一種刻骨銘心的哀鳴，這哀鳴這些年來一直盤繞著他。他不知道這是什麼歌名。

今天晚上，他是知道了，這歌就叫《第聶伯河》，是話劇《保爾·柯察金》的主題歌。

後來，他們辭別了這一群處在懷舊氣氛中的人們。當年的景紅衛，今天的王一鳴，牽著黑建的手，將他送出大門，又送了很遠很遠，然後委託秘書，那個穿紅衛服的小姑娘，讓她隨年饉主任一起，把高參事送到高速路口的收費站。

月亮升起來了，照耀得滿世界如同白晝。這是那大平原的月亮。

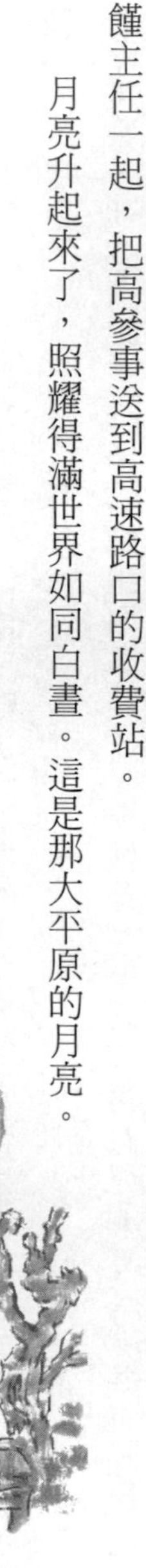

第六十四章　平原公園

在終南山與高新第四街區的接壤處，有一座新建的西京城的衛星城。一大片高高低低的樓房中，安置的是從高村平原上遷移過來的村民。

在土地被徵用了以後，他們離開了自己的生身熱土，被安置到了這裡。在土地徵購完畢後，按照政策，被解除了城鎮戶口，從而成爲西京城的市民。而過去的村民小組，也變成了街道委員會，鎮政府則變成了辦事處。

這批新市民目前還對自己的城鎮市民身分很不適應。一旦沒有了土地，他們突然發覺自己什麼也不是了，在物欲縱橫的現代潮流面前，彷彿有某種畸零人的感覺。

過去的他們，曾經是怎樣地自負呀！門前有一片肥沃的土地，爲他們提供著春耕秋收，提供著在田野上勞動的快樂。他們有的是使不完的力氣，這力氣只有在繁重的體力勞動中，才能贏得尊重。而現在，空有一身膘，反而成了累贅。在過去的年代裡，家門口臥一條狗，於是這一處官道，這一處地面，你便有了一種主人的感覺、君王的感覺。而現在，城裡禁止養狗，住樓房禁止養狗，而即便同意養寵物狗，但是那狗，也叫狗嗎？真正的狗，就應當是那種「好狗照三家，好漢照三莊」式的鐵鏈子拴著、見了生人齜牙咧嘴的大犬。

在既往的歲月中，「城鎮戶口」這個字眼，曾經是如此的具有誘惑力，那時候跳出農門，通常只有兩條路，一是考大學，一是當兵。那些年月，如果村子裡，誰家有個在城裡工作的人，那這戶人家的老爺子，走起路來手都背在後邊（比如高發生老漢），而村子裡那些漂亮姑娘最大的願望，就是找一個戶口本在城裡的人，哪怕找個傻子、瘸子也願意。

但是，如今，當握著這藍皮的戶口本的時候，大家覺得，一切都不是那麼回事。大家絲毫沒有一絲神聖感和神秘感。倒是從此，失去了土地，失去了那種「日出而作，日入而息」的生活節奏，人們變得不踏實，對自己的以後，多了許多的憂慮。

安置社區中的一部分人，拿出自己得來的那些為數有限的錢，開始瞎折騰，做點小本生意，買輛計程車，在街區裡開個洗腳房，等等。而大部分人，茫然無措，伸伸懶腰，不知道自己該幹什麼才好。於是樓底下支了許多麻將桌，社區裡搓麻將的聲音從早到晚，不絕於耳。

他們的孩子，這些脫離土地的青年們，一部分在第四街區辦的技校裡，經過速成班培訓，成為區內企業中一些做簡單技術工作的藍領。而另外一部分孩子，穿起制服、皮鞋，做了這些企業的門衛、保安。當然，還有一部分孩子，什麼也不做，正在變成西京城中的閒人。須知，這個西京城，自古以來，就是個出閒人的地方。

也許，要真正成為西京城裡的一個市民，要真正進入和融入西京城的主流社會，那還需要幾代人的努力。

在毗鄰安置社區的旁邊，有一個占地三百畝的「平原公園」。那地方除了時常來些老城區的人以外，社區的這些新市民，也常常在那裡打發自己的時間。

這座平原公園，是一個好事的民營企業家出資建造的。他最早的創意，是建一個關中民俗村，從而將那些正在消失的各種農具，各種房屋建築，各種習俗禮儀，農民穿的大襠褲，姑娘穿的偏襟襖、繡花鞋，諸如此類的東西，都搜集到這裡，從而給後世留下一點作念。

建設途中，覺得「關中民俗村」這名字太俗、太農民，於是學城裡人，將它建成「農耕文明博物館」。建成以後，又覺得農耕文明博物館這名字太空泛、太夯口，和周圍的環境格格不入，民居就是民居嘛，充什麼斯文，「裝賊不像個溜娃子」，於是定名叫「平原公園」。

這公園一半在山坡上，一半在平地裡。三百畝方圓圍牆，被幾萬根拴馬樁圍定。或者換言之，用收購來的拴馬樁，做了這平原公園的圍牆。

拴馬樁是高村平原上，那些家境殷實一點的人家，大門口當年的必備之物。一根斑駁古老的石柱，石柱頂上，或雕刻著一頭口裡含著鈴鐺的獅子（含鈴鐺的是公獅子，不含的是母獅子），或雕刻著一個騎在馬上手裡捧著仙桃的猴子（馬上封侯），或雕刻著個胖大和尚、托缽高僧，或雕刻著個連中三元得了功名衣錦還鄉的秀才舉子。

那東西叫拴馬樁。人們給那樁子上找個部位，鑿個窟窿，用來拴馬、拴牛、拴驢、拴豬、拴羊。在高村地面，記得老崖上的這戶人家，當年家門口也有這麼一根。不過到了我們敘事的年代，這東西已經逐漸脫離了世俗的用途，豎在家門口，僅僅是做爲一種擺設。

老宅子既然沒有了，村莊既然沒有了，這東西自然也就無所附著，成了個無用之物。這民營企業家是個有心人，他先將高村平原上這些物什，盡數收購，接著，又面向整個關中，一個村子一個村子地踏訪、掃蕩，出價或三百、或五百、或一千、或兩千、或一萬不等，終於收來這號稱三萬根的拴馬樁森林。

平原公園的山門，建在一個高坡上。從這高坡上望去，昔日的高村平原盡收眼底。那山門口，有一棵老槐樹，用做鎮宅之物。這樹我們實在是太熟悉了。這棵樹，就是黑建家門口那棵老樹。

經歷了太多的世事滄桑，這棵老樹依然沒有顯露出絲毫的老態。大約是由於在搬遷時，沒有傷及它的主根，而那盤根上又帶了一大坨的土，況且這大樹的樹身上，又被穿白大褂的醫生吊了幾瓶鹽水，所以它依舊那麼茁壯、厚重和高傲。

而由於是站在半山坡上的緣故，所以顯得比當年在高家渡時，更爲從容，更爲偉岸，更爲剽悍，從而成爲這一處地面的一道雄偉的風景。看哪，春天一樹繁花，夏天一樹綠蔭，秋天一樹果實，冬天樹葉落了，一身筋骨。

這棵大樹守護著山門。

而山門兩側，是這位民營企業家從平原上收購來的那些明清年間、民國年間的老房子。這些房子的窗櫺上刻著花，屋簷上有著瓦當，那照壁上，還有一些磚雕。這些房子通常是從一個完整的宅院裡搬遷來的，所以有二進和三進。

而在這公園三百畝的面積中，栽了些風景樹，造了些迴形路，蓋了些仿古的樓閣。這是一個免費公園。來往公園的人們，在經過半年時間的磨合之後，最後在公園的四個角上，形成了四個唱歌的群體。

東南的那個角上，一堆人在唱秦腔。東北的那個角上，一堆人在唱豫劇。西南的那個角上，一堆人在唱聲樂。西北的那個角上，一群年輕人在唱流行歌曲。

在唱秦腔的那一撥人中，我們常常發現耀的影子。

耀就是高三的兒子、黑建的堂弟，就是那個在高三的墳頭前面，抑揚頓挫，高唱一折秦腔名折《苟家灘》的那個人物。黑建認爲，他那親愛的堂弟耀所唱的秦腔，才是真正的大秦之音，是從這塊親愛的故鄉平原上，自然而然地生長出來的莊稼。他比西京城裡的那些名角們都要唱得地道，唱得正宗，城裡人把秦腔唱走音了，唱轉音了。

耀不懂譜，也從來沒有跟誰學過譜，但是，他抓起一把二胡來，咯拘兩下，就會拉了。只要秦腔唱聲一起，他的二胡就跟上了，而且音調很準，絕無差錯。

這叫五音不通的黑建，很是崇拜。他覺得耀簡直是個天才。爲了表示對耀的崇拜，他畫了一幅畫給耀，那畫面上耀伸長脖子，青筋暴起，正在慷慨而歌，一棵滄桑古槐做他的背景。那畫的標題叫《聽堂弟耀唱秦腔名折〈苟家灘〉》。這耀本身是個木匠，他將這畫在城裡裱了，自己動手做了個鏡框，將畫鑲上玻璃，掛在牆上。

耀他們這一群吼秦腔的二不愣後生，是聚在一個涼亭裡的。這東南一角，築了個假山，假山頂上，蓋了個古典風味的涼亭。這涼亭底下，最初大約只聚了不多的人。大家起鬨，叫耀唱，耀扯開嗓子一吼，於是人越聚越多，越聚越旺。這平原公園一角，就被唱秦腔的給占了，一撥走了，一撥又來，從早到晚，紅火熱鬧。

那最紅火熱鬧的，卻還是在晚上。人們成立了一個「平原公園自樂班」，每當晚上，便將

橫幅掛起，橫幅下面，放上一套擴音設備，拉二胡、板胡的，敲梆子的、擊木魚的，打響鑼的、塡鑔鑔的，順台階坐定，於是高手登台，一個一個，輪流在這裡吼上一嗓子。

耀一般是晚上來。白天，他肩扛一把木匠用的鋸子，騎輛自行車，在高村第四街區轉悠，尋個零活，每到晚上，飯一吃，嘴一抹，就提著把板胡興匆匆地來了。他人緣好，秉承了高三的秉性，大家公推他爲「平原公園自樂班」的副班頭。

而在公園東北一角唱豫劇、聽豫劇的那一撥人中，我們常常發現一個面目慈祥的老太太。這老太太端一個小凳，離這熱鬧人群稍微遠一點，然後，豎起耳朵，做個忠實的聽眾。老太太坐在那裡，雙手規矩地放在膝蓋上，四肢蹴成了一個疙瘩。聽著這豫劇，人舒服得好像死了一樣，一動不動，兩隻眼睛也閉得緊緊的。

當老太太偶然被什麼事情驚擾了，打個激機伶，從她的那幸福感中驚醒時，她的面龐上會出現一種羞澀的表情，睜開的眼睛裡，會流露出一種童養媳的目光。

這叫我們認出她了。

她就是我們親愛的顧蘭子。

這一刻，坐在平原公園的東北角，聽著豫劇《朝陽溝》的顧蘭子，大約已經很老很老了，不敢說上百歲了，起碼也是七老八十了吧！一個人，能活到這麼大的年歲，本身就是一件偉績。而對於飽經滄桑的顧蘭子來說，更是一件偉績。我們掐指算一算，她的手裡，抬埋過多少人呀！

我們知道，顧蘭子在丈夫高二去世後，又回到膚施城，住了些年。二十世紀最後一年的夏

天，她提著高二當年出差時帶的大包，裡面裝了些舊衣服，乘火車到西京城來看黑建。然後，到了西京城的那天晚上，心臟病突然發作。這是一場大病，這場大病叫顧蘭子差點走了。

黑建拿出他的全部的積蓄，用於母親看病。他又一次感到了人的無助。病床上，他對顧蘭子說，妳努力地活下來吧，哪怕活到二十一世紀開始的第一天再離開人間也好，那樣妳至少可以自豪地給人說，死的是一個活了兩個世紀的人。

當二十一世紀的第一縷陽光，透過病房的窗戶，照在病床上顧蘭子那像床單一樣蒼白的臉時，黑建哭了。

顧蘭子就這樣活了下來。從此顧蘭子就住在黑建家裡，靠藥物維持，不能高興，不能生氣，不能感冒，不能勞累。她就這樣奇蹟般地又維持了這麼些年。（之前都寫過了）

老太太這麼些年，所以能奇蹟般地活下去，還有一個重要的原因。

這原因就是她不斷地爲自己定出新的生活目標。最初她說，讓黑建的孩子考上大學，我再死吧！黑建的孩子考上大學後，她又說，讓咪咪的孩子結婚後，我再死吧！而現在，她又給自己定了一個新的目標，那就是有一天，黑建的孩子把媳婦領回家，讓她看一眼，那時再死！

老太太提出，要住在南山下的安置社區裡。黑建拗不過老太太，也只好從城中心搬到這裡，陪老太太一起住。

當年顧蘭子回河南時，高安氏曾經許諾，黑建出生時蓋的那三間大瓦房，永遠是顧蘭子的。所以，在拆遷安置返還中，這三間大瓦房所換來的單元房，就還歸顧蘭子的名下。

黑建則拿出稿費來，在這個樓層上又買了一套，然後裝修時將兩套打通，這樣就可以住下了。而這裡離市中心也不算太遠，黑建上下班也不算太麻煩。何況他不坐班，只有事的時候到單位去一下。

黑建將這兩套房子統一裝修，給房子取了齋號叫「高家渡」。房子完全是中式風格裝修。進得門來，是一溜往外挑出的椽頭，椽頭上掛著一串串紅辣椒。客廳的中間，象徵性地挖了口井，井上面架著個轆轤。靠陽台的那個地方，從市場上買來些金黃色的玉米棒子，搭成一個塔狀。客廳正中擺了一套茶具，當然那喝的不是老胡葉子了，而是鐵觀音或者普洱或者午子仙毫了。

在這樣的環境中，黑建覺得自己的心靈很安靜，就像仍然在村子裡居住一樣。缺少的只是那棵大槐樹。不過，他家的那棵老槐樹，就在不遠處的公園門口站著。老槐樹那高大的剪影，夜夜進入黑建那沉沉的夢中。

家中能有一位老人是一件幸福的事情，黑建深深地感覺到了這一點。顧蘭子還能做飯。黑建每一次要出去應酬時，就說，妳先給我做一碗麵吃吧，宴會上的飯我吃不慣。黑建在文章中說，我吃遍了天下各種最好的吃食以後，才發覺，最好的吃食其實就是母親做的一碗清湯麵。

我們的顧蘭子，將在平原公園那豫劇自樂班舖張揚厲的旋律中，走向她的歸宿。她在這裡，認識了許多的河南老鄉，這使她覺得自己並不孤單。這些老鄉的身世，大部分和顧蘭子一樣，是那次黃河花園口決口時，流落到陝西來的。他們甚至占了西京城人口的四分之一。有一次，顧蘭子還遇見了一個她同村的人。那大姐甚至比顧蘭子的年齡還要大，所以記得許多事情。聽了顧蘭子的描述，她說，我是前顧村的，妳是後顧村的。

顧蘭子所以要從城中心搬到這安置社區來住，是因爲她心中有一個小秘密。這就是，她不想火葬，人都死了，還受一回疼，這叫她接受不了。她知道如今的高新第四街區，當年的高村平原上，還留有一片墓地，而在這墳墓群中，有一個叫高二的亡人身邊，還給她留了一塊位置，在等她歸來。

她對孩子們說，我死了以後，你們不要聲張，就說我還沒有死，然後把我裝進車子，悄悄地拉到墳地裡，埋了了事。如果你們心裡下不去，如果你們想紅火熱鬧一番，那麼，過三年祭祀時，再鬧吧！

她說，到時候請上兩台戲，一台秦腔亂彈，一台河南梆子，對著唱，不光讓我聽，也不光讓高二聽，要讓地底下高村的那些老先人們，都亮起耳朵，張大嘴巴，瞇上眼睛，流著涎水，好好地過足一回戲癮！

後記

有一些老故事，在我的心中已經埋藏了很多年。那是我的家族故事。那故事中有著許多的傳奇，和令人不可思議的斑斕色彩。它們已經成熟得快要從樹上掉下來了。你不摘，它們就會掉的。果子掉在地上，然後消失，就像被大地吞噬，或者被大地重新收回一樣。當我的父親去世的時候、大伯去世的時候、姑姑去世的時候，他們都對我說，你說過你要寫的，但是你沒有寫，難道你也會像我們一樣，將這些嚼頭帶進棺材裡去嗎？說完這些話以後，他們就永緘其口了，然後留下我還在這世上說話。

我是一個寫故事的人。我寫過很多的故事。當我將我的家族的這些事講給別人聽的時候，人們會說，這是最好的故事呀，好過你講過的所有的故事。這樣我明白了，我應當將它們寫下來。可是在寫作的途中，我又對自己的勞動產生了深深的懷疑：勞碌的人們有必要聽你講那些陳芝麻爛穀子嗎?人們有什麼理由要耐著性子聽你嚼舌，聽你講那八竿子都打不著的事情？於是我又對自己失去了信心。

這時候，我到一個被稱爲「高新區」的地方去掛職。這樣，我結識了許許多多的所謂高新人物，我看到了全球工業化的進程中，一個一個古老村莊被從地皮上抹掉的悲壯情景。我在那

一刻很震撼，我突然明白了，那些村莊正是我的村莊呀！古老，古老到地老天荒；斑駁，斑駁到滿目瘡痍；疲憊，疲憊到不堪負重；溫馨，溫馨到如同童話。於是這些村莊和我記憶中的村莊便連為一個整體，這樣它們便有了被講述的理由。

而高新那些人物，那是一群怎樣的人物呀！那是我們的文學長廊裡，從來沒有出現過的人物。

機敏，張揚，收大千世界於眼底，瘋狂地從社會上掠奪著財富，在掠奪的同時又為社會創造著巨額財富。他們走馬燈一樣，在這個被稱為「高新區」的地面上穿梭著，今天一夜暴富，明天中槍倒下，後天東山再起。他們真是一群全新的人物。而我在這些人物身上，嗅到了我故鄉的氣息，他們大約就是從我的那個小小的村莊走出去，一直走到今天的那些人。當然，他們不可能都是從我那個村子走出來的，但是，他們一定來自於另外的村子，因為中國本身就是一個農業社會，一個大堡子。

這樣，這些村子，這些人物，幫助我把記憶和「現在進行式」聯繫在了一起，於是我明白，我的思考成熟了，我的時代紀事可以進行了，我將要用一個長篇所擁有的恢宏、莊嚴的翅膀和利爪，完成這一次飛翔。

我給我的這次飛翔取過好些的名字。比如叫《在我們百年之後，誰是為我們向隅而泣的女人》。比如叫《村莊崇拜》。比如叫《中國鄉村記憶》。比如叫《饑餓平原》。比如叫《高新四路》。比如叫《后稷的村莊》等等。而到最後，當我的思考成熟之後，我給它定了個名字叫《生我之門》。

我們的古人曾以惆悵的口吻說：生我之門即死我之門。這裡說的是女人，或者再直白一點說，是指女人的生殖器。而我給這個長故事所取的這個名字，有上面的意思，又多於上邊的意思。

它有三個含義。狹義講，是指我的母親，這個平凡的、卑微的、如螻蟻、如草芥，從河南黃河花園口逃難而來的童養媳。廣義講，是指我的村莊，或者說指天底下的村莊。再廣義講，是指門開四面風迎八方的這個大時代。

飛翔吧！完成一次《生我之門》的飛翔。如果現在不飛，那就永遠不要飛！

我從二〇〇五年的春天開始寫起，到二〇〇八年的夏天結束，其間斷斷續續，折騰了三年多的時間。

我不知道自己能不能扛起這樣一個大題材，但我明白自己得去做。我有時候甚至有些極端地認爲，自己來到世上，也許就是爲寫它而來的。

最後的衝刺階段，是從二〇〇八年的元旦那一天開始的。我關掉了手機，不再和世界有聯繫，就像現在說的那種「活埋療法」，或者像過去說的那種「閉關」一樣，躲在家裡寫作。

我每天燒三炷香，一炷香的燃燒時間接近一小時，在裊裊青煙中，在一種宗教般的沉迷氣氛中，我伏案寫作，那些人，那些事，那些奇奇怪怪的家族人物，像鬼魂一樣奔來眼底。他們成爲我作品的一個個主角，並且佑護我來完成這部平原史和家族史。

較之當年寫《最後一個匈奴》，我的體力已大不如前了。那時我倚馬可待，一天最多的時候寫到一萬四千五百字。現在，在寫《生我之門》的時候，我給自己限定的字數是每日三千

字。也就是說，一炷香的時間寫一千字。

而到後來，當二〇〇八年春天開始的時候，我是到社區旁邊的公園寫的。每天早晨，我提個小包，裡面裝一枝鋼筆、一瓶墨水、一遝稿紙，然後出門，像農民上工一樣，到公園裡找一個旅人坐的長條凳，然後鋪開稿紙。

在寫作的途中，我常常會停下來，以憂鬱的目光看著周圍那些嬉戲的人們。那一刻我的心中會湧出一種潮水般的柔情，胸口會湧出一種基督般的疼痛，耳畔會轟鳴著詩人葉賽寧的詩句：

金黃的落葉堆滿我心間，
我已經不再是青春少年。
…………
天下的芸芸衆生啊，你們生生不息，
我願你們永遠美好繁榮！

寫到五一二汶川大地震那一天，這本書已經只剩下最後的四章了。那天早晨，在這個公園中，我一直寫到中午十二點半，才收筆回家。回到家裡，母親做了一碗麵，我吞下後倒去午睡。後來地震發生了，妻子把我從迷糊中喚醒。大樓搖晃得很厲害，擺幅超過一米。我家住在十八樓，搖晃中，妻子爬到大門口去開門，我則抱住一個牆頭，母親在後面抱住我的腰。

搖晃中，母親跌倒了，趴在地板上。後來妻子打開門以後，我攙著母親，從十八層的樓梯上跑下。

地震後的第二天，我做的第一件事情，是將已完成的手稿部分裝進一個大信封裡去，在信封上寫上「《生我之門》、高建群」字樣；那未完成的部分，則寫上目錄。然後，我給幾個親戚朋友打電話，告訴他們這事。我沒有多說什麼，但是接電話的人都明白，一旦這樓在餘震中成爲廢墟了，他們將尋找它，然後幫助它面世。

我做的第二件事情則是，繼續提著那個小包，去公園寫作。那個公園後來在小說中成爲這個平原公園的原型。

我完成了。當畫完最後一個句號的時候，我從稿紙上抬起頭來。望著這世界，我的腦子裡轟鳴的還是葉賽寧的那幾句話，並且伴著一種潮水般的柔情和基督般的疼痛。

在寫作《生我之門》的日子裡，世界上發生了許多的事情，但是對作者來說，最重要的事情當是《生我之門》完成了。他對親人們有了一個交代，他對曾經掛職的「高新區」有了一個交代，他對關心和愛護自己的那些尊貴的朋友們有了一個交代；尤其是，他對自己有了一個交代。

最後，我還想對所有故去的和健在的親人們說，我因爲愛你們，才寫你們的，如果我的敘述有什麼不合適的地方的話，那責任不在你們，而是由於我的筆力不逮的緣故。

最後，我還想對這個世界說，中國文壇有一件大事要發生了，讓我們做好接受它的心理準備。

書中的人物高發生老漢在臨死時說：「我的官名爲什麼叫『發生』，我現在明白了——世界上所有的事情都沒有道理，它的發生就是它的道理！」發生老漢的話，同樣適用於這部小說的醞釀與創作過程。它發生了，僅此而已。

末了，需要說明的一點是，在手稿完成、找人列印出來，廣泛徵求意見時，幾乎所有的人都不認可《生我之門》這個書名。他們各人有各人的理由。這就促使我得另外尋找個書名。

後來我想，索性就叫它《大平原》吧。大平原哪，我們世世代代在它的懷抱裡出生，我們世世代代在它的懷抱裡死亡。它承載和覆蓋了全書，承載和覆蓋了我們的所有痛苦和歡樂。

高建群

二〇〇八年九月二日於西安

附錄　《大平原》作品研討會會議全文

時間：二〇〇九年十一月廿四日九點三十分
地點：北京鳳展酒店三層多功能廳
主持人：韓敬群（十月文藝出版社總編輯）

中國作家協會創研部、北京十月文藝出版社、《十月》雜誌社書面致詞（從略）

中國作家協會副主席高洪波先生致詞：

《最後一個匈奴》之後，建群算是潛伏了好長時間，突然拿出這麼一個很有份量的作品。我讀過這個作品，我感覺到他真是相對成熟的作家，他寫起來之後是非常從容的，尤其是前半部分寫老人那一代，包括洪水、災荒、饑餓，寫的非常到位。書中主人公黑建基本上就是建群自己了。他的存在是真實的，爲農耕文明的土地上一代一代的父老鄉親們，歷史選擇了他，家族選擇了他。他寫的時候進入巔峰狀態不能自己，這種寫作狀態達到了特別難得的一個境界，讓人很羨慕。小說也好、散文也好，到了這種無我的境界會有很好的作品出來。所以給我閱讀

上的驚喜一言難盡。

好多書看完之後有閱讀快感，但是沒有心理快感，讀完之後就完了。這本書看完之後，這些人物我都記住了。高大扛著槍的陝北漢子形象，到最後景一虹女性的出現。這是一部張揚個性的作品，同時也是傾盡心血的作品，還是撕心裂肺的作品，整個主旋律貫穿始終，我讀到了民族生生不息的精神。

中國作家協會協會創研部主任、著名評論家胡平先生致詞：

一看這個開頭我就非常喜歡，長篇小說開頭大部分是環境描寫，但這個環境描寫往往是跳過不看的，要看他到底說什麼事。但是這個一開始的環境描寫，是我所見過這十年裏面長篇小說開頭的環境描寫最好的，裏面有東西，「從山岸上往下滲水，像千萬條泥鰍往山下爬。」這種東西是作者下了功夫的，在環境描寫上也要讓讀者看得進去。所以當時我覺得這個書不簡單，是下了功夫的。把它形容成蚯蚓非常貼切。我們現在寫小說對於形容這個方式也不用了，實際上這個書啓示我們，這個修辭手段也非常棒，完全是一種文學性的。所以一開始給我的印象就非常好。

它是一個自傳的內容，當然有很多虛構，但這個真實感也是我比較喜歡的，完全是一個家族史的真實記錄。多大的程度我不管，但是從作者這個態度，這個書裏面幾乎沒有描寫，足以看見作者對這個家族的懷念。由於是這樣我更加尊重裏面的內容，認爲裏面所有內容都是非常真切的。

名作家鐵凝主席曾說過，短篇寫片斷，中篇寫故事，長篇寫命運。這本書在命運這一點上把長篇小說的優勢發揮的淋漓盡致，厚重感這個東西和歷史和社會是有關係的，《大平原》的厚重感非常強，我一邊看一邊想厚重感從哪來。整個歷史、文化、民族的，確實是很強的。不是寫一個人的命運，寫了三代人家族的命運，他寫的家族尊嚴，農民的尊嚴，家族生存的繁衍史，實際上寫了我們民族強韌的生命力。他反覆的寫了這個家族的生存並不是那麼簡單的，包括成為外來戶，進來以後受歧視，他媳婦在街上開始罵，那段很精彩。後來老三娶的老婆生孩子也是人家的。這個家族為了繁衍都包容下來了，這個家族是這樣繁衍的。這點其實有內在的驚心動魄，生活是如何艱難，但是有強大的包容，家族的強大動力，這也寫出了我們民族的繁衍和生存的歷史。所以「生存」二字給我的印象非常深，不是純粹的血緣關係的繁衍，這恰恰是中華文化的一種特色，不是純粹的血緣關係，但是我這個家族仍然要發展。

北京出版集團董事長吳雨初先生致詞：

今天為了《大平原》這本書出版，這是很好的事情。作為一個出版人，我想說，確實當前文學圖書市場並不景氣，而且大眾對於文學的消費能力也在持續走低。這給出版界帶來的不但是經濟壓力，更重要的是像我們這樣一些有志於文學原創事業的出版社是有很大的精神壓力的。

我在讀《大平原》的時候，讀後記的時候我非常的感慨，這部書三十八萬字，寫了好幾年。在這個過程當中，建群先生說他是用一種「活埋式」的方法，與外界隔絕，完全沉浸到他的作品，他自己所創造的這個世界中。他說他的作品是一個飛翔，在精神上、體力上作出了巨大的付出，除了作家本人以外，這是很難以體會的。他為什麼一定要寫呢？為什麼一定要背負他所說的這個十字架呢？就是中國優秀的作家的使命感。這種使命感使得他自己沒法平靜，沒法懈怠，沒法放棄。當然出版社也能夠做一些接續的工作，建群先生完成書稿之後，他自己終於從「活埋」中出來了，他把書稿交給我們的時候，他說我這個十字架已經卸下來交給你們，我可以好好睡覺，踏踏實實吃飯了。而我們作爲文學編輯，當然要讓它以最完美、最精緻的方式展現出來。

我本人也是一口氣讀完《大平原》的，我們還是近水樓臺先得月，我覺得建群先生能夠把這麼重大嚴肅的題材寫的這麼從容，這麼舉重若輕，他完成了一次飛翔，這次飛翔既是在這部史詩般作品當中的飛翔，也是他本人的寫作從《最後一個匈奴》到《大平原》的飛翔，讀完以後有意外之感。我也借用後記當中的一句話，以一種潮水般的柔情和激流般的疼痛。

中國作家協會王巨才先生致詞：

我是作爲一個普通讀者，抱著一種欣賞的角度去閱讀的。比起他的成名作《最後一個匈奴》，我覺得《大平原》這部書精緻的多，也成熟的多，也凝重的多。像這種小說家越寫越好，這種現象在文學不多，更不是一個規律。建群的這本書破了這個例，越寫越好，而且十幾年以後推出來這部作品。通過他的才氣，除了他的文字功力以外，在文學行當裏不斷追求的精神也是我敬佩的。

看完以後留給我印象深的有三點，一是瀰漫在書業界的鄉愁。我說的「鄉愁」是指在回望歷史的時候，對鄉土中國，對我們的農民，那種刻骨銘心的眷念、那種同情、那種焦灼，在這本書裏談到了。二是濃濃的「鄉味」，因爲他生在農村，長在農村，傳承著農民的基因，所

以書裏面表達了對土地的感恩，對鄉村的眷戀，這種情感是非常感人的。三是「鄉謠式」的書寫，他沒有大開大和的那種篇落，也沒有驚天動地的那種事件，但是得力於他的生活體會，通過書中表達的鄉戀情節，鄉愁氣氛，對這本書構成特殊的文化氣質、精神氣質，不同於我們現在看到的許多小說跳躍式的推進情節組成故事，沒有思想內涵，沒有意境的營造。我覺得比那些書要好很多，高建群原來也是以詩歌走向文壇的，他在詩歌中，詩的張力和美感方面也很強。

評論家雷達致詞：

高建群這本大書，我出差的路上都帶著。這本書是近期以來長篇小說的重要收穫，這是毫無疑問的。《大平原》的開篇，第一章篇幅寫渭河，作者詳盡耐心的描述這條河，從山崖上滲出黃泥巴水，作者寫到此為何是哀重的，既是在寫河，也在寫渭河的艱難漫長，也是寫人類的生存，這段文字很有長安畫派作風，又像大秦腔，寫的悲涼、剛烈。開篇營造了全書的整體氛圍。這本書就是寫中國鄉土蒼涼的家族史。這本書基調是寫農民的艱辛，寫中國農民的偉大堅韌，要有尊嚴的活著更難。千百年來支援著我們民族的生存文化。小說裏面寫的罵街很精彩，為了立足罵了半年，成為了一道風景。高安說要像潑婦一樣每天滿世界的罵街，罵了半年。用這種方式起到了威懾作用，來捍衛高家家人生存的權利。

這本書可以寫的重大事件無數，高建群把視覺鎖定了自己最熟悉的方面，鎖定了和他有著千絲萬縷聯繫的農民群體，多年的打拼寫出這樣的作品，渭河平原大大小小發生的一切他都熟知，這裏是他的精神家園，他有獨家優勢，用不著採訪。這個書的特點不是採訪來的，是從自己血管裏流出的，這本書讀前面的部分感覺非常貼近，是他自己血脈的東西。《大平原》主要寫了什麼，《大平原》結構的核心是什麼。我個人認爲顧蘭子是靈魂式的人物，當然高爾也很重要，但是顧蘭子是貫穿始終的，也是這部書蒼涼的體現。

這個書寫的最好的地方還是饑餓、災難、動亂，饑餓的描寫小說裏面非常多。饑餓是可怕的，艾青寫饑餓的詩非常棒，我們有幾個人寫饑餓都非常好，路遙的饑餓也寫的很好。但是高建群的饑餓也讓我拍案驚奇，大家都知道顧蘭子那種餓，孩子們吃完飯以後圍著鍋不走，鏟鍋巴。最後隊長的兒子很生氣，吃不著，弄了一把土到鍋裏。還有黑建，吃完飯以後去添碗，他爸爸給他一個耳光。這個耳光的含義很深，其中是要有尊嚴的活著。這些地方寫的很好。關於顧蘭子的婚姻，鞭打這場戲非常精彩。我覺得寫文革還不夠味，但是中國的文革，無論多邊遠的角落都適用。這些災難不再是幾行冰冷的文字，而是我們心靈深處的血淚經驗。

前西安市市長崔林濤先生致詞：

我想表達幾個心情，一個是對高建群先生的這部力作，非常好的一部長篇小說。剛才幾位名家和評論家對這部小說的描寫技巧、文學修養，所講述的故事的評價很高，有些發言很深刻，我聽了也是學習。我看了以後覺得很吸引人，是非常好的一部小說，也是多年來很少看到的一部長篇。其次，我看了這部長篇以後，就我在陝西工作所接觸到的文學界的朋友，談起了高建群先生，覺得這個人的人品、他的思想、他的作風，有很多值得我們充分肯定的，我也接觸到很多有名望的作家、文藝家，我們感覺到有些脫離群眾脫離生活，把自己的圈子搞的比較小，有些事情給人感覺到應該做的更好一點，但是有些不盡如人意的地方。但是高建群先生完

全不是這樣，在文藝界，在文學界，在他所接觸的人群中間，口碑非常好，文學修養也比較高。但他又是貼近生活、追求生活，他的這些作品裏面的用語，他把民間、把社會上企業描寫的很逼真，他這方面修養很高。

剛才有人談到這部作品後面寫了產業科技新區，和整個大篇幅的高家幾代人的生活，我看了以後有一種感覺，訴說了幾十年，差不多一個世紀，講了三代人，感覺到這個生活經歷是非常淒涼的，很艱難的，但是又折射出中國社會的變化，歷史的變化，到當代渭水流域大平原現在是什麼樣子，他用這樣一個描寫，這個結局拉的很高，我倒覺得這也是他的作品成功之處。

來賓裴靖瑜女士致詞：

我來自高老師的家鄉，我有這樣幾個感覺，第一，有媒體講高老師的作品是史詩風格，我認爲太準確了。高老師做《大平原》的過程中，我瞭解的比較多一些，因爲他經常回臨潼的時候我們有接觸，我就聽高老師跟我講。之前我還跟高老師講，我說高老師你作爲臨潼人，能不能把這篇巨作命名爲「臨潼」，爲臨潼做一個宣傳。但是後來沒有這麼做，朋友們都認爲「臨潼」不像一個書名。我感覺這篇小說確實源於高老師對中國歷史文化和現實生活的深刻感悟，令人感慨萬千。我也同時深刻感受到，高老師這種深刻的感悟，源於臨潼區厚重的歷史文化，流通有三千年的建城史，從商鞅變法到秦的統一，尤其像兵馬俑、秦始皇陵，最近央視也很感興趣，臨潼爲什麼總是中國歷史重大的轉捩點。高老師生於此、長於此，這種厚重的歷史文化對高老師有著非常重要的作用。在這片土地上深刻感悟，從中汲取了很多的東西。

第二，我想講的高老師的花絮就是高老師的爲人，高老師的爲人確實平易近人樸實無華，經常跟他接觸的人都非常的感動。我聽人講高老師樸實到什麼程度，他回到老家以後經常坐在賣草的垛子上，很閒適的躺在上面。大家都覺得大作家回來以後是這樣子。但是這使大家感覺到高老師的平易近人，我不知道這個情況是不是真的，我是聽別人講的。

第三，我深刻感覺到高老師是一個偉大的預言家，通過前面描寫厚重的家族史，最後這個地方變成了開發區，我當時跟高探討能不能叫臨潼，那個時候臨潼還沒有要建開發區，高老師這個《大平原》出來以後，在最近陝西省敲定在臨潼建立國家旅遊休閒度假區，這不僅是陝西省旅遊文化制高點，它也可能成為中國旅遊的亮麗名片。高老師寫的是臨潼發生的事情，最後變成一個開發區，原來寫的時候沒有這麼回事，寫完以後臨潼真的變成國家旅遊休閒度假區，所以高老師是一個預言家。我表達兩個意思，一個是代表臨潼人民對高老師表示祝賀。二是我也代表七十萬臨潼人民對高老師偉大的語言表示真誠的感謝。

陝西省作家協會常務副主席雷濤先生致詞：

非常高興參加今天的研討會。陝西之所以不斷有作品出現，與陝西濃厚的文化藝術創作氛圍分不開。

高建群作為一個著名的作家，能夠不斷的超越自己，不斷有新作出現，有創作的水準，這是一種勇氣，這也正是高建群《大平原》引起社會廣泛重視的必要所在。我們知道高建群身上還有一股靈氣，有一股靈性，我今天發言的題目就是飛躍的靈氣。高建群的名字早已與《最後一個匈奴》緊密的黏連在一塊，《大平原》的問世，證實了他的創作和新的水準和靈性。從《最後一個匈奴》到《大平原》，無不投射出只有高建群才具有的獨特的靈性、靈氣和靈動。

他在構建一部中篇或者長篇小說時往往先設定一個大格局，這是少有的，然後用奇特方式展開故事講述，瀰漫的情調是對大自然的生靈，對黃色、黑色土地的熱愛和依戀。

我從《大平原》讀出了歷史的滄桑感，甚至在漫長的農耕時代馬的速度最快，駿馬猶如當年的汽車、火箭，馬的賓士如同閃電一般，成吉思汗征服世界靠的是馬，建群把飛動的靈性、靈動抓住了，這是十分令人欽佩的。

知名評論家蔡葵先生致詞：

《大平原》寫的是家族故事，有人稱之爲家族小說，因爲它包含了作家的思想，常常有感人肺腑的力量。當然所有的家族小說都是成功的家族小說。而優秀的家族小說應該突破家族的限制，反映出時代的變遷和歷史的滄桑，具有較大的生活容量和思想深度，《大平原》正是這樣一部深厚凝重的作品。《大平原》反映時代，又和某些政治理念強的作品不同，它寫的是人生而不是政府，所以它專注的是原生態的日常生活，堅持的是草根百姓的平民視覺，展示的是民族的傳統血脈。作品中很少指點江山的文字，甚至有意迴避了重大事件的正面描寫，例如抗日戰爭，書中只寫災民和黑壓壓的鴨群，連作者寫過的慰安婦和高大所經歷的帶有傳奇性的情節，在這本書裏都不用。

又如解放戰爭，書中只是畫龍點睛式的提到渭河。而大躍進人民公社，書中也只寫高安市減產，以及高安市打破了從公社食堂打回的全家口糧。小說正是因小見大，通過日常生活反映生活本質，而這種反映往往是更深刻、更真實。熟悉高建群同志的作品也會有印象，《大平原》有些人物事件好象有點面熟，如《最後一個匈奴》中楊氏父子的經歷，以前書中寫過的那些生活在這本書中再抒寫有了質的變化，不會使人感到重複，甚至感到親切，真正看到了他創作的提高和飛躍。

《大平原》的提高較之他以前作品的提高，主要表現在人物塑造上。如果說他以前的作品注重反映的是社會面貌，《大平原》更精心的爲各種人物造型，高老漢是典型的陝北農民，他和梁山老漢是精神上的兄弟，他善良寬厚，身上經歷了許多傳統美德，常常因爲沾便宜而沾沾自喜，結果總是吃虧。他對高二喜新厭舊更說明了他對傳統道理的真誠維護。還有一個細節寫他從鳥窩當中挑出了佔據鳥窩的蛇，又把蛇灌醉，這表現出他的善良，表現出他對生命的尊重和關愛。其他人物也寫的栩栩如生，如掙扎在死亡線上的了人，爲他扎耳孔，寄託了他們對下一代日後穿金戴銀的生活理想，更是讓人感動的落淚。書中寫高安氏性格潑辣，有膽有識，總是在關鍵時刻起著主心骨的作用。

知名評論家閻綱先生致詞：

我讀這個小說特別投入，首先我感覺到高建群感情非常濃烈，要說它是一種史詩的話，還不如說是長篇小說的抒情詩，感情的東西非常可貴，非常真切。當然這個感情如何提升在思想高度，這中間還有過程。我走進這個小說，我是從故事走進去的，我就是一個陝西人，作爲陝西人來讀，我才能讀出是不是真格的，我讀出是真情感。高建群說《最後一個匈奴》是高原史詩，是按照史詩規模來寫的。但是這部作品他說寫的是平原故事。這個區別可以看出作者是怎麼來寫這部作品，怎麼來掌握這部作品。而這個作品我走進去，也是故事把我帶入進去。

著名評論家梁鴻鷹先生致詞：

也許很多人認爲這個小說主觀性的議論和抒情多了一些，但是我非常喜歡。這是不可缺少的，有很多段落可以進教材的。真正是凝聚了他自己生命裏面的東西，而且抒發出來了。他是用巴爾扎克的筆法，他還有一種羅曼羅蘭的胸懷。這本書需要得到充分的重視和宣傳，它給我們提供的啓示也非常多。

著名評論家周明先生致詞：

作爲在北京工作的陝西人，看到《大平原》的問世非常高興，也非常激動。這部作品是大氣派、大作品，我讀的時候確實像讀一部長篇抒情詩，文字語言非常漂亮，有濃郁的秦聲秦韻，細節描寫也非常逼真真切。這部作品看似很平淡，因爲這部作品寫的很從容，但實際上娓娓道來蘊含很深的思想，我覺得它是一部獨具風格的好作品。高雷把蘭子送回河南，一路的艱辛，那些情節描寫非常好，給人印象很深，很辛酸但是也給人以思考。另外用的方言我們作爲陝西人讀著很親切。過去有一些個別前衛作家，方言土語用的太多，人們不懂。他這個我們懂，寫的很抒情，裏面有很多的陝西方言，但是很自然很抒情的。《大平原》是一部大氣派大作品，是長篇小說裏面很重要的收穫。

著名評論家何西來先生致詞：

我現在是站在臨潼人的立場來說。高建群的作品是臨潼的驕傲，正像張藝謀是臨潼的驕傲一樣。我講幾點，第一，這本書原來想起的名字是「生我之門」，後來叫《大平原》。這本書是回到人的生命原點，回到關中人生命原點，因此這是一個生命的。第二，寫的是故鄉情，我看了以後很感動。故鄉情節風土人情寫的非常到位，看了以後親切的不得了。故鄉情節是由一系列的人和那個地方的風土人情組成的，寫爺爺和婆婆，顧蘭子，高大、高二，中心人物是顧蘭子，是這本書的靈魂。我總覺得愛國主義起源於愛鄉主義，愛鄉主義可以歸於愛媽主義，所以叫生命之源我認爲很準確。

這本書有一種抒情之美，我知道當代有幾個作家，在特定的時候都達到創作的高點。建群寫的這本《大平原》當中有那種味道，人上了年紀回頭來看童年的事情，不能不帶有很深的滄桑感，語言有一種單純之美。建群的這個作品當中用寓言的風格，這個寓言又有一種詩情之美。和《最後一個匈奴》比起來，《大平原》上到一個更高的臺階上，上到一個更高的藝術境界上。

著名評論家雷抒雁先生致詞：

這本書很好，語言非常好，不僅是對鄉土的熟悉，很有情感很有色彩。第二，把平凡的生活寫的非常好，可以說關中每一個農家的經歷幾乎就是這樣，所以看了非常親切。不足的地方，寫作是作者情感或者他對生活的宣洩和束縛的一種平衡，一個作家要打破寫作的自然秩序進行創作，他對生活太熟悉了，所以基本是按照生活發展的過程寫的，這樣的話讀起來很親切，但是同時我們覺得稍微瑣碎了一點。

著名評論家賀紹俊先生致詞：

《大平原》從家族史來說有它自己的特點，體現在他把傳奇賦予了日常化的意義。像高家幾代人的生活中有很多傳奇性的東西，有很多反常的東西，有很多戲劇性的東西，但是他不是

把這個傳奇推向一個極端，他不是去塑造英雄，而是揭示普通人生活中那種生命是如何呈現的。實際上他說了天下觀對關係價值重視的文化特徵，他寫了日常生活中普通人的生活，實際上中國的這種倫理關係能夠化解生活中無所不在的傳奇，傳奇只是個人生命面對外部環境的存在方式，這是最有獨特性的地方。

我也覺得語言風格是很有獨特性的，小說具有非常濃烈的詩意化敘述。我是把它看成敘事詩。總的來說，這的確是非常好的作品。但是這個作品前部分和後部分有一點不協調，我感覺還是有點拘泥於生活真實，拘泥於個人情感和生活真實，這樣寫的話有損於這個小說內在結構的整體性。

著名評論家白燁先生致詞：

這本書的特點，簡潔而豐厚，文字敘事都是簡潔、簡單、簡練的，但是包含的內容又非常豐富。一個是他通過高姓家族的生活，是由家史寫國史，做的非常棒。這本書是一個頌歌，是兩代母親的頌歌。首先是高安氏，然後是顧蘭子，這兩個人是這個作品最重要的兩個人物，是最感人的兩個人物，而且是最關鍵的兩個人物，高家的家族是否能夠延續可持續發展，全在於這兩個人。

總體來講，這部作品很讓我感動，我覺得路遙說的很好，它是很大的未知數，這是一個很大的未知數對另外一個很大的未知數的非常客觀的評價。高建群今後還會寫出什麼東西很難講，他身上既有靈氣又有很勁。這部作品之後我們還是要對他抱以期待。

著名評論家陳曉明先生致詞：

我們一說到家族敘事，說歷史敘事，這肯定都是非常鮮明的標誌，但是什麼樣的家族敘事、什麼樣的歷史敘事，這是需要判斷的。我們讀《大平原》的話會感覺到很震撼，很大氣，同時又有一種清晰的東西。

剛才說到很靈，我覺得這也是高建群作品的特點。所以命名為《大平原》，原來是想叫「生我之門」，「生我之門」和大平原是相通的，我理解大平原最顯著的特點就是自然史，是在自然史的背景下寫鄉土中國，這是不同的地方。我們讀這部作品覺得寫的非常自由，寫到哪里可以隨便的轉折，可以隨便的提筆隨便的放下，這到底是在什麼意義上去理解呢？他不講究節奏的對稱，也不講究內在的互相激發，我認為他是平原一樣的敘事，小說一開始就是年輕的女孩站在平原上罵街，這是一個很有象徵的作者敘事的感覺，她就是站在平原上看到荒涼的歷史，看到鄉村的自然史。

這裏面寫的鄉村生存和自然的搏鬥。路遙的《平凡世界》寫的是奮鬥的意識，奮鬥的意識和底層，城市和鄉村的對立，在他的作品中有展示。《白鹿原》是寫國共兩黨的對立。但在這裏是人和自然。高建群的特點是把自然史發掘出來，他要寫出鄉村，寫出鄉村的這些人生生不息的生存。為什麼花這麼大篇幅寫饑餓，而且饑餓寫的非常充分，這恰恰是自然史土地平原上生存最為痛處，自然和生命內在的聯繫在一起。他其實是重新抒寫了自然的鄉村和鄉村的自然史。而這也是和他的敘事方式聯繫在一起的。站在平原上如此大氣的揮灑自如，起承轉合可以超越結構，每一個都是有自然的事件，非常傳統的和中國鄉土風情聯繫在一起。

著名評論家白描先生致詞：

高建群是不太按牌路出牌的人，我沒有想到在我的閱讀範圍內也很少看到一個長篇小說能這樣去結構的，能這樣去構思的。他選擇的不是非常嚴謹的結構，他幾乎用一個一個具體事件寫起來，但是我們讀完以後覺得這個東西是有一種恢弘大氣在裏面的。一切散點式的獨立事件，我們覺得最主要的是主宰這個作品有一個魂，他把這個「魂」抓的特牢。這個「魂」是什麼？大家說是不是能夠達到史詩的程度，我覺得起碼能夠達到這是我們迄今讀到的一部非常成功的關於農耕文明的歌謠，一部渭河大平原的史話。

這部作品感動我的是，建群最早是詩人，他從寫詩寫起來的。他的作品裏面從詩意的氣質和敘事方式非常完美的融合在一塊，特別有詩意有詩情。有些描寫不是技巧的問題，不是有些作家深入生活觀察深入所能得到的，有些東西是血脈的流淌，比如對大麥的描寫，麥子成熟、麥子生長，麥子如何吸收雨露陽光，麥浪如何翻滾，這不是一個外來者或者一個畫家寫到看到的景象，這一切都是這個土地上孕育生長出來的作家，他對大地所產生的感情。

著名評論家陳福民先生致詞：

高建群的《大平原》讀了以後感覺到很震撼，因爲近年來我特別關注歷史轉型之後中國各個階層當中掀起的驚濤駭浪，這個驚濤駭浪有的是波瀾起伏，波瀾狀況。高建群是具有浪漫氣質的人，他處理這個題材代表了他鮮明的特點。這本書我想從後面開始說，還是從結構來說，大家普遍感覺這個結構似乎有些，比如後面爲什麼用兩三章篇幅處理高新區的生活，這個生活表面看起來又似乎是浮著的。

我想說，對於我們當下的寫作者來說，理解歷史、認知歷史是當務之急。從文明史的觀念來說，比如說鄉村文明在漫長的農耕文明成長起來的農業文明跟農業文明相關的道德傳統，這個東西在當下遭遇特別大的困難，這個困難通俗說來就是強大的現代性的暴力。但是這一點是誰也繞不開的，過去我寫文章的時候我曾經談過這個問題，我們的寫作在今天遇到了巨大的門檻，這個門檻就是認知歷史，認知這種文明衝撞，從農耕文明到工業文明或者後工業文明，不要簡單看成衰敗，實際上是文明的更替。這個文明的更替不是徹底消失農民不種糧食，不是這個意思，這個文明更替表明構成中華民族文化和生產方式的元素在不斷的有了質的變化，需要我們的寫作者對這種變化給予認知，這個認知是一個門檻。

我覺得很多當下的作家在這個門檻前摔了跟頭。但是建群試圖邁過這個門檻。在我看來後面這一筆是不可或缺的，我們可以說他可能沒有處理好。不僅他沒有處理好，當下這一代大家都覺得有問題，不知道怎麼說好。這個「不知怎麼說好」就是當下的狀態，我們把這個狀態呈現出來就是對歷史的負責。後面這部分如果缺了就沒有邁開門檻這一步。如果你仔細觀察的話，他寫這些發家的，一個一個羅列出來，像報告文學一樣，這些人的發家史和個人的道德背景，在裏面都有很清晰的處理。

沒有辦法說這是道德淪喪或者高歌猛進的時代，但是他在呈現當中寫出了道德的變異，也可能這一點是無可奈何的狀況，但這也是我們這個時代向前走的表現。大家都說它是家族史，誠然，但是它從家族史到國家史到種族史，最後到文明史，在他的心理是有這樣一個序列的。至於說長篇結構上是不是沒有問題？我覺得有問題，問題在於，作爲長篇小說是從人物開始，

我看小說的時候一邊看一邊說你的故事如何結尾，我一直有這個擔心。他爲什麼沒有辦法按照我們想像的那樣特別好的結尾，因爲他處理人物跟歷史，沒有辦法連貫起來。黑建又回到邊疆哨所，只能靠這個東西把歷史呈現出來。因爲如果到高二結束，這個歷史是不完整的。所以建群的困難是處理人物和歷史關係的時候，他沒有找到特別合適的點，可能很多問題出在這兒。但是不管怎麼說，建群有邁過這個門檻的主觀意識，而且勇敢的這麼做了，這是引起我們注意甚至說重視的，對我個人而言，我很欣賞。

著名評論家孟繁華先生致詞：

《大平原》這本書，沒有看的時候我非常期待，對鄉土題材的文學我們都很關注。這個領域的作家起點普遍很高，這在中國文學裏面是很成熟的。陝西是中國鄉土文學的重鎮，從路遙的《平凡的世界》到賈平凹的《秦腔》再到《大平原》，從一個側面表達鄉土文學的演變過程，這個作品總體上我的評價非常高，和大家看法是完全一致的。由於時間關係，我只講兩點，小說有兩個比較，一個是女人比男人強，一個是鄉村比城市強。比如高安氏，高安氏一出場罵街，哭喪，因爲家裏其他人來分財產，高安氏讓他摔盆子。土匪來了，高發生躲在被子裏面，結果是高安氏面對土匪，把土匪打發走。高安氏從開始進入的時候，我覺得她就是家族的恐怖分子，她罵了半年的街，給所有高家人震住了。這個人物太了不起了。

還有一個人物是顧蘭子，她在家裏的地位和身份使她不得不低調，一直是默默無聞的。但是真出了事情，這個鄉村女人的厲害表現出來了，特別是對於東方女性，作爲鄉村婦女的堅韌，這個寫的都非常好。包括景一虹，這個人是個高尚的人，一個脫離了低級趣味的人，她看到顧蘭子以後默默走開。給人的印象非常深刻。比較起來，寫男人不如女人生動。在鄉土文明裏面就是母系社會，把女人寫的好是無意識的，鄉土文明決定了女性在鄉土生活裏面所具有的支配性。

著名評論家李建軍先生致詞：

讀這個小說有一種特別親切的感覺，先說這個題目，從篇幅的容量來說，有四分之三寫的是陝北的生活。這個題目無論從新穎度還是對內容的概括來說，未必是很好的書名，因爲大地是母親，大地是故鄉，是養育生命的一個印象。這麼多寫陝北內容的說，讀了非常精彩。有的是非常熟悉的，比如寫「尉遲鎮」就是我生活的地方，建群的初中、高中都在這個地方讀，某種程度是他自己的經歷。這個小說從敘事方式來說，跟賈平凹的那種描寫，跟路遙把敘述和描寫很均衡的處理的寫法都不一樣。這裏瀰漫著一種濃濃的詩意在裏面，這種敘事方式就像信天遊一樣，就相大河在奔流一樣。這個小說是通過寫作來還鄉的，一一四頁講到「每條道路都引領流浪者回家，每條回家的路上都瀰漫著酸楚和深深的紀念的疼痛。」我讀這個作品有一種溫暖，同時又非常凝重、感傷體驗在裏面。

爲什麼這樣一個年齡段寫過了《最後一個匈奴》等長篇之後，我覺得跟他的體驗有關係。他寫到：「我看見過苦難，我經歷過苦難，但是我永遠不抱怨生活，我永遠懷著感恩的心情感謝生活。」這是他對生活充滿感激的記憶。到三三七頁的時候，他對自己年齡，對自己內在生命的深刻的帶有悲劇意識的描寫，那就是五十歲，孔子講五十而知天命，到五十歲人對自己的生命，對社會的理解，可能到了一個讓你懷著酸楚感傷和疼痛，同時又能平靜去追憶和訴說的。

建群在幾篇文章中談到五十歲的感受，給我留下非常深的印象。而這裏再一次用低緩的、溫暖的、感傷的語調來敘述。五十歲的時候你會覺得這個世界不像二十歲那時候一地陽光，也不像三十歲那樣悲觀失望，也不像四十歲那樣。五十歲是什麼樣呢？它就是事物本來的樣子，五十歲的時候，你會突然覺得世界如夢幻一樣。這種敘事方式，這種凝重感傷的，同時又是從容和舒緩的，跟他自己的生命體驗是相關的。而且這種敘事方式非常獨特，包括描寫景物的時候會展開把自己的主觀感受添加上去，這樣的例子很多。比如他想茫茫蒼蒼的黃龍山籠罩在絢麗的紅色當中，給離鄉背井的人們虛幻的感覺。紅的令人頭暈目眩，像這樣的描寫我叫做延伸性說明和分析性補充的東西，不是客觀的描寫事物，而是把自己的感受寫進去。敘事無所不在，以及敘事的這種情趣意趣都體現在文字當中。

著名評論家吳義勤先生致詞：

我很認同大家的觀點，這確實是非常重要的作品。它的獨特地方是作家是一個敢於暴露自我優勢和局限的，作家寫這個小說非常自信，所有的優點和缺點都可以暴露在小說裏，這是非常主觀的一個小說。從鄉土小說傳統來說，都是追求客觀的，作家盡可能的隱藏自己。但是這個小說恰恰暴露自己，從語言到敘事，到所有方面都逐漸的暴露自己。包括最後的結局，其實是爲了完成一個思想，這個平原的消失，我覺得這個小說名字叫「最後的平原」也未嘗不可。這個小說還是一個充滿張力的小說，作家自我的張力，包括人物性格的張力，包括鄉土生活本身的張力，在小說裏面得到充分的體現。包括文體也是很有研究的空間。這是在我們這個時代非常重要、值得我們深入研究的好作品。

來賓劉建新先生發言：

我替李功達宣讀他的書面發言：高建群先生既是我的朋友，也是我尊重的作家和師長。從上個世紀九十年代初發表長篇力作《最後一個匈奴》以來，建群先生始終把自己的眼光凝聚在中華民族的歷史和精神上，並以集聚特色的筆墨變成震撼人們心靈的文學作品，這正是我尊敬建群先生的重要原因。我十分榮幸的接受建群先生的委託，把他的小說《最後一個匈奴》改編並拍攝爲大型長篇電視連續劇，目前已經完成了劇本創作，並即將進入拍攝階段。人們不久將在螢幕上欣賞到建群先生小說裏集聚個性的人物形象。知道《大平原》要問世，我對此表示最真誠的祝賀，並對北京十月文藝出版社，爲這部小說出版所付出的辛勤表示敬意。我相信小說《大平原》不僅具有極高的文學價值，也將取得理想的市場業績。謝謝。

大平原

作 者：高建群
出版者：風雲時代出版股份有限公司
出版所：風雲時代出版股份有限公司
地址：105台北市民生東路五段178號7樓之3
風雲書網：http://www.eastbooks.com.tw
官方部落格：http://eastbooks.pixnet.net/blog
Facebook：http://www.facebook.com/h7560949
信箱：h7560949@ms15.hinet.net
郵撥帳號：12043291
服務專線：(02)27560949
傳真專線：(02)27653799
執行主編：劉宇青
美術編輯：許惠芳
法律顧問：永然法律事務所 李永然律師
北辰著作權事務所 蕭雄淋律師
版權授權：高建群
初版日期：2013年3月
ISBN：978-986-146-966-9

總經銷：成信文化事業股份有限公司
地 址：新北市新店區中正路四維巷二弄2號4樓
電 話：(02)2219-2080

行政院新聞局局版台業字第3595號 營利事業統一編號22759935

定價：380元

國家圖書館出版品預行編目資料

大平原／高建群著；--初版
臺北市：風雲時代，2013.02 面；公分
ISBN 978-986-146-966-9（平裝）
857.7 101026132